U0522605

The Confessions
of
Nat Turner

纳特·特纳的自白

William Styron

[美]威廉·斯泰隆————著 马韧————译

湖南文艺出版社　博集天卷

·长沙·

THE CONFESSIONS OF NAT TURNER
Copyright © 1966, 1967 by William Styron
This edition arranged with InkWell Management, LLC.
through Andrew Nurnberg Associates International Limited
Cover illustration © Owen Gent

© 中南博集天卷文化传媒有限公司。本书版权受法律保护。未经权利人许可，任何人不得以任何方式使用本书包括正文、插图、封面、版式等任何部分内容，违者将受到法律制裁。

著作权合同登记号：字 18-2024-257

图书在版编目（CIP）数据

纳特·特纳的自白 /（美）威廉·斯泰隆
（William Styron）著；马韧译. -- 长沙：湖南文艺出版社，2024.12. -- ISBN 978-7-5726-2136-9
Ⅰ . I712.45
中国国家版本馆 CIP 数据核字第 2024TR1520 号

上架建议：经典·文学小说

NATE TENA DE ZIBAI

纳特·特纳的自白

著　　者：	［美］威廉·斯泰隆（William Styron）
译　　者：	马　韧
出 版 人：	陈新文
责任编辑：	刘诗哲
监　　制：	吴文娟
策划编辑：	姚珊珊　黄　琰
特约编辑：	罗雪莹　赵浠彤
版权支持：	王媛媛
营销编辑：	傅　丽
封面设计：	梁秋晨
版式设计：	李　洁
出　　版：	湖南文艺出版社
	（长沙市雨花区东二环一段 508 号　邮编：410014）
网　　址：	www.hnwy.net
印　　刷：	北京中科印刷有限公司
经　　销：	新华书店
开　　本：	875 mm × 1230 mm　1/32
字　　数：	370 千字
印　　张：	15.25
版　　次：	2024 年 12 月第 1 版
印　　次：	2024 年 12 月第 1 次印刷
书　　号：	ISBN 978-7-5726-2136-9
定　　价：	75.00 元

若有质量问题，请致电质量监督电话：010-59096394
团购电话：010-59320018

第一部

审判日

在河海交接之处的那片贫瘠的沙质海岬上,一座数百英尺[1]高的悬崖耸立着,它构成了陆地最边缘的一道哨卡。人们可以试着去想象悬崖底下是个宽阔、泥泞而又很浅的河口,河流在此汇入大海,河潮在此与海浪相遇,所以当波涛翻涌起来时便乱得紧。时间正是下午。天很晴,也很亮,太阳似乎没投下哪怕一丁点的阴影。此时可能是初春,也可能是夏末,是什么季节并不打紧,重要的是空气中几乎没有任何关于季节的蛛丝马迹——空气是温和且中性的,周围没有风,不热也不冷。和往常一样,我似乎正独自向这个地方靠近,我乘着某种像船一样的东西(它可能是一艘小船或者小艇,也可能是一条独木舟,我正惬意地斜躺在其中,至少我没有任何不适的感觉。我甚至都不觉得劳累,因为船不用我去划,它正温顺地随着河水缓缓朝大海而去),平稳地漂向那海岬。过了海岬,再往外出去更远一点,便是一片深蓝,那是一直延伸到无边无际之处的大海。河岸上没有人,也没有声响,森林里没有鹿在穿行,荒凉的沙滩上看不到鸥鸟飞蹿而起。这里有一种深切的寂静和一种更加深切的孤独,仿佛此处所有的生命并非已经死去,而是突然消失了。其余的东西——河岸、河口和波涛汹涌的大海——都原封不动地永远留存在了午后静谧的阳光里。

现在我已经漂到了海岬附近。我抬眼朝面向大海矗立着的悬崖

---

[1] 1英尺合0.3048米。——译者注(本书脚注如无特别说明,均为译者注。)

望去。和往常一样，我在那里又看到了我一定会看到的那个东西。在阳光下，那座建筑显得格外白——在蔚蓝无云的天空的映衬下，它白得那么纯粹，那么清澈。它呈方形，用大理石砌就，像座教堂，结构也很简单，没有高大的圆柱，没有窗户，取而代之的是许多我不知其用途的壁龛，在这个建筑的两侧能看见一连串的拱廊，而在拱廊里这样的壁龛比比皆是。这个建筑没有门，至少我没发现门。就像它既没门也没窗户一样，它似乎也没有任何用途，正如我说过的那样，它就像一座教堂，一座里面没有人做礼拜的教堂，或者，一具没有人被埋葬在其中的石棺，再或者，一块为某个神秘、隐讳且没有名目的事物所立的石碑。然而，我早已经养成了一个习惯：每当我梦见或想见这个场景时，我绝不会为了弄明白这座独自矗立在偏远悬崖上的建筑而去费神。正因为它没有用途，它才变成了一个奥秘，而对这一奥秘所进行的任何探索，都只会带来更令人难以理解而且可能更令人不安的其他奥秘，就像在迷宫里一样。

就这样，那个反复出现而又令人难忘的场景又一次浮现在我的脑海里。这些年来，它已反复出现过多次。我仍然置身于一条小舟之中，在河口上顺着寂静的河水朝大海漂去。在我的前方，在前面更远些的地方，那片在阳光照耀下的广阔大海仍然存在着。大海的轰鸣声已隐约可闻。虽然大海近在眼前，但它并不让人感到凶险。我逐渐接近海岬，接着是那高耸的悬崖，最后是那座高贵而宁静的纯白色教堂。当我不断靠近大海时，它在我内心激发出来的既非恐惧，也非平静，更非敬畏，而是沉思——为那个巨大的奥秘而进行的思考。

从我的孩提时代开始，一直到现在——我刚过而立之年——我还从未能找出隐藏在这个梦（或者说幻觉，虽然它大多发生在我刚从睡梦中醒来之际，但在平时醒着的时候，比如说，在地里干活，在树林里架设逮兔子的陷阱,在干别的什么零碎活的时候,这幕场景也会完整地在我脑海中闪现,它就像《圣经》里的画像,是那么安静、清晰、稳固,与现实殊无二致。然后,一个无声无息的白日梦便会在顷刻之间完整地再现在我的眼前,河流、教堂、悬崖,还有大海,它们来得快,消失得也几乎同样迅速)背后的含义,也从未理解它给我带来的那种感觉——宁静而持久的神秘感。但有一点我从不怀疑:它一定和我的童年有关。小时候,我常听白人们说要到诺福克去,要"到海边去"。诺福克就在南安普敦县以东四十英里[1],从那里再走几英里就到大海了,有些白人经常到那边去做生意。我甚至还认识几位从南安普敦县来的黑人,他们曾经跟主人一起去过诺福克,亲眼看见过大海,他们跟我回忆的那幅景象——广阔无垠的蔚蓝色海水,一直延伸到了视线尽头,甚至延伸到了更远的地方,就好像这些海水一直延伸到了世界的终极边界——点燃了我内心的想象。我渴望能亲眼看见这一景象,而那股渴望逐渐演变成了一种强烈的、发自内心的、几乎是生理上的饥饿感。有时,除了幻想,我的脑海里没有任何东西。我幻想那海浪,幻想那遥远的地平线和汹涌的大海,我幻想自由的蓝天,它就像一个天上的帝国。天空那巨大的穹顶朝东边的遥远的非洲一直延伸而去,仿佛只要朝这个景象匆匆瞥上一眼,我便能领悟世界上所有令人难以置信的古老而广阔的壮丽景色。可在这件事上我实在不太走运,我从来没有去诺福克看大海的机会,只能凭借想象中的画面聊以自慰。所以我在前文中描述的那个幻觉才会反复出现,虽然耸立于悬崖上的那座教堂对我来说仍然是个谜。在今天早上,它比这些年来我记忆中的任

---

[1] 1英里合1.609千米。

何一个时候都显得更加神秘。那个幻觉在我半梦半醒的状态下停留了很久，此后我才在灰蒙蒙的曙光中睁开眼睛。我望着那白色的教堂在安详而神秘的光亮下逐渐变小、变淡，直到它从我的脑海里完全消失。然后，我才再一次把眼睛阖上。

我从垫在身下的松木板上坐起来，挺直了半截身子坐着。在昏昏沉沉之际，我又本能地犯下了在过去的四天早晨已重复犯过四次的错误：我把双腿横着向木板的两头一摆，似乎想把脚踩在地上，但我立刻感觉有金属咬进了我的脚踝，因为脚镣上的铁链已经撑开到了极限，我的双脚就这么斜着悬在了半空中。我把脚收回来，仍把它们搁在木板上。我坐直身体，伸手在脚镣下边的踝骨上轻轻揉了揉，感觉手指底下的血流又重新有了些暖意。清晨的空气中带着一丝冬寒，又湿又冷，这在今年还是头一次。我发现地上的硬土与狱墙底端的木板的交接之处已经结上了一缕白霜。我坐了片刻，揉着我的脚踝，身上有些打寒战。我突然感到饿极了，我感觉我的胃在搅动，在起伏。有那么一阵，四下里静极了。昨天夜里，他们刚把哈尔克关进了我隔壁的牢房。此刻，透过木板墙，我能听见他沉重的呼吸声。那是一种被堵塞的哽噎的声音，仿佛空气正在从他的伤口里往外逃。在那一瞬间，我几乎想悄声把他唤醒，因为自打他进来以后，我们还没机会聊上几句。然而他精疲力竭，呼吸声缓慢而沉重。还是让他睡吧，我想，已经涌到嘴边的话终于没说出来。我仍旧一动不动地坐在木板上，眼看着曙光变得亮堂起来，它悄无声息地把整间牢房像灌水杯一样灌得满满的，绽放出珍珠般的光泽。在外面很远的地方，我听到有公鸡在打鸣，它无力地叫了一嗓子，像是一声遥远的欢呼，那声音回荡着，然后便消失在寂静之中。接着又有另一只公鸡开始啼叫，这回的啼叫声距离我要近一些。我就这么坐了很久,我在聆听,我在等待。有好一阵子,除了哈尔克的呼吸声,什么声音都没有,直到最后我听到远处响起了号角声,那悲凉而熟悉的调门,那沉重而阴郁的慢慢变弱的声音。号角声来自耶路撒冷[1]城外的田野,那是不知哪家农场在叫它的黑奴该起床干活了。

又过了片刻,我摆弄了一番身上的锁链,好让我的腿能滑下木板站立起来。铁链只容许我的脚有一码[2]左右的活动距离。我便照着链子的宽度,拖曳着双脚,将自己的身体往前挪移,直到我能从装有隔离栏的窗口看见外边的黎明。耶路撒冷正在苏醒。从我站立的地方,我看见近处有两座房屋,它们就坐落在河岸边那座柏木桥的起始之处。在其中的一座房屋里,有人正持着蜡烛在走动,闪烁的烛光从卧室进到客厅,又穿过走廊进了厨房,然后它终于在不知哪张桌子上停了下来,不再移动,只是摇曳不定地发出黄色的亮光。而在另外那间屋子的后面,在离桥更近些的地方,一位老妇人身穿厚厚的大衣,正手拿尿壶从屋里出来。她把热气腾腾的尿壶像口坩埚一样端在身前,步履蹒跚地穿过冰冷的庭院,走向被粉刷成白色的木板厕所。稍一呼吸,她的嘴里便会喷出一股白雾。她打开厕所门走了进去,门上的铰链便在霜冻的空气中嘎吱尖叫起来,直到那扇门啪的一声像枪响般在她身后又重重地摔上。这时,我突然感到头晕目眩,只得把眼睛闭上,这主要还是饿的缘故。我眼前直冒金星,有那么一瞬间,我觉得自己快要摔倒在地。我紧紧地倚着窗台,把身体稳住。等我重新睁开双眼,我发现第一座房屋里的蜡烛已经熄灭,烟囱里正往上冒着灰色的烟。

---

[1] 除特殊说明,本书中的"耶路撒冷"均指弗吉尼亚州的耶路撒冷镇,即如今的考特兰(Courtland)。
[2] 1码合91.44厘米。

这时，从远处传来飘忽而低沉的声响，那是疾驰的马蹄蹬踏出的如鼓点一样的咚咚声。声音在河的对岸，正由西往这边过来，因此也就变得越来越响。我举目往远处五十码开外的河岸上望去。时值黎明，一道由柏树和桉树混杂而成的森林之墙正高高耸立在那条泥泞、冰冷而迟缓流动的河水之上。墙上有道豁口，说明那里有条乡间小路通过。此刻，一匹快马正从那道豁口中飞奔而出，马上载着一名骑兵。它的身后紧跟着一匹马，再往后还有另一匹马。三名士兵策马冲上了那座柏木桥，一时之间，桥上仿佛有无数只巨大的木桶在滚过，在冲撞。在震耳欲聋的马蹄声和桥板吱吱咯咯的惨叫声中，士兵们从桥上飞驰而过，进了河这边的耶路撒冷城，他们的枪在微暗的晨光中闪闪发亮。我一直看到他们奔出我的视线，马蹄声渐渐弱了下来，终于在我身后的城镇里变成了轻柔的敲击声。一切又重归寂静。我阖上双眼，把额头支在窗槛上。黑暗给我的双眼带来了慰藉。多年来，我养成了在一天中的这个时段做祷告或者读《圣经》的习惯。可是在我被囚入监狱的这五天里，我曾向他们要过《圣经》，却遭到了拒绝，至于祈祷嘛——好吧，无论我怎么强迫自己，我都没法从嘴里再吐出只言片语的祷告词来，我也早已不以此为怪。我仍然渴望去做那个自打我成年以来每天都必不可少的事，因为对我来说，它已变得如此平常，如此自然，仿佛成了我身体的一种机能。然而现在，它就像一道远非我能理解的几何题或别的什么神秘学科的难题一样高不可攀，令我难以企及。我现在甚至都想不起来我是从何时开始丧失了做祷告的能力——一个月、两个月，抑或是更久以前。如果我能知道这种能力因何舍我而去，那对我来说至少也是一种安慰。可就连这种认知我都不能拥有，横亘在上帝和我之间的那道鸿沟似乎根本无法弥合。所以，当我紧闭双眼站在那里时，当我把头紧紧地贴在冰冷的木头窗槛上时，有那么一瞬间，我感到格外空虚。我又试着去做祈祷，脑中却是一片空白，我的意识里满满的全都是仍在远逝而去的迅疾的马蹄声，和从耶路撒冷城外的原野上传来的公鸡的打鸣声。

突然，只听身后的牢门嘎吱一响。我睁开眼转过身去，在提灯的光亮中我看见了基钦的脸。那是一张年轻的面孔，也就十八九岁，上面疙疙瘩瘩地长着青春痘和麻点。他露出一副目瞪口呆的傻傻的表情，看上去那么迟钝，那么惊惧，让我觉得怪可怜的，也许是我造成了他的某种无法挽回的心理变化。自打五天前我被送进这间牢房，他便从最初的忐忑不安，渐渐变得总是提心吊胆，而随着日子一天天过去，我仍一如既往地在睡觉，在吃喝，在呼吸，我仍未被死神光顾，他的担心便终于变成了不可救药的恐惧。我听见他站在牢门外边说了句什么，他的声音因为恐惧而微微发颤。

"纳特。"他说。接着他又说了一遍："哎，纳特。"他的声音里带着犹豫的意味。"纳特，醒醒！"

在那一瞬间，我真想冲他大叫一声"滚开！"，看着他吓得屁滚尿流地逃走。可我只说了一声："我醒着呢。"

见我已经站立在窗前，他显然有些发窘。"纳特，"他很快地说道，"律师马上就要来了，还记得吗？他想要见你。你醒着吗？"他说话有些结巴，在提灯的亮光下，我能看见他那张年轻而憔悴的苍白面孔。他的双眼正往外鼓着，因为恐惧，他嘴角旁边的一块地方已变得毫无血色。这时，我又一次感觉到了空腹所引起的剧烈疼痛。

"基钦少爷，"我说道，"我饿。求您了，能不能给我弄点吃的来？求您了，年轻的少爷。"

"八点才开早饭。"他嘴里咕哝着答道。

我一时没说话，只是看着他。也许正是这股饥饿激起了我最后的一线呼吸，最后的一口怒气。我原以为，早在六个星期之前，它们就已经从我身上永远地消失了。我朝那张面带惊恐的孩子气十足的脸望去，心想：你这孩子真是个白痴，你不过是走运罢了。威尔最喜欢拿你这样的年轻人下手了……我的脑海里没来由地闪现出威尔那疯狂的样子来，我心里的怒火仍在暗暗地继续燃烧，我心想：威尔啊威尔，我疯狂的黑伙计，要是我眼前的这个笨蛋被你捉住，你会怎样来享受这道美味啊……我内心的怒火消退了下来，然后便完全熄灭了，留给我的只有短暂的浪费、羞愧及疲惫感。"哪怕给我一块很小的玉米饼也行。"我恳求道。我在想：端着架子大模大样地讲话不会给我带来任何好处，普通的黑奴腔倒有可能管用。反正如今我已经一无所有，更别提什么自尊了。"一点点玉米饼就行，"我连哄带诳地央求着，"求求您了，少爷。我真的饿极了。"

"不到八点没有早饭！"他大声地脱口而出，几乎是在喊，提灯里的火苗被他的呼吸喷得闪烁不定，忽忽直抖。说完他飞快地走了。我站在黎明的亮光里，耳中聆听着从腑脏深处发出的饥鸣，身体一阵阵颤抖。过了片刻，我把身体挪回到木板上，重新坐下，把头深深埋进双手之间，阖上了双眼。祈祷又开始在我的意识边缘游走，好像有只巨大的灰猫在那里焦躁地窥伺，渴望能进入我的心灵。然而祈祷又一次被拒之门外，它无法靠近我，它已然被禁止，被排除。我无法完成祈祷，我和上帝之间仿佛插入了一座与太阳同样高的墙，祈祷被它毅然决然地挡在了外面。既然不能祈祷，我就开始用大声的自言自语来代替："感谢主，歌颂您至高无上的名字，这本为美事，在早晨传扬您的慈爱……"这几句无关紧要的话刚一出口，我立刻觉得不大对劲，所以我的嘴张得快，闭得也快。那些熟悉的每日赞美诗在我嘴里全然走了味。和我尝试做祷告的举动一样，这些诗已变得空空洞洞，毫无意义。以往，即使在我最疯狂的想象中，我也从未料到有一天我居然会有与上帝隔得如此之远的感觉——这种分离感与信仰和欲望无关，因为这两样东西我都还有。它是一种被人遗弃、与世隔绝、没有任何希望的孤独感，哪怕我被压在世上最大的岩石底下，像蠢蠢而动的昆虫一样在可怕而永恒的黑暗中苟活，我也不会有像现在这样的与圣灵如此疏离和遥远的感觉。

清晨的寒冷和潮湿开始像泥浆一样在我浑身的骨骼之间弥漫开来。墙那边传来了哈尔克的呼吸声，那就像一条奄奄一息的老狗的动静，所有的抽搐声、哆嗦声以及丑陋的悸动声全都一股脑被缝进了令人作呕的空气里。

像我这种跟土地（这是说，跟树林或者沼泽地）打了多年交道的人，久而久之便有了一个极其灵敏的鼻子，因为在这些地方成天出没的动物都必须拥有出类拔萃的觉察能力。所以，当我的眼睛尚未看到格雷其人时，我就已经闻到了他的气味。其实，格雷身上散发的那种气味并非只有格外灵敏的感官才能捕捉到。没等他走到牢门近前，他身上那股不亚于苹果花的芬芳便已先他而至，寒冷的黎明刹那间变成了五月美丽的早晨。这一回，基钦手里提来了两盏灯。他把其中一盏灯搁在地上，打开牢门，再把两盏灯都高高举起，走进牢房里。格雷也跟了进来。牢门边有一个污水桶，在犹豫和紧张之中，基钦的一只脚和桶撞了个正着，桶里的污水便稀里哗啦地响个不停。格雷想必也察觉到了基钦心里的惊恐，因为几乎就在同一时间，我听到格雷说："看在上帝的分上，别那么毛手毛脚的，伙计！你以为他还能把你怎么样呢？"那声音圆润而亲切，甚至轻快，洋溢着盈盈的善意。在那一刻，我已无法分辨他身上的哪样东西更令我憎恶：是他坚强果敢的声音，还是他身上那股扑鼻而来的香水味？"我的天，你是不是以为他能把你生吞活剥了？"基钦没有答话，只是把提灯放在从对面墙上直着伸过来的另一块松木板上（那块板子和我身下坐着的这块板子差不多），然后就提起污水桶逃了出去。牢门砰地被他在身后关上，接着，门上的螺栓咻溜一声被重重地重新插了回去。基钦走了，接下来的片刻，格雷没立刻讲话。他站在门边，缓慢而犹豫地朝我看了数眼，可他的目光却似乎越过我看向了我的身后——我已经注意到他有些近视。接着，他放松了一些，在紧挨着提灯的木板上坐了下来。其实我们也不会需要这盏灯太久了，就在他坐下的同时，早晨那清新而白皙的天光已从窗口灌了进来。随着小镇渐渐苏醒，我已经能听见外面离监狱很远的地方有抽水机在缓缓地发出咔嗒咔嗒的声音，还能听见窗户被打开的砰砰声和外面传来的犬吠声。格雷是个胖乎乎的红脸汉——他应该有五十岁或者五十多岁了——他的双眼凹陷，里面布满血丝，他似乎应该好好睡上一觉。他在木板上挪动了一番，终于找了个舒服的地方坐稳当了，这才突然掀起他的外套，露出穿在里面的一件时髦的锦缎西装马甲来。可那件马甲上面却沾着好些油污，而且为了顾及他的大肚子，马甲最底下的纽扣还是解开的。他又一次朝我看了过来，他的目光从我身旁看了过去，似乎仍未看到或找到他视线的焦点。他打了个哈欠，然后将手套一个指头一个指头地从他那只娇贵而粗短的手上摘了下来。手套原来应该是粉红色的，但如今变得又旧又脏。

"早上好，牧师。"他终于开口了。见我没有答话，他把手伸进马甲，从里面掏出一沓纸，然后将它们摊开在他的膝盖上，用手压平。接着，他什么也没说，只是把那沓纸举到提灯旁，来来回回理了好几遍，一边理一边自顾自地低声叨叨着什么，还时不时停下来摸摸胡子。他的胡子呈灰色，软软的，像是一道暗淡的阴影。他下巴上的胡子该刮刮了。我就坐在那里看着他，什么也没说，我感觉肚子里空空如也，他身上那股香甜得有些过头的气味几乎令我呕吐起来。光是看着他，和他讲话，就已经令我筋疲力尽，尽管我天性善良而且为人沉着，但此刻我头一次觉得我对他的反感开始占据上风。这可能是因为我所感到的饥饿或者寒冷，抑或二者兼而有之，也可能是因为不能做祷告给我带来的沮丧。从五天前开始，我就没有喜欢过这个人，也没有喜欢过他的做派，以及掩藏在那番做派背后的骗人的花招和伎俩。我对他的身体和他身上那股香甜腻人的气味同样鄙夷至极。尽管如此，我很快就意识到，如果我继续这么不听从、不顺服，继续这么守口如瓶下去，那我该会有多么愚蠢。毕竟一切都结束了——除了他对我的利诱和威胁，我还有什么可失去的呢？所以，甚至从一开始我就觉得，带着针尖对麦芒般的敌意去与他对抗不会给我带来任何好处，所以我努力抑制住对他的反感。即使我无法将这种感受完全扑灭（这种感受是反感，不是恨，因为迄今为止我只恨过一个人），我也要给它戴上面具，把它浸没在应对目前的局面所必需的礼貌和顺从之中。

在第一次见到他的那天，我一句话都没说。当时，秋天黄色的亮光正照进牢房（那是在下午，烟灰色的天空朦朦胧胧的，我记得，当时还有无花果的卷曲易碎的叶子从窗槛之间飘进屋来）。他也一样无精打采，一副举止迟缓、睡眼惺忪的样子。他讲的几句话显然是事先斟酌过的，所以很乏味。他一边说还一边用戴着粉红色手套的手指在裆部挠了挠："好吧，牧师，你听我说，如果你就这么死犟着一直不开口，这对你不会有任何好处。"他停顿了一下，我还是没吭声。"这只会——"说到这里，他犹豫了一下，"让你和隔壁的那个黑鬼吃更多的苦头。"我还是沉默着。一天前，他们刚把我从克罗斯基斯步行押送到这里。在我被押送过来的途中,两个女人——两个头戴遮阳帽的女妖婆——在众多男人的怂恿下用帽子上的饰针在我背上狠狠扎了十几次,也许更多次。现在,我背上被扎出的细小的伤口开始变得奇痒无比,我总想用手去挠它们,那种渴望简直到了不可救药的地步。我难受得连眼泪都快流出来了,可我没法挠,因为我的双手被铐住了。我心想,如果能去掉手铐,让我好好挠挠痒,我的思维应该会更清晰,我也能从巨大的痛苦之中解脱出来。在那一刻,我已经濒临向格雷屈服求饶的边缘,只要他能答应我的这个条件,可最终我还是紧闭着嘴,一言不发。事实很快证明,我这么做是明智的。"你明白我说的'吃更多的苦头'是什么意思吗?"他颇有耐心地故意问了一句,言语之中不无善意,就好像我应该是一位反应十分敏捷的谈伴,可此刻的我早已经精疲力竭,昏昏欲睡。在牢房的外面,我能听到骑兵发出的马蹄声和冲撞声,还能隐隐约约地听到上百种乱哄哄的声响。今天是我被监押在狱的消息得到证实的头一天,整座耶路撒冷城已经像顶着个炸雷一样变得歇斯底里。"我刚才说的'吃更多的苦头',纳特,有两部分意思。听着。一,你已经遭受过的痛苦将继——续——下——去,比如说,警长在你身上捆着的那些玩意。你脖子上挂的铁链,脚上戴的脚镣,还有他们在你脚踝上吊着的那颗大铁球,它们其实根本没什么用。我的天哪,他们莫非真把你当成那位一出手就能摧毁整座城市的参孙[1]了吧。要我说,这真是愚蠢透顶。把这些玩意往你身上一搁,没多久你自然就不行了,哪还用得着别人来勒着脖子把你绞死呀?"他把身体朝我这边倾了过来,他额上的汗珠像一粒粒细微的白色水泡,

---

[1] 《圣经》中的人物,是一位拥有天生神力的犹太战士。

尽管他的动作看上去颇为放松,但我还是能觉察出他内心的急切和渴望。"我指的就是这一类的事,就像我刚才说的,你已经遭受过的那些皮肉之苦将继——续——下——去。至于第二部分,在那些你已经遭受的痛苦之外,还将有更多、更严厉、更让人难以忍受的痛苦施加在你身上——"

"劳驾。"这是我在狱中见到他之后第一次开口说话。他猛地止住了话音。他显然已经盘算好了,即使撬不开我的嘴,他也会使出别的什么鬼魅伎俩,利用哈尔克来对付我、折磨我。可他完全领会错了,他误解了我的沉默,他根本不知道眼下我最紧迫、最急切的需求是被人挠一挠背。如果我反正会落得一个被绞死的下场,那拒绝坦白又能有什么用呢?更何况坦白也许还能为我在大限到来之前换来某些生理上的舒适和安慰。所以我觉得,在我与格雷的这场两个人之间的战争中,我已经赢得了初战的胜利。假如我一开始就松了口,那眼下我就得央求他们给我优待和宽大处理,而且很可能会求而不得。正因为我一直守口如瓶,他们才会觉得,只有给我些好处,我才会愿意开口。现在,他既然已表现出要给我些好处的意思,那我和他就都迈出了使我从捆在我身上的那些密密麻麻的枷锁和铁链中解脱出来的第一步。白人最善于花言巧语,他们说的话常常都靠不住,这一事实是毋庸置疑的。只有上帝知道,这个世界上有几场黑人的胜利是靠他们的绝对沉默取得的。"劳驾。"我又重复了一遍。我告诉他,他不必再往下说了。只见他的脸唰的一下变红,两只眼睛睁得又大又圆,目光中带着意外的惊喜,也闪烁着一丝失望。他原本憋足了劲,打算用一番令人生厌的长篇大论来好好威胁、利诱和恐吓我一番,然而现在,我的屈服似乎来得过于迅速,让他的那些希望全都化为了泡影。我直截了当地告诉他,我愿意坦白。

"你真的愿意?"他说,"你是说——"

"除了我自己,哈尔克已经是我们那支队伍里剩下的最后一个人了。我听说他伤得挺重。哈尔克和我是从小一起长大的,我不想有任何人伤害他,连碰他的一根头发都不行。所以先生,请别伤害哈尔克。还有——"

"好啊,先生,"格雷打断了我的话,"这才是正确而聪明的决定嘛,纳特。我就知道你早晚会想通的。"

"还有一件事,格雷先生,"我说得很慢,"昨天夜里,他们把我从克罗斯基斯押解到这里来以后,我就一直戴着这身镣铐在黑暗中坐着,我想好好睡上一觉,可就在我尝试入睡的时候,主仿佛出现在我眼前。一开始,我觉得那不可能是主,因为我觉得主在很久之前就已经把我遗忘、把我抛弃了。当我戴着满身的枷锁坐在这里时,我的脖子上缠着镣铐,腿上戴着脚铐,手腕上的手铐都已经嵌进了肉里。当我满怀绝望和痛苦地坐在这里时,我清楚地知道死亡即将降临到我身上,哎呀,格雷先生,我发誓,这个时候,主真的在我眼前出现了。主还跟我讲了一番话。主说:'坦白吧,这样世界上所有的国家都能知道,坦白吧,这样所有的世人都能知道你的所作所为。'"我停下来看着格雷,他正沐浴在一片灰蒙蒙的秋光里。我原以为,我刚才的那番谎话会轻易露馅,却没想到格雷一口咬住它便不愿再松嘴。我的话还没说完,他就赶忙一边伸手到西装马甲里去掏纸,一边去抓他膝盖上放着的那只胡桃木的笔墨盒。他看上去急不可耐,似乎唯恐别人不想再搭理他。"听了主跟我说的这番话,"我继续说,"格雷先生,我就知道我已经别无选择了。好吧,先生,虽然我已经很累了,但我愿意坦白,因为主已经向你眼前的这位黑人发出了命令。"

鹅毛笔被拿了出来，纸也在笔墨盒的盖子上铺开，格雷急促的书写声响了起来。急不可耐的他想要切入正题了。"纳特，你再说一遍，主都跟你讲了些什么？让你坦白你的罪行，是吗——还有呢？"

"不是坦白我的罪行，先生，"我答道，"主说的是'坦白'。就两个字，'坦白'。这一点很重要，我必须讲清楚。主根本没说'我的罪行'这几个字。坦白吧，这样世界上所有的国家都能知道……"

"坦白吧，这样世界上所有的国家都能知道，"他屏住呼吸重复着那句话，笔在纸上飞快地书写着，"还有呢？"他抬起头问道。

"主还对我说：'坦白吧，这样所有的世人都能知道你的所作所为。'"

格雷顿了顿，鹅毛笔停在了半空。他仍然在出汗，他的脸上有一股近乎狂喜的愉悦，有那么一瞬间，我甚至都以为他眼里马上就要流出激动的泪水来。他慢慢把笔搁在笔墨盒上。"我跟你说，纳特，"他的话语声中充满了激动，"实话跟你说吧，你的这个决定做得太对了，实在是对极了。这才是我说的那种受人尊敬的选择。"

"你说的受人尊敬是指什么？"我说。

"就是坦白呀。"

"我是在听从主的命令，"我答道，"而且，我也没有什么需要隐瞒的。既然如此，把我知道的事情全都说出来，对我又有什么损害呢？"说到这里，我稍稍犹豫了一下，对挠背的渴望几乎已把我推到一种细微而特殊的疯狂的边缘。"我还有许多事情要跟您讲，格雷先生，但能不能让他们先把这些镣铐给我摘了？我脖子上有块地方痒极了。"

"我想问题应该不大，"他的语气颇为亲切，"刚才我已经讲了，法院已经授权给我，在合理的范围之内，我可以酌情减轻你目前所受的痛苦，这对我们双方都有好处。当然，前提是你同意给予某种程度上的配合。我很高兴——真的,你能答应配合我们,我非常高兴。"他的身体朝我探了过来,我们俩顿时都被一股春天和花草的气味包围住了。"这么说,主对你说的是'坦白吧,这样世界上所有的国家都能知道'?牧师,我觉得你尚未领悟这句话里隐含的神性的公平和正义。将近十个星期过去了,不仅仅是弗吉尼亚州的人们,全美国的人们都在翘首以盼,想知道事情的真相。整整十个星期呀,你像狐狸一样在南安普敦县四周东逃西躲,消失得无影无踪。全美国的人都急着想知道为什么你要炮制这样一桩惨案。在整个美国,在美国的南部和北部,人们都在询问自己,这帮黑鬼怎么突然间能变得如此有组织性?他们怎么能制定并推出,更别说协调和实施这样一项庞大的计划呢?但人们无法知道事实,因为他们不了解事情的真相。对事实与真相他们都是两眼一抹黑。至于其他参与暴动的黑鬼,他们也什么都不知道。要么他们真的不知道,要么他们太笨。一群笨蛋!笨蛋!笨蛋!在他们之中,有的人连句囫囵话也讲不全,比如你隔壁那个还没被我们绞死的家伙,那个叫哈尔克的。"他停顿了一下,"哎,我一直想问来着,他的这个名字是怎么来的?"

"我想,是因为他生来就长得像赫拉克勒斯[1],"我说,"哈尔克是赫拉克勒斯的简称,应该是这样的,但我也说不准。没人知道确切的原因,反正人们一直都叫他哈尔克。"

"哦,他也够笨的。不过据我看,跟别的黑鬼比起来,他还算稍微聪明一点。可这家伙真倔呀,他算是我这辈子见过的最古怪的黑鬼了。"格雷弯下身凑到我近前说道,"不过就算是他这样的黑鬼,也什么都不肯说。他肩膀上挨了一枪,是那种打大号铅弹的猎枪,

---

[1] 希腊神话中的大英雄,神勇无敌,完成了十二项英雄事迹。

那种子弹威力大极了，足以把一头公牛给轰趴下。我们一直在给他养伤。实话跟你说吧，纳特，我也不瞒你了。我们本以为他会把你躲藏的地点供出来。总之，我们一直在给他养伤。这个家伙真的很顽强，这一点我不得不承认。只要我们一开始向他提问，他就坐在那里，也就是你现在住的这间牢房里，用牙齿使劲地咬鸡骨头，一根接一根地把鸡骨头咬断，咬完便把身子往后一挺，不住地大笑，他笑起来的声音像猫头鹰在叫。至于其他的黑鬼嘛，他们确实什么也不知道。"说完，格雷把身体收了回去。他沉默了片刻，擦了一把额头上的汗。我坐在那里，耳中倾听着从监狱外面传来的嘈杂之声和喁喁的低语声，有小孩在喊叫，有哨声，有突如其来的马蹄的蹬踏声，而在这些声音之下还有许许多多别的声音，它们像那条正在远处奔流的河水一样在起伏，在涨落。"不，先生，"他又开口说道，说得比刚才更慢，更柔和，"纳特，只有纳特，才是这场暴乱的关键所在。"他又停了停，接着几乎像耳语一样低声对我说："难道你不知道你有多么关键吗，牧师？"

透过窗户，我能看见外面有卷曲的金色无花果叶子在飘落。我已经一动不动地坐了好几个小时。我意识的边缘已经有即将产生幻觉时的那种椭圆形的模糊影像在来回跳动。在我的意识中，这些影像和外面飘落的树叶已经混淆在了一起。我没回答他的问题，只最后问了一句："你刚才说，其他人也都出庭被审了一次，是吗？"

"一次？"他说，"你是想问几次吧？该死的，天知道我们开了多少次庭，审了多少趟，我们几乎每天都在审。九月，还有上个月，都快审不过来了。"

"审判？你是说——"这时，一幅场景像炸裂的光团般乍然闪现在我的脑海中：就在一天前，我被人押着从克罗斯基斯往耶路撒冷赶,时不时会有穿着靴子的脚重重地踹在我的后背、屁股和脊椎骨上。我的肩膀痛得厉害,那是她们用遮阳帽上的饰针扎的,我的眼前闪过一张张模糊而愤怒的面孔,飞扬的尘土掉进我的眼睛里,他们往我身上吐的口水和黏液全都一团团、一丝丝地挂在我的鼻子、脸颊和脖子上(直到现在我还觉得,它们像一块巨壳状的干癣那样贴在我的脸上)。一个狂野的叫喊声传到我的耳边,我不知道是谁在喊,声音响极了,甚至有些歇斯底里,它将其他所有的嘈杂和喧嚣之声都盖了下去:"烧死他!烧死他!把这个黑色的魔鬼就地给烧死!"在这场一路跌跌撞撞并且长达六个小时的行军当中,希望和惊讶在我内心奇妙地交织在了一起。不管他们打算怎么收拾我,是把我烧死、绞死,还是将我剜眼割心,我都希望他们能痛快地给我一个了断。为什么他们不立刻动手呢?他们什么也没做,他们吐出的口水仿佛是永恒的存在,其中的酸臭已成为我的一部分。但除去被吐过口水,挨过踹,还被遮阳帽上的饰针扎过以外,我到头来几乎毫发未损,这着实让我惊讶。甚至当他们把我用铁链捆得严严实实并且将我扔进这间牢房的时候,我心里还在想:这想必是主为我准备的一场特殊的救赎,除非他们是在精心策划一场远非我能理解的惩罚。但肯定不是。因为只有我才能为他们解开这个谜,而我即将出庭受审。至于其他人——参加暴动的其他黑奴,至于他们的审判嘛——我看向格雷,我忽然醒悟了过来。"你们这是要把糠从麦子里筛出来。[1]"我说。

"Bien sure[2],哦,这是法语。你说得太对了。但你也可以说,

---

1 《圣经·路加福音》3:17。把糠从麦子里筛出来,即甄别精华和糟粕之意。
2 法语,当然的意思。

我们是为了保护人们的财产权。"

"财产权?"我说。

"Bien sure,"他答道,"应该是两个目的兼而有之吧。"他伸手从马甲兜里掏出一支新鲜的深褐色的口嚼烟来。他用指尖拈着那支烟,细细看了看,然后张嘴嚼了一大口。"我本想让你也来一口,"过了片刻,他才又说道,"可我转念一想,作为牧师,你对尼古丁夫人应该是不会有什么非分之想的。不过这主意其实不赖,嚼着嚼着,没一会儿你整个人就变得晕晕乎乎的了。不,纳特,有些事我必须跟你讲清楚,那就是作为律师——作为你的律师,从某种程度上来说,我就是你的律师——在我们的谈话过程中,我有责任为你指出某些法律方面的相关细节,多了解点情况也许对你并没有坏处。好啦,回到刚才所讲的那两部分意思。头一个指的就是财产权。"

我盯着他,什么也没说。

"我讲通俗点吧。就拿狗打个比方,狗也是一种财产。哦,不,还是先用马车打个比方——打比方也许还是先易后难,逐渐增加逻辑难度比较好。那好,比方说,一位农场主拥有一辆马车——那种再寻常不过的普普通通的拉货马车。他把它停在田野上的某个地方,车上装满了玉米荚、干草和柴火之类的东西,可他停车的地方恰好是个斜坡。而这辆马车呢,它已经老掉牙了,所以在他毫无察觉的情况下,马车的刹车突然失灵了。于是,车子顺着坡飞快地冲了下来,它穿山越谷,你都没来得及说上一句'约翰·亨利[1],来帮帮我吧!',它就已经轰的一声撞上了一座房屋的门廊。这时,门廊里正好有个小女孩,她正安安静静地坐在那里。马车轰的一声,正巧撞

---

[1] 美国民谣中的传奇英雄人物。

在门廊上。可怜的小女孩就这样在她母亲的眼皮底下活生生被马车轮子给轧扁了,当场就送了命。事实上,这是件真事,我不久前听说的,就发生在丁威迪县的某个地方。当然了,人们免不了要替她惋惜,要为她痛哭流涕,也给她举办了葬礼什么的,但人们的注意力很快就不可避免地回到了那辆老旧的马车上。怎么会发生这样的事呢?小克拉琳达怎么突然就被那辆旧马车给轧死了呢?谁该为这起可怕的疏忽事故承担责任呢?好啦,你说说看,谁应该为此负责?"

他最后的问题是在问我,可我却懒得回答他。也许是因为无聊、恼火或是疲倦,也可能三者都有,反正我没回答他,只是看着他把正嚼着的烟草块在嘴里换了个边。他一张嘴,一股铜色的烟草汁便从他嘴里喷到我们俩之间的地板上。

"我来告诉你吧。"他接着说,"我告诉你这个责任该由谁来负。这件事绝对是那个农场主的责任,这是毋庸置疑的,因为马车是个没有生命的财产。马车本身不能因为它的行为而被追责。你无法对马车实施惩罚,你不能把它拆个稀巴烂,往火里一扔,然后骂上一句:'你瞧好了,这是给你的教训,你这辆婊子养的、不要脸的马车!'不,因为责任该由那位倒霉的农场主来负。葬礼上雇风笛乐手的钱应该由他出,他还得按法院的判决对所有由他造成的损失进行赔偿——包括被撞毁的门廊,死去的小女孩的丧葬费用,外加法院判给受害人的合理的惩罚性赔偿。而接下来,如果这个可怜的家伙还能剩下几个钱,他会把马车的刹车修好,然后回家继续种他的地去。从此以后,虽然他的日子过得可能没有以前滋润,但他也算吃一堑长一智了。你明白我的意思吗?"

"是的,"我说,"我明白。"

"那接着我们就谈谈这件事的本质所在,那就是'有生命的财产'。这一概念引发了一个相当棘手而又敏感的法律问题,尤其是在对生命损失和财产破坏进行裁定的时候。在你和你那帮同伙犯下的案子当中,这个问题会有多么棘手、多么敏感,即使我不说你也能想象得到。你们所犯的罪行在这个国家的历史上是空前的,而且我想补充一句,你知道对这起案子的审判将在一种怎样的气氛中进行吗?这么说吧,你们已经引起了公愤,这么说一点都不夸张。你为什么在那里扭来扭去呢?"

"我的肩膀,"我说,"如果你能让他们把这些锁链给松一松的话,那就太感谢了。我的肩膀疼得难受。"

"我刚才说过,这件事我会交代给他们的,"他的声音有些不耐烦,"我是个讲信用的人,牧师。但我们还是先回到财产问题上来,有生命的财产和马车,这二者既有相同之处也有相异之处。最主要也最明显的相同之处当然在于,从法律的角度来看,二者都被视为财产。而基于同样的道理——哦,我讲的这些东西对你来说是不是太复杂了?"

"不,先生。"我说。

"而基于同样的道理,二者最主要也最明显的区别则在于,有生命的财产和像马车这样没有生命的财产是不同的,前者能实施犯罪,法院也能对其进行审判,而拥有这种财产的人则能被依法免除责任。不知道你是否觉得这有点矛盾。你说呢?"

"有点什么?"我说。

"矛盾,"他停了下来,"我看你还是没有听懂。"

"哦,我听懂了。"其实,我只是从没听到过"矛盾"这个词。

"矛盾。也就是说,在某一时之间发生的某一件事上,出现了两个相反的意思。我是不是搞得太复杂了?"

我没再回答他。因为他讲话的语气里有某些东西已开始令我感到厌恶，同时，他嘴里的那团烟草让他的语气变得更加黏稠，听上去湿滑而油腻。

"好啦，先不管那些，"他继续说道，"我就不再在这里解释了。到法庭上你都会听到的。关键在于，你就是一件有生命的财产，而有生命的财产是能够背着人搞阴谋、耍诡计的。你和马车不一样，牧师，你是一个拥有精神意志力并且能做出道德选择的财产。请牢记这一点。这就是法律会规定，像你这样的财产可以被诉以重罪的原因，也是下星期六你得出庭受审的原因。"

他停了停，然后不带丝毫感情地轻声说道："而且，你还会被绞死。"

过了片刻，格雷似乎感到有些疲倦，他深深吸了口气，把身体从我这边收回去，靠在了墙上。他低垂着眼睛，用温和的目光望着我，我能听见他粗重的呼吸声，还有他嘴里将烟草嚼出汁液的声音。我头一次注意到他那张通红的脸上有些褪色的斑点——很细微的红棕色的斑点，和我以前在克罗斯基斯时，在一个爱喝白兰地的白人脸上看到的斑点一模一样，可那家伙很快就把自己给喝死了，死的时候肝脏肿得跟中等个头的西瓜一样大。不知我的这位陌生的律师是否也患有同样的毛病。在牢房里，秋蝇正迟缓地四处乱飞，空中嗡嗡地传来它们轻微而又飘忽不定的声响。它们时而在金色的光线中灵巧地穿梭，时而在污水桶上方不知疲倦地游荡，时而成双结对地在格雷沾有油污的粉红色手套上、马甲上甚至是他那双一动不动搁在膝盖上的手上爬来爬去。我眼看着树叶已经与在我意识边缘猛烈跳动的阴影渐渐融合在了一起。我想挠背，想活动活动肩膀，这种渴望已强烈到了不可救药的地步，它已经变得与对色欲的沉迷如出一辙。格雷说的最后几句话只在我脑中留下了极其模糊和怪诞的印象,在我的一生中,来自白人的说教从来都未绝于耳,而格雷刚才那番话可谓其中的典范。我只能将那番话与那些出现在我噩梦中的语言放在一起比较。那些噩梦绝对是荒谬的,但不知为什么,它们却显得那么真实,真实得令人恐惧。比如,猫头鹰在树林里像杂货店的店主一样高声报着价目表,还有一头野猪,它只凭两条后腿支撑着身体,一蹦一跳地从夏日的玉米地里往外跑,一边跑还一边在吟诵《圣经·申命记》里的诗篇。我冷静地看着格雷,与其他白人比起来,他说不上比他们更好,但也不比他们更坏到哪里去——和大多数白人一样,他有一张能说会道的巧嘴。《圣经》里的一段经文像报纸上的大字标题一样跃入了我的脑海:"谨守口与舌的,就保守自己免受灾难。[1]"而我只是又说了一遍:"你们这是要把糠从麦子里筛出来。"

"或者,我们也可以反过来说,"他答道,"我们这是要把麦子从糠里边筛出来。从大体上讲,你说得一点不错,纳特。但问题在于,有几名黑鬼,包括你在内,跟此事绝对脱不了干系,没有任何办法能减轻或弥补你们犯下的罪行。但同时,还有其他一些黑鬼——我想,即使我不说你也知道这是个痛苦的事实——他们当中有的是因为年幼无知而被逼着参加暴乱的,有的只是在随大流,还有些黑人对你这些疯狂的图谋是彻头彻尾地持反对态度的。因为制定法律的初衷是保护那些黑鬼的主人……"

他一边继续说着,一边从兜里拿出一张纸来,可我没继续往下听。我忽然感到从内心涌出一股悲哀而酸楚的苦涩感,它跟这监牢

---

[1] 《圣经·箴言》21:23。

和枷锁，跟我的伤痛和不适，甚至跟我与主之间的那种神秘而孤独的疏离感都毫无瓜葛，虽然那种疏离感同样给我带来了几乎难以承受的痛苦。眼下我正面对的是一种别样的痛苦。十个星期以来，我一直都在小心翼翼地回避这种痛苦，将它埋在内心深处，可如今，格雷却漫不经心地将背后的原因一语道破，将我痛苦的缘由丑陋地暴露在我的眼前：其他的黑人畏惧了，退缩了。我的喉咙深处肯定发出了某种痛苦而恼怒的声响，也可能是格雷感觉到了我内心新添的苦闷，因为他抬起头来端详着我，眼睛又眯成了一条缝。他说："这回你栽就栽在了那些黑鬼的手里，牧师。那是你犯下的最致命的错误。你做梦都猜不透那些黑人是怎么想的——"我本以为接下来他要在这一点上继续阐述和渲染一番，可没承想，他将那张纸平放在木板上，然后弓下身去，一边用手把纸抚平，一边继续用他的那种不动声色的、随意的、絮叨般的口吻说道："就像我说的那样，看一看这份名单，你就能清楚地知道麦子里究竟混进去了多少糠。听好了，我开始念了——杰克，纳撒尼尔·西蒙斯之财产，无罪释放。"他斜着一只眼往上瞟了瞟我，脸上带着讯问的表情。我没有任何反应。

"斯蒂芬，"他继续说道，"詹姆斯·贝尔之财产，无罪释放。谢德拉克，纳撒尼尔·西蒙斯之财产，无罪释放。吉姆，威廉·沃恩之财产，无罪释放。丹尼尔，所罗门·D.帕克之财产，撤销起诉。费里和阿切尔，J. W.帕克之财产，同上。阿诺德和阿蒂斯特，自由的黑人，同上。马特，托马斯·里德利之财产，无罪释放。吉姆，理查德·波特之财产，同上。纳尔逊，本杰明·布伦特之财产，同上。萨姆，J. W.帕克之财产，同上。哈伯德，凯瑟琳·怀特黑德之财产，撤销起诉……真该死，我可以一直把这份名单念下去，但我觉得不必了。"他又意味深长地盯着我看了看,眼神里带着些心照不宣的意味。"如果我刚才念的内容还不足以证明我们的审判是公正合理的话,那我真的就无话可说了。"

我犹豫了片刻,这才说道:"在我看来,这些内容只证明了一件事,即对某种律法,也就是财产权的认可,正如你刚才指出的那样。"

"等一下,牧师,"他反驳道,"稍等一下!我想给你个忠告,在我面前别太放肆。我仍然要说,这些内容绝对能证明我们所进行的一系列审判都是公平和公正的,你不用在这里耍嘴皮子,跟我唱反调。如果你那张黑嘴里再冒出一句像刚才那样的话来,那我敢保证,你身上缠的铁链子只会变得越来越多,而不是减少。"一想到会给自己身上招来更多的桎梏,我顿时变得不安起来,我不禁后悔说了刚才的那番话。这还是格雷头一次对我表现出某种敌意,此刻他的脸色不大好看,他的下嘴唇略微有些松垂,从他嘴角的某个地方淌出了一滴棕褐色的汁液。不过,几乎就在短短的一瞬间,他已经重新冷静下来。他擦了擦嘴,举止也重新变得轻松且随意,甚至可以说是友好了。在监狱外面的某个地方,在某片遥远而稀疏的十一月的森林之下,我听到有个女人拉长了声音正在尖厉地叫喊。从她那欢呼般的呐喊声中,我只听清了一个单词,那就是我的名字,纳——特,它仅有的一个音节被无限地拖长了。这种声音就像一头骡子的嘶鸣声一样,在嘈杂、喧嚣和许多声音的奔涌中无休止地延伸着。"总共是六十多名嫌犯,"格雷说,"在这六十多人当中,有二三十人被无罪释放或撤销起诉,另外约有十五人被法院判定有罪并遭到了流放。已经被判处绞刑的只有十五人——你和那个叫哈尔克的黑鬼也会被绞死,所以被判绞刑的总共有十七人。换句话说,在这场大规模的暴乱中，仅有约四分之一的参与者将被绞死。那些该死的废奴主义者居然还拐弯抹角地说什么我们的审判未能秉行公正。我们已经够公正了。公正！这也正是黑奴制还能再延续一千年的原因。"

格雷手里拿着他的名单和文件，仍在发着牢骚。这时，我说道："格雷先生，我知道，以我目前的处境，我没资格提任何要求。但在我开始坦白之前，我恐怕还需要一点时间来理一理头绪。能不能请您让我独自待一会儿？我需要一点时间，先生，我需要时间来好好想想，有些事情我还想听听主的意思。"

"那当然，纳特，"他答道，"我们有的是时间，事实上，我也正好借这个机会去办点事。告诉你吧，我要去找特雷兹万特先生，他是代表弗吉尼亚州政府的律师，我得跟他谈谈你身上的这些链子和镣铐的事。等我回来，我们就开始。半个小时，噢，四十五分钟吧，够不够？"

"那就太感谢您了。还有，我真不想让您太为难，可是格雷先生，从昨晚到现在，我一直都饿着肚子。不知道您能不能让他们给我弄点吃的来，让我先把肚子垫巴垫巴，待会儿坦白起来也不至于走神。"

他站起身，揪着狱门上的栏杆使劲摇了摇，叫狱卒过来，然后才转过身冲我说道："牧师，只要你开口，一切都好说。没问题，我们会给你弄些吃的。肚子里连点玉米饼和培根都没有，你哪里会有力气坦白呢？"

他走了，牢门又把我死死地关在了里边。我纹丝不动地坐在那里，锁链像一张网，密密地缠在我身上。午后的太阳已经沉到窗口以下，却仍往牢房里灌满了亮光。飞蝇不断地光顾我的额头、面颊和嘴唇，它们嗡嗡地叫着，在墙与墙之间轻快而惬意地飞来飞去。

不计其数的灰尘微粒一团团、一簇簇地在这亮光中升降浮沉，我甚至开始怀疑这些在我看来体积如此巨大、如此醒目的灰尘会阻碍或者危及苍蝇的飞行。我想，这些灰尘之于苍蝇，也许就像秋叶之于人类，它们对苍蝇的危害绝不会大于秋叶给在十月的树林中漫步的人们带来的危害。突如其来的一阵清风从人们身旁的白杨或者梧桐树上摇下纷纷扬扬的落叶，但那些令人眼花缭乱的棕色和金黄色的薄叶片根本不会给人带来任何伤害。我为苍蝇的安危沉思默想了好半天，甚至对监狱外面鼎沸的喧嚣声也充耳不闻。那些声音像夏天的雷鸣一样在隆隆地起伏，听上去好像就在我身边盘桓，但实际上却离我极其遥远。我心想，从很多方面来看，在上帝创造的物种当中，苍蝇应该算是最幸运的一类了。它生来就没有头脑，没有感觉，终日只知道在又潮又暖的地方觅食，等它找到了一位同样没有头脑的配偶，它们就交配、繁殖，然后没头没脑地死去，根本不知痛苦和悲哀为何物。但紧接着我又问自己：我真的那么确定吗？谁知道这一切是不是因为苍蝇是上帝的弃儿当中最不幸、最悲惨的呢？它们在天堂和被遗忘的世界之间永恒地、嗡嗡地飞来飞去，在毫无意识的震颤中痛苦地挣扎，在本能的驱使下食腐啖腥、追脏逐臭，这种没有头脑的状态难道不是一种永久的折磨吗？即使有人为了摆脱人世间的苦难而想要跻身于苍蝇所栖息的那片乐土，不管他这么做是出于深思熟虑后的决定还是因为无心的过失，他都会发现自己进入的是一个以前根本无法想象的可怕的地狱——在那种生存状态下，人们的行动不是基于个人的意志和选择，而是出于对本能的盲目状态和无意识的服从，因为只有这样，他才能让自己没完没了地落在一堆已经腐烂的死狐狸的内脏上或者牢房里的那只污水桶上，恶心而贪婪地大快朵颐。只有在那个时候，人类才算是面临着终极的惩罚：生活在苍蝇的世界里，和苍蝇吃着同样的食物，没有自己的意志和选择，也没有任何欲望。

我记得，我以前的主人当中有一位托马斯·莫尔先生，他讲过这样一句话：黑人永远都不会自杀。当时的场景我至今历历在目——那是个寒冷的秋日，正是打野猪的好季节——也许是死亡与死亡所在的寒冷季节二者的结合，才使我对这件事的印象如此深刻。莫尔那张满是皱纹和痘疮的脸已冻得发紫，他一边忙着收拾野猪血淋淋的尸体，一边在跟两位邻居说话（当时我就站在一旁听着，下面的每个字都是他的原话）："有谁听说过黑鬼自杀的吗？没有，依我看，有的黑鬼可能也曾想过要自杀，但他得好好想想啊，于是想来想去，想着想着他就睡着了。对吗，纳特？"两位邻居都在大笑，我也笑了：前者是我意料之中的事，后者则是他们想看到的事。他又把问题重复了一遍——"对吗，纳特？"——这次的口气中带有更多的强迫。我像往常一样咯咯笑了笑，答道："是的，托马斯老爷，您说得对，真的是这样。"的确，我不得不承认，我越细品这句话，就越觉得它讲得不无道理，我还真的从未听说有哪个黑人自杀过。为了解释这个现象，我曾倾向于认为（尤其是在我阅读过《圣经》和那些伟大先知的教导之后），这一定是因为黑人在面对逆境和苦难的时候，黑人所秉持的基督教的信仰在起作用；是因为他们懂得，那些苦难在本质上意味着某种正义；是因为他们知道，生命是不朽的，所以他们懂得忍耐和宽容。正是这些原因使黑人能够摆脱自我毁灭的念头。"困苦的百姓，你必拯救……耶和华啊，你是我的灯，耶和华必照明我的黑暗。[1]"可此刻，当我坐在这阳光下，坐

---

[1]《圣经·撒母耳记下》22：28—29。

在这忽明忽暗的落叶的阴影里，坐在这苍蝇发出的无休止的沙沙声和嗡嗡声之中的时候，我却无法再说我的这个认识是正确的。我的那些安于现状的黑皮肤的同胞们和苍蝇确实挺像，他们就是一群愚钝的窝囊废，甚至都没有胆子用自己的手去终结他们那无穷无尽的苦难……

我在亮光下纹丝不动地坐了很久，我在等格雷回来。我不知道他能否说服他们把我身上的锁链和镣铐解开，再弄些吃的给我，也不知道我能否说动他为我提供一本《圣经》，因为我正如饥似渴地盼望着它，那种饥渴令我痛彻心扉。来自外面人群的喧嚣已被我从头脑中摒除，苍蝇依然在我四周的寂静中穿梭着，它们发出的嗡嗡声就像永生永世之声一样勤恳而隆重。又过了一会儿，我开始尝试做祷告，但和先前一样，我还是没能做成。我唯一的感受就是绝望，它令我难受至极，我觉得自己都快要疯了。只不过，绝望比疯狂埋藏得更深。

早晨，天刚一破晓，清澈而洁白的亮光便往牢房里灌了进来。格雷把提灯里的火吹灭了。"我的天，好冷啊。"他颤抖着赶忙把外套扣好。"哦——"他停下来，盯着我看了看，"你知道吗，今天的审判结束以后，我要做的第一件事，就是要求他们给你弄几件暖和点的衣服。把个大活人关在这么冷的牢房里冻得半死不活的，这怎么能行呢？我是说，因为前一阵天气还挺暖和，所以我还真没注意你穿的是这么一身衣服。不过，你穿的那都是什么呀——都破得不成样子了——还是夏天发的单衣吧？这件衣服是棉的还是粗布的？真可怜哪，这么大冷的天，穿着这么破的衣服。哦，对啦，你刚才坦白的内容，我已经把重要的部分记录在案，为了它，我差不多忙了该死的整整一夜。嗯，我以前跟你说过，你的这份自白，恐怕会被检方用作起诉你的证据，除此以外，它不会给你带来任何问题或者危害。我估计，我或者 W. C. 帕克先生——他是你的辩护律师——会先站起来替你做一段正式的陈述，但鉴于目前的情况，我们的陈述也只能限于恳请法官在宣判之前仔细研究一下我们向他们提供的呈堂证据，也就是你的那份完整的、自发且自愿的坦白书。我们也不可能做更多的事情了。哦，我之前跟你说过，今天上午你在坦白书上画押之前，我想先给你读一遍——"

"你是说，那位帕克先生——"我插了句嘴，"你是说，你并不是我的律师？"

"哦，当然是了，他嘛，可以说是我的同事。"

"可我连他的面都还没见过呢！你怎么今天才告诉我呢？"我停了停，"你把这些内容全都记录下来，原来是要交给检方用来起诉我的呀！"

一种不耐烦的表情从他脸上一闪而过，本来已经作势要打的一个哈欠被他硬生生地收了回去。"你瞧！检察官也是我的同事呀。这有什么区别吗，牧师？检方，辩方——不管怎么着，结果都还是一样。我还以为，这一点我已经跟你交代得很清楚了——我嘛，代表法庭，得到授权来录取你的口供，而这也正是我所做的事情。不过，你也不要抱什么希望了。"他目不转睛地看着我，然后又连哄带骗地说道："好啦，牧师，我们还是现实一点吧！我的意思是——也好，我们就打开天窗说亮话吧——"他顿了顿，"我的意思是——唉，你应该知道我的意思，真是见鬼了。"

"是的，"我说，"我知道我会被绞死。"

"那不就得了，既然这是一件可想而知、无论如何也避免不了的事，那在旁枝末节的法律问题上斤斤计较又有什么意义呢？"

"没有，先生，"我说，"我也觉得没有意义。"肯定没有意义。理论上的可能性也终于完全消失了，我甚至感到轻松了许多。

"那我们就开始吧。我想在十点之前尽可能把初稿写得切合实际一些。哦，我刚才说过，我会把所有的内容都给你读一遍。然后你画上押。出庭的时候，我还会当庭再宣读一遍，以作为检方起诉的证据。可在我把这篇东西读给你听的同时，有几件事我还没完全搞懂，所以如果可以的话，等会儿你还需要解释一下。所以我在读的过程中可能会时不时停下来，做一两处小的修改。准备好了吗？"

我点了点头，浑身冷得直颤。

"先生——您要求我将导致我发动最近这场暴乱的动机及其历史渊源做个详细的交代，当然，暴乱是您的叫法。而要做到这一点，我必须从我的童年，甚至是从我出生之前开始讲起……"格雷开始字斟句酌地念了起来，他念得很慢，仿佛在逐个品味其中的每个字的含义，他突然停了下来，抬眼看着我说道："当然了，纳特，在这份自白书里，并非每个字都是你跟我讲的原话。作为法庭上的呈堂证供，我们当然得把格式弄得，呃，那什么，庄重一点，是不是？所以，我念的内容呢，对你原话中某些比较粗俗或者生硬的地方或多或少做了一些加工和改写，这包括从上个星期二以来我们俩进行的所有谈话。但你话里的意思，也就是所有关键的细节全都保持了原意——至少我希望如此。"他把头转回去，看着文件继续念道："'而要做到这一点'，呃，我念过这里了，'从我出生之前'，嗯，就是这里。'我在去年的十月二号便满了三十一岁，从我呱呱落地的那一刻开始，我就成了本郡居民本杰明·特纳的财产。在我童年时期发生的一件事，给我留下了难以磨灭的印象，并为我对宗教的狂热奠定了基础。当然，也正是这股狂热令许许多多的白人和黑人丧失了生命,而我也将因此被送上绞架。在此,有件事需要——'"读到这里,他突然又打住了,问道:"刚才读的这些,你都听懂了吗?"

我冷极了。我感觉全身的能量都已经枯竭。我唯一能做的就是用眼睛瞅着他,嘴里咕哝了一句:"听懂了。"

"那好,我们继续:'有件事我需要事先交代一下,也许它听上去微不足道,但我后来形成的信仰都是由此发端的。甚至就在此时此刻,先生,纵然我身陷囹圄,孑然一身,被世人遗弃,我也绝对不会背弃我的信仰。在我大概三四岁的时候,我跟一同玩耍的其他小孩讲了一些事,被我母亲无意中听见了,母亲说,那些事全都是在我出生之前发生的,我怎么可能知道呢?可我对自己讲的那些事情却坚信不疑,而且还讲了一些别的事情,母亲这才觉得它们的确证明了那些事情的真实性。其他人听说了这件事,也都惊讶极了,因为他们知道,历史上确确实实发生过那些事。于是,我开始听到人们纷纷传言说我肯定是一位先知,因为主把我出生前发生的事都传授给了我。因为我母亲的缘故,我对自己的这种第一印象也越来越根深蒂固,她经常当着我的面对别人说,我生来就是个要干大事的人……'"念到这里,他又打住话头,问道:"怎么样,写得还算公允吧?"

"是的。"我说。这的确是事实。正如他所说的那样,至少我和他谈到的那些关键的地方没有被歪曲。"是的,"我又重复了一遍,"还算公允。"

"那好,我们继续——纳特,我替你写的这份谈话记录,能让你觉得还算公允,这很让我高兴。纳特,接着往下听:'不光是我母亲(我和她相依为命,感情非常亲密)和我的主人(他是一位教徒),

我想，就连来主人家拜访的宾客或者我在祈祷会上遇见的教徒们，也都注意到了我异乎常人的举止和我那远远超出儿童水平的非凡智力。他们说，养一个像我这样的奴隶并不划算，因为我太聪明，太有主意，即使把我养大了，我也不会像奴隶一样去伺候别人……'"他仍继续在念，可这时，我听到从墙那边传来一阵锁链和镣铐的低沉磕碰声，接着便有人开始讲话。声音很低沉，话声里还有痰声在涌动，那是哈尔克的声音："这里太冷啦，看守！我好冷啊！冷！帮帮我这个可怜的黑人吧，看守！帮帮我这个快被冻僵的黑人吧！给这个可怜的黑人拿件衣服来挡挡风寒吧！"格雷丝毫没受哈尔克的吵闹声的干扰，他仍在继续念。哈尔克索性不住地嚷了起来。我从坐着的木板上缓缓站起身，为了取暖，双脚还在地上跺了几下。"我在听，"我对格雷说，"别管我，我在听。"我把被铐住的双脚往窗边挪去。此刻，我更关心的是在墙那边哀号和呻吟着的哈尔克，而不是格雷。我知道哈尔克身上有伤，也知道今天异常地冷，然而我对他太了解了：他难受的样子是装的，这是他的拿手好戏。说几句漂亮的奉承话便能将那些自命不凡的白人哄得团团转，在整个弗吉尼亚州，有这号本事的黑人只有一个，那就是哈尔克。我站在窗前，耳朵在留意哈尔克而非格雷的声音。我听见哈尔克的声音在痛苦地颤抖，在变得虚弱而无力，他仿佛快不行了，就连铁石心肠的人都会被他可怜的声音打动。"哦，谁来帮帮我这个可怜的快被冻僵了的黑人吧。哦，看守老爷，给我随便拿块破布来让我挡挡风寒吧。"话音未落，我听见我身后的格雷起身走到门边，朝基钦嚷了一嗓子。"给隔壁的黑鬼拿条毯子。"他命令道。然后，他再次坐下，重新念了起来。与此同时，在墙的那边，哈尔克的声音顿时变得小多了，但我听得出他正憋着不笑出声来，得意地在嗓子眼里咯咯直乐。

"'我从小就没有偷窃的习惯,事实上,我这辈子都从未偷窃过。我年纪很小,却见识出众,左邻右舍的黑人们都对我信赖到了什么程度呢?这么说吧,就连他们去淘气、捣蛋、去搞恶作剧的时候,都要把我带上,好让我替他们出出主意。就这样,我在他们当中,在他们对我的无比信赖之中,逐渐长大成人。在他们看来,前面讲到的我在童年时期的那些异乎常人的言行和举动绝对是受了神的启示,这就让我在他们眼中变得更加完美了。而成年以后,我笃行苦修的生活方式和态度不仅巩固了他们的这种观念,而且也成了黑人甚至是白人们谈论的话题。我很快就意识到,要想成为一个了不起的人,你得看上去像那么回事。于是,我开始有意避免搅入世俗的冗务。我给自己罩上了一层神秘感,一有时间我就禁食和祷告……'"

格雷的声音仍在继续,但我早就没在听他念了。外面已经下起了雪。细微而脆弱的薄薄雪片像春天的种子一样纷纷扬扬地落下,又在与大地接触的一瞬间消于无形。寒风也卷起来了。白色的云团在远处河流和沼泽的上空徘徊,将整个苍穹遮得严丝合缝,云团的表面爬满了一条条、一道道像败絮一样的黑雾。耶路撒冷城已经醒来。从远处又来了四名骑兵,他们缓缓地策马跑上了那座柏木桥,空气中顿时又充斥着嘈杂的马蹄声。城里的男男女女顶着严寒,浑身上下裹得严严实实,正一个个、一双双、一群群地匆匆走在通往法院的路上。路面上布满了车辙,而霜冻更使路面变得又硬又脆。人们一边择路而行,一边相互低语,脚下还踏出一片嘎吱嘎吱硬邦邦的声音。怎么一大早就来了这么多人呢?我旋即恍然大悟:他们是来占座的,今天法庭上的一分一秒他们都不想错过。我的目光越过窄小而缓慢的河流,朝极远之处的那道像高墙一样的森林望去。

那里有一片一英里长的沼泽，还有郡里的平原和树林。眼下正是一年中囤积柴火的时节，转瞬之间，我的思绪便又像做白日梦一样，从寒冷的世界来到了一片莽莽苍苍、密布着山毛榉和栗子树的丛林。在寒冷的晨曦中，那里已经有两个黑奴带着斧头和楔子出工了。我能听见斧头正在砍得咔嚓直响，楔子发出的叮当声则像音乐一样动听。我能看见黑奴们呼吸时在霜白的空气中喷出的团团热气，我能听见他们伐木时嘶吼的号子声，他们絮絮叨叨的话语声永远都是那么单纯，即使在一英里以外我也仍听得那么清晰。"女主人说，有只养肥了的小母鸡找不着了！"另外一个声音说："你瞅我是什么意思，老兄？"第一个声音说："不瞅你瞅谁？那个女主人哪，要让她知道了，非得把你那颗黑脑袋瓜敲碎了不可！"然后我便听到了他们俩开怀的笑声，在清晨的寂静之中，那笑声就像孩子们发出的一样响亮且毫无顾忌，它在黑暗的森林里，在沼泽、湿地和山谷中久久地回荡。终于，一切又重新归于安静，只有咔嚓的斧头声和叮当的楔子声仍在响起。远处的几只乌鸦正在高声尖叫，它们盘旋着往玉米地里降落下来，与空中飘舞的片片雪花混杂在一起，影影绰绰的，看上去模糊得紧。我禁不住心里一痛，这才醒悟过来：原来刚才我是在回忆，在憧憬。但那只是一眨眼的工夫，因为现在我听见格雷正在对我说："我的第一个疑问就在这里，这一段。牧师，不知道你能不能给我澄清一下？"

"哪一段？"我转过身问他。

"就是我刚才念的那一段中间的几句。你看，前面打基础、做铺垫的那部分材料都差不多要念完了，接下来就是关于暴乱本身的内容了，所以我想先把这个疑问解开。我再念一遍给你听。'我们原本打算在去年的七月四号那天开始实施我们的屠杀计划。我们拟定了许多套方案……'等等等等。还有这里：'可是眼看着时间一天天过去，我们却仍未能决定该以何种方式发起最初的攻击。我们重新拟了好几个新的方案，可是这些方案都被否决了。就在这时，我看到了主发给我的信号，我决定不再继续等下去了。'等等等等。接着还有：'从1830年年初开始，我就一直住在约瑟夫·特拉维斯先生家里。对我来说，他是一位颇为厚道的主人，而且对我十分信赖。事实上，对他给我的待遇，我无可抱怨……'"念到这里，我看见格雷将身体不舒服地扭了一扭，然后他把半边屁股略微往上抬了一抬，想让屁能斯文地溜出来，却没想到这家伙出场的时候噼里啪啦地响了好几声，听上去就像远处的什么地方正在放爆竹一样。他看上去很尴尬，还有些恼羞成怒。这让我觉得很可笑，他真的有必要在我这样一个正在听他宣读死刑执行令的黑人牧师面前感到尴尬吗？这时，他开始用吼叫一样的声音大声地念了起来，可这却让他的狼狈和恼怒暴露得愈发明显。"我就一直住在约瑟夫·特拉维斯先生家里。对我来说，他是一位颇为厚道的主人，而且对我十分信赖。事实上，对他给我的待遇，我无可抱怨。'就是这句话，牧师，就是这句话。"我发现他正紧紧地盯着我。"你怎么解释这句话？我和许多人都很想知道你要怎么解释。连这样一个你自己都承认对你又厚道又和蔼的人，你居然也残忍地把他给杀了！"

我惊讶极了，很久都没说出话来。我缓缓坐下。这时，我的惊讶已经变成了困惑。我又沉默良久，才终于开口，然而我的回答也仅仅是短短的一句话："这个——这个我不能回答你，格雷先生。"我不想回答他，并不是因为我不知道答案，而是因为即使在坦白的时候，有些事也是不能说的。当然，对格雷就更不能说了。

"因为你看，牧师，这是另一个令人迷惑不解的地方。如果说，你们的暴乱完全是因为专横和暴虐引起的，那倒也还好理解。如果你受了虐待，挨过打，吃不饱，穿不暖，住得也不好，我也能够理解。哪怕是因为你的生活条件和不列颠群岛或者爱尔兰的那些残存的贫困地区的人们的生活条件一样落后，人们也都能理解。在那些地方，普通农民的生存条件和狗一样低下，甚至连狗都不如。但我们这里甚至都还不是密西西比州和阿肯色州。这里是公元1831年的弗吉尼亚州，而你为之工作的也都是贤达文明的主人。但你还是将他们一个个全都残忍地杀害了，包括约瑟夫·特拉维斯，还有其他那些人！这——"说到这里，他抬起手从眉额的前方缓缓滑过——一个痛心疾首的姿态。"这实在令人费解。"

我那像幻想一样朦胧而又短暂的感觉又回来了，仿佛我们的谈话是在深深的梦境中进行的。我朝格雷凝视了很久。虽然他和其他的白人大同小异，但我还是很想知道，这个我一生中所接触的最后一个白人（即将用绳子把我绞死的那个白人除外），他究竟是什么样的来历。像以往发生过很多次的那样，此刻我又有一种他是被我自己想象和虚构出来的感觉。而虚构出来的人，你是无法与之交谈的。所以，我继续沉默下去的决心也就愈发坚定了。

格雷眯缝着双眼看着我。"好吧，如果你实在不愿意谈这件事，那我就先跳过去讲下一条，然后再回来把它念完。"说完，他拿起几页文件匆匆翻阅起来。我望着他，饥饿又一次令我头晕目眩。在监狱外面，法院的大钟已向寒冷的早晨投来了八记叮当刺耳的钟鸣，喧嚣声、吵闹声、马蹄声、人们的说话声都变得越来越响。不知从什么地方，我听到有个黑人女人在说话，她在尖着嗓门装作发怒："当心我狠狠揍你！"接着便有个黑人小女孩在笑，她幼小的声音也装出了很害怕的样子。接下来安静了数秒，然后，马蹄声和熙熙攘攘之声重新响了起来。我开始精心照料起饥饿带给我的痛苦——我弯起胳膊,把它紧紧压在我的肚子上,像哨兵一样守护着我的空腹。

"就是这里,"格雷说,"你注意听这段,牧师。就是你们从布赖恩特家离开以后——记住,这时候你自己还没有动手杀过人——然后你们去了怀特黑德太太家。下面是你的原话:'我回去之后正打算命令他们开始杀人,但没想到刚才我不在的时候,我手下的那些人并没闲着。那一家老小都已被杀了个精光,只剩下怀特黑德太太和她女儿玛格丽特还活着。我刚走到门口,就看见威尔正将怀特黑德太太从屋里拖出来。在屋外的台阶上,他一斧子下去,就几乎把她的头给劈了下来。玛格丽特小姐呢,我发现她的时候,她正躲在掀起的地窖盖子和房子之间的一个角落里。没等我走到跟前,她就跑了出去,但很快就被我赶上了。我捅了她好几刀,最后又抡起栅栏上的一根木桩照着她的头来了一下,她这才死了。'引用结束。我记录得还算准确吧?"

我什么也没说,只感到头皮一阵刺痛。

"那好,接下来的这十到十五句话,我们先跳过去。然后我是这么写的,你听仔细了,因为这基本上就是你向我复述的整个事情的大致经过。还是你的原话:'我来到房屋后面,守在我的位置上。我计划以恐怖和毁灭席卷我们所到的每一个地方,所以我在房屋正面安排了十五到二十名装备最为精良,也最为可靠的人手。总的来说,这些人必须尽可能快地骑着马向房屋逼近。这其中有两个原因:一是不给里面的人以逃跑之机,二是要把他们给震慑住,令他们心生恐惧。'好啦,下面听仔细了:'因为这个原因,所以自打我从怀特黑德太太家离开以后,我就再也没有在所有人都被杀死之前进到屋里去过。其中有几家,我进屋的时候倒是亲眼看见了一番杀戮之后的战果,我打量着地上横七竖八、残缺不全的尸体,内心默默地感到格外满足,接着便又搜寻起其他的受害者来。在杀死了沃勒太太和她的十个孩子之后,我们便开始向威廉·威廉斯先生家进发。我们把他和他的两个当时也在场的儿子全都给收拾了。'等等等等。当然,纳特,这部分内容和其他内容一样,都是在复述你的原话,你当然有权修改。可问题在于,你跟我讲的时候并没有讲得多细,经常是只说了几个字就打住了,所以要想把它复述得面面俱到,我就不得不借助于演绎和推理,我也正是这么做的。这里最关键的一点是,在这场令人毛骨悚然的、导致了数十人被残杀的暴乱中,只有一起死亡,是由你——纳特·特纳——亲手造成的。我说得对吗?对还是不对?因为如果我说得对,那就真是太奇怪了。"他停顿了一下,然后又说:"为什么你只杀了一个人?为什么在那么多人当中,你偏偏要把这个年轻的女孩给杀了呢?牧师,到目前为止,你跟我配合得还都算不错,可你交代的这些罪证却很难让人接受。我真的不相信你只杀了一个人……"

忽然,一阵脚步声传来,接着,牢门的栏杆嘎吱一响,基钦走了进来,他手里端着一盘冷玉米糊,还有一马口铁杯的水。他双手哆哆嗦嗦地将盘子和水杯搁在我身边的木板上,但不知什么原因,我已经不那么饿了。我的心开始咚咚直跳,我能感觉到我的胳膊底下有汗在流淌。

"你看上去并未完全置身事外——你是总指挥,从远离前线的地方操纵着全局,就像'小伍长'拿破仑[1]那样,一个人傲然站立在奥

---

[1] "小伍长"是拿破仑一世的绰号。

斯特里茨[1]的高岗之上指挥着战斗。"格雷停下来,斜着眼看了看基钦。"你怎么没给牧师弄点培根来呢?"他说。

"我又派了几个黑鬼上布伦特太太那里取货去了,"小伙子答道,"去附近那家店里取货的人说那里的培根卖完了。"

"冷玉米糊?你就给我们这位大名鼎鼎的犯人吃这个?要我说,这也太寒碜了。"小伙子赶紧从牢房里出去了。格雷朝我转过身,说道:"从一开始,你就根本没有置身事外。是的,当然也得看,你是不是被逼无奈。也就是说……我们来看看吧……"

接着是一阵纸页被翻动的声音。我一动不动地坐着,我身上已经在出汗了,我能听见我的心脏在不停地狂跳。他的话(又或者是我的话?还是我们俩的话?)像《圣经》里那些阴森忧郁的章节一样,又在我的脑海里回响起来……"我刚走到门口,就看见威尔正将怀特黑德太太从屋里拖出来。在屋外的台阶上,他一斧子下去,就几乎把她的头给劈了下来……"当初我讲给格雷的时候似乎很容易,可是格雷此刻把这些话念出来,为什么却令我如此惊恐和不安呢?突然,几行野蛮而原始的文字撞入了我的记忆之中:"其后,我在夜间的异象中观看,见第四兽甚是可怕,极其强壮,大有力量。有大铁牙,吞吃嚼碎……[2]那时我观看,见那兽因小角说夸大话的声音被杀,身体损坏,扔在火中焚烧。[3]"一时之间,我眼前浮现出威尔那瘦小的身影来,他那像黑夜一样漆黑而瘦削的脸庞,往外鼓出

---

1 奥斯特里茨战役(The Battle of Austerlitz)发生在1805年12月2日,参战方的君主为法兰西帝国皇帝拿破仑·波拿巴、俄罗斯帝国沙皇亚历山大一世、神圣罗马帝国皇帝弗朗茨二世,所以又称"三皇之战"。约8万的法国军队在拿破仑的指挥下,在奥斯特里茨村取得了对近9万俄奥联军的决定性胜利。

2 《圣经·但以理书》7:7。

3 《圣经·但以理书》7:11。

的双眼,被主人揍得瘪塌下去的鼻子。他那粉红而松弛的嘴唇上有道细细的豁口,里面露出银白色的牙齿,让他看上去总像在笑,恶狠狠地笑。他的脑袋不大灵光,粗野而单纯,我感觉自己在战栗,不是因为天冷,而是带有寒战的高烧已侵入了我的四肢百骸。

"总而言之,你动手杀人是不得已而为之。也就是说……我们回到最开始,把你已故的主人——约瑟夫·特拉维斯先生被杀的那段再念一遍。前面我们已经提到过他,我得说,他还真是一个宅心仁厚的人。'从当时的情况看,我必须得率先杀一个人。于是我拎着一把斧子,由威尔陪着,走进了我的主人的卧室。屋里很黑,所以我朝他砍出的第一下没能致命,短斧蹭着他的头皮过去了。他从床上蹦起来,大声呼叫着他的妻子。这也是他说的最后一句话。因为威尔抡起斧头便把他给劈倒了,他这才死去。'等等。"他又停了下来,阴沉地看着我。他的脸涨得通红,上面的斑点和一条条细细的青筋清晰可见。"为什么?"他问道,"难道威尔动手的时候那屋里就不黑了吗?他又不是猫。牧师,虽然你没有直截了当地把这句话说出来,但其中却隐含着一层含义,那就是,你只亲手杀了一个人。而且,如果我正确领会了你话里的意思的话,那它就还有另一层含义,就是说,那些屠杀或者谋求屠杀的行径,让你内心十分地不安,所以威尔才不得不出手,替你把最后的脏活都给干了。哎呀,这实在是太奇怪了,可谁让威尔是在暴乱中被击毙的少数几个黑鬼之一呢,所以我也只能暂且听信你的一面之词了。你说你只亲手杀了一个人,而且不想再多杀,但这套说辞恐怕很难让人相信。是吧,牧师,你毕竟是他们的头儿呀……"

我双手托在腮边,心想:如果我真是一个称职的头儿的话,那我就应该早点知道威尔竟是这样一头凶残的怪兽了。他异于其他的同类,他丑陋至极,长着一身铁爪钢牙,并用它们来吞噬、来撕碎……我几乎已经没在听格雷念了,可他的声音仍在继续:"还有这一句,牧师,在那天夜里更晚些时候,也就是在你们对特拉维斯、里斯还有老萨拉西埃尔·弗朗西斯这几家的屠杀结束之后,你们开始穿过那片农田,注意听:'我们正在向房屋走近,那家人已经发现了我们,他们立刻就把门死死地关上了。但关也白关!威尔用斧头只砸了一下,立马就把门砸开了,我们闯进去,在一间屋子里找到了特纳太太和纽瑟姆太太。她们愣愣地呆站在屋子中间,都要吓死了。威尔上去给了特纳太太一斧子,她当场就死了。我用手拽住纽瑟姆太太,用你们捕获我时从我身上搜出的那把刀,照着她的头砍了好几下'——好,注意听这里——'可我没能把她杀死。这时威尔恰好转过身来,见此情形,便把她也给解决了……'"

我忽然一下站到了格雷面前。我脚上的铁链被抻到了极限。"别念了!"我冲他大声嚷道,"别念了!我们是干了。对,对,我们就是干了!我们干了我们必须干的!别再念我和威尔那段,也别再分析来分析去的了!我们只是干了我们必须干的!所以,你不要再念了!"

格雷吃惊地把身体向后一缩,可现在我又冷静了下来。我的腿瘸得厉害,我的膝盖被冻得嘎吱作响。我看着他,仿佛对刚才的突然发作有些后悔。他也定了定神,然后往木板上一坐,最后说:"如果你非要这么想的话,那好吧。反正死的是你。看来我是在对牛弹琴了。可我还是得念完,你也得签名。这是法院的规定。"

"对不起,格雷先生,"我说,"请原谅我刚才的失礼,但我觉得这件事你理解不了。而且即便我现在把这件事讲清楚了,我也不知道一切是否已经太晚了。"

我又慢慢挪到窗前，朝外面的早晨凝望过去。格雷沉默了片刻，然后又用沮丧而单调的声音开始念起来，他略微有些慌张地翻了翻手里的几页纸。"嗯，'……我打量着地上残缺不全的尸体，心里感到痛快极了'。最后一句我用了斜体字，着重强调一下。对了，前面还有个问题被跳过去了——不过我看，也用不着费那工夫了，你说呢？"我没有回答。我听见哈尔克在隔壁的牢房里哧哧直笑，他正一个人在咕哝着什么好笑的事情。窗外的雪仍在飘飘扬扬地下着。细得像尘灰一样的雪花已开始附着在大地上，却只是极薄的一层白膜，就像霜一样，比往窗玻璃上呵口热气凝结成的白雾也厚不了多少。

"Encore，噢，这是法国人的说法，"格雷说，"意思是再来一个。'……然后便立刻开始搜寻起其他受害者来。'但这段我们可以先跳过去……"他继续唠唠叨叨地念了起来。

我抬眼朝远处的河流望去。在河对面，在远处河堤之上的树林底下，我又看见了每天清晨都能看见的那一队孩子。平时天一亮他们就会出来，今天他们来得稍晚了点。和往常一样，队伍里共有四个人，都是一色的黑人小孩，年纪最大的估摸着不过八岁，最小的连三岁还不到。他们身上的衣服根本没有样式可言，估计是他们的妈妈用棉麻袋的布片或者零碎的小布头勉强拼凑而成的。他们在对面河堤上的树底下一路走着，边走边替自家小木屋里的壁炉拣拾些树枝和枯柴。他们走走停停，时而弯下腰去，时而猛地向前紧抢几步。虽然那些小麻袋一样的衣服简陋得连个正形都没有，而且还笨重得一个劲地晃荡，但他们的身体却很灵巧，行动也很敏捷。他们收拢双臂，将堆得高高的树枝、树棍和枯柴紧抱在身前。我能听见他们在呼朋引伴，却听不清他们在讲些什么，只知道在寒冷的天空中，他们的声音听上去格外清脆和欢快。那一只只黑色的小手和小脚，那一张张黑色的脸庞，在跳跃，在扑纵，在摇摆，在纯净而洁白的森林和清晨的映衬下，他们就像一群活泼的小鸟。我就这么看着他们一路无忧无虑地往前走，看了好久好久。他们承载着身上沉重的负荷，在亲昵的攀谈声和呼喊声中穿过一片洁净的白雪，朝着河流上游的方向慢慢走出了我的视线。

我猛地把脸埋进了我的双手。我又想起了但以理在那天夜间的异象中看到的怪兽，也想起了他的那声呼号："我主啊，这些事的结局是怎样呢？[1]"

可我得到的答案并不是主的，而是格雷的。在我内心被囚禁的空间里，格雷刚才的那番话似乎又在流水、波涛、狂风的喧嚣和低语声中回响了起来。公正。公正！这也正是黑奴制还能再延续一千年的原因。

哈尔克常说，他能通过白人身上的气味来区分哪些白人是好人，哪些是坏人——他甚至能分辨得出介于好坏之间的白人。说这些话的时候，他可是一本正经的。这些年来，在最初的那套理论之上，他又发展和提炼出了许多精深微妙的理论。每当我们一起干活的时候，他便会滔滔不绝地谈论起这些理论来。他会扯着嗓子大声地指点我，将每一种奇怪的体味与某种类型的白人挂上钩，那架势就像是摩西在向以色列人颁布律法。而他对自己所说的绝大部分内容都是很严肃的。每当他开始念叨起这些话时，他那张宽阔而果敢的脸上便会漾起一道道忧心的皱纹。然而哈尔克毕竟拥有幽默、外向、

---

[1]《圣经·但以理书》12：8。纳特之所以会想到《圣经》中的这句话，是因为《圣经·但以理书》12：5—7记载了但以理看见两个人在讲话，一个人在河这边，一个人在河那边，河那边的那个人还身穿细麻衣。这与纳特刚才看见的黑人孩子们在河那边捡柴的一幕很相似。

善良和沉着的天性。虽然他也有过许多可怕的遭遇,但他的心情从来不会忧郁太久。

有时候,不知哪件与白人的气味相关的事撩动了他的某根内在的神经,咯咯的笑声便会无拘无束地从他的肺腑之中喷涌而出。他笑得那么昏天黑地,连咳带喘,那么有滋有味,如醉如痴。一时之间,他整个人都笑得快要散架了。"哎呀,纳特,可能也只有我才区分得出来吧,"他认真地说,"因为我的鼻子变得越来越灵了。比如说,昨天晚上我从谷仓旁边经过,碰见我们的老玛丽亚小姐正在喂鸡,我还没来得及偷偷溜走,就被她看见了。'哈尔克!'她说,'哈尔克!你过来!'所以我就过去了,而我的鼻子早已开始抽动,就像麝鼠在沼泽地里钻来钻去的时候一样。'哈尔克!'她说,'玉米呢?''啊,什么玉米,玛丽亚小姐?'我说,这时候那股老女人的气味已经越来越重。'放在棚子里给鸡吃的玉米呀!'那老泼妇说,'我不是让你剥两蒲式耳[1]的玉米粒给我的鸡吃吗?现在那里只剩下不到一杯玉米粒了。这已经是这个月的第四回了。你这个没用的黑鬼、无赖。我祈求主能早点让我看到我哥哥把你卖到密西西比州去。赶快给我剥玉米去,你这个没用的黑鬼。'我的老天爷呀,那女人身上发出的那股味道。纳特,如果它是水,还没等到它把我淹死,它就先把我给熏死了。那股味道,它像什么呢?就像在七月的大热天,把一条老鲶鱼在外面的树桩上一连放上好几天之后发出的味道。"说完,他用手捧着肚子,咯咯地笑出声来。"真难闻啊!这种老女人的肉,连老鹰都不爱吃,就是看见了也会远远地飞走!"他又开怀大笑了一阵。

可是据哈尔克说,也不是所有的人都是这种味道。我们的主人

---

[1] 1美蒲式耳合35.24升。

约瑟夫·特拉维斯先生身上"就是道道地地的腥臭味,就像出了一身大汗的马发出的那种汗臭"。乔尔·韦斯特布鲁克是特拉维斯雇的一名学徒,他是个愚鲁且性情多变的小伙子,常常爱发点小脾气,但人还算友好,赶上他心情不错的时候,他甚至还颇为慷慨。所以,哈尔克觉得他身上的气味则带有变化和间歇性的特征:"有时候,那小子身上的气味还挺好闻的,带着些干草味。但别的时候他却又是臭烘烘的。"至于那位咄咄逼人的玛丽亚·波普小姐,在哈尔克看来,她身上的气味则几乎一成不变。她是特拉维斯先生同父异母的妹妹,自从母亲去世以后,便从弗吉尼亚州的彼得斯堡搬来与特拉维斯一家同住。这女人长得瘦骨嶙峋,有棱有角,她有鼻窦阻塞的毛病,时常得张开嘴呼吸,这便使得她的嘴唇脱皮脱得厉害,有时甚至都会出血。所以,她就得敷用猪油熬制的药膏,于是,她那张老是张开的嘴就跟鬼一样白花花的,看上去古怪极了。她的眼睛总在冷漠地游移不定,还老喜欢摸自己的手腕。虽然我们在她面前唯唯诺诺,可她就是讨厌我们这些黑人,那是一种深入骨髓而又莫名其妙的恨。她的这股恨意对我们是一种沉重的负担,因为她并非这个家庭的真正成员,所以她的态度中便另有一种苛刻、疏远、专横的成分。在夏天的夜晚,从楼上她房间的窗口里,我常常能听见她歇斯底里地呜咽,那是她在呼唤已经过世的母亲。她年纪约莫四十岁,估计还是个处女,她喜欢诵读《圣经》,一读起来便没个完,而且带着那种眼神空洞、仿佛被催眠了的执着。她最喜欢读的是《圣经·约翰福音》的第 13 章,这段内容讲的是谦仁与宽厚,还有《圣经·提摩太前书》的第 6 章第 1 节,开头是这样的:"凡在轭下作仆人的,当以自己主人配受十分的恭敬,免得神的名和道理,被人亵渎。"据哈尔克讲,有一次,她居然逼着他紧贴着走廊的墙站着，让他不住地重复念这一段，直到他把它背下来才作罢。我觉得她的精神肯定有点不正常，很可能还不只一点。但这并未让我对玛丽亚·波普小姐的厌恶有所减轻，只不过我偶尔也会违心地对她生出一丝同情。

从某种意义上说，玛丽亚小姐只是在我拐弯抹角地谈到另外一个人物之前的附带角色。那个人就是杰雷米亚·科布先生，也就是即将判处我死刑的那位法官。而且，在我所经历过的那几次错综复杂的黑奴交易中，每一次我最终的买主都和科布有一面之识。所以，在此我有必要将这几笔交易做个简单的交代。

正如我对格雷先生所说的那样，我生下来就是本杰明·特纳先生的财产。我对他的记忆十分有限，因为在我刚八九岁的时候，他就突然去世了（他是一位从事木材加工的作坊主和商人，有一天，在砍伐大柏树的时候，他一不留神被那棵倒下的庞然大物给砸死了）。于是我便被当作遗产，归了他的兄弟——塞缪尔·特纳。我在后者家里一共生活了十到十一年。至于我在那十几年中以及在那之前数年中的经历，稍后我会一一谈及。后来，塞缪尔·特纳的家境逐渐败落，当然也还有别的变故，总之，他那座跟我一起从他兄弟那里继承来的锯木厂实在开不下去了。于是，我平生第一次被出售，而买主则是托马斯·莫尔先生，我不得不提的是，这笔交易极具讽刺意味，因为买卖达成的时候我刚满二十一岁，正好步入成年。我就这样变成了莫尔先生的财产。他是个小农场主，我在他那里生活了九年，一直到他去世（他的死又是缘于一场稀奇古怪的事故：莫尔在替小牛接生的时候不小心被撞碎了脑壳。当时母牛的分娩很不顺利，莫尔便在小牛已露出来的蹄子上绑上绳子，想把它给拽出来。他满头大汗地又拉又扯，小牛也隔着那层湿漉漉的胎衣上的薄膜深情地望着他，可就在这时，绳子断了，他整个人向后弹了出去，重重地撞在了一根门柱上）。我对莫尔谈不上喜欢，所以也不是很难过。可当时我禁不住暗想，是不是我成了谁的财产，就预示着谁将要倒霉呢？（我曾听人说过印度有一种大象，它们的主人会落得与此类似的下场。）莫尔先生死了之后，我又成了他儿子帕特南的财产，当时他才十五岁。一年之后（也就是去年），莫尔先生的遗孀萨拉女士改嫁给了约瑟夫·特拉维斯。后者是个鳏夫，都五十五岁了仍膝下空空，因此非常渴望能生个一男半女来传宗接代。特拉维斯的家就坐落在克罗斯基斯的同一片乡村地区，他是一名从事车轮制造的工匠，他也不幸变成了最后一个拥有我的所有权的人。因为根据法律，尽管名义上我是归帕特南所有，但我也属于特拉维斯。在帕特南成年之前，我的一切都将由特拉维斯来支配。因此，在萨拉女士嫁给约瑟夫·特拉维斯并和他同住在了一个屋檐下之后，我也就成了一份被双重拥有的财产——虽然这种财产安排也并非前所未闻，但我心里却很自然地变得愈发不满，因为单单被一个人当作财产拥有就已经够令我抓狂的了。

特拉维斯有一份小康水平的家业，也就是说，与另外几户住在这方穷乡僻壤的人家一样，他在解决了生计之外还略有盈余。和倒霉的莫尔不同，特拉维斯天生就是干他这一行的料。在莫尔家的那些年，我几乎每天都在千篇一律地给他担水，给他冲洗他养的那些被热得奄奄一息的猪，再有就是顶着烈日、冒着寒风在他的玉米地和棉花田里不分寒暑地耕作。所以，能到特拉维斯的车轮修理铺来帮工让我感到格外轻松。事实上，我这个新的工作环境——在车轮修理铺里当勤杂工——至少让我重新有了幸福和健康的感觉，自从十年前我从塞缪尔·特纳先生家离开以后，我就再没有体会过这种感觉了。和该地区的大多数业主一样，特拉维斯也是一名小农场主，他有约十五英亩[1]地，种着些玉米、棉花和饲草，他还有一座苹果园，主要用来制作苹果酒和白兰地。相比之下，车轮修理铺的生意更为红火，所以特拉维斯便有意收缩了他农场的经营规模，转而将土地租赁给别人耕种，只留下那座苹果园、一小块菜地和棉花田供自己使用。除了我，特拉维斯另外只有两名黑奴——这个数目的确有点小，但在当地却并不罕见，因为该地区已经没有几个白人还能负担得起五六个以上的黑奴，而想找出一位富裕到能拥有十几名黑奴的白人就更难了。就在不久前，特拉维斯还有七八名黑奴，这还不包括好几个年幼尚不能干活的黑人小孩。可随着他自家种植面积的减小，以及他那独此一家的车轮生意的日益兴隆，他确实也不再需要这些本来就难以管束的家伙了。更何况他还发现，这么多张管他要吃要喝的嘴会给他带来沉重的资金负担。所以，三年前，带着良心的极度不安（至少我听说是这样），他把他所有的黑奴——只有一个除外——全都卖给了一位专门在密西西比州三角洲地区经营劳工交易的商人。而那唯一被留下的黑奴就是哈尔克。哈尔克和我年纪相仿，只比我小一岁。他出生在萨塞克斯县的一座巨大的烟草种植园里。十五岁的时候，他被卖给了特拉维斯，因为那时候种植园的土壤已被烟草耗尽吸干，那里的土地已全被破坏以致荒废。我和他已相识多年，如今我们更是亲如手足。特拉维斯另外还有一个黑奴，名叫摩西。他是个十二三岁的男孩，声音沙哑，皮肤黑得像沥青，双眼懵懵懂懂的。摩西是在密西西比州的那笔交易之后才被买来的，因为特拉维斯事后觉得自己毕竟还是缺乏人手，所以在我到他家之前的几个月，他从里士满

---

[1] 1英亩合4046.86平方米。

的市场上将摩西买了回来。在他这个年纪的小孩当中，摩西算是出落得很结实强壮的了，而且，我觉得他并不笨。然而他却始终未能从与母亲分离的痛苦中恢复过来。这份痛苦给他带来了悲伤和迟钝。他总是哭，还经常尿裤子，有时甚至干着活就尿裤子了。反正这孩子很令人伤脑筋，尤其对哈尔克来说，他是个巨大的考验。别看哈尔克的身体壮得像头公牛，可他却有慈母般温柔体贴的心地。他不由得开始安慰和照料起了这个没娘的孩子。

在我第一次遇见杰雷米亚·科布的时候，也就是在他宣判我死刑的几乎整整一年之前，当时特拉维斯家的全部人口包括：三名黑奴——哈尔克、摩西和我；六个白人——特拉维斯夫妇、帕特南、玛丽亚·波普小姐，还有另外两个人。一个便是我在前文中提到的刚刚十五岁的乔尔·韦斯特布鲁克，他是个刚入门的车轮匠，也是特拉维斯新收的学徒；另一个则是特拉维斯和萨拉女士生的儿子，才两个月大，一生下来那张小脸正中便布满了紫色的斑痕，活像一片正在枯萎的龙胆花花瓣。白人们当然是住在主人的大房子里。特拉维斯先生的房子简单而朴素，有舒适的双层结构，一共六个房间，它是特拉维斯先生在二十年前自己盖的。他自己砍来了木梁，自己将木材刨平刨光，再打上松胶和灰浆以遮挡风雨。更聪明的是，他还在房屋四周留下了数棵巨大的山毛榉树，到了夏季，无论烈日从哪个角度照过来，这些树都能为房屋撒下一片浓浓的树荫。他的车轮修理铺紧挨着房子，二者之间只隔着猪圈和一条通向菜园的短径。修理铺是由原先的谷仓改建而成的，这里也成了农场上一切活动的中心：所有的栎木、白蜡木和铁块都存放在这里，还有锻炉、铁砧、折弯架、模锻锤，以及各种夹子、钳子、成排的凿子、打孔器和其他东西。它们全是特拉维斯完成他那套严格工艺所不可或缺的工具。后来，我甚至被指定成为修理铺的保管员，一部分原因在于我有着不错的口碑（虽然我也有含糊其词、令人费解的一面，但总的来说，我为人还算正派，关于这一点，我接下来会予以解释）。人们觉得我是一位好好先生，一位喜欢四处跑来跑去、言谈话语还挺风趣的黑人牧师。事实上，就连萨拉女士也对我的正直和诚实表示了认可，这便促使特拉维斯将修理铺的两套钥匙中的一套交由我来保管。尽管归我负责的事情不少，但老实说，我在这里的工作并不辛苦。特拉维斯这个人和莫尔不同，我感觉他生来就不是那种监工类型的人物，他不会毫不讲理地逼迫他的奴仆们干这干那，更何况他还有他的继子和那个叫韦斯特布鲁克的小伙子随时为他帮忙。尤其是后者，我还从没见过有哪位学徒工比他更热心，比他干劲更足。

所以，与我以往早已习惯的那些工作相比，现在的活要轻松多了，而且几乎没什么压力。我只需保持车间的整洁，并在需要的时候帮把手即可，比如，在需要把轮箍轧弯的时候，我经常得去顶替哈尔克一阵子，因为他得去给锻炉扯风箱。但总的来说，我干的大多是些需要动脑子而不是卖力气的差使（很多年来这还是头一次）。比如有一回，因为修理铺是由从前的谷仓改造而成的，所以铺子的阁楼里仍然有很多蝙蝠出没。以往这里头住的是牛倒也罢了，但如今阁楼底下每天都有一群人在那里干活，时不时却看见蝙蝠屎跟下雨似的从上往下掉，这简直让人无法忍受。为了把这些讨厌的动物除掉，特拉维斯前后试过五六种不同的办法，包括用火烧、用烟熏，可这些法子差一点就把整个车间都给点着了。于是，我便到森林里去了一趟，从我熟悉的蛇洞里掏来了一条正在过冬的黑蛇，三下两下把它从已接近尾声的冬眠中弄醒过来，回去之后我把它塞在了阁楼的屋檐底下。过了一星期，春天到了，蝙蝠很快便不见了踪影。

黑蛇则继续友好而惬意地在这里住了下来，时不时还会慈祥地在车间四周游来游去，津津有味地捕食一些耗子和田鼠。我知道，因为黑蛇这件事，特拉维斯肯定没少在暗地里夸我。所以，自打来到特拉维斯家，我便开始进入了一种良好而且是良性的状态，在我的记忆中，我已经有很多年都未有过这样的状态了。虽然玛丽亚小姐的发号施令实在令人心烦，可那并不足虑。在莫尔家，我吃的是专给黑奴准备的肥猪肉和玉米棒之类的食物，可在特拉维斯这里，我可以和白人一样吃家常饭——有很多精瘦的培根和红肉，偶尔甚至还有主人吃剩的烤牛排，小麦做的白面包也很常见。至于我和哈尔克同住的那间单坡式的棚屋，它紧挨着车轮修理铺，大小也足够宽敞，屋里还有高出地面的高脚床。自打从塞缪尔·特纳先生家离开以后，我还是头一回睡这样的床。在征得主人的同意后，我还在棚屋里架设了一座精巧的木制通风管道，它穿墙而过，一直通向修理铺的锻炉，而炉子里总是堆满了热气腾腾的木炭。这条管道在夏天可以被关闭，然而一到冬天，就能够源源不断地为我和哈尔克送来暖气（那个可怜的男孩摩西不得不睡在主人的大屋子里，因为无论白天黑夜，他都得随时听候主人的使唤，他睡在厨房里的一间潮湿的壁橱里）。所以，我和哈尔克就像躲在树林中的大圆木底下的两条蛆虫，小日子过得别提多舒坦了。更关键的是，我还有许多属于自己的时间。我可以去钓鱼，去布置陷阱捕捉野味，还可以大量地阅读《圣经》。许多年来，我一直在思考一个问题：究竟要不要把南安普敦县或者命运之神向我指示的任意一个地方的白人全都斩尽杀绝？如今，我用来研读《圣经》及其训诫的时间比以往的任何时候都要多，所以对摆在我面前的那项极其血腥的任务，我也做了极其周密的思考。

我第一次遇见杰雷米亚·科布是在某一年的十一月，那一天至今都令我记忆犹新。当时已经是下午,灰色的云层压在低空,被阵阵狂风吹着朝东卷去。干枯的玉米地早已变成了棕褐色,一直延伸至远处的森林,空气中弥漫着秋天特有的宁静。秋虫的低吟浅唱之声已渐渐泯灭,各种鸣禽业已南飞,只余下田野和树林孤零零地栖息在一片广阔而寂静的灰色世界里。四周没有一丝动静,时间就这么在绝对的静谧中消逝。忽然,透过烟雾般灰蒙蒙的天光,从远处玉米地的上空传来几声乌鸦呱呱的鸣叫。接着,远处依稀有粗重而嘈杂的声音响起,但这声音随即又消失了。世界重新安静下来,打破沉寂的只有被风刮得东奔西走、嚓嚓作响的枯死的树叶。那天下午,我听到北边有好些狗在叫,而且它们似乎正一路往这边赶来。那天是星期六,特拉维斯和乔尔·韦斯特布鲁克一大早就驾车上耶路撒冷办事去了,铺子里只有帕特南一个人在干活。而我正在我住的棚屋旁边,清洗几只从我设置的陷阱里逮来的野兔。一切都笼罩在森然的寂静之中。突然,我听到那边的道路上有犬吠声。应该还是猎犬,可听声音猎犬并没多到足够去打猎的数量。我记得,当时我心里还挺纳闷,可当我站起身抬眼朝道路的方向望去时,只见路上旋风般扬起了一片尘土。我这才醒悟过来,从旋风中过来的是一个身材高大的白人,他身着白色的獭皮帽和灰色披风,正高坐在一辆狗车[1]的驾座上。拉车的是一匹活蹦乱跳的母马,她的皮毛黑得发亮。狗则在马身后的驾座底下拴着,是三只耷拉着耳朵的猎犬。此时,它们正冲着特拉维斯养的一只黄毛狗狂叫不已,因为后者正试图从车轮的辐条之间钻进去向它们逼近。那应该是我第一次见到真

---

[1] Dogcart,一种单马双轮马车,又叫狗车,在两个车轮之间可以拴狗,狗可以随着马车一起奔跑。

正带着狗的狗车。从我所站的位置，我看见狗车开到主人的大房子跟前便停了下来，然后我看见那人下了车，我感觉他下车的姿势有些笨拙，膝盖好像不大得劲。有那么一瞬间，他脚下踉跄得似乎都快跌倒了，但他随即稳住了身形。他一边声音不高不低地在絮叨着什么，一边踢了那只黄毛狗一脚，没想到踢了个空，他脚上的靴子啪的一下磕在了马车车厢的侧面。

眼前的这一幕很是滑稽，躲在暗地里看着白人丢人现眼，这永远都是最令黑人开心的事。但就在我觉得自己马上就要笑出声来的时候，那个男人已经把身体转了过来，我的笑立刻止住了。这是我第一次从正面打量这个人，我看到的是一张我所见过的最郁郁寡欢的脸。这张脸已经被悲伤摧残和蹂躏得不成体统，痛苦仿佛曾经亲自在这张脸上大打出手，将它扭曲和折磨成了根深蒂固的痛苦的状态。而且我看得出，他有点醉了。他阴沉地盯着在路边飞扬的尘土之中冲他吼叫的狗，看了一会儿之后，他抬起凹陷的双眼，略略望了一眼从天上飘过的灰色云层。我觉得我听见他轻轻呻吟了一声，接着我听到一阵剧烈的咳嗽声，然后，他用一个突然而笨拙的姿势整理了一下罩在他憔悴而瘦弱的身体上的披风，这才开始用戴着手套的笨拙的双手把那头母马拴在系牲口的木桩上。这时，我听到萨拉女士从门廊的方向朝这边招呼了一声。"科布法官！"我听到她在大声喊，"哎呀，我的天哪！您怎么来了？"他也冲她回嚷了一句，却赶上一阵大风正刮过来，我便听不太清他说话的声音了。树叶被风吹得在他四周胡乱地转悠，所有的狗也都开始不住地吼叫。那匹漂亮的小母马被激怒了，她甩着身上的鬃毛，将马蹄子跺得一阵响。我勉强听出了他讲述的内容：他带着他的猎犬去德鲁里维尔打猎，可行至中途，车轮的主轴箱发出了刺耳的杂音。他觉得车轴坏了，可能是开裂了。因为正好离这里很近,所以他就过来修车了。乔[1]先生在家吗?萨拉女士的声音又从门廊那边传了过来,因为刮的是顺风,所以她的声音显得格外响亮、饱满且愉快:"乔先生上耶路撒冷去了,可我儿子帕特南在家!他能帮您把轮子修好,科布法官,而且他修得很快!您不进来坐一会儿吗?""多谢啦,女士,不了。"科布大声答道。他接着说他很着急,只想赶快把车轴修好,然后立刻上路。"那好吧,我想您应该知道榨苹果的机子在哪里吧?"萨拉女士又嚷了一句,"就在修理铺旁边,那里还放着一些白兰地。别客气,请随便喝点!"

我回到棚屋边的角落里,继续清洗我的野兔,暂时没再留意科布。布置陷阱、逮野物,这都是特拉维斯事先同意的活动,事实上,对我的这项活动,他甚至抱着鼓励的态度,因为我们俩有约在先,每逮住三只兔子,其中两只归他。对这个协议我倒也满意,因为这样的野物在乡下多得很,况且每星期能吃上两三只野兔,对哈尔克和我来说已经足够,再多了我们还不爱吃了呢。分到我逮的兔子以后,特拉维斯大多会把兔子拿到耶路撒冷去卖了,而赚到的钱,也就是纯利,则全都归他。对此我也并不在意,因为如果他非得从他的资本——以我为代表的奴隶的身体和头脑——当中赚取一些利息的话,我宁愿他只是在这些琐碎的小事上盘剥我,更何况我在做这件事时乐在其中。自从我在莫尔家干了那么多年枯燥乏味的苦力以后,对我来说,最大的快乐莫过于能让我人尽其才。比如,我动手设计了一款捕捉野味的陷阱——箱式陷阱,箱子是用修理铺废弃的木料做的,锯、刨等各种木工活都是我自己动手,栓子和绊动箱门

---

1 约瑟夫的昵称。——编者注

的带豁口的楔子也是我自己刻的。我把这一个个精巧的小木箱连接在一起，组成一套运行平稳、安静而又极具杀伤力的装置。这还不是全部。除了布置陷阱，我还喜欢在黎明时分到寂静的乡村中沿着布置了陷阱的小径漫步而行。每当这个时候，地上的霜冻会开始爆裂，在清晨的薄雾中望去，溪谷之中涨得满满的仿佛全都是牛奶，而不是水。整条路线都是沿着熟悉的松径穿过树林，全程走下来得有三英里。我自己还设计了一只可以随身携带的布口袋，里面能装上我的《圣经》和早餐——两颗苹果和一块头天夜里做好的瘦猪肉。等到我往回走的时候，《圣经》就要和几只野兔一起在口袋里挤一挤了。兔子被我用胡桃木的棍子恰到好处地给敲晕了，但又不至于流血。一路上总有许多松鼠走在前面替我开道，它们跟着我走走停停，像水里的一片片涟漪。久而久之，我便和它们中间的几只变得熟络了起来，还给它们起了一些像希斯拉和阿摩司之类的属于希伯来先知的名字。我之所以把它们归入最受上帝垂顾的生命之列，是因为它们生性不会像兔子一样轻易被人诱入陷阱，而且法律还禁止人们开枪猎杀它们（至少它们不会被我射杀，因为法律严格禁止黑奴使用枪支）。那真是一天中最安静、最温柔、最清新纯朴的时刻。当苍白的阳光从露水和晨雾之间照射进来时，我周围的树林仍笼在一片灰蒙蒙的没有鸣禽的寂静之中，那俨然就是《圣经·创世记》里的早晨，充满了开天辟地之初的新鲜气息。

我布设陷阱的那条小径的尽头有个小山包，山包的三面皆被矮小的橡树丛所包围，而这里便是我享用早餐的地方。从山包（尽管它比寻常的小树高不了多少，但在方圆数英里之内它已算是最高的地标了）顶上，我能清晰而隐秘地观察到远近的乡村，而那些已被我列为袭击和劫掠对象的房舍当然也包括在内。所以，这些在清晨之际进行的捕猎之旅便给了我反复进行侦察的机会,并让我能为即将到来的那场伟大的行动做出周密的安排。每当这个时候,主的神灵仿佛就在我身边徘徊,他仿佛在这样告诫着我:人子啊,你要预言。耶和华吩咐我如此说:"有刀、有刀,是磨快擦亮的;磨快为要行杀戮……[1]"在所有先知当中,我对以西结有种天生的亲近感,因为他曾经预言过神的发怒。在那些清晨,我坐在山包上,猪肉和苹果业已下肚,几只被打晕的棉尾兔都已经装进口袋里,放在我的身旁。这时,以西结的那番话便会让我久久地陷入沉思,因为从他的话里,主已经将他对我命运的期许再清楚不过地揭示了出来(比从其他先知的话语中透露出来的都更加清晰明了):你去走遍耶路撒冷全城,那些因城中所行可憎之事叹息哀哭的人,画记号在额上……要将年老的、年少的,并处女、婴孩和妇女从圣所起全都杀尽,只是凡有记号的人不要挨近他……[2] 每当我揣着这几句话冥思苦想时,我就感到十分好奇,为什么主要放过那些有善心的人,而杀掉那些无依无靠者?但不管怎么样,主就是这么说的。多么美好的早晨啊,充满了启迪,充满了预言和征兆!我感觉,想将在那个时刻笼罩在我心头的那份狂喜诉诸笔端,实在是太难了。在那灰蒙蒙的庄严肃穆的曙光之中,我蹲伏在那个秘密的小山包上,看见未来正呈现在我的眼前——它就凝固在那里,与扫罗或基甸[3]所见过的一模一样。我在里面看到了我自己,我成了一个彻头彻尾的黑人复仇者,我成了上帝用来施行天惩的不可抗拒的致命的工具。在那些早晨,当我俯视着四周灰暗而枯萎的景象时,我就觉得主的意愿以及

---

[1] 《圣经·以西结书》21:9—10。
[2] 《圣经·以西结书》9:4—6。
[3] 扫罗和基甸都是《圣经》中的人物。

他交给我的任务已经是再简单、再明了不过的了：为了解救我的人民，有那么一天，我必须从山下的正在薄雾中酣睡的家家户户开始行动，我必须先把这里的一切尽数摧毁，然后再穿过沼泽和田野，向东边的耶路撒冷杀奔而去。

扯远了，我还是回来接着讲科布，而且我得先从哈尔克讲起。哈尔克生来便有些与众不同的天赋。假如他会读书写字，假如他是个白人，享有自由，生活在荷马笔下的至福乐土时代，那他也许能成为一名律师，而不是像现在这样，只是一件任人讨价还价、待价而沽的财产。赶上行市不好，他才将将值六百美元。可令我失望的是，基督教的教义（大多是从我这里听去的）并未在他心里留下多深的烙印，也正因为如此，他能够摆脱精神上的羁绊和束缚。对生活中疯狂的一面，他总能做出反应，总能恣意地开怀大笑。每一件新的荒唐事都会令他兴奋半天。简而言之，他总是对那些疯狂的、出人意料的事特别心心，而这多少让我有些嫉妒。比如，有一段时间，我们搭在车轮修理铺后面的棚屋尚未完全盖好，有一天下起了暴雨，而主人恰巧有事到棚屋里来找我们。主人抬头看着像瀑布一样从屋顶的漏缝中泼下来的雨水。"这里漏水了。"主人说。可是哈尔克却答道："不，乔老爷，是里面在下雨，外面漏了。"每个黑奴都拥有某种只可意会而不可言传的内在意识：从十一二岁甚至更早的时候开始，我们黑人就已经意识到，自己只是货物，只是商品，在所有白人的心目中，我们没有个性，没有道德观念，更没有灵魂。哈尔克为这种意识起了一个最好的名字，那就是"黑驴"。它比我以前听过的任何词语都更能把笼罩在黑人心头的那种麻木和恐惧的感觉概括进去。"只要一个人是白人，纳特，不管他是好是坏，甚至包括我们的乔老爷在内，他都会让你觉得他在把你当黑驴看。我还从没看见哪个白人对我笑过,当然我也不会因此就更觉得自己是头蠢驴。你为什么要那么卖力地干活呢,纳特?你觉得白人待你还不错,就以为自己是头白驴了?不见得吧!不管一个人是老爷还是少爷,也不管他怎样甜言蜜语,我都觉得他在把我当黑驴看。我琢磨着,等到有一天我真像你说的那样进了天堂,当我站在上帝的黄金宝座跟前,恐怕上帝也会给我一种他在把我当黑驴看待的感觉。你瞅瞅他,皮肤雪白雪白的,跟我甜言蜜语了好半天,可到头来我还是觉得,即使站在那么多的天使中间,我仍然是一头黑驴。因为我敢肯定一定会是这样,用不了多久,我就会听见他开始冲我大喊:'哈尔克!你小子给我过来!我的见谒大厅得打扫打扫了。赶紧的,你这头黑驴,这个无赖!赶紧拿着拖把和扫帚给我滚过来!'"

黑人与黑人之间交谈的话题大多与白人有关,这么说绝不为过。哈尔克在上文中说的那番话,就是他在那个灰蒙蒙的十一月的某天对我讲的(当时哈尔克刚从棚屋里出来,帮我收拾和清洗野兔)。他正讲得起劲,突然,我们俩几乎同时感到,在我们身后似乎隐隐约约有人,就好像一道模糊得让人几乎难以察觉的影子。我们略带惊讶地抬头望去,看到的正是杰雷米亚·科布的那张郁郁寡欢、饱受痛苦蹂躏的面孔。我不知他是否听见了哈尔克的那番高论,即便他听见了,也没什么大不了。他威严、突兀而且高大的身形猛地罩在了我们上方,在雾蒙蒙的天空的映衬下正轻微地摇晃,让我和哈尔克都大吃一惊。他来得如此突然,如此悄无声息,我们愣了半天才认出来是他。我们把手里拎着的血肉模糊的兔子放下,并开始站起身以示尊重和敬意。对黑人来说,每当陌生的白人闯进你所在的场合时——他们总会有一堆说不清、道不明的动机去这么做——摆出这样一种姿态是非常明智的。然而今天,没等我俩的身体完全站直,他就开口说话了。"继续,"他说,"你们继续,继续。"他的话音里带着些粗鲁和急躁,他冲我们打了个手势,示意我们接着干活。我们便依言慢慢蹲回地上,双眼却仍然紧盯着那张苍白而饱经沧桑的板着的脸。忽然,他张嘴打了个响嗝。一张如此严肃的面孔发出这种声音,实在不大协调,也不大雅观,甚至还隐隐地有些滑稽,可我和哈尔克都没有吭声。这时,他又打了一个嗝。这一次,我明显感到哈尔克那硕大的身躯开始抖了——他为什么抖呢?是想笑,是觉得尴尬,还是因为恐惧?这时,只听科布问道:"喂,你们两个小子,榨苹果的机子在哪里?"

"在那里,老爷。"哈尔克指着几步开外的地方说道。棚屋紧挨着修理铺,铺门是敞开的,门里边有一排装着苹果酒的木桶,摆在潮湿而落满灰尘的阴影里。"红桶子,老爷,红桶子里的苹果酒是给先生们喝的,老爷。"当哈尔克着意扮演一个邪奸谄媚的黑鬼角色的时候,他的声音便会甜得发腻,活脱脱一副摇尾乞怜的样子。"乔老爷说,红桶子里的苹果酒是留给有身份的先生们喝的。"

"去你的苹果酒,"科布说,"白兰地在哪里?"

"白兰地在架子上的那些瓶子里面。"哈尔克说。他忙不迭地站起身来,"我去给您倒杯白兰地,老爷。"而科布又冲他轻轻摆了摆手,示意他不必前去。"继续,你继续。"他说。他的声音谈不上友善,但也不失亲切,虽然听上去透着疏远和心不在焉,但不知何故,它仍然给人一种痛苦的感觉,仿佛控制声音的那个大脑已完全被焦躁和不安占据。虽然他的声音生硬且冷淡,但他身上却没有任何地方能让你说他傲慢。尽管如此,这个男人身上的某些东西令我极为不快,甚至令我怒从中来。他没再多言,只是一瘸一拐地从我们身边走过,穿过一片已经干枯的棕色杂草,朝榨苹果的机子走去。直到这时，我才意识到，令我讨厌的并非科布本人，而是刚才哈尔克在科布跟前的那番做派——哈尔克简直就是个卑躬屈膝、逢迎拍马的黑炭团，一副邪奸诡笑、点头哈腰、油腔滑调的奴才相。哈尔克刚给一只兔子开了膛，它的身体摸上去还有些温热（每逢星期六，我通常会改在下午去收取掉进陷阱里的猎物）。哈尔克提着兔子的两只耳朵，把它举得高高的，正在接兔血。我们一般会留着兔血，炖菜的时候放些进去，菜会变得黏稠一些。我们俩正在那里蹲着，我记得，我突然就发怒了。我抬起头看着哈尔克，看着他那张单纯、宁静、黑得发亮的脸，脸上有着宽阔的额头和高耸漂亮的颧骨。这时，他正全神贯注地看着鲜红的兔血往下面的盆子里淌。他的脸很容易就让人联想起那些非洲酋长的脸来——勇敢、大胆、令人望而生畏，而且工整匀称得令人称奇——只有那双眼睛，或者说从那双眼睛里流露出的东西，不大对劲。此刻，那双眼睛已经让他的脸退化成了一张毫无血性、愚鲁迟钝、驯服听话的面孔。那是一双孩子般充满信任和依赖的眼睛，柔和得仿佛上面刷了一种隐秘而不同寻常的釉。当我端详着它们时——在那张结实、魁梧、像国王一般的脸上，一双女人气十足的眼睛正愣愣地瞅着兔子血发呆——一股怒火从我心底油然而生。我能听到科布正笨手笨脚地在榨苹果的机子上咔嗒咔嗒地摁来摁去，所以不会有人听见我们说话。"黑马屁精，"我说，"你就是个向白人献媚的黑马屁精。败类。你，哈尔克，是黑人中的败类。"

哈尔克那双温柔的眼睛转了过来，信任而又惶恐地看着我。"怎么啦？"他的声音开始变得惊愕。

"别说了，老弟！"我说。我差点就要伸出手去把他的嘴堵上了。"你快别说了，老弟！"我模仿着他刚才那副样子，压低了嗓门用嘶哑的声音说道:"'红桶子,老爷,红桶子里的苹果酒是给先生们喝的,老爷。我去给您倒杯白兰地,老爷。'你为什么要用那种腔调跟他讲话?十足的黑马屁精,真让我觉得恶心!"

哈尔克的表情变得很受伤,很难过。他垂头丧气地蹲在地上,不再说话,只是舔了舔嘴唇,茫然地嘟哝了几句什么,似乎是在痛苦地责备自己。"难道你真的不懂吗,你这个不要脸的家伙?"我仍在继续指责他,"你不知道普通的礼貌和献媚是有区别的吗?你不知道它们完全是两码事吗?他自己都没说'去给我拿杯喝的来',他只是问'榨苹果的机子在哪里?',只是问了个问题而已。可你倒好,立马就像条小母狗似的前后左右地忙活开了,开口一个老爷,闭口一个老爷。你让我恶心得快把昨天吃的晚饭都吐出来了。"你不要心里急躁恼怒,因为恼怒存在愚昧人的怀中。[1]我突然感到惭愧极了,我冷静了下来。哈尔克看上去仍然很沮丧。我继续对他说话,这回语气温和多了:"你一定得记住,老弟,你一定得记住它们是有区别的。我不是叫你去冒挨打的风险,也不是让你去变得傲慢和自负。但凡事都有个度。当你做出刚才那种举动的时候,你就不是个男人。你不是男人,而是个小丑!平时你也经常这么做,这已经不是一次两次了。在特拉维斯和玛丽亚小姐跟前,甚至在他们那两个孩子的跟前,你都是这副德行。让主来帮帮你吧。你怎么连这都不懂啊?你真是蠢到家了。愚昧人行愚妄事,行了又行,就如狗转过来吃它所吐的。[2]你真是个笨蛋,哈尔克!我要怎么教你,你才能明白呀?"

---

1 《圣经·传道书》7:9。
2 《圣经·箴言》26:11。

哈尔克没有搭腔，只是垂头丧气地蹲在那里喃喃自语。平日里我很少对哈尔克生气，然而一旦我的火气上来，他就得吃不了兜着走。可我又那么爱他，所以事后我便常常会为自己的大动肝火和给他带来的痛苦而感到内疚。从某些方面来说，他就像一条上等的良犬，一条年轻、漂亮、粗心而又热情，但同时仍待调教才能出落得举止优雅的狗。尽管我仍未把我那项宏伟的计划透露给他，但在消灭白人的那一天来临之时，我还指望着哈尔克能成为我的左膀右臂，他将会是我的剑和盾。他天资聪颖，足智多谋，能随机应变，而且还像熊一样强壮。但他只要一看见白色的皮肤，就会变得畏缩恭顺，把自己贬损到像奴仆一样低贱的地位。我知道，在我能够完全信任他之前，我必须设法除掉他性格中的这个弱点。以前我在别的黑奴身上也发现过这种性格特征。和哈尔克一样，他们人生的早期阶段大多是在白人的种植园里度过的。毋庸赘言，我的首席副官的职务，绝对不是一个有着根深蒂固的黑奴心态，一个满脸媚笑、在白人面前手足无措、不敢将白人剖腹剜心的人所能胜任的。简而言之，哈尔克是我正在进行的一项试验，一项必不可少而且事关重大的试验。痛苦的现实是，绝大多数黑人都秉性温顺，温顺得令人绝望，但其中的许多人都有着满腔的怒火，只不过为了自我保护，他们不得不用一层虚假的奉承和谄媚将那团怒火包裹起来。我知道，我必须把罩着哈尔克的那层令人厌恶的伪装彻底撕掉并摧毁掉，同时，我还得将隐藏在他心底的那股凶焰和怒火烘焙得再旺盛一些。不知道为什么，我觉得用不了多久我就能做到这点。

"我不知道，纳特，"哈尔克终于说道，"我试过。可我总也忘不了那种被人当作黑驴的感觉。我真的试过。"他停顿了一下，想了想，然后点了点头。在他的头下方不远处，是那只血淋淋的兔子。

"而且,刚才那个人看上去实在太伤心太难过了,我还从没见过有谁像他那么悲伤的。我只不过是有点同情他罢了。你说什么事能让他那么难过呢?"

我听见科布正穿过杂草从榨苹果汁的机子那边往这边走来。他走得跌跌撞撞的,矮树丛被他踩得发出噼噼啪啪的清脆响声。"同情白人?那你纯粹是在浪费感情。"我低声说道。我一边说,脑子里一边还想起一件事来。就在几个月前,我无意中听到特拉维斯和萨拉女士在谈论这个叫科布的人,所以我知道,这个人在短短一年的时间内都经历了哪些和约伯一样的恐怖遭遇:他是一位商人兼银行家,拥有众多的土地和财产。他还是本郡的首席地方法官以及南安普敦县猎犬协会的大师。他的妻子和两个已成年的女儿在卡罗来纳州的海滨被伤寒夺去了生命,但颇具讽刺意味的是,是他自己要将这几位女眷送到卡罗来纳州去的,因为他原本想让一到冬天就饱受支气管病之苦的她们三个到那里的海边去疗养身心。她们去世后不久,他在耶路撒冷近郊新近竣工的一座马厩又被一场可怕且突如其来的火灾烧成了平地,马厩里的一切,包括两三条一流的摩根猎犬、许多珍贵的英式马鞍和马具,还有一名年轻的黑人马车夫,都被烧为了灰烬。从那以后,这个不幸的人就一直在壶中买醉,借酒浇愁。有一次,他从楼梯上摔下来,把腿摔断了,而接腿的时候又没接正,所以尽管他仍然能四处走动,却备受难以抵挡的痨病热的折磨。第一次听人说起他经历的这些灾祸时,我心里痛快极了(别以为我是个铁石心肠之人——我不是,这点你肯定也能看得出来,但黑人从白人的痛苦中所能得到的满足感,就好比在他们单调贫乏的定额口粮中突然出现了一道美味的佳肴,其价值之高怎么说都不为过)。我必须承认,当我听着科布费力地从我身后的那片杂草丛中穿过时，我感受到的也正是那种满足。（因我所恐惧的临到我身；我所惧怕的迎我而来。我不得安逸，不得平静，也不得安息，却有患难来到……[1]）一股激动而愉快的感觉顿时传遍了我的全身。

我原以为科布只是从我们身边路过，然后便会进到修理铺或是主人的房间里去。所以，当他在我们身边意外地停下来，靴子差点就踩上了一只已经剥好皮的兔子时，我自然是大吃了一惊。我和哈尔克正要再次站起身来，他却打着手势让我们继续干活。"继续，继续。"他一边连连地说着，一边又仰起脖子喝下一大口酒。我甚至能听见那口白兰地像青蛙一样呱地响了一声，然后便消失在他的喉咙深处。他长长地喘了口粗气，最后还咂巴了一下湿乎乎的嘴唇。"Ambrosia。"他开口说道。那声音正好发自我们头顶的上方，听上去响亮、自信而坚定，尽管那令人厌烦的悲伤底色依然还在，但他的声音显然拥有一股气概和力量。它使得残存在我心里的某种感觉重新泛了起来，虽然那种感觉早已变得极其淡漠，但我必须承认，它就是从我出生开始，一直到我长大成人都始终陪伴着我的那种对白人的畏惧。"Am——b——ro——sia。"他又说了一遍。我的畏惧感慢慢地消失了。那只黄毛狗也抽着鼻子跑到了近前，我抓起一把青紫色的黏糊糊的兔子内脏朝它迎面扔去。它兴奋地哼着，一口叼住，跑进棉花地里去了。"这是希腊语中的一个词，"科布继续说道，"是从 ambrotos 演化而来的，意思是'不朽'。可以肯定的是，当众神将这种用普普通通而且随处可见的苹果做的鲜美礼物送给人类的时候，他们其实是将一种不朽赐给了我们，无论这种不朽是多么短暂而虚幻。酒能抚慰那些孤独的被抛弃的人，能缓解他们的痛

---

[1] 《圣经·约伯记》3: 25—26。

苦,能成为他们抵御这扑面而来的凛冽寒风的庇护所——这样的灵丹妙药是只有天才方能创造出来的杰作!"说到这里,他又打了个嗝——一种很奇怪的尖叫声——他整个身体都为之一颤。随后,我听到他又从瓶子里喝了一口酒。我正忙着收拾手里的兔子,没来得及抬头去看,但我无意中瞥了旁边的哈尔克一眼。他整个人都呆住了,他血淋淋、亮闪闪的双手摊开在身前,嘴张开着,正全神贯注地盯着科布。看着他那副愚昧而麻木的惶恐样子,我不由得生出一股同情。他听不太懂科布的话,所以在科布讲话时,他无声地嚅动着自己的嘴唇,仿佛正在隔空咀嚼和品味那些华丽的辞藻。汗滴像一串串水银般从他黑色的额头直往下掉,有那么一刻,我甚至以为他的呼吸都已经中断了。"啊!"科布叹了一口气,咂了咂嘴。"真是满口生香,堪称极品呀。难道你们不觉得这简直太不可思议了吗?你们的主人,约瑟夫·特拉维斯先生,不但拥有修理车轮这种难能可贵的天赋——他已经成为南弗吉尼亚州最棒的车轮匠了,而且他还具备另一项杰出的才能。他是方圆一百英里以内技艺最为高超的酿酒师,他酿的酒实在是妙不可言。难道你们不觉得这太不可思议了吗?难道现在你们仍不这么觉得吗?"他沉默了下来,然后又含糊地问了一遍,话声中似乎带着点威胁的意味(至少我能感觉得到):"难道现在你们仍不这么觉得吗?"

我开始有一种既不自在又不安的感觉。或许我对白人语气中某些细微的差异过于敏感(我一贯如此),然而,这句问话中的确带有令我警觉的尖刻、专横和嘲讽的成分。以往的经验告诉我,如果哪个陌生的白人刻意摆出一副花里胡哨而且过分亲昵的架势,而他讲话的对象又是个黑人的话,那这个白人恐怕是想拿黑人寻点开心了。近几个月来,我的精神变得越来越紧张,所以我觉得,我应该不惜一切代价，让自己避免卷入任何争端，哪怕是些旁枝末节、无伤大雅的琐事。只要稍稍预见到有发生冲突的可能，我便会立刻退避三舍。可眼下，科布这个该死的问题让我彻底陷入了左右为难的境地。这个问题的困难之处在于，在很大程度上，黑人就像狗一样，经常需要通过白人的语气来解读白人想表达的意思。如果他问的这个问题只不过是酒后的醉话而已（这种可能性当然是存在的），那我只需要恭敬而得体地保持沉默，继续收拾我的兔子就行了。我的大脑一直像水车一样在高速运转。其实，我原本也希望是这种结果——像寻常的黑人一样，傻乎乎地一言不发，或者挠一挠自己毛茸茸的头发，咧着嘴露出蒙昧无知的笑容，嘟着又肥又厚的粉红色嘴唇，做出自己对这些美丽的拉丁语一窍不通的表示。但如果他问这个问题是想趁着酒劲挖苦我们几句（从他正安安静静地等着我们回答的样子来看，这种可能性似乎更大），而且非要逼着我们回答的话，那我就不得不按惯例轻轻嘟哝一句"是的，先生"或"不是，先生"来权且作答。考虑到他这个问题的动机已经如此简单且昭然若揭，我万万不能只用一句短短的"是的，先生"或"不是，先生"来回答。我担心的是（这些担心绝非我一时的心血来潮或者杞人忧天），一旦我把"是的，先生"这句话说出口，它很可能会招来更多的问题。他可能会说："哦，你终于这样觉得了。这么说，你是真的觉得这太不可思议了，是吗？也就是说，你认为你的主人是个傻瓜，是个笨蛋，我能这么理解吗？你觉得，既然他已经会鼓捣车轮了，他就不该还会酿酒？瞧瞧现在这帮黑鬼，你们就是这样尊重你们的主人的吗？好吧，让我告诉你，我不管你是叫庞佩还是别的什么稀奇古怪的名字……"诸如此类。这样一来，什么样的情况和变故就都有可能发生，你还真别以为我是在耸人听闻。对白人来说，无缘无故找黑人的麻烦是个很常见的消遣方式。但此时此刻,我想极力避免的并不是遭受他人欺辱的可能性,而是我被迫奋起还击,将对方打得头破血流的可能性。不久前,我刚发过誓,从今以后,对任何施加在我身上的欺辱和压迫,我都绝不再听之任之。可是,倘若我今天真的大打出手,我为将来制定的那些伟大计划就会全部泡汤了。

我的身体开始颤抖,我感觉腑脏之中有什么在蠕动,在湿漉漉地发虚,幸好,这时发生了一件事,把众人的注意力转移开了:旁边的树林里,一排矮树丛突然被撞得一个劲哗哗直响,我们三个不约而同地转过身去看。只见一头浑身是泥的黄褐色野猪慢慢地从草丛里踱了出来,嘴里扑哧扑哧地在哼哼,身后还跟着一窝吱吱叫唤着的小猪崽。这一群大小不一的野猪来得飞快,去得同样迅速,它们一头钻进枯萎凋零的树林里,瞬间便不见了踪影。森林上方的那片天空静悄悄、灰蒙蒙的,低垂而褴褛的云层被风吹着,仿佛漫天的破絮,看去甚是凄凉。只有微弱的阳光从云的缝隙间偷偷渗进来一抹微黄而苍白的亮光。我们对着此情此景注视良久,心里一阵怅惘。忽然,只听砰的一声,声音离得很近,原来是修理铺的门突然开了,被风吹得直接撞在了墙上。铰链发出一阵怪声怪气的尖叫,又把门倒拽了回去。"哈尔克!"有人在大喊,那是我的小主人帕特南。"你在哪里,哈尔克?"从他脸上的那些小疙瘩中,我能看出这孩子的心情很是糟糕。每当他有什么烦心或苦恼的事,那些疙瘩就会红得更厉害,更显眼。我还应该补充一句:自从发生了去年的那件事之后,帕特南就一直在有意无意地跟哈尔克过不去。那件事发生在一个暖和的下午,当时哈尔克跑到野外去打山核桃,却无意中在游水的池塘边撞见了帕特南和乔尔·韦斯特布鲁克,他们俩正在泥泞的池塘边,像鲶鱼一样脱得赤条条的,两人的身体紧紧缠绕在一起，正恣意地扭来扭去，宣淫嬉戏。"我还从没见过这么荒唐的事呢，"哈尔克事后对我说，"反正跟我没关系，我只当没看见就行了。黑人犯不着为白人干的这些荒唐事瞎操心。可现在，那该死的帕特南，居然还为这件事跟我生气，不知道的还以为那天是我在玩命撸管的时候被别人撞见了呢。"虽然我很同情哈尔克，但我也没太把它当回事，因为这只不过再次反映了一个难以改变的现实：虽然在白人眼里，黑人根本就没有隐私可言，但黑人为了保护白人的隐私，为了不让自己看到白人进行的任何活动，必须尽可能地绕着走，哪怕那意味着要多走好几倍的路。即使有时候黑人完全有正当的理由出现在某些地方，白人们也还是会骂他们是"奸细"或者"鬼头鬼脑的黑人无赖"。

"哈尔克！"帕特南又喊了一声，"赶紧过来。你到底在那里做什么呢，你这个没用的黑鬼！火都快灭了，给我滚过来！你这个该死的懒虫！"那小子身上系着条皮围裙，他的五官长得很粗糙，阴郁的脸上的那张嘴总在噘着，黑色的头发还算平顺，面颊两边留着络腮胡子。听到他冲哈尔克大喊大叫，我立刻感到一股无名怒火油然而生。我真渴望那一天能早日到来，好让我能亲手收拾他一顿。哈尔克赶紧站起身，往修理铺奔了过去。与此同时，帕特南的喊声又响了起来，这一次，他是在叫科布："我觉得您的车轴断了，法官先生！我继父应该能修好！他很快就会回来了！"

"很好。"科布大声答道。然后，他突然又讲了起来，一开始我以为他是在跟帕特南讲话。他说："愚昧人行愚妄事，行了又行，就如狗转过来吃它所吐的。《圣经》中的这段文字可以说是众所周知，但就算拼了我这条老命，我也不会把它算到主的经文里边去。我觉得它只是所罗门王说的许多箴言中的一句，他老爱嘲笑和批评那些傻瓜和愚人……[1]"他仍在继续讲着,而我却感觉身上好像起了一层鸡皮疙瘩:跟以往相比,今天的局面完全颠倒了过来,今天是黑人在背后说长道短的时候被白人抓了个现行。我怎么也没料到我居然会被自己这张碎嘴给出卖,更没料到我说的那些话居然被他从头到尾听了个一字不落。我出丑了,出丑令我感到羞愧。我让黏滑的湿漉漉的野兔尸体从我的手指间滑落到地上,我打起精神,做好了最坏的准备。"所罗门不是还说,愚人就应该给有智慧的人当奴仆吗?他不是还说,只有愚人才会藐视圣父的教导吗?而圣父的教导,不是已经通过在塔尔苏斯出生的犹太人保罗[2]传播到了我们伟大的弗吉尼亚州吗?就连这里的一些愚人不是都已经对它有了些一知半解了吗?基督释放了我们,叫我们得以自由,所以要站立得稳,不要再被奴仆的轭挟制。[3]"他还在继续说着,可我已经慢慢站了起来,即使我昂首挺胸站直了,他也还是比我高出一大截。他的脸虚弱而苍白,而且在流汗。因为天冷的缘故,鼻涕从他的鼻子里渗了出来,看上去像是从那张愤怒而痛苦的脸上伸出来的一把硕大的弯刀。他瘸着腿站在那里,流汗的身体在微微摇晃,一只布满暗斑的大手紧

---

[1] 这里科布是在讽刺纳特。因为纳特跟哈尔克讲这段"愚昧人行愚妄事"的箴言之前,纳特曾发了一声感慨"让主来帮帮你吧"。所以,科布便抓住这个漏洞来讽刺纳特,说那段话其实并非出自《圣经》中主的经文,而只是《圣经》里记载的所罗门王的一句箴言。科布接下来说的傻瓜和愚人也都是在继续桑桑槐槐讽刺纳特。

[2] 保罗,天主教译保禄,唐朝景教译宝路法王。他是早期教会最具有影响力的传教士之一,基督徒的第一代领导人之一,因为他首先向非犹太人转播耶稣基督的福音,所以被奉为外邦人的使徒。在诸多参与基督信仰传播活动的使徒与传教士之中,保罗通常被认为是除了耶稣基督之外,整个基督教历史上最重要的人。《新约圣经》诸书约有一半由他所写。自三十几岁至五十几岁,他在小亚细亚建立了好几个教会,在欧洲建立了至少三个,包括哥林多教会。他一生中至少进行了三次漫长的宣教之旅,足迹遍至小亚细亚、希腊、罗马各地,在外邦人中建立了许多教会,影响深远。

[3] 《圣经·加拉太书》5:1。

紧抓着白兰地酒瓶,将其贴在胸前。他仿佛不是在跟我讲话,更像是越过了我,正冲着我身后那漫天的飞云在讲话。"是的,对主的教诲已经有人做出了回答,对这一伟大而显而易见的事实,我们也听到已经有人做出了响应。"他停顿了一下,打了个嗝,然后提高嗓音,带着挖苦的口吻继续说道:"当然,我们也听到有一些伪善之人对所罗门王这一难以辩驳而且具有法律约束力的敕令发出了抱怨,他们有些来自威廉与玛丽学院这样的高等学府,有些来自里士满,有些则是弗吉尼亚州中多如蝗虫的学术骗子。他们会说:'神学必须对神学的理论做出解释。你要跟我谈自由?你要跟我谈轭给你带来的奴役?那么,我的地方法官大人,你又怎么回答下面这几个问题呢?《圣经·以弗所书》第6章第5节:你们作仆人的,要惧怕战兢,用诚实的心听从你们肉身的主人,好像听从基督一般。还有下面这段,我这位乡巴佬老弟,这个你又怎么解答呢?《圣经·彼得前书》第2章18节:你们作仆人的,凡事要存敬畏的心顺服主人,不但顺服那善良温和的,就是那乖僻的也要顺服。怎么样,朋友,怎么样——难道这些还不足以说明,刚才一直在被你评头论足、说三道四的奴役制,早就已经被神认可了吗?'仁慈的主啊,这种诡辩什么时候才能结束啊?或者,莫非这是灾难即将降临的预兆[1]?"说到这里,他似乎才头一次正眼看我,他用热切的目光注视着我良久,然后举起酒瓶,往嗓子眼里一伸,咕咚一声又吞下了一大口白兰地。"你们要哀号,"他继续说道,"你们要哀号,因为耶和华的日子临近了;这日来到,好像毁灭从全能者来到。[2] 你就是他们常说的

---

[1] 原文是 handwriting on the wall,表示厄运发生之前的凶兆,见《圣经·但以理书》第5章。
[2] 《圣经·以赛亚书》13:6。

那位叫纳特的牧师吧?那你告诉我,牧师,难道我说的不对吗?当以赛亚说'你们要哀号'的时候,当他说耶和华的日子临近了,毁灭从全能者来到的时候,难道不是因为他亲眼看见了那个事实吗?你跟我说实话,牧师,难道这不是在预示我们这个可爱、愚蠢而又不幸的弗吉尼亚州即将有灾祸降临吗?"

"哦,感谢上帝,老爷,"我说,"当然是的。"我的话说得很含糊,但口气却不失温顺和谦恭,而且还带着一丝牧师的虔诚,但我这么说主要是为了掩饰我突然冒出的警觉。此刻我真的很担心,因为他居然知道我是谁。这个陌生而且喝得醉醺醺的白人居然知道我的底细,这就像是给了我当头一棒。一个黑人最宝贵的东西,就是他在自己周围努力营造出的那一层单调、中性而匿名的伪装。有了它,他就能不显山、不露水地混迹于人群之中。出于显而易见的原因,任何无礼和不端的言行都是不明智的,但如果有人表现得卓尔不群、出类拔萃,那同样是一种失策。如果说前者会给你带来挨打、挨饿甚至是披枷带锁的惩罚的话,那后者则可能为你招来他人的好奇、敌视和猜忌,并使你拥有的自由时间急剧减少。至于其他的事,因为他的话就像连珠炮一样又快又冲地从他嘴里倾泻而出,所以直到现在我仍摸不准他究竟在打什么主意。不过,身为一个白人,他似乎也太没安全感了。我始终都摆脱不了一种感觉——他这是在故意诱我上钩,是要把我引入某个圈套。为了掩饰我的不安和慌乱,我又低声咕哝了一遍:"当然是的。"说完,我傻呵呵地咔咔一笑,眼睛瞅着地,把脑袋慢慢地摇了起来,仿佛在向他表示,他眼前的这个卑贱的黑人其实胸无点墨,目不识丁,最多也就是知道些皮毛而已。

然而,他微微一弯腰,把脸向我凑了过来。他脸上的皮肤并不像我原来猜想的那样又红又粉,而是像猪油一样苍白,血色全无。当我逼着自己开始与他对视的时候,他的脸就显得更加惨白了。"你别给我装蒜了。"他说。他的声音里并没有敌意,听口气更像是在恳求,而非命令。"你的女主人刚才已经把你指给我了。可即使她不说,我想我也能把你从你们俩当中区分出来。另外那个黑人,他叫什么?"

"哈尔克,"我说,"他叫哈尔克,老爷。"

"对,我肯定能区分出来。即便刚才我没有在无意中听到你说的那些话,我也能区分出来。'同情白人?那你纯粹是在浪费感情',你是这么说的吧?"

以往那种为我所熟悉的而且令我备感屈辱的恐惧感又袭遍了我的全身。我赶紧将目光移开,脱口说道:"真抱歉,老爷,我不该那么说,真的很抱歉。我不是有意的,老爷。"

"你胡说!"他大声说道,"你会因为说过同情白人纯粹是在浪费感情而感到抱歉?算了吧,牧师,这不是你的真心话。你心里肯定不是这么想的,对吧?"他停了下来,等着我回答他。可这时,紧张而又窘迫的我已经方寸大失,我张口结舌,根本不能作答。更糟糕的是,我在鄙视自己,咒骂自己,因为在如此紧要的关头,我竟然会如此迟钝,如此不知所措。我就这么站在那里,轻轻舔着自己的嘴唇,双眼凝望着远处的森林。我忽然觉得,其实我跟那些在玉米地里干农活的最邋遢、最低贱的黑奴没什么两样。

"行了,别跟我装了。"他又重复了一遍,声音里透着温和,甚至还出人意料地带着些讨好的腔调。"其实你早已经声名在外了。几年前我就听说过一个令人惊讶的传闻——克罗斯基斯附近有个与众不同的黑奴。他先后有过好几位不同的主人,而现在他已经从命运为他安排的悲惨境遇中破茧而出——说来也怪[1]。有人曾经让他当场演示，给他拿来一本艰涩深奥的物理学书，而且每一页上面都是手写的杂乱无章的口述记录，可他居然拿起来就能读。他的数学已到了能理解简单代数的程度，他对《圣经》的理解更是达到极为高深的水平，几位神学专家在考查过他的《圣经》知识之后，都不约而同地摇起了头，对他惊人的博学表示难以置信。"他停了下来，又打了个嗝。我把目光移回去看他，发现他正在用衣袖擦嘴。"谣传！"很快，他又开始说了，这一次他的声调似乎升到了慷慨激昂、近乎失控的地步，他的目光中带着狂野和冲动。"这绝对是从老弗吉尼亚州的穷乡僻壤里冒出来的谣言！和古代从亚洲腹地流传来的谣言如出一辙——我还记得呢，说是在印度河的源头，生活着一种足有六英尺长的巨鼠，它们在手鼓的伴奏下会活灵活现地跳起吉格舞来。但只要人们稍一接近，它们便会立刻长出一对人们之前看不见的翅膀，飞到最近的一棵棕榈树顶上。这类谣言实在让人无法接受。像这一类受压迫、受奴役的物种，神的法则早已经注定了它们的无知和愚昧，它们的这种命运比死亡更难更改。倘若我们相信，从这样的物种当中能冒出一个有本事将 cat 这个单词拼写出来的样本，那我们就是想让那些有理智、有头脑的人同样去相信，性情温和的国王乔治三世并不是一位可怕的暴君，或者，月亮是由乳酪构成的！"他边说边把手指戳向我，他长长的手指瘦骨嶙峋的，指节上还长着许多毛。他的手像企图咬人的蛇颈一样猛地伸到了我面前。"除此以外，请注意，除此以外——让我们再试想一下……这位天才，这位人杰，这个黑奴——哦，让'黑奴'这个邪恶的字眼见鬼去吧——

1　原文为拉丁语 Mirabile dictu。

他不仅具备了能读书识字的特征，而且还有文化、有知识。人们传言他能讲一口只有受过正规教育的白人才拥有的纯正口音。这么说吧，虽然命中注定他只能是这个末日帝国里的那些最卑贱的奴仆之中的一员，但他已经从他悲惨的境遇中升华并且脱颖而出，他不再只是一件物品，他已成为一个人——这些传闻都令人难以置信。不，不！人们不敢相信，不能接受，这样的现象实在过于荒诞！牧师，告诉我，cat 这个词怎么拼？来，证明给我看，这到底是不是一个骗局，是不是谣言？"他的手指仍在继续戳向我，温和的声音里带着些诱哄的意味，目光中却仍充满了冷冰冰的狂热与冲动。他浑身都散发着苹果白兰地的馥郁的香气。"cat，"他说，"把 cat 拼出来。cat！"

我开始觉得他并非在存心挖苦我，而是在以这种方式将他内心那股强大而又可怕的怒意宣泄出来。想到这里，我顿时感到一股热血直冲脑门，同时，胳膊底下又因为恐惧和不安而渗出了冷汗。"您别拿我寻开心了，老爷，求您了。"我轻声说道，"拜托您，老爷，别拿我寻开心了。"时间在悄悄过去，我们都保持着沉默，两个人就这么相互对视着。十一月的寒风在我们身后的森林里轰轰地狂飙，宛如巨大而又逐渐变得微弱的脚步声在长满雪杉、丝柏和松树的灰白色荒原上横冲直撞。刹那间，我的嘴唇顺从地轻轻颤了一颤，我开始支吾道："c——a——，c——a——"一股极其悲哀的徒劳无助之感，宛如痛苦的叹息般从我心里油然而生，它是那么幼稚，它伴随了我的一生，它是一种只有黑奴才有的情感。我站在狂风中，身上却在出汗。我心想：原来是这么一回事呀！即便他们关心你，在意你，即便出于某种原因，他们站在你的一边，他们还是会忍不住要嘲笑你、折磨你。我的手掌黏糊糊的，我的心却在咆哮，我想：

虽然我不想那么干,但今天,如果他非要逼我把这个单词拼出来读给他听的话,那我就不得不杀了他。我又一次垂下双眼,更明确地说道:"别拿我寻开心了,老爷,求您了。"

这时,科布已经醉得迷迷糊糊,他似乎已全然忘了刚才跟我说的话。他转过身,疯了似的瞪着森林。风仍在不住抽打着那片遥远的树梢。他把酒瓶紧紧抱在胸前,白兰地从瓶子里晃荡出来,沾在他的披风上。他用另一只手按摩他的大腿,按得十分用力,连指关节上的肌肉都变成了骨白色。"万能的上帝啊,"他痛苦地呻吟道,"人世间这无穷无尽的痛苦啊。人活多年,就当快乐多年;然而也当想到黑暗的日子,因为这日子必多。[1] 上帝呀,我的上帝呀,我可怜的弗吉尼亚州,这片被糟践的土地!远近四周的土地都已经被可恶的烟草变成了一堆堆废土。现在不光是烟草,我们连棉花都永远种不了了,只有南边的几个郡还能稍稍收获点庄稼。燕麦,大麦,甚至是小麦,统统都种不了。这里的土地已经废了!一片像处女一样纯洁丰腴的国土,一个世所罕有的富饶之地,在短短一个世纪里,就沦落成了一个枯槁衰败的老巫婆!而这一切只是为了满足一千万英国人对弗吉尼亚州烟叶的需求!可现在,我们甚至连烟叶也都没了,我们能养能种的只剩下马了!马!"他仿佛是在冲自己大喊,一边喊一边在兀自摸着、揉着他的大腿。"除了马,还有什么?还有什么?马和小黑孩!小黑孩!成群的小黑孩,成百上千,甚至上万。原本最美丽富饶的一个州,安宁有序而且备受尊崇的一片领地,现在都成什么了?成了密西西比州、亚拉巴马州和阿肯色州的养殖场。

---

[1] 《圣经·传道书》11:8。

一个为伊莱·惠特尼[1]的那些邪恶机器提供劳动力的巨大的养殖场。我诅咒他,那个流氓,那个无赖!人类的尊严和廉耻就是这么丧失的:我们抛弃高尚和正义,去迎合那个卑鄙无耻、那个名叫资本的伪神!哦,弗吉尼亚州,灾难即将降临于你身上!灾难,灾难啊!可怜的黑人们初次披枷带锁地踏上我们神圣海岸的那个日子将永远受到诅咒!"

他痛苦地呻吟着,一只手使劲拍打着自己的大腿,另一只则把酒瓶举到嘴边,将里面的残渣一饮而尽。这一次,科布似乎已全然把我给忘了。我记得当时我在想,如果能有什么办法,可以让我神不知鬼不觉地从他眼前溜走,那该多好。可听完他刚才的那番话,我心里一时千头万绪,百感交集。我很久都没听过白人如此动情地讲话了。我不得不承认,他那番话(或者说他那些醉醺醺的酒后之言,像一道阴森的鬼光,已不知不觉潜入了我的意识)令我肃然起敬,也让我感觉到了一些别的模模糊糊、极其遥远的东西,那或许就是希望的喜悦吧。然而不知为何,那股敬意和希望又迅速地从我心里退却、衰减直至完全消失了。当我注视着科布时,我唯一能从他满身的酒香里嗅出来的只有危险——昭然若揭、近在咫尺的危险。同时,我还感觉到一种以往几乎从未有过的怀疑和猜忌。这是为什么呢?也许除了洞悉一切的上帝,谁都无法解释。但今天我要把话给挑明了,因为如果你连这都不懂,那你就无法理解黑人在生活当中最奇怪的一点:如果你对你的黑奴想打就打,想骂就骂,让他挨冻受饿,让他像动物一样在自己的屎尿堆里睡觉,那么,他

---

[1] 伊莱·惠特尼(Eli Whitney,1765—1825),美国机械工程师、发明家,发明了锯齿轧棉机。

就会一辈子对你俯首帖耳,听从你的使唤。但是,如果你偶尔发次善心,把他心里的希望给勾了出来,那他反倒会想要杀了你,要你的命。

我还没来得及有任何举动,从我们身后忽然传来啪的一声。修理铺的门被推开了,然后借着风势重重地撞在了墙上。我们刚转过身,就见哈尔克从里面出来了。他的衬衣下摆凌乱地飘拂着,他慌慌张张地从铺子里跑了出来,然后不顾一切地朝远处的田野和森林逃去。他双腿如飞,硕大的黑色身躯跑得快极了。他惊恐地瞪着双眼,里面露出大片的眼白。帕特南跟着他走了出来,走在他身后几码远的地方,身上系着条被风吹得哗哗直响的皮围裙。帕特南手里还挥舞着一根柴火棍,嘴里正在大声叫骂:"你,哈尔克,给我回来!给我回来,你这个可恶又没用的东西!我会抓住你的,你这个黑杂种!"可哈尔克跑得像鹿一样快,他一下便从门前的空地上蹿了过去,那双光着的黑脚扬起一片尘土,连谷仓空地上的猫都被他吓得不轻,赶紧远远跑开了。还有一群公鹅和母鹅也被吓坏了,它们笨拙地拍打着自己飞动不了的翅膀,一边摇摇摆摆地给他让道,一边发出惊恐的尖叫。哈尔克从我们身边径直跑了过去,既没往左也没往右看,眼睛瞪得又白又圆的,像个蛋壳。他朝树林里狂奔过去时,我们能清楚地听见他粗重的喘气声。他的腿脚动作十分灵敏,整个人像一阵风似的一掠而过,而那个满脸疙瘩的小子则被他远远甩在了身后。两人之间的距离越拉越远,但帕特南却仍在大声嘶吼:"哈尔克,你给我站住!你这个黑鬼,混蛋!站住!"然而哈尔克那奔驰如飞的双腿仿佛是在被蒸汽驱动,他从抽水池的木槽上一跃而过,就好像有绳子或翅膀在牵引着他一样。他跃出去好远才砰的一声落在地上,然后,他的脚步没有丝毫停歇,便又跳跃着朝远处的森林跑去。他光着的粉红色脚板一闪一闪的，很是醒目。忽然，他像被炮弹击中似的倒了下去。他的头猛地往后一弹，而身体其余的部分，包括他像风车一样迈动如飞的双腿，却继续往前飞去。他整个人像气囊一样仰面朝天地摔倒了，正好摔在晾衣绳的下方。原来是一根齐嗓子眼高的晒衣绳刚好挡住了他的去路。我和科布站在那里看着，看到哈尔克晃了晃头，然后把胳膊肘往地上一撑，想站起来，可这时，我们看见不只一路，而是有两路人马，正恶狠狠地从两面向哈尔克包抄过去——一个是手里仍挥着柴火棍的帕特南，另一个则是玛丽亚·波普小姐，她带着一身凶神恶煞之气，不知从哪里突然气急败坏地冒了出来。她迈着未婚女人特有的蹒跚步履走近哈尔克，身上那长长的像丧服一样的黑色方格花布拍在她的腿上，发出啪啪的响声。虽然刮的是逆风，但她歇斯底里的声音听上去仍是那么刺耳且恶毒。"给我滚到树上去，黑鬼！"她尖叫道，"滚到树上去！"

"哎呀，"我听见科布轻声说道，"我们即将目睹一场南部地区特有的娱乐形式。我们即将亲眼看见两个人用鞭子抽打他们的同类。"

"不，老爷。"我说，"我们乔老爷是不允许殴打黑奴的。但您会看到，他们总能琢磨出一些别的点子来。您马上就能看到了，老爷。"

"铺子里的木炭一颗也不许拿！"帕特南几乎是带着哭腔在大喊。

"还有厨房水桶里的水，一滴也不许喝！"玛丽亚小姐也尖叫道。两个人似乎都争先恐后地想要成为哈尔克所犯下的弥天大罪的主要受害人。他们堵住哈尔克的去路，将已经趴在地上认输的他围在当中，然后就像鸟一样不住地聒噪起来。哈尔克摇摇晃晃地站起身，摇了摇头，满脸的不解、震惊和困惑，好像一只正被屠宰的公牛刚刚挨了有失准头的一刀。"这回一定得把他赶到树上去,这个不要脸的黑鬼,无赖!"玛丽亚小姐喋喋不休地叫道,"帕特南,去把梯子拿来!"

"哈尔克特别恐高,"我不由自主地向科布解释道,"这比抽他一百鞭子还要厉害。"

"这小伙子简直太棒了!"科布吸了口气,"他是个标准的角斗士,简直就是黑色的阿波罗神再世。他跑得和赛马一样快!你的主人是从哪里把他弄来的?"

"从萨塞克斯县那边,"我说,"大概是十或十一年前,老爷,当时那里的一座老种植园被解散了。"我停顿了一下,不明白自己为什么要给他提供这些信息。"哈尔克现在已经完全绝望了,"我继续说,"痛心而且绝望。他外表看上去总是笑嘻嘻的,其实他的心已经碎了。他干什么都没法定下心来,所以才会老是把该干的活给忘了,才会被他们惩罚。可怜的哈尔克……"

"为什么他那么绝望呢,牧师?"科布说。这时,帕特南已经从谷仓里搬来了一把梯子,我们眼瞅着这一行三人穿过一片正被狂风肆虐着的空地——在暗淡的秋光中,那片地方显得那么萧瑟,那么灰暗。玛丽亚小姐一脸严肃地走在最前头,她紧攥着双手,背挺得笔直。帕特南扛着梯子跟在最后。哈尔克则走在他们俩中间,他穿着那件满是灰尘的灰色牛仔裤,垂头丧气地拖着脚,跟着他们走。一位像歌利亚一样的巨人出现在玛丽亚小姐和帕特南中间,他的头颅高高地立在两个报仇心切的小矮人的头顶之上。三个人排成一行,来到一棵古老而巨大的枫树前。树的下端的枝干上没有树叶,像一只裸露的臂膀横着向天空伸出,高出地面足有二十来英尺。我能听见哈尔克拖着赤脚在地上走路的声音,就像一个满心不情愿的孩子在拖着脚走路。"他到底为什么感到绝望呀?"科布又问了一遍。

"哦,老爷,让我告诉您吧,"我说,"两年前——那时我还不是乔老爷的财产——乔老爷不得不把他绝大部分的黑奴都卖掉,卖到密西西比州去。您知道,那边正在大量种植棉花。哈尔克告诉我,这么做其实让乔老爷也很痛苦,但他又别无良策。在被卖掉的黑奴当中,就包括哈尔克的妻子和孩子——一个小男孩,当时才三四岁大。哈尔克可是把那个孩子看得比什么都重。"

"哎呀!哎呀!哎呀!"我听见科布嘴里接连发出轻轻的感叹声。

"所以,自打那孩子走了以后,哈尔克伤心得都快疯了,他根本没心思去想任何事。"

"哎呀!哎呀!哎呀!哎呀!"

"他想出逃,想到密西西比州去找他们娘俩,但被我劝住了。你想想,几年前他就已经出逃过一次,也没逃出什么名堂来。而且,我一向都认为,只要还有一丝可能,黑奴就还是遵纪守法比较好。"

"哎呀!哎呀!哎呀!"

"反正,"我继续说道,"从那时开始,哈尔克就有点不对劲了。您可能会说,他只是干活的时候心不在焉罢了。可这正是他该做的不做,不该做的却老是去做的原因,而且他还总是因此受罚。我跟您说句实话吧,老爷,他确实老闯祸,可我告诉您,那是因为他没办法控制自己。"

"哎呀!哎呀!"科布轻轻说道,"哎呀!天哪,这样的结果实在是太顺理成章了……太恐怖了!"他又打起了嗝,声音断续而急促,几乎像是在抽泣。他似乎还想说点别的,但旋即又改了主意。他转过身去,嘴里一个劲在轻声念叨:"天哪,天哪,天哪,天哪,天哪。"

"至于眼下的这一幕嘛,"我解释道,"就像我刚才说的,哈尔克特别恐高。去年春天,主人的屋顶漏水,乔老爷让我和哈尔克上去修。可哈尔克刚上到一半就僵在那里了,然后他就开始神神道道的,后来居然呜呜地哭了起来,死活不肯再往上爬一步。最后我只好一个人把修屋顶的活给干了。这不,帕特南少爷和玛丽亚小姐就是掐准了哈尔克的这个恐惧心理——您也可以说,他们是抓住了他的这个弱点。就像我说的,乔老爷不许任何人虐待和殴打他的黑奴。所以,只要乔老爷有事一出门,帕特南少爷和玛丽亚小姐就觉得即便他们整哈尔克一顿,也没有坏了乔老爷的规矩。为什么呢?因为他们只不过是逼着可怜的哈尔克爬到树上而已。"

我正说着,他们已经开始了。他们的声音在狂风中听上去低沉、细微而又模糊。帕特南把长梯往树干上一靠,然后怒冲冲地挥动着手臂,命令哈尔克往上爬。哈尔克极不情愿地开始爬了,可刚爬到第三级,他就满脸惊恐地扭过头,哀求地往回望去,似乎想看看他们有没有改变主意,可这一回,玛丽亚小姐的胳膊又向上挥舞了起来,逼着他继续往上爬——上去,黑鬼,上去——哈尔克只好接着向上爬,他裤子里面的两个膝盖在瑟瑟发抖。他终于爬到了最底下那根横着的树干,哈尔克战战兢兢地翻下梯子,死死地将树干搂住,即便从我所站的那么远的位置,我都能看到他的两条胳膊上凸起的青筋。他把臀部贴在树干上,慢慢试探着蹭着,终于蹭到一个树杈上安顿了下来。他搂着树坐在那里,死死地闭着双眼。他感到头晕眼花,而且在比地面高出几码的半空中,风还是挺大的。这时,帕特南把梯子搬开,打平了放在树底下。

"再有五到十分钟,老爷,"我对科布说,"哈尔克就会开始哭,开始呻吟了。您就等着瞧吧。他的身体还会开始摇晃。他会趴在那根树干上，一边哭，一边呻吟，一边摇摇晃晃的，好像马上要从树上掉下去一样。然后，帕特南少爷和玛丽亚小姐才会过去，把梯子重新架好，让哈尔克爬下来。我看帕特南少爷和玛丽亚小姐担心的是哈尔克会真的摔下来，把脖子摔断。他们可不想让那种事发生。不，他们只想给哈尔克一点厉害尝尝。"

"哎呀！哎呀！哎呀！"科布嘴里仍在喃喃地念叨着，声音不是很清晰。

"这一招对哈尔克来说还真是挺厉害的。"我说。

"哎呀！哎呀！哎呀！"他答道。我不知道他是否还在听我说话。"天哪！有时候我真觉得……有时候……我就好像生活在梦里！"

说完，科布突然一言不发，抬腿便走了。他一瘸一拐地朝主人的房子走去，手里仍紧攥着装有白兰地的空酒瓶。狂风吹得他的披风上下翻飞，他的肩膀也被吹得收缩了起来。我重新在那几只野兔跟前蹲了下来，眼看着科布步履蹒跚地走过房前的空地，进了前廊。他冲屋里喊了一声："喂，特拉维斯太太，我想我还是进来待一会儿吧！"他的声音疲惫而无力。在屋里，萨拉女士的声音似乎离得很远，却响亮而欢快。随着砰的一记关门声，科布的身影消失在了屋里。我把兔子身上那层半透明的白色的皮剥下来，将它同粉红色的兔肉分开，然后把兔子的尸体投入凉水中。我能感到兔子的内脏在我的手指底下黏黏糊糊地蠕动。血和水混杂在一起，变成了浑浊的深红色。一阵阵狂风呼啸着在棉花地里横扫而过，一堆堆枯死的树叶犹如一支大军，沿着谷仓的边缘雄赳赳地挺进，然后又从院子前面的空地上席卷而过，发出一片干哑的嚓嚓的响声。我低头凝视着眼前的血水，我在想科布。你去走遍耶路撒冷全城，那些因城中所行可憎之事叹息哀哭的人，画记号在额上……要将年老的、年少的、并处女、婴孩和妇女从圣所起全都杀尽,只是凡有记号的人不要挨近他……

忽然,我发现自己在想:这讲得真是再清楚不过了。是的,清楚而明了。当我那个伟大的计划得以实施时,当耶路撒冷遭到摧毁时,这个叫科布的将是少数几个我们可以饶他不死的人之一。

狂风带着抑扬顿挫的嗖嗖声,从森林之巅猛扑下来,远处的山谷中回荡着像脚步声一样的轰轰的巨响。一道道灰蒙蒙的云在空中翻滚着,从低空匆匆掠过,向东边逃遁。黄昏初至,天空变得更暗了。又过了一阵,我听见哈尔克开始呻吟,它像一种轻柔、忧伤、无言的痛哭,充满着恐惧。他呻吟了很久,身体依然在高高的树杈上不住地摇晃。终于,我听到咔嗒、咔嗒搬梯子的声响,他们把梯子重新在树下搭好,让他下来。

说来也挺有意思的:我们最生动、最逼真的梦境,有时会发生在我们半睡半醒的时候,而且,只需占用极短的时间。比如今天在法庭上,他们用一根长长的链子将我捆在一张橡木桌上,于是我便飞快地打了个盹,还做了个可怕的梦。我梦见自己在黄昏时独自走在沼泽的边缘,我四周隐隐约约地闪烁着半明半暗的微光,光里还带有一抹嫩绿的色泽,预示着一场夏季的暴雨即将到来。空气是静止的,一丝风也没有,但在远离沼泽的高空却有隆隆的雷声此起彼伏,炽热的闪电以阴森的间隔在天际绽放。我内心充满了恐慌,我似乎在寻找我的《圣经》,但奇怪的是,我竟然莫名其妙地把它遗落在了那里,遗落在沼泽深处的某个昏暗的所在。我满怀恐惧和绝望,继续在渐渐逼近的黑夜中寻找,继续向那阴暗的沼泽中心更深入地推进,那里有可怕的风暴之光在出没,更远处还有像地狱一样的隐隐的雷声。我拼命地寻找,但还是没能找到我的《圣经》。突然，又有一个声音传入我的耳中，这是几个男孩发出的惊呼声，声音沙哑，稚气未消，饱含恐惧。我立刻便发现了他们：五六个黑人男孩正陷在沼泽之中，淤泥已经淹到了他们的脖颈。他们在泥潭里越陷越深，只得在昏暗的天光下发疯似的挥舞着手臂，大呼救命。我无助地站在沼泽边缘，不能动弹，也不能说话。正当我站在那里时，忽然有个声音伴随着远处的雷声从空中传来：你的儿女必归与别国的民，你的眼目终日切望，甚至失明……[1] 甚至你因眼中所看见的，必致疯狂……[2] 他们仍在发出惊恐的尖叫声，他们黑色的胳膊和面孔纷纷沉入了烂泥，男孩们就这样一个个在我的眼前消失，强烈的内疚感令我如遭雷劈，令我手足无措……"被告。"木槌刺耳的敲击声打断了那恐怖的一幕，我从梦中猛地惊醒过来。

"法官大人，"我听到有个声音在说，"这太不像话了。这种行为简直是无法无天！"

小木槌又一次敲响。"被告，本法庭警告你不要再睡着了。"另一个声音在说。这声音听上去很是耳熟，这是杰雷米亚·科布的声音。

"法官大人，"第一个声音继续说道，"犯人在庄严的法庭上当众入睡是对法律的羞辱。即便这是因为真的像人们所说，黑人能持续保持清醒的时间不会超过——"

"犯人已被正式警告过了，特雷兹万特先生，"科布说，"你可以继续宣读你的证词。"

刚才一直在大声宣读我那份供词的家伙停了下来，他转过身，

---

[1]《圣经·申命记》28：32。
[2]《圣经·申命记》28：34。

目不转睛地盯着我。很显然，他是在饶有兴致地品味着这次暂停，品味着他自己那愤怒的目光，以及它们所营造出的总体效果。他脸上挂满了鄙夷和仇恨。我毫不迟疑地朝他瞪了回去，虽然我的目光中没带任何情感。此人长得机灵圆滑，脖颈很粗，看人总爱眯着眼斜视。他转过身去，面对着他的那些文件，撅着肥胖的屁股，身体尽力向前倾出，同时还伸出一根粗而短的指头朝天上戳着。"刚才我们说到，那位女士成功地从屋里逃了出去，并且还跑出了一段距离，"他陈述道，"但她还是被他们追赶，而且被追上了，然后，她被逼着坐在其中一个人的马后面，被带了回来。他们给她看过她丈夫血肉模糊的尸体之后，就命令她趴在丈夫身边的地上，然后就开枪把她打死了。接着，我还讲到了雅各布·威廉斯先生的……"后面的话我就没再听了。

法庭里挤得满满的，应该有二百多人。所有的人全都衣冠楚楚，女人们头上戴着丝绸无檐帽，身披流苏披肩，男人们则穿着正式的黑色礼服和高级皮鞋。他们满脸都是严肃、痛心和难以置信的表情，像一群猫头鹰那样，安静而又专心地挤在带有竖直靠背的长椅上。只有偶尔的喷嚏声或者克制而短促的咳嗽声才会打破屋里热气腾腾的宁静。圆筒形状的铁炉子在静谧中嘶嘶地吐着热气，空气中弥漫着焚烧雪松木的芳香。屋里暖和得令人窒息，窗玻璃上挂着一道道蒸汽。透过玻璃，我能模模糊糊地看见法院外面还有许多人在转悠，能看见街边的一长排双轮马车和轻便马车，还能看见远处树林中瘦骨嶙峋的松树。从法庭后面的某个地方，我还听到有女人的抽泣声传来，声音很轻，却沙哑而悲苦，而且带着女人近乎歇斯底里时的那种扎心而且没完没了的节奏。有人试着劝她平静下来，却无济于事。悲伤而有节奏的啜泣声便不绝于耳地继续传来。

多年来，我已养成一个习惯：每当我闲来无事，有时间需要打发时，我就会做个祷告——一般来说，我这么做并不是为了求上帝给我些特别的恩惠（因为我早就觉得，在每天收到那么多烦人的祈求之后，上帝本来就够皱着眉头忙活上一阵的了）。我只是需要同上帝保持联系，以确保我不会偏离他太远，远到他连我的声音都听不见。《圣经》中的绝大多数大卫的诗篇我都已背得烂熟于心。每天工作的时候，我常常会停下手里的活，用不高不低的声音背上一段《圣经·诗篇》，我觉得这么做既不会麻烦或打扰到主，又能让我的声音加入众多感谢上帝的合唱中去，从而同样可以达到赞美他的目的。此刻，我坐在法庭上，耳中聆听着人们在凳子上坐立不安、身体挪来挪去的声音，还有此起彼伏的咳嗽声和女人的歇斯底里、绵绵不断的抽泣声。就在这时，一种和上帝的疏离感幕地朝我涌来。这种冰冷而凄凉的痛苦感在那天上午的早些时候就已经出现过一次了，而且这种感觉在过去数天中出现的次数怕是已经多得让我数都数不过来了。我试着轻轻地诵读一段诗篇，但我吐出的字眼却是那么寡淡而丑陋，没有丝毫意义。当主不在我身边时，我会觉得我的头脑仿佛处于一种深切而可怕的静默之中。但这种重新生出的绝望并不仅仅是因为主不在我身边而引起的。如果仅仅是因为主不在我身边，那我兴许还能忍受，然而并不是。正好相反，我感觉到的是拒绝和否定，仿佛主永远都不会再理睬我。他已经全然消失，留下我在这里独自祈祷、哀求并诵唱赞美的诗篇，而这些言辞又无法上达天听，只能沦为空洞、破碎、毫无意义的言辞，落进黑暗而肮脏的洞穴与深渊。我坐在那里，一股令人几乎难以承受的倦意——饥饿带来的倦意——向我袭来，但我强迫自己继续睁开双眼，把昏昏沉沉的目光落在了屋对面的格雷的身上。格雷仍坐在他的书记席里做着记录,这时,他刚巧停下来,朝脚边的铜痰盂里吐出一口烟草汁,发出呼的一声闷响。一旁的人群中,有位面孔瘦削的老人突然打了个巨响的喷嚏,紧接着又连着来了两下,喷嚏在他鼻子四周猛地炸出了一团水雾。我收敛起心神,继续思考为什么我会被主抛弃。我不由想起了《圣经·约伯记》中的几句话:惟愿我的景况如从前的月份,如神保守我的日子。那时他的灯照在我头上,我藉他的光行过黑暗。[1]

一股隐隐战栗的寒意突然袭上我的脊背和双肩,这说明我发烧了。我的脖颈上有股刺痛感,仿佛一根冰冷的手指正极其轻微地从上面划过。我开始担心我的死即将来临。那种担心并非恐惧,甚至都不是惊恐,而是一种焦虑,极其轻微的焦虑,或者说一股令人窒息的、越来越强烈的不适或者不安,就像是因为知道自己吃了腐烂的猪肉,便急不可耐地等待痉挛、腹泻、出汗和肠道病到来的那种感觉。不知何故,这种突如其来的对死亡的恐惧感,或者说,这种更像担心而不是害怕的、包含着不安和犹豫的情绪,与死亡本身、与我很快就将被绞死的事实并没有关系。与它密切相关的事是我无法做祷告,无法和上帝取得任何形式的联系。我的意思是,我并非因为对死亡心怀恐惧才想起来要祈求上帝。相反,我向上帝做祷告未能成功,这才引发了我现在对死亡的这种担忧。我能感到湿漉漉的汗水正沿着我的额角慢慢地往下淌。

我听得出来,被他们称为特雷兹万特的那位先生很快就要把我的坦白书念完了,因为此刻他放慢了讲话的节奏,却拔高了音量,他已经开始进入颇具戏剧性的结束语:"'……我立刻从我原先的藏

---

[1] 《圣经·约伯记》29:2—3。

身之处逃走了，而对我的搜索和追捕一直都在紧锣密鼓地继续着，直到两个星期之后，我终于被本杰明·菲普斯先生俘获。当时我正躲在我用刀子在倒下的大树下面挖出的一个小洞里。菲普斯先生发现我正躲在洞里，便立刻抬起枪来扣紧扳机对着我。我恳求他不要开枪，我对他说我愿意投降，他听罢便让我先把刀交出去。我立刻照办了。在我被追捕的那些天里，有好几次我都险些被抓住，可最后都阴差阳错地得以逃脱，不过估计你们也没时间让我将那些经历一一道来了。现在，我已身陷囹圄，无论在等待着我的是怎样的命运，我都甘愿承受……'"

特雷兹万特让手中的纸滑落到他身边的桌上，然后朝在长凳上坐着的六位地方法官转过身去。他接下来的一番话讲得十分平静，平静得令人吃惊，但因为他讲得很快，而且几乎没有丝毫停顿，所以听上去他好像仍在念我的自白："尊敬的法官大人，弗吉尼亚州关于此案的证据已全部提交完毕。所有的证据全都一目了然，而且不言自明。在了解了这份文件中记载的简单确凿的事实之后，如果我们只是一味沉湎在它冗长的文字之中，那就太不应该了。这份文件里的每一个血腥而恐怖的字眼都向我们表明，坐在你们面前的这个犯人是个极为罕有的恶魔，他来自地狱，是个堕落、退化且杀人如麻的凶手。而这样的凶手，此前还从未在我们这个信仰基督教的国家出现过。好吧，这不是什么对事实的陈述，这就是事实本身，尊敬的法官大人。翻遍所有的历史年鉴，翻遍那些最邪恶、最隐秘的讲述人类兽行的编年史，你们也找不到一桩罪行能与他犯下的罪行相提并论。匈人阿提拉[1]曾恰如其分地被人们称为'上帝之鞭'，他

---

[1] 阿提拉（Attila the Hun，约406年—453年），曾是匈人最主要的领导人之一。

将罗马洗劫一空,连教皇都遭到了他的拘禁。那位绰号成吉思汗的中国可汗,率领贪婪成性的蒙古游牧部落将东方一个又一个伟大的帝国都夷为废墟。还有恶名昭彰的罗斯将军,这里的大多数上了年纪的人应该都知道他,他就是那个心狠手辣的英国人,在1812年的冲突中一把火将我们的首都华盛顿烧成了灰烬——以上的这些人全都是裹着人类外衣的毒蛇,但如果把他们和今天坐在我们面前、坐在法庭上的这头怪兽放在一起比一比,那他们个个都能算得上是正人君子和道德楷模……"

那一个个响亮的名号像钟声一样在我的大脑里轰鸣。眼睁睁看着面前这个相貌滑稽、脖子像牛一样又短又粗的家伙就这么硬生生将我载入了史册,我心里不由得暗暗觉得好笑。这时,他又转过身来盯着我,那双眯缝着的眼睛里充满了嘲弄和仇恨。"是的,嗯,我刚才提到的那些人,尊敬的法官大人,虽然他们也都曾犯下骇人听闻的罪行,但在某种程度上他们毕竟还有宽容大度的雅量。虽然他们也有残酷无情的军规,但至少他们不会杀害老弱病残和妇孺儿童。他们森严的条令并不妨碍他们仍然能保留一点人类的仁慈,尽管他们曾肆无忌惮地犯下无数残忍的勾当,但慈悲的闪念和怜悯的本能也常常会让他们在面对幼童、婴儿或其他孤苦无助之人的时候留有善心,不忍加害。尊敬的法官大人——我的陈述将会非常简短,因为此案实在无须我声嘶力竭地进行抗辩——这名犯人和刚才提到的那些双手沾满鲜血的邪恶的先辈并不一样,他身上没有任何值得法庭对他额外开恩或者施予怜悯的地方。他没有恻隐之心,他没有任何与善良、慷慨、仁慈相关的记忆,否则,他也不会做出那些伤天害理的事情来。天真无邪的孩子,弱不禁风的老人,无不成了他那泯灭人性的杀戮之欲的受害者。他是恶魔的化身,这一点连他自己都承认。他残忍的暴行如今已大白于天下。尊敬的法官大人！尊敬的法官大人！人民要求从严从速对他进行惩罚。他必须尽可能快地被施以极刑。那些被他的兽行所震惊的人们永远都不会再闻到从他那摊污秽的骨血中散发出的恶臭！……弗吉尼亚州对此案的陈述完毕。"他终于讲完了。我突然注意到，他眼里居然还在流泪。他可真是下了番功夫啊。

特雷兹万特用手背轻轻揩去眼中的泪水，然后在嗡嗡作响的火炉旁坐了下来，一时之间，法庭里没有大的声音——只有人压低了嗓门在窃窃私语，还有人把脚在地上移来移去，搞出了些许响动。此起彼伏的咳嗽声又响了起来，中间还夹杂着那个女人歇斯底里的哭声，那声音越来越响，最后变成了轻柔而绝望的哀号。在屋子对面，我看到格雷正用手挡着嘴，和一位形容枯槁、身穿黑色法衣的男人低声说着什么。只见他很快就直起身来，开始面对法官席发言。我马上意识到，他此刻的语气和口吻是专门为法庭上的法官，而不是为一个像我这样的黑人牧师准备的。对此我丝毫不感到意外。

格雷说："尊敬的法官大人，作为被告的律师，我和帕克先生对我们的同行特雷兹万特先生的表现表示钦佩和赞赏，他极有说服力而且极其流畅地宣读了被告的自白书，并且还做了出色的总结。我们完全同意并且毫无争辩地将此案提请法院判决。"他停顿了一下，转过头来冷冷地扫了我一眼，然后接着说："但是另外还有一两项内容，尊敬的法官大人，我和帕克先生也想提交给法庭。我的陈述也将非常简短，我同意我们才华出众的检察官所说的话，此案没有声嘶力竭地进行抗辩的必要。说得多么贴切啊！我需要事先说明的是，我和帕克先生选择提交这些内容，既不是为了抗辩，也不是想以此来减轻犯人的罪责。我无意在此玩文字游戏，但在我们看来，正如特雷兹万特先生刚才描述的那样，该名犯人就是个地地道道的黑人。既然我们动用法律条令来对这一阴谋集团的主谋进行审判，那这些法律条令本身也应该经得起人们的质疑和探究。因为这起可怕的事件引发了一些极为严肃的问题——这些问题十分关键，也十分重要，对这些问题的回答关系到今天法庭里在座的每一位白人男士、妇女和儿童的安全、福祉和他们内心的宁静。再往远了说，整个南方政权辖区之内的每一寸土地的命运都与之休戚相关，因为在这里，白色人种和黑色人种是如此近地生活在一起。虽然犯人们都已被抓获并且被关押在狱，但仍有不少问题尚未得到令人满意的答复。人们普遍担心——不，应该说相信——这场暴乱不仅是一起地区性的局部事件，还是一个更大也更有组织性的计划的一部分，而该计划所造成的影响将像章鱼的爪子一样在广大的黑奴群体中蔓延开来——而今天的审判，已经让人们的这种恐惧和担心彻底烟消云散。

"然而，仍有其他问题在困扰着我们。暴乱被平息了。参与暴乱的歹徒们也已经受到法律的迅速且公正的制裁，至于暴乱的首领——即今天在法庭上坐在我们面前的这个误入歧途的卑鄙的家伙——也将很快被送上绞架，步上其他歹徒的后尘。尽管如此，在我们秘密且隐蔽的心灵深处，不少人依然怀有疑虑和困惑。现实，残酷的现实——赤裸裸的事实——让我们不得不承认，那些看似不可能发生的事，的的确确是发生了：一群享受着无微不至的关怀又狂热到极点的黑奴，的的确确是起来造反了。他们在夜深人静之际，将他们的主人们一个个斩尽杀绝。然而，正是在这些受害者的管理下，黑奴们才得以享受到他们所拥有的称心如意的生活，而这种生活是他们在其他地方的同类难以企及的。这不是幻觉，不是噩梦！

这场暴乱已经实实在在地发生了，它给人们带来的生命损失，它给人们带来的伤心和丧失亲人的悲痛，直到今天，直到这起可怕的事件已经过去两个多月之后，都仍然能从笼罩在今天的法庭上的那股忧郁悲戚的气氛中体现出来。这些问题，不会像我们希望的那样自动地一笔勾销，也绝不会像某位诗人所形容的那样，像晨雾一样自行消散，身后不留下一丝半缕的痕迹。我们不能期待它们自动消失。它们像幽灵一样纠缠着我们，像抱枕而眠的婴儿头上悬着的一只暗藏杀机、蠢蠢欲动的黑手，像夏日充满呢喃软语的宁静花园里突然响起的鬼鬼祟祟的脚步声。可是，暴乱是怎么发生的？它罪恶的源泉究竟在哪里？它还会不会再次发生？"

格雷停顿了一下，再一次将身体转向我。他那张红色的方脸上很平静，没带任何表情。他注视着我，目光中依然没有任何敌意。他的声音令我略感惊讶，因为那里面满带着雄辩和权威，完全不是他在监牢中跟我谈话时那副懒散、傲慢、半文盲的、白人对黑人的腔调。很显然，他才是真正的负责人，而不是检察官特雷兹万特。"暴乱是怎么发生的？"他用他缓慢而有节奏的声音重复了一遍，"它罪恶的源泉究竟在哪里？它还会不会再次发生？"说完他又停了下来，冲着桌上的那堆文件和纸张扬了扬手，说道："答案都在这里，答案都在纳特·特纳的自白书里。"

他又一次转过身去对着法官席讲话，但他的声音却被火炉门发出的咔嗒声盖了下去。原来，一位满口牙齿都已掉光了的黑人老妪往火炉里扔了一截雪松木柴，炉子里顿时往外蹿出蓝色的浓烟，还带着一串噼噼啪啪的火花。火炉门啪的一声被关上了，老妪也拖着脚步走开了。格雷轻咳一声，继续说道："尊敬的法官大人，我想尽可能简洁地向诸位说明一个观点。虽然这个观点听上去似乎有些自相矛盾，但我想说的是，我们绝不应该被被告的这份自白书弄得人心惶惶，自乱阵脚，正好相反，它给了我们充足的理由去感到宽慰。毋庸赘言，我并不是在说，该罪犯的反抗行为意味着在我们面对他所属的这个阶层时，我们从此都要投鼠忌器，再也不能以严刑峻法来震慑他们。绝不是那样。如果说这场可怕的暴乱真的向我们证明了什么，那就是雷霆万钧的高压手段不仅在弗吉尼亚州，而且在整个南方都是绝对必要的。但是，尊敬的法官大人，我将努力地向您证明，这样的暴乱发生的次数将越来越少，而且，它们最终都必将失败，因为这是由黑色人种根本的弱点、低能以及他们的道德缺陷所决定的。"

格雷从桌上拿起供词，在手中迅速地理了理，继续说道："总共有 55 名白人在这场暴乱中悲惨地死去，尊敬的法官大人，然而在这 55 起谋杀当中，纳特·特纳本人只对其中的一起，仅仅一起——年仅十八岁、美丽而有教养的玛格丽特·怀特黑德小姐的死负有责任。她是凯瑟琳·怀特黑德夫人（同为该起暴乱的遇难者）的女儿，也是理查德·怀特黑德先生的妹妹，这位先生是一位受人尊敬的卫理公会的牧师，今天法庭里的许多人都认识他。不幸的是，怀特黑德先生也未能逃脱这帮泯灭人性的歹徒的毒手。事实非常清楚，纳特·特纳只杀了一个人。当然，这是一起极其卑劣、极其冷酷的谋杀——一位纯洁天真的年轻女孩，她脆弱的生命就这么轻易地被剥夺了。但同时我也确信，她确实是被告唯一的一位受害者。虽然一开始我也有过怀疑，但我现在对这点已经完全确信，尊敬的法官大人。在我仔细推敲这些由我亲手抄录的被告的口供和证词时，尊敬的法官大人，一开始我也和您一样，对它存有怀疑。不，是十足的怀疑。只将仅仅一起谋杀的责任揽在自己身上，是不是为了乞求法庭给予宽大处理而使的诡计呢？这与黑人喜欢装病开小差的本性显然是一脉相承的。这种模棱两可、闪烁其词的认罪方式不正是黑人最典型的特征吗？他们不是从来都在使用这种手段来掩盖和伪装他们卑劣的本性吗？于是，我就打定主意要把我所有的疑问和苛责都毫无保留地当面向被告指出来。可我发现，他自始至终都不承认在这场大屠杀中还亲手杀过更多的人，对这一点他毫不妥协。所以，此时此刻，我恳请法庭允许我斗胆说一句：我绝对已经开始怀疑我最初对他的怀疑了。如果一个人明明知道自己已经背上了一项杀人的重罪，横竖难逃一死，而且，他在交代自己所犯的其他罪行时又都表现出了惊人的坦诚，那他为什么不干脆全盘招认，索性来个一了百了呢？正如诗人柯勒律治在他不朽的诗篇中所说的那样：'此人已经忏悔，再忏悔便能避凶。'[1]继续保持沉默能给被告带来什么好处呢？"格雷停顿了一下，然后继续说："所以，在他是否杀了一个人，而且是否只杀了一个人这个极其重要的问题上，尽管对这个结论我也心有不甘，但我得出的结论是，犯人所说的话的确是事实……"

"但这是为什么呢？"格雷继续说道，"他为什么只杀了一个人呢？这是接下来我反复问自己的问题，它让我百思不得其解。或许，这个奇怪的现象完全可以用胆小和懦弱来解释。诚然，纯种黑人的胆小和懦弱在这起罪行中本来就已表露无遗——他杀害的不是什么血气方刚、孔武有力的男子汉，而是一位弱不禁风、孤立无援的少女。但是，尊敬的法官大人，面对事实与推理，我们不得不承认，这场暴乱将促使我们——至少目前看来是这样——重新审视那种认为黑人秉性懦弱的传统观点。因为，不论黑色人种存在怎样的

---

[1] 见塞缪尔·泰勒·柯勒律治的《古舟子行》一诗的第五章。

品格缺陷——这样的缺陷他们有着许许多多，五花八门而且不可救药——这场暴乱都不容置疑地证明，当普通黑奴面临着两种不同的选择时——与纳特·特纳这样的暴乱头子沉瀣一气，或者拼死保卫他们慈祥和虔诚的主人，他们还是会挺身而出，对他们的主人施以援手的。他们在战斗中表现出的勇敢与任何人相比都毫不逊色。我们的制度曾屡屡遭到贵格会[1]信徒和其他道德观极其狭隘的贬低者的无知诽谤，而这些普通黑奴们的举动却为我们制度的慈善和仁爱提供了令人自豪的证据。塔西佗在他的《阿古利可拉传》中说过："未知的东西都被放大了。"那些北方佬的愚昧无知由此可见一斑。虽然准确地讲，误入歧途、跟纳特·特纳同流合污的黑人毕竟还是有的，但那些忠心耿耿地和他们的主人一道并肩战斗的普通黑人，他们的勇敢精神是谁也不能否认的。我们应该在这个温馨融洽的社会制度的荣誉簿上为他们永远记下一笔……"

格雷仍在讲着，我却忽然又产生了被关进监狱的第一天曾经有过的那种痛苦和绝望之感。当时，格雷在牢房里向我宣读了被无罪释放和被流放的黑奴名单，但他没提到被判绞刑的那些人——其他的黑鬼，他们害怕了，畏缩了，这回你栽就栽在其他黑鬼身上，牧师——一股似曾相识的绝望感，如冰冷而令人作呕的浪潮般向我席卷而来，中间还夹杂着我在数分钟前做的那个噩梦。在梦中，我看到那几个黑人男孩仍在沼泽里惊恐地尖叫，在泥沼中越陷越深，直至完全消失……我出汗了。汗水正顺着我的脸颊往下淌。我感到一种内在的难以抑制的痛苦，那是内疚，是失落。我的嗓子想必发出

---

[1] 贵格会，也称教友派，基督教的一个教派。1776 年，贵格会教徒被禁止拥有奴隶，14 年后，他们向美国国会请愿废除奴隶制。由于贵格会的主要信念是所有人都是平等的，值得尊重，因此争取人权的斗争也延伸到了社会的许多其他领域。

了某种声音,也可能是我被锁链缠绕的身体开始抖动了,因为格雷突然停了下来,转过身盯着我看,坐在法官席上的六位老人也做出了相同的举动。我能感觉到所有人的目光都落在了我身上,他们的眼睛一眨一眨的,正注视着我。我慢慢松弛了下来,体内却打了一个冰冷的寒战。我透过沾着蒸汽的窗玻璃往外看去。在远处寒冷的天空下,我看到了一排参差不齐的松树林——我毫无来由地(除了刚才又听人提到了她的名字之外)又想起了玛格丽特·怀特黑德。我想起了那个葱郁芬芳的夏日,到处都是斑驳迷离的阳光和树荫,在烈日的暴晒下,布满车辙的道路上的尘灰蒸腾而起。她坐在我身边的马车驾座上,声音是那么清晰,那么温柔,充满少女的特点。我紧盯着前面的那匹母马,在它粗硬而茂密的尾巴底下,马蹄声正嘚嗒嘚嗒地响个不停。"他本人都来了——州长呀,纳特!弗洛伊德州长!他大老远从劳伦斯维尔赶来的!你说,还有比这更令人愉快的事吗,纳特?"然后我听到了自己的声音,礼貌而谦恭:"是的,小姐,那真是太棒了。"接着,我听到了小女孩急促的低语声:"我们女校举办了一场盛大的典礼,纳特,那真的太精彩了。我是班里的诗人,所以我写了一首颂诗还有一首歌,打算给低年级的学生在典礼上演唱。那些小女孩还向州长献了花环。你想听听歌里的歌词吗,纳特?你想听吗?"我又听到了自己的声音,郑重而礼貌:"哎呀,当然了,小姐。我太想听听那首歌了。"然后,少女欢快的声音便飘进了我的耳朵,将马车上的弹簧嘎吱嘎吱的颠簸声完全盖了下去。六月的天空中飘荡着像山一样高的白云,它们往干旱的原野上撒下了无垠的光亮与黑暗,让大地上原有的阴影与阳光的布局不复存在。

>我们摘回一束花和花蕾,
>用丝带将它们轻轻扎系,
>在你寂寞的时候,愿你想一想
>那位摘来这束花的
>可爱的小姑娘。
>我们摘的花都是
>萌发得最早,
>也持续得最久的花。
>那些想开得最美丽的花蕾啊,
>一定要紧紧地缠在最坚强的花梗上……

在法庭上,格雷的声音又响了起来,他的声音顿时将人们在地板上拖曳双脚的摩擦声和火炉中有如老迈的猎犬在喘气一样的嘶嘶的煎熬声都压了下去:"虽然黑人胆小懦弱的本质是导致被告彻底失败的根源,但这却不是他只杀了一个人的真正原因,尊敬的法官大人。如果纳特这么做纯粹是出于害怕和胆怯,那么他在指挥暴乱的时候完全可以把自己安排在一个更有利的位置,让自己远离或者根本不用靠近杀戮现场,不用靠近这场血腥的行动本身。但从被告和其他黑人,也就是黑奴哈尔克等人的证词中,我们可以得知——我们没有任何理由怀疑这些证词的真实性——纳特本人的确亲自参与了这场屠杀的全过程。他是最先对受害者发起攻击的人,后来还屡屡试图对那些惊恐而无辜的受害者实施残忍的暴力行径。"说到这里,格雷停顿了一下,接着强调道:"但请注意,尊敬的法官大人,我刚才说的是试图,在此我必须突出并且强调这个字眼。我在他的自白书上写这两个字时全都用了更大的字号。除了令人费解地杀害了玛格丽特·怀特黑德之外——不仅杀人动机让人莫名其妙，就连杀人的方式也令人费解——被告，这个被人们传得神乎其神、智勇兼备的暴乱头子，再也未能取得任何一项战绩！不仅如此，到了最后，他甚至连那点本来就不过尔尔的领导才能似乎都完全丧失了！"

格雷又停顿了一下，然后继续用平和、严肃而又慎重的声音说道："在法庭上，我想恭敬地向尊敬的法官大人指出一个无法逃避的事实，那就是优柔寡断、反复无常、道德低下、习惯于俯首听命等特征已深植于黑色人种的天性之中，所以，无论这样的族类发动何种暴乱，都注定会失败。因此，我要真诚地向善良的南方人民呼吁，绝不能向恐惧和惊慌这两个恶魔屈服……"

"嘿，听呀，纳特，你接着往下听呀……"

"是，小姐。我听着呢。这首诗写得真好，玛格丽特小姐……"

> 我们沿着花园的小径
> 在露水中上下搜寻，先生。
> 这些芬芳的花朵，
> 这些纤弱的花梗，
> 我们把它们摘来，
> 都是为了你，先生。
> 祈祷吧，当你拿过这束花与花蕾，
> 祈祷吧，当你拿过系在它们周遭的丝带，
> 在你寂寞的时候，有时也想一想，
> 那位为你摘来这束花的，
> 可爱的小姑娘。

"好啦。念完啦。你觉得这首诗怎么样,纳特?你觉得怎么样?"

"这首诗美极了,小姐。"母马黄褐色的后腿上的皮毛亮闪闪的,此时它的脚步已稍微慢了下来,正嘚嗒嘚嗒地走过一片绿色的干草地。草丛里的蟋蟀和虫子正叫得热火朝天。我慢慢转过身,用我那黑人特有的犹豫、谨慎、躲闪的目光注视着她的脸庞(有些黑人老保姆至今还在这样教导孩子们:千万不要眼对眼地和白人对视,如果你那么做,就是在给自己找麻烦)。我看到了她脸颊骨上可爱的曲线,看到了白得透明、精致得像牛奶一样的皮肤,还看到了高高翘起的鼻子。她年轻而圆润的下颌上还微微有个活泼动人的小酒窝。她戴着一顶白色的无檐软帽,帽子下边是一缕缕光滑而且被解开的栗色秀发。所有这些都不知不觉地为她的矜持、端庄和处子之美平添了一丝放纵和任性。她身上套着一件星期日出门时穿的白色亚麻布上衣,而且,她已经出汗了。我离她那么近,几乎能闻到她身上的那股汗味,那股强烈的、女人特有的、令人心猿意马的味道。这时,她笑了,高贵的、乐滋滋的、少女的笑。她将鼻尖上的一颗小小的汗珠揩去,然后忽地转过头来,径直凝视着我的眼睛。她看上去是那么无忧无虑、兴致勃勃,不知不觉间便自有一种娇媚。我感到猝不及防,慌乱极了也尴尬极了,只好赶紧把头转开。"你真应该也去见见那位州长,纳特。他长得好帅哟!哦,对了,我差点忘记说了。《南方新闻》也报道了这桩盛事,报道中还提到了我和我的诗!就在这里,我带着呢,你听着啊。"接下来安静了一会儿,她把手伸进手提包里摸索着什么,然后很快就念了起来,她兴奋而急促的声音将马蹄声都盖了下去。"接着,大家陪同州长来到教学楼,一百多名小学生排着整齐的队伍在这里迎接州长的到来,另外,一群漂亮的女士也已经事先聚集在此,等候着见证这一盛况。在简单的介绍之后,校长致了辞,然后弗洛伊德州长也回之以感人而融洽的讲话。接着,在廷伯莱克小姐的钢琴伴奏下,小姑娘们演唱了一首特意为今天这场盛典而创作的颂诗,借用的是歌曲 Strike the Cymbal[1] 的曲调。然后,科温顿小姐代表校委会上台发言,她无与伦比的口才引起了现场听众强烈的共鸣——注意听,纳特,下面要写到我了——接下来是玛格丽特·怀特黑德小姐写的颂诗,诗歌朗诵完之后,学校年龄最小的学生们无比可爱地唱起了歌曲《花蕾和花》,这首歌是玛格丽特·怀特黑德小姐为前面那首颂诗写的续篇。同时,学生们还向州长敬献了花环。现场的气氛激动人心,几乎人人眼里都饱含着热泪。我们很难相信,州长曾经目睹过比今天在我们女子学院,这所遵照基督教女性教育的最高原则而设立的学校,更加引人入胜的场面……"

"你觉得怎么样,纳特?"

"真是太好了,小姐。真是太好、太美了。真的,真的,真的太美了。"

她沉默了片刻,说道:"我就知道你肯定会喜欢那首诗。哦,我就知道你会喜欢的,纳特!因为你——哦,你和妈妈还有理查德那些人就是不一样。每个周末我从学校回家,你都是唯一一个能和我交谈的人。妈妈只关心她的收成——那些树啊,玉米啊,牛啊什么的——她只想着赚钱。理查德也几乎和她一样糟糕。虽然他是一位传教士,但我从他身上根本看不到任何跟信仰相关的蛛丝马迹,他们对诗歌、精神和宗教方面的东西根本就一窍不通。前些天,我偶然跟理查德谈到《圣经·诗篇》写得多么美,可他却皱着眉满脸厌

---

1 十九世纪的意大利作曲家文森佐·普西塔作曲的一首合唱曲。

恶地冲我说：'美什么呀？'你能相信有这种事吗，纳特？他居然是我的兄长，还是一位牧师！《圣经·诗篇》里你最喜欢的是哪一段呢，纳特？"

我沉默了一会儿。我们上教堂怕是要迟到了。我拿起鞭子在马屁股上轻轻敲着，赶得它开始慢跑起来，腾跃的马蹄旁边顿时扬起了团团尘土。我这才说道："这还真不好说，玛格丽特小姐。《圣经·诗篇》里我喜欢的部分简直太多了，但我想，我最喜欢的那个部分的开头几句是这样的：神啊，求你怜悯我，怜悯我！因为我的心投靠你。我要投靠在你翅膀的荫下，等到灾害过去。[1]"我停了停，又接着说："我要求告至高的神，就是为我成全诸事的神。[2]"然后，我说："那一节的开头几句就是这样的，那是《圣经·诗篇》的第57节。"

"是的，是的，"她轻声说道，"哦，是的，就是那一节。中间还有一节是这么写的：我的灵啊，你当醒起！琴瑟啊，你们当醒起！我自己要极早醒起。[3]"她说话的时候，我能感觉到她离我那么近，近得令我紧张，令我不安，甚至令我害怕。我能感到她身上那条亚麻布的裙子正紧贴着我的衣袖在簌抖，在颤动。"哦，是的，它真是太美了，我被它感动得都要哭了。你把《圣经》记得可真清楚，纳特。啊，你居然知道那么多与上帝有关的事。这真是太有意思了。你知道吗？我跟学校里的女孩们讲，每个周末我回家以后，家里唯一能跟我聊聊天的居然是个黑人！可她们却没一个人相信。"

我默不作声。不知出于什么原因，我感觉我的心在不住地狂跳。

---

[1] 《圣经·诗篇》57：1。

[2] 《圣经·诗篇》57：2。

[3] 《圣经·诗篇》57：8。

"妈妈说你要走了，要回特拉维斯家去了。我会很伤心的，整个夏天都不会再有人跟我聊天了。可是他们家好像离这里也只有几英里的路吧，纳特。一有空你就会来看我们的，对吧？也许你会在星期日来？虽然你不用再送我去教堂了。没有你给我做伴，我可怎么办呢？——谁还能再朗诵《圣经》给我听，谁还能像你一样对《圣经》了解得那么透彻呢……"她像个孩子一样叽叽喳喳地说着，欢快而活泼的声音里充满了基督徒的爱心、基督徒的善良，还有为基督而着迷的那种稚嫩的敬畏和觉醒。难道我不知道《圣经·马太福音》里地位最为崇高的福音书？难道教导人们必须节制不是卫理教会所做出的最崇高、最纯粹、最真实的贡献？难道《圣经·马太福音》中耶稣的登山宝训不是这个世界上最令人敬畏的训诫？刹那间，在我的心脏仍在剧烈跳动的同时，我的内心却出乎意料地充满了仇恨，对这位无辜、可爱且弱不禁风的小女孩的毫无来由的强烈仇恨。我产生了一股难以抑制的长久而炽热的欲望，我想伸出胳膊，将面前的这段白皙、纤细、稚嫩且正在悸动的脖颈给生生地拧断。但奇怪的是，我自己也知道其实那并非仇恨，而是一种别的什么东西。但它究竟是什么呢？什么呢？我说不清那是一种什么样的情感。它更近似于嫉妒，可即便用嫉妒来形容也不完全准确。这么一个温柔可爱的尤物怎么会突然就令我如此气急败坏了呢？我自己也很纳闷，因为除了我曾经的主人塞缪尔·特纳，可能再加上杰雷米亚·科布，她是为数不多的能让我短暂地感受到那种温暖而奇妙的情感交融和共鸣的白人。我猛地意识到，正是她这种令我难以抗拒可我又并不需要的共鸣，严重干扰了我那项伟大的计划。本来春天一到，那项计划就该已然成形、初具规模的。这才是我突然感到愤怒和困惑的真正原因。

"你为什么这么快就要回特拉维斯家去呢,纳特?"她说。

"哦,小姐,乔老爷只是把我租过来两个月。他们说这是个公平合理的交易。"

"那是什么意思?交易什么……?"

"哦,小姐,这些天我之所以一直在替你妈妈工作,就是因为这笔交易。乔老爷需要有两头牛帮他拖树桩子,而卡蒂[1]女士呢,她需要有个黑奴在她新盖的谷仓里帮忙干活。所以,乔老爷就用我和牛做了交换,为期两个月。这就是他们说的公平交易。"

她略有所思地哼了一声。"哼……两头牛,和你……这听上去太奇怪了。"她沉默了片刻,然后说道:"纳特,你为什么要那样说自己,说自己是'黑奴'呢?我是说,那听起来太——哦,有点太让人难过了。我更喜欢'黑人'这种叫法。我的意思是说,你毕竟还是位牧师嘛……哦,看那里,纳特,教堂!看,理查德已经把整面墙都粉刷完了!"

就在这时,那阵温柔的遐想像一阵烟似的从我的脑海中飘走了。我又听见了格雷的声音,他仍在向法庭陈述:"各位肯定都知道,甚至是熟知,由位于阿森斯的佐治亚州大学的已故教授伊诺克·梅班所撰写的一部著作。论在学术界的名望以及在学术研究上的深入和彻底,该著作的意义比森特尔和理查兹这两位教授的作品的意义更为重大。虽然森特尔教授和理查兹教授从神学的角度证明了黑人在道德选择和基督教伦理方面具有与生俱来且命中注定的先天不足,但从生物学的角度不容置疑地证明了黑人属于劣等人种的这项伟大成就,还是非梅班教授莫属。对梅班教授的这部著作,本法庭

---

[1] 凯瑟琳的昵称。——编者注

想必也是了解的,所以在此,对其具体的内容我只做一个简单的概述,以作为对尊敬的法官大人的提示。也就是说[1],黑人头部的所有特征——显著后缩的颌骨(这一点可以通过梅班教授所称的'颚指数'测量出来),倾斜而且前额突出的颅骨,双耳之间的宽度非常怪异而且与兽类的近似,耳垂面积严重不足(在其他物种当中,耳垂的大小决定了该物种在道德和精神意愿方面的发育上限),颅骨本身也厚得惊人(与其说它像人类的头骨,不如说它与最低等的野兽的头骨更为相似)——无不充分而且确凿地表明,在所有物种当中,黑人充其量只能排在中间等级,他们与人类的其他种族并非同出一宗,与他们最为相近的倒是他们发源的那片黑色大陆上的一种鬼鬼祟祟的动物:狒狒……"

格雷打住了话头,似乎想停下喘口气。他双手撑在桌上,身体前倾,将全身的重量都倚靠在了桌上。他在仔细观察法官席上的几位地方法官。法庭上下一片寂静。人们沉默着,在暖烘烘的空气里直眨着眼睛,仿佛正入神地听着格雷说的每一个字,仿佛他吐出的每一个音节都令他们格外兴奋,仿佛他的话带有某种启示,能让他们的惊恐、忧虑甚至是悲伤得到纾解。也正是这些惊恐、忧虑和悲伤,宛如一条歇斯底里或者亢奋的纽带,将他们所有人一个个全都缝在了一起。从法庭的后面仍然不断地传来那个女人悲戚的哭声,那是寂静中唯一的声响,此刻她已哭得愈发不可收拾,简直到了痛不欲生的地步。我被铐着的双手早已麻木。我试着弯了弯我的手指,却没有丝毫感觉。格雷清了清嗓子,继续说道:"接下来,尊敬的法官大人,请允许我来一个哲学上的飞跃。请允许我将梅班教授这

---

[1] 原文为拉丁语 Videlicet。

些无懈可击的生物学理论与人类思想史上另一位更伟大的人物的思想联系起来，而那就是德国伟大的哲学家莱布尼茨。哦，想必你们都很熟悉莱布尼茨的单子论。莱布尼茨认为，我们所有人的大脑之中都充满了单子。而这些单子，这些数量无限大的单子，只不过是一个个极其细微甚至是微乎其微的精神实体。这些实体会按照其内在的本原来努力发展和进化。那么，对莱布尼茨的这一理论，无论人们是按其字面上的意义还是或多或少用象征性的方式来理解它（我本人更偏向于后者），有一个事实都是不变的，而且似乎是毋庸置疑的，那就是，一个人的大脑，它的精神结构和道德结构是可以被研究、被了解的，我们不仅可以从质的角度去理解它，也可以从量的角度去理解它。也就是说，这种致力于发展和进化的努力——我想在此特别突出和强调努力这个字眼——它的最终结果有可能是由某个特定的大脑在物理意义上所能容纳的单子的数量来决定的。"

他停顿了一下，接着说道："尊敬的法官大人，这正是问题的关键所在。我认为，如果对它进行一番仔细的研究，我们就只能得出那个最为乐观的结论。鉴于黑人的颅骨未得到充分的进化，它极其原始，甚至是简陋，因此黑人在单子数目上存在着严重不足。这一先天的缺陷非常严重，它使得黑人在发展和进化方面的努力遭遇了无法克服的阻碍，不，应该称之为最大程度的肢解。在其他种族当中，同样的努力为我们造就了像牛顿、柏拉图、达·芬奇，以及伟大的发明家和天才詹姆斯·瓦特那样的人物。这也正是为什么，一方面我们有像莫扎特那样令人心旷神怡的音乐天才，另一方面，我们也有滑稽、幼稚而且毫无想象力的俚俗小调；一方面我们有克里斯托弗·雷恩爵士所设计的宏伟建筑，另一方面，我们也有非洲丛林之中的那些破烂的手工制品和陶器；一方面我们有拿破仑·波拿巴杰出的军事艺术，另一方面……"他又一次中断了讲话，朝我的方向做了个手势，"另一方面，我们也有像纳特·特纳所带来的这种像没头苍蝇一样毫无目的、可悲而又徒劳无益的大屠杀。像他这样的人，生来就注定要失败，因为无论从生物学还是从精神方面来看，黑人都具有劣等种族的特征。"说到这里，格雷提高了他的音量。"尊敬的法官大人，我再次重申，我无意淡化犯人所犯下的残暴罪行，也无意贬损对包括黑人在内的这部分人口实施更为严格的管制的必要。但是，如果说这场审判能给我们带来某些启迪的话，那它一定也能给我们带来希望和乐观！它一定能向我们证明——我认为被告的自白书就能向我们证明这一点了——在黑人面前，我们决不能惊慌失措！纳特的那些所谓计划都是些粗制滥造的货色，而其具体的实施更可谓拙劣而且漫无目的……"

他的话语声又一次从我耳边退隐而去。我短暂地阖上了双眼，处于一种半睡半醒的状态。我又一次回到了半年前那个尘土飞扬、令人昏昏欲睡的礼拜日，又一次听到了她那银铃般清脆的声音。"哦，我的天哪，纳特，你真不走运。今天是传教节，也是理查德为黑人们传教的日子！"她一边从马车上下来，一边向我投来亲切而怜悯的目光。"可怜的纳特……"说完，她便抢在我前头，踮着脚跑进了那片耀眼的白色亮光里，她那身白色的亚麻布材质的衣服在不住地摆动。很快，她便消失在教堂的门厅里，我也谨慎而安静地跟了进去。我不知不觉爬上了大厅后面的楼梯，这里是专门划分给黑人的区域。我爬着楼梯，耳中已经听到理查德·怀特黑德的声音。他说话鼻音很重，声调也很高，还带着一股女人气，即便在给浑身臭汗的黑奴们传道的时候也是如此。我在人群中找了个地方坐下。"你们自己好好想想，在经历过一辈子的劳累和痛苦之后，倘若来世你仍要下地狱，或者，今生今世你为别人当牛做马，可当这里的一切都结束之后，你又将去到一个比这里还要可怕得多的地方遭受奴役，你可怜的灵魂将被交到恶魔的掌握之中，在地狱里永世做他的奴仆，永生永世都没有获得解脱的希望，那该有多么可怕呀……"

这个地方比白人教徒们待的地方要高出来许多，紧挨在教堂的屋顶底下。这里有七十多个来自周围乡村的黑奴，有的坐在没有靠背的破旧的松木长凳上，有的则杂乱无章地蹲在吱吱作响的顶楼的地板上。在一团团飞扬的细微尘土中，热气像是从烤箱里喷涌而出的一样，它令人窒息，令人浑身都湿乎乎的。

我朝人群中飞快地扫了一眼，便瞥见了哈尔克和摩西。我和哈尔克交换了一下眼色。我已经有将近两个月没见到他了。人群中有几个女人正听得专心而入迷，一边听还一边用松树皮做成的薄板子替自己扇着风。男人们则像稻草人一样，用他们一成不变的空洞眼神望着楼下的传教士。从他们各自的穿着，我就能一眼分辨出他们是哪位主人的奴隶：首先是从理查德·波特、J. T. 巴罗和寡妇怀特黑德家来的黑奴，因为主人家比较富裕，所以他们的穿着也比较干净整洁，男人们穿着一色的棉衬衫和新洗过的长裤，女人们则穿着印花布的衣服，戴着猩红色的头巾，有的甚至还戴着廉价的耳环和别针；其次是从穷一些的主人，比如纳撒尼尔·弗朗西斯、莱维·沃勒和本杰明·爱德华兹家来的黑人，他们穿的是又脏又破或者带补丁的衣服。有几个男人和小孩在地上蹲着，他们身上连件衬衫都没有。他们抠着鼻孔，挠着身体，汗水像一道道闪亮的溪水在他们黑色的脊背上流淌，他们身上一个个都臭气熏天。在靠窗的那张长椅上，在哈尔克和一个叫哈伯德的黑奴之间，我看到了一个空座，于是我走过去坐了下来。哈伯德的主人是寡妇怀特黑德，他身体肥胖,连下巴都嘟噜着,皮肤像巧克力的颜色。他松松垮垮的裸露的肩膀上招摇地穿着一件白人不要且破了的多色马甲。此刻,他聆听着从楼下传来的布道声,陷入了沉思,然而即便在这种时候,他肥厚的嘴唇上依然挂着谄媚贪婪的假笑。讲道坛就在我们的正下方,它比聚集在它面前的那一屋白人要高出许多。白人们一个个都身穿黑色套装,系着黑色领带。面色苍白、身体瘦长的理查德·怀特黑德正抬眼仰望着天空,向我们这群正在屋顶下蹲着的人发出了一番训诫:"所以,如果你想升入上帝的天堂,想成为一个自由人,你就必须努力行善,必须在这个世间为他服务。你们知道吗?你们的身体并不属于你们自己。它应该由拥有你们的人来支配。但你们宝贵的灵魂却仍然是你们自己的,谁也无法将它从你们身上夺走,除非是因为你们自己的过错。你们好好想想,如果你们过着一种懒惰且邪恶的生活,从而丧失了你们的灵魂,那你们不单在这个世间一无所获,在来世也将丧失你们的一切。这是因为你们的懒惰和邪恶通常都会被人察觉,你们也会因此遭受皮肉之苦,更糟的是,如果你们不思悔改,不改变你们的生活方式,你们不幸的灵魂在来世也将因此而遭受痛苦……"

屋檐下有一群黑色的胡蜂在往来逡巡,它们时而从窗口飞进飞出,时而在半空中悬浮,发出令人昏昏欲睡的嗡嗡的叫声。我几乎没有听布道,在过去的十几年里,这套酸腐而且令人绝望的老生常谈我已经从这个人的嘴中听过不下六七遍了。这些套话从没有过丝毫的变化,也没有过丝毫的改动,它们甚至都不是讲话人自己的言语,而是由弗吉尼亚州卫理公会的主教为他手下的牧师每年向黑人布道而特意编写的,目的就是要让黑人永远生活在恐惧之中。至少对我们当中的某些黑人来说,它的确起到了很深的影响,对此我毫不怀疑。这时，理查德·怀特黑德的布道已渐入佳境，他那张苍白的脸开始变得湿润，并泛起了红晕，仿佛他刚才预言过的地狱之火的红光已经映上了他的面颊。在周围的许许多多黑人的脸上，我看到了盲信盲从的表情，他们一个个被吓得目瞪口呆，体似筛糠，嘴里纷纷低声念着"阿们"，同时紧张地掰折着自己的手指关节，心里在默默地发誓，对白人要永远顺从和驯服。"对，对！"忽然，我听到有人在激动地感叹。紧接着，那感叹又变成了一阵低吟："啊呀，对，真是太对了。"我把目光移了过去，发现是哈伯德在发出感叹。他硕大的屁股正恶心地在椅子上摇来晃去，他的双眼紧闭，一副正在做祈祷似的顺服之态。"哦，太对了！"他低吟道。这个只是在主人的大房子里干干家务而不用下田种地的死胖子，就像白人当宠物喂养的浣熊一样听话。忽然，我感觉哈尔克那只坚定、友善、热情的大手搭在了我的手上。我听见他低声对我说："纳特，黑人是真的能上天堂呢，还是只能像这胖家伙一样在这里过过干瘾呢？你还好吗，纳特？"

"他在老寡妇怀特黑德家的小日子过得可舒坦了。"我小声答道。因为怕被哈伯德听见，我压低了声音："她那里还有间枪械室，哈尔克，好家伙，那里头的好玩意太多了。她总共有十五杆枪，全都锁在玻璃柜里头。屋里还有成堆的火药和子弹。如果能把那些枪弄到手，那耶路撒冷就能成为我们黑人的天下。"去年三月，也就是我离开特拉维斯去寡妇怀特黑德家之前一个月，我已经将我的计划向哈尔克和另外三个人全盘托出。可那三个人，亨利、纳尔逊和萨姆，他们现在都在哪里呢？

"他们都来了，纳特，"哈尔克说，"我知道你会来，所以把他们也全叫来了。说起这件事就真他妈好笑，纳特，你听我给你讲……"还没开讲，他就忍不住先咯咯地笑起来了。我冲他嘘了一声，让他安静，他就继续说道："你知道那个纳尔逊，他的白人主人们都是浸礼会的教徒，去的是夏洛路上的那座教堂。所以他跟今天这个卫理公会教徒的集会其实扯不上半毛钱的关系，尤其今天还是专门向黑奴传教的日子。所以他的那位主人——你知道的，就是那个只有一条腿的吝啬的老家伙，杰克·威廉斯老爷——就问他：'纳尔逊，你为什么要去参加卫理公会教徒的集会呢？你知道他们那是在给你们黑人洗脑吗？'而纳尔逊回答他说：'噢，我的主人，亲爱的主人啊，我内心有一种罪恶感，我觉得我做了对不起您的事，只有我内心有了对上帝的敬畏，我从今以后才能成为你忠实的奴仆！'"哈尔克无声地大笑了好一阵，笑得浑身都在发颤，我真担心他会把我们俩都给暴露了。这时，他又低声说道："那个纳尔逊，你可真得对他留点神，纳特！如果说有哪个黑人真的特别想在白人身上捅上几个血窟窿，那就非纳尔逊莫属了。他就在那边，纳特，喏，那里……"

在过去的六个月里，我已获得了哈尔克对我的绝对忠诚，同时，我也逐步削弱了他原来对白人所持有的那份幼稚的尊重、信任和依赖。我抓住他的妻儿被他们残忍地卖掉这件事大做文章，并且一再向哈尔克指出，不管我们的乔老爷在做这笔交易的时候是多么无可奈何和身不由己，就像他替自己辩解的时候所说的那样，他都绝对是造下了一个无可救赎的罪孽。我摧毁了哈尔克所有的防御，几乎每天都在用他的悲哀和失去娇妻爱子的痛苦大做文章。我要逐渐地将他笼络和劝诱到一定的程度，让他变得像我一样，坚定且毫不迟疑地在自由和像行尸走肉一样生活这二者之间做出选择。只有到了那个时候，我才会把我的计划向他全盘托出：先把邻近的乡村血洗一遍，再攻占耶路撒冷，然后向迪斯默尔沼泽的腹地退却，因为在那里，白人根本追不上我们。据我的观察，我的努力已经初见成效：

入冬后的某一天，在特拉维斯的车轮修理铺里，帕特南又开始没完没了地冲哈尔克嘶吼和呵斥。而不堪其扰的哈尔克终于忍无可忍，他把一肚子怒气全撒在了那家伙身上。他抓起一根十磅[1]重的撬棍，拿在手里挥舞着，目露凶光。虽然他一言不发，但他却摆出了一副义愤填膺、打算拼个鱼死网破的架势，就连正在一旁的我见了都暗自心惊。这样一来，哈尔克算是一劳永逸地让那个专门以折磨他为乐的家伙老实了起来。事情就这么成了，这就像有一次，我看见一只雄鹰从猎人架设的罗网中挣脱出来，重新自由地飞上了纯净而广阔的蓝天。哈尔克自己也兴奋极了，那个小杂种再也别想把他往树上赶了。就这样，哈尔克成了我的第一个同谋。先是哈尔克，然后是亨利、纳尔逊和萨姆。他们个个忠实可靠、守口如瓶、无所畏惧，他们都是上帝所选的人，是上帝派来复仇的使者，他们全都知道我那项伟大的计划。

在挤满了人的屋顶楼座的对面，我终于看见了纳尔逊。他的年纪比我们几个都要大，约莫五十五岁——连他自己也不太确定自己的年纪，这种情况在黑人当中很常见。他拉长了脸，面无表情地坐在一群昏头昏脑、忧心如焚、惊恐万状的黑人之中，厚厚的眼睑让他看上去似睡非睡的。尽管他看上去像平静的大海一样耐心而沉着，但在那海面之下，一场惊涛巨浪正在酝酿，即将沸腾。他黑色的胸膛上稀稀疏疏地长了些灰色的毛发，毛发之间的皮肤上弯弯曲曲地隆起了一道光滑而闪亮的"S"形标记，标记的大小和一条短花纹蛇的大小相仿。这是那个习惯于把主人的标记烙在黑奴身上的年代给他留下的纪念。纳尔逊还能看懂几个简单的字——至于他是从哪

---

[1] 1磅合0.4536千克。

里学来的，又是怎么学来的，我一无所知。遭受奴役的生活令他无比厌倦，令他腻烦透顶——他都快疯了。他先后有过六七个不同的主人，而最后一个主人，也就是现在这个主人，是一名脾气暴躁、身患残疾、年纪和纳尔逊差不多的白人伐木工。他曾经用鞭子打过纳尔逊一次，自那之后就再也不敢了。（这是因为纳尔逊当即就照着他的脸结结实实地回敬了一下，而且面无表情，仿佛他刚才只是拍死了一只蚊子。纳尔逊还告诉他，下一次他要还敢这么做的话，纳尔逊就会把他杀了。）这个主人连魂都被吓掉了，却又怀恨在心，所以就变着法子来报复他，让他一个人干两个人的活，给他吃最脏、最差的残渣剩饭。纳尔逊曾经有过一位妻子，也有过一个家，但后来他们被分别卖到"沿海低地"地区的三四个不同的郡县去了。他再也不指望能经常看到他们，也不指望能看到全家人重新团聚。和哈尔克一样，他几乎没有宗教信仰，而且满口粗话，这常常引起我的不快——但对此我并不那么在意。对我来说，他绝对是上帝之选：精明、稳健、沉着，他昏昏欲睡的双眼后面隐藏着一腔叛逆的怒火，他将成为我的左膀右臂。他曾经对我说："黑奴过的是猪狗不如的日子，要想拥有自尊，就得争取自由，哪怕最后得不到，也要去争取自由。"他还替我出谋划策，提过许多极有启发性的建议。比如说，他提出我们要在有马匹的地方率先发动攻击。有了马，我们才能迅速转移。他还提议把发动攻击的时间选在星期日夜里，因为那通常是黑人们外出打猎的时间。即便有哪个他妈的白人蠢货听见了什么风吹草动，他们也可能会以为那是我们在森林里打负鼠呢。他还说过，千万不能让这帮黑人有机会沾到酒。一旦你让那些苹果酒和白兰地落到这帮狗娘养的黑人手里，我们在这一仗中就输定了……我难以置信地盯着纳尔逊，他也用他昏昏欲睡、毫无感情的双眼看着我，好像根本不认识我……

这时，哈尔克又凑到我耳边，轻轻说道："教堂的布道结束之后，白人们在墓地那边还有活动，黑人不能参加……"

"对，"我说，"我知道。"我感觉心里越来越兴奋，因为我意识到，也许今天我终于可以将我的全部计划给他们完整地讲上一遍了。"我知道。我们在哪里碰头？"

"哦，教堂后面的小溪边上有两根大原木。我跟亨利、纳尔逊和萨姆说好了，待会儿白人去墓地之后，我们就在那里见……"

"嗯，很好。"我说。因为怕被别人听见，我赶紧嘘了一声，同时用力捏了捏他的手。我们俩都回过身来，装出一副诚心听道的架势。胡蜂在屋顶的楼座里成群结队地飞来飞去，屋梁时不时发出吱吱嘎嘎的响声。透过这一切，我们能听见布道的声音正从楼下往我们这边飞升上来："这些可怜的人啊！当你们吊儿郎当地无所事事，把主人交给你们的工作忘在脑后时，当你们偷窃、浪费或是损坏他们的财产时，当你们对他们无礼或者不恭时，当你们对他们撒谎和欺骗时，当你们变得顽劣乖戾，非要等到受惩罚才老老实实地听从主人的吩咐时——在这些时候，你们从来都没有意识到，我要说的是，你们从没有意识到，你们对你们的男主人们和女主人们犯下的过失，其实也就是对上帝本人犯下的过失。上帝将你们的男主人们和女主人们置于你们之上，就是为了让他们代替他，并期望你们能像对他一样对待他们。在人世间，抚养你们长大、为你们提供生计的难道不是你们的主人吗？如果你们不忠实地照看好属于他们的一切，他们又怎么能继续供你们吃、供你们穿呢？记住，这是上帝对你们的要求。纵然你们不害怕在这个世间受苦受难，但你们决计无法逃脱万能的上帝对你们的报复。上帝会在你们和你们的主人之间做出评判,并且会让你们在来世为你们在今生对他们做出的不义之举付出惨重的代价。尽管你们也许能靠耍小聪明而不被人发觉,不受到惩罚,但你们想想,若因此而落入永生的上帝的手里,那会是一件多么可怕的事啊。上帝不仅能把你们的肉体送进地狱,还能把你们的灵魂送进地狱……"

听到这里,黑人的人群中顿时发出一片惊呼声。哈伯德也兴奋得连连感叹。他坐立不安,不住地喃喃自语,一句句低低的"阿们"中带着愚昧的狂喜和渴望。透过这些声响,我忽然听到了另外一个声音,就在我身后,几乎紧贴着我的肩头。那是一种急促而低沉的咕哝声,几乎有些语无伦次,好似发高烧时发出的呓语:"给我来点那白色的玩意,对,给我来点那白色的玩意……"我没有转身——因为我心里顿时变得不安起来,我害怕转过身去,我害怕面对那张疯狂的仿佛被迷住了心窍的面孔,那个被打得塌陷下去的鼻子和变形而突出的下巴,还有那双往外鼓着的眼睛和满带杀气、执拗、愚钝而又单纯的目光。我知道这个声音来自谁——威尔。我的脸色立刻沉了下来。虽然威尔和纳尔逊一样,也饱受白人奴役的折磨,可他一旦发起疯来,就什么都不管不顾了,根本不会记得什么保持缄默和保守秘密。他狂野愚昧的个性,活脱脱就像一头被人堵在树丛里无路可逃的野猪,只会乱吼乱咬,徒然发泄兽性的怒火。威尔大约二十五岁,可他已是一名出逃的惯犯,有一次他差点就逃到了马里兰州。他能在逃跑途中撑下来,与其说靠的是智慧,不如说靠的是与沼泽和丛林中那些土生土长的小动物一样的狡猾和耐力。他在沼泽和丛林中游荡了长达六个星期,最后才被人追上并移交给了他现在的主人,一个名叫纳撒尼尔·弗朗西斯的整治黑奴的行家里手。结果,威尔都被弗朗西斯给揍傻了,所以不得不暂且屈服。现在,威尔就蹲在我身后，嘴里在不住地咕哝着，也听不出他究竟在跟谁讲话——跟他自己？谁也不跟？还是跟谁讲都无所谓？"白人娘儿们。"他低声念叨着，而且还发疯似的一遍遍重复着。

威尔的出现让我极为不安，因为在我现在和将来的计划里，我都不想和他扯上任何瓜葛。我还担心他会发现我们正在紧锣密鼓地进行准备。他倔强的个性与他的疯狂和叛逆，非但没让我看到任何价值，反而令我对他充满了不信任。他歇斯底里的狂暴性格令我本能地对他敬而远之。此外，还有一个原因，这从他刚才一声声的像着了魔一样的念咒声中就能明显地听出来：我曾听人说，威尔一直都打着强奸白种女人的主意。他朝思暮想，希望能将他的白人女主人们好好蹂躏一番。而我早已跟哈尔克、纳尔逊等人郑重地交代过，强奸和污辱妇女的行为是绝对被禁止的，他们也都已发誓遵守。因为我知道这是上帝的旨意，上帝让我不要用这种方式来报复：不要对他们的女人做他们对你们的女人做过的事……

我把威尔从脑海里赶了出去。我的目光朝顶层楼座的四周扫了一圈，便看见了那两个为我所信赖和依靠的人。一个是萨姆，他是个黑白混血儿，和威尔一样，也归纳撒尼尔·弗朗西斯所有。萨姆满脸雀斑，有着深棕色的头发，身体瘦削而结实，是一名在地里干活的农场工。他敏感倔强，也有过多次出逃的经历，黄色的皮肤上至今仍留有一条条被鞭打落下的血疖和瘢痕。我对萨姆很是器重，不仅因为他十分聪颖，还因为他的肤色比较浅，只要有他在场，许多黑人，尤其是一些头脑简单的黑人，便会立马肃然起敬。我觉得，等我的计划有了一定的声势，萨姆能对我们招兵买马和扩充队伍起到很大的帮助。他对在私下进行密谋和串联颇为精通，亨利就是经他的说服才加入我们的。此时，亨利正坐在萨姆旁边，他闭着双眼，身体在微微地来回摇晃,脸上带着一副怡然自得的神情。至少在我看来,他睡得正香。他矮小、结实、肤色极黑,是我手下这几个人当中唯一一个虔诚信教的。亨利的主人理查德·波特虔诚而善良,他从未动手打过亨利。虽然亨利已经四十了,但他至今仍生活在对《圣经》的各种异想天开的想法之中,生活在几乎没有任何声音的虚幻世界里。在他还是个小孩的时候,他的头曾经被一名喝醉酒的监工重重击打过一次,从那之后,他就几乎完全丧失了听力。虽然那名监工的名姓和长相他都已记不得了,可只要一想起自己挨的那顿打,他沉着的怒火就会烧得越来越旺……

管风琴的音乐声开始在空中弥漫起来。布道已经结束了。在我们的下方,白人们都已站了起来,一齐唱着圣歌。

> 我们已得到福音光,
> 被上天的智慧照亮,
> 为何不到黑暗的地方
> 去传递生命之光?[1]

黑人们不能跟着唱,只是在闷热的顶层楼座里恭恭敬敬地站着,一个个愣愣地张着嘴,脸上挂着愚昧空洞的笑,两只脚在地上来回倒腾。在此时此地,我觉得他们就像被关在牲口棚里的一群骡子,愚蠢透顶,毫无价值。他们中的每一个人都令我深恶痛绝。我的目光在下方的那群白人当中搜寻着,终于,我找到了玛格丽特·怀特黑德。她那带着小酒窝的下颌正高高地仰着,一只胳膊和母亲的胳

---

[1] 雷金纳德·希伯的名诗《要遍传福音》。

膊挽在了一块。她正朝天国唱着颂歌，年轻而安详的脸庞上闪耀着黎明般的光辉。我缓缓地、轻轻地、像呼吸一样地长长吐了口气，我对黑人的怨恨慢慢减弱，直到最后完全消散，取而代之的是对他们的爱，一股热烈到不顾一切的爱。泪水不知不觉地浸湿了我的眼眶。

救恩！救恩快来享！
让这快乐的声音，
传遍各城各乡，
直到普天之下的万民，
都认识基督的尊名。

我们在小溪旁匆匆地进行了秘密会谈。那天下午的晚些时候，我又驾着马车往回赶。道路两边的原野被烤得焦干，空气中一丝风也没有。我能听到身后有讲话声，只不过现在是两个人，玛格丽特·怀特黑德和她的母亲。母女俩聊得正欢。

"我觉得你哥哥的布道还是挺感人的。不是吗，我可爱的佩格[1]小姐？"

短暂的沉默，然后是她活泼的笑声："哦，妈妈，那都是一些毫无意义的废话，这么多年了都一成不变。只不过是些讲给黑人们听的陈词滥调！"

"玛格丽特！你怎么能这么说呢？陈词滥调？你太让我惊讶了。你那在天堂的父亲要是还活着，要是让他听见你说出这种话来，听

---

[1] 玛格丽特的昵称。

见你这么说你自己的哥哥,你不会害臊吗?"

突然,出乎我的意料,我感觉玛格丽特像是要哭了。"哦,妈妈,对不起,我也不知道我是怎么了。"说着,她已开始轻轻地抽泣起来。"我也不知道我是怎么了,我不知道……"

我听见衣襟在簌簌地响动,女人将玛格丽特揽入怀中。"好啦,好啦,亲爱的,我知道了。准是又赶上每个月最倒霉的那个时候了。我们马上就要到家了,待会儿你只管好好去躺着,我给你沏杯好茶去……"

平坦的大地上已高高地笼罩着一层雷雨云,最底下的那些云还在不住地翻腾和搅动。一场暴雨即将来临,我能感到自己已汗流浃背。过了片刻,我让自己把眼睛闭上。我闻到了浓浓的马粪味。我开始祷告:"主啊,不要抛弃我,主啊,不要远离我,快帮帮我吧,上帝,我的救世主,因为我战斗的时刻即将来到……"

"纳特·特纳!起立!"

我在法庭上站了起来。屋里很热,也很安静。我戴着满身的枷锁笨拙地倚桌而立。除了火炉在喷气,在低声嘶吼,法庭里的众人在很长一段时间里都鸦雀无声。我转过身面对着杰雷米亚·科布。这还是我头一回面对面地仔细端详他,我发现他的脸如同牛脂一样苍白,脸上憔悴得很,几乎没什么肉。那是一张死人般的脸,它在战栗,在摇晃,就像中风了一样。他朝下望着我,他的双眼在眼窝里深陷着,使得他的目光看上去像永恒一样无限遥远和深邃。在那一刻,我忽然意识到,他离死亡也并不遥远,也近得很,几乎和我一样近。我感到一种奇怪的、充满怜悯和惋惜的痛苦。

科布又说道:"你有什么要说的吗?你为什么觉得你不应该被判死刑?"他的声音在颤抖,显得无力而麻木。

"没有，"我答道，"我已经跟格雷先生全部坦白过了，我没什么要讲的了。"

"那你就注意听法庭的宣判吧。经过本庭的传讯和提审，你被裁定犯有我们的刑法中最严重的一条罪行——你残忍地策划了对人类（男人、柔弱无助的妇女和婴儿）的肆意屠杀……所有的呈堂证供都不容置疑地表明，你的双手沾满了无辜死难者的鲜血。就连你本人的自白书也告诉我们，你的手上沾满了你的一位主人的鲜血，而这位主人，用你自己的话来说，对你们简直有些过度宽容和放纵了。即便我现在立刻打住，不再继续往下说，你的罪孽也已经足够令人神共愤……尽管你的计划是如此深入且阴险，但它永远都无法得逞。作为这个计划的始作俑者，你想方设法将之付诸实施，致使我们丧失了众多极其宝贵的民众，尤其是这一切还都发生在夜深人静之时，发生在人们拥被而眠之际，而你们实施屠杀的手段更是骇人听闻……既然已经讲到这个话题，我不得不请你好好想想，想想那些已先你一步告别人世的被送上歧途的不幸的人。"他停了停，呼吸声变得愈加沉重。"他们的人数并不少，他们也都是你的同胞和同类。如今，他们的亲人都在恸哭，都在异口同声地诅咒你给他们带来的不幸。是的。是你使得他们没能做好从时间到永恒的准备……你背负着如此深重的罪孽，而你给出的唯一理由却是你被狂热迷住了心窍。"

他又停了下来，远远地注视着我，他像天上的星星一样遥不可及，与我隔着无从估量的距离。不单他的双眼，就连同他即将死去的肉体和灵魂，似乎也都留存在了那段距离里。"如果真是那样的话，"他开始慢慢地结束他的讲话，"那我真替你感到惋惜。虽然我对你抱有同情，但我还是有责任向你通报本法庭对你的宣判……从现在到你被处决,中间留给你的时间肯定不会太久。你唯一的希望只存在于另一个世界中。本法院的判决是,先将你押送回之前的监狱,然后再将你从那里解往刑场。下星期五,也就是十一月十一日拂晓,你将被处以绞刑,直到被绞死,死,死——愿主庇护你的灵魂。"

我们就这样互相凝视着,隔得那么遥远,离得却又那么近,仿佛在那一瞬间,我们在彼此分享一个罕见的秘密——一个不为他人所知、亘古不变、关于死亡、关于罪恶和不幸的秘密。四下里一片寂静,火炉仍在嘶吼咆哮,它仿佛在那个介于地狱和天堂之间的空间里刮起了一阵猛烈的风暴。门咔嗒一声被打开了,有人冲了出去。我们的对视这才结束。这时,外边早已经欢声雷动。

那天晚上,透过狱墙上的裂缝,哈尔克又跟我聊上了。他的声音听上去痛苦又吃力,他的嗓子眼里还像青蛙一样隐隐发出咯咯嘎嘎的声音。也就只有哈尔克能硬撑着活这么久。

在我们被白人彻底击溃的八月的那一天,他的胸口挨了一枪。每次出庭受审,他们都得用担架将他抬进去。即便他们想把他绞死,也得先用绳子把他和椅子捆在一起,让他能直起身不倒下才行。我和他将是最后被处死的两名犯人。

薄暮已经降临。随着寒冷的一天在延长,牢房里的光线像被从容器中抽干了一样渐渐枯竭,四周的角落也变得极其暗淡。压在我身下的松木板已经被冻得像石板一样冰凉。窗外的树枝上只残留着几片树叶,在灰蒙蒙的暮色中,凛冽的寒风正凄厉地吹过,时不时有一两片树叶被摇落到地面上,或者被吹得从牢房里蹿过,发出又干又脆的沙沙的声音。我时不时听哈尔克讲上几句,但我主要还是在等格雷。法庭的审判结束之后,他说今晚他还会再来,还答应会给我带来一本《圣经》。一想到《圣经》，我便立刻变得心痒难耐、如饥似渴，仿佛在被烈日烤焦的田野里渴了一整天之后，忽然有人要给我送来满满的一桶清凉的水。

"哦，对了，纳特，"我听到哈尔克在墙那边说，"对了，在你藏起来的那段时间，好多黑人都被他们杀了。那些被杀的黑人跟我们没有丝毫关系。我听说，被他们杀掉的黑人足有一百来个，也许更多。对了，纳特，那些白人就像该死的黄蜂一样成群结队地扑过来，见到黑人就往死了整。这些你都不知道吗，纳特？对，真是往死了整啊。白人们来自四面八方，近的有从萨塞克斯县赶来的，远的甚至有从怀特岛县和别的什么县过来的。只要他们遇见黑人，不管这些黑人是不是同纳特·特纳一伙的，他们都会把这些黑人全都给收拾了。反正只要一个人看着像个他妈的黑人，他们就会开枪把他打得像筛子一样。"说到这里，哈尔克安静了一会儿，我能听见他粗重而痛苦的呼吸声。

"我听说，在你躲起来之后，在德鲁里维尔附近，有个自由的黑人正在地里站着，这时一帮白人骑着马冲过来，在他身边停了下来。'这里是南安普敦县吗？'他们冲他喊道。黑人说：'是的，老板，你们刚刚过县界。喏，就在那里。'我的天哪，纳特，那帮白人抬枪就把他给打死了。"他又沉默了一会儿，接着说："我还听说有个叫斯特斯曼的黑人，他住在史密斯的工厂附近。这位老兄甚至都不知道发生了黑人暴乱这码事，可能他的脑子比较慢吧。不管怎么着，反正他的主人是被这件事给气疯了，于是他的主人把斯特斯曼带到外面，将他捆在树上，然后朝他开枪，打得他满身都是窟窿，你都能透过弹孔看到那边的阳光照过来。哦，我的天哪，纳特，这几个月在监狱里头，这种悲惨的故事我可没少听。"

眼看着冬日灰蒙蒙的光亮从牢房中静静地遁去，我心想：主啊，求您垂听于我，主啊，求您宽恕于我，主啊，求您应允我您将这么去做，为了您自己，不要再迟延，上帝呀，求您宽恕我，因为我使得无辜的人流血，使得人们被杀戮。可那根本不是祷告，因为它没有回音，我也不知道它是否已上达天听，我感觉它像一缕烟雾，徒劳无益地空中飘荡，然后便渐渐散去了。一股寒战忽然袭遍我全身的骨骼，我放开双臂，箍紧我的双腿，想让它们停止颤抖。然后，仿佛是想把刚刚听到的那些消息推到一边，我冷不丁地问哈尔克："跟我说说，哈尔克，跟我说说纳尔逊。他是怎么死的？他死得硬气吗？"

"唉，他死得非常硬气，"哈尔克说，"纳尔逊在九月份就被绞死了。他和萨姆一起，两个人把腰板挺得不能再直了。我听他们说，萨姆没有马上断气，他的身体被吊在树上，像只雄火鸡似的，还一个劲在轻轻地抽搐，在抖动。"说到这里，哈尔克虚弱地轻轻笑了起来。"我想，那是因为这个长着一身黄皮肤的家伙个头太小。他的身体太轻了，吊在绳子上一时半会儿都吊不死，最后那些白人只得扯着萨姆的两只脚使劲往下拽，他才总算断了气。可他死得真是硬气，纳尔逊也一样。这两位黑伙计死的时候，白人根本听不到他们嘴里在絮絮叨叨，或者哼哼唧唧。"他停了一下，叹了口气，然后说道："唯一让萨姆感到遗憾的是我们没能逮住那个狗娘养的纳特[1]·弗朗西斯，也就是他的主人。我们抓到了他的监工和他的两个孩子，却没能逮住他本人。他可没少给萨姆罪受。那天他们审判萨姆的时候，我在法庭上见到了纳特·弗朗西斯。我的上帝呀，那个白人可真像个疯子似的！噢，纳特，他一声号叫，便直接从围栏上蹿了过

---

[1] 纳撒尼尔的昵称。——编者注

去。他想一把掐住萨姆的脖子，好在旁边有人跑过来把他给拖开了。我听说，在我们的暴动结束以后，纳特·弗朗西斯都快气疯了，他领着一帮人，骑着马从克罗斯基斯向耶路撒冷一路飞奔过来，沿途只要见到黑人就开枪给崩掉。有个已经获得自由的黑人妇女，名叫劳丽，就是住在克劳德斯库附近的那个老约翰·布赖特的老婆，你知道吧？好家伙，他们把那个女人抓住，将她带到一排木栅栏跟前，然后把一根足有三英尺长的带尖的木棍直接就往她的阴户里捅了进去，就跟要拿她做烤肉串一样。哦，天哪，纳特，这些天我听到的故事别提有多惨了。我还听说有两个白人从北卡罗来纳州一路过来，沿途杀了好多黑人。他们还把这些黑人的头砍下来，一个个用钉子钉在一根竿子上，本来他们还想再多杀几个黑人，结果军队的人把他们抓住，把他们给拦住了，但最后也不过就是把他们赶回卡罗来纳了事——"

"嘘，"我打断了他的话，"别说了，哈尔克。够了。我不能再听了。你要是再说下去，我真的会受不了的。"我努力让自己不去想那些事，可不管我怎么努力，我还是会不由自主地去想。零星纷乱的祷告词像掉进湍流中的树枝一样在我的脑海里升沉旋转：求你宽容我，使我在去而不返之先可以力量复原……[1]

我听见过道里响起了脚步声，格雷和那个叫基钦的小伙子突然出现在牢门前。基钦咣的一声打开了门锁。"我只能在这里停留一分钟，牧师。"他一边走进牢房一边说。他在我对面慢慢坐了下来，嘴里吃力地哼哼了一声。他看上去疲倦而紧张。我注意到他手里什么也没拿，这让我的心情顿时变得像石头一样沉重。还没等我开始抱

---

[1]《圣经·诗篇》39:13。

怨,他就先开口了:"我知道,我知道,那本该死的《圣经》。我知道我答应过你,说我会给你带本《圣经》来。我是个守信用的人,牧师,但我确实有我的难处,而且这些难处都是我事先无法预料的。投票的结果是五票反对,只有一票赞成。"

"你在说什么呢,格雷先生?"我大声说,"投什么票?格雷先生,我的要求并不过分呀——"

"我知道,我知道,"他说,"通常来说,面对一个被判了死刑的人,我们应该为他提供最充分的精神安慰,无论他是黑人还是白人。今天下午,我向法庭提出了请求,希望他们能提供一本《圣经》给你使用,我已经尽最大可能为你争取了。但就像我刚才说的那样,牧师,事情不是很顺利。绝大多数地方法官始终认为,这个想法没有丝毫可取之处。首先,最近社会上的人们认为,黑人不该再拥有读书和写字的权利了。虽然这种观点尚处于讨论阶段,但大多数地方法官都对它抱有强烈的支持态度。其次,对你提出的这个要求,鉴于本郡还从未有过为被判绞刑的黑人提供《圣经》的先例,所以他们也没有任何理由要为你破例。所以,他们最后决定投票表决。结果是五比一,五个人反对给你提供《圣经》,只有首席裁判官杰雷米亚·科布先生表示赞成,他甚至愿意把他自己的《圣经》拿来给你。我想,他在为死刑犯提供精神安慰上有如此宽大的态度,一定有他充分的理由。"

"我很遗憾,"我说,"我真的很遗憾,格雷先生。没有《圣经》,那我就真的太难了。"

格雷沉默了片刻,脸上泛起了古怪和嘲弄的表情。他说:"告诉我,牧师,你听说过银河系吗?"

"什么?"我说。我几乎没在听他讲话。我内心的那种痛苦和凄凉难以用言语来描述。

"银河系。银——河——系。银河系。"

"哦，先生，"我终于答道，"我可能听说过这个词，但我不敢肯定地说我知道它的确切含义。"

"好吧。你知道太阳，对吧？"他说，"太阳，就是我们头顶的那个巨大无比的球体，它并非绕着地球在转。太阳是颗恒星。你知道这些事，对吗？"

"是的，"我说，"我想我的确听说过这些事。当年我在纽萨姆斯镇[1]的时候，有个白人——他好像是贵格会的教徒，他教黑人学习这些知识。不过那是很久以前的事了。"

"那你相信这些事吗？"

"以前我觉得这些事实在很难让人相信，"我说，"但现在我已经信了。有主的恩典，什么都是可以相信的。"

"嗯，就是说你知道太阳是恒星，可你并不知道银河系具体是什么，对吧？"

"是的，我不知道。"我说。

"噢，那好。在英格兰有位伟大的天文学家，一位名叫赫舍尔的教授。你知道什么是天文学家吗？嗯？噢，前不久在里士满的一家报纸上，有篇文章曾详细介绍过他。赫舍尔教授发现，被我们称作太阳的那颗恒星，其实只是他所说的银河系中的无数恒星中的一颗，之所以说是无数颗，是因为银河系中不仅仅有几千颗，甚至不仅仅有几百万颗，而是有数十亿颗恒星，它们都围绕着这个像一个巨大的车轮一样的星系在运转。而我们所说的这个太阳，它只不过

---

[1] 南安普敦县的一个城镇。

是其中一颗微不足道的三流恒星,它和不计其数的恒星一起,在这个星系的最边缘处绕来绕去。想象一下这个画面,牧师。"他把身体朝我探了过来,我忽然又闻到了他身上的那股带着苹果香的气味。"想象一下!数百万,甚至数十亿颗恒星都在一个广阔的巨大空间里飘浮着,它们之间相隔的距离远到超出了我们的想象。哎呀,牧师,我们所看到的从那些星星上射来的光,很可能是人类在地球上开始栖息和生活之前就已经发射出来的光,它们发射的时间比耶稣基督还要早上一百万年!我所说的这些事实,你的基督教怎么能解释得通呢?你的上帝又怎么能解释得通呢?"

我沉思了片刻,说道:"刚才我已经告诉过您了,格雷先生,有了上帝的恩典,一切都是可以相信的。您刚才说的太阳、恒星还有银河系,我也能接受。"

"荒谬!"他大声嚷道,"基督教已经彻底完蛋了,你难道不知道吗,牧师?你难道没看出来,你们的这场暴动,这场悲惨的灾难,它的起因和原动力正是从《圣经》里传出来的某些话吗?你难道还没看出来这该死的《圣经》有多么邪恶吗?"

他陷入沉默,我也不再说话。虽然现在我已经不再像那天上午一样感到浑身发冷或者发热——说实话,此刻还真是我今天头一回有那种还算过得去的舒服感觉——但我的嗓子仍在发干,我感觉我的吞咽仍有困难。我短暂地将双眼闭上,又重新睁开。在寒冷、苍白且越变越暗的光线底下,格雷仿佛正朝我微笑,或许这只是因为朦胧的暮色让他那张圆脸上的五官的轮廓变得模糊不清了。格雷刚才讲的那些话,我觉得我只是隐隐约约听懂了一点,顶多只听懂了开头的那一两句。终于,我用我干得发哑的声音答道:"您的话是什么意思,格雷先生?我想我不是很明白。邪恶?"

格雷的身体向前倾了过来,他在自己的膝盖上轻轻拍了拍。"哦,约沙法[1],牧师,你睁眼看看这些记录吧!看看!看看你自己都讲了些什么!你不是一口气跟我整整讲了三天吗!神圣之灵!要寻求去他的天国!我的智慧都来自上帝!我的意思是,这些话全都荒谬至极。我记得你跟我说,在你决定走上这条血腥的道路时,有位圣灵跟你讲过一番话。他那句话是怎么说的来着?仆人知道——下面是什么来着?"

我说:"仆人知道主人的意思,却不预备,又不顺他的意思行,那仆人必多受责打。[2]"

"对,我说的就是这一类的荒谬言论。神的指引,上帝的意愿,来自上天的意旨,这些全都是我听说过的最垃圾、最没用的废话。它让你得到什么啦?牧师,你得到了什么?"

我没有回答他,虽然此刻我已意识到他真正想说的是什么。我不再看他,只是把头埋入双手之中,我希望这个举动或许能让他感到没必要再继续说下去。

"牧师,请原谅我的生硬和粗鲁,它让你得到的是一个糟糕透顶、没有丝毫意义的结果,这样的结果简直令人惨不忍睹。六十多名白人被肆意屠杀,可到头来白人却依然牢牢地掌握着政权。十七个黑人被绞死,包括你和那边的哈尔克,你们将不再存活在这个世界上。还有十来个或者更多的黑人小伙子将被迫告别眼下舒适的生活,被送到亚拉巴马州去。我敢打赌,到了那边,不出五年,他们

---

[1] 约沙法(Jehoshaphat),公元前9世纪的犹大国王,见《圣经·历代志下卷》。这个名字的意思是"耶和华审判"。约沙法在位的第三年,他差遣大臣带着耶和华的律法书,周游犹大各城去教训百姓。在这里,格雷有讽刺纳特的意思。

[2] 《圣经·路加福音》12:47。

不是累死，就是犯热病病死。我亲眼见过他们那里的棉花种植园，也见过他们稻田的样子，牧师。黑人们每天得起早贪黑工作十几个小时，还有个膀阔腰圆的黑人监工举着皮鞭在旁边监视，连蚊子的块头都跟鸟一般大。这就是你给那些小伙子带来的结果，牧师，这就是基督教的精神给这些小伙子带来的结果。我估计，当初你肯定没料到事情会搞成这个样子吧，对吗？"

我沉默了片刻，我在思考他的问题，我答道："没有。"因为，说实话，我的确没有考虑到这些事情。

"基督教还成就了别的什么东西呢？"他说，"让我告诉你吧，基督教还成就了这些：基督教造就了一群暴徒。暴徒。它不仅造就了你毫无意义的杀戮，使得所有被牵涉进去的人，包括黑人和白人，都丧失了生命，而且，它还引发了恐怖至极、无法无天的报复行径。白人暴徒们在南安普敦县各处整整搜寻了一个星期，就为了找几个黑人作为报复的对象。一共有一百三十一名无辜的黑人——其中既有奴隶也有自由人——遭到了暴徒们的杀害。我想，这些事情你当初也没有想过吧，牧师？"

"没有，"我轻声说道，"我确实没想过。"

"还有，我敢跟你打赌，等到十二月州议会开会的时候，他们绝对会颁布更加严峻的新法，而跟新法相比，现行的法令宽松得简直就像主日学校搞野餐时的规定。他们会把黑人们锁进漆黑的地窖，然后再把钥匙扔掉。"他停了下来，我感觉他的身体已经凑到了我跟前。"废除黑奴制，"他用耳语般的声音轻轻说道，"牧师，你和你的基督教为废除黑奴制运动的失败做出了伟大贡献，你单枪匹马立下的功劳比弗吉尼亚州的所有贵格会教徒所进行的干预和探听的作用还要大。这些事情我想你同样没想到吧？"

"没有,"我径直看着他的眼睛说,"如果真是那样的话,我没有想到。"

他的声音越来越高,变成了一味而明显的嘲讽。"基督教!抢劫、掠夺和屠杀!死亡和毁灭!世世代代的难以尽数的苦难和不幸。这就是你的基督教取得的成就,牧师。这就是你的传教带来的结果,这就是你的信仰所传递的佳音。拥有一千九百年历史的基督教教义,再加上一位黑人牧师,只需这两样东西,我们就能向世人证明,所谓上帝就是一个他妈的弥天大谎。"

说着,他站了起来,动作比先前敏捷了许多。他往上扯了扯他脏兮兮的手套,声音变得柔和了一些:"请原谅,牧师。我得走了。我并没有冒犯你的意思。总的来说,你对我一直都还算诚实和坦率。别看我说了刚才那番话,但我觉得,一个人还是应当依照自己的见解而行事,即便他受了虚妄之言的毒害。晚安,牧师。我还会再来看你的。"

格雷走了以后,基钦给我拿来了一盘冷猪肉和玉米饼,还有一杯水。我坐在寒冷的薄暮中,一边吃着这些食物,一边看着日头坠去,直到它在西边灰蒙蒙的天空中消失。过了片刻,只听墙那边的哈尔克轻轻在笑。"纳特,刚才你可真被那家伙说得下不来台了。他费那么大力气,到底想做什么?"

我没有答哈尔克的话,只是站起身,拖着身上的锁链,一步步挪到了窗口。

耶路撒冷城笼罩在一片薄雾弥漫的夜幕中。在萧瑟而阴郁的河流以及远处的森林之上,水栎树和丝柏融合到了一起,仿佛是冬日薄暮中的一道昏暗的黑影。近处的房舍中有油灯和灯笼吐出的黄色火苗在闪烁。在远处,我隐隐约约能听到瓷质的杯盘碟碗磕碰出的铿锵之声,还有人们准备晚餐时走进走出的砰砰的摔门声。在某个很远的地方,我甚至能听见有个黑人妇女在厨房里唱歌。虽然她疲惫的声音里饱含着苦累与辛劳,但她的声音听上去却依然圆润、刚强、高昂。我知道月亮已经升起,我知道星星已经升起,我的身体也得躺下歇息……窗外,像粉末一样洋洋洒洒的飞雪已经失去了踪迹。取而代之的是霜冻,大地铺上了星星点点的一层冰冷而潮湿的露珠,中间夹杂着松鼠留下的脚印。两名扛着滑膛枪、身穿大衣的卫兵操着冻僵的步伐,正围着监狱来回巡逻,时不时还把脚在脆硬的地上跺上几跺。一阵寒风呼啸着从牢房中扫过,我顿时被冻得浑身直抖。我闭上双眼,聆听着远方那个女人的哀歌。我将身体紧倚着窗台,极度的疲倦和渴望令我处于一种半梦半睡的状态。神啊,我的心切慕你,如鹿切慕溪水。我的心渴想神,就是永生神。你的瀑布发声,深渊就与深渊响应,你的波浪洪涛漫过我身……[1]

我靠着窗户,似乎站立了很久很久。面对着窗外的黄昏,我把双眼紧紧地闭上了。他也许是对的,我想,也许这一切的确没有丝毫意义,甚至比没有意义还要糟糕,因为在上帝眼里,我所做的一切都是邪恶的。他也许是对的,上帝已经死去很久了,这就是为什么我再也不能与他取得联系……我重新把眼睛睁开,望着窗外薄暮中的天光。在树林的上方,南飞的野鸭正从如烟似雾的灰色天空中掠过。是的,我想,也许那一切都是真的,否则上帝为什么不再留意我呢?他为什么不回答我呢?女人那圆润甜美的歌声仍在薄暮中飘荡:我在月光下走着,我在星光下走着,我要把我的身体躺下……虽然悲伤,却又那么坚强、刚毅、无畏,那歌声像回忆一般

---

[1] 《圣经·诗篇》42:1、2、7。

在夜空中升起。从河边忽然刮来一阵风,歌声顿时黯淡了下去,树却被吹得沙沙作响。风息了,四周静了下来。我要躺在坟墓里,伸开我的双臂……突然,那歌声也断了,世界一片寂静。

"主啊,难道我做错了吗?"我问道,"倘若我真的做错了,难道这一切已经无法挽回了吗?"

我抬眼往天上看去。那里没有答案,只有灰蒙蒙的密不透风的夜幕,笼罩在耶路撒冷城上。

第二部

往昔的岁月：
声音，梦想，回忆

我记得，在我还是个十二岁左右的孩子的时候（那时我和我母亲一起住在特纳工厂的那幢大房子里），有一天晚上，家里来了一个肥胖的白人。他和我当时的主人塞缪尔·特纳共进了晚餐。这位旅行者热情而直率，他长着一张圆乎乎的满是痘疮的红脸，笑起来的时候声音洪亮极了。他是一名专门经营犁、耙、铧和耕种机之类的农具的经销商，经常带着好几辆巨大的货车、一队专门用来拉货车的马匹和几名帮工，在乡下各地跑来跑去。赶上在哪家农场或种植园兜售他的商品，他晚上就会在那里过上一夜。那个男人确切的名字我已经不记得了（也可能我从来就不知道），但我却清晰地记得当时的季节。那时应该是初春，因为正是那人说的几句关于季节和天气的话才让我牢牢记住了他。那是四月的一天晚上，当时我正在服侍他们用餐（我最近刚开始干这份差事，另外还有两位年长的黑奴也在场侍候，而我这位学徒工的主要职责是往杯子里添苹果酒或者牛奶，或者把掉在地板上的任何东西捡起来，再有就是把猫啊狗啊的都给赶开）。我记得他的声音听上去友好而洪亮。席间，他操着一口奇怪的北方口音对塞缪尔老爷和他的家人们说："不，特纳先生，在我们伟大的国土上，没有哪个地方的春天能和这里的春天相比，没有什么地方能和仲春时节的弗吉尼亚州相提并论。先生，我这么说是有原因的。我已经把东部的海岸线来来回回跑了个遍——上至新英格兰的最北端，下到佐治亚州最炎热的地带。我知道我在说什么。是什么原因使得弗吉尼亚州的春天胜过别的地方呢？先生，很简单,因为在比它更靠近南方的地方,气候常年都很潮湿,所以当春天到来时,人们并不会感到很惊讶。而在比它更靠北的地方,冬季的时间相当漫长,那里几乎没有春季。等冬季一过,当地直接就进入夏天。哎呀,而弗吉尼亚州呢,先生,则可以说是得天独厚!它的春天真是再理想不过了!大自然全都给它安排好了,它的春天是带着令人意想不到的温暖突然来临的!先生,只有弗吉尼亚州所在的纬度,才会有这样像在母亲怀抱中一般的温暖的春天!"

在我的记忆中,那个时刻宛如一件极其重大的事件,它格外清晰,仿佛就发生在数秒钟之前。春天的气息仿佛仍然留存在我的鼻孔里,那天夜里的模糊的灯光也依旧那么逼真,那么金黄,空气中到处洋溢着人们的话语声,以及瓷质的杯盘碗碟和银质的餐具的轻柔磕碰声。客人刚说完话,我便听见我的主人塞缪尔·特纳开口了,这时,远处走廊里的座钟接连敲奏出了六记铿锵的音符。虽然主人塞缪尔的说话声很柔和,但他的吐字和节奏却非常清晰:"先生,您的话说得太客气了,毕竟春天一到,我们很快就需要应对虫灾了。但您的美意我们心领了,到目前为止,今年大自然对我们还算开恩。的确,这么理想的耕种条件我以前也很少见到。"

座钟敲过六下,也就是最后一下,然后便停了。可那令人昏昏欲睡的嗡嗡声却余音绕梁,良久方绝。这时,我从吊在远侧橱柜上方天花板上的高镜子里看见了我自己的形象:一个瘦弱矮小的小黑孩儿,身上穿着一件浆过的白色套头衫,赤着双脚,正把一只脚的脚趾伸到另一条腿后面钩着,身子摇摇晃晃地站在那里候着,眼睛却时不时还在机灵地转动,露出里面的眼白来。但我的目光很快又回到了餐桌上。我的主人正开心地拿着餐叉,画着圈儿地指着他周围的每位家人向来宾做着介绍:他的妻子,他寡居的兄嫂,两个二十岁左右的女儿,还有两个侄子——二人都是已满二十五岁的成年人,他们的四方脸、突出的下巴、形状雷同的粗脖子高耸在我头顶上方,经年的日晒和风雨令他们的皮肤变得通红,并早早地长了皱纹。塞缪尔·特纳将以上诸人一一介绍完毕,把嘴里的食物咽下去,然后特意清了清嗓子,这才带着亲切的幽默感继续说道:"当然了,先生,在享受完整整一个冬天无所事事的舒适之后,我很难期望我的家人们能对一年中最生机勃勃的季节的到来抱有欢迎的态度。"一片笑声响起,还有人娇嗔地叫了数声:"哎呀,爸——"在喧哗声中,我还听到有个小伙子在大声说:"您这是在诽谤您两个勤快的侄子,萨姆[1]叔叔!"我的目光游走到来宾身上。他那张坑坑洼洼的红脸上泛着开心的微笑,一滴肉汁正顺着他的下巴边上往下淌。路易莎小姐是两个女儿当中年长的那一位,她泛着红晕的脸上露着朦胧而好看的微笑。我看见她的餐巾掉在了地上,于是赶紧过去拾起来,把它重新铺在她的膝盖上。

此时,天已黄昏,方才的欢乐气氛已渐渐消退。谈话正在以轻松思考的节奏进行,女人们不再出声,只有男人们在一边大快朵颐,一边喋喋不休地闲聊着。我手里托着一个瓷罐,里面盛着尚在冒泡的苹果酒。我围着餐桌绕来绕去,往杯子里添酒,然后再回到我的位置(站在那两个粗脖子的侄子之间),重新摆出那副金鸡独立的站姿。我慢慢把视线移向屋外的夜空。越过阳台,外面的牧草宛如绿色的波浪,一直向远处的松林延伸。在黄色的天光下,一群羊正在粗硬的草丛中静静地嚼着草,羊群后面还跟着一头柯利牧羊犬和一名有些罗圈腿的瘦小的黑人牧羊女。越过他们,在草坡的更远处,

---

[1] 塞缪尔的昵称。——编者注

一条运送原木的小径将草地和隐约可见的森林分隔开来。我看见两头耷拉着耳朵的骡子拉着一辆空货车，正在跑着今天从库房到工厂的最后一趟路。货车驾座上坐着个黑人，他头上歪戴着一顶黄色草帽。他想要挠背，于是先是拧着左胳膊从腰间从下往上去够，然后又弯着右臂绕过肩头往下摸，可不管用哪种办法，他黑色的手指头都触摸不到那难以忍受的瘙痒的源头。骡子踏着沉重的脚步往坡下走去，货车在缓慢地来回摇晃和偏转，而那个黑人突然歪着身子站了起来。他把背紧贴在马车的边柱上，像牛一样上下挪动着蹭了好几下。

不知何故，我觉得这一幕非常有趣。我突然意识到我在暗暗发笑，虽然声音没大到足以引起一旁的白人们的注意。我又看了许久，那辆货车终于摇摇晃晃地从森林边上穿了过去，那个黑人也已重新坐了下来。在隐约的蹄声和车轴吱吱嘎嘎的碾轧声中，货车和骡子越过了一座小桥，然后便到了工厂门前的那口浑浊的水塘边。水塘里有两只白色的天鹅，它们正在安详恬静地划水。货车沿着水塘的下缘绕过去，便来到了掩映在森林之中的白色锯木厂。在黄昏的夜空中，隐隐约约有单调而缓慢的哐哐声在飘荡，那是工厂里的原木正在遭受着金属和机器的折磨和摧残。货车终于消失在了锯木厂的后面，而近处牧羊犬的叫声却让我从白日梦中惊醒过来。我转过身来面对着觥筹交错的餐桌，瓷器和银器正磕碰出一阵清脆的叮叮当当的声响。这时，来宾正带着讨好的口气对主人塞缪尔说："今年，各种式样的新货太多了。哦，比方说，我这里有产自马里兰州东海岸的纯净海盐，是专门用来腌制食品和食用的，先生……市面上没有比它更好的货色了……您刚才说，算上监工和他的家人，您这里一共有十个人，是吧？再加上六十八名成年黑奴？如果您主要是用这些盐来腌猪肉的话，先生，依我看，您来上五袋应该正好，一共才三十一块二十五分，这价钱太划算啦……"

我脑子里又开起了小差。我的思绪飘飘荡荡地又来到了室外，白昼正慢慢消失，到处都是唧唧啾啾各式各样的动人鸟鸣，我听到了黑鹂、知更鸟、山雀和呱呱直叫的松鸦的声音。在远处洼地的上空，还有一群讨厌的乌鸦在聒噪，它们的叫声回荡在空中，听上去格外大胆、放肆和刺耳。我的注意力又被外面的景色吸引了过去。我按捺不住内心的欣喜，缓缓地看向那片粗糙的绿草坡。草坡上铺着一道金色的斜阳，还停着好多机敏而喧闹的小鸟，几步之外还有个花坛，里面蕨草丛生，新翻过的土壤正散发着潮湿的气味。牧场上那位有些罗圈腿的黑人牧羊女已经不见了，羊群和牧羊犬也没了踪迹，只剩下如烟似雾的尘灰在傍晚的亮光中颤抖着。随着气旋渐渐上升，那烟雾就像一层细细的锯末粉，将整个天空都填满了。从远处工厂的人工水槽里传来水流单调的轰鸣声，在那水流声之上，更有机器刮刨木头时发出的刺耳而有节奏的嘎嘎的巨响。夜空中忽然有两只巨大的蜻蜓任性地一掠而过，身上散发着彩色的光芒，那是它们透明的双翅在反光。春天到了。我担心我内心的兴奋会被人看出来，我感觉我的四肢在跃跃欲试地伸展，它们激动得直抖。我感觉有个什么东西正在苏醒，一股撩人的躁动正轻轻袭遍我的全身。我能听见我身体里的血液正像幻想中汹涌而温暖的海潮一样在奔腾。我心里不断重复着那位来宾说的话——春天到了，春天，春天。这时，我发现自己正在自言自语。我惊觉过来，嘴角不由露出了一丝微笑。我感觉自己开心得快要蒙了，我的双眼像玻璃球一样在闪闪地转动。我的内心充满了莫名的幸福和迷人的希望。

来宾的谈话声又飘回我的耳中。我转过头，发现女主人内尔女士的目光正落在我身上。我抬眼一看,见她正冲我做着"苹果酒"三个字的嘴形。我用双手抬起重重的酒罐,围着餐桌又走了一圈。我先将女士们的杯子斟满,尽力不让一滴酒洒出来。我屏住呼吸,小心翼翼地服侍着,直到我的眼睛离餐桌近得几乎贴上了桌沿。这时,我终于转到了那位来宾身旁。我开始给他倒酒,他也不再谈他的生意经,而是低下头细细打量了我一番。他友好地说道:"啊,我看这只酒罐的个头比你的个头还大呢。"我懵懵懂懂地意识到他可能是在跟我讲话,却没有在意,只顾斟满苹果酒,把酒杯放回原位,然后又绕着餐桌巡游起来。"多可爱的小鬼啊。"来宾随口感叹了一声,但直到这时我仍未能把他的话和我自己联系在一起。当我转到内尔女士近旁时,我听见她正开口说话,她温柔而亲切的声音仿佛来自我头顶上方那片珍贵而奇妙的白色天花板:"他还很聪明呢,说出来你恐怕都不相信!给我们拼几个词吧,纳特。"接着,她又对来宾说:"出几个词让他拼一拼。"

我猛地僵在了行进的轨道上。我意识到我已成了众人注视的焦点,只觉得自己的心在狂跳不已,手里的酒罐顿时也变得像巨石一样沉重。他冲我笑了起来,他宽大的面颊红扑扑的,看上去慈祥极了。他稍稍停下想了一想,然后说道:"你会拼 lady 这个词吗?"我还没来得及开口,就听到塞缪尔·特纳已经在插话了。他被逗笑了:"哦,不,来点有难度的!"来宾在他坑坑洼洼的脸上挠了挠,仍是笑盈盈的样子。"那好,"他说,"我想想,嗯,来一种花草吧……columbine[1],你拼一拼 columbine。"我立刻毫不费力地拼了起来,同时我也觉得很窘迫,当一个个字母从我嘴里飞快地滚落

---

[1] 意为"耧斗草"。

出来时,我几乎能听见我的脉搏在耳朵里发出的隆隆轰鸣声:"……i——n——e,columbine!"餐桌旁随即响起一片笑声,同时,我听见了从四周的墙壁传来的刺耳回声。我这才意识到自己刚才扯着嗓子喊出了答案。

"我敢肯定,我下面要提出的观点并不正统,而且,一定还会被某些人视为异端,"我听到我的主人说道(这时,我已回到原位,但我的心仍在兴奋地狂跳不止),"但我认为,我们在知识和信仰方面对黑人进行的启发和开导越多越好。无论是对他们自己,对他们的主人,还是对整个州来说,这都不失为一件有益之事。但这种培养必须从幼年开始。所以,先生,您从纳特身上看到的就是一个刚刚起步的极有前途的实验。当然,跟白人的儿童们相比,这孩子已经算是开始得晚的了……"我也在听他讲话,却并不理解他说的每个字的意思。现在,我的惊慌和窘迫(这是由儿童的自我意识和对自己可能会失败进而当众出丑的害怕心理共同造成的)已逐渐消退,甚至完全消失了,取而代之的是一股平静的自豪和成就感,这种感觉慢慢流遍了我的全身。尽管我回答的声音是大了点,可那个词我的确认识。从人们爽朗的笑声中,我觉察到了夸奖和称赞。顿时,因为刚才的表现而暗暗生出的得意变成了一股热切的渴望。尽管镜子里的我的神情依然忧郁而局促,尽管我粉红的嘴唇像吃了柿子一般酸麻,但我能听见我内心的冲动,我能感到浑身充满活力。我为自己的荣耀而兴奋得浑身颤抖。

但人们似乎很快就把我忘在了脑后,因为那位来宾重新谈起了他的生意:"这种凯利牌耕犁,先生,是用最坚硬的铸铁打造的,依我看,目前市面上的所有耕犁都将被它取代。北方的那些州对它的需求相当大……"他仍在讲着,我心里却又开起了小差,刚才那股成就感依旧还在，我整个人沉浸在一股满足和温馨的归属感之中。那种感觉是如此美好，我开心得几乎都要叫出声来了。而且，它也不会离我而去。虽然这时，我看见松林里出现了一群衣衫褴褛、哆哆嗦嗦的人，他们正朝荒芜的牧场方向走去，但我心中的美好感觉依然如故。远处响起了悠长而寂寞的号角声，那是在召集在工厂和远处的田野里干活的黑奴。号声响罢，锯木厂里咔嚓咔嚓的刺耳的轰鸣声顿时就停了，仿佛某个一直在喋喋不休地发着牢骚的人顷刻之间停止了抱怨。在那一瞬间，突如其来的寂静在我听来就如同一声巨响。草地上空的暮色愈来愈暗，和麻雀一样大小的蝙蝠在黄昏里时隐时现地飞来飞去。透过傍晚的阴影，我能看到远处有一些黑人正排着队从工厂向他们居住的小木屋行进。虽然我很难看清他们的黑脸，但他们的声音听上去依然抑扬顿挫。他们带着一天的疲惫，佝偻着背走在回家的路上，脚步缓慢而沉重。在疲惫之余，他们却没忘了相互打趣，还时不时发出阵阵的笑声。在黄昏的微光里，他们疲倦而温和的玩笑话隐隐约约地从田野那边传了过来："天哪，西蒙！……该死的，你小子……我非抓住你不可！"我飞快地把身体转了回去（难道是因为那一队浑身臭汗的疲惫不堪的男人带着的某种绝望而丑陋的气息扰乱了我心中强烈而天真的家庭气氛，扰乱了四月早春的黄昏时分的美景和幸福？），捧着我的酒罐绕着餐桌又巡视了最后一圈。另外两名黑人家仆——利特尔·莫宁和普莉希——将碗碟撤下，然后点燃了锡制大烛台上的粗蜡烛。原本已经暗淡下来的房间里顿时充满了像南瓜一样的黄色的光亮。

我的主人正在谈话，椅子已被他向后推开，他边谈边把双手的拇指钩在他西装马甲的口袋里。虽然他才四十岁出头（准确地说，在即将到来的六月十二日的早上五点三十分，他就要满四十三岁了。

我是听家里的几位年长的仆人说起，才知道这些信息的，对白人们的这些家长里短，他们知道得比白人自己都要清楚），可他看上去要更加苍老——也可能只有我这么觉得，因为我对他十分敬重，在精神和身体上，我已经把他等同于和《圣经》有关的画像中的那些人物，比如圣山上的摩西，比如那位出现在耶稣改变形貌的异象中的蓄着浓浓的大胡须的以利亚[1]。和他们一样，我的主人也散发着令人肃然起敬的威德之光。然而，他的嘴角已经生出了皱纹，因为他一直在辛勤地工作，他脸上的皱纹正是因此而来的，这也解释了在他络腮胡子尖上的那簇毛发为什么比白尾灰兔的尾巴更加花白。"他长得像麝鼠一样丑。"我母亲曾这么评论他，她说得也许还真对。他有一张像马一样又长又尖的脸，他的鼻子过于突出，而且还是鹰钩鼻。还有，正像我妈妈说的那样，"上帝给塞缪尔老爷造的腮骨太小了"。他的下巴那副尊容由此可见一斑。但他的双眼格外和蔼、精干和明亮，他的面孔也仍然透露着坚强的意味，与此同时，他的脸上还带着一种奇特且持久的温和感，因此他看上去似乎永远都露着惆怅的微笑。反正那时候，我对他的敬仰就像人对神的敬仰。

"我们到阳台上坐坐吧。"他把他的椅子往后一推，对来宾说道，"平时我们一般八点准时就寝，但今晚咱俩得干掉一瓶红葡萄酒，同时把我需要买的货物敲定。"他把手轻轻搭在正在起身的来宾的肩上。"请恕我冒昧地说一句，"他继续说道，"我一般很少这么当面夸人，但作为饱尝奔波之苦的生意人，您卖的一系列货品都是非常值得信赖的。而这一点，先生，想必您也知道，对我们这些远离商贸

---

[1]《圣经·马可福音》9：2—8。耶稣带着彼得、雅各和约翰，一起上了一座高山，并在他们面前改变了形貌。这时，以利亚和摩西也在他们面前出现，跟耶稣交谈。

中心地带的人来说是最重要的。从去年开始，我一有机会就向我的朋友们推荐和介绍您。"来宾面露喜色，他微微地喘息着，向各位女士和小伙子颔首告辞，然后便朝门走了过去。"啊，那太谢谢了，先生……"来宾的话刚开了个头，就被我的主人的说话声打断了。他这样做不是出于粗鲁，甚至谈不上失礼，因为他仍在继续他的夸赞："希望他们也和我一样对您满意。您刚才说明天您打算去哪里来着？是格林斯维尔县吗？如果是那样的话，您一定得去罗伯特·芒森的家里停一下，他们家就在梅赫林河的边上……"

他们的交谈声逐渐远去。我在餐桌旁忙活着，帮着名叫利特尔·莫宁的老黑奴和名叫普莉希的黑人姑娘清理桌上的杯盘。其他的家庭成员们也都已起身，慢慢散去，各自打发着就寝前所剩不多的时间。两个侄子要去照看一匹即将产驹的母马，内尔女士要上小木屋给一个生病的黑人孩子送药膏，而另外三位女士早已按捺不住内心的期待，匆匆赶往客厅，打算朗读一本她们称之为《玛米恩》[1]的诗作。所有的声音都已远去。我重新回到了厨房。黑人们穿着简陋的鞋子，踏在地上发出啪嗒啪嗒的声音。炉子上正蒸着火腿蹄髈，散发着阵阵难闻的腥臭。我重新回到了妈妈身旁，高挑而美丽的她正在烟熏火燎的厨房里一边忙碌一边发着牢骚。"泰尼尔[2]，快到下面的地窖里给我拿块黄油上来，我以前教过你的！"她冲我嚷了这么一嗓子。我又回到了黑人的世界……

那天晚上，在初临的黑暗之中，我睁着眼睛，躺在我那张用干草铺成的床上。columbine 这个词就像一首催眠曲，在我的唇齿之

---

[1] 十九世纪早期的英国浪漫主义诗人沃尔特·司各特的作品。
[2] 纳特的全名是纳撒尼尔，纳特和泰尼尔均为其昵称。

间久久萦绕着。我轻轻抚弄着它，把它念了一遍又一遍，让它的每个字母都构成了独特的形象，一个个字母都奇妙地悬挂在我头顶上方的夜空中。我躺在床上，进入了一种昏昏沉沉、似睡非睡的状态，同时还聆听着夜的声响，聆听着窝棚里的鸡扑扇着翅膀并且笨拙地走来走去的声音。远处有犬吠声，工厂水车的贮水池里不断传来热烈而刺耳的蛙鸣声，里边的青蛙多得像天上的星星，数都数不清。我周围全是肥料的气味，浓烈得和土地本身的气味有一比。这时，我听到了母亲的脚步声，她疲惫地拖着那双长满老茧的光脚板，噼啪噼啪地从厨房走过来，走进了我们俩住的小屋，然后在黑暗中我的身边躺了下来。她几乎立刻就睡着了，还轻轻发出有节奏的呼吸声。我伸出手去，轻轻摸了摸覆盖在她肋骨上面的那层棉汗衫，只有这样，我才能确信她是真的在那里。再后来，春夜终于将我、沼泽、雪松和梦幻般的回忆一齐拥入了她的怀抱。在一片朦胧中，我听到有只蚊母鸟在黑暗中啼叫。即便在我沉沉地睡熟过去之后，columbine 这个字眼还挂在我的唇边。我进入了一个奇妙的梦乡，那里充满了童年稚嫩的希望，充满了流连而无声的喜悦。

在我临死前的几天当中，伴随着我的一直都是诸如此类的回忆。庭审结束之后，当天夜里我便发起了高烧。次日清晨醒来时，虽然我浑身是汗，头烧得滚烫，身体又酸又疼，可我的四肢却冻得直抖。外面起风了，没有太阳的晨光像雾一样苍白。一股冷风穿过敞着的窗户，嘶吼着闯了进来，牢房里顿时扬起一团被风挟带进来的沙尘、松针和到处乱窜的树叶。我本想大喊一声，把基钦叫过来，让他拿条毯子将窗眼堵住，可后来想想，便还是保持了安静。那家伙对我畏之如虎，即便我开口叫他，他很可能连话都不敢回。于是，我重新在木板上躺下，身体仍然在瑟瑟发抖。我烧得昏昏沉沉地睡了过去，感觉自己仿佛又躺在了那条小舟上，在午后的寂静中随着在阳光照耀下的宽阔河流向大海漂去。我的心灵被一种熟悉而神秘的安宁所占据。我能听到大海在远处轰鸣，巨浪正在我视线以外的地方拍打着海岸。在我头顶上方那高高的悬崖之上，那座白色的教堂耸立着，它依然是那么安详、孤独且壮观。太阳仿佛在它身上洒满了某种伟大而神秘的光芒。当我顺着河流从它身旁漂过时，当我朝着那铺满沙子的海岬和汹涌澎湃的大海漂去时，我的内心没有丝毫恐惧……然后，这幅景象又变得模糊起来，我醒了，可我还是烧得厉害。我又昏睡了过去，再醒来已经是白天。我的高烧消退了一些。我的额头上又冷又干。某些非常脆弱却又甜蜜得难以名状的东西，像悠扬的鸟鸣般残存在我的记忆中，久久不肯离去。但没过多久，高烧去而复返，我的脑海里肆意流淌和冲刷的全都是噩梦，充满了无休止的窒息瞬间的噩梦……

就这样，在清醒和昏睡的交替之中，我满带着遐想、声音与回忆度过了行刑前的那些日日夜夜……

我母亲的母亲是一位来自非洲黄金海岸的科罗曼蒂部落的女孩。十三岁时，她被人用锁链捆住，扔上了一艘从罗得岛的纽波特开往弗吉尼亚州的约克敦的纵帆船。在那之后没几个月，在紧靠港口的汉普顿镇的一棵大橡树底下，她在拍卖会上被卖给了阿尔菲厄斯·特纳，也就是塞缪尔·特纳的父亲。我从未见过外婆的面——当然，我也从未见过任何一位来自科罗曼蒂部落的女孩——但这些年来，我听说了许多关于她的事，我很容易便能想象出多年前她蹲在大橡树底下时的那副神情，她怀着孩子的身子有些臃肿。她惊恐地喘着粗气。当阿尔菲厄斯·特纳走到她面前时，她才微微抬起脸，露出满口锉过的牙齿[1]和脸颊上像是被小号铅弹打出来的一轮一轮凸起的文身,图纹的色泽甚至比她像柏油一样漆黑的皮肤还要黑。天知道当特纳朝她走去的时候她的脑子里在想些什么。尽管他的脸上带着慈祥的微笑,可在她眼里,那不过是恶魔的狞笑。而且,他还是个白人,简直和死尸、骷髅、枯枝朽木一样白,比深更半夜在非洲大陆上四处游荡的原始恶鬼还要白,就连他的声音都和恶鬼发出的声音一模一样。"Gnah!"他嘶吼了一声,他在她身上摸了摸,感觉了一下她肢体的结实程度,然后又喊了一声"Fwagh!"。其实,他只是在跟奴隶贩子说"Good[2]!"和"Fine[3]!",但惊恐万状的她还以为自己马上要被这个恶鬼活活吃掉了。这个可怜的小家伙几乎要被吓疯了,她从她歇脚的地方摔到了街上。在她的脑海里,她闪回到了记忆中的另外一个时空,那是她童年待过的充满温暖和安宁的热带丛林。她四脚朝天地摔倒在地上,在她听来,奴隶贩子接下来说的一番话就跟非洲巫师叽里咕噜的神神道道一样让人莫名其妙,但想必也跟要拿她当作祭神用的祭品有关。"他们害怕起来全都这样,特纳先生,您别担心!多漂亮的小丫头啊。您瞧那对大奶子!多有弹性呀!我敢打赌,那男娃娃一生下来准保有十磅重!"

然而到了那年夏天,呱呱落地的却是我的母亲(这是在那一艘运奴船上,一个不知名姓的黑人父亲在众目睽睽之下造的孽)。我年轻的外婆本来就因为莫名其妙地变成了别人的囚奴都快疯掉了,生下我妈妈之后,她的精神变得更加错乱起来。别人把婴儿递给她看,她却想将孩子撕成碎片。这件事在特纳工厂可谓尽人皆知。

---

1 非洲部落有锉牙的习俗。
2 意为"很好"。
3 意为"不错"。

若非我的外婆在那之后不久便离开了人世，我想，我后来也会成为特纳家的农场工或伐木工，也可能会是个待遇比前二者稍微好一些的工厂工人。可是因为外婆的缘故，我才幸运地成了一名黑人家仆。生下我母亲以后，外婆一直昏迷不醒，而且拒绝进食，所以没几天便咽了气。听人说，当时她黑色的皮肤已变成了灰白色，软塌塌地贴在身体里的几根骨头上。那孩子的身体（她当时确实就是个孩子）看上去实在太虚弱了，好像一点重量都没有，就好像一截烧得发白的柴火棍，只要用手轻轻一碰，便会立刻断掉。这些年来，在离工厂不远的黑人墓地里，一直竖着一块松木做的墓碑，上面用雕刻字体写着以下文字：

信仰上帝

年龄：十三

生为异教徒

死时受过洗礼

唯有基督

公元一七八二年

愿她安息

墓地位于一片被废弃的草地的角落里，旁边有一片由红松和火炬松长成的矮树林。一道没有任何装饰的栅栏将墓地与原野上的其他地方隔开。从一开始，墓地的栏杆就东倒西歪的，到如今更是破败不堪。许许多多木板做的墓碑都已坍塌在地，朽烂得与肥沃的土地融为一体。每当春天来临时，剩下的墓碑便被一丛丛野生的杂草——有臭菘和肉桂蕨，还有一团团带刺的曼陀罗——几乎掩盖了半截。到了夏季，草地里的乱丛棵子密密匝匝的，你甚至都看不到那一个个有黑人长眠在里面的土墩。草丛中有蚱蜢飞掠而过，撞得干燥的草叶嘶嘶作响。绿草坪上时常有乌梢蛇在游来游去。到了八月，这里则到处都是刺鼻、污秽和闭塞的气息，就像一把晒得热乎乎的草。"你老去墓地做什么呢，泰尼尔？"妈妈问我，"那里可不是小孩该去的地方。"她说得很对，大多数黑人都会尽量避开那个充满了神秘的恐惧感的地方，在某种程度上，这也是那里年久失修、破败不堪的原因（另一个原因就是没有时间，因为照料死人也是需要有闲工夫的）。但我尚未完全开化的心里始终残存着对外婆的亲近感，有那么一两年，我总是不由自主地被墓地吸引过去。午饭后的暑休时间一到，我就常常会从主人的大房子里溜出来，来到墓地上，似乎想要把那些摇摇欲坠的木墓碑上的人名全都点上一遍一样。那些名字大多都非常可爱、温和而且简短，和许多死去的长毛狗的名字差不多，例如"皮克""露露""黄毛杰克"等。在这里，我早早地上了一堂关于死亡的课。一个年方十三的孩子总爱跑到他的外婆安息的地方去冥思苦想，而他的外婆离开这个世界的时候也只有十三岁。这是多么不可思议的一幕啊。

然而，等来年的春天一到，这里的一切都将荡然无存，因为人们即将在森林边缘开辟出一片新的墓地。在新墓地建好之前，因为老墓地的土地已排过积水，也平过土，拾掇起来很方便，所以这一小块闲置的耕地也要用来种甘薯了。墓地消失的速度之快令我非常惊讶。一帮黑人农场工用成桶的松节油把成捆的松树枝点燃，只用了不到半个上午的时间，他们就把这里烧成了一片白地。那些饱经风雨的用松木板做的墓碑一个个都被烈焰吞噬了，干燥的灌木丛被火烧得噼啪直响，树丛里的虫子成群结队地往外飞蹿，田鼠也慌慌张张地四处奔逃。冷却以后的黑炭再被带耙的骡车铲平，这样一来，那些"信仰上帝"的墓碑和其他的遗迹——那些早已被人们遗忘的黑奴，他们的肉体、酣睡声、笑声、脚步声，他们的辛劳，他们的歌声和疯狂——都将消失得无影无踪，他们被惊动的遗骸和骨灰将同我的外婆的遗骸和骨灰掺杂在一起，填到地下的某个拥挤不堪的角落，被人们当作滋养土壤的肥料。这时，我突然听到有人在讲话——那是个黑人的声音。原来他是一名老农场工，正站在滚滚浓烟之中。他的肩膀已经倾斜，嘴唇松弛地耷拉着。他咧着嘴正在笑，嘴里露出蓝色的牙床，一边笑还一边用我最讨厌的那种浓厚而黏稠的玉米地农场工的口音在喃喃自语："有这些死鬼埋在下面，这块地准保能长出几窝顶好的山药来！"直到这时，直到我听见了他这句话，我才平生第一次体会到，在白人的眼里，甚至在我们黑人自己的眼里，黑人的真实价值有多少。

因为我母亲没了妈妈，所以阿尔菲厄斯·特纳把她从黑人住的小木屋里接了出来，让她住进了他自己的家里。在那里，好多黑人大妈和大婶们一起把她抚养成人。她们教给她黑人的英语，也教给她道理，等到她年纪足够大了，她便成了一名洗碗的女仆，后来又当上了厨娘，而且是位很棒的厨娘。她的名字叫娄安。可我刚十五岁的时候她就得了某种肿瘤死了。哦，我讲得太快了。可事实就是，导致我母亲在阿尔菲厄斯·特纳家被养育成人的那些经历又发生在了我的身上，最终我也成了一名黑人家仆。这可能算是件幸运的事，也可能是不幸，完全取决于你怎样看待多年后在耶路撒冷发生的那些事情。

"别老缠着我问你爹爹的事了，"我母亲说，"我哪知道他跑哪里去了或者叫什么名字？我不是告诉过你好多遍了吗？他和你一样，也叫纳撒尼尔。这是我最后一次告诉你了,别再缠着我问你爹爹的事了。他是什么时候离家出走的?我最后一次见他是什么时候?我的天哪,孩子,那可是很久以前的事了,我记不得了。让我想想。啊,阿尔菲厄斯老爷死了得有十一年了,愿主赐福于他。好像在那之后不到一年,我就和你爹爹好上了。啊呀,那小伙子长得可真帅啊!阿尔菲厄斯老爷把他从彼得斯堡买回来,原本是打算让他去工厂帮着锯木头的,可你爹爹太聪明了,怎么能去干那些下贱的活呢?而且,他长得也很漂亮,有一双神气十足的亮极了的眼睛。他笑起来的那副模样——啊,孩子,你爹爹一笑,整个谷场都会亮堂起来。不,他太优秀了,他哪能去干那么下贱的活呢?所以阿尔菲厄斯老爷就把你爹爹领进了他们家的大房子里,让他当起了管家。对,我第一次遇见他的时候,他是家里除了利特尔·莫宁之外的第二号管家。这些都是阿尔菲厄斯老爷去世前一年发生的事。我和你爹爹在一块住了整整一年——就住在这间屋里……

"但我告诉你,小家伙,别再缠着我问了!我哪知道他跑哪里去了?他的那摊事我真的什么都不知道。哦,当然啦,他肯定生气了。为什么生气?我哪里会知道?他的那摊事我什么也不知道。唉,好吧,你真想知道啊,说起来那件事还是因本杰明老爷而起的呢。我以前不是告诉过你吗?本杰明老爷是家里的长子,比塞缪尔老爷大五岁,所以在阿尔菲厄斯老爷去世以后,家里的一切全都归了他,我指的是包括房子、工厂、土地和黑奴在内的所有东西。和阿尔菲厄斯老爷一样,本杰明老爷是一位好主人,只不过他太年轻了,他不知道怎样像他父亲那样同他的黑奴们讲话。我并不是说他这个人很厉害,或者虚伪、邪恶什么的,并不是那样的,不,他只是改不了他那个急性子。不管对黑人还是白人,他都那样。反正有一天晚上，你爹爹在餐桌旁服侍，估计有什么事让本杰明老爷觉得不太满意，本杰明老爷便大声呵斥了你爹爹几句。可你爹爹这辈子最听不惯的就是被别人吆喝来吆喝去的。他转过身，脸上仍然带着笑，你看看——你爹爹那人，都这时候了他还挂着笑——他脱口而出就回敬了本杰明老爷一句。本杰明老爷说的好像是'纳撒尼尔，这把餐具脏死了'。而你爹爹呢，他也应声回了一句'是，这把餐具是脏死了'，只不过他是冲着本杰明老爷大声嚷回去的，一边嚷还一边在笑，笑得还特别好看。本杰明老爷当然气坏了，他当着伊丽莎白女士、内尔女士、塞缪尔老爷和所有孩子的面（这些孩子当时都还小，跟你现在的年纪差不多），站起身，甩手就给了你爹爹一耳光。其实也就这么点事。就一下——他在你爹爹脸上就扇了一下，然后就坐了回去。这时候我也赶到了门口，正站在门口往里看。围坐在桌旁的家人们一阵骚动，塞缪尔老爷很是恼火，他对本杰明老爷说：'他做得确实不对，可你也没必要这样打他呀。你瞧瞧，孩子们都被吓哭了，尤其是那几个女孩。'你看啊，阿尔菲厄斯老爷不喜欢动手打黑人，他也很少这么干，即便要打，他也很注意，他会到远处的树林里找一个僻静之处动手，这样，不但其他的白人，就连其他的黑人也都看不见。所以，这一家人还从没见过黑人挨打的场面。可你爹爹却不管那么多，他拔腿就从屋里跑出去了，然后径直穿过厨房，脸上仍挂着笑，嘴边还淌着血。他一直走回我们俩住的小屋里——喏，就是这间屋子，孩子——他往袋子里装了些吃的，当天晚上就急匆匆地走了，这一走就再没回来过……

"他去哪里啦？我哪里会知道呢？你说什么？你想把他找回来！天哪，孩子，都这么多年了，你上哪里去找那个人呀。你说什么？临走的时候难道他一句话都没跟我讲？啊，他当然讲了，孩子。一想起他跟我说的那些话，我的心就要碎了。他说，他不能容忍任何人打他的脸。谁也不行。哦，那家伙的自尊心可强了，黑人男的里面像他那样的还真不多见。而且，他的运气还好得出奇，难不成他在那只袋子里头装的是满满一袋兔子脚[1]？那年头，黑人出逃以后没很快被抓回来的还真不多见。可我真不知道他到底去哪里了。他跟我说他要去宾夕法尼亚州的费城，要去赚很多很多的钱，然后再回来把我和你赎出去，做自由人。可是天哪，孩子！宾夕法尼亚州的费城，我听他们说到那里去的路太远了，真不知道你爹爹能不能到得了啊。"

在我和妈妈住的那间小屋后面的两百来码远之外，是一条横穿后草坪的小径的尽头。那里搭有一间有十个便坑的厕所，供黑人家仆们和住在主人的大房子附近的小木屋居住区的工厂工人们使用。厕所是用坚固耐用的橡木盖的，搭砌在树木繁茂的山谷的陡坡之上。厕所被一道很宽的挡板隔开，五个坑供女人和孩子们使用，另外五个坑则是给男人们用的。主人住的房子与工厂和农田隔得很远，而且家仆们几乎是在一个与农场工完全不同的世界里工作的，所以这间厕所也就成了我和那些在工厂和农田里干活的黑人的为数不多的生活交点之一。那时候，我已开始将他们视为低人一等的贱民——一群穿着破烂不堪的衣服，粗俗、嘈杂、滑稽、笨拙的乌合之众。虽然那时我还是个小孩，但我傲慢而冷漠，对所有住得离主人的大房子很远的黑人垃圾都充满了不屑。那些普普通通、寂寂无闻的劳动者，他们天一亮就一头扎进工厂和远在森林那边的农田里，

---

[1] 美国人的一种迷信说法，认为兔子的后脚可以当护身符，每当需要好运的时候，只需要摩擦随身携带的兔子脚，好运就会接踵而至。

直到日落时分才像鸡回鸡棚一样跟个鬼影似的回到他们住的小木屋里。我的态度大多是受我母亲的影响。在她看来，她一生中最大的苦恼就是，虽然在生活中的许多方面，她都拥有比其他黑人更多的舒适，但她每天照样得定期去山沟边上好几趟，和那些比她低贱得多的黑人混在一起。"这个世界真是太不讲理了。"她常常在普利希跟前抱怨，"我们这些家仆都是有身份的，可我们连一间自己的厕所都没有，真是太没道理了。我敢发誓，那些在玉米地里当农场工的黑人真是缺了八辈子大德了，几乎所有的小孩都会尿到坑位上，而且用完厕所从来都不知道把盖子盖上。那股味道真是难闻死了。我宁愿跟老母猪共用一个厕所，也不想跟在玉米地里干活的黑人娘们混在一起。我们这些家仆可都是有身份的人。"

我自己对其他黑人也极为蔑视。我尽量避免在早上最忙碌的时间去上厕所，我的肠道已被训练得能够听从指令，到晚一些能够享有更多隐私的时候再提出上厕所的请求。在男厕这边（我上的是这一边的厕所，因为我已经五岁了）的入口处，地上几乎没有任何植被，坚硬的黑色黏土早被无数的光脚板和在地里干活时穿的高帮工靴磨去了光泽，每一天，泥土上都会变着法子印上各式各样的鞋底或者光脚趾的图案。和所有为黑人设置的大门一样，为了防止有人偷懒、开小差或者找地方躲起来，厕所的门同样没有锁，也没有门闩，钉在皮革折叶上的门轻易就会往外荡开，露出里面的坑位来。坑位被笼罩在一片几乎黑漆漆的阴影里，只有通过门上木条之间的缝隙才能透进来几缕光线。我已经习惯了里面的浓烈、刺鼻而且近在咫尺的气味，它就像一只温暖的绿手，令我的口鼻为之窒息。排泄物发出的恶臭被生石灰弹压了一部分，闻上去像是沼泽地里的一窝死水，带着一股淡淡的甜味。我并没有太讨厌这股味道，觉得自己还能勉强忍受。我会把椭圆形的盖子掀起来，让自己置身于厕洞上方的松木板上。在我双腿之间，是从山沟的斜坡上汹涌而来的亮光，往下望去，我能看见许许多多黄褐色的污迹，上面还洒着白色的生石灰。在宁静的早晨，在怡然自得的阴凉中，我能在这里坐上很久。在厕所外面，在树林中的某个地方，嘲鸫正在一展它的歌喉。歌声宛如湍急的溪流，水波涟涟，潺潺动听，它唱唱停停，停停唱唱，它的歌声透过那一丛丛缠作一团的葡萄藤和金银花，穿过那在树影笼罩之下的常春藤和蕨类植物，一直传到我的耳朵里，听上去是那么纯粹，那么难以名状。在厕所里面，在阳光照耀下的幽暗之中，我在从容而惬意地排便。我注意到，在屋顶的角落里，有一只黑莓般大小的蜘蛛正在编织着厚实的蛛网，乳白色的网子在不住地摇晃、延伸和抖动。忽然，透过厕所的隔板，我听见母亲正在远处主人的房子后面的门廊边大声叫我。"泰尼尔！"她在喊，"你，纳撒尼尔，纳——撒——尼——尔，你，你这家伙！赶紧给我回来！"我在厕所磨蹭的时间太久了，她让我回厨房帮忙打水去。"纳撒尼尔·特纳！你这家伙！"她大声吼了起来。怡然自得的心情被冲散了，每天早晨例行的仪式已接近尾声。我伸手往搁在地板上的一只破麻袋里掏去——那里面装着满满一袋干玉米芯[1]……

突然之间，我感到有一股火烧火燎的灼热从下方袭来。我裸露的屁股和蛋蛋像被火烤了一样。我尖叫着从马桶座上蹦了起来。我用手紧捂着我被灼烧的下体，只见一股油腻的白色浓烟从马桶下面的洞里飘了上来。"喔哟！喔哟！这是哪个该死的？"我大声骂道，但这主要是因为惊讶——惊讶和难堪。因为就在我开骂之际，灼烧

---

[1] 早期美国人，包括黑人，方便之后用干玉米芯来擦拭。

带来的痛感已经消退,我回过头顺着洞口往下看,看见底下有一张浅棕色的小孩的脸,他的年岁和我相仿,正咧着嘴在那里笑着。他站在下边的淤泥边上,一手握着木棍,棍子尖上兀自有火苗在乱蹿。他的另一只手正捂着肚子,显然刚才的一幕把他给乐坏了。他的笑声是那么开心,那么响亮,那么任性。"你个该死的,沃什!"我大声喊道,"该死的东西,你这个没良心的家伙!"然而,不管我多么义愤填膺都无济于事,沃什仍然在笑,现在他正站在一簇金银花的花丛里,笑得反倒更欢了。近三个月以来,这已经是他第三次这样捉弄我了,所以今天的这份羞辱怨不了别人,只能怨我自己。

《恶人传》
通过怀斯曼先生[1]和阿滕提夫先生[2]之间熟悉的对话
呈现给这个世界

怀斯曼:"早上好,我的好邻居,阿滕提夫先生。您这么早急着上哪里去呀?看您着急忙慌的,是不是发生了什么不寻常的事?是您的牛又丢了还是怎么啦?"

阿滕提夫:"啊,先生,您早。我什么也没丢,但您的确猜对了,因为正像您说的那样,我心里确实很着急,但我是为当今的这个世道而着急。先生,这里的所有人都知道,您是一位眼光敏锐的人,所以请您说说看,您觉得当今这个世道怎么样?"

怀斯曼:"哎呀,依我看,就像您说的那样,当今这个世

---

[1] Mr. Wiseman,意为"智者"。
[2] Mr. Attentive,意为"细心人"。

道啊确实糟糕极了,而且将来只会越变越糟,除非这个世界上的人能变得好起来。坏人多了,世道就会跟着变坏。只有人变好了,世道才会变好。世上有这么多的罪恶,人们却盼着我们能有一个好的世道,那不是太愚蠢了吗?但那些研究其营养状况的人,很多都……"

对年幼的黑人小孩来说,生活是说不完道不尽的枯燥和乏味。但在我九岁或十岁那年的夏天,我经历了两件奇怪的事,一件令我痛苦不堪,另一件却给我带来了快乐的预感。

那是八月的一天,上午十点钟左右。天气又热又闷,空气中一丝风都没有,就连远处森林边上落满了尘土的树也都了无生气地耷拉着枝叶。工厂里的机器发出的巨响似乎都模糊了许多,它们仿佛也和热气腾腾的大地上的水分一样,正战战兢兢地在一波一波的热浪中穿行。在蔚蓝色的高高的天空中,十几只秃鹰正在河谷的上方轻盈地盘旋、倾斜、俯冲。我不时抬起双眼,追随它们在阴沉的天空中画出的飞行轨迹。此时,我正蹲在从厨房里伸出的一间小屋,也就是我和母亲住的那一间小屋的阴影里。厨房里正传来烧芥蓝菜的味道,闻上去有股淡淡的苦味和辛辣味。虽然离午饭的时间还早,但我却已有了饥肠辘辘的感觉。我的食物并不是不够吃(我母亲老对我说,没有哪个黑人小孩能比我更幸运了,因为我有个当厨娘的妈妈),可我似乎总是动不动就觉得饿。我头顶上方的厨房窗台上摆着一排甜瓜。那五六个溜圆的白色果子已经成熟,虽然它们就在窗台的阴影里摆着,却像金子一样遥不可及。我认真地端详着它们,我渴望得到它们。泪水不知不觉地从我的眼睛里溢了出来,因为我知道,只要我敢碰它们一下,哪怕只是轻轻的一下,我都会经历一场世界末日般的大难。这种事情以前就发生过一次，我只不过是偷了一小罐酸奶酪，母亲知道以后便给了我一顿好打。她打得我身上青一块紫一块的，实在是疼极了。

我的任务是在门边守着，只要母亲一声令下，就去帮她抬水，帮她到地窖里去拿东西，或者帮她跑跑腿什么的。今天我的活碰巧不是很多，因为眼下正是一年中最闲暇的时节，玉米地已经搞过中耕，丰收已然在望，工厂里也只上半天班。在这段休息的时间，特纳兄弟多年来都会带上他们的家小去里士满度年假，所以有那么七八天的时间，这个地方便交给监工们看管。主人一家全都不在，所以我母亲只需要为我们俩还有家中的其他仆人做饭，这些仆人包括普莉希、利特尔·莫宁、韦弗和普莱曾特。时间过得缓慢极了，这样的日子令我无聊透顶。然而，这种情形并不罕见，因为黑人的孩子被剥夺了上学的欢乐，他们几乎没事可干，完全没有。他们没法念书，也没人教他们玩真正的游戏，而且他们年龄太小，还不能去工作，就这样一直过到十二三岁。黑人的孩子就像牧场上刚刚满岁的骡马——它们在吸取阳光，在进食，在长膘，却全然不知很快它们就要开始在马具、枷锁和缰绳的重压之下过一辈子。

而我自己更是异乎寻常地寂寞。按理来说，我本该有机会和主人特纳的孩子们一块玩，但他们的年纪都比我大出不少，而且，他们不是要帮忙打理家里的种植园，就是要去上学，同时，我感觉自己和其他的黑人小孩格格不入。我觉得我和那些经常被我母亲嘲笑的黑人，以及那些在农场和工厂里卖苦力的黑人的孩子不是一路人。就连沃什和我也不是一路人。沃什的父亲亚伯拉罕是我们主人的两位黑人车夫之一，在特纳家所有的黑奴当中，这个小孩是唯一一个什么活都不用干的人。虽然与在玉米地里干活的黑人农场工的孩子们相比,他的地位要高出一等,但随着我逐渐长大,我和他也渐渐疏远了。在我六七岁的时候,我们俩常在一起玩些低级和天然的游戏——爬树,在黑暗的山沟里寻找洞穴,在树林边的葡萄藤上荡秋千,等等。我们俩还会肩并肩地站在山沟边的石头上,看谁能把尿滋得更远。还有一次,在沼泽附近的一块阴暗的空地上,我们站在那里,将自己瘦弱的黑胳膊伸展开,自己折磨自己。成群结队的肥硕的蚊子飞过来,狼吞虎咽地吸吮我们的血液,直到最后,它们肿胀得像一颗颗红色的小葡萄,从空中纷纷跌落到地上。这一幕把我俩都看呆了。我们还会用泥巴砌起一座城堡,然后把泥浆涂抹在我们赤裸的身躯上,等到泥浆一干,它便在我们身上结成了壳,好像一层颜色灰暗的刷墙粉。我们看上去就跟鬼似的,可我们却开心得大喊大叫,因为我们这时的样子跟那些白人小孩像极了。还有一次,我们壮着胆子跑到沃什家的小木屋后面的树上,偷偷摘了几个熟了的柿子,结果被他妈妈逮了个正着——他妈妈是个皮肤颜色稍浅的来自西印度群岛的女人,有部分克里奥尔人的血统,她头上满是黑色的小发卷,它们像湿乎乎的蛇一样盘在她的头上。她抓起一根黄樟树的树枝,使劲打我俩,抽得我们腿上瘢痕累累。沃什的姐姐有个布娃娃,是亚伯拉罕用黄麻布亲手给她做的,布娃娃的头是个旧得已经开裂的枫木门把手,至于它是个白人娃娃还是个黑人娃娃,我还真没看出来。尽管如此,在我眼里,它依然显得那么奇妙。除了有一年圣诞节我从特纳的一个孩子那里得到过一只玩剩的而且已经开裂的木陀螺之外,这个布娃娃是我记忆中的第一个玩具。在灰暗的冬日,当天上绵绵不断地下着雨时,我和沃什会蹲在饲养家禽的棚子里,用削尖的小木棍在湿漉漉的白色鸡屎皮上画出各种图案。在很长一段时间里,这成了我最喜欢玩的游戏。我在鸡屎皮上画长方形和圆形，还画正方形，当我看到两个三角形以某种方式叠置在一起，便能构成那颗我经常看到的神秘的星星时，我真的惊讶极了。跟在妈妈身后，从塞缪尔·特纳的藏书间经过时，我总会看见那颗星星。当时，我着实按捺不住自己的好奇心，便大着胆子朝那本巨大的《圣经》上的图案瞥了一眼：

✡

我之所以能享有如此多的特权，之所以未曾受到太多的约束，我的黑皮肤是其中的关键。但我却从未意识到这一点，即便当时能有人告诉我，我肯定也理解不了。所以，我在那个安全舒适的小天地里变得愈发无知和自得，也就不足为奇了。在我眼里，那些在工厂和农田里干活的黑奴都是些不值一提的贱民，他们完全没有我在华屋美食的体面生活中养成的习性，他们甚至不值得我去嘲笑。有一天，一位可怜的玉米地农场工一个不留神，他的光脚板便被锄头锄出了一个大口子。浑身臭汗的他冒冒失失地跑到主人房子后面的阳台边，可怜巴巴地哭着让我求老爷给他的伤口弄点药。我替他去说了。在鸡棚里那香臭参半的撒了石灰的白色地板上，我一遍遍地勾画着那个图案，尘土上便刻下了上百个全都连在一起的星星。而一旁的沃什则心不在焉、坐卧不宁，他咕哝着什么，很快就感到厌烦了，因为他唯一能画的就是些杂乱的线条。

可这毕竟是些连小猫小狗都会玩的不用动脑的笨游戏。随着我逐渐长大，我慢慢意识到，沃什一整天下来几乎都说不了几句话。而我因为经常与白人接触，所以每天都在汲取他们的语言。我偷听起别人的谈话来可谓终日不倦。他们的交谈，他们的闲聊，甚至连他们发笑时的语调，都会经久不息地在我的想象中回响。我母亲老爱拿我模仿白人讲话这事开玩笑，可玩笑归玩笑，其实她也很为此感到自豪。而沃什则完全是按不同的声音模式培养出来的——现在甚至连我都已经意识到了这一点。他有着那种典型的黑人的声音，他需要吃力地应付一门完全陌生且未知的语言，从来没人教过他这门语言，而他也从来没有真正学过。在我听来，沃什所说的语言已被篡改得面目全非，而他的思维也跟婴孩的思维一样，乱糟糟的且毫无头绪。所以，在不知不觉之中，我的这位玩伴便慢慢淡出了我的意识，越变越小，直至被我遗忘。而我则深深沉浸在我那寂静的、时刻警醒着的、难以忍受的孤独之中。

这个时候，我还不认识《恶人传》这本书中的那些字，甚至连书名都还认不全。自从有了这本书，我便常常心怀恐惧，因为它是被我偷来的。但与此同时，一想到这本书，我便会毫无来由地感到兴奋，兴奋到生出便意。虽然我很晚才获得了享受阅读的能力，甚至直到今天，我的"阅读"依然谈不上规范，但其实从六岁开始，我就已经大体认识了一些简单字词的外形。主人塞缪尔·特纳是个办事井井有条、干脆利落的人，对家仆们经常误将烘焙用的明矾当成白面粉来用，或者将肉桂和肉豆蔻弄混之类的事，他早已不厌其烦。于是，他在厨房下面的那间大地窖（一天中的几乎每一个小时，我母亲都会派我到这个地窖里去帮她拿东西）里的每个柜子、瓶子、罐子、桶子和袋子上都做了标记。虽然这些用红色颜料潦草写就的文字对那些黑人（他们都不识字）收效甚微，但他似乎并不在意。比如说，小桶子上明明非常醒目地写着"糖"，利特尔·莫宁还是非得将他棕色的手指头插进桶里去试一下。即便这样，莫宁也会有弄错的时候——原本想给早餐的热茶里加点糖，结果却把盐搁了进去。尽管如此,这套机制毕竟给了塞缪尔·特纳一种井然有序的感觉。当时,他并不知道我的存在,他不知道,在那间冰冷的地窖里,在油灯的照耀之下,那些简单而普通的文字成了我的第一本也是唯一的一本启蒙读物。从"薄荷""香橼""硝石""培根"到"恶人传",这无疑是个巨大的飞跃,可当你所有的阅读资料就只是昏暗的地窖中的那一百来个标签时,你便会感到沮丧,便会开始生腻。于是,想要拥有那本书的强烈渴望终于战胜了我的恐惧。即便如此,动手偷书的那一刻也真可谓惊心动魄。那天早上,我母亲要去塞缪尔·特纳的图书室里取一把厨房要用的新的长柄银勺,我便跟着她一起去了。图书室里面的书都被锁着,一排排包有闪亮的皮革封皮的硕大卷册仿佛被拘禁在囚笼之中。我在里面磨蹭了半晌,桌上的两本书引起了我的注意。它们的形状和大小几乎完全一样,就那么并排摆在桌上。我翻开其中一本书,看见里面满满的全都是字,我心里顿时涌出一股令人眩晕的兴奋。恐惧与贪欲开始激烈地交锋,而最终胜出的是我内心的渴望。于是,当天晚些时候,我偷偷溜回图书室,拿走了那本书。我把它藏在一个面粉口袋里,而与它并排摆着的另一本书——后来我才知道它的书名是《丰盛的恩典》——则留在原处。正如我事先所料并且也令我忐忑不安的是,书失踪以后,主人房宅里的所有人都在议论纷纷。可我并不是很担心,因为我本能地觉得,虽然白人们有充分的理由怀疑黑人会偷窃任何没有上锁的物品,但他们绝不会怀疑黑人会偷书。

所以这天早上,当我蹲在厨房下的阴影里时,我正在为那本名叫《恶人传》的书心驰神往。我不知道自己是否有勇气把它从隐藏的地方取出来读一读,并且还能不被人发现。终于,我站起身,偷偷来到它的藏身之处。我把书藏在了房子底下的一个由巨大的橡木底梁形成的凹槽里。房子下面的部分比地面要高出来一截。凹槽的位置十分隐蔽，蜘蛛在黑暗中爬行，在昏暗的光线下，上百只飞蚁正成群结队地振动着它们褐色的透光的翅膀。在面粉口袋的保护下，《恶人传》正在黑暗中安睡。我跪着向前爬了约一码的距离，往上一伸手，把口袋除去，然后再一点一点把身体挪回房子边上。在那里，一束阳光正撒在潮湿而裸露的地面上。我把身体转过来，盘腿坐下，打开书，白色的书页上顿时充满了阳光，甚至亮得有些刺眼。这个地方十分阴凉，不但弥漫着蕨类植物的湿气，还有蚊子在我耳边盘旋。我开始在一个完全陌生的国度里辛苦跋涉，那是一个文字的国度，一个个高深莫测的巨大黑色字体宛如一朵朵有毒的鲜花在纷纷绽放。我默默嚅动着嘴唇，我的手指颤抖着追随书本上的字句。有些词沉闷而深邃，它们不但字母繁多，而且音节极其玄妙，像巨木和巨石一样挡住了我的去路。那些简短一些的词也好不了多少，它们同样跟山核桃一样难啃。尽管我情绪低落，但我仍然锲而不舍地在书中寻找答案，在书中搜寻那些我所熟悉的轻松而亲切的字眼：糖、生姜、辣椒和丁香。

忽然，从黑人们的小木屋通往这边的泥土路上响起了一阵脚步声。我立刻重新缩回房子底下，躲在暗处偷偷察看。来的人是那个名叫亚伯拉罕的黑人马车夫。他的身体结实而健壮，肤色非常黑。他穿着一件绿色的斜纹粗布衬衫，这身衣服是他身为车夫的职权的标志。他沿着泥土路匆匆往这边走来，上午的炎热令他满头是汗。他板着面孔，一脸严肃而愤慨的神情。他脚上的那双镂花皮鞋从离我的藏身处仅有几寸远的地上踏了过去，然后沿着屋后的台阶嗒嗒作响地走进了厨房。我等了片刻，没听到任何动静，便重新溜了出来，回到那束阳光下，打算继续阅读。这时，我听到有声音从我头顶上方，也就是厨房和食品储存室之间的壁橱里传来。亚伯拉罕在跟我母亲讲话，他听上去激动而紧张，而且非常严肃。

"你一定得听我的，"他说，"你一定得听我的，娄安。这家伙坏透了，我知道的。你最好赶紧避一避。"

"去他的，"我听见我母亲说，"那家伙他能把我怎么样？他要敢来招惹我，我就用这把烧水壶砸他！"

"你是没看见那家伙刚才的样子，"亚伯拉罕打断了她，"我还从没见他那么可怕过，而且今天主人们都不在家，没人能管得住他。听我的没错，娄安，反正该说的话我都跟你说了。"

"去他的，谅他也不敢把我怎么样。至少今天他不敢……"

我听见他们从壁橱里走出来，脚在我头顶上方的木板地上拖曳着。说话声变得越来越模糊，没一会儿，他们就都没声了。我只听到门猛地被打开的声音，接着便听到了亚伯拉罕重重的脚步声。他咚咚地走下屋后的台阶，又一次从我的藏身之处的旁边走过去了。他一路小跑着，朝工厂的方向跑去，脚下扬起阵阵尘灰。

这个谜团连同我内心的困惑并未持续太久。亚伯拉罕的身影刚从马厩的拐角处消失，我立刻侧着身子把屁股挪到了房子边上，重新翻开了书页。早晨重新安静了下来。我低着头仔细端详着翻开的书页，母亲则在我头顶上方的厨房里扫地。我能听见草扫帚在地板上刮出的有节奏的唰唰声。这时，她唱起了一首寂寞的歌谣，歌声隐隐约约的，我几乎听不大清楚：

　　下拜吧，玛丽，
　　下拜吧，玛莎，
　　因为耶稣来了，

把门锁上，

把钥匙带走……

催人入睡的歌声分散了我的注意力，把我稍稍从一行行令人着迷的印刷文字中吸引了出来……我聆听着她的歌声，缓缓地把头倚靠在房子的松木柱子上。我困倦的目光投向西边的那排屋舍、车间和马厩，它们一路向西边的沼泽延伸而去，在它们下面，黑奴们住的小木屋仍在炎热的早晨沉睡，在高高的天空中，所有秃鹰都在耐心且毫不松懈地翱翔、俯冲和静候。远处的森林里有数只翘着的黑色翅膀在无声地抖动，那是秃鹰正将某些垂死的猎物踏在爪下，任凭它们做着可怜而无谓的挣扎。不远处，两个黑人正赶着一队没挂运货车厢的骡子，踉踉跄跄地从树林那边往工厂的方向而去。我甚至能听见他们俩的谈笑声和骡子的颈轭上的挽具发出的叮当声。渐渐地，他们走出了我的视线。这时，我又闻到了蒸甘蓝菜叶的气味，饥饿感在我体内迅速膨胀，然后绝望地消退下去。"下拜吧，玛丽，下拜吧，玛莎。"母亲仍在唱，声音离得更远了，却依然响亮。我阖上双眼，很快我仿佛来到了过圣诞节时的那间厨房里——这是我熟悉的那间厨房吗？我听到一位白人女主人（是伊丽莎白女士，还是内尔女士？）正用欢快活泼的声音报着给每个人的圣诞礼物，大人们给我递来香甜的蛋酒，我大口大口地贪婪地喝着，喝得快极了，可那丝毫不能消除我的饥饿。然后，圣诞节隐去了，我又出现在一片被金银花环抱着的林地中，四处都有蜜蜂在嗡嗡地忙碌着。沃什也和我在一起，我们看见一群黑人正挥着锄头在被晒得热气蒸腾的玉米笋地里干着农活。他们像动物一样，正齐刷刷地挥舞着锄头，在一名黑人监工的看管下锄着地。他们棕色的脊背在烈日的暴晒下挂满了汗珠,像镜子一样闪闪发亮。这幕无声的苦役场景令我感到恶心,也令我充满了恐惧。监工的身材结实而高大,看上去和亚伯拉罕相仿,但不是亚伯拉罕本人。这时,他发现了我和沃什,便转身朝我们走了过来。"又给我送来了两个小黑奴,"他笑着说,"两个能帮着切玉米棒子的小黑奴。"我顿时被吓蒙了。我一言不发,疯了似的拔腿便跑。我一头扎进了金银花丛,不顾一切地从中间穿了过去。我的双脚在空中来回蹬踹,仿佛想通过某个无人的空间,从烈日暴晒下的早晨回到我头顶上方的避难所,也就是厨房中去。突然,厨房里传来一阵嘈杂的声音,令我的噩梦戛然而止。然而,把我从噩梦中惊醒过来却是另一场噩梦。我幕地睁开双眼,蹲在房子底下往前挪了几步,我在警觉地探听,我的心在怦怦直跳。

"你给我出去。"我听见我母亲在大喊,"你走开。我才不跟你做什么交易呢。"她的声音尖厉而愤怒,同时带着些畏惧。我听见她转移到了我头顶上方的那间屋子的另外一边,我已经听不懂她此时说的那些话是什么意思了。这时,我忽然听见了另一个人的声音——一个男人在低声嘟囔着什么,在发牢骚,那粗重的声音似乎有些耳熟。我急忙手脚并用地爬到房子边上,站起身仔细听,可我还是听不懂他在说什么。我母亲又说了几句话,她在倔强地坚持着,但她的话语声中仍带着恐惧。男人嘟囔的声音越来越响,几乎像在嘶吼,将她的声音完全盖了下去。突然,我母亲的声音变得像是在呻吟,那是一声宛若叹息的悠长的哀鸣。它划破了早晨的寂静,令我的头皮为之一麻。我顿时手足无措,我想赶快跑开,却仿佛被一股不可抗拒的力量拽到了我母亲的身边。我飞奔着绕过房子的拐角,冲上了屋后的台阶,一把推开了厨房的门。"妈的,怎么样,今天让你尝尝老子这个大家伙的厉害。"阴影里有个声音在说。在那一瞬间，我刚进到屋里，而光线突然变暗，这让我的眼前一阵发黑。我只看见两个模糊的身影在储藏室旁边撕扯摔打，但现在我总算知道那个男人的声音是谁的了。他正是那个名叫麦克布赖德的白人，他自打今年入冬开始便成了农场的监工。他是个面容臃肿、脾气暴躁的爱尔兰人，有一头乱糟糟的、油腻不堪的黑发，腿还瘸得厉害。尽管特纳兄弟二人早已明令禁止殴打黑奴，但他喝醉以后照样用鞭子抽他们。我母亲仍然在呻吟，我能听见麦克布赖德在长长地喘息，他的声音响亮而吃力，像是刚刚狂奔过一趟的猎犬发出的声音。

我使劲眨了眨眼，这才看清屋里的情形。我首先注意到的是两样东西：一是一个装苹果白兰地的酒瓶被摔碎在厨房的地板上，整个屋里果香四溢；二是碎酒瓶的瓶颈被麦克布赖德像匕首一样紧攥在手里，在阳光的照射下亮闪闪的。"匕首"在我母亲的脖子边上挥来挥去，而她仰面躺在食品贮藏室里的桌上。监工正把自己全部的重量压在她的身体上，他的另一只手急不可耐地摸索和撕扯着她和他自己的衣服。我一动不动地站在那里，脚下像是生了根。参差不齐的碎瓶颈砰的一声掉在了地上，碎玻璃像绿色的雪花往四处飞溅。突然，一股战栗袭遍了我母亲的全身，她的呻吟现在变成了一种不一样的呻吟，那声音中带着急切。我不知道我此刻听到的这种声音是否只是她在不由自主地哼叫（她嘴里似乎在喃喃地嘟囔着"嗯啊，哎呀"），因为麦克布赖德粗重而兴奋的声音把她的声音完全盖了下去——"瞧好了，我的美人，你的耳环马上就要到手了"。他的话像一声可怕的叹息，说完之后，他的身体迅速而猛烈地动了起来，而她那两条棕色的长腿也飞快地往上一抬，夹在了他的腰间。两个人现在已经合为一体，开始以一种奇怪而粗野的节奏在动。我和沃什曾经从好几家小木屋的木头缝里偷偷窥见过这种节奏和动作，只是当时尚年幼无知的我居然愚蠢地以为，这不过是一种只有黑人才有的消遣、习惯或别的积念。

我飞快地从屋里逃了出来，却不知道要跑去哪里。我唯一的念头就是要一直跑。我跑过了马厩，跑过了织布的工棚，又跑过了熏肉间和铁匠铺，铺子里有两位年迈的黑人老头正懒散地待在树荫下，他们缓缓注视着我，眼里充满了好奇。我跑过了谷仓，跑得越来越快，我穿过苹果园的边缘，沿着房子的另一边奔跑，从一道亮晶晶的白色蜘蛛网中间穿了过去，湿润而柔软的蛛丝紧紧粘在了我的脸上。路上的石子扎破了我裸露的脚趾，我顿时感到一股尖细而钻心的疼痛，然而什么也阻挡不了我的奔逃，因为我想一直逃到天涯海角去。前方的一道灌木形成的篱笆墙挡住了我的去路，我一头钻了过去，迎面而来的又是一片烈日暴晒下的棕色草坪。草坪上有一群小蝴蝶，它们怕被我撞上，纷纷扇动着像雏菊的花瓣一样无力的翅膀往四处飞蹿。我的双腿跑动如飞，我的双臂在高高摆动，我跨过了一道新挖的土沟，朝着那条有臭椿树的林荫小径飞奔而去，因为从那里就能跑到乡村的公路上了。可突然间，我的步伐缓了下来，我的狂奔变成了小跑，接着又变成了走，拖着脚走。终于，我的脚步完全停了下来。我久久凝视着耸立在原野尽头的森林，它像一道绿色的高墙般坚不可摧。我没有地方可去。

我在臭椿树的树荫下站了好久，我在喘气，我在等待。天热极了，也静极了。远处的工厂里传来枯燥而沉闷的隆隆的低响，那声音十分微弱，我几乎听不见。昆虫在草丛中躁动不安，它们那迅疾而随意的忙碌声仿佛是酷暑中的一道永恒不变的音响。我站在那里等了很久，我已经不能再往远处走了，我甚至连动都不能动。终于，我转过身，沿着小径慢慢往回走。我穿过房子前面的草坪，利特尔·莫宁正在阳台上用拖把擦地,我特意没让他看见我。我小心翼翼地扒开树篱上已经干枯的树枝和树棍,侧着身子从中间挤了过去,然后又穿过那片空地,磨磨蹭蹭地朝厨房走去。

我正想回到我在房子底下的藏身处,这时,厨房门啪的一声被撞开了,麦克布赖德出现在屋后的露台上。他在阳光下眯缝着双眼,伸手在乱蓬蓬的黑发上摸了一把。他没发现我,所以我赶紧悄悄爬到房子下面,继续盯着他看。他的眼睛一直眯缝着。他伸出另一只手整了整肩上的背带,然后又把手抬起来,把手指头挨个从嘴唇边轻轻划过——一个奇怪和临时性的动作,仿佛他刚刚有了一个新的发现,仿佛这是他第一次摸自己的嘴唇。一丝迟缓而懒散的窃笑悄悄浮现在他的脸上。他跟跟跄跄地下了台阶,走到最后一级时,不知是一脚踩了个空还是脚没踩踏实,他靴子的鞋跟啪的一声重重磕在了木板上,他的身体猛地往前打了个趔趄。他恢复了平衡,身体虽然已经重新站直,却仍在微微地晃动,他嘴里骂了一句"他妈的"。即便如此,他脸上仍然带着笑。这时,他看到了亚伯拉罕,后者正绕过马厩往这边过来。

"亚伯[1]!"他冲他喊道,"喂,亚伯。"

"是,先生!"我听到有人在回答。

"下面的那片玉米地里好像还有十名工人在除虫吧?"

"是的,麦克[2]先生!"

"好吧,你去把那些该死的黑鬼都给我叫回来吧,听明白了吗?"

"是,麦克先生。我马上去。"

---

[1] 亚伯拉罕的昵称。
[2] 麦克布赖德的昵称。

"天气实在太热了,连黑鬼都会受不了的。"

"是,先生!"亚伯拉罕转身朝坡下面跑去,沾满汗水的绿衬衣看上去都变成了黑色,紧贴在他的肩膀上。亚伯拉罕走了,我的视野里满满的似乎全都是麦克布赖德。他站在被烈日晒得枯焦的院子里,身体在微微摇晃,脸上仍然挂着得意的笑。他看上去巨大无比,强健而有力,他所拥有的那份可怕的权力使他显得格外神秘,令我内心充满了恐惧。他对着阳光仰起了他那张粗壮的圆脸,脸上带着一种梦一般朦胧的愉悦,那副样子让我觉得恶心极了。我感到了我的软弱、我的渺小、我的无助,黑人的自我意识像风一样袭遍我的全身,直至骨髓深处。

"真他妈带劲!"终于,他带着一股莫名的得意说道,然后又开心地吆喝了一声。他踉跄着往前走了几步,抬起脚上的靴子,照着一个只剩下半截的烂桶子踢了过去。桶子顿时裂成数片,飞落到院子对面,惊得一只老母鸡一边咯咯直叫,一边朝鸡棚里飞也似的逃去了。细碎的鸡毛四处乱飞,地上扬起一团棕灰色的厩肥,空气中仿佛飘着一层细微的粉末。"真他妈带劲!"麦克布赖德又说了一遍,这回像是在低声叫喊。说罢,他一瘸一拐地朝坡下他自己的屋子走去。"真他妈带劲!"

我躲在厨房下面,整个人像蔫了一样。我定了定神。书已经阖上了,我用手紧握着它,将它放在胸前。空气里烧煮蔬菜的气味依然温热而刺鼻。这时,在头顶上方的地板上,我又听见了我母亲的脚步声,还有扫帚从木地板上拂过的声音。她的歌声又响了起来,轻柔而凄凉,安详而镇定,和以前一模一样。

因为耶稣来了,

把门锁上

把钥匙带走……

在同一个月的晚些时候，还是在一个上午，天上呼啸着下起了瓢泼大雨，猛烈的西风将雨水抽打成一道道水雾，随之而来的还有电闪雷鸣。因为担心把书放在外面不安全，我便把它从房子下面那个不太可靠的书架上解救了出来。我偷偷爬上厨房的台阶，溜到食品贮藏室里装苹果酒的大木桶后边藏了起来。尽管外面仍有狂风在肆虐，但天上的光线用来看书倒还足够。我蜷缩在充满苹果香的湿气里，书已被翻开，正摊放在我的膝盖上。时间分分秒秒地过去，我的双腿开始变得麻木。书上爬得满满的都是长得像蚂蚁一样的文字，它们面目狰狞，高深莫测，令人望而生厌，俨然就是与我不共戴天的仇敌。我伸展了一下腰身。虽然读书的枯燥无趣令我备感痛苦，但我知道，我面对着的是一座宝藏。尽管我尚没有开锁的钥匙，但这宝藏毕竟归我所有，所以我那脏兮兮的手指和坚定的目光跟着我一直坚持了下去……

忽然，从离我很近的地方传来一声霹雳般的巨响，把我吓了一跳，我还以为是房子被闪电击中了。可我抬头一看，才发现储藏室的松木大门已被猛地撞开，冷冰冰的黄色灯光瞬时从门外灌进屋来，让我看到了利特尔·莫宁那气势汹汹的、站在门口的高大身影。他佝偻着背，在那张老得像皮革一样的布满皱纹的脸上，充满血丝的双眼正朝下瞪着我，他的目光中带着愤怒和责备。"好啊，你这家伙，"他沙哑地低声说道，"好啊！我总算把你给逮住了！原来是你偷了那本书。还真让我猜对了！"（当时我哪里知道那些直到多年以后我才慢慢意识到的事情——他对我的怀疑纯粹是出于嫉妒，所以这些天来他一直在暗中监视我。这个年迈体弱、目不识丁而又头脑简单的老头，在愚昧无知的黑奴状态中苟活了一辈子,当他意识到一个刚刚十岁的黑人男孩正在享受学习读书和识字的乐趣时,他内心便生出了一股令他无法容忍的嫉妒。事情就是这么简单,其源头可以一直追溯到那次我当面纠正他的错误的时候。当时主人让他到地窖里去取一桶糖蜜,结果他却抱上来一桶油。我告诉他,他拿错了。他问我怎么会知道,于是我带着骄傲的口气答道,因为桶上面就是这么写的。所以他当然会大吃一惊,当然会感到受伤,以致怀恨在心。)

没容我开口回答,甚至都没容我动弹一下,利特尔·莫宁已经伸出拇指和食指,揪着我的耳朵将我提了起来。他连推带搡地把我从食品贮藏室带到了厨房,然后死死掐着我的头皮,拖着我紧步向门厅那边走去。我无可奈何地被他扯着,踉踉跄跄地跟在他的身后,那本书仍被我紧紧地抱在胸前。利特尔·莫宁穿着件长礼服,而此时礼服的衣尾正拍打在我的脸上。老家伙嘴里发出呼哧呼哧的沙哑而愤怒的呼吸声,同时还夹杂着冰冷而可怕的威胁的话语:"塞缪尔老爷准会好好收拾你的,你这家伙。塞缪尔老爷会把你这个偷东西的黑鬼送到佐治亚州去!"说完,他又狠狠揪了我的耳朵一把,然而他刚才的那番话实在太恐怖了,我被吓得几乎都没感觉到耳朵上的疼痛。我只觉得气血上涌,眼前红乎乎的一片。我的嘴不禁张开了,我听见自己在发出"呃——呃——呃"的声音,好像被人掐住了脖子。我们沿着黑暗的走廊继续往前走,经过了一排齐天花板高的落地窗。这时恰巧有闪电在窗外掠过,我看见窗户上正淌着雨水。我扭着脖子,双眼几乎是倒过来望着外面的天空。"我就知道是你这个小鬼头偷的!"利特尔·莫宁低声说道,"我早就知道是你。"

我们就这样突然出现在屋内的大厅里。以前我还从未有机会走进房子的这一部分。我看见了一盏枝形吊灯,上面燃着耀眼的蜡烛。

墙板都是用光滑的松木镶嵌而成的,一座楼梯蜿蜒地向上延伸,看得人眼花缭乱。然而所有的感觉都短得转瞬即逝,因为我突然意识到,在这间高大的厅堂之中坐着的全都是白人。我的内心充满恐惧。主人家几乎所有的成员全都在这里——塞缪尔老爷和内尔女士、他们的两个女儿、伊丽莎白女士、本杰明老爷的一个儿子,以及本杰明老爷本人。本杰明老爷裹着一身亮闪闪的湿雨衣,从前门冲了出去,一头扎进了外面的瓢泼大雨和阵阵冷风之中。屋外传来闪电噼啪的爆响声,我却听见他在兴奋地叫嚷,那嚷声把像鼓点一样密集的落雨声都盖了下去。"这可是鸭子最喜欢的天气啊!"他嚷道,"天哪,我都闻到钱的味道了。池塘里的水都快满了!"接下来安静了片刻,门砰的一声被关上了。然后,我听到另一个声音在问:"有什么事吗,利特尔·莫宁?"老头儿这才把我的耳朵松开。

"那本书,"他说,"那本书是被人偷走了,就是这个小偷干的!"

我几乎要吓晕了。我把书抱在胸前,根本控制不了自己的声音,只有呜呜的哽咽声从里往外冒。我想哭,可我的痛苦却远非几行眼泪所能尽诉。我多希望地板上能突然冒出个洞来,将我一口吞进去。我还从没离白人这么近过。离他们如此之近令我感到压抑和恐惧,我感觉自己都快要吐了。

"哎呀,这可太令人惊讶了。"我听见有人在说。

"我觉得这太不可信了。"另一个人说。这是个女人的声音。

"这小黑孩儿是谁啊?"又有另外一个声音在问。

"他叫纳撒尼尔。"利特尔·莫宁答道。他的语气中仍然满带着生气和愤怒的意味。"他是那个厨师娄安的儿子。他就是那个小偷,就是他把书偷走了。"他把书从我的手中夺了过去,然后像一位饱学之士一样双眉往上一扬,一边端详着那本书一边说道:"这就是被偷走的那本书,喏,这里写着呢,《恶人传》,作者是约翰·班扬[1]。这就是那本书,一模一样,塞缪尔老爷,就像我的名字叫利特尔·莫宁一样,绝对没错。"虽然这时我吓得要命,但我知道利特尔·莫宁这个老骗子只是用耳朵记下了这本书的书名,他刚才显露的那点识字的本领谁也骗不过。"刚才他正躲在食品贮藏室里看书,结果被我逮住了,我知道这就是那本书。"

"看书?"我听到了塞缪尔老爷充满好奇和怀疑的声音。我慢慢抬头看了过去。这是我平生第一次如此近距离地观察那些白色的面孔,尤其是白种女人的面孔。它们只微微带着些日晒和风霜的痕迹,它们的色泽和软硬程度与发好的生面团或者蘑菇盖底下的那个柔软的部位非常相似。他们蓝色的眼睛毫不客气地注视着我,像冰一样让人触目惊心。我满怀敬畏地望着眼前的每一个张开的毛孔和每一块雀斑,仿佛在进行一项重大的探索。"看书?"塞缪尔老爷又说了一遍,他好像被逗乐了,"得了吧你,利特尔·莫宁!"

"嗯,其实他也不是真的在看书,"老头轻蔑地补充道,"他只是在看里面的画。他之所以偷书,只是想看看里面的画罢了——"

"可那本书里面并没有画呀。有吗,内尔? 那本书是你的——"

多年以后,当我偶尔回想起这件事时,我觉得当时的我肯定已经意识到那是个命运攸关的时刻。也许是出于小孩聪颖的本能,我感觉如果我不当机立断,在他们面前表现表现,我便会永远都默默无闻下去,直到被人遗忘。也可能在那个紧要关头,身陷绝境的我已经顾不了那么多了,便干脆豁了出去。我按捺住内心的恐惧,突然向利特尔·莫宁发起了反击:"不是的,不是的。我能看懂那本书!"

---

[1] 约翰·班扬(John Bunyan, 1628—1688),英国基督教作家、布道家。

我清楚地记住了塞缪尔·特纳接下来所说的话,他的声音里没了起初的惊讶和诧异,他的语气突然变得平静、审慎而宽容,其他人也不禁止住了笑声。"不,不,等一等,说不准他真能读懂,让我们看看!"在远处,隆隆的暴风雨正向东而去,它的声势已经愈来愈弱,此刻唯一的声响是屋檐上的雨水在滴滴答答地往下落。在远处的臭椿树上,几只被雨淋透了的蓝喜鹊在怒气冲冲地聒噪不休。我发现自己坐在窗边,哭得正起劲。我感觉有几张白色的面孔像数团巨大的幽灵般在我的头顶晃动。与此同时,一旁还有人在窃窃私语。我稍微犹豫了一下,便开始把书一页页翻开,然而,糟糕透顶的地方在于,我一个字都读不出来。我感觉一阵哽咽涌上胸口,差点让我窒息。我伤心极了,所以当我听到塞缪尔老爷兴奋地喊出声来的时候,我根本没听懂他在说什么。多年以后,我只能从记忆里挖掘到一些听不太清楚的回声:"你看,本杰明,果真是这样。我跟你说过的!他们会愿意!他们会愿意去试的!那我们就教他呗!好啊!"

在一个人的未来被命运导入了某个特定的方向之后,他所能做出的最徒劳无益的举动,就是在事后仍为那些已被放弃的选择而翻来覆去地想个不停,仍为他的生活原本可能是另外一种局面而心烦意乱。这个人性的弱点让绝大多数人都深受其苦,尤其是在不幸降临到我们身上的时候。在我才二十来岁的那段最黑暗的日子里,我已告别了在塞缪尔·特纳家的生活,我和塞缪尔主人也已经天各一方,永远无缘再见。我曾经花费过许多闲暇的时间冥思苦想,我很想知道,假如我没有成为我那位热衷于改变黑奴命运的主人的受益人(或许我应该称自己为受害人),那我的一生会是个什么样子。首先,我假设自己不曾中途从特纳家离开,而是在他那里终老一生。其次,我假设自己对知识的渴求不是那么强烈,偷书的事情没有在我身上发生。再做个更简单的假设,我假设塞缪尔·特纳——虽然他一直都算得上是一位正派和公道的奴隶主——不那么深受狂热且理想主义的信念的影响,不认同黑奴同样能接受知识的启迪和心灵的熏陶这一观点,也不曾为了向他自己和所有的见证人证明以上的观点而将我作为他的"试验品"。(不,我知道我这么讲并不公平。老实说,每当我想起塞缪尔老爷的时候,我都知道我和他之间存在着一条牢固的情感纽带,可这却无法改变那个悲惨而不幸的现实:尽管我们俩之间存在着温暖和友谊,甚至还有某种爱,但我最开始的确是被当成了试验品,就像采用某种新的养猪方法,或者往地里施撒某种新的肥料一样。)

好吧,倘若真是那样,我无疑会成为一名普普通通、泯然众人的黑人家仆,干起那些诸如拧鸡脖子、熏火腿、给银器抛光之类的无聊透顶的差事时,我的动作兴许还会挺麻利。但同时,我也会堕落成一名逮着机会就装病不去上工的懒汉。为了稳定的生活,为了避免招惹麻烦或主人的责骂,我会谨小慎微,不敢越雷池半步。所以,我会在小偷小摸的时候格外当心,在午后偷偷打盹之际保持谨慎,在黑暗的屋顶阁楼中同打扫清洁的黄皮肤胖女佣鬼混的时候,我也会更加鬼鬼祟祟。随着年龄的增长,我会变得越来越奴性十足,越来越油嘴滑舌。我会为自己培养出一套炉火纯青的拍马屁绝技,为了从主人那里得到一些像法兰绒布、炖牛肉或者烟叶之类的赏赐,我会极尽阿谀奉承之能事。待我变得更老一点时,待我也挺起了便便大腹,穿上了漂亮的工作裤和马甲时,我也会长出一副总爱噘着嘴吹毛求疵的尊容,成为人们口中的"纳特大叔",备受尊敬和喜爱。我会用我几乎瘫痪的手去轻轻抚摸白人的孙辈们的光滑的小脑袋,我会染上风湿,我仍然目不识丁。我会终日昏昏欲睡,我几乎在盼望孤独的死亡能早日到来,将我带到一个苦樱桃与曼陀罗丛生的破坟地里去长久地安息。可以肯定的是,倘若我真的像那样过一辈子,我的生活绝对不会有太多的意义,然而,我怎么能就此断言我不会过得比现在更幸福呢?

因为《圣经·传道书》里讲得很对:加增知识的,就加增忧伤。[1]而塞缪尔·特纳(从现在开始,我应该称他为塞缪尔老爷了,因为我知道那是他真正的身份)很可能从未意识到,由于他的正直和善良,他灌输给我的那些聊胜于无的知识给我带来了多么巨大的痛苦。完全没有知识反而更容易忍受生活。

好啦,现在再讲这些也没用了。这么说吧,打那以后,我便成了主人家庭中的一员,不单是塞缪尔老爷,还有内尔女士,他们都开始把我揽至他们的羽翼之下精心照顾。一连好几年,在冬日寂静的早晨,内尔女士都会和她的大女儿路易莎一起教我练习字母,教我做加减运算,让我接触深奥而神秘的新教圣公会的教义(虽然我一点都不觉得它有趣)。我记得她们常说,这是她们"最喜欢的业余爱好"。她俩训练我的时候可严厉了!内尔女士甚至连喘口气的工夫都不给我。我永远都忘不了这两位有一头光滑如镜的秀发的天使,忘不了她们辅导我功课时那温柔动听的低语声。直到二十年之后,当我们揭竿而起、举行暴动的时候,至少有那么一刻,那两张美丽而可爱的面孔仍然在我的记忆中徘徊,仍然给我强烈且深刻的印象。请不要责怪我这么说,我会尽量不再提起此事。

"不,不,纳特,不是婴儿和小孩,是婴孩!"

"是,夫人。'你因敌人的缘故,从婴孩和吃奶的口中建立了能

---

[1] 《圣经·传道书》1:18。

力，使仇敌和报仇的闭口无言。[1]'"

"对，这回念对了，纳特。接着来，第三节和第四节。慢点，慢一点！当心哦！"

"'我观看你指头所造的天，并你所陈设的月亮星宿……'还有——还有——我把下面的忘了（I forgets）。"

"是 I forget，纳特，不是 forgets。把你那套黑人腔[2]收起来！下面应该是'便说，人算什么'——"

"是，夫人。'便说，人算什么，你竟顾念他？世人算什么，你竟眷顾他？你叫他比天使微小一点，并赐他荣耀尊贵为冠冕。[3]'"

"真棒，纳特，啊，真是太棒了，太棒了。哦，塞缪尔，你真该听一听，听听纳特的进步有多大。过来，塞缪尔，坐到我们这里来听听，到炉火边来。听听我们这位黑人小伙子读《圣经》。他和埃佩斯牧师一样，能凭记忆把《圣经》的段落背诵出来！我说得对不对，纳特？你这个聪明的黑人小伙子。"

"是的，夫人。"

我们再假设一下，倘若先死去的是塞缪尔老爷，而不是他的兄长本杰明，那这位聪明的黑人小伙子身上又会发生些什么事呢？

也许我从阳台上无意间听来的一段对话能让你对此做出自己的判断。那是一个闷热的夏夜，空气中没有一丝风。用罢晚餐，特纳兄弟二人仍在继续款待从此地路过的两位圣公会的牧师——他们自称是"主教的造访使"。其中一位牧师是个大鼻子、长下巴、戴着

---

1 《圣经·诗篇》8：2。
2 纳特最后说的那句"I forgets"是黑人英语，正规英语第一人称一般现在时是不要加"s"的，所以内尔女士纠正他，让他改掉黑人腔，说 I forget。
3 《圣经·诗篇》8：4，5。

副眼镜的中年人，名叫巴拉德博士。从他头上戴着的那顶宽边牧师帽，到他身上飘垂的披风，再到他纤细瘦弱的小腿上扣着的绑腿，他一身的装扮全都是黑色的。他的双眼在方形的水晶镜片后面眯缝着，而且他不时还伸出像花梗一般纤细且苍白的手指来掩住他优雅的咳嗽声。另外那位牧师也是一身黑，可他倒是年轻许多。他看上去二十来岁，也戴着副眼镜，长着一张像雏菊一般光滑、圆润且丰满的脸。乍一看，我还以为他是巴拉德博士的女儿或者妻子。那时候，我尚未被提拔到主人家的宴会厅里干活，仍在厨房里听利特尔·莫宁的使唤。眼下我有两份差事：一是到贮水的水缸里去取水，二是确保熏烟炉正常工作。沉闷的空气懒洋洋的，熏烟炉被摆在了上风的方位，从炉子里散发出的一团团充满黑色油垢的烟雾形成了一道驱赶蚊虫的屏障。在草地上，萤火虫的亮光在薄暮中闪烁。我记得当时屋里传来了钢琴的伴奏声，还有伊丽莎白女士（本杰明的妻子）那可爱动人的歌声。歌词哀婉得令人心颤：

　　倘若你得到了那个娇嫩的人儿，
　　请轻轻地、温柔地、体贴地
　　对她……

虽然我平日里总喜欢在四处探头探脑，但那天夜里我却未曾留心他们的谈话。本杰明倒是把我的注意力吸引了过去，不知他今晚是不是又会喝得从椅子上滑下来。塞缪尔老爷正在与牧师们交谈，我看见坐在椅子里的本杰明在不停地动来动去，我甚至能听见他身下的柳条椅被他的体重压得吱吱嘎嘎地在响。他郁闷地长叹了一声，手里的白兰地酒杯高高地举了起来。利特尔·莫宁赶紧上前为他斟酒。他又叹了口气，那声音听上去漫无目的，心不在焉，最后，他还像打完哈欠一样"呃呃"地哼了几下。巴拉德博士很不自在地扫了他一眼，然后转过身去继续和塞缪尔老爷聊天。"呃、呃、呃"，他又哼了几声，声音不是特别响，音调仍介于哈欠和叹气之间。他的酒杯里仍有半杯苹果白兰地，那个酒杯正被他漫不经心地举在半空中，他的另一只手则拎着个酒瓶。我看见他的脸颊上已泛起了红潮，在暮色中焕发着像番茄一样的粉色的光亮。我记得我暗自想道，好了，他马上就要从椅子上掉下来了。

我正盯着他看，忽然就听见他"哈"地囔了一嗓子。他稍微停顿了一下，又接着说："哈！哈！看在该死的上帝的分上，你就把想说的话全都说出来吧！"我这才意识到，虽然他一直在那边哈欠连连，搞出各种粗鲁无礼的声响，但他其实一直在听巴拉德博士讲话。所以我也转过身去看牧师，后者正在向塞缪尔老爷解释："关于这件事，主教还在犹豫，这是他自己说的。我们正处在一个十字路口，正面临着一场抉择——这也是主教的原话——我们正处在十字路口，我们还在犹豫不决，因为我们正等待神风为我们指明正确的方向。主教的遣词用句总是如此巧妙。总之他已经知道，教会必须对这件事尽快做出决断。与此同时，作为他的造访使，我们也会将至少一家种植园里的黑人的真实处境向他做个汇报。"说完他便停了下来，脸上挂着一丝苍白而冰冷的笑。

"只有这样，主教才能放心，"年轻一点的那位牧师说，"而且，他一定也很想知道您对此事的大致看法。"

"大致看法？"塞缪尔老爷问道。

"就是您对这个制度本身的看法，"巴拉德博士解释说，"他很想知道——怎么说呢？——他的教区内的比较富裕的土地拥有者们的看法。"

塞缪尔老爷沉默了很久,他抽着一根长长的陶制烟斗,脸上露出一副若有所思的表情。天马上要黑了,习习的晚风像羽毛一样轻轻拂过我的额头,阳台上缭绕着一片油腻的烟雾。远处的沼泽里传来一阵阵狂野、热烈而又单调的呱呱的蛙鸣声。利特尔·莫宁走到巴拉德博士身前,他黑色的手指尖上稳稳地托着一只银盘。"老爷,您要不要再来点波特酒?"我听见他在问。

塞缪尔老爷又沉默了一阵,才终于用缓慢而慎重的语调说道:"博士,那我就直话直说了。我一直都认为,发生在我们这片土地上的所有罪恶都是由奴隶制引起的。它像癌症一样吞噬着我们的内脏器官,它是我们的所有不幸的根源,无论从个人、政治还是从经济上讲都概莫能外。它是自现代世界以来,甚至是有史以来,一个所谓'自由且文明'的社会所承受过的最为沉重的历史过程。您可能已经看出来了,我不是那种至虔至诚的宗教徒,但我并非没有信仰,每到深夜,我都在祈祷奇迹能出现,神能给我们指引,让我们能找到从这种可怕的现状中挣脱出去的办法。把黑人当作奴隶来役使是一种罪恶,然而我们也不能把他们一放了事。他们必须先接受教育!在他们没有接受过教育,在社会中仍存有歧视和偏见的情况下把他们给放了,那将是愚蠢透顶的犯罪行为。"

巴拉德博士没有马上回答,但当他终于开口的时候,他的声音显得超然而暧昧。"您的话很有趣。"他低声说了一句。

"也很精彩。"另一位牧师说。这句话听上去就更不着边际了。

突然,本杰明从他的椅子里摇摇晃晃地站了起来。他走到阳台边,在黑暗中将衣裤解开,冲着阳台下的一丛蔷薇撒起尿来。我能听见急切而连续的如注的水流声,他的尿像瀑布一样泼洒在蔷薇的叶片、花刺和藤蔓上。在尿液的飞溅声中，本杰明的说话声也响了起来："唉，我亲爱的弟弟呀！唉，我弟弟的心在流血呀！和这样一位试图挑战历史进程的圣人生活在一起，是一场怎样的考验与煎熬啊。他是一位圣人，两位尊敬的造访使！站在你们面前的是一位活生生的圣人！真的！"

巴拉德博士的脸涨得通红，他嘴里咕哝了几句，可我听不懂他说的是什么。我站在熏烟炉后面，突然忍不住想笑，不得不赶紧抬起手来掩饰。这位局促不安的牧师显然并不习惯同一个正在撒尿的人进行交谈，而本杰明却常常想都不想便会在众目睽睽之下做出此类举动，尤其是在他和其他男人一起喝酒的时候。眼下，尽管巴拉德博士颇有些心烦，但他却不得不对本杰明表现出比对塞缪尔老爷更多的尊重，这是因为，尽管本杰明整晚都对他们敬而远之，但他毕竟是兄长，是这座种植园名义上的拥有者。我开心地看着那位牧师，只见他的嘴唇已经噘了起来，变得血色全无，他的双眼从镜片后面怔怔地望着本杰明的背影。水流声打住了，本杰明转过身，懒洋洋地把裤腰上的扣子系好。他摇摇晃晃地穿过门廊，走到塞缪尔老爷身边，把手轻轻地搭在他弟弟的脖子后面。在他做出这个举动的同时，塞缪尔老爷抬起头瞥了他一眼，那亲切的目光中饱含着深情，却又带着些酸楚、伤感和忧郁。虽然他们俩是如此不同，看上去甚至像是来自两个完全不同的家庭，但在家里，即使是那些最不机灵的仆人也看得出来，他们俩的关系非常亲密。他们也曾有过许多次争吵，但都是以他们兄弟之间的平和的方式进行的。而且，他们似乎忘了一旁有人在偷听（更可能的是，他们根本就不在乎）。所以时间一长，家里的那些经常在餐桌旁服侍的黑仆就听了许多次他们的谈话，对兄弟二人各自对身体乃至灵魂所持的哲学观点和立场也都了如指掌。

"我弟弟就像年迈的猎犬一样多愁善感，博士，"本杰明的声音很温和，"他相信黑奴在许多方面都能得到改善。他相信你可以随便拉来几个黑人，并且把他们改造成店铺的店主、海船上的船长、歌剧团的指挥或者指挥军队的将军，天知道还有什么别的。可我不这么认为。我不赞成打黑人，但我同样不赞成打狗和马这些牲口。如果你乐意把我的看法带给主教，你可以告诉他，我认为黑人就是动物，他们的智力水平与儿童的智力水平不相上下。他们唯一的价值，就是你能用恐吓、哄骗或者威胁的办法让他们替你工作。"

"我知道，"巴拉德博士轻声咕哝道，"我明白你的意思。"这位牧师很用心地在听本杰明讲话，他斜着眼睛，带着些敌意，却也不失恭敬的态度，"是的，我很明白你的意思。"

"和我这位多愁善感、心地善良的弟弟一样，"本杰明继续说，"我也反对奴隶制。我唯愿上天从未让奴隶制登上我们的海岸。如果谁能发明一种会种玉米又会伐木的机器，或是一台能够自动摘腋芽的蒸汽机，那就太好了。或者，我们可以在庄稼地里也摆上一台用来切烟叶的机器，而屋子里呢，那就更得来一台大机器了。这台机器冒着蒸汽，在家里突突地来往穿梭，能自动把灯点燃，能自动打扫房间——"

两位牧师会意地笑了，年轻的那位还用手掩着嘴嗤嗤直乐，巴拉德博士也咯咯笑了几声。本杰明仍在说话，他的脸上带着感谢的微笑，一只手则友好而亲热地搭在他弟弟的肩膀上。塞缪尔老爷的脸上仍带着一副喜忧参半的表情，只不过此刻又隐隐增添了一线腼腆的微笑。"或者，我希望还能再来一台这样的机器，"本杰明继续说，"每当家里的女主人做好了下午外出的准备，这台机器便能自动为马套上马具，再赶着老多莉和马车绕到正门前，并且通过某种奇妙的机械装置，把女主人安放在其中的一把座椅上，自己则坐在另一张椅子里，然后赶着那匹名叫'老多莉'的马到树林中或是原野上慢慢溜达一圈——发明一台这样的机器呀，我真希望谁能发明一台这样的机器。而且，机器不用一日三餐都吃你的、喝你的，它不会撒谎，不会骗人，不会背着你偷窃。机器的效率高得出奇，也不像黑人那么蠢笨。天黑以后，你可以把它像抽水机和珍妮纺纱机一样往库房里一锁，根本不用担心它会半夜爬起来，悄悄把你喂养的那只最漂亮的鹅或者最肥的几内亚小猪偷走。而且，当机器到了使用年限，出现了破损时，你可以把它扔掉，然后另买一台机器。机器不会像那些年迈体衰的老骨头一样变成你的累赘——出于良心，你得继续给那些老家伙穿鞋子，给他们喝糖蜜，每星期还得给每个人吃一袋玉米，一直等他们活到九十五岁，再也撑不下去了为止。嘿，先生们，如果谁能把我刚才说的那种机器发明出来，一等我把机器搞到手，我就立刻跟奴隶制说再见。"他稍稍停顿了一下，将手中的酒杯里的酒一口吞下，然后又说："当然，不用我说你们也知道，这样的机器在近期内是不大可能出现的。"

众人短暂地沉默了一会儿，只有巴拉德博士在继续咯咯地低笑。伊丽莎白女士的歌声已经停了。此刻，在黑夜沉重的阴影里，我听到走投无路的蚊子在那团漆黑的油雾的另外一边嗡嗡直叫。附近还有一只鸽子在断断续续地发出咕咕的声音。那是轻柔的悲鸣声，也是宛如哀怨的叹息声，又像孩子在睡梦中发出的痛苦的呓语声。这时，巴拉德博士把二郎腿一跷，说道："啊，特纳先生，我觉得您刚才讲的这些话，您大致认为——嗯，该怎么说呢——我觉得您大致认为，对奴隶制——嗯，您认为我们只能接受奴隶制，除此之外别无选择。不知我的理解是否正确？"本杰明没有着急回答，他带着木然而迷茫的微笑，低头瞅了瞅塞缪尔老爷。牧师接着说："还有，从您刚才的话里,我冒昧地听出,有一点您是坚信不疑的,不知我说得对不对。您认为黑人在道德的进化上比其他人——比我们白人——要低劣得多,所以,从他们自身的利益着想,他们最好还是被置于一种亲善的从属地位,对吗?我的意思是,对黑人这样的族类来说,奴隶制也许是——嗯,该怎么说呢——奴隶制也许是一种最妥善、最圆满的方式。难道没有这种可能性吗?"他停顿了一下,又说:"'迦南当受咒诅,必给他弟兄作奴仆的奴仆。'《圣经·创世记》,第9章,第25节。对您的这种观点,主教并非完全不能接受。至于我本人嘛——"

他显然在犹豫,然后便干脆陷入了沉默。整个阳台上静极了,只有椅子在吱吱呀呀地响。本杰明像走了神一样站在那里,他没有回答,只是低下头亲切地看着塞缪尔老爷,后者仍静静地坐在黑暗中,嘴里稳稳地叼着他的烟斗,脸上却带着悲哀的神色,看上去紧张又憔悴。他的嘴唇动了一动,却欲言又止。

这时,本杰明抬起头来说道:"就拿那个小奴隶来说吧——"一时之间,我尚未反应过来他是在说我,只见他一边转身,一边朝我这边做了个手势。而在他那么做的同时,其他人也都转过身来。我突然觉得,在昏弱的灯光下,众人的目光全都落在了我身上。黑鬼,黑奴,黑人,是的,这些称呼我都曾听到过,然而在那天以前,我还从未听过有人当面管我叫"奴隶"。我还记得,我在他们沉默而若有所思的目光中手足无措,我感到尴尬,感觉自己赤裸裸的,仿佛身上的衣服已被剥得精光,黑色的肌肤全部暴露在外。在那一瞬间,我的五脏六腑像被灌满了冷水一样变得冰凉,一个念头猛地闯入了我的意识:是的,我是个奴隶。

"看见那个小奴隶了吗?"本杰明继续说,"我弟弟认为,他可以教育那样的小奴隶,教他读书写字,教他算术和画画,让他能接触沃尔特·司各特的作品,再让他大量地学习《圣经》,总之,为他提供学习所需的一切便利。先生们,让我严肃地问问你们,他难道不是在胡说八道吗?"

"是——的。"巴拉德博士说。那个"是"字发自鼻腔深处,像一种尖细的嘶嘶的声音,听上去隐隐地有些遥远却又好笑。"是——的。"

"我毫不怀疑,先生们,凭我弟弟对殖民政策和解放黑奴所持的立场,凭他对教育和类似事务的热情,凭他如此急切地想要证明一个黑人的孩子也可能生来便拥有一位普通的大学教授所具备的天赋,他完全可以把那样一个小黑奴带到身边,教他识字,教他运算,教他一些地理知识,然后当面证明给你看,让你知道他的主张是正确的。可是先生们,让我告诉你们,真要论起对黑人的了解程度,我弟弟绝对不如我。这或许是因为他对改革所持的神圣信念让他对社会现实视若无睹。先生们,我还不至于蠢到那种程度,我比他更了解黑人。这么跟你们说吧,要是你们能给我找出一个受过教育并且能把尤利乌斯·恺撒用原始拉丁语创作的全套著作都倒背如流的黑人小孩,我也能找出一个仍然像动物一样、只具备相当于儿童的智力水平的成年黑人。他永远都不会拥有智慧,永远都无法变得诚实,即便他能活到耄老之年,他也仍然学不会人类的任何道德和伦理。先生们,黑人基本上就像鸡一样,你们永远都教不会他,事实就是这么简单。"他停了下来,然后慢慢地打了个哈欠:"啊,该睡了!"

两位牧师和塞缪尔老爷一边各自起身,一边仍在低声聊着什么。夜幕已经降临,但一团明亮的满月早已升起,正悬在远处森林的上空散播着光芒。我感觉到利特尔·莫宁在我的胳膊上使劲握了一把,这是个信号。我不再听他们谈话，而是开始帮这位老人收拾阳台上的瓶子和杯子，再往熏烟炉里泼水，把火浇灭，然后又忙着用拖把将阳台的松木地板擦干净。我骨子里的那股寒意尚未消失，我久久不能将那个念头从我的头脑中摒除，它像一面横幅般高高地悬挂在我的脑海里，上面写着：我是奴隶。过了一会儿，等我从食品储藏室里回来之后，本杰明已经不在了，塞缪尔老爷正独自在阳台边徘徊。他用一只手撑在栏杆上，似乎在目送两位牧师慢慢走进深夜的阴影里，而那两位牧师浑身上下的装束都是黑色的。"上帝保佑你做个好梦，特纳先生！"那位年轻些的牧师冲他喊了一嗓子，声音清晰，带着些女孩子气。

"你也做个好梦。"塞缪尔老爷答道，可他的声音细极了，他们不可能听得见。说完，他也离开了阳台。我站在那里，突然感到很害怕。我能听见利特尔·莫宁正一瘸一拐地在几张椅子之间僵硬地穿行，嘴里还嘟嘟哝哝地在念叨，仿佛正在郁闷地跟他自己讨论着什么。炎热而静谧的空气中仍然弥漫着烟草的芳香。两位牧师摸索着穿过草坪，朝房子边上的侧屋走去，在那么短暂的一瞬间，他们被月光照得亮极了，但随即便在黑暗中消失得无影无踪。此时，月亮已升到一排无花果树的后面，树上的夏叶浓密极了，看去像一道黑色的檐壁。突然，月光变得朦胧起来，房屋和草坪顿时没入了令人窒息的黑暗。这么说，我是个奴隶，我在心里暗暗想着。那个闷热的夏夜没有风，可我的身体却在颤抖。在短短的一瞬间，我似乎已被夜晚的阴冷和诡戾所包围，更令人痛苦的是，我看不到任何结束的希望，时光的流逝仿佛只会把我带进更深的黑夜。我不会有醒来的时候，不会看到绿色的曙光，也不会听到报晓的鸡鸣之声。

那天过后，才过了短短几个月，本杰明就死了。在沼泽深处，一棵被伐倒的巨大的落羽松正好砸在了他身上。当时他喝得晕头晕脑的，正在同两名黑人伐木工争吵。据黑人们后来说，他们曾小声提醒过，那棵树倒下来有可能会砸在主人背上，但他们的手势和提醒都被忽略了。当那棵巨大的树倒下来的时候，他们勉强躲了过去，而喝得酩酊大醉的可怜的本杰明却被砸中了。从本杰明当时已经开始酗酒的情况来看，这个故事似乎也还可信，可是在黑人们中间，虽然没有人明说，但这么多年过去之后，仍有人在暗示，说本杰明是被人暗算了。对这种说法，我本人是颇为怀疑的，因为在黑奴们遇到过的白人主人当中，比本杰明更厉害、更刻薄的人多了去了，而黑奴们也都忍耐了下来。

如果说在让我继续学习这件事上，塞缪尔老爷原先还感觉有些掣肘的话，那兄长本杰明的去世则将那些障碍完全扫除了。毫无疑问，本杰明从来都不是一个残暴的奴隶主，也不是一个"整治黑人的行家里手"。但如果据此就说黑人们并未因为本杰明的死而额手相庆的话，那这也和说他们因为他的死而悲痛欲绝一样不准确。即便是住在最破烂的小木屋里头的那些笨得要命的剥玉米的黑奴也听到过一些风声，他们知道塞缪尔老爷同情黑人，也知道在塞缪尔老爷手下，他们的前途更有希望。在本杰明的葬礼当天，许多下贱的黑奴脸上带着悲戚和忧伤，聚集在主人的那栋大房子后面，有些会音乐的黑奴还轻轻唱起了悲伤的小调：

哦，我的主人去了！
主人他离去了！
我的主人去了天堂，
主啊！

我怎能独自留下！

　　他们质朴的歌声中散发出的那份言不由衷就像黄金和铜的不同一样显而易见……

　　所以，在我孩提时代的那些岁月里，每当号角声在黎明响起时，每当亚伯拉罕在马厩边、在星光照耀下的黑暗中吹响悲伤而沙哑的起床号时，山坡下黑奴们住的小木屋的门口便马上会有火光依稀地闪烁起来。然而，那号角却不是为我而吹的。只有我可以继续在床上翻来滚去地再足足睡上一个小时，直到日上三竿，天光大亮，我才起来开始做我厨房里的工作。而在这个时候，其他黑奴全都已经钻进工厂、树林和田野忙碌开了。我无须操持肮脏的锄头、镰刀和斧头，因为我柔软而娇嫩的手掌只习惯触摸银器、水晶器皿、锡制品，以及涂过油的橡木。我无须在铁匠铺里忍受酷热的煎熬，无须到玉米地里被铺天盖地的蚊虫叮咬。我不用到森林中遭受摧筋断骨般的伐木的辛劳，不用浸泡在腐烂的沼泽淤泥里，更不用忍受工厂的喧哗和疲惫。在工厂里，那些沉重的木料和原木能压裂你的内脏，能将你的双肩和脊背扭曲成一种极其痛苦的弯曲的姿势，能让你变成一尊动作永远不变的黑色大理石雕像。无论用哪种标准来衡量，塞缪尔老爷都算得上是一位富足的主人，而他也从不让他的黑奴忍饥挨饿。尽管如此，黑人农场工们常吃的伙食也就是一些猪肉和玉米粥，而这些伙食我可吃不惯，因为我吃的是更好的伙食——瘦肉火腿和野味，甚至还有糕点。当然，这些伙食都是主人们吃剩的。只要特纳老爷一家品尝了哪道美食，他们就很少有不让我也沾光的时候。

　　至于工作嘛，说我每天不用干活，整天下来都闲得无聊，那未免言过其实了。事实上，每当我回忆起在特纳家的那段童年时光时，我会意识到，每天从黎明一直到黄昏，我似乎一直都在主人的屋里忙忙碌碌。但老实说，细细回想下来，我的工作还是挺轻松的，与带着满身臭汗在地里干农活的工作有着天壤之别。我搞过卫生，负责过清洗和擦拭，我替门把手抛过光，给火炉生过火，还学会了如何精致地布置一张考究的餐桌。主人的孩子们穿过之后再传给我的那些衣服有些松松垮垮，却没有丝毫破损。在内尔女士的辅导下，我的学习课程又断断续续地进行了一两年。内尔女士是个耐心而纤弱的女人，出于某种个人的心理变故，她原本就极其虔诚的宗教倾向得以愈发强化，如今的她早已将沃尔特·司各特乃至约翰·班扬等人的世俗宗教作品弃如敝屣。她只爱读《圣经》，尤其是《圣经·先知书》《圣经·诗篇》《圣经·约伯记》。我们常常坐在巨大的鹅掌楸下一起阅读，我那毛茸茸的小黑脑袋时不时就会和她头上戴着的丝质软帽轻轻蹭在一起。多年以后，当我一心一意地完成着消灭白人的使命时，我还是要对这位温柔而充满母爱的女士道上一声无言的感谢（请不要觉得我这么说很无礼），因为我正是从她嘴里第一次听到了《圣经·以赛亚书》中的那段无比精彩的话："我要命定你们归在刀下，都必屈身被杀。因为我呼唤，你们没有答应……"[1]

事实上，在我现在看来，正是内尔女士让我在不经意间意识到了我在这个家庭里的特殊地位。大约在我母亲过世的前一年，我生了一场大病，那应该是在我满十四岁那年的秋天。我不知道自己得的究竟是什么病，而且事后也没人告诉过我。总之，我的病情非常严重，因为从我的膀胱里尿出来的是一股股黑血。一连几个昼夜，我都在被高烧折磨。我烧得晕晕乎乎的，浑身酸痛，不管白天

---

[1] 《圣经·以赛亚书》65：12。

还是黑夜，我脑子里的各种疯狂的幻觉和噩梦都连连不断。我一阵苏醒，一阵昏迷，这两种状态疯狂地颠倒并混杂在了一起。我身边的环境也变得不再真实，我仿佛已经被转移到了另外一个世界。我依稀记得，他们把我从我和妈妈一起睡过许多年的那张用玉米荚当垫子的床上转移到了主人房宅中的另一间屋里，我躺在巨大的床架上，床上铺着床单，旁边还有人在窃窃私语，在蹑手蹑脚地走动。即便在我昏睡的时候，我的身边都时刻有人在照看着我。有人将我的头轻轻扶起，用温软而白皙的手把玻璃杯送到我嘴边，喂我喝水。这些相同的白色的手不断出现，它们像梦一样在我的眼前盘旋，还将一条条在凉水中蘸过的绒布敷在我滚烫的额头上，帮我退烧和降温。过了一个星期，我才慢慢开始恢复，又过了一个星期，我才搬回妈妈的那间屋子里。一开始，我的身体仍然很虚弱，可过了一阵我便能够开始干我的日常工作了。我永远都不会忘记，在我生病期间，有一次我烧得昏昏沉沉的，马上就要昏睡过去了，但我的大脑在那一刻尚且保留着最后的一丝清醒。就在这时，我听到了内尔女士含着眼泪说出的那番话。当时，我躺在那个陌生的房间里，听到屋门外传来了她低低的声音："哦，天哪，塞缪尔，我们的小纳特！可怜的小纳特。我们赶快祷告吧，塞缪尔，祷告，祷告！他可不能死啊！"

总之，我成了特纳一家的宝贝和宠儿，长着一身黑色皮肤的小贵人。他们纵容我、溺爱我，我也和他们朝夕相处，耳鬓厮磨。我成了一个被惯坏的孩子，一个穿着浆洗过的背带裤，成天笑嘻嘻的小精灵。当我端详着镜子里的自己时，我愚蠢地以为我之所以拥有这一切，是因为我拥有超群的魅力。即便对白人的孩子，我也不会轻易纵容和迁就——我会用冰冷而轻蔑的口气告诉他们从合适的后门走。如果住在小木屋里的黑人小孩闯进了主人的大房子或者四周的草坪，那么，不管他们是多么老实巴交的小孩，我都会挥舞着扫帚高声责骂他们——只不过这番操作是躲在厨房门的后面安全地进行的。这是一个黑人男孩的自负与虚荣：他拜读过沃尔特·司各特的小说，他知道九乘以九等于几，他知道美利坚合众国总统的姓名，他知道世界上有一片叫亚洲的大陆，他还知道新泽西州的首府在哪里，他甚至能将"申命记""启示录""尼希米记""切萨皮克县""南安普敦县""谢南多厄县"等艰深拗口的词完整拼写出来。在他所属的那个遭受奴役的族群当中，他可能是唯一一个能够做到这些事情的人。

在我十六岁那年的春季，某天吃完午饭之后，塞缪尔老爷带我来到草坪上。他告诉我，从今以后我每天的日程会有些变化，这令我十分吃惊。虽然我对主人的家庭很有归属感，虽然我同他们全家人都非常亲近，但我毕竟不是他们家庭里的一员，所以那种家人之间的亲密感是不存在的。有时，一连几天甚至几个星期，塞缪尔老爷都没时间看我一眼，赶上漫长而忙碌的播种季或收获季时更是如此。所以，每当他难得有了空闲，当我难得地成为他关注的对象时，我对那些场合的记忆便格外清晰和深刻。而那天下午，他谈到了我在家里所从事的工作。他表扬我机敏且勤奋，他还说，内尔女士和其他几位年轻的女主人也都在他跟前夸奖过我，说我不单学习刻苦，干起其他的工作来也很聪明。

哎呀，我的这些优点都非常值得称赞。他说我应该为自己对工作的尽职尽责而感到自豪。但有个事实依然存在，那就是我拥有的能力和知识远远超出了一名普通家仆的工作所需，而且，他觉得家仆这个职业必然会阻碍和削弱我继续发展的势头，并将我带进一条没有结果的死胡同。难道我真的看不出来，家仆这样的生活只是给像利特尔·莫宁这样的连走路都走不稳的糟老头子，或者那些头上裹着印花大手帕、老眼昏花、嚼着湿鼻烟、布满皱纹的脸颊上鼓出一个大包来的黑人老妈子过的吗？这种除了抑郁和恐惧之外什么结果都不会有的生活，绝对不应该是像我这样的拥有诸般学识的男孩所期待的生活。

我很久都未能作答。我还从未认真思考过自己的将来。一旦黑人意识到他们无力改变遭受奴役的现实，他们也就无心为自己的将来做什么打算了。就连像我这样比普通黑奴要幸运得多的人都会不假思索地假设，自己从今往后的生活也就是终日忙于一些熟悉、重复而又无聊的事务了——清理成堆的脏盘子、烟囱的灰垢、泥泞的靴子、失去光泽的门把手，以及夜壶、拖把和扫帚。我的命运有可能会与其他黑人的命运截然不同，这个念头从来不曾在我的脑海中出现过。我不知道该怎样回答他。这时，他伸手在我的肩头轻轻拍了拍，热心而诚恳地说："年轻的黑人小伙子，我还为你制定了更宏伟的计划呢。"

那些计划还真是挺宏伟的。我成了一名木工学徒。在后来的很长一段时间里，无论对我还是对其他人，这门手艺都像堵塞在水车轮子里的腐烂的碎木屑一样毫无用处。可当时的我又哪里会知道呢？我满怀着热情、期待和旺盛的求知欲，投入了这门崭新的学习领域，那股劲头和即将进入威廉与玛丽学院学法律的白人男孩们的劲头可以一比。塞缪尔老爷新近聘请了一位木工师傅，一位来自华盛顿州的德国人，名叫戈特（Goat[1]）。很久以后我才意识到，我肯

---

[1] goat 在英文中有山羊的意思。

定是将他的名字给拼错了，正确的拼法兴许是 Godt 之类的，可是从来没人纠正过我。所以在我的回忆里，这个人就只好一直屈尊当一只"山羊"了。我的主人将我交到此人手下接受进一步的教育。我在戈特的指导下学了两年木工技术。木工房坐落在草坡下面，介于黑人住的小木屋和主人的大房子之间。这个尘土飞扬的木工房成了我们的教室。相较于我的年龄，我的身体在这个时候已经颇为高大，而且我还有强健的肌肉和出色的动手能力。我曾经接受过远超初级水平的教育，我的测量和计算能力几乎不亚于任何一位成年白人。于是，我成了一名很能干的学徒工。我很快学会了使用锯子、锛子和刨子，我能独自把新玉米仓屋的顶板条下的小木梁架设得又直又平，技术之精巧都快赶上戈特本人了。戈特是个身材高大的壮汉，无论说话做事都慢条斯理。在做木工活以外的时间里，他似乎满足于一个人生活，他还喜欢养鸡。他的脑袋上顶着一头鬈发，下巴上有蓬松的肉桂色的胡须。在他缓慢、凌乱、粗声粗气的讲话声中，为了表示强调，他有时会用长满骨节的粗壮的双手做出一些幅度很大的动作。虽然我们俩彼此间的交谈少得可怜，但他硬是将一手出色的木工活全都传授给了我。而我对他也永远都心存感激。

有件跟木工房相关的事一直萦绕在我心里。我原本不想把这件事涉及的内容讲出来，但我又觉得还是应该老老实实地说清楚，因为我想让我讲述的故事尽可能真实。和大多数十六七岁的男孩一样，这时候我已开始强烈地感受到一个即将成年的男人所面临的压力。然而，与其他的黑人男孩相比，我却处在一个不同的境地中。其他的黑人男孩可以轻易地将那些尚未有主而又心甘情愿的黑人小姑娘当作排解饥渴的出口，他们常常偷空将她们领到玉米地旁，或是远处树林边的高粱地中的阴凉而隐秘的草地上去。而我与黑人的小木屋居住区以及这一类的活动从来都是完全隔绝的。所以在我的成长过程中，我对男女之间的肉欲之欢几乎毫无经验。等我后来对那些行为有了更多的了解之后，我内心又掺入了对那些行为所抱有的恐惧感（我必须承认，我直到后来也仍未完全摆脱这种恐惧感）。我觉得在主的眼中，那些行为是不洁净的、可憎的。但我毕竟是个活泼而健康的男孩，尽管我也竭力抵制诱惑，但当欲望的力量变得势不可当时，我也会找机会让自己刺激和兴奋一把。不知为什么，那时候我总觉得，只要我在追求肉欲之欢的时候能有所节制，主就不会对我过于苛责。所以我便将这些需在僻静之处进行的活动的次数限制在一星期一次——我通常在星期六做这样的活动，因为星期六紧挨着安息日（星期日）。这样，等我在安息日向主忏悔的时候，我的祷告便会更有说服力，也更虔诚。

我经常去的是一间狭小而低矮的像仓库一样的棚屋。棚屋和木工房有门相通，我可以用栓子和皮带把门从里面锁上。在我的幻想中，我总是趴在一名不知名的、长着一头金色鬈发的年轻白人女孩的双腿之间。棚屋里有一股浓浓的木材的气息，还有刺果松的树脂发出的气味，那种气味十分强烈，可以令人的鼻孔都变得麻木。多年以后，每当我在炎热的下午从一排排松树旁经过时，那股浓烈而芬芳的木材的气息依然能唤醒我的感觉。每当我想起那间木工房时，每当我回忆起那段往事时，我便感到自己的下体会突然肿胀，变得像铁石一般坚硬。而我幻想中的那位金发女孩也会伴随着我的柔情和欲望，一起回到我的记忆中来。她香唇微张，细语嘤咛，而多年前的那个年轻的我则气喘吁吁地俯身在洋溢着松木气息的温柔乡里。

我正是在这段时期狂热地迷上了研读《圣经》。我觉得自己这样做完全是寂寞使然，当然，这也是因为我拥有很多黑奴都无从拥有的闲暇时间。虽然当时我还年幼,但我已能感受到《圣经》的崇高和庄严,尤其是当我读到《圣经·诗篇》或者那些伟大的先知们的教义的时候。我下定决心,无论命运将把我带向何方,无论命运让何种单调无聊的工作降临到我的身上,我都要先成为一名传教士。有一年过圣诞节的时候,内尔女士送了我一本《圣经》当礼物。那是里士满的圣经公会的一位巡回信使在特纳家留下的几本《圣经》之一。"照着这本书里说的去做,纳撒尼尔,"她的声音柔和而遥远,"幸福就会永远伴随着你,无论你去往哪里。"我永远都不会忘记,当她把那本带有棕色皮革封面的《圣经》按进我手中的时候,我有多么兴奋。在那一刻,我毫无疑问地成了全弗吉尼亚州唯一的一个拥有书本的黑人男孩(尽管我当时并未意识到这一点)。

强烈的幸福感令我头晕目眩。当时的天气十分寒冷,屋里有冰凉的穿堂风吹过,可我却激动得浑身发抖,身上甚至都出汗了。突如其来的喜悦令我无所适从,我激动得甚至都忘了对那位好心的女士道一声谢。我只是转身回到自己的那间小屋,坐在玉米荚铺成的褥面上,坐在圣诞节下午那冰冷的斜日之下。我激动得甚至都无法把书的封面揭开并开始阅读。我背后那道墙壁的另外一边就是厨房,我还记得,当时从厨房那边正传来焚烧雪松木的气味,厨房中融融的暖意也透过我身后墙木之间的缝隙悄悄地溜进屋来。我还记得在房屋远端的大厅里,隐隐约约有叮叮咚咚地弹奏一架小钢琴的声音,还有好多白人扯着嗓门一齐唱歌的声音——他们唱的是《普天同庆,救世主已降临》[1]。我双手紧紧地捧着尚未翻开的《圣经》,透过窗户

---

[1] 最著名的圣诞颂歌之一,歌曲写于 1719 年,由以撒华滋作词,格奥尔格·弗里德里希·亨德尔谱曲。

上翘曲而且饰有皱纹的云母玻璃,我能看到屋外正被狂风吹拂着的荒凉的山坡。一队黑奴正从小木屋的方向朝这边过来,因为天冷,他们浑身上下都捂得严严实实的。他们穿着塞缪尔老爷统一配发的冬衣,衣服虽然粗糙,而且无所谓样式,但还算过得去。他们零零散散地列成一队,有男有女,还带着小孩子。他们正准备过来领取给他们的礼物——发给孩子们的是一只游戏沙包或者一大块冰糖,给女人们的则是一块一码来长的印花布,男人们则可以得到一小撮烟草或者一把廉价的折叠刀。待这些蓬头垢面、衣衫褴褛的家伙迈着沉重的步履来到窗户前面那片已被冻硬了的空地上时,我甚至能听见他们在喋喋不休,他们的声音里充满了对圣诞的期待。我也能听见他们响亮而爽朗的笑声和粗野的欢呼声。他们的出现令我突然生出一股厌恶,那感觉如此强烈,我恶心得都快吐了。于是,我把目光从他们身上移走,终于翻开了《圣经》。我看到书中有一段话,尽管当时我不懂它是什么意思,但我从未将它遗忘。如今,在经历了这么多事件之后,那句话又像变形了一样在我的记忆中闪现了出来:我必救赎他们脱离阴间,救赎他们脱离死亡。死亡啊,你的灾害在哪里呢?阴间哪,你的毁灭在哪里呢?……[1]

除了塞缪尔老爷和内尔女士(以及仅有的一小段关于本杰明的回忆),特纳家的其他人似乎都不曾给我留下特别的印象。伊丽莎白女士——本杰明的遗孀——在我的记忆里只留下了一片影子,她面容憔悴,身体瘦削,总是一副泪汪汪的样子。她常爱用她颤抖的声音满怀希望地歌唱。每当她出现在我的记忆中时,她的声音便会久久地萦绕在我的脑海里。那是盎格鲁-撒克逊人的哀诉,是一种

---

[1]《圣经·何西阿书》13:14。

空洞憔悴的声音，那声音像芦苇一样弱不禁风，又如笛声一般柔软清澈。她得过结核病，而这种病需要她经常住在诺福克附近的海边，因为医生认为含有盐分的潮湿空气有助于她的治疗。因此，我很少有机会见到她，即使偶尔见到了，我也总是离她远远的。

本杰明的两个儿子都在威廉与玛丽学院上过学，他们读的好像是"进步农学"专业。本杰明去世之后不久，他的大儿子威洛比就带着他新婚宴尔的妻子搬到种植园最边上的一座小宅子里去住了，那里的地势相对低洼一些，但树木还算茂盛。在那幢名为"新居"的房子里，他像他父亲在世时一样管理着特纳家族所有与伐木和木材加工相关的业务，所以我也很少有机会能见到他或者和他打交道。

另一位农学家，刘易斯，则仍是单身。他大概三十岁，面色红润，身材矮胖。他和他叔叔一起负责种植园的管理，事实上，刘易斯已经成了这里的总监工，而那位总是喝得醉醺醺的麦克布赖德在某天突然就走人了——他最终还是因为他的淫荡和好色而被塞缪尔老爷解雇了。我不知道塞缪尔老爷是否知道发生在爱尔兰人和我母亲之间的那次遭遇，但我敢说，在那次事件以后，那个男人再也不敢靠近她了，或许是她的断然拒绝令他望而却步了吧。无论如何，我觉得这件事再次证明了塞缪尔老爷的宽容和忍耐。我或许还能从中看出塞缪尔老爷是多么质朴的一个人，他不仅容忍了麦克布赖德的酗酒行为（换了另外一位种植园主，也许早就让他卷铺盖滚蛋了），而且，他还是整个种植园里最后一个得知麦克布赖德有偏好黑人妇女的性癖的人，比其他人足足晚了两年。其他人早就注意到了一件十分奇怪的事：至少三个新出生的黑人婴儿都隐隐带有浅白的肤色，还有浅色的鬈发和又长又厚的爱尔兰人的嘴唇。刘易斯是一位随和的主人（不过我觉得他并不是很聪明，他讲话的时候常常会犯一些语病,而且会被像我这样的年轻黑人在暗中取笑),在大多数事情上,包括如何管理黑人这一方面,他都倾向于听从叔叔的指导。对那些在他的管辖范围之内的人,他在大多数时候也能以公平和善意相待,这也正是每个黑奴都翘首以盼的事情。工作之余,他似乎把大部分时间都花在到树林里骑马或者到草原上射鸟上面,和黑奴们离得远远的。因此,关于他的私生活的风言风语(其中不免掺杂了许多想象的成分)也就很少出现。

这样一来,在特纳的家人当中,还值得聊一聊的也就只剩下塞缪尔老爷的两个女儿,路易莎小姐和埃米琳小姐了。年岁稍长一些的路易莎小姐曾经在她母亲最开始给我上课的时候帮忙辅导过我,这件事我已经在前文中提到过了。我那么快并且那么自信地学会了阅读、拼写和运算,这让我有充分的理由相信她真的是一位出色的老师。然而,我和她的交集终究过于短暂,以至于我都很难回忆起她的完整形象来。大概在我十四岁的时候,她嫁给了一位来自肯塔基州的年轻的土地投机商,然后就跟他一起永远地搬走了,而我的学业也就完全得仰仗我的女守护神——她的母亲,那位一分一秒都离不开《圣经》的女人——来一手操持了。

在特纳家的所有人里,埃米琳小姐是最年轻的一个。那时她才二十五岁,也可能更大一点。在将我养育成人的这个地方,我身边的女人们(至少是白种女人们)一个个都像透明的气泡一样漂浮在洁白无瑕、光彩照人、美好纯净的世界里。我用一种只有像我这样天真无邪的少男才会有的朴素而虔诚的激情崇拜着她,倾慕着她——当然,我与她隔着很远的距离。她充满光泽的赤褐色的发丝从中间分开,她有一双乌黑而聪慧的眼睛,那端庄而可爱的小嘴为她的脸平添了一份高贵和从容。如果不是因为她在乡下蛰居,如果将她置身于另一个完全不同的社会中，她肯定会成为一位绝色佳人。然而乡下生活的辛劳与闭塞，以及乡下的天气，会让白人女主人的妩媚和风韵迅速变得粗糙。这也可能与都市生活有关，因为自从她去附近的劳伦斯维尔上女子中学以后，她就北上去了巴尔的摩市，她在那里的一位姨妈家里一住就是好几年。在那期间，她有过一段不幸的恋情（至少大家是这么传的，至少普莉希、利特尔·莫宁和另一个家仆在厨房里嚼舌头的时候是这么说的，而这几位全都是我们这里如假包换的包打听）。她伤心极了，甚至连健康状况都一度受到了影响，所以塞缪尔老爷便索性把她召回了家。现在，她帮内尔女士管起了家务。她的元气渐渐得到了恢复，没费太多气力便重新习惯了身为种植园女主人的生活。她常到小木屋去看望生病和身体虚弱的黑奴，闲来还会制作一些蜜饯和水果面包。在春夏两季，她还要负责打理离木工房不远的一片很大的蔬菜园子。

她尤其喜欢鼓捣那座菜园。园子里面所有的种子和幼苗都是她亲手埋下的。她会一连好几个小时头戴一顶巨大的草帽，和另外两个当助手的黑人小姑娘一起，肩并肩地在炎热的夏日底下在园子里拔杂草。在木工房里干活的时候，我老爱偷偷盯着她看。她是那么令我着迷，我的呼吸会突然变得急促。我带着原始的欲望期待着那个时刻的到来，我知道它很快就会到了——它终于到了。在那一刻，她会停下手中的活，抬头望向天空，她纤细而秀丽的手指会轻轻地从湿润的额前掠过。她就那么跪在那里，眼中若有所思，嘴唇微微张开。我能看见她雪白的牙齿在微微地闪现，我甚至能看见她太阳穴边上有一根青筋在跳动。就这样，我在无意中难得地获得了一个机会，得以面对面地领略她那纯洁而高贵的美貌和光洁得令人难以置信的肌肤。

我对她的感情是纯洁的，它与我的宗教信仰有着痛苦而隐蔽的联系。我信奉纯洁与善良，而她绝对的美貌之中自有一种特别之处——忧郁、孤独、自由且不安于现状的态度，举手投足之间透着的一股矜持且安详之感。这些全都是纯洁而善良的，是在人们的想象中只有天使才会具有的那种无形的、清澈的美。当然，在后来的生活中我才得知，虽然可能会有危险，但年轻的黑人男孩被白人女主人的美貌弄得神魂颠倒原来也是屡见不鲜之事。可在我看来，当时我对她的崇拜似乎到了怪诞、稀奇甚至让人无法忍受的地步，就好像我的心灵深处染上了某种神奇的疾病。在这场长达一年的恋慕过程中，她跟我讲过的话加起来还不到十个字，而我在她跟前，除了就一些琐碎的小事低声回答过一两句"是，小姐"或者"不是，小姐"之外，我什么话都不敢说。这时候我已经不在主人的大房子里工作了，所以我和她碰面的机会也就变得少之又少。我暗暗祈求主能让我每天都看见她一两回。在所有的仆人当中，我颇有些特权。对此，她这些年来自然是清楚的，但她根本不可能去留意一个黑人男孩。虽然她对我并没有不友善的举动，但她似乎也只是很模糊地意识到，在这个世界上，有我这么一个活生生的人在与她一同呼吸。有一次在阳台上，她叫我帮她把一个花盆挂起来。我又紧张又兴奋，结果慌手慌脚地差点把花盆摔在地上，当时，她正好站在我身边，而我把泥土撒得满地都是。她抓着我裸露的胳膊，用尖细的声音喊道："纳特，你好笨哦！"我的名字从她嘴唇之间吐出的声音就像祝祷词一样美妙，当她白皙的手指触碰到我的时候，我感觉自己好像被火燎过一样。

大约在埃米琳小姐从巴尔的摩市回到种植园的一年以后，在一个夏末的夜晚，特纳家举办了一场盛大的聚会——这件事本身就绝对值得一提。在种植园里，这样的社交活动原本就不多（至少在我住在主人的大房子里的那段时间是这样的）。这不仅是因为这片地区位置偏僻，还因为此地的交通路况很不安全——水流湍急的渡口、坍塌的树木和被洪水冲毁的道路。因此，位于潮水地带的各个种植园之间的每趟来往几乎都成了探险之旅，谁都不敢等闲视之或者鲁莽行事。然而，每隔一段很长的时间，大概两年左右吧，通常要等到夏末农作物收割完毕之后，塞缪尔老爷便会决定举办一次活动，他幽默地称之为来一次"集合"。几十位宾客每次都会拖家带口地从各处络绎赶来。这些宾客大部分是住在詹姆斯河、奇克哈默尼河附近或来自北卡罗来纳州的农场主以及他们的家人，他们的名字大多是卡特、哈里森、伯德、克拉克和邦纳之类的。这些宾客来的时候都坐着漂亮的马车，还有一帮黑人侍女和贴身仆从前呼后拥地跟着。他们在这里少则住上四五天，多则住上一个星期，每天不是领着家住附近的沃恩少校的猎犬去抓狐狸或者打火鸡，就是去办马术比赛、手枪射击比赛或者出去野餐。与此同时，女士们则在屋后的阳台上轻松、惬意且无拘无束地闲聊。此外，大厅里至少还会举办两场盛大的舞会，为了把气氛渲染得更加欢快，在那两天晚上，大厅里会挂起粉蓝两色的长长的彩旗。

在我满十六岁以后，我在这种场合的工作就是出任"首席招待员"，这是塞缪尔老爷授予我的头衔，指的是我负责监督和管理所有在厨房以外帮工和干活的黑人家仆。（塞缪尔老爷将这副重任托付给了当时还年纪轻轻的我，你从这一点中或许就能掂量出他对我有多么信任。但从另一方面来说，跟其他黑人相比，我的手脚的确更利索，人也更机灵。）所以，在那个星期当中，我会穿上一身漂亮的礼宾服——紫色天鹅绒材质的及膝长裤，配有闪亮的黄铜扣子的红色丝绸外套，用白色山羊毛做的假发，假发后面的发尾上还卷着许多漂亮的小辫。我的这身打扮想必给那些名叫卡特和伯德的来宾呈上了一道异样的风景，而我自己也陶醉在了这个角色之中。虽然我每天都得从早忙到晚，但我能够前前后后地忙来忙去，还能在其他黑人男孩面前作威作福，颐指气使，这令我非常享受。这些黑人男孩大多是临时从庄稼地里抽调来的孩子，他们走路内八，笨手笨脚的，没什么经验，而且从未见过世面。所以，每当客人的四轮马车或者轿式马车来到门口时，我总是负责在门口迎接他们，并搀扶女士们下车。我还得督促卢卡斯、托德、皮特和蒂姆在入夜后把每位先生的靴子都擦上一遍，将草地上的垃圾也清理干净，并确保他们一直都在忙碌，而不是在偷懒。比方说，到冰窖去取冰，帮哪位女士找回她遗失的扇子，帮宾客们把马系上或者解开，或是这样那样不同的差事。我总是天不亮就第一个起床（我最重要的任务之一就是帮利特尔·莫宁把绅士们每天外出猎狐之前要喝的威士忌准备好），我也几乎总是最后一个上床就寝的人。正因为我经常这么早就开始四处忙碌，我才在一个没有月光、天色阴暗的早晨差点被埃米琳小姐和另一个人绊了一跤。

最令我吃惊的倒不是她的低语声如此清晰——虽然我立刻就听出那是她的声音——而是她在疯狂地念着主的名字，这是我平生第一次从女人的唇齿之间听到亵渎神灵的言辞。我被我听到的那些话惊呆了，我像脚下扎了根似的，呆呆地站在黑暗里。当时我根本没意识到这样的言辞只会在什么样的场合出现，我完全没有认真去想，我还以为她遇上了某种巨大而可怕的危险。"哦，天哪……哦，上帝呀……哦，耶稣啊……等一等……哦，耶稣啊……啊，等等！……快……把它放回去……啊，好啦……慢点……哦，耶稣啊……慢一点……等一等!"

这时,从树篱后面的草坪上传来了男人的轻吟声。我这才意识到原来这里还有另外一个人。我听得入了神,我的身体就跟麻木了一样。可当我听到救世主的名字竟然在这样的场合被人大呼小叫时,我突然感觉恶心得要命。我的救世主仿佛已被她用那两片火热而急切的嘴唇给淫荡无耻地剥了个精光。"等一等,等一等!"她又一次央求了起来,男人的喉咙里发出了轻轻的叹息声。然后,她又继续开始有节奏地呻吟:"哦,天哪……天哪……好,等一等,慢点!……哦,耶稣啊……哦,基督啊……哦,基督啊……哦,是的,现在!……哦,天哪……天哪……天哪……"

随着一阵悠长的、渐渐变弱的啜泣声,呻吟声消失了。一切都静了下来。池塘里的青蛙在呱呱叫着,马厩中的马匹撞在隔栏上,发出了几声闷响,我的心也正在像擂鼓一般飞快地跳动着,除了这些声音之外,我听不见任何声音。我的心怦怦地跳得如此之响,我甚至觉得它把从无花果树上哗哗吹过的夜阑的风声都压了下去。我站在那里,一动都不能动。我感到失望,感到震惊,感到害怕。我的内心一片狼藉。我记得,我当时满腹委屈地在想:这就是身为黑奴的结果。这不公平。如果我不是黑奴,我就不会知道这些我不想知道的事。这不公平。

又安静了好一阵,我才听到了那个男人激动而颤抖的声音:"哦,我的爱人。埃米,我的爱人,我的爱人。埃米,我的爱人!"

然而,我没听见埃米琳小姐的回答。时间像一件老迈而残破的东西,在缓慢而痛苦地流逝着。我口干舌燥,浑身麻木。像死亡一般冰冷黏湿的预感,将刺骨的寒意在我的整条腿上扩散开来。终于,我又听见了她的声音,此时她的声音已变得安静而沉着,里面还夹带些许轻蔑和讽刺。"好了,这么多年来你一直梦寐以求的东西,今天终于让你得到了。这下你该满意了吧。"

"哦,埃米,我的爱人,我的爱人,"他低声说道,"让我……"

"离我远点。"她说。在黑暗中,她陡然拔高了她的音调:"离我远点,听明白了吗?你再敢碰我一下,你再敢冲我说一个字,我就告诉爸爸去!我去告诉爸爸,你把你的表妹给强奸了,他会一枪把你给崩了的。"

"可是,埃米,我亲爱的,"他不大服气地说,"可那是你自己同意的——哦,埃米,我的爱人,我亲爱的——"

"你离我远点!"她又说了一遍,然后便陷入了沉默,很久都没再出声。突然,她又大声喊了起来,喊声中充满了自暴自弃和冷冰冰的绝望:"哦,上帝呀,我多么恨你啊。哦,上帝呀,我多么讨厌这个地方。哦,上帝呀,我多么讨厌活着。哦,我多么恨你呀,上帝!"

"啊,别这样,埃米,"他说,话声中透着惊慌,"我的爱人,我的爱人,我的爱人!"

"这个该死而可恶的地方。我宁愿回马里兰州重新当我的妓女去,我宁愿让我唯一爱过的那个男人拿我的身体到巴尔的摩市的街头去卖。把你该死的手从我身上拿开,别在我跟前再多说一个字,不然,我就告诉爸爸去!哎呀,走,走,你给我走开,让我一个人待着!"

在我的这份自白书里,我在别的部分当中也曾不止一次谈到黑人的无所不在,以及他们由此获知的一些藏在他们内心深处的秘密。这些秘密通常是不为白人所知的。那天早上就是这样的一个时刻。我看见埃米琳小姐从草地里站了起来,在一阵塔夫绸衣服窸窸窣窣的响动声中，她消失在了房屋的蓝色阴影里。紧接着，她的表兄刘易斯也站了起来，垂头丧气地走进了夜色中。看着眼前的这一切，我开始觉得，无论一个黑人得知了多少隐秘的内情，这个世界上总会有令他捉摸不透的事情，总会有他解不开的谜团，所以他千万不要自诩聪明或者认为自己无所不知。在埃米琳小姐的事情上，这句话绝对千真万确。那天晚上过后，我无时无刻不在默默地想她，可她却用一件神秘而黑暗的斗篷将自己裹得更加严实了。她没有再跟刘易斯讲过话，刘易斯也没敢再去找她搭讪，至少我没见到这样的场面。她的威胁和警告见效了。几个月之后，那个可怜的男人便彻底从特纳家脱离了出去，一个人跑到路易斯安那州做糖或者棉花的生意去了。

至于我在那天晚上的所见所闻，请不要以为我把它讲出来是因为我持有恶意。事实上，这件事对我有很大的影响，它完全改变了我对白种女人的看法。在我的心目中，埃米琳小姐就像圣徒一样被圣洁的光芒包围着。但如今，她的形象已经暗淡下来，变得微弱，直至彻底消失了。站在那里的她仿佛突然间已经变得赤身裸体，我对她的痴迷进入了一个不同的状态。我内心的绝望而无尽的失落感也发展成了另一种类型，虽然这种感受同样强烈。在很长一段时间里，我为她着迷，为她疯狂。虽然我只是从远处迷恋着她的美丽，但她喃喃低语的那些亵渎神灵的话语不禁令我心旌摇曳。它像尖尖的火苗，点燃了我的欲念，激发和煽动着我的幻想，令我心烦意乱。在我的幻想中，原先那位纯洁无瑕、留着金色鬈发的虚构女孩已被埃米琳小姐取代，她成了我觊觎的目标。每到星期六，当我偷偷摸进隐蔽的木工房里，去释放我压抑已久的欲望时，我想象中的埃米琳小姐总会用她裸露而雪白的丰臀和下腹狂野地回应着我的情欲和好色。她会贴在我耳边,如泣如诉地低声念着"天哪,天哪,天哪",让我沉醉在这难以言表的邪恶且亵渎神明的愉悦感之中。

在我年满十八岁之后的那个十月的某天,我终于获知了塞缪尔老爷在过去的这些年、月和星期之中为我的未来设想的大致计划。和所有大事发生的日子一样,那一天在我的记忆中格外清晰。

那是个星期六,一个弥漫着灰尘的赭黄色的秋日。自打年轻时的那次大发现以来,在我的眼里,秋天的天气就再也没有像那天一样美丽动人过。树林中有袅袅的林烟,还有色彩斑斓的枫叶,苹果的气味像夹带着酒香的雾霾一样弥漫得到处都是,松鼠在树林边蹦蹦跳跳地采集板栗,蟋蟀在衰草中不停地发出刺耳的鸣叫声。成熟而温暖的阳光伴随着阵阵柔风,风里还能闻到烧焦的橡木和冬天的气息。那天早上,我像往常一样早早起来,然后便来到了木工房,忙着将一批二乘四的短木料装进手推车。几天前,塞缪尔老爷刚刚对所有黑人农场工住的小木屋进行了一次季度检查,结果发现好几间屋子都处于严重失修的状况。而今天,戈特和我得先用这些二乘四的木料给那几间小木屋的底座加固,然后再换上新地板。许多老旧的木头在夏天遭受了渗水和朽烂的威胁,早已分解成了一团团极易剥落和变碎的木屑,因此,那些小木屋直接暴露在阴冷潮湿的土地上,屋里便免不了会有田鼠、蟑螂、蚂蚁、甲虫和蛆虫出没。虽然我很喜欢木工学徒的工作,对自己日益精进的木工技术也颇为自负,但我却对帮黑人修理小木屋一事很不以为然。尽管塞缪尔老爷曾经费很大的力气教黑人们怎样保持基本的卫生和清洁,但小木屋里还是弥漫着恶臭——汗味、油脂味、尿味、黑人扔的垃圾味、腐烂变质的猪肉味、从人的胯部和腋窝发出的体臭、黑人们劳累的气息,以及沾满了婴儿呕吐物的稻草垫子的气味。总之,那是一种人类无法忍受的、恶心至极且不可救药的恶臭。"哎呀,哎呀,"每到这个时候,戈特便会自言自语地开启他德国式的骂腔,"这帮家伙简直连动物都不如。"每当他抬起一根柱子或者横梁时,他的脸上都会露出极其厌恶的表情,他还可能会冲着地板啐上一口唾沫。每到这种时候,尽管我心有不甘,但我的确为我自己的种族感到耻辱,为我身为黑人而感到羞愧,这种耻辱和羞愧就像利刃一样扎入了我的内心深处。

可是在那个晴朗的早晨,塞缪尔老爷带着亲切的笑容出现在木工房门口,当时我手头的活尚未干完。"找副马鞍给朱迪套上,纳特,"他说,"我们要去一趟耶路撒冷。"他脸上那副有趣的表情后面似乎隐藏着什么秘密。他压低了声音对我说:"到今年十一月三号,我和内尔女士结婚就有整整四分之一个世纪了。为了庆祝这个周年纪念日,我一定得给她买件合适的礼物。"他拽着我的衣袖把我拉到木工房门外,"走,找两副马鞍分别给朱迪和汤姆套上。今天的天气这么棒,我想找个人陪我一起去。可这件礼物的事你一个字也不能向别人透露,听见没有?纳特!"

说完,他还四下看了看,仿佛怕被人偷听了去。接着,他又用更小的声音说:"沃恩家的人给我送来了消息,说今天有个从里士满来的珠宝商会从耶路撒冷经过。"

我听了自然也是喜不自禁。这不仅是因为我被他从一件令人厌恶的无聊工作中解救了出来,还因为我很喜欢骑马出行。虽然这种机会不多,但只要机会一来,我都会抢着去。而且,耶路撒冷本身也是个令我兴奋的地方,虽然它离此地不到十五英里,但我只在好几年前去过一次。当时我有正事需要办,但那座城市仍着实令我大大惊叹了一番。那一次我同样是和塞缪尔老爷一起去的,当时我们赶着一辆运货的马车,因为我们需要给我母亲的坟地选块墓石。她坟墓上的墓碑不是用雪松木板做的,她也没被往那片杂草和野花丛生的野地里草草地一埋了事。我母亲被体面地葬在了白人的家属区(距离那位从来都不动感情的本杰明不到几码远,想必他此刻又会在棺材里头辗转反侧地闹起意见来了吧),这种待遇在特纳家的黑奴当中是绝无仅有的。为她设立的大理石墓碑的大小、尺寸和洁白程度,丝毫不输给她身边的那些白人的墓碑。她的墓碑上写的字并不是这位黑人妇女悲惨但真实的本名——娄安,而是被白人掳掠、被白人霸占、被白人当作财产来拥有的娄安·特纳。在长大以后的很长一段时间里,我曾一直为此感到憋屈和难过,我也曾对诸如此类的事情进行过漫长而深刻的思考,但现在我对此早已释然于胸,不再挂怀。

我们骑着马踏上了房前长长的小道。道路上铺满了落叶,像一层厚厚的地毯。在小道的入口处,亚伯拉罕正监督着五六名黑奴农场工,安排他们清理部分农田边上的排水沟。塞缪尔老爷大声跟他们打着招呼,那些人也全都站直身子,脸上露出讨好的笑容。他们摘下头上的帽子,一边麻利而滑稽地移动着脚步,一边纷纷以"早上好,老爷"或者"我们很好,塞缪尔老爷!"作答。我冷冷地注视着他们,目光里带着高高在上的轻蔑。我们的马径直跑了过去,穿过一片树林,而他们的说话声仍然在我们身后回响。马沿着铺满落叶的凹陷的货车道往前飞奔,这条道路连接着通往耶路撒冷的木排路。那天的天气明媚而多风,摇晃的树枝和车底下被风的涡流卷起的树叶令清晨显得愈发生机勃勃。塞缪尔老爷那匹皮毛黑得锃亮的爱尔兰猎马率先进入节奏,开始飞奔起来。在接下来的半个多小时中,我们就这么骑着马在森林中穿行,谁也没有开口说话,直到塞缪尔老爷把马的步伐放缓下来，我再度和他并肩而行。我听见他对我说："我听说你是个很不错的小木匠。"我不知该如何回答他这句既令人高兴又叫人为难的话，所以我便仍然保持着沉默，只是飞快地朝塞缪尔老爷那边看了一眼，正好与他的目光相对，于是我又把视线挪开了。他脸上闪现出愉快的表情，还隐隐带着一丝微笑，仿佛即将有个秘密要公布。他坐在马背上，姿势优雅而风度翩翩，在过去的几年里，他头上飘垂的发丝已变得银中带灰，脸上也增加了许多像网子一般的皱纹，可这也为他平添了几分威严。在那一瞬间，在我的想象中，我仿佛正和《圣经》中的某位大英雄一起策马同行——他可能是约书亚，也可能是即将率队出征，把米甸人打得溃不成军的基甸[1]。我仍和刚才一样，一句话也讲不出来。我太敬畏他了，我的嘴像被缝了线，根本无法开口回答。

"戈特先生告诉我，你把那二十根底板和烟囱的围梁刨得挺平整，榫眼和接榫做得也都不错，一个坏的接口都没有，一块木材都没浪费！你的活干得太漂亮了，年轻能干的木匠师傅！我想我应该——"

在那一瞬间，他是不是差点就脱口说出了后来对我说的那番话？也许吧，但我真的无法确定。就在这时，塞缪尔老爷的马突然受惊了，它的前蹄腾空，只靠两条后腿支撑着立了起来，而我胯下的母马也一边惊恐地嘶鸣，一边将前蹄高高抬起。木排路对面的灌木丛中蹦蹦跳跳地蹿出来三头鹿，一头是雄的，另外两头是雌的。早晨的阳光穿过绿荫，斑斑点点地洒在它们身上。它们的眼睛机警地闪烁着，矫健而无声地从我们身边飞奔而过，蹬踏在道路另一边

---

[1]《圣经·士师记》第七章。

的厚厚的落叶上,然后便消失在了森林中。一串沙沙的鹿蹄声和树枝被踩断的声音渐渐离我们远去。"吁——,汤姆!"塞缪尔老爷长长地吆喝了一声,把他的马勒住,让它镇定下来,我也收紧了胯下的母马。我们在树林中那摇曳不定的格状阳光的照耀下站了片刻,凝望着方才那几头鹿的白色鹿尾在树林中消失的方向,聆听着它们在树丛中逐渐远去的蹄声。此情此景正好为我们递上了一个不错的话头。"它们要是再往这边蹦一点,就蹦到咱俩头上来了,纳特!"塞缪尔老爷不大自然地笑着说道。说完,他拢住汤姆,掉了个头,向前疾驰而去。在接下来的几分钟里,我们都没再说话。最后,我们来到了货运车道的尽头,前面就是通往耶路撒冷的木排路了。"那时瘸子必跳跃像鹿,"他一边说话,一边回头朝我看了过来,"哑巴的舌头必能歌唱;在旷野——后面是什么来着,纳特?"

"在旷野必有水发出,在沙漠必有河涌流,"我回答道,"发光的沙要变为水池,干渴之地要变为泉源;在野狗躺卧之处,必有青草、芦苇和蒲草。[1]"

"对,对。"他答道。这时,我们已经在货运车道的尽头停了下来,旁边是一片节瘤丛生的古老的苹果林。这里曾经是种植园栽培的果林的一部分,如今却又变成了乱丛棵子和自然林。成斗的苹果已经从枝头跌落到地面,它们一层层地、杂乱无章地躺在车道旁边的浅沟里,颜色深浅不一,大多是红黄两色的,微微泛着一股烂苹果的酒味。就在我们停下来歇脚的这么一会儿,树上仍有苹果在噗噗地往下掉。蚊虫铺天盖地而来,几乎遮住了我们的视线。两匹马低下脖子,贪婪地咀嚼地上的苹果,嘴里不时发出津津有味、汁液

---

[1] 《圣经·以赛亚书》35:6—7。

四溢的声响。"对,对,"塞缪尔老爷说,"我都忘了,记不全了。"他突然笑着又补了一句:"感谢上帝,我忘了《圣经》不要紧,我还可以指望你呢。旷野中必将涌出大水,沙漠必将流出江河——全能的主啊,要真能那样该有多好啊。"他往四周望了一阵,又抬手在眼前搭了一片小凉棚,朝远处搜寻了一番,"万能的主啊!"他又说道,"多好的一块地啊,就这么给荒废了!"

我也朝四下看了看,却没看出任何异样来。苹果树、道路、田野,还有远处的林地,一切似乎都还正常。

他转过身来严肃地看着我。"那几头鹿,纳特,就比如说那几头鹿吧。过去,在这条道路上,或者说在这片地区,你从来不会看见有鹿出没。这附近曾经有很多人,所以鹿没有那么放肆。在十五六年前,那时候你还是个小不点,每到十一月和十二月,这片地区的树林里都时常会响起枪声,那是老约翰·科尔曼和他的孩子们在存储过冬的鹿肉。他们会把鹿的数量控制在适当的水平。他还让他的黑奴们也去猎杀鹿。当时他手下有个大个子马车夫,名叫弗雷迪,弗雷迪称得上是全南安普敦县最棒的射鹿高手。但这都是过去的事了,如今鹿又回来了,说明现在已经到了困难时期,说明这里的人都离开了。"他又往四周看了看,脸上的神情依然严肃、忧虑、若有所思。"这片树林,"他低声嘟哝着,"属于约翰·科尔曼。如果有人好好打理一番,这些树就能结出最香最甜的红玉苹果来。可你瞧瞧,它们现在烂成了这个样子,都被虫吃掉了。天哪,多可惜呀!真是太浪费、太不应该啦!"

我们骑着马朝耶路撒冷缓缓而去。塞缪尔老爷几乎很久都没再开口,他的思绪似乎已经被别的什么事完全占据了。他完全埋头在自己的世界里,沉浸在苦恼的沉思中,他在那天上午早些时候的愉快心情莫名其妙地完全消散了。我自然不敢贸然去打扰他，我们就这么默默地走了约莫一个小时或者更久，前方的木排路铺得像房梁一样又平又直。道路两旁的树在风中猛烈地摇摆，看上去像是两面高墙在窃窃低语，树上的叶子像火一样色彩斑斓。和井然有序的特纳种植园不同，这里看上去是一片真正的荒野。在眼前这片由紫铜色和金黄色构成的景致中，人们时常能见到野生动物出没。松鸡蹦蹦跳跳地从路边跑上了道路，肥胖的大雁在秋风吹拂的林梢之上振翅欲飞，在蹿向高空的那一瞬间，它们还兀自在呱呱地鸣叫。松鼠和白尾巴的灰兔在道路上大摇大摆地来往穿梭，有只红狐狸还从它赖以栖身的倒塌的橡树树干上机警地打量着我们。它坐在那里，咧着嘴吁吁地喘着气，它的舌头从那排细小而邪恶的牙齿中间伸了出来。

我们沿着木排路继续往前走。听了塞缪尔老爷刚才的言论之后，我这才发现每隔一段距离，这片荒凉而奇怪的土地两旁的树林便会断掉一截。一畦畦曾被用来改种烟草的土地上如今已荆棘丛生，成了一片废墟。在草地上戳着的矮小的橡树和松树苗比比皆是，这里的土壤生硬而多草，大片灰质的土地被风暴侵蚀得沟壑纵横，不但种不了任何作物，还像敞露在外的伤口一样大煞风景。被荒弃的最后一茬烟草随处可见，它们的梗秆已经剥落，但僵硬而干枯的脊梗仍从茂密的荆棘丛中穿刺而出，清晰可见。经过其中的一块烟草田的时候，我还在遥远的地平线上看到一座屋顶已经塌陷的老旧的大型农舍，它的四周还有一些破败的附属建筑。它们早已被人废弃，变得朽烂不堪，仿佛是某个早已死去的东西留下的遗物，远远看过去，让人愈发感到不祥且凶险。我将视线从那些建筑上面移开。不知怎么回事，我也和塞缪尔老爷一样变得郁闷起来。我就这么默默地跟在他身后,一起继续向前奔驰。前方道路的两旁又有树林了。

道路上几乎没什么马车,从耶路撒冷往这边来的方向倒还有些动静。我看到两辆由小商贩驾驶的四轮运货车,还有农民赶着的几辆有篷或无篷的轻便马车。塞缪尔老爷跟所有人都高声打着招呼,他们也都热情地回应他,认真而尊敬地问候他。我还看到了一位叫露西的黑人老妪,她已经是自由人了,双眼半盲,本地人都知道她是个拾荒人。她喝得醉醺醺的,疯疯癫癫地骑在一头瘸腿而瘦弱的骡子的背上。塞缪尔老爷往她苍白无力的手心里塞了几美分的硬币。她跟着我们一起走了半英里路,一路上还尖着嗓子念叨:"太好了,谢谢您,塞缪尔老爷,您真是位活耶稣!是的,您是一位活生生的耶稣……是活耶稣……活耶稣啊!"

一群大雁正排成箭头般的阵形往南飞去,它们在瓦蓝色的高高的天空中飞驰和摇摆。一阵风吹过,将塞缪尔老爷的斗篷掀起来盖在他的头上。他一边伸手把斗篷拂落下来,一边问我:"你今年多大啦,纳特?十八岁了吧,我说得对吗?"

"是的,塞缪尔老爷,这个月的第一天我刚满十八岁。"

"戈特先生在我跟前使劲夸你来着,"他继续说,"你能有这么大的进步真的很了不起。"他转过头看着我,脸上带着笑意。"你是个很不一般的黑人小伙子,我想你自己应该也知道。"

"是,塞缪尔老爷,我想是的。"我记得我回答的时候并没有丝毫失礼之处。我早就知道在许多方面我都很出色,也很幸运。

"但你所接受的还远不是人们说的那种高等教育,"他说,"我既没有那个打算,也没有那个权力,虽然我相信,你们这个种族的年轻人终归有一天也能拥有这样的学习机会。你如今应该已经完成了绝大部分小学的教育课程。你能读能写,还会数数。在我认识的人当中，包括我认识的好几位白人牧师在内，你对《圣经》的熟悉和了解程度是最让人惊叹的。我毫不怀疑，接下来，只要你能接触到更多的书，你的学识还将继续增长。除此以外，你还掌握了一门手艺，并且能越来越娴熟地使用教给你的那些技能。你是一个活生生的证明，你证明了我一直想让其他白人——包括我那位已故的兄长——相信却又未能说服他们的一件事：像你这样的年轻黑人应该能够克服你们在人种上天然的不利条件，至少能掌握这一类的知识，从而拥有一些其他的、更高的追求，而不只是从事最低级、最卑贱、像动物一样的劳动。你明白我的意思吗，纳特？"

"是的，塞缪尔老爷，"我说，"我都明白。"

"再过三年，你就二十一岁了，就要成人了。在那一天到来之前，我打算让你在我的种植园里承担一份新的职责。从明天开始，你在木工房里跟戈特先生干活学艺的时间缩减为半天，在其余的时间里，你将担任种植园的助理监工一职。你和亚伯拉罕共同负责管理和监督农田与工厂的一切事务，但你只向我一个人汇报和负责。还有，今年秋天的某个时候，我可能还需要你帮我把所有的藏书都整理整理，早该有人把它们清理一下了。光是伦敦的经销商最近发来的那批货里头就有一百多本关于农艺和园艺的书，我其他的那些书就更别提了，还有我父亲留下的书。它们全都需要有人整理。你觉得你能帮我干好这些事吗？"

"我会努力去做的，塞缪尔老爷，我保证尽力去做。"

"对你来说，有些事眼下可能还过于复杂，也许你还处理不来，但你可以边干边学。总而言之，我想我们肯定能把这件事办好。"他把马的缰绳收住，我也停了下来。我们并马立在路旁，塞缪尔老爷用他戴着手套的手紧紧握住马鞍的鞍头，严肃地看着我。除了我们两人以外，这一段荒凉的道路上空无一人，只有一阵阵旋风卷着褐色的树叶和砂质的灰尘从路面蹿过。平坦的原野上长满了一丛一丛的野蔷薇，一直延伸到遥远的地平线处。这是一片荆棘密布的垂死的荒原，在远处森林中的某个地方，无人看管的野火在燃烧，空气的芬芳中带着刺鼻的雪松气味，一股粉末般香甜的烟雾飘浮在我们四周。

"好吧，我在心里已经暗暗思忖很久了，"他慢慢地说道，"我不知道是否应该把我的另一个建议告诉你。我怕一旦我把这个建议告诉你，你的脑子里会生出这样那样的怪念头，闹得你没法专心工作。"

我实在猜不出他想告诉我的建议会是什么，可他语气中的某些东西却令我颇为警觉，也颇为期待。我开始想入非非，我甚至突然疯狂地开始想，也许他是想告诉我，如果我能圆满地完成他交给我的所有工作，他就会把那匹叫"朱迪"的马赏赐给我，两年前，他赏过亚伯拉罕一匹马……

"去年八月到里士满去的时候，我和布什罗德·彭伯顿先生见过一面。我跟他谈了许多关于你的事，他对此也非常感兴趣——"

母马的形象顿时从我的脑海中消失了。里士满跟我有什么关系？为什么他要提到布什罗德·彭伯顿先生？这两件事似乎没一件能跟我扯上半点关系呀！

"彭伯顿先生是里士满最富有的绅士之一。他是位建筑师兼房屋建筑商，眼下他急需技术熟练的工匠。彭伯顿先生不仅有修养、有学识，而且他对劳工的看法大多都和我的看法不谋而合。他在里士满开设企业，雇用了很多能干的自由黑人和黑奴，他们在他那里担任木匠、泥瓦匠、白铁匠和其他工匠。我想给你提的这个建议，纳特，其实很简单：在接下来的三年之内，如果一切顺利的话——我也实在想不出能出什么岔子——"

他要把我租出去，我心想。他要把我租给彭伯顿先生，这就是他的打算。恐惧开始在我的内心蔓延，我心想：这些年他之所以一直在培养我，就是为了能把我租给里士满的布什罗德·彭伯顿先生——

"我打算把你送到彭伯顿先生那里去待上四年，你会成为受他雇用的一名木匠。彭伯顿先生住在圣约翰教堂附近的一座美丽而古老的宅院里。我去参观过他手下的仆人们住的宿舍，它们就在主人宅院后面的一条安静的小巷里。我这么跟你说吧，纳特，恐怕黑人们连做梦都梦不到他们能住在条件那么好的地方。另外，彭伯顿先生正在市中心建造一片联排式的住宅屋。我从一开始就觉得这份工作简直就是为你量身打造的。从他那里挣到的工资，你付我一半——"

就这么轻描淡写的几句话，他就想把我给打发走。这意味着我将不得不从特纳种植园离开。这不公平。这不公平。

"另一半的工资你自己留着存起来，以备日后不时之需。此外，到时如果彭伯顿先生对你的工作评价很高——我毫不怀疑，他给你的评价肯定会是优秀之类的——我将为你办理解除奴隶身份的文件。这样一来，你在二十五岁的时候就能成为自由人了。"

说到这里，他停了下来，用他戴着手套的拳头在我肩膀上轻轻推了推，又补充道："我唯一需要你保证的，就是每隔那么一段时间，你会带上你的妻子回特纳种植园来看看我们——不管你娶的是怎样的一位黑人姑娘！"

我突然意识到，因为说得越来越动情，他的身体都颤抖了起来。

他没再往下说，只是很响地擤了一把鼻涕。深感困惑和无助的我张了张嘴，从嘴唇之间微弱地吐出了一丝空气，但我一个字也没说出来。这时，他猛地将身体转了过去，轻轻拍打着他的马开始跑，同时还冲着被落在后面的我大声喊道："来吧，纳特，时间过得很快的！我们必须马上赶到耶路撒冷去，不然那位珠宝商的珍珠宝贝就全都卖完了！"

　　自由人。我这颗黑人的脑袋还从未像今天这样突兀而又疯狂地混乱过。与遭受奴役的现实一样，对自由的向往同样能让一个人生出近乎痴迷甚至是疯狂的念头来。听塞缪尔老爷讲完那个慷慨仁慈的计划之后，我的第一反应却有些不知好歹，也透着一丝惶恐和自私——我认为这么评价自己的反应是比较准确的。可我会有那样的反应也是合理的，其原因就像人的心跳一样再自然、再简单不过了。我对特纳种植园过于依恋了，这里的房屋，这里的树木，这里的宁静而熟悉的风景，它们是我全部的记忆，是它们把我培育和塑造成了今天的我。一想到要从这里离开，我的内心就顿时充满了思乡之情，那种感觉十分强烈，就像是失去亲人般的悲痛。我对塞缪尔老爷一直都敬重有加，忠心耿耿，从他身边离开本来就很让我苦恼了，可更令我不忍离开的却是这个慷慨而快乐的家庭。虽然我是个黑人，但他们却一直拿我当自己的孩子一样爱护。对我来说，在过去的十八年里，这里一直都是个慈祥而安宁的世界。虽然我的黑奴身份是个冰冷的现实，虽然在他们面前，我永远都是一副下人的姿态，虽然直到如今，我吃的都还是他们的剩饭剩菜，住的也还是分配给仆人们的拥挤不堪的房间，虽然我仍得时不时干一些低贱卑微的工作，还有，虽然我母亲曾经在这里被喝得醉醺醺的监工肆意侮辱（那段痛苦的回忆曾令我痛不欲生，它至今都徘徊在我的记忆中，久久不肯离去），但是，一旦真的要让我同这些人和事物分开，我又觉得那实非我所能接受的安排。

"可我并不想到什么里士满去！"我听见自己冲塞缪尔老爷吼了一嗓子，我的马仍然跟在他的马身后疾驰，"我也不想替什么彭伯顿先生工作！不，先生！"我大哭起来，"呜——，我就想留在您这里！"（这时，我还想起了很久以前母亲曾跟我说的一番话，它令我的内心又增添了另外一份恐惧。"宁可当一名在玉米地里干苦活的卑贱的黑奴，或者宁可去死，也不要当什么自由黑人。他们把黑人一放，给了他自由，而那个可怜的倒霉蛋却只能到垃圾堆里捡臭鼬和野狗吃剩的东西吃……"）"不，"我大声喊道，"呜——呜！"

我能听到塞缪尔老爷也在大喊，不过他不是在冲我喊，而是在冲着他的那匹马喊。此时，他的那匹马正穿过空中飘飞和旋转的秋叶，一路向前疾驰："嘿，汤姆！我们亲爱的纳特很快就……不会……这么想了……对不对……伙计！"

他当然是对的。在那之后的几个月里，我仍时不时为我在里士满的未来感到忧虑。但我心中的那种噩梦般的恐惧感在那天上午抵达耶路撒冷之前就已经消散得差不多了。我开始感到幸福，感到激动，我逐渐意识到，对我来说，这份礼物无异于一次救赎。天知道在几千甚至几万名黑奴当中才能有一个黑奴得到这样的恩赐，绝不会有什么礼物能比他的这个建议更加珍贵了。而且，我毕竟还要再过好几年才会从特纳种植园离开。至于其他的事情，比方说，成为一个自由人，到一座美丽的城市去从事自己心爱的职业，对这样一种人生的走向我倒也不敢不屑一顾。就连许多贫困的白人都比我得到的要少得多，所以我必须感谢神的恩典。而那天在耶路撒冷，我也确实这么做了。当时，我正在马厩墙壁下的阴影里等候塞缪尔老爷。我从马鞍的袋子里取出那本《圣经》，独自跪在地上祷告。车辆从我身边咔嗒咔嗒地经过，在一旁的铁匠铺里，铁匠正用锤子砸出钟钹齐鸣的铿锵乐章。我祷告道："神啊，你是我的神，我要切切地寻求你……[1] 因你的慈爱比生命更好，我的嘴唇要颂赞你……[2]"

那天下午，在返回特纳种植园的路上，塞缪尔老爷又跟我描述了里士满的那份工作有多么棒，我听了之后也变得愈发开心和得意。（塞缪尔老爷也兴奋极了，他给内尔女士买了一枚璀璨夺目的金珐琅法式胸针，所以他此刻也春风满面、神采奕奕。）可就在这时，我们在途中目睹了一幕悲惨的情景，它像一块巨大的黑影，从十月明媚的太阳前方掠过，给人带来剧烈的痛苦和不安。直到今天，它依然顽强地存留在我的记忆中，不肯离开。也许你在年末疲惫不堪的时候也曾有过那令人难忘的感觉：你朝屋外望去，发现四周万籁俱寂，夜幕正渐渐降临，你的舌头慢慢地品尝到了今年冬季的阴郁、荒芜、了无生趣的滋味。

长长的一列黑奴队伍正停在路边，停在离马车道不远的空地上。要是我们晚个十分钟再从耶路撒冷动身，等我们赶到这里的时候，他们很可能已经重新上路，而我们也就不会遇见他们了。我数了一下，队伍里的黑人男子和男孩大约共有四十名。他们都穿着窄小而破烂的棉衣和长裤，相互之间被拴在各人腰间的链子连在一起。除了链子，他们还各自戴着一副铁制的双手手铐。眼下，手铐已经解开，松散地搁在他们的腿上或者地上。在此之前，我还从未亲眼见过黑人披枷带锁的场面。我们从旁边经过的时候，他们当中没有一

---

[1] 《圣经·诗篇》63：1。
[2] 《圣经·诗篇》63：3。

个人开口说话，他们的沉默是那么压抑、绝望、痛苦，还透露出恐惧。他们凌乱地排成一线，在路边一堆堆色彩斑斓的落叶之间或蹲或坐，有的在无精打采地啃着小块的玉米饼，有的相互倚靠着在打瞌睡。当我们走到离他们更近一些的位置时，一个身材瘦长的大个子站起身来，面无表情、旁若无人地冲着沟里撒起尿来。一个八九岁大的小男孩正躺在地上绝望地大哭，紧挨着小孩的是个有着赤褐色皮肤的中年男人，他坐在那里已经呼呼地睡着了。没有一个人说话，我们便继续往前走，我只听见他们身上的铁链在发出微弱的磕碰声。这时，忽然有人拨响了口簧琴，那声音悲凉而缓慢，没有任何旋律，只是一声声古怪而沉闷的单音，仿佛有人正在铁棍上敲出毫无意义的节奏。三名奴隶贩子都很年轻，他们都有金色的头发和胡须，三个人的脸全被太阳晒得通红，脚上全都穿着沾满泥泞的长靴，其中一个人的手里还拿着一条皮子做的长牛鞭。待我们来到他们跟前停住之后，这个拿着鞭子的人抬手将头上的宽边草帽摘了下来，冲着塞缪尔老爷打了个招呼。沟的那边仍隐隐约约有铁链的磕碰声传来，口簧琴也仍在响着。

"你们这是要往哪里去呀？"塞缪尔老爷问道。这时他完全没了刚才的那股高兴劲。他的声音听上去紧张而不安。

"佐治亚州的都柏林，先生。"那人答道。

"那你们是从哪里来的呢？"塞缪尔老爷又问道。

"培根城堡附近的萨里县。那里的赖德种植园倒闭了，而这些全都是赖德的黑奴，先生。我们要去佐治亚州。"

"你们是什么时候从萨里县动身的？"塞缪尔老爷问道。

"前天上午，"那个奴隶贩子说，"要不是因为天黑之后，我们在萨塞克斯县拐错了弯，迷了一段路，我们本该比现在走得更远的。"

他忽然咧着嘴笑了笑，露出了满口的牙齿。那些牙齿被烟草熏得黑乎乎的，看上去就像是消失在了口腔的黑洞里。"先生，这一带的路还真不好找呢。在耶路撒冷，别人给我们指过好几次路，结果都是错的。如果我们要去卡罗来纳，要去南方，现在这条路是对的吗，先生？"

塞缪尔老爷没有立刻回答他，而是用难以置信的口吻大声惊呼道："赖德种植园也倒闭了？这些都是赖德的黑奴？我的上帝呀，那边的情况一定糟糕透了——"然而他的话只说了半截便突然打住了，然后他才答道："对，沿着这条路一直走，今天傍晚你们应该就能到希克斯福特了。我知道那里有一条陆路，可以让你们穿过州线前往南卡罗来纳州的加斯顿县，再经由正常的路线去北卡罗来纳州的罗利县。你估计你们什么时候能赶到在佐治亚州的目的地呢？"

"噢，先生，"奴隶贩子仍笑着答道，"我赶过许多批黑奴从弗吉尼亚州到佐治亚州，不过从萨里县出发还是头一次。这是我从一位名叫戈登·达文波特的商人那里接的活，他的绝大部分黑奴都是从位于詹姆斯河另一边的威廉王县和新肯特县等地买来的。那边的黑人大多是从下几内亚来的陈年货色，他们腿短，体质也差，赶着那些黑人上路，一天都走不出二十里去。运气好的话，我能带着他们在六个星期之内赶到萨凡纳河就不错了，一路上我还得紧催慢催，用鞭子往死里抽他们，他们才会听话。"他停下来，冲着地上的树叶唾了一口。"但您知道吗，先生，"他继续耐心地解释道，"这批从南边的萨里县、怀特岛县和乔治王子县来的黑人大多是从上几内亚来的新货。总的来说，这些黑人腿更长，体格也更棒，让他们一天走个二十五到三十英里不在话下，就连女人和小孩也不例外，我几乎都不用拿着鞭子去招呼他们，那我又何乐而不为呢？所以我估摸着，只要不遇上发大水什么的,我们应该能在十一月的第二个星期赶到都柏林。"

"这么说赖德种植园也完了!"塞缪尔老爷沉吟半晌才说道,"我以前就听说过它快不行了,可——这也太快了!它可是萨里县的最后一个还算有些年头的地方,我真不敢相信!"

"没什么不敢相信的,先生,"那位奴隶贩子说,"那里的土质变得越来越糟了,根本派不上什么用场。在萨里县,除了橡树果之外,人们就没别的东西可吃的了。他们都说,就连蓝喜鹊打那个地界飞过去都得自备食物,不然也得被饿死——"旁边的另一个奴隶贩子听到了他的这几句话,开始只是咯咯地暗笑了几声,后来干脆放声大笑了起来。

在他讲话的时候,我骑的母马时不时侧着身子动上一动,慢慢地横移到了离奴隶贩子几码以外的那个正在拨动口簧琴的人旁边。马抖动着鬃毛,紧张地停了下来。琴声忽地停住了,母马也猛地往旁边一闪,我听到沟那边响起了铁链的磕碰声,还夹杂着小孩接连不断的悲痛欲绝的哭声。孩子仍倚着那个有着赤褐色皮肤和白发的肥胖的中年男人,后者这时已经醒来,他眨巴着充满眼屎、迷迷蒙蒙的双眼,朝下瞅了瞅那个小男孩,嘴里喃喃地说道:"好啦,不会有事的。"他抚摸着孩子头上棕色的鬈发,又说了一遍:"不会有事的。"然后,他便开始一遍遍低声重复起那句话来,仿佛那是他在这个世界上唯独会说的几个字:"不会有事的,啊……不会有事的……"

忽然,天上没有任何预兆便起了风。一道阴影从空中划过。微风带着令人战栗的秋寒,吹拂着这长长的一队黑人。在他们破旧而笨重的鞋子四周,落叶被风掀得飘飞起来,他们的棉衬衣的袖口和破烂的灰色裤口也被风吹得露出了里头的镶边。我感觉自己也猛地打了个激灵。这时,那道突如其来的阴影又迅速地消失了,白昼重新变得像花开时节一样温暖而明媚。我听到从我胳膊肘旁边传来了像绸缎一样轻柔而滑溜的声音:"你能给雷蒙德一块甘薯吃吗,亲爱的孩子?"

我仍在听塞缪尔老爷讲话,所以没理会那声音。只听塞缪尔老爷在说:"我想他们肯定把萨里县的那些黑人家庭全都给拆散了。不然,你这队黑人当中应该有些女人才对。"

"这我可说不准,先生,"奴隶贩子答道,"达文波特先生只是雇我来赶他们上路的。"

"真的求你了,亲爱的孩子,"下面的那个声音又继续说道,"你能给雷蒙德一块甘薯吗?我们实在是吃腻苹果了,玉米饼也一样。从路边摘来的那些酸苹果和玉米饼,我们真的都吃腻了。行行好吧,亲爱的,你能不能给雷蒙德一块甘薯或者一小片熏肉?"

我低头往下看去,只见一个满脸雀斑、皮肤呈姜黄色的黑人正蹲在地上。他体格壮健,有着厚厚的嘴唇,头上有稀稀疏疏的淡红色头发。他大概三十五岁或四十岁的样子,身上的某个部位想必带有哪位爱尔兰监工、詹姆斯河庄园主的哪位后裔或者哪位从宾夕法尼亚州过来的流动修补匠的血统。他的坐姿里透着一股寒酸而又微妙的尊严,这或许是因为他的两边各有一个小男孩同他拴在一起,此刻他们正亲昵地赖在他身上,也或许是因为他那只厚实而笨重的手中还趾高气扬地拿着一把口簧琴。我看得出来,他在这群人当中颇有些威望,而他对此也颇为心安理得。每座种植园里都有一个这样的雷蒙德。雷蒙德之所以能从这群人当中脱颖而出,是因为他拥有一部分白人的血统,外加与生俱来的像银行家一样的机智和精明。

虽然这些特质只有少得可怜的一点点,却足以为他积攒一些微薄的威望,并让他成为其他人眼中的灯塔般的人物。为什么我们能看到月食现象?雷蒙德知道答案,这是因为沼泽地的上空飘来了一大片神秘的云彩。什么办法能治风湿病?去问老雷蒙德。你得喝上一服加了红蚯蚓和红洋葱汁的松节油,只有这个办法才能见效。夜里跟女人上床的时候感到力不从心怎么办?只要你把她每个月来月经时扔掉的棉花捡起来,缝在你的裤裆里,你就又能把你的女人干得欲仙欲死了。什么时候黑奴才能获得自由?1842年吧,这是我做梦的时候梦见的,黑人将会由一位从法国巴黎来的白人带领着,那个白人还安了一条木制假腿。就这样,黑人堆里的消息就传开了,大家都知道有事可以去问雷蒙德。这个世界上就没有雷蒙德不知道的事。我们这回上佐治亚州去是不是要受罪了?怎么会呢,那里可是富人待的地方,所以我们才会去那里嘛。佐治亚州的黑奴每日三餐都能吃上荷包蛋呢……

"你叫什么名字,亲爱的孩子?"他仰着头轻声问我。

"纳特,"我说,"纳特·特纳。"

"那你在哪里住呢,亲爱的孩子?"

"我住在下郡的特纳工厂。"我说。紧接着,我又毫无来由地添了一句(后来我一直都在想,上帝为什么不拧掉我那条多嘴的舌头):"我的主人打算放我到里士满去做自由人。"

"哇,那不是很棒吗?"雷蒙德说。

"的确是的。"我答道。

"来,亲爱的,"他继续用他圆滑的声音纠缠着,"像你这么有钱的黑人男孩难道就不能给雷蒙德一口吃的吗?啊呀,你马鞍上的那个袋子可真漂亮。我想那里面一定装着各式各样的好吃的东西吧。

来，亲爱的孩子，给雷蒙德来口吃的吧。"

"袋子里只有《圣经》！"虽然我已经有些不耐烦，但我仍在用在地里干活的黑奴农场工的腔调跟他讲话。我在马耳朵后面扇了一掌，让它停止斜着身子乱动，然后拢着它向塞缪尔老爷那边移了过去。我们在这里刚刚站了一会儿，时间就到了后半下午。天开始变凉，日头在渐渐西坠，阳光落在十月的秋叶上，然后又透过远处的林烟和雾霾铺洒在荒芜纷乱的杂草和荆棘上。那光亮十分耀眼，就好像这片旷野上马上要爆发一场燎原大火一样。我的马已经移回塞缪尔老爷身旁，这时，我又听见口簧琴在响。

"好了，我们得上路了。"塞缪尔老爷掉转马头，对我说道。我们一起转过身去，但不知何故，我仍在犹豫。我把马完全停下来，往回看去。他又说了一遍："赶快！赶快！我们得上路了！"

我们骑着马从路边的那一长队黑奴身边经过，我意识到口簧琴的声音已经停止。我们从雷蒙德身缠铁链、席地而坐的地方经过，正要催马快跑起来，这时，我听见雷蒙德在叫我。他的声音和蔼而缓慢，虽然声调有些高，但仍不失客气。他的话是那么深刻，那么睿智，那么有预见性："别把你的尾巴翘那么高，宝贝。你和我一样，也是黑人，亲爱的孩子。"

在这个时期——应该是在次年的春季，我结识了一位名叫威利斯的黑人男孩。除了沃什、我母亲和包括利特尔·莫宁在内的几名黑人家仆之外，威利斯是我平生亲密接触过的第一个黑人。他比我要小两三岁，他的母亲原本一直担负着特纳种植园里大部分的织布的活，可那年冬天她得肺病去世了。如今的我需要兼任其他职责，每天只能在木工房里待上半天，所以塞缪尔老爷便相中了威利斯，打算让他接替我在木工房里的工作。等我终于有机会亲眼看到他工作的样子,看到他在戈特的指导下学习刨、锤等技术的时候,我立刻就知道为什么塞缪尔老爷会选择他作为我的继任者了。在玉米地里弯着腰、弓着背干完四五年锄草或割庄稼的粗重农活之后,绝大多数黑人男孩基本就废掉了。他们会变得十分笨拙,只能从事一些最稀松平常的工作。要是你把锤子交到他们手中,锤子恐怕就会变成伤及他们自身的武器,比方说,他们会一不留神把自己的胫骨给敲断了。但威利斯跟他们不同,他很灵巧,动作很麻利,学东西也快。他很快就得到了戈特的喜爱和认可,就像当初的我一样。当然,他不会读书写字,但他有着阳光、大度、谦和的性格,他还总爱开怀大笑。虽然一开始我对他还有些猜忌——我尚未摆脱对住在山坡下面的那些黑人的根深蒂固的蔑视,可后来我渐渐发现,他那乐天和开朗的性格实在让人难以抗拒。我们俩很快就成了好朋友。鉴于一直以来我对黑人都有着习惯性的蔑视,所以连我自己都对我对他的这种态度感到惊讶。这或许是因为我终于找到了一位情同手足的小兄弟吧。他喜欢一边干活一边唱歌,比如说在帮我加固木头框架的时候。他的声音很柔和,唱起来就像是在有节奏地絮叨:

> 我要给牛挤奶了,
> 先得把它的尾巴抓住,
> 把它的奶挤到咖啡壶里,
> 满了之后再倒到大桶里去。

他是个苗条而漂亮的男孩,五官的轮廓格外精致。他的性格温和而恬静,光滑的黑皮肤像抹了油似的闪烁着光泽。和大多数黑人一样,他唯一的宗教信仰是驱魔和念咒。他会从因肠道炎而死去的公牛的阴茎上拔下好多长长的毛发，然后将它们编成三块毛茸茸的饰片戴在头上，用来驱邪。他的脖子下面还用细绳拴着一颗水蛇的毒牙，这是用来驱除热病的符咒。他的言语间还带着纯真率直的孩子气。我很喜欢他。正因为我有了这种感觉，所以我更加为他的灵魂感到忧虑，我希望自己能把他从无知和迷信中引领出来，让他进入基督徒的信仰中去。

想让这么一个单纯、幼稚、天真的人懂得神的教义，接受神的荣光，刚开始的时候并不容易。但我记得，倒也有那么几个条件对我有利。首先，正像我前面提到过的那样，他很聪明。其他黑人男孩几乎一生下来就生活在一种阴暗的无意识的状态，除了他们住的小木屋和周围的树林，他们对外部世界连最起码的意识都没有。而威利斯和他们不一样，他像一只充满憧憬、振翅欲飞的小鸟，只需有人把他从笼子里解放出去。这也许跟他是在主人的大房子周围长大的不无关系，而且，他在田间干体力活的时间也不是很长。当然，这跟他与众不同的性格也有关系。他生来便有无拘无束的天性，快活、开朗、乐于学习，他身上无处不透着活泼、阳光和欢快，丝毫没有自幼伴着犁锄长大的孩子身上的那种愚昧和野蛮的惰性。

更重要的是，凭我如今的地位，我对他有着巨大的影响力。我拥有的职务和权力是非同寻常的，对一个尚且如此年轻的黑人来说更是如此。自打我成为地位仅次于亚伯拉罕的第二号监工以来，特纳种植园里的其他黑人对我都十分尊重，甚至有些敬畏。我对此当然也心知肚明。（可我当时毕竟太年轻、太呆傻、太自傲，当我骑着那匹名叫"朱迪"的母马，冷淡而倨傲地出现在挤满了黑人伐木工的喧嚣声的伐木场中的时候，当我扬扬自得地用我那文质彬彬而且极其洪亮的声音向他们宣布和分派差事的时候，我根本没意识到那些充满敬畏和尊重的目光后面该有多少隐藏着的愠怒和怨恨在涌动。)但也正是因为我所拥有的权力,再加上我充分利用了威利斯纯真的性格以及他对我的信任,我终于让他对上帝的杰作以及上帝存在于苍穹之中的诸般奇迹逐渐有了一些认识。在我十八岁那年的春天,我和威利斯常常来到午时安静的草地上一起祷告。为了鼓励他信教,我会一手拿着我的《圣经》,一手坚定而持久地按在他光滑的肩头,直到我感觉到,听我低声念完祷告之后,他开始颤抖和叹息。"哦,主啊,请接纳这个可怜的名叫威利斯的孩子吧,把他纳入你无所不能的关怀之中,将他纳入您的信仰之中吧。是的,主啊,是的,是的,他信了。"然后,威利斯也会用温柔而清脆的声音跟着我说:"他说得对,主啊,威利斯已经信了……"我承认,也请你不要因此而讥笑和蔑视于我——每到这个时候,我便会生出一种平生从未有过的感觉,一股在我身上隐匿已久却又难以平息而且极其旺盛的力量会袭遍我的全身。这种力量仿佛躲在云层后面的太阳,原本只有一丝半缕金色的光线能够穿透出来,但最终却能将它的光芒洒满整个宇宙。

我记得在那年春天,我们常常在星期六和星期日一起出去钓鱼。工厂前头的水塘连着一条泥泞的小溪,小溪一直延伸出去穿过沼泽。像核桃木一样呈棕色的溪水里有好多鲂鱼和鲇鱼。我们顶着成群的蚊虫,在湿滑的黏土岸边一坐就是一上午。钓鱼竿是我们在木工房里自己用松木做的,鱼钩则是用弯曲的钉子制成的。我们在钩子上穿上蟋蟀和蚯蚓做鱼饵。远处的工厂那边传来阵阵低沉的轰鸣声,那是奔腾的水流发出的声音。天色明净极了,气温暖和得令人昏昏欲睡,空气中有各式各样的昆虫掠过,还有鸟儿在叽叽喳喳地叫个不停。有一天,威利斯的手指不知是被鱼钩还是被鱼背上的尖脊给刺破了，他当即哭喊了起来。"我操！"他骂了一声。我接下来的举动太迅速了，连我自己都没意识到我干了什么——我狠狠地打了他的嘴一下，打出了一道血印子。"说脏话是对主的不敬！"我说。他脸上顿时泛起了伤心和难过的表情。他伸手摸了摸被我打破的地方，他圆圆的眼睛看上去温柔而天真，充满了对他人的信赖。突然，我开始为刚才的发作感到内疚，一股怜悯涌上我的心头，它与热切的柔情交织在一起，以一种我从未体验过的方式令我的内心颤抖不已。威利斯什么也没说，只是眼里饱含着泪水。我看见那颗水蛇的毒牙仍悬在他颈下晃来晃去，白花花地紧贴在他亮堂的黑色胸膛上，看上去怪吓人的。我伸手替他将嘴唇上的血迹擦去，然后搂着他的肩膀，将他拉到我身前。我感觉他的肩膀湿漉漉的。然后，不知怎么回事，我们俩就紧紧贴在了一起，像两个婴儿一样，紧紧地、温柔地、舒适地手足伸开，缠绕在了一起。在我的手指的探索下，他灼热的皮肤像鸽子的喉咙一样在跳动，在翕张，我听见他发出一声幽幽的叹息声。我们俩像被释放到了另外一个世界，我们花了很长时间一起用手做我以前只能一个人做的事情。我从不知道人的情欲会是如此美妙。

过了一会儿，我听见威利斯轻轻说道："天哪，我好喜欢那样的感觉呀。要不要再来一次？"

在那一刻，我几乎不敢抬头看他。我把目光移开，抬眼透过上方的树叶朝太阳看去。树叶像一丛丛翩翩起舞的绿色飞蛾般颤抖不已。我终于说道："约拿单的心与大卫的心深相契合。约拿单爱大卫，如同爱自己的性命。[1]"

---

1 《圣经·撒母耳记上》18：1。

时间在流逝，威利斯什么也没说。我听到他在我身边的泥地上扭动着身体。他咯咯地笑着说："你知道精液让我想起了什么吗，纳特？它看上去就像酪乳，你瞧这里。"

我的皮肤上依然有舒适感在荡漾，那是一种疲惫而甜蜜的舒适感，但同时我又觉得它是一种危险，一种警告。我记得高高的黑栎树上有一只猫声鸟，它像块手帕一样挂在树枝中间，正在急促而尖厉地鸣叫。蚊虫在我耳边疯狂地飞舞和旋转。枕在我头骨之下的岸边的黏土已经变得冰凉。我又想起了《圣经》里的一段话：二人亲嘴，彼此哭泣，大卫哭得更恸……大卫就起身走了；约拿单也回城里去了……[1]

"过来。"我说着站起身来。他把裤子提了起来。我领着他来到溪边。

"主啊，"我大声说，"看看这两个堕落的罪人吧，在您的眼里他们是污秽的，他们需要接受洗礼。"

"主啊，他说得对。"我听到威利斯说道。

在春天温暖的气息里，我忽然感觉上帝是那么近，那么慈悲。一切都将兑现，一切都将领悟。他伟大的仁慈仿佛遍布在我们身边，像那树叶，像那褐色的溪水，像那枝头的鸣禽。一切都亦真亦幻。主好像马上就要现身了，他是那么鲜活而又无形，就好像从脸上吹过的缕缕春风。他仿佛正悬浮在树巅的那团闪耀的热浪之上，他的唇舌已经张开，他万能的声音已经开始震颤，他马上就要发声了。他即将现身在我面前，让我领略他真实的存在。我和威利斯并肩站在齐脚踝深的泥水中祷告着。工厂那边依旧传来了低沉的轰鸣声，

---

[1] 《圣经·撒母耳记上》20: 41—42。

而在比工厂更远的地方，我似乎也听到了一种响动。一种低低的轰鸣声从空中传来，听上去像是天使长的嗓音[1]。上帝这是要开口跟我讲话了吗？我紧紧抓住威利斯的胳膊，充满期待而又胆怯地等待着。然而，天上并未传来说话的声音，倏然而至的只是一场夏雨，伴随着狂野而遥远的、多音的、天使般的轰鸣。上帝决定以这种威严的方式显现自己了。"主啊，"我大声喊道，"您的仆人保罗说过：'现在你为什么耽延呢？起来！求告他的名受洗，洗去你的罪。[2]'他就是这么说的，主啊，他就是这么说的。您是知道的，主啊！"

"阿们！"威利斯念了一声。我感觉一直被我用手指摁着的他激动起来了，他的身体在颤抖。"阿们！"他又念了一声，"主啊，他说得对呀！"

我仍在等待上帝的声音出现。有那么一刻，我感觉我的确听见他在开口讲话了，可那只不过是风从高高的树巅上吹过的声音。我的心狂跳不已，我记得我当时在想：也许现在还不到时候，也许上帝不打算现在开口，而要等到另一个时间再开口。想到这里，一股狂喜袭遍我的全身：他这是在考验我，他是想看看我是不是有受洗的资格。他会把他要跟我讲的话留到另一个时刻。主啊，好的，没关系。

我转向威利斯，牵住他的胳膊，然后我们俩一起走入齐腰深的水中。我感觉淤泥在我的脚趾缝里温暖地流动着。在离对岸不远的地方，一条小水蛇正像鞭子一样在快速游动，它在水面上划出一道"S"形的涟漪，然后便消失在溪水的上游处。在我看来，那是个

---

[1] 根据《圣经》的记载，当基督再临时，人们会听到天使长的声音。
[2] 《圣经·使徒行传》22：16。

吉兆。

我说:"我们不拘是犹太人,是希腊人,是为奴的,是自主的,都从一位圣灵受洗,成了一个身体,饮于一位圣灵……[1]"

"阿们。"威利斯念了一声。我用手捧住他的后脑朝下摁去,一直摁到浑浊、泛着泡沫的水面以下。那是我平生第一次为人施洗礼,一股突兀而急促的狂喜令我热泪盈眶。过了一两秒,我哗啦一下把浑身挂满水的他提了起来。他像只水壶一样站在那里,浑身往下淌着水,嘴里也往外吐着水,可他那张灿烂的脸上却带着至福般甜美的微笑。我面朝蓝色的苍穹对自己说:

"主啊,我是个罪人,"我大声喊道,"让这些救赎之水来拯救我吧,让我从今往后都献身于为您服务的事业中,让我做一名牧师来传播您的至圣之言吧。以耶稣的名义,阿们。"

然后,我便替自己施了洗礼。

那天下午,我们沿着小路返回了种植园。路边长满了山茱萸,成片成片粉白相间的花朵争相怒放。一只学舌鸟似乎也跟着我们在树林里穿行,它在荒野的树叶之间发出清澈的鸣叫声。一路上威利斯都在兴奋地说个不停——因为我们总共逮到了五六条鲷鱼,但我几乎没搭理他,因为我正在沉思。一方面,我知道从现在开始,我必须像我今天承诺的那样,把自己完全奉献给主,为主服务,还必须不惜一切代价,避免重蹈今天上午发生的那种肉欲之欢。我心想,如果偶然遇上一个男孩就能令我如此丧失立场的话,那倘若有一天我碰上的是一个女人,她对我达到灵魂圆满的境界又将是个多么巨大的障碍啊。然而,不管有多么大的困难,我都必须净化我的心灵

---

[1]《圣经·哥林多前书》12:13。

和身体,这样我才能解开思想的束缚,朝着神学研究和传道的方向努力。

至于威利斯,我已经意识到我很爱他,像兄弟一样爱他,我必须尽我所能确保他也能按主要求的方式成长。首先,我要试着教他读书写字。我觉得,以他现在的年龄,学习这些知识还为时不晚。如果能实现这个目标,那我说服塞缪尔老爷,让他相信威利斯同样拥有做自由人的潜质,也并不是完全不可能的事。如果真能那样,威利斯就能得到解放,也能到外面的世界(说不准就是里士满)找一份很棒的工作,有他自己的房子和家庭了。一想到威利斯会和我一样成为城里的自由人,一想到我们俩将一起致力于为黑人大众传播上帝的教义,一起在白人的雇佣下勤劳而诚实地工作,我便感到一种难以言喻的满足。

这个想法让我心里充满了希望和喜悦,我索性在路边的山茱萸树下停下了脚步。在明媚的春风里,我和威利斯一起跪下来感谢上帝的恩赐。我以上帝的名义祝福了威利斯,在我起身之前,我将他胸前挂着的那颗水蛇的毒牙换成了我用牛胫骨刻成的一枚白色的小十字架。

后来,每当我回想起那一天时,每当我回顾起我人生中的前十八年时,我都会觉得,在那段漫长的岁月里,我仿佛一直在沿着蜿蜒崎岖而又风景宜人的山坡向耶和华所在的遥远的山峰攀缘而上,而那天所经历的事只不过是沿途的一道山崖。对未来一无所知的我曾经希望自己能在这个巍峨壮观的地段稍作歇息再继续前行,沿着一级一级的阶梯慢慢地朝那个遥远、自由、充满荣光的峰顶攀登,而那里将成为我的命运获得圆满和成就之处。然而就像我所说的那样,每当我回想起我那十八年的岁月时,每当我回想起那一天以及在那天之后接踵而至的诸多变故时,我就会清楚地意识到,那道山崖远非什么能让人稍作歇息的中途车站,相反,它是一个终点。过了这个地方,再往后就不再有向着峰顶的缓慢而持续的攀登,有的只是我像轻飘飘的柳叶一样被狂风兜卷着,投入了一个骇人的无底深渊。

那年春天晚些时候的一个长周末,耶路撒冷城外将举行一场浸礼宗教会教徒的野营集会。一位从彼得斯堡远道赶来的名叫迪肯·琼斯的宗教复兴主义信仰者是此次集会的总指挥。方圆几英里以内的浸礼宗教会教徒们估计都会在那里聚集,外加从附近的十几个郡赶来的数百位种植园主、农民和他们的家属,甚至有人从北卡罗来纳州的沿海地区远道而来。到时候,营地上会搭起各式各样的帐篷,一连四个昼夜,人们都会在此唱歌、祷告,在此尽情地享用野火鸡和烧烤。这里会举行获得圣灵恩赐的按手礼,会有管风琴和班卓琴,有幸参与的所有人都能得到一些常见的救助。据我所知,有些奴隶主还会把他们的黑奴也带过去,而那些幸运的黑人便能受到宗教复兴精神的鼓舞。他们还能和白人一起堂而皇之地坐在圣椅上聆听布道,不过很少有黑人能有机会吃到火鸡或者烧烤。当我得知这次野营集会的消息时,我感到格外兴奋,于是,我便去问塞缪尔老爷能否同意由我驾一辆运货马车,带上家里的几名黑佣一起去参加星期六的那场集会。我原本打算带上威利斯和利特尔·莫宁,后者在多年前就已经信教。如今的利特尔·莫宁体弱多病,脑子经常走神,看上去怪可怜的,这也许是他最后一次去这种宗教复兴主义的集会了。虽然塞缪尔老爷是圣公会教徒,但他从很久之前开始就不再上教堂了。不过他对《圣经》并不持蔑视和嘲笑的态度,而且,他还常常想方设法让他手下的黑奴能受到宗教的熏陶——我本人当然就是一个最好的例子。所以，当我问他能否同意我去参加星期六的那场集会时，他很痛快地答应了，还说要给我们几个去的人开一张通行证。不过他也警告我，我们必须在天黑之前赶回来，而且，我得看着点另外的几个黑人，千万别让他们着了那些从詹姆斯河或者黑水河种植园来的黑人们的道。从那些地方来的黑人经常跟内河船上的白人水手和商人打交道，所以一个个都精得很，稍不留神，我们这些来自穷乡僻壤的黑人可能会连身上的裤子和鞋子都被他们给忽悠走了。

自从我为威利斯施洗礼之后，我就开始教他数数和识字，我把我的那本《圣经》当作他的入门读物。我们在木工房旁边的那间棚屋的后墙上拼出要学的单词，用香蒲蘸上灯油，把它当成像毛笔一样的书写工具。看到他能迅速对我教的内容做出反应，我感到格外开心。只要我能坚持不懈地这么教下去，利用并把握住每个机会，我敢肯定，用不了多久，他就能学完所有的字母，并且能领会字母和一些极其简单的句子中的单词之间的联系了。比方说，《圣经》里的第三句话就很简单——神说"要有光"，就有了光。当威利斯得知他也能去参加露营集会时，他也兴奋极了。尽管我从未参加过此类宗教复兴主义的集会，但从很久以前我母亲和利特尔·莫宁给我讲的故事里，我早就知道那个地方热闹极了，而且还有各式各样、丰富多彩的活动，所以我便在威利斯跟前把它说得天花乱坠，搞得他也和我一样翘首等待那天的到来。在去露营集会之前的那天下午，我从戈特的鸡窝里借了两只鲜嫩多汁的小母鸡，并答应他以后会用额外帮他干活来偿还。我用这两只鸡给要去参加集会的黑奴们准备了一道丰盛的大餐——炸鸡（这可是我们很少能吃到的美食）。我还准备了两条从亚伯拉罕的老婆那里软磨硬泡蹭来的短面包——如今她已在主人的大房子里当上了厨娘。我把鸡肉和面包装在一个小松木盒子里,还在里面放了一罐甜苹果汁。我把这些东西都搁在木工库房里,因为那里最安全,黑人们小偷小摸的时候一般都不会想到要去光顾那里。然后我便早早地上床睡觉了,因为第二天一早天不亮的时候我们就得出发去耶路撒冷。

大约到了半夜,我突然被一阵轻轻的说话声和悬在我的脸上方的一串铃铛的响声惊醒了。我睁眼一看,原来铃铛声是从一只灯笼上发出的,而在灯笼的突兀而昏黄的光芒下,我看到了一个黑人小女孩的脸,女孩的双眼睁得跟鸡蛋一般大小。她是沃什的好几个妹妹中间的一个,也是亚伯拉罕的无数个孩子之一。她嘟哝着告诉我,是他爸爸让她来的,他让我马上到他们住的小木屋里去一趟,她爸爸得了重病。我套上衣服,跟着小姑娘一起下了坡,穿过月色辉映下传来四面蛙声的温暖的夜晚,来到他们住的小木屋中。正像小姑娘说的那样,亚伯拉罕正发着高烧躺在床上,咳得很厉害,在他宽阔的胸膛上,成串的汗珠在灯光的照射下闪闪发亮。

"我没什么大不了的,纳特,"他用虚弱的声音说,"每年一到春天我就会得这么一场病,等到下个星期我兴许就没事了。"他停顿了一下,继续说道:"先不说这些了。塞缪尔老爷让我必须在今天凌晨两点之前把四个人带到烟草田旁边的那条小路的路口。现在是什么时候啦?"

"我刚才听见钟响了十二下,"我说,"你说的是四个什么人,亚伯?"

"塞缪尔老爷要出租四个人到沃恩家,去帮他们家砍两星期烟叶。沃恩家会派一辆运货的马车过来,我们说好在烟草田旁边的小道开始的地方碰头。我本来应该送他们几个过去的,可我现在病成了这样，所以只好让你跑一趟了，纳特。两点钟之前要赶到，所以你赶快动身吧，让我这一把病骨头好好歇歇，我很快就会没事的。"

"可我明天要去露营集会，亚伯，"我争执道，"为这场露营集会，我都准备好久了——"

"你送完他们回来还可以赶过去参加露营集会嘛，小子，"他坚持说，"只不过你不能睡那么久的懒觉了。好啦，赶紧去吧，纳特，赶一辆车把那四个人送过去，他们现在正在马厩旁边等着你呢。喏，再把这几张字据带上。"

亚伯拉罕说我还能赶上露营集会，这当然没错。我可以先把那四个人送到烟草田旁边的路口，再马上赶回来，接上威利斯、利特尔·莫宁和另外几个人，再按原计划到耶路撒冷去——如果我自己不在乎在睡眠不足的情况下按原计划出行，不在乎多受些旅途劳乏的话。可出乎我意料的是，在马厩的矮墙后面的那片寂静而明亮的空地上，在那四个我要送去沃恩家干活的黑奴当中，在那四张被月光照得亮堂堂的昏昏欲睡的面孔当中，有一个黑奴竟然是威利斯。看见他的那一瞬间，我感到一阵揪心的难受，几乎连气都喘不上来了。一种冰冷而黏湿的被欺骗的感觉涌遍了我的全身。

"可是他答应过让你去露营集会的！"我一边恼火地发着牢骚，一边在充斥着牲畜的粪便气味的黑暗的马厩里用马具将两头骡子挽在一起，再把它们之间的皮带勒紧。昏昏欲睡的威利斯拖着赤着的双脚在黑暗里走来走去帮我的忙，与此同时一言不发。"真该死，威利斯！"我着急地低声对他说，"他根本没跟我说过要把你租到沃恩少校家里去砍两星期的烟叶。根本没有！这下好了，你可能得再等上整整一年才能去参加露营集会了。"我失望极了，我心中蕴含已久的那团耀眼的快乐和憧憬，像被打碎的玻璃一样破灭并四散而去了。

我牵着骡子来到被月光浸泡的草坪上,颇不耐烦地催促那几个人上车。"真该死,"我说,"我把烤鸡和苹果酒都准备好了!喂,你们几个小黑鬼,给我动作快点!"另外三个男孩攀着后挡板爬进了车厢,他们都是在地里干活的年轻农场工,只有十五六岁。他们爬进车里,一个个紧张得咻咻直笑,三个人的左脚踝上都用皮带绑着一只兔子脚——在那个年头,种植园的黑人当中很流行这个。其中的一个男孩似乎能随心所欲地发出像蛙叫一样的打嗝声,他开始不停地搞出那种声响,引得其他几个男孩也兴奋地尖叫,还发出傻乎乎的笑声。威利斯则爬到我身边的座位上坐了下来。"动起来,骡子!"我怒气冲冲地说。这是塞缪尔老爷第一次让我有了梦想破灭的感觉,这种陌生而又崭新的感觉令我的苦恼更加沉重。"塞缪尔老爷真是该死!"我一边赶着车往前走,一边对威利斯说,"如果他想把你租到沃恩家两个星期,为什么不早告诉你和我呢?这样我们也不用花那么多工夫为露营集会做准备。"

然而过了一阵,我的懊恼和愤怒便差不多都消失了,我又恢复了惯常的顺从心态。绝大多数黑人迟早都得习惯这种心态,无论是在什么样的场合。类似今天这样的打击毕竟还不算什么,我一边在心里暗想,一边赶着车摇摇晃晃地在被月光照得雪白的树林中慢慢穿行。威利斯这次去不了露营集会,难道就真的那么要紧吗?以后肯定还会有别的宗教复兴主义的活动,到时候我可以带他去,这次没去成只不过是在他的信仰教育上留下了一个小小的空白而已。我温柔地看着他,月光在他的脸上洒上了一层淡淡的光。他迷迷糊糊地在我身边打着瞌睡,他漂亮的嘴唇微微张开,眼皮却在跳动着,与睡魔进行殊死的搏斗。我用胳膊肘轻轻把他推醒,然后问他:"2加3等于几?"

"5。"他呆了一下，然后才揉着眼睛说道。

"3加4呢？"

"7。"他开始说起了别的，紧接着又犹豫起来，说道："纳特，你说塞缪尔老爷为什么要把我租出去呢？我不是木匠学徒吗？"

"我也不知道，"我如实答道，"我想应该是他们那边急需人手吧。这不要紧的。塞缪尔老爷从来都只把自己的奴隶出租给有教养的人家，这个我知道。沃恩家的人都是些有身份的人，他们肯定会好好待你的。好了，你听着，只不过两个星期而已，一晃就过去了。等你回来以后，我再教给你更多的东西，全新的东西。3加8是多少？"

"11。"他边说边张嘴打了个大哈欠。

在我们身后的车厢里，另外的三个男孩都已经睡着了。在月光下，他们慵懒地伸展着四肢，相互枕藉而眠，看上去跟死了一样，毫无生气。夜晚因为青蛙和蝈蝈而变得格外喧哗。天气十分温暖，空气中有股雪松木的清香。夜晚的天空和白天一样晴朗，月亮在树木上洒上了一层银辉，像骨粉一样洁白。两头骡子耷拉着耳朵，沉重地向前行走，仿佛对前方的道路早已烂熟于心。车子碾过沾满露水的杂草，发出刺耳的声音。我也有些昏昏沉沉的，手里的缰绳便松弛了下来。我半梦半醒，迷糊中睡了过去，一直睡到路的尽头，途中只被数英里外的沼泽地里的山猫的尖叫声惊醒过一次，那遥远的尖叫声在我混乱而古怪的梦境中回荡着，仿佛有一双爪子正在挠刮裸露的夜空，发出阵阵揪心的声音。

过了不久，我觉察到威利斯正在座椅上挪动身体，同时感觉到身后的三个男孩也在走动。我惊醒过来，发现骡子已经停下。我们已经来到了路的尽头，在月光下，我看见有条木排路穿过前面的杂草，朝东西方向延伸出去。在树木的映衬下，我还看见了沃恩家派来的那辆马车的轮廓，车身巨大，上面蒙着帆布，有软塌塌的白色车盖，看上去像是一幅沉没在森林边缘的帆船的画像。两个白人的身影从马车的阴影里走了出来，其中一个白人径直走了过来。这是一位上了年纪的身材肥胖的先生，在他头上那顶闪亮的种植园主的宽边帽下面，我看到了一张胖嘟嘟的面孔。我们都还在车里坐着，他用不容置疑的口吻对我说："你就是亚伯拉罕？"

"不，先生，"我说，"我是纳特，我是二号监工。亚伯拉罕病了，先生，他病得很厉害。"我操着一口地道的黑人腔答道。

他走近我们的马车，忽然，一阵叮叮当当的音乐声和欢快的曲调打破了寂静，把我惊得背上猛地一凉。我看见那个男人从他的马甲里掏出一块银表，掀开表壳，原来音乐声是从这块表里发出的。在那奇妙的音乐声中，我觉得表里仿佛有一架微型钢琴和一位微型的钢琴演奏家，仿佛他们被囚禁在他的手掌心里一样。这令我想起了特纳家里常常戴着头饰缎带的某位女士。那人想必也看到了我眼中惊愕的表情，因为他接着对我说："这块表不错吧，嗯？真是钟表技术的杰作。告诉你吧，小子，这首曲子是路德维希·范·贝多芬写的。"他啪的一声将表壳合上，音乐声戛然而止。"你们迟到了不到十分钟，所以你还算准时，应该得到表扬。打起精神来，小子！"他朝我扔过来一支咀嚼的烟草，我伸手在半空中将其接住。"那么，亚伯——哦，你叫什么名字来着——你把给沃恩家的四名帮工都带来了，对吧？你应该还带了一张字据，我在上面签上名，然后你带回去交给你的主人。"说完，他立刻从我这边转过身去，用一种轻快而温和的声音冲着马车后面喊道："好啦，小伙子们！你们都上另外那辆车去。赶紧的，伙计们。我们今天夜里就得赶到格林斯维尔县去。"威利斯和其他几个男孩从他们歇息的地方爬下车,带着睡意,朝停在路对面的沃恩家的那辆巨大的白色马车走去。"我看你们真是一群瞌睡虫啊!"他咯咯笑着说,"好啊,你们会发现在少校的马车里头打瞌睡可舒服了。好啦,赶紧的,我的小伙子们!快点,我们还得赶路呢。"

"再见,纳特。"威利斯一边往路那边走,一边对我说道。

我默默地冲威利斯摆了摆手道别,然后看着那人将亚伯拉罕给我的那张字据在我腿下方的踏脚板上展开。他用一支粗短的鹅毛笔在上面草草写了些什么,一边写还一边用嘶哑而略带喘息的声音轻轻哼着刚才从他表里放出的那段曲子。"托德,"他轻轻地念道,"吉姆、谢德拉克、威利斯……好啦,小伙子,"他最后又补了一句,"回去后把这张收据交给你的主人。路上当心,别迷路了。直接回家,听见我说的话了吗?晚安,小伙子。"

"晚安,老爷。"我说。我看着他穿过木排路,然后,他肥胖的身体缓慢地爬上了马车,挨着另一个白人在驾座上坐下。在月光下,另外的那个白人只是一个模模糊糊的灰白色的身影。他轻轻一拍,四头骡子便开始慢走起来,然而他又扬鞭朝最后面那头骡子猛抽了一下,马车顿时从路边的沟里晃悠了出来,接着便嘎吱嘎吱地笨重地加速,继续摇晃着,趔趔趄趄地在木排路上以一种不稳而且偏斜的角度前行。最后,随着一声巨响,仿佛无数的木桶突然碰撞在一起一样,马车终于攒足了启动的势能。嘈杂的噪声减弱了,马车那白色的影子在冷冰冰的月光下朝西边驶去,很快就从我的视线中消失了。

沃恩家不在西边呀,我心想。去沃恩家应该往东走。

我一动不动地在那里坐着。我的一头骡子开始不耐烦地原地蹬踏，抖得缰绳叮当乱响。在我四周的树林里，蛙声震耳欲聋，仿佛有一股风正从千千万万支芦笛中吹过，发起了一场永无休止且毫无感情的合唱。月亮不知不觉地慢慢坠到了一丛柏树的后面，木排路上凌乱地洒满了树干和枝丫的弯曲的倒影，黑漆漆的，就像黑人的手臂。从南边忽然吹来一阵微风，我听见枝叶茂密的林梢上似乎有什么在低语和响动。

"主啊，是您吗？"我大声说。

我在仔细倾听从月光下的林梢之上发出的柔和而沙哑的沙沙的声响。我屏住呼吸，仿佛在等待上帝那无所不在的悬在空中的声音响起。

"主啊，是您吗？"我又叫了一声。我仍坐在那里等候，然而风已经停了，随着它一同隐去的还有那阵阵的低语声、那沙沙的响声和上帝未曾说出的话语声。夜晚重新被尖厉刺耳的蛙鸣声和树林里的蝈蝈那圆熟而嘈杂的唧唧声所笼罩。

我在那里足足等了一个多小时，才开始慢慢地往回走。我的内心无比空虚，我以前还从未有过这样的感觉。我知道，我根本无须细看手里的那张字据就能清楚地知道这究竟是怎么一回事。我在想威利斯，在想那几个男孩，我越想越痛苦，越难受。主啊，他们已经走了，永远地走了。您听我说，主啊，这不是什么外租，不是到沃恩家去帮工，全都不是。那个怀里揣着块表的家伙是个地地道道的奴隶贩子，事情就是这么简单。事情就是这样的，主啊！全能的耶稣啊，他们这哪里是被外租出去啊，基督啊，他们这分明是被卖掉了……主啊，他们是被卖掉了，被卖掉了！

塞缪尔老爷后来是这么跟我解释的："这些天你老是闷闷不乐地走来走去，还用责怪的眼神看着我。我要是连这都看不出来，那我也太笨了吧。虽然对这笔草率的交易我的确要负一些责任，但我还是得替自己辩解一下，我并非你想象的那么麻木不仁。你在心里不就是这么说我的吗？"

"我不懂你说的那个词是什么意思，"我说，"我说你什么？"

"说我麻木不仁，说我在你们要去耶路撒冷之前，明明知道那个男孩马上就会被卖掉，却还同意你带他去参加露营集会。今天既然已经把话说到这里了，我就索性再告诉你一件事，就是那场露营集会。那个星期五我也在耶路撒冷，你可能也知道，那天正好是宗教复兴集会的第一天。我数了数，如果不把在那里出没的野猫野狗算进去的话，总共到场的信徒还不到二十四个人。就连到场的这二十几号人，第二天也都收拾行囊离开了。就算你真的带着你那满满一车的激进而狂热的使徒去参加集会，在那里迎接你们的恐怕也只是一片空无一人的草地。这说明这片愚昧无知的穷乡僻壤根本就办不来这样一场宗教复兴的盛会，因为它连自己都喂不饱。所以我要顺便告诉你，是我让你免去了一场巨大的失望。至于你说的那个小伙子，我必须重复一遍，我事先既不知道你计划带他去参加露营集会，也不知道你们俩是像你所说的那种亲密无间的朋友关系。我的脑袋后面又没长眼睛，我也不具备灵异第七感。这座种植园里生活着八十多个肤色各不相同的人，你不能要求我对每个人之间的亲疏关系都了解得那么透彻。我记得有位伟大的叫伏尔泰的法国人曾经说过，别人其实根本就不关心我的生活，因为他们都忙着过自己的日子，而只有当一个人终于能够认识到这点时，他才算是开智了。我压根就不知道你和那个男孩的关系，我对此真的是一无所知。"

我仍然保持着沉默，只是用舌头润了润我的嘴唇。我感到孤独，感到痛苦。我久久地盯着书房的地板，一动不动。

"我已经跟你讲过不止一次,如果你第二天马上过来,把事情的来龙去脉全都告诉我,那我肯定已经设法把那个男孩给弄回来了,而且是买回来,即便那意味着我要花更高的价钱,而且很可能还需要出趟远门到外地去。可你并没有立刻跟我把事情讲清楚,相反,你只是像一只不会说话的狗一样,用忧郁的眼神责怪我。但我还是必须让你知道,现在他肯定已经从彼得斯堡的奴隶市场被卖掉了——他具体会被卖到什么地方,我也不能确定,他可能会先被带到卡罗来纳,然后再从那里被卖掉。不管怎么说,他绝对已经落到某些奴隶贩子的手里了,现在他很可能正在前往佐治亚州或者亚拉巴马州的途中,不过这也不好说。如果他运气好的话,说不准他还能留在弗吉尼亚州。但我对这点还真不敢抱太大希望。总之,眼下的现实是,要把他再找回来怕是不可能了。我并不是想责备你在我还能采取挽救措施的时候不早来跟我说,我只是想让你明白,处在我的位置上,有些事我不可能知道,也不可能办到。你明白我说的话了吗?"

"是的,"我过了片刻才说,"我明白,可是——"

"你明白,可是你还——"他打断了我的话,"还在为一件事感到苦恼,感到过意不去。就像你说的那样,尽管你已经告诉那个男孩你事先对这件事毫不知情,但那个男孩很可能一辈子都会以为,在把他卖给奴隶贩子这件事上,你肯定是个同谋。一想到这里,你就会觉得难过,我说得对吗?你刚才说,你脑子里有些念头怎么也抖落不掉,是不是指这个念头?"

"是,"我答道,"没错。"

"那我还能跟你说些什么呢?跟你说我也很抱歉?我都已经跟你说过好多遍了。是的,他有可能会那么觉得,但他也可能不会这么想。或许,你应该试着想象一下,也许此刻他正在念着你以往对他的好，这样你心里就会觉得好受一些。可如果他真的认为在把他卖掉这件事上你也有所参与的话，那你也应该这样想：也许他只是把你看作一个被蒙在鼓里的受骗者而已，事实也的确如此。但如果他非要反着去想，那我也只能再重复一遍，并且是最后一遍了：我很抱歉。除此之外，我没别的话要说了。还有另外一点你也需要明白：我不知道亚伯拉罕那天会突然生病，也不知道把那几个男孩交付到奴隶贩子手里的那个人最后会是你。"说完，他停下来看着我，陷入了沉默。

"可是——"我开始慢慢地说道，"可是我——"

"可是什么？"

"好吧，"我接着说道，"我现在明白了，你确实不知道我和他的关系，也不知道我一直在教他读书认字什么的。但有一件事我还是不懂——为什么非要趁着深更半夜把他们带出去，而且还要跟大家说他们是被租到沃恩家里去干活呢？"我停顿了一下，"我的意思是，反正大家迟早都会知道事情的真相的，而且他们很可能用不了多久就会知道的。"

他把目光从我身上移开了。等他终于开口说话的时候，他的声音听上去遥远而无力。我这才突然意识到，他的神情是那么疲倦，他的双颊是那么憔悴，他那通红的双眼是那么茫然。"实话告诉你吧，当时我心里慌极了，完全乱了方寸。在我的记忆里，像这样把黑奴卖掉的事在这座种植园的历史上只发生过两次，两次全都发生在我父亲还在世的时候。而且，我不得不说，那两个被卖掉的黑奴是害群之马，对社区构成了威胁。除此之外，我们一直以来都不需要出售我们的黑奴，当然，近来情况有了些变化。所以说，把自己的劳力转手卖给他人，我还从未有过这样的经历。刚才我已经跟你说了,这的确是一笔糟糕透顶的交易。我不想把它传得尽人皆知,我担心一旦其他黑奴知道我开始卖人了,他们就会给我惹出许多麻烦和乱子来。所以我才在慌乱之下想出了这么一个主意:趁着夜深人静的时候把第一批卖掉的四个黑人送走,而且说成是把他们外租到沃恩少校家去干两星期的活。我原以为这么一来就不会引起太大的震动,以为这里的其他人会慢慢习惯他们几个已经离开这一事实。最糟糕的是,我还同那个奴隶贩子串通一气来骗人。现在想起来,这样的勾当怎么可能会有好结果呢?它不仅不正当,而且简直就是懦夫的行径。是欺骗,是虚伪!我应该光明正大地把他们卖掉,堂堂正正地一手交钱,一手交货,即使被其他的种植园主知道了,即使他们都被这个消息惊得目瞪口呆,那又能怎样呢?这笔交易的整个过程只有一点还算可取,那就是我至少确保了我卖掉这一批人不会导致任何家庭和骨肉的分离。当然,这对你和你那位年轻的朋友来说,实在是太不幸了,因为我最后挑选出来的正好是那些年龄已经足够大的男孩,那些本来就是孤儿,因此不会导致家庭破裂的人——很不幸,他是符合这些特征的四个人之一。"他又一次停了下来,沉默半晌,然后才用微弱的声音说:"对不起。天哪,我真的很抱歉,威利……"

"他的名字是威利斯,"我说,"这么说,你非得把他们卖掉,就没有别的办法可想?"

这时,他已经转过身去背对着我。他面对着高大的窗户站在那里。窗外是一片春天的花园。刚开始,他的说话声很轻微,轻得几乎让人听不见,我不得不费力去听。那声音仿佛发自一个虚弱而枯竭的人,一个丧失了信仰和希望的人,别人是否能听懂他在说什么,仿佛已经不重要了。他似乎没听见我问的问题,他兀自继续说道:"喔,用不了多久,这里的一切就全都没了。我指的不光是被可恶的杂草彻底吞噬的土地，不光是这里的马车、猪、牛和骡子，还包括这里的人。所有白人和成年的黑人，还有那些名叫威利斯、吉姆、谢德拉克和托德的黑人孩子，他们全都会到南方去，而弗吉尼亚州则会变成一个只剩下遍地灌木丛和蒲公英的荒村野地。此刻我们眼前的这一切也将全部消失，工厂的水车将会坍塌，入夜之后，废弃的车间大厅里只会有风在里面穿梭和呼啸。记住我说的话。这一天很快就会到来了。"

他停顿了一下，接着说："是的，我必须把那几个男孩卖掉不可，因为我需要钱。那些不是人的物品，我一件都卖不出去。而那几个男孩加在一起值一千多美元，只有把他们卖了，我在过去的七年当中累积起来的债务才能稍稍缓上一缓。在过去的七年中，我每天都在欺骗自己，我想让自己相信，发生在我周围的事只不过是个幻觉，我想让自己相信，这片早已被破坏得支离破碎的潮水地带会自动地幸免于难，无论这里的土地被糟蹋和吞噬成什么样，无论有多少人、有多少财产已开始往佐治亚州和亚拉巴马州南迁，特纳种植园都将永远留在这里，一心一意地从事木材和粮食的生产和加工。可现在，这些木材和粮食还有什么用啊。"停顿了片刻之后，他充满倦意的声音再次响起："不把他们卖了，我还能怎么办呢？把他们放了？给他们自由？真是天大的笑话！不，我绝对应该把他们卖了，剩下的那些人也一样，我必须把他们卖掉。很快，特纳种植园就会和其他人的种植园一样，变成一道风景，一座死气沉沉的残骸。将来，在南方的某个遥远的地方，人们也许还能记起它，像支离破碎的梦境一样记起它。"

他沉默良久，最后说道："纳特……"（我感觉他可能是叫了一声我的名字，我当时实在太紧张了，所以没有听清。）等他再开口的时候，他的声音轻得简直不能再轻，仿佛他正从远处的溪岸上迎着风在低声细语。"我之所以要把他们卖掉，是因为我实在没有别的办法了，这笔钱能让我再毫无意义地支撑几年。"他抬起胳膊做了一个非常突兀的动作——他把手举起来，愤怒而迅速地从眼前一划而过。"人类尚未真正开化，这一点是确凿无疑的！因为只有一个愚昧且不可理喻的物种，才会以如此卑鄙的方式与自己的同胞共处。否则，难道还有别的什么原因能导致这种没有意义、愚蠢而且可恶的残忍行径发生吗？就连负鼠和臭鼬之类的动物都懂得这个道理！就连鼬鼠和田鼠都会自然而然地对自己的血脉和至亲给予关心和照顾。只有等级低劣的昆虫才干得出人类干的那些勾当，比如夏天聚集在白杨树上的一群群的蚂蚁，贪婪地从细小的绿色蚜虫身上吸吮它们分泌的蜜露。对，尚未开化的也许恰恰是人类自身。唉，看到人类居然会如此对待他们的同类，上帝该会淌下多么苦涩的泪水啊！"然后，他突然就不再说话了。我只看见他在使劲摇头，忽然，他又大喊了一声："一切都是为了钱！钱！"

他沉默了下来，我站在那里，等着他继续往下说，可他没再开口，只是转过身去，背对着我，面朝黄昏而立。从远处的某个高高的地方，我听到内尔女士在叫他："塞缪尔！塞缪尔！你没事吧？"但他许久都没有做出任何表示，也没有做出任何动作，于是我静静地走到门口，离开了那个房间。

在这件事发生之后，又过了三年（我感觉这三年像飞一样就过去了），在我二十一岁生日之前的一个月，也就是按当初的计划，我本该到里士满开始我的新生活的时候，塞缪尔老爷失去了对我的拥有权。我被暂时交给一位名叫亚历山大·埃佩斯牧师的浸礼宗教会传教士来管理，也可以说是交由他来保护，或者说是被出租或者出借给了他。他在特纳种植园以北约十英里的一个叫夏洛的教区担任牧师，那里住着大批的贫困农民和小商贩。在相当长的一段时间里，我一直都不太清楚我和埃佩斯牧师之间究竟是什么关系。但有一点可以肯定，那就是，从严格的商业定义来说，我并未被"卖"给他。特纳种植园里其他的黑人可能是被卖掉了——他们也的确是被卖掉了，但我实在无法想象我会以同样的方式被处理掉。事实上，直到我被交接到埃佩斯牧师手中的那一刻，我仍不敢相信这种事居然会发生在我身上。所以在接下来的三年里，尽管我也意识到我的未来尚不确定，但我从未对塞缪尔老爷起过任何怀疑，我觉得他仍然能让我在里士满获得自由，就像他曾经热情地许诺过的那样。我一直保持着这种积极乐观的心态。当我看着特纳种植园和它里面所有的土地、所有的人、所有的财产和牲畜在我眼前分崩离析的时候，我也仍然这样想。然而，这时的种植园就如同洪水泛滥时位于河流中央的那些小岛，它从边缘开始塌陷，而岛上那些浑身透湿、挤作一团、衣衫褴褛的居民，连同岛上的浣熊、兔子、黑蛇和狐狸，一个个都被赶进了冷酷无情的褐色河水之中。

到目前为止，这些黑奴是所有财产当中最具价值的，他们每个人的售价都介于四百美元至六百美元之间，因此他们也就成了塞缪尔老爷唯一安全且可靠的资本。他可以将这些黑奴兑现并用来应付债主们提出的各种要求（债主们也都在打点行装，打算离开这片潮水地带，所以他们索起债来也就更加急迫了），因此这些黑奴便开始被稳定地遣散出去，有时两三个一起被卖，有时则是单独被卖，这次被卖给这家，下次被卖给那家。有时候一连好几个月都不见有交易，有时候某一天突然就有人驾着轻便的马车上门来接人了。来的都是些留着白色络腮胡须、挂着很粗的金表链的绅士，他们会先把像镜面一样锃亮的靴子使劲在地上跺上几脚,将上面的泥巴跺掉。等他们进了书房以后,我会一边用银托盘盛着饼干和葡萄酒招待他们,一边听塞缪尔老爷在夏日的黄昏中用苍白无力的声音对他们说:"那些奴隶贩子太可恶了,先生。虽然他们的出价普遍都要高一些,但在我眼里,他们什么都不是。他们都是些狼心狗肺的家伙,先生们,他们才不在乎他们的交易会将母亲同她唯一的孩子拆散呢。这也是为什么,尽管眼下我自己的处境也很困难,但我至少能保证我只跟真正的绅士做交易……是的,迄今为止,我所有的销售对象都是像您这样的绅士,只有一次例外……您刚才说,您是从约克县的菲茨休家族来的?那您一定是撒迪厄斯·菲茨休的堂弟喽?他和我在威廉与玛丽学院可是同窗啊……对,我最近一次卖掉的那批黑奴是被卖给了打算西迁至密苏里州的布恩斯利克县的一位绅士,对,我想是这样的。我把一家五口全卖给了他……他是一位既人道又有学问的先生,从诺托韦县来的……先生,上天可真是眷顾您呀,您该知道吧,能在里士满这样的城市附近开一家工厂,既无债务缠身,又没有自然灾祸……我不知道,先生,不过我肯定在这里也待不了多久了。也许我应该搬到肯塔基州或者密苏里州去,不过我听说亚拉巴马州的前景也挺不错……那好,跟我来吧,我带您去见见乔治和彼得,他们是我工厂里剩下的工人当中最能干的两个了,您一定会觉得他们俩跟普通的黑人大不一样……我手下的黑奴只有少数的几个能幸运地留在弗吉尼亚州……"

乔治和彼得就这么去了,去开始一段陌生而未知的命运。后来,萨姆和安德鲁,还有露西和她的两个小男孩也一样,他们被装上马车,有几次还是由我亲手赶着马车把他们送到耶路撒冷去的。这些单纯而天真的黑人,他们那种根深蒂固的逆来顺受和快乐的天性一直让我感到不安和困惑。尽管他们也会回过头,朝这个多年来一直都是他们全部的世界的地方投去平淡至极的一眼,但最终的离别给他们带来的遗憾和痛心,并不比他们对未来的忧虑和预感更多。不管密苏里州和佐治亚州离这里是像星星那么遥远还是近在咫尺,对他们来说都一样。我还失望地注意到,黑人们甚至都懒得跟他们的朋友们道别。我感觉他们好像只有在家庭被拆散的时候才会感到悲伤,可那样的惨剧并未在这里发生。离开的时候,他们一边叽叽喳喳地聊着,咯咯地笑着,一边爬上将把他们送往天涯海角、送往一个未卜的命运和前途的马车。而此时此刻,他们聊的居然是膝盖的酸疼,从骡子的胃里取出的毛球有驱巫辟邪的功效,还有怎样训练狗爬到树上去逮负鼠。他们还会一个劲地念叨着吃。在敞亮的天光下,他们昏昏沉沉地倚着车厢的侧板熟睡过去,一张张粉红色的嘴唇湿润而微张,马车还没把他们载出种植园的大门,还没把他们载出这片土地的疆界,他们就都已经不知不觉地睡着了。这片土地上承载着他们生命中所有的气味、所有的内容,以及所有的地理方位,与此同时,这片土地上的那些田野、那些草地和那些闪闪发亮的森林地带正在他们身后的视野中慢慢消失。他们再也看不见,再也感受不到这些事物了。他们似乎根本就不在乎他们从哪里来,或者要到哪里去。他们大声地打着呼噜,而醒来以后,他们又会开始嬉戏。他们大声地笑着,打闹着,还会试着把从头顶经过的树叶揪下一些来。他们像动物一样愚蠢而且无动于衷地抛弃了他们的过去,接受了他们的现在,并不知道自己是否还拥有将来。我心里痛苦地暗自在想,这样的物种活该被卖掉。我在对他们的厌恶和对自己的悔恨中纠结着。我悔恨的是,现在为时已晚,我再也不能用《圣经》的力量来拯救他们了。

终于，整座种植园被一片与往日迥异的无声和寂静笼罩了起来，它静得如此深奥，仿佛寂静本身就是记忆中的某个模糊的声音在耳边发出的回声或余响。终于，被拿去卖掉的不再仅限于黑奴，也开始包括其他东西——骡子、马匹、猪、马车，各式各样的农具和工具，工厂里的锯机、磨轮和铁砧，房子里的家具，运输用的马车和赶车用的鞭子，铲子、镰刀、锄头和锤子——所有人们能拿得动、取得下、拆得掉，并且价值在半美元以上的东西都被卖了。这些东西全都不在了，那股寂静变得更加惊人，也更加完整。锯木厂的那架大水车已经转完了它的最后一个轮次，此刻正一动不动地挂在栎木做成的支柱上，而支柱上已经长出一层厚厚的、业已干枯的、绿色的池藻和杂草。水车彻底静了下来，昔日它那宛如从喉咙深处发出的从不间断的隆隆的轰鸣声早已成了回忆。同样成为回忆的还有其他微弱而恒久的日常声响，那些年复一年地在每个季节的昼夜都回响在我们身边的声音：远处玉米地里叮叮当当的锄地声，草坪上的绵羊咩咩的叫唤声，黑人们突兀而洪亮的笑声，铁匠铺的铁砧上乒乒乓乓的敲打声，从遥远的小木屋里传来的歌声，从树林中隐约传来的被伐倒的树木砸在地上的响声，主人大房子里的忙碌声、喧哗声和像音乐一样温柔的低语声。这些声音全都慢慢地消散和隐去了，一切都静了下来。田野和布满车辙印的车道像遭过瘟疫一样被人们完全遗弃了，往日的玉米地和草坪已被杂草和荆棘入侵，外屋空空如也的窗台、门框和大门已经坍塌。以往入夜以后，山坡下的一座座小木屋会被升起火的壁炉照得格外亮堂，但如今它们全都散落在令人窒息的黑暗里，像一支没有点燃营火的军队正宿营在以色列平原上。

我刚才已经提到，塞缪尔老爷很快就意识到他不可能像他原先打算的那样，在我满二十一岁的那天把我送到里士满的彭伯顿先生那里去了。这一天，吃过晚饭以后，他严肃地跟我做了解释。他说，经济大萧条原先只给潮水地带造成了影响，但现在它对城市也造成了冲击，所以对我这样聪明能干的劳动力的市场需求已大幅萎缩了——用俗话说，就是这个市场已经崩溃了。所以，我的主人此刻正处于一个左右为难的境地。一方面，他不能不让我先在一位负责而可靠的人士手下度过一段"缓冲期"，就随随便便地给我自由。以前有许多年轻黑人在获得自由之后，因为没人资助，没人保护，所以在某天早上，他们会突然发现，自己被打得不省人事，连身份证都被偷了，而自己正头昏脑涨地躺在一辆正在颠簸行驶的货运车车厢里，马车的轱辘在他被打得头破血流的脑壳下方隆隆地滚动得正欢——它们正拉着他朝南方的棉花种植园一路奔驰而去。另一方面，如果他带我一起去亚拉巴马州（这是他几乎到了最后一刻才做出的决定，他想到那个地方再去试试运气），那他原先为我制定的计划就会完全作废，因为在亚拉巴马州那样一个没有城镇，到处都是河底的沼泽和鱼塘的地方，一个自由而富裕的黑人工匠几乎不可能找到什么像样的机会。所以，塞缪尔老爷最终拟定了一个临时方案：他把我委托给了一位善良的基督教牧师，也就是我在前文中提到过的埃佩斯牧师。这位牧师是一位忠实而虔诚的绅士，一旦里士满的形势出现好转（形势肯定会好起来的），他就会马上替我办妥获得自由的凭证，而作为对他的仁慈和他对我的照顾的回报，在此期间他将无偿获得我全部的劳动成果。

时间终于到了九月的一天。那天上午热极了。当塞缪尔老爷与我永久道别的时候，周围满是蝉噪之声。

"我已经通知了埃佩斯牧师，我们今天上午走，"他对我说，"他应该会在中午过来接你。就像我跟你说过的那样,纳特,你真的不用太担心。虽然埃佩斯牧师是浸礼宗教会教徒,但他绝对是一位善良正直的绅士,他也绝对会用我所期待的方式对你。你很快就会发现,他为人简单而朴实,虽然资源有限,但他会善待于你。我到了亚拉巴马州之后仍会用邮件同他联系,同时我也会和我在里士满的代理人保持接触。所以,估计一年过后,埃佩斯牧师会先替你安排好在里士满当学徒的事宜,然后再替你办理获得人身自由和解放的手续,就像我本人会在这里给你做的一样。我把这一切都写进了我和他在耶路撒冷达成的协议中,从法律上讲,这是毋庸置疑的。更重要的是,纳特,我非常信任埃佩斯牧师。他能为你提供你需要的一切,无论是物质上还是精神上的。他真的是一位仁慈而正直的绅士。"

当时,我们站在一棵巨大的梧桐树的树荫下,天气又闷又热,简直让人透不过气来。空气闭塞而潮湿,人的嘴仿佛在被一只暖烘烘的手捂着。四辆马车都已准备停当,正等着出发。塞缪尔老爷即将驾着它们开始一场长途跋涉。几匹已经套上缰绳的骡马颇不耐烦地在踢踏,在躁动。主人家里的其他成员——那位年长的侄子和他的妻子、埃米琳小姐、本杰明的遗孀,以及内尔女士——都已先行上路,他们有的会先在罗利县的表亲家小住一段,有的(这是对那几位年长一些的女士来说)则会先去彼得斯堡旅居,一直等塞缪尔老爷把亚拉巴马州的那片新土地上的一切全都安排妥当,并招呼她们过去为止。在所有的黑奴当中,这时剩下的只有普莉希、利特尔·莫宁,外加亚伯拉罕和他的家人了。这几位都是家仆,也都拥有对昔日那段美好时光的回忆,他们全都在放声痛哭。这些满腹伤感的黑人全都挤在同一辆马车里,我含着眼泪同他们逐一道别。我给了普莉希一个亲吻,给了亚伯拉罕一个无言而温暖的拥抱,最后,我拉着利特尔·莫宁的那只像老旧的皮革一样冰冷而无力的手，轻轻摁在我的嘴唇上。如今他的发丝已像霜雪一样花白，身体已经瘫痪，脑子完全痴呆，他支撑着身体躺在马车的最里头，什么也看不见，什么也不能理解。他哪里知道，在他枯萎而疲惫的生命尽头，这辆马车将要载着他从他这辈子唯一的那个家离开，到南方去了。被缰绳套住的骡子仍在不安分地踢踏。我想止住悲伤，但无论我怎么努力，我都无法做到。

"别太难过了，"塞缪尔老爷说，"纳特，这又不是生离死别，对我们所有人来说，这都是一段新生活的开始。我们会永远保持邮件联系。而且你——"说到这里，他停顿了一下，我知道他也动了感情，"而且你——你，纳特——你想想，你很快就自由了，不是吗？永远牢记这一点，今天的离愁别绪就会在你的记忆中慢慢散去。在我们的生活中，未来才是最重要的。"

他的话语声又一次中断了，他似乎在极力控制自己的感情，然后，他开始用一种不大自然、佯作开心的声音聊起了各种家常："好啦，纳特，振作起来！……这块土地的接收管理人，也就是耶路撒冷的鲍尔斯法官，将会派一位监护人过来，并且留在这里。他有可能今天就到……对啦，厨房里有普莉希给你留的午餐……别耷拉着脑袋，纳特，永远都要振作起来，再见啦！……再见！……再见！"

他笨拙而迅速地给了我一个拥抱。我感觉他的胡须触到了我的面颊，我听见亚伯拉罕的牛皮鞭在前方抽出了一记像滑膛枪一样清澈的巨响。然后，他转过身，就这么走了，所有马车也全都走了。这是我最后一次见到他。

我站在马车的车道上，直到嘎嘎的车轮声完全从远处消失。我内心的孤独与凄凉无以复加。我像一片脱离了树根和树干的树叶，在空气的旋涡里无依无靠地飘荡着，在业已过去和即将到来这二者之间飘荡着。远处的地平线上悬挂着巨大而汹涌的云彩。在很长一段时间里，我感觉自己就像被抛入大海中的约拿，正置身于无垠的汪洋大海之中。汹涌的海水从四面将我围绕，滔天的巨浪和波涛正从我的头顶上掀过。

我开始等待埃佩斯牧师的到来，可他过了很久才终于来接我。整个上午，我始终坐在阳台的台阶上——阳台上空空荡荡的，所有的家具都已被拆卸一空——等候牧师的到来，等待马蹄声响起，等待车道上响起马车驶近的咔嗒咔嗒的声音。天气又闷又热，潮湿的雾霾让绿色的天空变得模糊不清，也预示着一场风暴即将到来。到了上午的晚些时候，太阳穿过浓浓的热浪炙烤着大地，天气如此闷热，连蝗虫都已静止不动，连鸟儿都悄无声息地撤退到林间枝叶茂密、临溪傍水的避难所中去了。我一直在读《圣经》，读了两三个小时，《圣经·诗篇》中的几个段落被我牢记了下来。（除了以下的几样物品，这本《圣经》是我从特纳种植园带走的唯一一件财产。这些物品包括：一条用于换洗的工装裤，两件棉衬衫，外加一双在种植园里穿的粗皮鞋，有人给它起了个好听的叫法——"黑人穿的毛皮鞋"，几枚我用骨头刻的小十字架，一根针，一些线，妈妈留给我的一个锡杯，还有塞缪尔老爷临走前一天塞给我的一枚十美元的金币。按照惯例，接下来我被交到谁的手里，谁就要负责为我提供我所有的需求。金币已经被我小心翼翼地缝进了我的裤腰带，至于其他的几样东西，我用一块很大的蓝帕子裹了个包袱。）眼下我正处于一种在两种生存状态之间悬而未决的境地，所以我为自己被遗弃而感到失落和痛苦，为自己和最亲也是仅有的朋友们分别而感到空虚和难过，都是情理中的事。但同时，我又有一股隐隐的兴奋，为他们允诺给我的那个新世界,为自由,为曾在我脑海中浮现过的那些美梦即将成真——我梦想着自己终于成了一个自由人,兴高采烈的我正昂首阔步地沿着里士满宽阔的马路朝教堂或我的工作岗位走去。这种忧喜参半的感觉其实并不奇怪,因为我读过《圣经·诗篇》,那里面有一章也交织着悲伤和喜悦。我记得那是《圣经·诗篇》的第90章,今天上午我刚把它背熟,它的开头是这样的:"主啊!你世世代代作我们的居所。"[1]其中还有这样的一句:"在你看来,千年如已过的昨日,又如夜间的一更……"[2]

中午到了,又过去了。古铜色的太阳渐渐往下午的方向坠去。埃佩斯牧师还是没有来,而我已经饿了。我这才记起来,厨房里有做好的午饭在等着我。刚才我在全神贯注地想事情,把午饭给忘了。我把包袱往肩上一扛,穿过空荡无人的大厅来到厨房。巨大的砖石壁炉上方的架子上摆着这间厨房为特纳一家烹制的最后一顿食物:四块炸鸡和半只酥油面包,一个已经有些开裂的缸子里还装着甜苹果汁。这些都是体面的大户人家吃的食物,用在告别的场合正合适。为了不被苍蝇叮咬,食物上面还细心地盖着一张虽然使用过但很干净的面粉袋。我至今都能清楚地记得这些细节,也许跟当时在我心中蔓延的那种不祥之感,那种像蜘蛛网一样慢慢扩大的焦虑和不安之感有关。日头渐渐西下,藤蔓的影子在石头墙上爬得越来越高。我坐在空荡荡的厨房的窗台上,一边吃着烤鸡和面包,一边觉得上述的感受已经爬上了我的脊背。这时,种植园几乎彻底静了下来。它令人感到如此压抑,如此陌生,我紧张得突然冒出一个恐

---

[1] 《圣经·诗篇》90:1。

[2] 《圣经·诗篇》90:4。

怖的念头：我的耳朵是不是聋了？我停止咀嚼，支起耳朵仔细地听，等待着有声音从外面传来——鸟的叫声，鸭子在工厂的水塘里激起的水声，树林里飒飒的风声。我指望着用这些声音来说服自己，来相信自己仍然有正常的听觉。然而我什么也没听到，什么声音也没有。我愈发心慌，直到我拖着我那双长着老茧的光板脚在松木地板上粗糙地走动，发出令人惊讶的声音，我才总算把一颗心放了下来。我怪自己怎么生出如此愚蠢的想法，然后便继续吃了起来。这时，一只苍蝇飞来，它停在了我的耳朵上，不停地发出愚蠢而震耳的轰鸣声。这样一来，我就更放心了。

但那股安静而寂寞的不祥之感仍在侵扰着我，久久不肯离去。它就像一件罩袍，紧紧地贴在我身上，无论我怎么努力，也无法把它从我的肩膀上撕下去。我将吃剩的鸡骨头扔进了厨房外边的窗台下的那个长满杂草的花坛里，然后把剩下的面包和那只开裂的缸子小心翼翼地放进了我的包裹里。不知出于什么缘故，我觉得这个缸子以后还能派上用场。我走出厨房，壮着胆子来到外面的大厅。所有能搬走的东西都已被拆卸一空，例如水晶吊灯、带钟摆的落地钟、地毯、钢琴、餐具柜和椅子。我突然打了个喷嚏，空旷的大厅里顿时像坟墓一样到处回荡着巨大的轰鸣声。余音撞在屋内四周的墙壁上，发出了像瀑布或者水流般的声响，然后才安静下来。只有大厅里两根圆柱之间的墙上还高高地挂着一面镜子，因为年头已久，镜面上已泛起了青蓝色，而且布满了细微的裂纹。它是整个屋子里遗留下来的唯一一件能证明这里曾经住过人的物品。镜子暗淡而清澈的中间部分映照出了大厅的另一端。那边的墙上有四个雪白的长方形的印子，以前那里一直挂着特纳家的先辈们的画像，现在它们已经被取下带走了。中间的两张是两位面容严肃的绅士的画像，他们戴着白色的假发和三角帽,而另外的两张则是神态安详的女士的画像,她们的胸前都佩戴着用丝带和镶着荷叶边的粉红色的缎子做的饰品。在过去的这些年里,尽管我同画像上的这些先辈像家人一样熟稔,但其实我连他们叫什么名字都不知道。他们的消失令我感到又突然又震惊,就好像有好几个人在短时间内相继去世了一般。

我又回到外面的阳台上,等候着马蹄声和车轮声响起,但四下里依然只有一片寂静。从这个时候开始,我觉得我已是孤身一人,早已被人抛弃,被人遗忘,根本不会有人来接我。这种想法令我恐惧,令我不安。与此同时,这种情绪中的某个部分又令我感到颇为畅快。我的腑脏深处有一种神秘、不安而又充满欲望的紧张和兴奋感,这是一种我从未有过的感觉,我想把它忘记,我想让它停止。我把我的包袱放在阳台的台阶上,信步走到房屋边上一个往外突出的拐角处。从这里望出去,我几乎能将所有被遗弃的房屋、颓败的工厂、棚屋和荒芜的土地尽收眼底。如今,这里俨然就是那个惨遭基甸部落蹂躏和劫掠的帝国。从污浊阴暗的天空中倾泻而下的高温正变得愈发恶毒且无情。透过雾霾望去,太阳像一块模糊而通红的跳动着的煤炭。在我的视野所及之处,原来坐落在广阔麦田边缘的那一排排破旧不堪的小木屋,如今已变成了一片片长满杂草、向日葵和难以逾越的绿色荆棘的莽丛。我凝望着眼前的这片景象,我的目光在远处那一排排空空荡荡的小木屋上久久徘徊。当我把目光移回附近的工厂、户外厕所、马厩、棚屋,以及眼前这座空无一人、在恐怖的酷热下寂静无声的大房子上时,我就觉得发自心底的那股温暖而蠢蠢欲动的兴奋感又难以抗拒地回来了。

打破这片寂静的只有从水塘堤坝的漏缝里传来的不疾不徐、节奏似乎永远不变的滴水声,以及蚱蜢从近处的草丛中时不时发出的鸣叫声。我想努力找回刚才那股强烈而渐增的兴奋感，但就在我努力的同时，我感到自己的脉搏在剧烈跳动，我的胳膊底下已有一道道汗水在流淌。空气里没有风，森林中的树木也静极了，也正是因为寂静，它们仿佛结成了一个整块，从我的四周向世界的终极边缘延伸而去，而那里正被一片无所不在、无边无际的绿色所笼罩着。除了这片寂静，除了这座已经沦为废墟的种植园，这里已没有其他事物存在。这里曾是整个宇宙的中心，而我不仅是它现在的主人，还拥有它所有的过去和所有的回忆。看着眼前这片破败不堪、与世隔绝的荒野，我心中产生了一种独立和至高无上的感觉，我突然觉得它已经归我所有，仿佛在眨眼之间，我已变成了一个白人——像克拉珀奶酪一样白，白得那么彻底，白得像那些纯白的圣公会教徒。我转身走到山坡的最高处，这里紧挨着圆形的车道，各式各样的马车曾在这里来往穿梭，身穿带裙衬的塔夫绸长裙的女士们曾经在这里浅笑嫣然地踩着踏脚板上的绒毯走下马车。当我扶住她们伸出的胳膊时，她们的裙褶会像雪一样在空中飘洒开来。而现在，当我低头望着山坡下的工厂、谷仓、木屋和远处的田野时，我早已不再是那个身穿天鹅绒长裤、满脸带笑的黑人男孩了。在极其短暂的一瞬间，这里的一切都归我所有，所以我便堂而皇之地行使起拥有者所具有的特权来。我松开裤带，冲着那块熟悉的石头响亮地撒起尿来。石头早已磨破，就在短短三年前，还曾有许多小巧玲珑的女士踩着它从这里走上阳台的阶梯。多么奇怪而疯狂的喜悦啊！我变得那么白！多么邪恶的快乐啊！

但黑色的我转瞬之间又回来了。幻觉消失了，揪心的孤独、内疚和苦闷又一次将我笼罩。我支起耳朵仔细聆听从道路上向这边传来的每一声响动，可埃佩斯牧师仍然没有出现。我又翻开我的《圣经》，把我最喜欢的那一段（撒母耳和约柜的故事）读了又读，并牢记在心里。下午还在延续，阳台上的光线变得昏暗起来。在远处，如烟的地平线上隐隐传来了隆隆的雷声。

天已渐渐变黑，我知道埃佩斯牧师今天肯定不会来了。我又饿了，当我意识到这里已经不再有食物的时候，我心里涌起一股强烈的不安。我想起我的包袱里还有一些酥油面包，于是在入夜以后，我就着从厨房后面的水箱里弄来的水将剩下的面包全都吃光了。房子里一片漆黑，空气黏湿而沉闷，像是没有月光的夜晚的沼泽附近的空气。我在屋中漫无目的、迷迷糊糊地四处走动着，我耳边有成群结队的蚊子在嗡嗡直响。和其他的房间一样，我那间小卧室也被拆卸一空，根本没法睡觉，我在大厅里靠近正门的地板上躺了下来，把包袱当成枕头垫在头下。

约莫到了夜里十一点，种植园里下起了暴雨，惊魂失魄的我再也无法入睡了。巨大的闪电照亮了黑色的夜空，阴森可怕的绿色闪光将废弃的工厂和水塘清晰地勾勒了出来，无情的暴雨带着狂风和湍流从池塘的水面席卷而过，天空被霹雳的轰鸣骤然撕裂。忽然，一道闪电将附近树林中的一棵巨大而古老的木兰树劈成了两半，这棵庞然大物的整整半截像受伤的疯子一样，尖叫着、呻吟着倒到了地面上。这一夜令我内心充满了恐惧，在我的一生中，我还从未见过这样的暴风雨，它似乎是我命中注定要看到的一场风暴。我把头躲进包袱和光秃秃的地板之间，我多么希望我从未降生在这个世界上。终于，风暴声弱了下来。然后，伴随着轻柔的滴水声，风暴终于停了。我把头抬起来，我想到了《圣经》中讲的大洪水："渊源和天上的窗户都闭塞了，天上的大雨也止住了……[1]"一只想必是被风暴吹进屋来的鸥鹆在我头顶上方的某个壁架上窸窸窣窣地抖动着，还低低地发出呜呜的声音。我轻声地用祷告感谢着主，我聆听着鸥鹆湿漉漉的叫声。我终于睡着了。

突然，我听到了一个声音："哎，起来了，小子。"我惊醒了过来。在早晨刺眼的亮光中，我能看到而且能感到有人正用黑色的皮靴将我推醒——这个人不是在轻柔地推搡，而是对着我的肋骨之间急促而猛烈地往里顶，令我几乎喘不过气来。我立刻用双肘支撑着身体坐了起来，像个被淹得半死不活的人一样，贪婪地吸了几口早晨的空气。

"你就是纳特？"我听见那人在问。就在他讲话的时候，我已经知道他一定就是埃佩斯牧师了。他身上从头到脚穿的都是牧师的黑色制服，腿上还有一副破旧的、给牧师穿的黑色绑腿。此刻，那副绑腿正好就在我的眼前，与我的眼睛一般高。我看得非常真切，绑腿上的扣子有几颗已经掉了，而且不知何故，绑腿上还散发着，或者说似乎散发着，一股酸臭、破旧和不干净的气味。我的目光顺着他的两条被黑色绑腿裹住的长长的小腿和破旧的黑色马海毛材质的牧师外套向上移去，然后飞快地朝他的脸瞥了一眼。他有一张瘦削的脸，鼻子很大，脸上满带着五旬节教徒对基督的狂热和虔诚。但他的脸上没有一丝笑意，充满了冷漠、悲伤和不幸的气息。他年纪在六十岁上下，戴着一副椭圆形镜框的眼镜，脖颈上长着像雄火鸡一样的红色肉垂，面容苦涩，眼神晦暗。这是一张写满了贫困、伪善和绝望的面孔。我的内心和肚腹几乎同时打了个

---

[1] 《圣经·创世记》8：2。

激灵。别的先不说,我立刻意识到,从现在开始,我很久都不会再有白面包吃了。

"你就是纳特?"他又问了一遍,这次口气更严厉了。他的声音无趣而多疑,还带着些鼻音,饱含着十一月的寒意。更重要的是,他的声音中的某种东西令我猛然警醒:在这位牧师面前,我的言谈举止绝不能显露出我曾经受到过良好的教育。我赶忙站起身,从地上拾起我的包袱,然后答道:"是,老爷,是的,我就是纳特。"

"赶紧给我上车。"他命令道。

马车就停在阳台的台阶旁边。拉车的是一匹浑身污斑、连背都塌了的老母马,它应该是我见到过的最惨也最可怜的马了。我爬上车,坐在破旧的座椅上,在阳光下足足等了半个多钟头。我瞅着那匹悲戚的老马甩动着它的尾巴,而被它的尾巴不住甩打的那个部位的皮肤早已被疮肿覆盖,好多苍蝇正叮在上面大快朵颐。我能听见埃佩斯牧师正在房子里面走来走去,发出沉闷的脚步声。终于,他回到车旁,爬上了我身边的那张座椅,怀里还抱着两只巨大的挂锅子用的铁钩(我原以为即便是最能干的清扫工也不太可能再从这幢房子里找出什么值钱的东西来了),原来他居然赤手空拳便把紧紧钉在厨房的橡木硬墙上的钩子给生生拔了出来。"驾——出发了,美人。"他对马说道。很快,我们便驶上了浓荫覆盖下的车道,树上的蝉噪听上去格外刺耳。特纳种植园就这样被遗弃了,就这样变成了甲虫、田鼠和鸱鸺的天下,就这样从我的生命中永远消失了。

等到埃佩斯牧师重新开口说话的时候,我们已经坐在马车上走出了好几英里。一路上,我内心的悲伤、惶惑和失落,从一天前我被独自留下开始就一直在折磨着我的那股近乎绝望的想家和怀旧之情，已被我饥肠辘辘的现实给掩盖了下去。我满怀憧憬地回想着昨天吃的炸鸡，我感觉腹内的饥肠正发出痛苦的轰鸣声。我一直在盼着埃佩斯牧师能开口说点什么，我盼着当他真的开口讲话的时候，讲的一定会是和吃饭有关的话题。然而我的期盼并没有成真。

"你多大啦，小子？"他说。

"我二十岁了，老爷，"我答道，"等十月份的第一天一到，就满二十一岁了。"如果黑人想讨好和巴结一位陌生白人，那他就得给人一种愚钝无知的印象，而想要给人留下这种印象，就得像我一样，在每一次的回答后面加上一些诸如"这是真的"或者"您说得对"之类的口头禅。我感觉刚才我肯定又讨好地补了一句"这是真的"，但我其实失算了，因为这让埃佩斯牧师愈发以为我真的是一个天真幼稚、头脑简单的人。

"你有没有和哪个小黑妞钻到树林里干过那种事？"他问道。他那件破得露出了衬底的衣服似乎往外喷发着一股刺鼻的霉味，那是一股散发着油腻、污浊和穷酸的气味。我想把我的鼻子挪开，但我没敢动。眼前的这个人身上有某种东西令我深深地感到不安，甚至感到恐惧。他的问题让我吃了一惊，我真的不知道该怎样回答，于是，我试图用黑人最典型、最独特的方式来摆脱眼前这种尴尬的局面。我慢慢地、轻轻地笑了笑，然后张口喊出几个没有实际意义的音节来："啊！咦——嗬！"

"特纳先生跟我说你也信教。"他说。

"是的，先生。"我答道，心里寻思着信教会不会让我从他那里得到什么实惠。

"这么说你还真的信教。"他继续说道。他的声音冷淡而无趣,单调得有些尖厉且刺耳,好像草丛中的蟋蟀发出的唧唧的叫声。这样的声音似乎很难令人信服,很难让人听从它的规劝。"如果你真的信教,那你一定知道所罗门王,也就是大卫王的儿子,谈论女人特别是妓女的那段话吧。他说,妓女是深坑;外女是窄阱。她埋伏好像强盗,她使人中多有奸诈的。[1]对吗,小子?"

"是的,先生。"我说。

"他还说,妓女能使人只剩一块饼,淫妇猎取人宝贵的生命。对不对?没错吧,小子?他还说,远离恶妇,远离外女谄媚的舌头。你心中不要恋慕她的美色,也不要被她眼皮勾引。[2]你知道他就是这么说的,小子。"

"是的,"我答道,"先生,是的,我想您说的是对的。"我们都没看着对方,但我能感到他那张冰冷而烦乱的脸就在我旁边,所以我只能郁闷地朝我的正前方直视。这时,我闻到了从他衣服里散发出来的那股发酵般的酸臭,我嘴里顿时变得像吃了沙子一样干燥。

"但对年轻人来说,"他说,"又另当别论。因为年轻人美丽而可爱。所罗门王还说过,你要吃蜜,因为是好的,吃蜂房下滴的蜜便觉甘甜。[3]没错吧,黑小子?他说强壮乃少年人的荣耀;白发为老年人的尊荣……[4]他还说,你躺下,必不惧怕;你躺卧,睡得香甜。[5]对吧,小子?所盼望的迟延未得,令人心忧,所愿意的临到,却是

---

[1] 《圣经·箴言》23:27—28。
[2] 《圣经·箴言》6:24—26。
[3] 《圣经·箴言》24:13。
[4] 《圣经·箴言》20:29。
[5] 《圣经·箴言》3:24。

生命树。[1] 人类真正的根源和生命之树，赞美上帝吧。"

"对，先生。"我厌烦地叹了口气。

我们无言地坐在车上，又走了很长一段时间。在中途，我们拐上了一条旁路，开始在一片我从未见过的乡村中穿行。这里非常贫瘠，土壤早已被侵蚀，我的眼前只剩下一片杂草丛生、荒无人烟、遍布着棕色黏土的原野。在我们头顶的高高的蓝天上，兀鹰在俯冲和盘旋。眼前的景色令我感到忧郁，我的眼前浮现出腐尸、枯骨以及关于缓慢而痛苦的死亡的画面。广阔的大地被如烟的雾霾笼罩着，远处有乌鸦在忧郁地鸣叫。世间所有的人仿佛都在突然间消失了。

"跟我说说，小子。"他终于开口说道，他尖细的声音突然变得紧张而迟疑，同时暗藏着某种邪恶的决定。"我听说黑人的那玩意比一般人的要大得多。这是真的吗，小子？"

焦虑和不安让我变得软弱，我不知该如何回答他。这时，马车停了，我们在一棵细长的老橡树的阴影下歇息。半死不活的老橡树上覆盖着一层叶子，树叶已变得枯黄，但巨大的树干上却遍布着生机勃勃、青翠欲滴的金银花和弗吉尼亚州爬山虎。内心的焦虑令我头晕目眩，我不敢往别处看，便一直瞅着自己的双脚。这时，金银花的花香已经和埃佩斯牧师身上的气味混杂在了一起。他早已汗流浃背，我能看到汗正从他黑得发亮的袖口底下淌出来，一直流到他被太阳晒得起了泡的、难看的、硕大的手背上，而他的那只手此刻正紧张地抓着自己的膝盖。

"你知道我听说过什么吗，小子？"他边说边将他那只紧张而苦闷的手往我大腿上方肌肉丰腴的部位一搁。他的声音在颤抖，他那

---

[1] 《圣经·箴言》13：12。

衰老而丑陋的红色的手指在颤抖,而我觉得我自己的内心深处同样在颤抖。情急之下,我只得向上天默默地祷告:主啊,您在吗?主啊。这时,空中有一团乌云飘过,我突然感到一股凉意,树梢上的空气仿佛变得清新起来。但在树叶颤动了一阵之后,那股凉意又消失不见了。天空重新变得灿烂而耀眼,埃佩斯牧师身上那股近在咫尺的酸臭味也回来了。"我听说,你们黑人身上的那玩意比一般人的要长一寸。是这么回事吗,小子?"

我仍保持着沉默,坟墓般的沉默。我能感觉到搁在我大腿上的那些手指在轻微地颤抖。见我没有搭腔,他也郁闷地沉默下来。过了好一会儿,他才在我腿上毫不怜惜地捏了一把,同时低声说:"你不理我是吧,小子?"

我还是没有回答,可这次他倒是把手从我的腿上挪开了。我们重新上路,马车吱吱呀呀地碾起尘土,沿着往北的道路穿过阴郁而凄凉的乡村。大约过了半个小时,他才再次开口。他那冷漠的、像蟋蟀一样永远不变的声音里充满了绝望、仇恨、爱、痛苦和报复的意味。他说:"我看你还是理我比较好!你会理我的。我今天把这句话撂在这里,你记住了。"

我人生早期的这段经历其实十分短暂。我在埃佩斯牧师那里只住了很短的时间,但有些事我觉得还是必须在此说明一下:在埃佩斯牧师的看护下,我的命运并未朝着我所期待的获得人身自由的方向发展,虽然这是塞缪尔老爷将我交给他监护的初衷。正好相反,我的命运从此便沿着一个截然相反而且出人意料的方向发展了下去。

我相信,塞缪尔老爷原本只想让我在埃佩斯牧师那里服务很短的一段时间。可我在那里工作的时间甚至比塞缪尔老爷预期的还要短。您肯定已经注意到了,塞缪尔老爷有个特点:他天真率直,从来不知道人性的险恶。他对人的辨别力原本就不佳，更不幸的是，尽管他本人已经不再奉守任何宗教的清规戒律，但他对神职人员的善良本性却仍保留有一贯的尊重和信任。可事情坏就坏在他的这份信任上了。我知道，当初塞缪尔老爷把我交给埃佩斯牧师的时候，他所憧憬的是，这位可敬而年迈的单身牧师会和他那位已经"有宗教信仰"而且对《圣经》还颇有心得的黑人助手结成一种亲切、愉快、令双方都满意的关系。他所想象的是我们俩能秉持着基督的精神，完美而和谐地在一起生活。埃佩斯牧师用他的年纪和智慧给予我精神上的收获，我则用辛勤而诚恳的劳动和服务来赞美和回报于他。这是一幅多么美好的场景啊。在亚拉巴马州的温暖的深夜里，我的前任主人就是枕着这样美好且仁慈的梦想酣然入睡的呀。

好吧，没过多久老埃佩斯就打消了强奸我的念头（这也是让我能强忍着在他那里待下去的少数几个原因之一）。当秋天来临的时候，我至少已经不用再担心那方面的事了，但有段时间那方面的事真是挺让我烦心的。在我刚到夏洛的时候，他一连好几天都埋伏在他的那间歪歪斜斜的厕所门外，试图让我就范。瘴气弥漫的厕所里有两个便坑，它既解决了他在那幢简陋的住房里的生活需要，也供来教堂的教徒们使用。就是在这间厕所旁边，他又用《圣经》中的箴言和其他训诫来迎合我。他还试图用他在我们第一天见面时就试过的招数来让我屈服：在一群群到处乱飞的苍蝇之中，他紧紧抓住我，沮丧的汗水从他苍老而硕大的鼻子上滴到他的上嘴唇上，就连他的声音也变得痛苦不堪。直到有一天，他的身体忽然剧烈地战栗起来，他才赶忙在嘴里含上了苦艾草，并从此放弃了对我的索求。这让我终于松了口气，也令我大惑不解。多年以后，随着年岁的增长，我有了更多的思考。这时我才意识到，虽然他对我的身体抱有强烈的欲望，但这种欲望与他想控制并支配我的欲望必然是冲突的，而前者终于被后者战胜了。如果他在他的次要目的上已然得手，如果他冒着恶臭对我实施猥亵时我已然屈服，那他得到的将是一只宠物。但他会从此失去一个奴隶，因为想要完全统治和支配一个曾经被你鸡奸过的人并不是那么容易的。如果我遂了他的心愿，他也许会发现，在他想逼迫我去干其他的粗活重活，一直干到两条腿肿得像树桩子一样粗的时候，我就没那么容易听他使唤了。

不过他使唤起我来也真是够狠的。我每天都要工作十八到二十个小时，每星期工作七天，我要特别指出的是，连星期日都不例外。这让我有生以来第一次真正感受到了这个世界，这个黑人们生活和呼吸于其中的真实的世界。我感觉自己好像突然被浸泡在了冰冷的水里。我很快还意识到，我是夏洛这一带唯一的黑奴，这让我的处境变得愈发严峻。夏洛是个严肃而敬神的小社区，它依傍着几个十字路口，社区里统共也就住着三十五六个人。他们大多是些小农户，靠着几块干旱的玉米地和甘薯地聊以为生。他们都是同一场经济大萧条遗留下来的残余和弃儿，而跟塞缪尔老爷一样的比他们更富裕的同胞们都已经迁徙到遥远的南方去了。这些人当中有年老体衰的种植园监工，有只剩下一只胳膊的修补匠，还有业已破产的乡村店主、改过自新的酗酒之徒和连上帝也束手无策的麻痹病人。这是一伙凄惨破落的难兄难弟，每一个人都是如假包换的教徒，然而把他们全加在一起，他们也凑不出一美元来。他们唯一的希望是通过完全浸没的洗礼让灵魂得救，让他们和他们患上了大脖子病的女人们，以及那些面色苍白、头发乱得像杂草、肚子里长满了寄生虫的孩子们能免遭彻底的毁灭。

于是，作为夏洛唯一的长着两条腿的动产，我的工作便不仅仅包括替埃佩斯牧师干家务了。我需要帮他劈柴，运水，给那匹塌背的、名叫"美人"的母马喂食，剥玉米，给三头猪喂猪潲，早晨起来生火，在那间他自称为"牧师公馆"的圆木小屋里充当他的贴身男仆，并且在那幢摇摇欲坠的破教堂里担任司事。除此之外，我还得替教区里的其他人服务。我拐弯抹角地听人说，这位好心的牧师以前还从未拥有过黑奴（不管我在他这里停留的时间如何短暂，在他看来，我的出现一定是上帝对他祈求了一辈子的心愿所给出的回应。这个事实在后来的岁月中也常常给我带来触动）。一开始，他因为得到了我这一笔横财而大喜过望，与此同时，他内心显然还有着一股极其强烈的基督徒式的冲动，想把我拿去与他的教区内的徒众一同分享。所以在那年的秋冬两季——那是我记忆中最寒冷的一个冬天——我需要经常费心费力地操持三十多份不同的工作。我发现我的身体很快就丧失了元气，我的内心也丧失了原来的乐观。我感觉自己仿佛生活在幻觉中，我仿佛已经与我熟悉的所有事物隔绝开来，突然变成了一个与以前截然不同的生物——一个半人半骡、精疲力竭、沉默寡言、晨兴夜寐、为那些毫无意义的粗活和苦活而日夜忙碌的生物。在那幢只有三个房间的狭小的"牧师公馆"里，我就睡在被叫作"厨房"的地方。靠近后门的地上有张稻草垫，上面铺块破布就是我的床。凄苦的寒风透过房屋中千疮百孔的裂缝呼啸着吹进来，即便将壁炉中的柴火添加到极限，它散发出的温暖也还是远远不够。等壁炉在夜里封火以后，屋子里更是连一丝热气也没有。在昏暗的夜光下，我躺在地板上，浑身都在瑟瑟发抖。我能看见，牧师的夜壶表面甚至都结上了一层冰。可他却整夜都鼾声如雷，像一架巨大的水车般在我的梦里隆隆地颤动。有时候，他会突然发出一种呼吸被堵塞住的声音，在他惊醒之后，他还会没头没脑地蹦出几句《圣经·福音书》里的话来。有一回,他大吼了一声:"我效法基督!"[1]还有一次,我看见他穿着白色睡衣的身体竟然摇摇晃晃地直立起来,嘴里还一边在哀叹"你们这些犹太人!"[2]。然而,即使在冷得几乎难以想象的严冬,他的整个屋子里依然臭烘烘的,那气味比夏天的鸡圈还要难闻。

主啊,那是一段怎样的日子啊!我多么渴望那段日子能赶快结束,那个冬天能赶快过去啊,我多么渴望把我从这个乌烟瘴气的地方送到里士满去投奔自由的那一刻能早日到来啊。可那个可怕的冬季却似乎永不休止,根本看不到出头之日。每个月都会有三趟邮车从南方驶来,可它捎来的信件却少得可怜,来自塞缪尔老爷的信件更是见所未见。从未有人给我或者埃佩斯牧师寄来只言片语,至少据我所知是这样的。所以,在那天寒地冻的几个月里,我只能拼死拼活地干活,完全依靠着《圣经·传道书》给我提供的微薄的慰藉硬撑着活了下来。我利用从干活和睡眠中挤出的为数不多的时间将《圣经·传道书》里的字字句句背了个滚瓜烂熟。当我将厕所里的污秽之物装在破桶子里往外拖的时候,一想到《圣经·传道书》里说的"凡事都是虚空"[3],我的感觉就会好多了。上帝是最伟大的布道者,是他帮我熬过了那段望不到头的辛苦岁月。

每天上午是我给埃佩斯牧师干活的时间,我需要劈柴、打水、扫地,还需要粉刷他的住房和教堂表面的木头。这本来就是一件永远都干不完的差事,更麻烦的是,粉刷用的白灰浆还经常会被冻在刷子上。吃午饭时,我们先要一起低头祷告,然后才能在厨房里默

---

[1] 《圣经·哥林多前书》11:1。
[2] 《圣经·使徒行传》18:14。
[3] 《圣经·传道书》1:2。

默地吃饭。唯一的一把椅子当然是由他坐着的，我则撅着屁股蹲在地板上，狼吞虎咽地吃着一成不变的难吃极了的食物——用糖蜜浸泡的肥肉和玉米饼，不过至少食物的分量管够。在那种令人恐惧的恶劣天气里，我的监护人不能让他的劳动力资源因为填不饱肚子而丧失体力。午饭过后，外面冰冻的道路上便会传来咔嗒咔嗒的马车轮子的响声，随即我便能听到有人在喊："牧师，是我，乔治·邓恩！今天下午那个黑鬼该上我那里干活去了！"于是，我便得前往三英里以外的坐落在松林边上的邓恩家，在那里一连干六个小时的活：伐树、烧荒、清理粪便、剥玉米，或是另外十几种低级而繁重的体力劳动，而这些劳动原本是那些长着冻疮、走着霉运的浸礼宗教会的红脖子农民的分内之事。有时候，我还得自己走到下午干活的地方去。等到我拖着沉重的步子，沿着被雪覆盖的森林小径走上两英里或者更远，终于来到干活的窝棚或者小木屋时，我的脚趾都冻僵了。小木屋坐落在林间的空地上，这时，从屋前的台阶上会传来一个女人的说话声："莱安德，那个黑鬼来了！"每当我听到这种话时，我就觉得自己成了一个野蛮的、不完整的存在，我的个性和身份也随之消失了。假如那些灰毛马能有感觉，它们的感觉肯定跟我在这种时候的感觉一模一样。有几次，这种感觉尤其强烈，当时我冒着严寒在谷仓的顶棚上忙活了好几个小时，回去的时候，那几户人家居然让我把他们租用我应该支付的租金带回去交给埃佩斯牧师。他们有时会付给他一元银币，但这种情况极少，大多数时候，他们只是在一张粗糙的牛皮纸上草草写上几个过于简单的字：

埃佩斯牧师，
我用黑奴5小时，

欠 0.5 美元。
阿什彭那兹·格鲁弗
一月十二日

有时候，他们会让我把一罐腌制的秋葵、用绒布裹着的一磅山羊乳干奶酪或是一罐蜜饯红薯之类的食物带回去给牧师。这些食物都是些好吃的玩意，可我却从来都无缘品尝。从没有人打过我，我甚至都很少挨骂。这么说吧，我得到了作为一件极其高效的工具所应得的尊重。

我内心的绝望和孤独感越来越强烈，到最后，我的生活简直成了一场噩梦，而我这个梦中人不顾一切地想要醒过来。日复一日的艰辛和负担令我备感沉重，它们像一架难以撼动的套牲口的轭一样压在我的肩膀上。我平生第一次有了出逃的极端想法（光荣地步上我那位光着脚板的父亲的后尘），但我很快就打消了这个念头。这不仅是因为这里和宾夕法尼亚州隔着两百多英里的被冰雪覆盖且没有道路的荒郊野岭，还因为我害怕假如我这么做了，我就会失去他们向我允诺过的、很快就会到来的那份自由。然而我什么也没等到，一切都没有改变。可我仍以为自由已经触手可及，所以我仍然像牛一样辛苦地劳动。每隔十天就会有一趟邮车从南方驶来，可尽管它来来去去，塞缪尔老爷却始终不曾给我寄来任何通知。绝望和忧郁像一双冷酷无情的手，紧紧压在我的身上。每天清早醒来，我都会祈祷今天是那个我终于被带到里士满去的日子，到了那里以后，我将被托付给一位知书达理的主人，而他唯一关心的就是如何一步步帮我获得最后的自由。但这个时刻始终未曾来到。我每天仍旧和埃佩斯牧师一起生活，默默地蹲在漏风的厨房里，艰难地吞咽着我的玉米饼和糖蜜。在我的头顶上，阴沉沉的日子一天天过去，太阳只是一团肉眼几乎看不见的微光，在耶利米曾梦见过的令人毛骨悚然的黑色天空中追溯着时间。

我不知道该如何根据那些奶酪和秋葵折算出我的价值，但我暗自算了算我创造的纯现金收入。从十月到二月中旬，我总共为埃佩斯牧师赚了35.75美元。

至于在那座破教堂里进行的宗教仪式（在整个星期日的下午和晚上，教堂里的四个火炉一直都得用山核桃木烧得旺旺的，所以星期日也就成了我最辛苦的日子之一），我想我还是不拿出来讲的好。就像沃尔特·司各特说的那样，我毕竟还得替这些神秘的事物遮上一层"审慎的面纱"。尽管我自己日后从传道和布道当中获取了巨大的力量，但每当我看见人们因为受到《圣经》的影响而变得激动异常，甚至丧失理智时，我仍会深感不安。虽然人们的确可能通过完全的舍弃获得与圣灵的亲密交流，但夏洛的这帮白人的做法却真的可谓是丑态百出。当埃佩斯牧师用他干燥而嘶哑的声音向那些人描述遭受地狱之火煎熬的惨状时，他们便会大呼小叫，嘴里泡沫横飞。在腾腾的热气之中，浑身热汗的他们会陷入一种终极的疯狂：这些人，不论男女，全都会剥去身上的衣服，只剩下内衣内裤，然后骑在彼此的裸背上沿着教堂的过道来回地跑。在我看来，这是一种巴比伦式的堕落和邪恶，是一种可鄙的行为。每次星期日晚上的仪式结束后，我总会觉得很开心，因为在我收拾完被他们折腾得乌烟瘴气的教堂之后，我就可以上床休息了。

某天的黄昏时分，我刚刚在松林深处的一家农场干完了一下午的活。在回来的路上，我在经过林间的一片空地的时候停留了一阵。树林的地上以及枝叶之间铺着层层白雪，四周也悄无声息。黑暗正在迅速迫近，我知道，如果我不在夜幕降临之前赶回牧师公馆，我肯定就会迷路，肯定就会冻死在森林里。但不知何故，这个念头并未让我感到害怕。要是我就这样在大雪和松林的陪伴下沉睡过去，永不醒来，要是我就这样被送入永恒的怀抱，再也不用遭受那些卑贱和屈辱的辛劳，这倒是个不错的息事宁人的主意。尽管这种亵渎神明的想法有违基督的教义，但不知为何，我觉得上帝也许能够理解我的做法。我在那片寂静而寒冷的空地上徘徊了许久，眼看着灰蒙蒙的暮色降落下来，我心里真有些盼着黑夜能追上我，把我紧紧抱在它那静谧、冰凉、冷漠的怀抱里，永远不再松开。

可我又想到了在里士满等着我的新生活，想到了成为自由人之后我能拥有的美好将来。我顿时慌了神，开始拔脚在雪地里狂奔起来，我越跑越快，终于赶在最后一线天光消失之前回到了牧师公馆。

1822年2月21日，在弗吉尼亚州萨塞克斯县的法院里，埃佩斯牧师以460美元的价格将我作为债务奴给典卖了。我之所以确切地知道这个数目，是因为我亲眼看着埃文斯－布兰丁合伙公司的拍卖人（我也不知道那个人到底是埃文斯还是布兰丁）用一张张面值二十美元的钞票当面付了款。当时我们站在奴隶贩子在该镇的郊区设立的黑人收容所的接待室里，这里原先是一座用砖石砌成的破旧的烟草仓库。那天的日期我记得也格外清晰，因为离我们站立之处不到十英尺远的墙上挂着一本巨大的公司挂历，上面的日期用红色印得格外醒目，旁边还有几行用不规则的印刷字体打印的文字：

$ $ $

埃文斯－布兰丁合伙公司
让您的交易

安全又省心
现金交易，货到即付
我们的黑奴，包您满意
$ $ $

埃佩斯牧师从夏洛把我带到这里卖掉，我们坐着马车穿越郡界走了十五英里。所有的手续花了不到半天的时间就办完了。甚至没容我缓过神来，一切就已经发生了。我站在那间像谷仓一样嗖嗖地刮着风的屋子里，手里搂着我的包袱，就这么眼睁睁地看着年迈的牧师把我交到了奴隶贩子的手里。

我记得当时我在冲他大喊："你不能这么做！你和塞缪尔老爷是签了书面协定的。你应该把我送到里士满去！他就是这么对我说的！"

但埃佩斯牧师一言不发，他正忙着数他的钞票，每一张钞票都意味着他从此将步入由贫穷到富足的第二次发达阶段。等他用舔湿的手指和动得飞快的嘴皮核对完他的账款时，他的眼镜片都蒙上了一层薄薄的雾气。

"你不能这么做！"我大声冲他喊道，"我是个有手艺的人，是个木匠。"

"谁过去让那个黑鬼把嘴闭上。"我听见一旁有声音在说。

"先生们，这个黑鬼，"牧师向旁边的人解释说，"他想那事都想疯了。一逮着机会他就无理取闹，他根本不是个老老实实干活的黑鬼。可你别看他长得这么苗条，其实他还挺有一把力气的，而且他的脑袋也还算机灵——他能认得几个字，对上帝也有敬畏之心。我估摸着他以后很可能是个小帅哥。天哪，今年这冬天还有完没完了？"说完，他不再讲别的，转身便消失在了屋外那冰冷的寒风里。

我是怎么熬过那天剩下的时间的，我已经不是很清楚了。但我记得，那天夜里，我和另外五十个素不相识的黑奴挤在一起，躺在人声嘈杂的收容所里。一开始我就像疯了一样不敢相信现实，紧接着我便有了被人出卖和背叛的感觉，然后我生出了一股前所未有的愤怒。到最后，我的仇恨变得如此强烈，我感觉自己都有点头晕眼花了。我躺在地上，觉得自己可能要病了。但那股仇恨实际上并非针对埃佩斯牧师而发——他只不过是个年迈的小丑而已。我恨的是塞缪尔老爷，仇恨的怒火在我胸中不断升腾，到最后，我甚至想要让他死，我的脑海中甚至浮现出我用自己的双手将他活活掐死的画面。

我坐在这里，开始回顾这些年来的经历。从这一刻开始，我便把塞缪尔老爷当个丢人现眼、名誉扫地的显贵一样从内心赶了出去，有关他的记忆全都被我一一抹除。我从此拒绝再想起这个人，哪怕只在短短的一瞬间。

在那之后不久的一个夜晚，冰雪开始解冻，天上下起了雨。如注的雨水倾泻而下，被凛冽的西风无情地吹打。随后温度便开始下降了，雨变成了冻雨或者雨夹雪。到了次日早晨，整个乡村都被一片晶莹剔透的冰盖所包裹，宛如被浸泡在了被熔融的玻璃中。终于，冻雨或雨夹雪停了，但天空依旧像铅块一样灰蒙蒙、阴沉沉的。突然间，被镶上了一层冰壳的森林仿佛与田野之上像玻璃一样闪亮易碎的灌木丛融合在了一起，地上没有一丝半点的阴影。就是在那一天，我在拍卖会上被卖给了托马斯·莫尔先生。我们坐着车离开萨塞克斯县的法院往南走，车子被两头牛拉着，行驶在布满车辙印的道路上。车轮压在白色的冰槽上噼啪作响，戴着铁掌的牛蹄踏在冻得坚硬的地面上，发出嘎喳嘎喳的笨重的响声。

莫尔和他的表兄——一位叫华莱士的农民——弯着腰，坐在两头牛身后的座椅上,我则在他们后面的车厢里倚着尾板而坐。尾板是敞开的,我的双脚只得在板子外面悬着。天冷得简直有些吓人。车子一路上都在发出吱吱嘎嘎的声音,尽管我身上的那件破羊毛大衣——这是我从埃佩斯牧师那里得到的唯一的馈赠——在某种程度上帮我抵挡了一些风寒,可我仍然冻得浑身直颤。然而,此时此刻最让我担心的倒不是天气,而是他们对我那份菲薄的财产所进行的无法弥补的、令我难以置信的抢劫。就在不到一小时之前,在莫尔把我买下来之后,他发现了被我小心翼翼地缝在另外一条裤子里的一枚价值十美元的金币。他立刻把裤子抢了过去,像地上爬着的那些贪婪的小象鼻虫和蟑螂一样,在我那份少得可怜的财产面前露出了彻头彻尾的原始本能。不出数秒,裤子的线缝便被撕开,金币从我的裤腰带里被取了出来。他那张乡巴佬的长满了麻坑的小圆脸上充满了狡诈而冷酷的喜悦。"我就觉得,一个在特纳种植园里待过那么长时间的黑鬼肯定能偷到些什么玩意。"他一边对他表兄低声说着,一边拿牙齿在金币上咬了咬,然后便把它塞进了他的牛仔裤口袋。

这辈子我连一把汤匙都不曾拥有,那枚金币是我有过的唯一一件真正的财富,但我拥有它的时间是如此短暂,与它的告别倒是如此迅速,这委实令我难以理解。我原本想留着它,等将来在里士满修建自己的教堂时再拿出来用,可现在它就这么没了。陪同我一起在黑人收容所里熬过了三天三夜的苦苦等候之后——在收容所里,不仅保暖条件差到了极点,而且我们只能终日以冷玉米糊为食——这枚金币终于又和我一样迅速落入了托马斯·莫尔先生的掌心。这幕明火执仗的强盗行径令我气愤得浑身麻木。我僵硬地坐在那里,直挺挺地靠在车厢的尾板上,一只手抓着我的包袱压在膝盖上,另一只手则紧紧攥着那本《圣经》,摁在我的胸前。我感觉我的下颚有些隐隐作痛，左思右想也不知是什么缘故，后来我才醒悟过来，这是拜莫尔那几根污秽而骨节嶙峋的手指所赐，当时他曾把它们插进我的嘴里，以验证我的牙口是否还完好。

一路上我隐约听见莫尔在和他的表兄华莱士交谈，虽然对我来说，这两个人近在咫尺，但他们的话语声却仿佛是从数码以外的地方、从树巅之上、从被白雪覆盖的遥远的原野上传来的。

"在诺福克的时候，我认识一个叫多拉的妓女，她就住在梅因街上，"莫尔的表兄说，"你给她 1.5 美元，就可以一连干她三次——50 美分一次。我一干就是一下午。"他哼了一声，然后便咯咯地笑了起来，他的呼吸声也变得粗重了。"尤其是第二次射的时候，那种感觉太他妈爽了——"

"那是，"莫尔哧哧地笑着插话道，"那是，我也认识一个妓女，她叫多莉，我也是连着干了她三次——"

我不再理会他俩的污言秽语，只是自顾自地盯着像玻璃一样晶莹剔透的荒野上的森林。森林里十分寂静，只有时不时从远处传来的树枝被积冰压断的爆裂声，还有野兔在冰冻的草原上疾奔而过的隐隐声响。我猛地打了个寒战，感觉自己被冻得牙齿都在咯咯作响。这时，我们来到了一个三岔路口。我微微把头转过去，看见了一个木制的路标，路标上面结了一层透明的冰，看上去亮闪闪的。路标上有两个刷写得十分潦草的路牌，其中一个指向西南方：

经希克斯福特去北卡罗来纳州

另一个路牌指向东南方：

再走 12 英里就到南安普敦县界

马车突然停了下来。我听见莫尔在说:"咱们应该走右边的这条路去南安普敦县吧,华莱士?我记得我爸是这么说的,从萨塞克斯县出来之后就走这条路。他是这么说的吗,华莱士?"

华莱士沉默了片刻,然后不知所措地喃喃自语道:"真该死,我忘了他是怎么说的了。"他顿了顿,又信心满满地补充道:"如果咱们刚才没有从穿过沼泽的那条路过来,我肯定就知道现在该怎么走了。不过,我好像记得他说过,回来的时候应该走右边的那条路。对,我敢发誓,他说的是走右边的那条路。要是走左边的那条路,咱们就上北卡罗来纳州去了。把酒壶拿过来,让我再喝一口。"

"对,"莫尔说,"他是这么说的,我敢保证。咱们确实应该走右边的那条路,我爸是这么说的。"

皮鞭在冰冷的半空中啪地响了一下。牛蹄又嘎吱嘎吱地踏上了布满车辙的路。我们正在往右边的通往北卡罗来纳州的那条路上拐。我心想,看来这两个蠢蛋都不识字,如果我不马上帮他们纠正方向,我们就会越走越偏,偏到离这里二十英里的南方去,那可就麻烦了。再说了,我还想早点到家,让自己暖和暖和呢。

想到这里,我转身冲他们说道:"停车。"

莫尔把头转过来盯着我看。他那双邪恶的小眼睛鼓了起来,里面充满了血丝和难以置信的意味。我闻到车厢里顿时充满了一股白兰地的气味。"你说什么,小子?"他咕哝了一声。

"停车,"我又说了一遍,"这条路是去北卡罗来纳州的。"

车停了。车轮在冰上滑蹭着,发出吱吱的尖叫声。莫尔的表兄这时也转过身来,他的脸上同样带着诧异的神情。他默默地盯着我,舔了舔被红色胡须包围着的脱皮的粉红色嘴唇。

"你怎么知道这条路是去北卡罗来纳州的?"莫尔说,"你怎么知道?"

"路牌上写着呢,"我平静地答道,"我识字。"

莫尔和他的表兄对视了一眼,又扭过头来盯着我看。

"你识字?"莫尔问。

"对,"我答道,"我识字。"

他们又一次怀疑地交换了一下目光,然后莫尔的表兄冲我转过身来,瞪着我说道:"试一试他说的是不是真的,莫尔,看他认不认识那把铲子上写的是什么。"

莫尔拿起一把铁锹来。铁锹上还带着一层泥,这把铁锹原本被他们随手搁在马车前面,搁在他们俩的脚底下。白蜡木做的锹把被某种印制工具烙上了一行又大又深的文字。

"把上面的字念出来,小子。"莫尔说。

"这上面写的是'谢尔顿工具制造厂,彼得斯堡,弗吉尼亚州'。"我答道。

铁锹咔嗒一下被扔回了马车的地板上。我转过身来,看到银白色的树林又在移动了,被冰覆盖的亮闪闪的树木在缓慢而模糊地迤逦而行。马车笨拙地转了半个圈,朝北边路标的方向又短短地移动了几步,这才掉过头来,朝着东南方向,也就是南安普敦县的方向,重新开始了沉闷乏味的旅程。我的肚子里忽然传来一阵空荡荡的揪心的感觉。我这才意识到,在一连吃了三天玉米面糊之后,此刻的我饿到了什么程度。我这辈子还从不知道,这个世界上居然有这样的饥饿感存在。那种刻不容缓的痛感,那种从腑脏深处发出的近乎绝望的、震耳欲聋的诉求,令我感到震惊。

莫尔和他的表兄郁闷地沉默了很久，然后我终于听到华莱士开口说道："我以前只见过一个能识字的黑鬼，他是个自由人，住在怀特岛县那边。他在史密斯菲尔德开了个修鞋铺，有时还帮那里的白人写写信什么的。他死了以后，他们把他的头切开，研究他的脑子，发现里面也有一层层的褶子，跟白人的脑子一模一样。我听说有些黑鬼为了让自己变得聪明些，就想方设法把他的脑子弄到手，然后把它给吃了。"

"让黑鬼们学知识不是什么好事，"莫尔阴沉着脸说道，"不管从哪方面来说，这都不是好事。就像我爸说的那样，如果黑鬼们都忙着用脑子的话，那他们手里的锄头就停下来了。这是我爸的原话。"

"有知识的黑鬼肯定会变得傲气。"华莱士附和道。

"反正不管怎么说，这都不是什么好事。"

"我饿了。"我说。

就像我从未尝过挨饿的滋味一样，我也从来不知道被人用鞭子抽有多疼。当鞭子朝我猛地抽来时，我的颈侧像是缠上了一条火蛇，剧烈的疼痛瞬间填满了我头颅之中的每一个空隙。我疼得倒吸了一口气，但那股疼痛仍在持续，并一直延伸到了我的咽喉里。我不禁喘了口气，我觉得自己疼得几乎要背过气去了。直到这时，也就是过了好几秒钟之后，我的大脑才对这一记鞭子抽出的声音做出了反应。那唰的一声透露着出奇的冷静和沉着，鞭子就像一把镰刀，从空中一划而过。直到这时，我才抬起手摸了摸被鞭子上的生皮抽破的那块皮肤。我能感到温暖而黏稠的血液正在我的指尖上流淌。

"我想给你吃东西的时候，我会告诉你的，听见了吗？"莫尔说，"还有，要说'主人'！"

我一时之间竟未能说出话来。鞭子唰地又抽了过来，落在同一个部位。我疼得眼前一黑,感觉自己仿佛脱离了身体的躯壳,正飘浮在血红色的痛苦的云团之上。

"说'主人'!"莫尔吼道。

"主人!"我吓得大哭起来,"主人,主人,主人!"

"嗯,这还差不多,"莫尔说,"现在,给我把嘴闭上。"

后来,在我的审判开始前的最后几天,我正为即将到来的死亡而思索,我心里充斥着上帝已不在我身边的感觉。我记得有一次,托马斯·格雷先生问我,上帝都跟我讲过些什么。虽然我很想对他坦诚相告,可我却未能给他一个确切的回答,因为这类问题是最难回答的,它涉及那种神秘而玄妙的交流和沟通,想用语言把它解释清楚几乎是不可能的。我告诉格雷,上帝跟我讲过很多话,他无疑是在指引我的命运,可他却从未真正给我下过任何复杂的指示或冗长的命令。相反,他只对我说过两个字,而且从来都只对我说那短短的两个字。而他第一次对我说出那两个字的时候,就是那天我坐在莫尔的马车后面的车厢里的时候。那两个字给了我力量,它让我变得坚强,让我做出了正确的判断。从那两个字里,我吸取了一种奇妙的智慧,它让我能够坚定而果断地按我自己所理解的上帝的旨意去行事,不管那个旨意是布道、做慈善、做洗礼还是流血。那两个字不但能让人变得刚强,还能给人带来巨大的慰藉。正像我对格雷所说的那样,上帝能用神奇的方式把自己在世俗之人面前隐藏起来。有时他藏在他的云柱或火柱里,有时他甚至会完全从我们的视线中长久地隐身离开,让我们错以为他已经永远地将我们抛弃了。可在我后来的生涯中,我终于慢慢地懂得,尽管有段时间我觉察不到他的存在,但他其实从未走远,而且在很多时候,只要我从心里呼唤他,他就会给出回应。而那一天,在莫尔的马车后面的车厢里,上帝第一次给了我回应:"忍耐。"

我擦掉脖颈上的鲜血,哆嗦着蹲下来,把身体缩进我的大衣里。我听着车轮嘎吱嘎吱地在布满车辙印的道路上行进,发出颠簸的声音。这段路不是很平坦,路上还散布着冰冻的树枝,因此马车只能左拐右拐、摇摇晃晃地向前行驶。我紧靠着身后的挡板,随着它被抛入了一种柔和而缓慢的节奏之中,不住地摇来晃去。莫尔和他的表兄也沉默了下来。忽然,一阵寒风从林梢轻轻刮过。

"主啊,"我举目望去,低声说,"主啊,是您吗?"

从高耸而冰冻的森林之巅传来一声爆裂和折断的巨响,然后,一个声音嗡嗡地在树林间久久回荡着。

"忍耐。"

我攥着《圣经》,把它紧紧贴在我的胸口,我的身体仍靠在马车的挡板上。马车像一条没有舵的船,在一片冰冻的玻璃般的大海中颠簸并摇摆着,载着我继续向南方的严冬驶去。

第三部

研究战争

想让一个黑人对白人抱有深仇巨恨当然不是什么难事。然而，并非每个黑人的内心都充斥着这样的仇恨，因为它的存在有赖于许多神秘而隐蔽的生活方式，有赖于能让它生根发芽、枝繁叶茂的契机。我所说的那种真正的仇恨在黑人当中其实并不普遍。那种仇恨纯粹且固执，任何同情心、任何人性的温暖和怜悯都无法在其冷若冰霜、坚如铁石的表面打开一个小小的缺口，甚至连一道浅浅的划痕也难以留下。它就像从花岗岩上生长出的花——脆弱的种子被扔在动荡多变的土壤里，于是它结出的便是残忍而凶狠的叶片。要想结出这种仇恨的果实，要想让这种果实长得成熟而且足够恶毒，就需要满足很多条件，然而没有一个条件能比以下的这个条件更为关键：这个黑人一定曾经与白人有过某种程度的亲近关系。他一定非常了解他所仇恨的对象，对白人的那些狡猾伎俩，对他们的口是心非，对他们的贪婪和他们的终极堕落，他也一定都了然于胸。

这是因为，如果一个黑人不曾拥有对白人的近距离的了解，从未屈从于他们狂妄自大的善心，从未闻到从他们的床单、内裤乃至厕所里散发出的恶臭，从未体会过他的女人漫不经心地将手指搁在他黑色的手臂上，无礼地触摸他的感觉，从未亲眼看见他们如何消遣，如何娱乐，如何虚伪地做礼拜，如何喝得烂醉如泥、丑态百出，如何在草场上宣淫纵欲、苟合私通……如果他对这些私下的家庭真相一无所知，那我就得说，这个黑人对白人的恨一定是装的，是抽象的，是一种错觉。比方说，一个贫苦的黑人农场工可能偶尔会被骑在高头大马上的白人监工用鞭子抽打；可能曾经因为某个月的食物配给不足，而有过忍饥挨饿的感受；可能会在某一天突然被扔上一辆大车，头上顶着倾盆大雨，站在拍卖会场上像骡马一样被卖掉；可能自幼便和其他黑人厮混在一起，年复一年、日复一日地夙兴夜寐，在农田里辛勤劳作。除了他的白人监工之外，他不认识任何白人，对他来说，白人监工的存在只意味着刻薄而可恶的叫骂声，只意味着挨鞭子，而白人监工的那张脸，也只不过是天空底下的一团可怕的、变化的、白花花的玩意。这样一来，当这个黑人也想去仇恨白人的时候，他慢慢就会懂得，他的恨是不完整的，因为他的恨不具备我所描述的那种冷静和智慧，也不是那种不屈不挠、无怨无悔的纯粹的恨，而这些条件都是对白人进行屠杀的必要条件。这样的黑人对白人缺乏了解，他们对白人的气味、对白人的毫无血色的状态、对白人的邪恶都一无所知。他们也许也会憎恨白人，但那只是一种死气沉沉、软弱无能的恨，就像人们在熬过漫长的酷热时节或梅雨季节之后，对自然所产生的那种无助和听天由命的愤怒感。

在1831年到来之前的四五年里，"把南安普敦县的所有白人都杀光"一开始只是我心头的一个执念，可到后来，我却将它视为神授的使命。我将听从命运的安排，无论那意味着我将走到哪里，走出多远。对白人的恨成了我关心的首要问题。对那些和我一样对白人恨之入骨、感到怒火中烧的黑人，我要发现并联合他们；对剩下的那些胆小怕事之徒，我要努力在他们的内心培植仇恨；对那些经过试探，已被证明实在培植不出仇恨来的黑人，我要谨慎地予以放弃，并从此不再信任他们。同时，在开始讲述我在莫尔家的那些年的经历以及最终导致1831年的那场重大事件爆发的原因之前，我想就黑人对白人的那种难以解释的仇恨再细说几句。我想讲一段自己的亲身经历，当时我感觉我对白人的恨已经疯狂和强烈到了无以复加的地步。

那应该是在1825年的夏天，我成为莫尔的奴隶已有三年多的时间了。在这段时期，我的内心极其混乱和动荡，因为我仍在犹豫和观望。虽然我已动了杀机，虽然我已预感到了这个伟大的使命并为之动心，但我心里仍然存有恐惧、焦虑和不安，我尚未开始制定具体的计划，也不曾为最终的行动方案做准备。

那天，莫尔和我驾着马车，载着两车柴火，从农场出发前往耶路撒冷。等到把柴火运到目的地并卸完车之后（莫尔的相当一部分收入来自为私家住宅、法院和监狱等处运送柴火），我的主人便上别处采购去了，这是他在每个星期六的习惯，所以我就可以独自打发数小时的时间了。在那个时候，我对《圣经》已有过深入的阅读——我读的主要是《圣经·以西结书》《圣经·但以理书》《圣经·以赛亚书》《圣经·耶利米书》，我已经觉察和预见到了这些文字与我自己和我的未来所存在的联系。所以，我没有和其他黑人一起厮混和消磨时间的习惯。其他黑人要么三三两两地站在一起闲聊，要么跑到市场后面满是灰尘的野地里摔跤嬉戏，要么就在为把镇上的哪个黑人女孩勾引到棚屋后面去鬼混而争风吃醋、吵个不停（这种事情大多会以群交作为结局，可是拜上帝的恩典，这类龌龊的事情对我从来都没有任何诱惑力）。我和他们不一样，我会揣着《圣经》，到市场前面的木头回廊上找个阳光明媚的角落，这里与市场的喧嚣和混乱隔着一段距离。我背靠着墙，在那里一蹲就是好几个小时，完全沉浸在伟大先知们的谆谆教诲里。

可在那个愉快的上午，一个白种女人的出现却让我走了神。她从回廊的一角出现，突然停了下来。她轻轻抬起手遮在额前，似乎被太阳照得睁不开眼。她的年纪在四十岁左右,长得美极了,体态端庄而修长,身上穿的是像白兰地酒瓶一样呈现出蓝绿色的丝绸衣服,上面还饰有淡淡的粉红色的螺纹。虽然她站在那里没动,但那身螺纹看上去却像在不停地旋转、消隐和再现。她好像有些不安,那张苍白而椭圆的脸上露出了些许困惑的神色。她手里拿着一把镶着褶边的女式阳伞,还有一只华丽的女式手提包。她停在回廊旁边驻足不前,眉峰微蹙。我顿时在想,这么华丽的衣服,这么娇贵而非凡的美貌,只能意味着一种可能性:她便是自从我来到这座城市以后,街头巷尾便到处都是关于她的传闻的那个女人。这些传闻当然并非出自我们黑人之口,而且,它们也只会让人们对她更加敬畏和尊重。她就是托马斯·里德利少校新近求得的未婚妻。少校是南安普敦县最富有的土地所有人之一,直到今天,富甲一方的他仍保留着15名黑奴,而这个女人来自北方。她原本住在一个叫纽黑文县的地方,根据人们的传言,她继承了一笔财富,其数额之巨足以令全南安普敦县所有富裕的庄园主的财富的总和都相形见绌。她有着非凡的美貌,她的衣着与众不同,她身上的一切都那么稀有。所以,在那个明媚的上午,当她出现在那群脏兮兮的黑人中间时,人们立刻肃然起敬,全都安静了下来,也就丝毫不令人奇怪了。

我看着她走下回廊,来到满是灰尘的道路上。她朝四周环顾了一番,似乎在辨认方向,她阳伞上的黄铜伞尖随即划出一道焦急的图案。这时,她的目光恰巧落在了坐在我下方的一个黑人身上。这个黑人我认识,至少我听别人讲过他的经历。这个家伙怪可怜的,他名叫阿诺德,是耶路撒冷城里屈指可数的几个获得了自由的黑人之一。这个老头身形憔悴、发色灰白、头脑简单,而且皮肤黑得像沥青。他走起路来漫无目的,还带着外八字,这个毛病是由某种麻痹引起的。多年前,他凭着主人的一纸遗嘱获得了自由。他的主人是住在上郡的一位富有的寡妇,这位圣公宗教会的女信徒饱受负罪感的折磨,并渴望获得永恒的至福。也许有人会大肆夸奖她的这种善举,但我觉得自己必须补充一点,那就是她的这一举动是被人严重误导的结果,因为阿诺德后来的处境变得糟透了。他未能尽情享受自由带给他的幸福之果,他的经历反倒突显出了一个根本无从解决的难题。

对阿诺德来说,自由意味着什么呢?他从没上过学,没有一技之长,而且为人笨拙且幼稚,容易上当受骗。四十多年的奴隶生涯早已使他的精神麻木,受人奴役的生活状态无疑让他充分感受了生活的苦痛。而现在,因为他那位已故的女主人的恩惠和她对主的虔诚,他终于获得了自由。她给他留下了一百美元,在他获得自由之后的不到一年内,这笔钱便全都被他挥霍在白兰地上了。她没想过要教会他一门手艺,这个痴呆的老头从此就这么寄居在生活的边缘地带,他的境况比他当奴隶时的境况更加低微且凄惨了。他住在一间位于城郊且有着单坡屋顶的简陋棚屋里,屋里脏得难以用言语来描述。有时他也会把自己租出去,到人家的庄稼地里帮忙打些零工,但他从事的最主要的工作却是拾破烂和倒马桶。最不济的时候,他索性便去当乞丐。他会伸出他那双黑手,露出白色的手掌,向那些其实不再是他的主人,却比他以往的任何一位主人都更专横、更暴虐的镇上的人苦苦乞求,希望他们能赏给他一个便士或者一枚破旧的法新铜币(相当于四分之一便士)。在这种时候,他的嘴里仍会愚昧地一个劲念叨着"谢谢,主人"。虽然镇上的少数人对阿诺德和他的那些难兄难弟抱有怜悯,但绝大多数人都对他的自由心怀憎恨。这倒不是因为他真的威胁到了谁,而是因为他已经变成了一个象征。

他象征着一个制度的破裂和崩塌,更重要的是,他是一个活生生的提示,让人们联想到自由,联想到"解放黑人"和"解放奴隶"这类可怕的、很少有人会在大庭广众之下谈论的话题。所以,他们对他的鄙视永远都会比对被他们奴役的黑人的鄙视更加强烈。在他和其他黑奴在一起的时候,黑奴们对他的态度也好不到哪里去,虽然他们实在没什么鄙视他的理由。他是自由的化身,但这种自由只不过是一种极其绝望和堕落的幻象而已,就连傻子都能看得出这一点。所以,他们便总有一种想欺负他、捉弄他、藐视他的冲动。

我敢说,即便是那些在加利利生活的可怜的麻风病人,或者曾在那个悲惨的年代得到耶稣帮助的社会的弃儿们,也绝不会比生活在我所讲的这个年代的弗吉尼亚州的自由黑人过得更惨。

那个女人向阿诺德走了过来,后者立刻谄媚地哈着腰将身体前倾了过去,一边还把头上那顶可笑的黑色羊毛帽摘了下来(与他的头相比,帽子的尺码要大出好几号,而且一大半都被蛀虫啃烂了)。这时,她开口说话了,她的声音清澈而响亮,还不失亲切和礼貌,那是一种暖暖的、明快的、悦耳的北方腔:"我好像有点迷路了,"她的北方口音里隐约带着点焦虑,"里德利少校跟我说,法院就在市场隔壁。可我现在只看见一边是马厩,另一边是个卖威士忌的店子。您能告诉我法院怎么走吗?"

"好啊。"阿诺德答道。他的脸上满是热切而紧张的逢迎之态,他咧着嘴,露出一副滑稽的笑容。"里德利少校住在那边,在那条街上,就在那边。"他煞有介事地抬起胳膊做了个手势,冲着与法院相反的方向指了指,而那条路其实是出耶路撒冷城往西去的。"好啊,我带你过去,女士,我带你去。"我一直在仔细听着。阿诺德的口音本来就是最地道的乡下黑人的口音,再加上他口齿不清,说话吞吞吐吐，嘴里还发出那种湿了吧唧的咽口水的声音，所以一般人根本听不懂他在讲什么。有时候，就连住在同一个镇里的其他黑人都不一定能完全听懂他的话。所以，这位北方来的女士听了目瞪口呆也就不足为怪了。她站在那里，惊恐地死死望着阿诺德，仿佛她忽然撞见了一个疯子。阿诺德刚才的那几句话她一个字也没听懂，而她讲的那几句话，该死的阿诺德其实也没听懂几个字，他只不过是听到了里德利少校的名字，才猜想她也许是在打听去少校家该怎么走。他嘴里继续在含糊不清地念叨着，还不住地点头哈腰。随着他谄媚和俯身的姿势，他手里的那顶破帽子都快挨着地了："好的，女士，我带你到里德利少校家里去！"

"可是——可是，"女人变得结巴了起来，"可是，我好像不——"她停了下来，神色中充满了委屈、悲哀和令人更为不安的什么东西——这种东西也许是恐惧，又似乎更像是怜悯。但无论如何，接下来发生的一幕让这场遭遇永远铭刻在了我的记忆里。它不仅与阿诺德和这位北方来的女士有关，也让我产生了强烈的心理震荡。那个女人不再说话，她只是站在那里，胳膊一软，遮阳伞啪地掉在了地上。她将两只紧捏着的双手举到了她自己的脸旁，仿佛想打她自己——一个气恼而痛苦的动作。泪水从她的眼睛里夺眶而出，她的整个身躯——包括她的脊背、双肩和肋架——片刻前还在高傲而得意地支撑着她全身的骨骼，此刻却似乎已突然从内部崩溃了。在那一瞬间，她变得那么无助，那么干瘪。她就那样站在道路中间，捏成拳的双手紧压在她的眼帘上，她的身体因为呜咽而抽搐着，仿佛她内心的某种长期被压抑、被禁锢的东西突然像洪流一样被释放了出来。在市场的回廊里和旁边的街道上，我能看到也能感觉到许多黑人都正在看她，此刻他们全都安静了下来，瞪大了双眼，好奇地注视着她。

我双手攥着我的《圣经》站起身来，朝回廊边上走去，与此同时，我感觉自己突然被一种以往从未体验过的、突然迸发出的情感所笼罩了。我的耳边仿佛有什么东西在怒吼，在咆哮。在这个白种女人的脸上，我看到了同情，那是发自她心灵深处的怜悯。我看到这股恻隐之情已经让这个柔弱的女人变得如此无助，她只知道在那里哭泣，在那里流泪，她惨白的指关节上已经血色全无。此情此景让我的内心涌起一股无法抑制的欲望的洪涛，但你得知道，这纯粹是由她的同情引发的，跟这个女人本身没有丝毫关系。对黑人来说，对白种女人生出哪怕是一丝半点的非分之想都是极其危险的。而这些年来，我一直都在努力地抑制自己所有的肉体欲望，因为我觉得这是主的命令。贪图这样一种疯狂而危险的艳遇对我几乎没有诱惑力，对绝大多数黑人来说，在正常情况下，与白人女性勾搭成奸的可能性是微乎其微的，而且很可能会给他带来性命之忧，所以，即便是那些胆大包天的黑人也不敢稍存此念。然而今天的这一幕却是我从未见过的景象。她仿佛已剥去了所有的冷静和镇定，她已经完全崩溃，她将她的情感赤裸裸地暴露了出来，我以前还从未见过这种情况发生在一个白种女人的身上——她是在勾引我，是在诱惑我去偷窥她赤裸的肉体。我感觉自己欲火中烧。为她而燃烧！

就在我站在那里，想要将这股激情遏制和平息下去的时候（因为我知道它是为主所憎恶的），我感到我的意识已信马由缰地驰骋了起来，完全不受我的控制。我突然生出了一个幻觉，我看到我走到街道当中，肆意占有她，没有丝毫的怜香惜玉之情，对她的同情心也没有丝毫感激，只有粗暴的、野蛮的、充满愤怒的、猛烈的动作。当我将她摁倒在地,用我黑色的双手撕扯她身上那光彩夺目的丝绸时,我发现那份怜悯和同情从她沾满泪水的脸上消失了。这个幻觉完全不受我的控制,它纠缠着我,久久不肯离开。我站在回廊边,看着她站在下面,汗水像小溪一样从我的额头上往下淌。我的心随着我喉头那急促而沉重的咚咚的撞击声而狂跳不已。从远处的市场里,我能听到班卓琴在叮当作响,还能听到咔嗒咔嗒的手鼓声和黑人们的笑声。那个女人仍在掩面而泣,她光滑的后颈此时已露在了外边,它像睡莲一样洁白,像绸缎一样脆嫩且柔弱。可在我充满欲望的幻觉之中,我正骑跨在瘫倒在尘土中的她身上,淫荡得像一只正在交尾的狐狸。我的兴奋在增长,可这并不是因为我感觉到了我给自己或者给她带来的快感,而是因为施加在她身上的那种迅猛而狂暴的痛苦感完全被我操纵着,而且近在咫尺、触手可及。我的牙齿在她的嘴上疯狂地啃咬,她的嘴上流出了鲜血,这就是我对她那份怜悯的回报。

"我听不懂!"我听到那个女人在哭,"天哪,我真的听不懂!"她突然把头从双手之间抬了起来,在那一瞬间,我头脑中的那些疯狂的幻觉和她突来的精神崩溃仿佛同时消失了,它们顿时不翼而飞。她迅速而有力地摇了摇头,不再理会阿诺德。她苍白而美丽的面颊上仍然沾着泪痕,却不再因同情而显得那么憔悴,相反,她的脸上露出的是略带得意的矜持和气愤。她又说了一遍:"哦,不,我听不懂!"她的声音很平静,但她显然非常愤怒。她伸手从地上捡起她的阳伞,然后转身走到街上,虽然步履轻快,但她的姿态却依然端庄而从容。她身上的光滑而华丽的丝绸裙一路沙沙直响,她的身影挺拔而秀丽。她走到市场的拐角,然后就消失了。我后来听说,她很快就离开了那座小镇,再也没回来过。而此时此刻,当我望着她离去的身影时,我的身体依然兴奋、肿胀且激动。尽管在她逐渐恢复自制的时候,我内心的那股激情的力度和我猛烈的心跳已慢慢减弱,可她突然就不见了,我就这么被抛弃、被消耗了。我觉得我的嗓子似乎被堵住了,我想说点什么,却连一个字也挤不出来。

我看见下面的阿诺德也一边喃喃自语一边步履蹒跚地走了,他戴着羊毛帽子的那颗头还兀自在迷惑不解地晃动。回廊旁边的黑人又发出了嗡嗡的叫嚷声和紧张且困惑的哄笑声。为人们所熟悉的星期六上午那熙熙攘攘的市场氛围又出现了,一切都和以前一样。我在那里又继续站了片刻,仔细打量着刚才我在幻觉中的道路中间占有那个女人的地方。在我的幻觉里,它是那么真实,我想,我们俩在那里撕扯挣扎了那么久,那里的尘土上应该留下了拖曳和踩踏的痕迹才对啊。虽然我心里的兴奋劲已经过去,但我突然听到一旁有个年轻黑人在嘿嘿发笑。我发现他正盯着我看,我这才意识到,我仍然处于一种精血爆满的状态,而这也从我裤子的正面突显了出来。我尴尬地悄悄来到回廊后面,在那里找了一块太阳能照到的地方,然后蹲了下来。我很久都无法将刚才的那一幕从记忆中删除,我深深地感到羞耻。我闭上双眼,屏住呼吸,轻声向主祷告,恳求他宽恕我刚才那副可怕而淫邪的丑态。你眼必看见异怪的事,你心必发出乖谬的话……[1] 污秽的,叫他仍旧污秽。[2]

我祷告了一会儿,我在真诚地、发自内心地忏悔。我觉得主已

---

[1] 《圣经·箴言》23:33。

[2] 《圣经·启示录》22:11。

经了解我的过失,并且已经原谅了我。即便如此,刚才的那股冲动和兴奋实在是过于强劲了,我尚未完全缓过来。在那天上午剩下的时间里,我一直都在我的《圣经》里寻找答案。在那个女人因为伤心和同情而情绪崩溃的时候,我为什么会产生如此强烈的欲望,为什么会产生如此邪恶的念头呢?然而,我未能从《圣经》里找到答案。我记得,在那天的晚些时候,莫尔回到市场来接我,然后我们赶着马车穿过一片片枯萎而焦干的夏日农田,返回莫尔的农场。我无法排解充塞于内心的忧郁,而更令我感到不安的是,我产生了如此不共戴天的仇恨,并不是因为我受到了白人的辱骂、蔑视和冷漠,而是因为我感受到了白人的怜悯,感觉到了最温柔、最仁慈的那种感情。

我在托马斯·莫尔先生的家里待了将近十年,但感觉却像是二十年,因为我在这里的每日每夜都被辛苦而单调的劳动填满了。然而,我必须得说,从某种意义上来讲,在我的一生中,在莫尔家的那些岁月给我带来了最多的收获,因为它给了我进行思考和精神冥想的理由,还为我提供了众多传播福音的机会。在此之前,尽管我的生活环境相对宽松,但我对这方面却从未有过了解。我想,或许事实就是这么简单:只有那些有幸留在弗吉尼亚州的黑奴才能享受到这种好处。这里虽然很穷,但气氛却相对温和,这些老式的乡村和破败的小农场里仍然流淌着悲天悯人的感情。无论黑奴和他们的主人之间的关系有多么紧张,有多么不完美,但他们之间有时甚至能生发出某种可以相互理解的亲密关系(当然,这种关系有时也会变得相当棘手)。在这种氛围里,黑人们尚未变得像在炎热而遥远的南方城寨中一样微不足道。在这里,黑人们还能独自或者同朋友一起到森林中转一转,还能忙里偷闲去放松放松,把偷来的鸡放在火上烤着，然后想想女人，想想马上可以入嘴的美味，想想有没有可能再去弄壶白兰地来，或者随便想一想人类生活中任意一件还能令人忍受的事情，好让自己开心一点。

这么说吧，这种生活当然算不上神话传说中的天堂乐土中的生活，但它毕竟比在亚拉巴马州的生活要强多了。在弗吉尼亚州，即便是那些最幼稚、最无知、最蒙昧的黑人也都听说过亚拉巴马州的名号，每当听到它那可爱而流畅的音节时，黑人们就会不寒而栗。同样，他们也听说过密西西比州、田纳西州、路易斯安那州和阿肯色州。他们从南方各处传来的小道消息中听说了大量恐怖至极的故事，那些地方的名字像死神一样令他们心怀恐惧。的确，我必须承认，即便是在莫尔对我有绝对的所有权的时候，以及当特拉维斯随后获得了对我的所有权，让我感觉更安全的时候，我也从未完全摆脱这样的恐惧。在那些日子里，我反复思考过这个神秘的来自上帝的天意。在多年前的那个寒冷的二月，为什么我没被送到蚊蚁成群、黑奴遍地、荒原万顷的南方种植园里，并且在那里被吞噬，被悄无声息、毫无价值地毁灭掉呢？为什么我反而被送到了这个虽然破旧但毕竟还算温馨的地方呢？为什么我最后又被卖给了这位形容憔悴、满面皱纹、名叫莫尔的位于南安普敦县的小农场主呢？

自从那次用牛鞭抽过我以后，莫尔就再没动手打过我了。这并不意味着他骨子里对我的憎恶已经消失，我敢肯定他对我的憎恶感一直都在，而且一直延续到了他并不令人惋惜地过早死去的那一刻。他对所有黑人都怀有一股盲目而执拗的仇恨，这种仇恨几乎强烈到了每日都令他沉迷其中的状态。我自然也不能免遭其害，尤其是我还能读书识字。尽管如此，他毕竟还有些乡下人的精明。他残存的直觉一定警告过他，如果他为了发泄对黑人普遍性的仇恨而虐待像我这样的奴隶，其结果对他来说只会有百害而无一利。我早就决定要充当一个顺从而温和的奴隶的楷模，而且，无论从品性的正直、行动的敏捷、干活的勤劳，还是从举止沉着和任劳任怨等方面来看，我都堪称莫尔的所有财产中的典范。虽然在那个时期，我无时无刻不感受到"过继奴隶"这一角色的变态和残忍之处，但我也无意夸大其词。当时，我曾拥有的所有承诺和希望都已破灭和死去，我沉沦于像黑夜一样令人窒息的奴役和束缚之中。很显然，我必须耐心地忍受我需要遭受的这些不幸，以争取足够的时间来思考在遥远的将来可能出现的机会。我还需要孜孜不倦地从《圣经》中寻求指引，以期获得持久的生活方式。最重要的是，我已经意识到我绝不能惊慌失措，也不能对我这位目不识丁、眼睛还有斜视的毛病的新主人以牙还牙，以眼还眼，因为那必然徒劳无益。相反，就像一个身陷沼泽或流沙的人一样，我必须尽力不让自己陷得更深，我必须让自己变得像钢铁一样坚强，去坦然面对和承受所有的羞辱、污秽和恶毒的伤害——至少我目前必须这样做。正如我在前文已经指出的那样，有时候，如果你想从白人那里得到某些好处，你甚至都无须开口央求。最好的办法就是默默地做你的黑奴，安分地当你的黑鬼，用黑人普遍的模式将自己严严实实地罩起来。

为了迎合白人对黑人的成见，某些黑人会故意表现出刻板的黑人形象。有的黑人会装傻充愣、逗人开心；有的黑人动不动就前仰后合地捧腹大笑；有的黑人学会了在主人面前小心翼翼地左右逢迎，唯恐主人露出半点不悦之色；有的黑人则靠弹班卓琴和单簧琴，或者靠讲怪力乱神或关于沼泽和森林中的小动物的故事来赢得人们（白人和黑人）的喜爱。还有些黑人靠着自己的冷酷和强壮走上了截然相反的路子。可笑的是，他们表现出的趾高气扬和不可一世的神态与白人相比有过之而无不及。在这些黑人之中，有的黑人当上了黑人监工，常常放着面前的史密斯菲尔德熏火腿不吃，而去卖力地鞭打他们的黑人兄弟；有的黑人则当上了专横、挑剔、倨傲的黑人保姆或管家。与辛苦的黑人农场工相比，这些家仆安全地处在实施虐待而非承受虐待的一方，他们的安稳生活和特权完全依赖于对那些傲慢而卑鄙的统治者的极力维护。我是个特例，因为我早已决定要让自己表现得谦恭、和蔼，并且像狗一样驯服。假如我不这么做，那我会读书识字、会阅读《圣经》的事实必将成为令莫尔无法容忍、令他晓夜不安的心理负担（莫尔不但是个文盲，还是个原始的无神论者）。正因为我没有整日愁眉苦脸，没有丢失应有的礼貌，而是处处表现得温顺谦和，所以，像莫尔这种对黑人有着刻骨的仇恨的人，也只好用还算过得去的体面方式来对待我。他最多也就是在跟邻居闲聊的时候取笑我是个滑稽可笑的怪人而已。

"我给自己买来了一位黑人传道师，"起初他常常会这么对别人说，"这个黑鬼几乎能把《圣经》完整地背下来。哎，小子，背一段摩西的故事给我们听听。"在一圈浑身酒气、被烈日烤得枯干、长着满口歪牙、正用脏兮兮的双手浑身上下到处乱挠的农民面前，我会用柔和而平静的声音背诵出《圣经·民数记》中的一两个章节，这些内容我早就烂熟于心。在背诵的同时，我始终对他们回以坚定而虔诚的目光，而他们的脸上则会露出各式各样的表情——有惊讶，有恶毒，有怀疑，还有人在躲闪的目光中带着些尊重。我一边念一边告诫自己，要忍耐，忍耐，再忍耐，一定要忍耐到底。这时候，尽管在莫尔那只没毛病的蓝色眼睛里,仇恨依然像一颗冰冷的珠子在闪闪发亮,但我知道,只要忍耐,我就一定能熬过去。果然,过了一段时间,他对我的恨还真被冲淡了许多,他终于不得不用一种勉强、冷淡而又无可奈何的善意来对待我。

所以,在我二十几岁的那段漫长岁月中,至少从外表上看,我是人们所能想象到的那种最顺从、最不打眼的年轻奴隶。我干的都是些辛苦、无聊、令人生厌的工作。然而,因为我极力忍耐且克制,因为我每天都坚持祷告,所以那种日子从未真的变得令我无法忍受。我打定主意,要尽可能用温顺和善的态度来听从莫尔的命令。

莫尔拥有一个简陋且毫不起眼的农场,它坐落在耶路撒冷的东南方向,距离耶路撒冷十来英里,靠近克罗斯基斯的居民点。农场的一部分与约瑟夫·特拉维斯先生的地产毗邻。你也许还记得,我在前文中曾经提到过约瑟夫·特拉维斯先生。在莫尔死后,我的所有权最终落到了他的手里。(他们两家的田产毗邻,这是莫尔的遗孀——萨拉女士——最终决定改嫁给特拉维斯的原因之一,同时,它也给了我与哈尔克相识的机会,你马上就会读到这一点。)除了一间摇摇欲坠、未经粉刷的原木结构的农舍之外,莫尔还拥有二十英亩种着玉米、棉花和蔬菜作物的农田。此外,他还有五十多英亩林地,而这些林地极大地补充了他原本微薄的收入。我是莫尔拥有的唯一一名黑奴(虽然他有时候不得不雇佣别的黑奴来弥补我在精力上的不足),而且莫尔的农场里都是自耕农的耕地,所以我在他那里从头到尾都在跟土地打交道。除了修补猪圈和用木板把破损的窗户封上之类的低级木工活,我的木匠技能几乎从未有过用武之地,我每天都深陷在辛苦而枯燥的黑奴工作当中。在短短几个月之前,当我还在埃佩斯牧师家里的时候,我居然愚蠢地以为,我命中注定不会沦落到要干这些苦累差事的境地,无论如何都不会。作为一件效率极高、运转正常而且用途极其广泛的动产,我需要帮莫尔干许多项不同种类的工作:春天要赶着成队的骡子去犁水田,夏天的大部分时候都要去棉花地里除杂草,还要剥玉米,喂猪,给其他牲畜喂干草,并且到田里撒粪施肥。在这些活干完之后,或者赶上哪天天气不好不能下地干活的话,我就得帮萨拉女士干洗涮各种锅碗瓢盆的家务事,或者干一些本该由女仆们干的活。

我在这里从来都不会有"没事可干"的时候。在上面讲到的那些工作以外,无论在什么季节,都有成排的松树、橡胶树、杨树和橡树长在那里,我得替莫尔把它们砍倒,然后用牛车把它们拉到半英里以外的农场院子里,把树劈成家用木柴的长度,然后再码成一座像山一样的柴火堆。这些木柴被定期卖给耶路撒冷的住户,以供他们在壁炉、锻炉和火炉中生火取暖。也许你不能让一个人分秒不停地去犁地或者锄地,但一有时间就让他去劈劈柴火倒是可以办到的。有时候,我甚至感觉我用来劈柴的那把斧头已经成了我双手的延伸部分,成了一个如影随形的幽灵,即便在夜深入寐之际,我的双臂与后背上的肌肉都仍然在像劈柴一样有节奏地跳动着。在我的记忆中,从未有任何工作超出了我忍耐的极限,这无疑是因为我为自己设定了很高的工作效率,而我的主人也从中获益颇丰。这样一来,他便很难再用不理智的方式来虐待我,或者向我提出更多的要求了。然而,尽管如此,那毕竟都是些令人厌恶而且毫无回报的劳动。如果不是因为我有让自己沉浸于宗教和冥想的能力,我真不知道自己能不能熬得过那些痛苦而艰辛的日子。冥想是我在多年前的童年时期就已养成的习惯,是这个习惯救了我。我实在难以用言语来描述我从冥想中获得的那种平静,以及我从冥想中体会到的那种专注而神奇的安宁。当我在苍蝇、恙螨和九月的酷暑的包围之下，在树林深处用铁链拖曳着原木时，莫尔还在一旁喋喋不休地絮叨着，而他的表兄华莱士的粗鄙的下流话更是像一只只可憎的黑虫子一样在空中弥漫着。在这种时候，我居然还能听见，在远处那片枯萎的夏季草地对面，一头牛的脖颈上挂着的铃铛在丁零作响。它像永恒一样穿透了我的心灵，让我忽然对横亘在我面前的遭受奴役和禁锢的悠长岁月有了不堪忍受的认识。我实在难以用语言来形容那种安宁的心境，即便我置身于疯狂和喧嚣之中，那份安宁的感觉也能渐渐在我的全身弥漫开来。仿佛是上天忽然将清凉的雨滴或流水赐于我一样，我会突然沉浸在对以赛亚的幻想之中，凝思他的教诲——他们必不徒然劳碌，所生产的，也不遭灾害，因为都是蒙耶和华赐福的后裔。[1] 我会久久地沉浸在恍惚的状态中，幻想着自己正安居在一个没有辛劳、没有炎热、没有苦难的新耶路撒冷。

在那些年的大部分时间里，我都在厨房旁边的一间又黑又小的壁橱里睡觉。把麻布往玉米壳上一铺，我的床就出现了，可即便是这个小小的空间，我仍需与几只瘦小的老鼠和忙碌而友好的蜘蛛共享。我帮这几只蜘蛛捕捉苍蝇，与它们相处得非常和谐。莫尔家提供的食物充其量只能算是中等。虽然随着季节的变化，食物的样式会有些不同，但总的来说，这里的厨房与特纳种植园的那间宽敞而丰盛的厨房相比有着云泥之别。不过，这里的食物还是比埃佩斯牧师家的那些动物饲料强出了一截。在冬天的绝大部分时间里，我主要靠黑人食品延续生命——我每星期可以吃半配克[2]玉米粉和五磅腌

---

[1] 《圣经·以赛亚书》65：23。
[2] 英美干量单位，一配克约等于9.09升。

过的肥猪肉，只有喝的糖蜜管够。每天早晚，在白人们吃喝完毕之后，我就得用这些原始配料在厨房里为自己做出一顿大餐来。所以，在从十一月到三月的这段时间里，食物一般都糟糕透顶，我的肚子也总在不停地咕噜叫唤。我在其他季节倒是吃得好很多，而这主要归功于萨拉女士。虽然她不具备像我母亲和特纳种植园里后来的那些厨娘的烹饪手艺，但她好歹也能弄出一桌像模像样的饭菜来，在一年中的那几个气候温暖、蔬菜供应量丰富而充足的季节里尤其如此。而且，她对剩饭剩菜以及锅里多余的汤汤水水的处理方式也颇为慷慨。

萨拉女士是个肥胖、愚鲁而又可爱的女人，虽然她才智一般，但她总是兴致饱满，所以从她嘴里时时能流淌出欢快而无谓的笑声。她读书写字的能力有限，但她却拥有一些继承来的财产（多亏了她的这笔资金，莫尔才能把我买下来，这也是我后来才揣测出来的）。她身上有股并不令人生厌的单纯，这也使她成了那个家庭当中唯一一个偶尔还能以真正的爱心对待我的人，尽管那份爱心也很可能会转瞬即逝。她显示爱心的方式是偷偷地额外多塞给我一块瘦肉，或者在入冬以后给我找来一条废弃不用的毯子。还有一回，她甚至给我织了一双袜子。我不愿轻妄地恶意中伤她，我不想把她对我流露出的爱心与人们对狗的那种温柔而冲动的怜爱心理相提并论。我甚至隐隐地喜欢上了这个女人（但我对她的关注主要还是因为我精明地意识到，我能时不时从她那里得到些好处和照顾）。后来，当她几乎成了我发动的那场复仇的第一个受害者时，当我看到鲜血如开闸的红色激流般从她已被割去头颅的颈腔里喷射而出时，我的内心确实有过懊悔，我也几乎想让自己放她一马，饶她不死。我这么说，绝对没有一丝挖苦和讽刺的意味。

至于莫尔家的其他几个人,我没有太多可说的内容。年轻的帕特南在前文中已经出现过,我到他们家的时候他才六岁。他是个喜欢发牢骚而且脾气暴躁的孩子,完全继承了他父亲对我所属的黑人种族的憎恨,每当他在言语间提到我时,他开口闭口就只有一个词:黑鬼。除此之外,反正我是从没听他对我使用过别的称谓。到了后来,连他的父亲都开始用我正式的名字来称呼我了,帕特南却依然改不了他的习惯,这要么是因为他过于愚蠢,要么是他在刻意坚持这么做,要么是这两者兼而有之。不管怎么样,他的这个习惯一直延续了下去,直到他长大成人,直到后来他成为约瑟夫·特拉维斯的继子。和他的母亲一样,他命中注定要落得个身首异处的下场。人们可能会觉得,仅仅因为他称我为"黑鬼"的时间比别人更长一些,他就要受到这样的惩罚,这未免过于严厉和苛刻了。但老实说,我对此一点都不后悔。他们家另外还住着两个白人:一个是莫尔的父亲,家里人称他为"老爸",另一个就是莫尔的表兄华莱士。"老爸"出生在英国,如今已经有一百来岁,连胡子都全白了。他全身瘫痪,耳朵也已经半聋,双眼失明,大小便失禁。他的不幸连累着我也跟着他倒霉,自打我到了他们家,把"老爸"频繁而有规律地拉撒出的脏玩意收拾干净的差事就不幸地落到了我的身上。但令我宽慰的是,在我来到这里的一年之后,他在一个春天的午后坐在椅子里,排出了大量的也是他这辈子的最后一次大小便,随后,他的身体抖了几抖,便断了气。

华莱士从肉体到精神都几乎是莫尔的翻版,他长着骨节嶙峋的四肢,为人愚鲁无知,从未受过教育,嘴里污言秽语,经常亵渎神明。他还笨手笨脚的,连犁地、耕锄、劈柴这些并不需要多少技能的活都干不好,而干这些活原本是他的分内之事,以作为他在莫尔家吃穿用住所应给出的回报。他对我的态度跟莫尔对我的态度一模一样,尽管他的仇视不算特别出格,但他对我的警惕、提防和从不松懈的憎恶却是实实在在的。华莱士在这个故事里并不是什么重要人物,所以我也就不在他身上多费笔墨了。

虽然我在莫尔家度过的那段岁月(尤其是最初的几年)远远谈不上快乐,但我毕竟还有思考和祷告的时间和机会,所以我至少能忍着熬过来。每逢星期六,我在耶路撒冷基本上都能有数小时的独处时间。而平时,不管外面天气如何,我一有机会便会从我睡觉的壁橱里逃出去,到外面的树林里去与圣灵沟通,去研读《圣经》中的伟大先知们的教义。尽管我在最初的几年中保持着拖延和半信半疑的态度,但即便在那个时候,我已开始感觉到,我将会投身于某项神授的伟大使命。在那段不同一般的日子里,先知以斯拉的一段话给了我莫大的安慰,当时的我有着和他同样的感觉:现在耶和华我们的神暂且施恩与我们……使我们在受辖制之中稍微复兴。[1]

我很快便在树林中发现了一个僻静的所在。那是个长满了苔藓,四周被松树和天使大橡树环抱的小土丘,从莫尔的住处不用走多远便能到达。一条林溪紧挨着小丘,溪水在静谧中潺潺地流淌。在这座庇护所里,我从一开始就坚持每星期做一次守夜,在守夜的过程中,我只祷告和阅读。等到后来,我在莫尔家慢慢地不再那么拘束了,因此我到树林里去也就更频繁了。我用松枝搭了一个能遮风挡雨的棚子,并把它当作我秘密的临时住所。在干活不算特别辛苦的时候,我偶尔会完全禁食,时间最长的时候,我能持续禁食四五天。

---

[1]《圣经·以斯拉记》9:8。

《圣经·以赛亚书》中的一段话尤其令我感动并感到困扰，它是这么说的：我所拣选的禁食，不是要松开凶恶的绳，解下轭上的索，使被欺压的得自由，折断一切的轭吗？[1]在禁食期间，我常常会头晕目眩，身体也变得十分虚弱。然而在食物匮乏的同时，一种荣耀的感觉会将我笼罩，我全身都充满了奇异的光辉以及慵懒而幸福的宁静。远处树林里小鹿的冲撞声在我听来就好像是预示世界末日的隆隆巨响，那条汩汩的溪流就好像是约旦河，而在我眼前瑟瑟摇摆的树叶则仿佛在七嘴八舌地向我低声传达神秘的启示。每当这个时候，我的心情便会为之一振，因为我知道，只要我继续祷告，继续禁食，耐心地为主服务，我早晚有一天会收到主给我的信号。到了那时，未来的大致情形——它们也许会十分可怕，而且带有危险——也会变得清晰。

和我一样，哈尔克的不幸也是源于他在原主人的全部资产当中只能算是无足轻重的一项。所以在经济垮了之后，他就被迅速而轻易地处理掉了，而且，像哈尔克这么棒的黑奴总是能卖出个好价钱的。和我一样，他也是在大种植园出生和长大的，他所属的那座种植园在萨塞克斯县，该县的北边与南安普敦县相邻。他的原主人的种植园和特纳种植园大约是在同一年破产然后被变卖的。哈尔克被约瑟夫·特拉维斯买了下来，而后者当时尚在务农，因为那时他还没有开发出制作车轮的技术。哈尔克原先的主人们来自一个叫巴尼特的家族，他们都是些人面兽心的家伙，想搬到密西西比州的某个地方去开发一座新的种植园，可当时那里的男性劳动力已颇为充足，而从事家务的女性劳动力相对稀缺。所以他们便把哈尔克的母亲和

---

[1]《圣经·以赛亚书》58：6。

他的两个姐妹都带去了密西西比州，单单把哈尔克留了下来，而变卖哈尔克所筹到的钱则被充作他们去密西西比州的这趟艰难而花销巨大的陆路旅程的路费。可怜的哈尔克啊。他生下来一直都和他的母亲以及他的两个姐妹相依为命，事实上，他这辈子还一天都没同她们分开过。于是，一连串的丧亲之痛便由此开始了，又过了七八年，特拉维斯又将哈尔克同他的妻子和幼子也永远地拆散了。

哈尔克从来（至少在他被我的意志和计划折服之前）都不是一个任性且难以驾驭的黑奴。委实令我感到可悲的是，在我认识他的大多数时间里，他和大部分自幼就当上了农场工的青壮黑奴一样无知且消沉。他对白人工头和黑人监工们畏之如虎，有时候还得挨鞭子。种植园制度将他的气概、他的尊严和他与生俱来的勇气从他伟岸而美丽的身体里沥滤了出去，使得他在白人的权威面前变得像哈巴狗一样谦卑且恭顺。尽管如此，他的内心深处仍有独立的阴火在燃烧，当然，正是在我的勉励和劝诫之下，这团阴火最终被扇成了腾腾的烈焰。当然，那团火焰在他被卖给特拉维斯以后不久便已经燃起，因为在震惊之余，当时他也深深地感到困惑和悲哀，而且当时他还不知道向上帝求助。所以，他决定要出逃。

哈尔克曾跟我讲过整件事的来龙去脉。在巴尼特种植园，身为农场工的黑奴们过着特别苦的日子，所以出逃一直都是那里的黑人们感兴趣和关注的话题，只不过那大多是些空谈，因为即便是那些最愚鲁、最莽撞的黑人也会被一个非常容易预见的现实吓得裹足不前：想要成功出逃，他们就必须穿越横亘在北面的数百英里的荒野。他们还知道，即使成功地逃到了那些不蓄奴的自由州，他们也不一定能获得庇护。许多黑人曾经在某些贪婪而且眼尖的北方白人的逼迫下重新变成了奴隶。所以想成功出逃几乎是不可能的，不过确实有黑人曾经铤而走险进行过这样的尝试，有些黑人还差一点就成功了。在巴尼特种植园的黑奴当中，有个叫汉尼巴尔的黑人，他很聪明，年岁也稍长。有一次，在接连几次挨了工头的毒打之后，他发誓说他再也忍不下去了。于是，在春季的某个深夜，他悄悄"开溜"了。一个月以后，他发现自己已经抵达了离华盛顿州不远的一个叫亚历山德里亚的城市的近郊。可就是在那里，他被一名颇有警惕性而且还拎着把猎枪的市民给逮住了。后来，那人将汉尼巴尔遣送回了种植园，估计还得到了一笔数百美元的赏金。等到哈尔克出逃的时候，他也牢牢将汉尼巴尔（在许多黑奴的心目中，汉尼巴尔成了一位英雄般的人物，但也有人觉得他肯定是个疯子）给他的建议铭记在心。他夜行昼伏，始终朝着北极星的方向前进，一路上避开了交通要道，还避开了有狗的地方。汉尼巴尔出逃时选择的目的地是马里兰州的萨斯奎汉纳河。巴尼特种植园曾经来过一位贵格会的传教士，那是一名四处云游的白人，他古怪而憔悴，还十分激进（此君很快就从种植园中被赶了出去）。他想方设法将以下的消息传递给了包括汉尼巴尔在内的一帮浆果采摘工：过了巴尔的摩市，紧挨着大路向北走，到了萨斯奎汉纳河的渡口之后，跟人打听一下贵格会的礼拜场所在哪里，那里昼夜都会有人把从南方来的逃亡者送到数英里之外的位于河上游的宾夕法尼亚州去，这样他们就能获得自由。哈尔克暗暗地将这条消息记在了心里，尤其是其中最关键的那个部分，即那条河的名字。对一个常年在地里干活的黑人农场工来说，那个名字读起来委实有些拗口，所以哈尔克曾在汉尼巴尔面前，将那个名字的读法翻来覆去地练了一遍又一遍，直到按汉尼巴尔教的方法把发音完全搞对才作罢。小丝瓜[1]汉纳,小丝瓜汉纳,小丝瓜汉纳。

　　与巴尼特比起来,特拉维斯还算是个宽厚的主人,只不过当时的哈尔克还不知道这一点。他只知道,他已经被逼得和他的亲人天各一方,他唯一的家已经妻离子散。在特拉维斯家刚刚待了一个星期之后,他的痛苦、他对家人的思念、他的失落和困惑便令他再也无法忍受下去了。于是,在一个夏天的深夜,他终于决定"开溜"了。他想去投奔汉尼巴尔在几个月前跟他说过的那个远在两百英里以外的位于马里兰州的贵格会教堂。想从特拉维斯的种植园溜出去再简单不过了,所以一开始,一切都跟玩闹似的那么容易。待特拉维斯睡熟之后,哈尔克只需要蹑手蹑脚地从他住的棚子里溜出来就可以了。他身上带着一只盛有面粉的包裹,里面装了些培根和玉米面、一把折叠刀,以及用来引火的燧石。这些东西全是他偷来的,他用棍子挑着包裹,将其扛在肩上,然后便一头扎进了树林。这真是再容易不过了。林子里很安静,他在里头逗留了约莫一个小时。他想等一等,看看特拉维斯是否已经发觉他不见了并且发出了警报。然而种植园的房屋那边一直都悄无声息。他这才悄悄溜出来,沿着树林的边缘踏上了北去的道路,在金色的月光的拂照下,精神抖擞地悠然前行。天气很暖和,他的行进速度远比预想的要快。头一天夜里发生的唯一的情况是一条狗从农舍里跑出来,冲着他狂吠,还

---

[1] Susquehanna(萨斯奎汉纳)对哈尔克来说太难读,所以汉尼巴尔将名字的前半部分的 Susque 改成 Squash(西葫芦)来叫哈尔克念,因为西葫芦是哈尔克熟悉的东西,他也能发得出这个读音。译者在此将 Squash 翻成"小丝瓜",并非因为 squash 是小丝瓜的意思,而是因为"西葫芦"的发音和"萨斯奎"的发音差得太远,而"小丝瓜"与"萨斯奎"发音相近,能让读者看出汉尼巴尔的用心。

跟在他身后猛追了一阵。这证明汉尼巴尔关于狗的建议是多么有先见之明。这也让哈尔克打定了主意：接下来只要他在路上碰见住宅和居民，他就必须退避三舍，尽管这意味着他要拐进树林里绕道而行，还可能会耽误数小时的路程。一路上他没碰见一个人，随着夜晚顺利地消逝，他的心里不由得一阵狂喜——看来从种植园开溜也不是什么大不了的事。等到黎明降临时，他知道自己已经取得了相当不错的进展，却不清楚自己到底走出了多远，因为他对一英里有多远没有丝毫概念。远处的某个谷场上传来了公鸡的打鸣声，而他则在远离道路的一排山毛榉树底下熟睡了过去。

将近正午时分，他被从南边传来的一阵犬吠声惊醒，接着又响起了许多人一齐发出的喊声和尖厉的吼声。哈尔克不禁惊恐地坐起身来。很显然，这是来追他的！他的第一个反应是爬到树上去，但他很快又打消了这个念头，因为他有恐高症。他转念一想，便找了一片黑莓灌木丛躲了进去，并从那里偷眼往道路的方向观望。两条嘴里涎水直淌的英国猎犬从远处飞扬的尘土中跑了过来，猎犬后面还跟着四个人，他们全都骑在马上，那一张张长着蓝眼睛的冷酷的脸上挂满了急于复仇的愤怒。哈尔克由此断定，他肯定就是这帮人的追捕目标，他吓得浑身直抖，赶忙把头缩回黑莓灌木丛里藏了起来。然而令他惊讶也令他松了口气的是，道路上的犬吠声和吼叫声慢慢弱了下来，嗒嗒的马蹄声也渐渐消失了。过了一会儿，一切都静了下来。哈尔克在那片黑莓灌木丛里一直蹲了大半个下午。待到黄昏临近时，他生起了火，拿出一点培根还有用溪水和着玉米面做成的饼子在火上烤着吃。及至夜幕降临时，他才重新开始他北上的旅程。

从那天夜里开始，他便遇上了难以辨认道路的困境，这个困境在他投奔自由的漫长旅途中一直困扰着他。每天早上，他都要用他的刀子在小木棍上割出一道槽，他用这个办法来计算出（或者由哪位会算数的人帮他计算出）他的这趟行程已持续了六个星期。汉尼巴尔给过他两个辨识方向的建议：一是追随北极星的方向，二是挨着通往并且贯穿彼得斯堡、里士满、华盛顿州和巴尔的摩市的一条用木板和原木铺设的收税公路走。哈尔克将这些地名按顺序大致记了下来，因为汉尼巴尔说得很明白，每一个地名都能起到里程碑的作用，让旅行者知道自己已经走了多远。而且，万一他迷路了，并且在途中碰上了几个看模样还算值得信任的黑人，那么在他知道这些地名的前提下，向他们问起路来也会方便一些。他应该尽可能地紧挨着收费公路而行——当然绝对不能被公路上的行人发现，这样一来，公路就成了一个为他指示北方的恒准的指针，而依次抵达的每一个地点也就成了他投奔自由州的旅程表上显示路程进展的标志。但哈尔克很快就发现这个办法有个毛病：当他走在从收费公路分出来的那些不计其数的支路和岔路上时，这个办法就不灵了，而一个外乡人很容易被这些岔路搞得晕头转向，在夜晚行路的时候更是如此。北极星本该弥补这个不足，哈尔克也觉得它确实非常管用，但他会遇到昏暗的夜晚，或是赶上沼泽地里起雾的情况（这种情况时有发生）。在这种时候，天上的那块指示牌就会变得像一块刷得极其潦草、让人根本无法辨认的路标一样毫无用处。于是，他会被黑暗团团包围，无法继续把公路当作自己的向导。在第二个夜晚和接下来的许多个夜晚，他的旅程根本无法取得进展，他不得不整夜待在树林里，直到第二天的拂晓时分才小心翼翼地侦察一番，再重新找到正确的道路——那条木排公路。在白天，那条路上总会有各式各样的农场的货运马车往来穿梭，然而那片喧嚣和热闹总是包含着数不尽的危机。

哈尔克在一路上历尽了艰辛。他的培根和玉米面很快就吃完了,但在他遭遇的所有困难之中,食物倒是最不要紧的一个。身为一名出逃者,他只好在地里能找到什么就吃什么。和大多数在种植园工作过的黑奴一样,哈尔克是个机灵的小偷。他很少会在完全荒无人烟的地带行进,而有人烟的地方就能给他带来充足的水果、蔬菜、鸡、鸭和鹅——有一回他甚至还搞到了一头猪。有两三次,在他从农场或种植园旁边经过的时候,他会尽量利用当地的那些态度友善的黑人并取得他们的帮助和款待。他常常会等到黄昏时分,然后从藏身的树上冲他们打招呼,他们便会给他带来一块熏肉、煮熟的绿色芥蓝菜或是一锅玉米粥。然而,他高大、笨重而且还有点鬼鬼祟祟的形象让他实在是过于显眼了。所以,一旦有人,不管是黑人还是白人,知道了他的行踪,他都理所当然地会担惊受怕。所以他很快便杜绝与外人进行接触了。他甚至放弃了向别的黑人简单地问个路,因为他越往北去,当地的黑人似乎就变得越无知了,他们只会语无伦次地跟他说"你得这么走""你得那么走"之类的废话,听得他丈二和尚摸不着头脑,最后只得不耐烦地把头别到一边去。

从特拉维斯家逃出来大约一个星期之后,这一天又到了日出时分,哈尔克发现自己已经到了一片树木繁茂的城郊,这令他不由得精神为之一振。按照汉尼巴尔的日程表来算,这里应该是彼得斯堡了。在此之前,哈尔克还从未见过任何一座城镇(无论城镇的规模如何),也不曾听到过对城镇的描述。所以,这里的鳞次栉比的房屋和店铺,街衢市井上熙熙攘攘的行人,来往车辆的喧嚣和多姿多彩,都让他看得瞠目结舌。想绕过这座城镇而不被人发现原本并不容易,可哈尔克当天夜里却成功地办到了。在白天的大部分时间里,他躲在附近的松林里睡觉,等到夜色变得漆黑之后,他不得不一手划水,一手托着他的衣服和行李袋,游过一条小河。他沿着这座城镇的边沿走了一条半圆形的路线,没被任何人发现,于是他便继续往北行进。然而他对此地颇有些恋恋不舍,因为他从一户人家摆放在屋后门廊上的桶子里搞到了整整一加仑[1]酪乳,还有几个味道棒极了的桃子馅饼。可是那天夜里,他在暴风雨中完全迷失了方向,等到第二天日出之后,他才惊愕地发现,原来他一整夜都在向着东边日出的方向走,天知道他这是在往什么地方去。当时他站在一片荒凉贫瘠的松林中,四周几乎没有人烟,往前方望去,满眼都是遭受过剧烈侵蚀的红色土壤。道路上原先铺设的木排都已磨损殆尽,木头都腐烂成了锯屑,而且那条路哪里都通不了。到了第二天晚上,哈尔克已经从原路折返,并很快拟定了一条前往里士满的最短路线。和彼得斯堡一样,里士满也是一座生机勃勃的城镇。河面上有一座用雪松木搭建的木桥,过了桥便能直接进到城内。城里熙熙攘攘的,到处都是黑人和白人,数量之多超乎他的想象。的确,从他藏身的松林里往下边的城中望去,他能看见许多黑人在进进出出地忙碌着,在桥上往来穿梭着,其中的一些黑人肯定是自由人,而另一些黑人想必是来自附近的农场,由此路过的。他差一点就想壮着胆子去赌一赌运气,看能不能混在那些人当中,走过桥去看看那座城市。或许根本就不会有白人认为他可疑并把他拦下来盘问呢?但最终他的谨慎还是占了上风,整个白天他都躲在林子里睡觉。夜幕降临之后,他游过了河,这时家家户户都已关门闭户,他便像在彼得斯堡一样悄悄地趁黑溜了过去。就这样,他很快就顺利地离开了里士满,只

---

[1] 1美加仑约合 3.785 升。

不过他未能像在彼得斯堡一样搞到那么多的馅饼。

　　他继续在漆黑的深夜里向北行进，有时他完全迷了路，便得花上数天时间原路折返，直到他重新找到正确的路线。他的鞋已完全磨破而且脱落了，他只好紧挨着公路一连赤脚走了两夜。终于，有天清晨，他来到了一家农舍跟前。农舍的前门敞开着，屋里的人都下地干活去了。他从屋里偷到一双皮靴，但靴子又窄又小，他不得不在前面剪了几个口子让脚趾伸出来。穿上靴子之后，他便穿过阴暗的树林继续向华盛顿州进发。如今应该已经到了八月份，林子里的恙螨、食蚜蝇和蚊子蜂拥而来。有时候，哈尔克在用松针草草铺成的床上根本无法入睡。雷雨还时常从西边呼啸而来，他不仅身上被淋得又湿又冷，整个人也被吓得魂不附体。他已经数不清有多少回他根本无法看见天上的北极星了，更不用说他还被地上的岔道和拐弯的路口弄得晕头转向。遇上没有月亮的夜晚，他常常会偏离道路，迷失在沼泽或者灌木丛中，那里面有猫头鹰在叫，有树枝在噼啪作响，还有毒蛇在咸水洼里懒洋洋地拍打着水花。在这样的夜里，痛苦和孤独几乎超出了哈尔克所能承受的极限。有两次他几乎就被人逮住了，第一次是在华盛顿州南边的某个地方，当时他打算在夜幕降临前从一片玉米地的边上穿过去，可他差点就踩在一个正躲在灌木丛中大便的白人身上。哈尔克拔腿便跑，那个男人则把裤子一提，叫喊着便追了过去，幸好哈尔克很快就把他给甩掉了。那天夜里，他听到附近有犬吠声，好像有人在追他，于是，他平生第一次克服了对高度的恐惧，爬到了一棵巨大的枫树上，并在上面一待就是好几个小时，任凭远处不住传来狗的嚎叫和呜咽声。他另一次险些出事的地点应该是介于华盛顿州和巴尔的摩市之间的某个地方，当时他已经在一道树篱下睡熟了过去，却突然惊醒了。他惊讶地发现自己正睡在一个猎狐场内，一匹匹身形健硕的高头大马在往来驰骋，从他的身体上方飞跃而过，这很像是在他的噩梦中会发生的那种场景。马蹄掀起一块块细小且湿乎乎的泥土，泼溅在他脸上，打得他生疼。他只好蜷起双膝，双肘抱住头，蹲在地上保护自己。这时，一位身穿红色短上衣的骑手勒马停了下来，随口问了一句："这个黑鬼在这里摆着一副傻了吧唧的姿势是在做什么呢？"哈尔克原以为这下他准完蛋了。可旁边的另一个人答了一句："这个黑鬼可能是在做祷告吧。"那人便没再多说，径直在晨雾中疾驰而去了。在哈尔克看来，那绝对是一个奇迹。

这天早上，哈尔克又来到了一个地方，他觉得这里很可能就是巴尔的摩市了。虽然他听人说过马里兰州也是一个蓄奴州，但他还是决定要冒着暴露行踪的危险，偷偷溜到藏身的打草场边，提心吊胆地向一个正沿着木排路往镇里走去的黑人打招呼。"我要去小丝瓜汉纳，"哈尔克说，"去小丝瓜汉纳该怎么走？"那个黑人是个皮肤发黄、手脚敏捷的农场工，他惊讶地盯着哈尔克看了一阵，好像在看一个疯子，然后紧走几步便离开了。哈尔克并未灰心，他重新上了路，他相信用不了多久这一切就会结束了。接下来他又一连走了整整五夜，终于，这天清早，哈尔克发现他已经不再身处树林之中了。在天光的辉映下，茂密的树木已被绿草如茵的平原取代，而那片平原似乎还带着缓缓的坡度向下倾斜和延伸，一直通向远处的一排在晨风中被吹得沙沙作响的香蒲和芦荻。风里夹带着咸味，这让哈尔克更兴奋了。他加紧步伐，穿过了这片像大草原一样的旷野。接下来他遇到了一片沼泽地，里头的泥水深至脚踝。他大胆地闯了过去，直到前方出现了一片耀眼的沙滩，他才把那颗悬着的心放了下来。沙滩上有厚厚的沙子，纯净得让人难以置信。远处还有一条河，河水宽阔极了，从哈尔克站立的地方看出去，他几乎都望不见对岸。在南风的吹拂下，辽阔而壮观的蓝色水面上有斑斑点点的白色浪花在翻腾。眼前的景象把他给看呆了。他在那里站了好久，凝视着海浪不住拍打着岸边的浮木。戳在水中的一根根木桩上挂着渔网，远处有一艘小船，正鼓足了白色的帆篷安然地向北进发——这是哈尔克平生第一次看见帆船。他踩着他那只已经烂得无法辨认的皮靴，沿着海滩刚走了一小段路，便发现了一条已被拖上岸的陈旧的木划子，划子边上坐着一个身材瘦小的黑人男子。自由已经近在咫尺，哈尔克觉得他终于可以冒险上前问一问了。于是，他信心十足地朝那个黑人走去。

"嘿，伙计，"哈尔克一边打着招呼，一边想着他要问的问题，"贵格会的教堂在哪里？"

那个黑人透过眼镜框里的椭圆形镜片朝他看了过来——哈尔克还是第一次看见有黑人戴眼镜。那人长着一张小猴子似的和善的面孔，脸上布满了天花留下的疤痕，一头抹了猪油膏的灰白色的头发油光发亮。那人许久都没说话，过了半晌才开口说道："啊呀，你小子的块头可真大。你多大年纪了，孩子？"

"我十九岁了。"哈尔克答道。

"你是奴隶还是自由人？"

"我是奴隶，"哈尔克说，"我是跑出来的，贵格会的教堂在哪里？"

那个黑人的目光仍然在眼镜片后面和蔼地闪烁着。他接着又说："你小子的块头真大。你叫什么名字，孩子？"

"我叫哈尔克。以前叫哈尔克·巴尼特，现在叫哈尔克·特拉维斯。"

"好吧，哈尔克，"那人从坐着的划子上站起身来说，"你在这里等着,我去帮你问问那个教堂在哪里。你就在这里待着,别走开。"他一边说,一边友善地伸出手,拉着哈尔克的胳膊,让他在划子边上坐下。"这些天你大概吃了不少苦吧,但现在一切都过去了,"他用和蔼的语气说,"你在这里坐一会儿,我去帮你问问教堂在哪里。你坐在这里休息休息,教堂的事就交给我了。"说罢,他匆匆走上沙滩,消失在了一片矮树林后面。

眼见他梦寐以求的结局即将到来,哈尔克感到分外欣慰和喜悦。他久久地在木划子上坐着,凝视着那片被风吹拂着的蔚蓝色的河水,他一生中还从没见过比这更宏伟、更美丽的景色。很快,一阵慵懒而舒适的睡意袭来,他的眼皮变得格外沉重。在温暖的阳光下,他在沙子上舒展着躯体,睡熟了过去。

突然,他听到有人讲话,便立刻惊醒过来。他惊恐地看见,有个白人男子正端着一把滑膛枪站在他的身体上方,枪机已经扳上,随时可以射击。

"你敢动一下,我就打爆你的头,"白人说道,"萨姆森,把他捆起来。"

老实说,后来最让哈尔克感到痛心的并不是那个出卖他的戴眼镜的黑人同胞萨姆森,虽然那个家伙也够恶心的。最令他痛心的是,虽然他跋山涉水,历尽千辛万苦,但他根本就没走出去多远,因为不到三天他就被押解回了特拉维斯的家里(他们家在乡下到处都贴上了抓捕哈尔克的布告)。原来,在那六个星期当中,哈尔克不是在围着原地绕圈,就是在走"之"字形或者螺旋形的路线,他走出去最远的时候,他离特拉维斯家的距离也只有四十英里。原因很简单,自幼在暗无天日的种植园里出生和长大的哈尔克,对外面那个辽阔世界的了解比摇篮里的婴儿对世界的了解多不了多少。他不可能知道城市是什么样子的，因为他连一座小村镇都从未见过。被他误以为是"里士满""华盛顿州""巴尔的摩市"的那几个地方，其实只不过是潮水地带的十几个并不起眼的小镇中的几个——耶路撒冷、德鲁里维尔、史密斯菲尔德等小镇。所以，这完全情有可原。而那条宏伟而壮观的河流，那条令他信心倍增、令他满怀希望和喜悦在岸边伫立良久的河流也并不是"小丝瓜汉纳"河，而是黑奴制古老的发源地——詹姆斯河。

就这样，哈尔克被押回了特拉维斯家，而我之后也被卖给了莫尔，于是，我们俩从萍水相逢到结为莫逆之交也就是水到渠成的事了。在当地的各个农庄之间，相互出租黑奴是颇为普遍的做法，而农庄里需要租用黑奴来干的工作也是数不胜数——犁地、除草、伐树、给沼泽排水、修建栅栏，还有十多种其他的零碎活。要是我没记错的话，我第一次遇见哈尔克是在他刚刚搬来莫尔家的时候，在那段时间的夜里，他和我在同一个壁橱里睡觉。那一次，莫尔把哈尔克从特拉维斯那里租过来，让他帮自己劈了好几个星期的柴火。我们俩很快便成了形影不离的朋友（当然，一切都发生在我们奇怪的生存方式的压力许可之下）。在那段时期，我已离群索居，沉浸在鲜活而饱满的冥想世界里，我的个人情绪已开始被一种不快和厌恶的感觉，一种对白人几乎无法按捺的仇恨所支配。（我没有更好的办法来形容这种感觉了，我只能说，它就像一团阴暗的云雾，让我再也不能直接而清晰地看见白人的面孔，只能从侧面把他们当成遥远的、模糊不清的东西去感知。与此同时，我的耳朵里仿佛塞了一团棉花，它让我再也听不见白人的声音——除非他们是在命令我干活，或者我在某些特殊场合被他们谈论的话题所吸引。）在很长的一段时期里，我都是莫尔家唯一的黑奴，放眼望去，我的视线之内全都是白人的面孔，这让我郁闷得发狂。而哈尔克的突然出现帮我克服了这个难题。他美好而善良的秉性，他旺盛的精力，他对世间的那些荒谬或恐怖的事情所采取的平和且幽默的接受态度——他身上的所有特质都深深地鼓舞了我。它们纾解了我的孤独，让我觉得我终于找到了一位情同手足的兄弟。等到后来我成了特拉维斯的财产之后，哈尔克和我就更是成了好得不能再好的朋友。在那之前，甚至在我还未开始替特拉维斯或者哈尔克还未开始替莫尔干活之前，因为他们两家的农场离得很近，我们俩就已经开始一起出去钓鱼或是到树林里设置逮野兔和麝鼠的陷阱了。每到星期日下午，我们便无拘无束地来到密林深处，我们带来了一壶甜苹果酒，还有一只哈尔克偷来的鸡。我们用黄樟树的木头生起火来，再把鸡放在上面烤，那味道别提有多美了。

就这样，时间到了1825年末。那年年初有一段持续的干旱天气，这原本并不稀奇，但干旱后来却一发不可收拾，最后演变成了一场一直延续到次年的严重的旱灾。那年冬天既没雨也没雪，即便到了春季，降水也少得可怜，土地干枯得开始龟裂，地里的土壤被犁刀犁过之后会顿时变成粉末状的尘土。那年夏天，很多水井都已干涸，人们只好到泥泞的溪河里打水喝，可即便是那些溪河也已经干枯和萎缩成了涓涓细流。到了八月初，食物成了问题，因为春天种下的蔬菜根本没长出来，长出来的不过是些没有叶子的茎梗。往常那一排排枝叶繁茂、绿意盎然、个头比人还高的玉米秆，如今几乎没结出什么值得炫耀的东西，只长了一些已经枯萎的嫩芽，这些嫩芽还很快就被野兔给吃掉了。大多数白人会在地窖里储存一些前几季收获的土豆和苹果，或少量腌制的水果，所以他们并没有遭遇真正意义上的饥荒之虞，至少不会有燃眉之急。此外，像咸猪肉和玉米片之类的奴隶食品也尚有一定数量的存货，真到了万不得已之际，白人们也可以分享这些食品，这样一来，他们的味觉器官也有机会体验体验黑奴们不得不忍受一辈子的那些食品了。然而，当地已成为自由人的那些黑人就没么幸运了——他们的食物十分匮乏。他们没钱从白人那里购买猪肉和玉米糁，就算他们有这个钱，现在连白人自己都陷入了恐慌。为了保障他们自己和他们的奴隶，白人们早已把猪肉和玉米糁之类的食物囤积了起来。多年来，这些自由的黑人大多都靠在小菜园子里种些红薯、芥蓝和豇豆之类的食物赖以维生，如今这些蔬菜全都无处可寻了。到了那年夏末，黑奴之中传出了可怕的流言，说是该地区已经有许多自由的黑人被饿死了。

　　如果追本溯源的话，我觉得1831年的暴乱最早的发端就在这年的夏天，即五年前的同一个月份。我之所以这么说，是因为正是在这个时候，我产生了我的第一次幻觉，还第一次收到了关于这项残酷而血腥的使命的暗示，而这两者都和那场干旱以及山林火灾有着千丝万缕的联系。那年夏天，因为干旱的缘故，森林、湿地以及被废弃的种植园的农田里一直都有无人看管的山林野火在燃烧。这些火灾都发生在很远的地方，并不能对莫尔家的林地构成威胁，但它们发出的那股强烈的燃烧气味却在空气中无时无处不在。通常，当人们的住宅或居所有可能遭受危险时，白人们都会领着他们的黑奴，举着铲子和斧头出来救火。他们会点起迎火阻止野火蔓延，或者拓出一片清空的土地以抵御渐渐逼近的火势，可如今，发生火灾的那片偏远的土地上生长的大多是细长的次生林木，而且那里的土全都是荆棘遍布、业已荒芜且毫无价值的红土。所以，野火继续夜以继日地阴燃着，空气中也永远弥漫着阴霾和被烧焦的灌木和炭化的松树发出的又苦又甜的焦煳味。在少量的降雨之后，阴霾偶尔也会消失,日光也会短暂地变得清澈且光彩夺目,但用不了多久,干旱又会重新出现。有时,干旱会被几场变化无常的雷雨打断,但即便有雷雨降临,来得更多的也是狂风,而雨水却寥寥无几。这时,天空便会被一层像薄雾一样刺鼻的木屑所笼罩。入夜以后,天上根本看不见星光,而在白天,太阳则像一团阴暗的、散发着微光的余烬一样,挂在被烟雾笼罩的空中。就是在这个夏天,我心中出现了一种害怕的感觉,一种悲伤、恐惧和不安之感——仿佛异常的天象预兆着即将有远比地上的火灾要猛烈和致命得多的大事发生,虽然这些异常的天象正是由这场火灾引发的。我常常在树林里祷告,我不停地在《圣经》中寻找对这些现象的解释。先知约珥的一番话让我陷入了长久的思考。约珥曾谈及"日月昏暗,星宿无光[1]",而约珥的心灵也常常被关于战争的可怕预感和征兆所震撼,他的心灵也曾像我的心灵一样在觉醒,在躁动,被股股热风席卷,因为新的发现而震颤。

那年夏末,我抽空进行了一次为期五天的禁食。在我开始禁食之前,哈尔克和我一起劈完了好几车柴火。因为干旱,地里也没有别的事可干,所以莫尔便给了我们俩五天的假——在每年的八月份,黑奴们通常会得到这样的特别许可,只不过在假期过后,我们得驾车将那些劈好的柴火送到耶路撒冷去。哈尔克从附近的弗朗西斯的农场里偷来了一只胖嘟嘟的小猪,因为他早已有言在先,我搞我的禁食,但他跟禁食不会有半毛钱关系。他还说,他盼着能尽快跟我一起到树林里去,但他希望我的意志和胃口能经受得住他烤猪肉时发出的香气的考验。我同意带他一起去,但我又补充说,他不能打扰我做祷告和冥想。他对这两个条件倒是欣然应允,他知道我发现

---

[1] 《圣经·约珥书》3: 15。

的那条小溪里有很多鱼,所以他说,在我做祷告的时候,他可以用网子去捞些鲈鱼回来。我们就这样度过了那几天的漫长的时日——我隐居在属于自己的一丛小密林中,禁食,祷告,研读《圣经·以赛亚书》,哈尔克则在远处的溪水里快乐地嬉戏,自顾自地哼唱,有时他还会花上数小时去找些野葡萄和黑莓回来。这天晚上,我们正躺在烟雾弥漫的星空下,忽然,哈尔克说他对上帝非常失望。"纳特,我觉得,"他的声音听上去还挺慎重,"上帝肯定是个白人。因为只有当上帝是个白人的时候,他才会琢磨出这么多的办法来让黑人的日子过得这么惨。"他停顿了一下,接着又说:"他也可能是个大块头的黑人监工。可如果他真是黑人的话,那他一定是世界上最狠毒的那个黑人王八蛋了。"我当时已累得精疲力竭,根本没有力气来回答他。

第五天早晨,我醒来后便有一种生病似的异样的感觉。我肚子里空荡荡的,痛得厉害,头也一阵阵地感到眩晕。以往戒食的时候,我还从未变得如此虚弱过。天炎热极了,远处的森林里的野火的烟雾凶神恶煞地垂挂在空中,那层烟雾十分浓烈,我几乎用肉眼都能看见有无数松木的颗粒像灰尘一样正在空气中移动,就连天空中那只一眨不眨的圆眼睛——恶毒的黄色太阳——也几乎被这片烟雾完全遮蔽了。橡树、松树上的雨蛙和不计其数的鸣蝉汇聚在一起,发出刺耳而凄厉的尖叫。它们的大合唱令我的耳膜为之震颤。我感到精疲力竭,我连从那张用松针铺就的床上爬起来的力气都没有了。在整个炎热的上午,我一直都待在那里读《圣经》并且做祷告。等哈尔克从溪水里玩完回来之后,我便让他先回莫尔家里去,因为我想一个人再待一会儿。可他舍不得走,还试图逼我吃点东西,他说我看上去像个黑色的鬼魂。他在我身边大惊小怪地唠叨了好半天才走,离开的时候表情很是郁闷,也很是担心。他走了以后,我想必又沉沉地睡了一觉,因为等我再度醒来的时候,我已完全丧失了对时间的感知。天空中有一朵朵巨大而油腻的云彩飘过,太阳仿佛消失在一片淡黄色的阴霾后面,我对现在是一天中的什么时间没有丝毫的概念。一种如同死亡降临前才会有的倦怠感已侵入我全身的骨骼,我的四肢开始不受控制地发抖,我感觉我的灵魂仿佛已从身体里滑脱出来,我的肉体已没有丝毫生气,它像一堆皱巴巴的烂布般瘫倒在地,在无情的神风中被吹得瑟瑟发抖,直至被剥落并变得破碎。

"主啊,"我大声说道,"给我个指示吧。把您的第一个指示给我吧。"

我疲惫而费力地扶着树干爬起来,但我的身体刚从地上直起不到一英尺高,我就立刻觉得天旋地转,眼前金星直冒。这时,天空中响起一声凄厉的轰鸣,我被吓得又滑倒在地,内心充满了敬畏和恐惧。我瘫倒在地,抬眼向上望去。树巅之上的汹涌的云际之间清晰地闪现出一道巨大的裂缝。此时的我已经汗流浃背。虽然我的眼眶里涌满了汗珠,但我一刻也无法将目光从天空中的那道巨大的裂缝上移开。此时,那道裂缝似乎正随着那雷霆万钧的轰鸣声在有节奏地跳动着,就连森林中刺耳的喧嚣声也一并被它吞没了。接着,在云层间的缝隙之中,我很快看见了一位身披黑色盔甲的黑色天使,他黑色的翅膀由东向西展开。他巨大无比,他在空中盘旋,他的说话声如同雷鸣,比我以往听到过的任何声音都更响亮:"应当敬畏神,将荣耀归给他,因他施行审判的时候已经到了,应当敬拜那创造天、地、海和众水泉源的。[1]"接着,在云层的缝隙中又出现了另

---

[1] 《圣经·启示录》14:7。

一位天使,他也是黑色的,和第一个天使一样穿戴着盔甲。他的翅膀也由东向西从天空中划过,他大喊道:"若有人拜兽和兽像,在额上或在手上受了印记,这人也必喝神大怒的酒……他要在圣天使和羔羊面前,在火与硫磺之中受痛苦。他受痛苦的烟往上冒,直到永永远远。[1]"

我开始惊恐地大喊起来,可这时,第二个黑色天使似乎正在向云里退回去。他逐渐变得模糊,随后便消失了。另一位天使出现在空中——这个天使是白人,奇怪的是,他的面孔并没有鲜明的特征,与我平素所见的那些白人的面孔毫无相似之处。这位天使沉默无言,身穿闪闪发亮的银色盔甲,他举起手中的剑,向剩下的那位黑人天使重重地击打过去。那把剑像梦境中发生的一样无声地裂开了,它断成了两截。这时,黑人天使举起盾牌去迎击他的那个白人仇敌,两位天使在森林上空展开了一场胶着的天界之战,直斗得地暗天昏,翻江倒海,苍穹之中血流成河。两位天使在空中的腥风血雨中恶斗了很长时间,也或许并没有多长时间——因为我哪里还知道什么时间?他们俩的打斗声和我脑子里的轰鸣声混杂在一起,就像一股热风一样,令昏昏沉沉的我感觉自己像一根小小的树枝,即将被那股热风一直吹到天上去。突然,就在心跳般短暂的一瞬之间,白人天使被打败了,他的身躯被黑人天使从遥远的天际扔了下去。我依然抬眼向上凝视着,黑人天使正在驾云凯旋,他大声对我说:"你为什么稀奇呢?[2]他们与羔羊争战,羔羊必胜过他们,因为羔羊是万主之主,万王之王。同着羔羊的,就是蒙召、被选、有忠心的,也必

---

[1]《圣经·启示录》14: 9—11。
[2]《圣经·启示录》17: 7。

得胜。[1]这是你的造化,你被召唤来目睹这一切,无论是历尽千辛万苦还是一帆风顺而来,你都必须承受。"

说完之后,黑人天使便立刻被苍穹吞没了,云层中的缝隙在逐渐消失,天空又变得像先前一样阴暗而险恶了。烧焦的松木气味烘烤着我鼻腔的内壁,令它为之麻木。我感觉自己像被地狱的火包围着一样,不由得往前一栽,用手和膝盖撑住身体,冲着满地的松针呕吐起来。呕吐倒还算顺利,只是在长时间且痛苦的痉挛和抽搐之后,我的干呕只带出一些唾沫和一丝丝绿色的胆汁来。我的眼前金星乱窜,它们仿佛来自撒旦的熔炉,在接连不断地炸开,射出亿万颗星星点点的灾光。

"主啊,"我低声说,"您真的想让我这么做吗?"

空中没有传来回答,根本没有回答,只有我自己的脑海里传来了回答:我选择禁食,不正是为了摆脱邪恶的束缚,解除沉重的负担,使被压迫者获得自由吗?我这样做,不正是为了打破所有的枷锁吗?

如果不是因为在这之后不久发生的那些事,也许我还不会把这天看到的幻觉解释成主在授意我去消灭所有的白人。那两件极其丑陋的事使我与白人变得愈发疏远,并更加巩固了我在前文中提到的对白人的那股仇恨。我记得,在我从树林里离开后不久,那几件事就发生了。在那次禁食之后,我的身体恢复得没有以往那么快,我仍然有些发虚和头晕。虽然我吃了几块哈尔克剩下的烤猪肉,但我依然无法消除身上的那股赢弱感。我还吃了一罐哈尔克偷来的蜜李脯,但这也没能让我的气力有所增强。伴随着我的疲乏,我的心中

---

[1] 《圣经·启示录》17:14。

还产生了一种阴暗而沉闷的忧郁感。第二天上午，我拖着浑身的酸痛和虚弱发飘的四肢回到了莫尔家，可我在林子里见到的那一幕恐怖的幻觉仍然像根深蒂固的忧伤一样潜伏在我的大脑深处。虽然天色尚早，但太阳的热气已被严严实实地捂在了像毯子一样的雾霾底下。天气热得简直让人无法忍受，连莫尔家的谷仓里的几条绒毛狗都在一个劲地抽着鼻子，发出痛苦的呜咽，它们也仿佛觉察出天气不大对劲。猪在臭泥坑里呼哧呼哧地喘着粗气，鸡也了无生机地伏在热气腾腾的围栏里，身上的毛湿得像一根根被水淋过的鸡毛掸子。成群的绿头苍蝇正在一堆堆湿漉漉的动物粪便上嗡嗡地飞来飞去，追腥逐臭。农场上下弥漫着一股令人窒息的粪便和内脏的气息。当我慢慢走近这样一幕场景时，那股荒芜和凄凉之感似乎是永无止境的，它令我想起《圣经》中在犹太地的那座可怕的、用来关押麻风病人的营地。莫尔家的那幢歪歪斜斜且饱经风霜的农舍兀自在太阳底下挨着暴晒。这时，我听见从屋里传来小孩说话的声音。说话的小孩是帕特南，他大声喊道："爸！那个黑鬼从树林里回来了！"我这才意识到，我真的已经回来了。

我听见哈尔克正在谷仓里侍弄骡子。莫尔曾经有过一头牛，后来被他拿去换了几头骡子，他这样做的部分原因是骡子和牛不一样，当然和马更不一样——骡子能承受黑人施加在它们身上的几乎所有虐待和惩罚。黑人，作为一个种族来说，对家养的动物并不是特别温柔友善。（有一次，我曾无意中听到塞缪尔老爷对一位来访的绅士哀叹道："我不知道为什么我的那些黑奴对牛马的态度会那么恶劣。"但我知道那是为什么。除了一头可怜而愚蠢的牲畜，还有什么生物能让黑人去虐待，并且从虐待中获得一种优越感呢？）即便是性情如此温顺的哈尔克，对农场里的牲畜也十分粗暴，我刚走近栅栏，就听见他在谷仓里怒气冲冲地大吼："妈的，你们这些蠢骡子！小心老子把你们肚子里的屎都揍出来。"他正试图给四头骡子套上马具，然后再用榫舌把它们与两截巨大的载重车厢连接在一起——我马上意识到，看来我回来得正是时候。因为我得和哈尔克一起赶着车去耶路撒冷，在两天内将车上堆积如山的木头运到目的地并完成卸车。

我们出发了——莫尔和华莱士并排坐在前面那节车厢的驾座上，哈尔克和我则散漫地躺坐在后面的那一堆易燃的柴火上。木头上爬满了蚂蚁，在高温下散发着松树的气味。莫尔想讲个笑话，他没忘了要拿我开涮。"该死的，这雨要是再不下来，华莱士，"他说，"我就要开始跟着后面的那位传教士信教，开始学习怎么做祷告了。该死的，今天早上我去萨拉的那块玉米地里瞅了瞅，那里长出来的玉米穗都没有小狗的鸡巴大。怎么样，牧师，"他冲着身后的我说，"求主给我们多来点雨水吧，怎么样？哎，华莱士，把威士忌拿过来让我再喝一口。"他的表兄把水壶递给他。莫尔沉默了片刻。"怎么样，牧师，"他打着嗝说道，"怎么样，牧师，要不要给我们再背一段很特别的祷告词？告诉你的那个主，让他赶紧把他那个被堵住的屁眼给弄通了，好让这里的庄稼能长起来。"

华莱士爆发出一阵狂笑。我摆出一副顺从而滑稽的黑鬼形象，用讨好的牧师般的口气答道："是，莫尔老爷，我一定照办。我会好好念一段求雨的祷告。"

虽然我的声音顺从而温和，但我在最大限度地克制自己，才让我的回答没流露出半点粗暴和乖戾，因为它们比傲慢更容易招来危险。我的眼底倏地闪过一道血红色的愤怒火花，我抓起一根木头，紧紧地把它攥在手里。我估摸着木头与莫尔那个毛茸茸的、落满灰尘的、红色的后脖颈之间的距离，我的手臂绷得紧紧的，仿佛迫不及待地想将这个愚蠢的白人送回老家。然而，满腔的愤怒旋即消失了，我重新沉浸在自己的思考当中，也不再和哈尔克讲话。哈尔克拿起他的班卓琴，拨出了几声孤独而凄凉的曲调。他用围栏上的废铁丝和松木板做了这把琴，刚才他弹的是他仅会的三支曲子之一，一首名叫《可爱的女人她走了》的古老的种植园民谣。我仍然感觉不适和虚弱，我浑身的骨骼都透着疲乏，对那场幻觉的回忆仍在我的脑海深处徘徊。我周围的现实世界仿佛已经或者正在变样：焦干的田野里的所有的植物都已枯萎，道路两侧的林地和田野也全都变得干枯，被尘灰所覆盖。此刻，空中根本就没有风，一切都是静止不动的样子。林地里死气沉沉的，枯黄的叶子全都耷拉着，空中仍笼罩着满天的烟云，它们来自仍在远处肆无忌惮地燃烧的那些野火，无人顾及也无人管辖的野火。眼前的这些景象和我内心的屈辱让我觉得自己仿佛被送入了另外一个时空，嘴唇上觉察出的尘灰的苦涩让我觉得眼前的这片乡村像极了以利亚时代的以色列，而眼前的这条荒芜贫瘠的道路正是通往那个时候的耶路撒冷的道路。我闭着双眼，靠在木头上打起了瞌睡，哈尔克在一旁轻轻地唱着歌，《可爱的女人她走了》的歌词侵入了我的梦乡，忧伤且寂寞得无法形容的梦乡。突然，路边传来的低低的悲啼声让我惊醒过来，同时，我的脑海里有个不安的声音在低声提醒我：别忘了，你要赶到耶路撒冷去。

我睁开双眼，看到了一幕陌生而恐怖的景象。路边立着一座摇摇欲坠的屋舍，以前从这里经过的时候，它似乎未曾引起我的注意。这是一间极小的棚屋，由几块粗糙的松木拼搭而成，没有窗户，半边屋子已经塌陷。这是已经获得自由的贫苦黑人艾沙姆及其家人的住所。我对这位黑人知之甚少，以前只见过他一次——有一天上午，他被莫尔雇来干活。可他那天还没干多久，莫尔就让他卷铺盖走人了。可怜的艾沙姆患有某种深度的心内疾病（这无疑是长期的食物匮乏所导致的），因此他的身体极其虚弱，拿起斧子开始干活还不到五分钟，他的手脚就像烟斗杆一样哆嗦了起来。他的老婆和孩子加起来一共有八口人，全都需要他来养活，他们的孩子都还不到十二岁。赶上年景好的时候，靠着他那份数量少得可怜的工作外加他侍弄的一个小菜园子，他们还能勉强维生，菜园里的种子和幼苗是他从附近的一些比我现在的这位主人心肠要稍好一些的白人那里弄来的。可在眼下的这种可怕的干旱季节，艾沙姆显然很快就要濒临毁灭的边缘了。他那间棚屋四周被太阳暴晒的空地上以往还能种些玉米、豌豆、芥蓝和红薯之类的蔬菜，可如今这些空地都已经萎缩干枯，一排排已经枯死的蔬菜就那么趴在地里，像被野火吞噬了一样。他的其中三四个孩子赤身裸体，肋骨和全身的骨头从皮肤底下戳出一个个白色的突起，他们无精打采地在摇摇欲坠的门阶旁坐立不安。我听到路边有轻柔而哀怨的悲啼声传来，低头一看，原来是艾沙姆的妻子正在那里蹲着。她骨瘦如柴，形容枯槁，怀里搂着一个小黑孩子的身体正轻轻地来回摇晃。那个孩子的身上几乎没肉，看上去已奄奄一息。

我飞快地朝那个孩子瞥了一眼——小家伙软塌塌的，就像是一捆小树枝，都快没形了。他的母亲将他紧紧地抱在怀里，带着无尽而不倦的忧伤。她把他紧贴在她塌扁的乳房旁边，仿佛凭着最后的这个绝望的姿势，她就能为他提供在现实生活中无法得到的食物和营养。我们经过这间棚屋的时候，她连眼皮都没抬一下。哈尔克原本在哼着的小曲此时也停了下来，我瞅了瞅他，正好看见他在看那个孩子。我又转身朝莫尔瞄了一眼，他也暂时把拉车的那队牲口勒停了下来。他那张皱巴巴的小脸上忽然涌出一种人们只有在感到惊恐和羞愧的时候才有的表情，他赶紧把脸转了开去。虽然住在这片地区的白人与黑人之间也是泾渭分明、老死不相往来的状态，但其中的一两位白人还是给过艾沙姆帮助的——他们送给他一些玉米面、果脯还有一两磅腌过的背膘肉。可莫尔跟他们不同，他从未给过艾沙姆任何帮助和施舍，在他把艾沙姆辞退的时候，他也什么都没有给艾沙姆。艾沙姆在他那里短暂地工作了一会儿，便被他喊停并赶走了，可他连艾沙姆该得的几美分都没给他。此刻瞧见这个奄奄一息的孩子，显然连铁石心肠的莫尔也愧疚得有些过意不去。

莫尔冲着最前头的骡子抽了一鞭，这时，一个身材瘦削的黑人出现在那队拉车的牲口旁边。他猛地将挽绳一拽，正在摇摇晃晃地向前行进的马车顿时停了下来。我定睛一看，这个黑人不是别人，正是艾沙姆。他有一张瘦削的脸，有着棕色的皮肤和鹰钩鼻，他如今四十几岁，头上长着几块秃发癣，憔悴无力的眼睛里没有丝毫光泽，饥饿的痛苦已令他的眼神变得有些朦胧。在那一瞬间，我立刻感到他内心的冲动即将爆发。"你给我站住，白人！"他用含糊而疯狂的声音对莫尔说，"你从没给过艾沙姆一丁点吃的！一点都没有！现在艾沙姆的孩子死了！你这个白人王八蛋！你什么都不是，就是个王八蛋！他妈的婊子养的混蛋！现在孩子都已经死了，你说怎么办？你个王八蛋。"

车上的莫尔和他的表兄盯着艾沙姆看，两个人似乎惊呆了。我敢肯定，在他们的一生中，从没有哪个黑人——不管这些黑人是奴隶还是自由人——曾用这样的方式和他们讲过话。他的话像牛鞭一样抽在他们身上，把他们惊得张口结舌，连大气都不敢出。他们发现自己突然被置于一个既恼羞成怒又难以置信的尴尬境地。就连我也从未从哪个黑人嘴里听到过如此冷冰冰、赤裸裸的仇恨，我向哈尔克瞥了一眼，发现他的眼里也闪着惊诧的亮光。

"白人全都有吃有喝！"艾沙姆紧攥着马车的挽绳说，"白人们一个个都有吃有喝！黑人的孩子却要活生生地饿死。这是他妈的什么道理？为什么白人能有培根、豌豆、玉米粥吃，而黑人的孩子却连一丁点玉米粥都没有？这是为什么，你们这帮婊子养的白人王八蛋？"艾沙姆浑身颤抖，他试图冲莫尔吐口水，可因为他们两人之间相差的高度和距离，这并非易事。事实上，他也根本没有口水可吐，他的嘴里只是徒劳地发出了啪的一声。接着他又试了一次，发出啪的一声，但他还是吐不出口水来。两次吐口水的努力都失败了，那场面真是让人触目惊心。"你欠我的那二十五美分在哪里？"他充满困惑与愤怒地叫喊起来。

这时，莫尔做了一件很奇怪的事。和他一起待了这么多年，我原以为这个对黑人有着狂热的仇恨的白人会做出某种我所熟悉的举动来，然而他没有这么做。他没有举起鞭子去抽艾沙姆，也没有冲他大声叫嚷回去，更没有抬起脚上的靴子照着艾沙姆的头直接踹过去。他的脸色变成了像蘑菇一样煞白的颜色，他所做的唯一的举动是近乎疯狂地照着领头的那头骡子又快又狠地抽了一鞭。马车的车轮随即咕噜咕噜往前滚动起来，拴在骡子身上的挽绳从艾沙姆的手中挣脱了。当他做出这样的举动时，当马车带着我们以它沉重的体积所能允许的最快速度向前行驶时，我忽然意识到，莫尔被艾沙姆那番令人难以置信的话推进了一个不知叫什么名字的陌生而崭新的感知世界。那种感知十分陌生，过了那么久之后，艾沙姆的声音仍在他大脑里的那个肮脏污秽的渊薮里回荡。直到最后，他才终于知道了那种感知的名字：恐惧。他狠命抽打着拉车的骡子，离车轮最近、身上长着斑纹的那头骡子爆发出一声痛苦的嘶吼，它的回声在松林里激荡着，听上去像一阵愚蠢而古怪的讪笑。

我后来得知，几个月之后，艾沙姆和他的家人熬过了干旱，总算从绝境中幸存了下来，他们从饥馑的状态重新回到了长期的绝对贫困的状态，而后者正是他们命中注定的生存状态，不过那又是另一个话题了。而眼下，在这个不祥的早晨，路途中发生的这件事让我透过萦绕在脑海中的幻觉产生了一种比以往任何时候都更加强烈的认知：只要世上仍有像莫尔这样的人存在，那么无论是已经获得自由的黑人还是仍身为奴隶的黑人，都永远不会获得真正的自由。然而我也亲眼看见了莫尔的恐惧，目睹了他被吓得像可怜虫一样浑身颤抖的样子。这个满脸麻坑的矮个子白人，被饿得精疲力竭、连唾沫星子都吐不出来的黑人吓得手足无措了。从那一刻开始，这种恐惧便被我深深地铭记在了脑海的深处，同时被我铭记在脑海深处的还有艾沙姆身上那股绝望、勇敢而且冷酷无情的愤怒。这时，马车已穿过早晨的雾霾从艾沙姆的身边逃走了，可他仍兀自在冲着莫尔高声叫骂，尽管他的叫骂声正在变得越来越模糊。"猪屎！总有一天吃肉的会是黑人，白人只能去吃猪屎！"虽然他憔悴的身影离我们越来越远，但他看上去却像在旷野中高声怒吼的施洗者约翰一样伟岸。

"毒蛇的种类！谁指示你们逃避将来的忿怒呢？[1]"

我想，如今世人都已亲眼看见，那些曾经蓄过黑奴的白人的道德品性是多么良莠不齐，而每个奴隶主对待黑奴的仁慈或严苛的程度又是多么不一样。在他们当中，上有像塞缪尔·特纳那样的圣人，中有像莫尔这样的还算不错的白人，以及像埃佩斯牧师那样的让你

---

[1] 《圣经·路加福音》3：7。

还能勉强忍着活下去的白人，而最差劲的就是那些极少数的穷凶极恶之徒。在这些恶棍当中，据我所知，没有谁能比纳撒尼尔·弗朗西斯更嗜血成性。他是萨拉女士的兄长，虽然在相貌上他和她略有相像之处，但他们俩的共同之处也就仅此而已了。他为人冷酷无情，而她则天性真诚而善良，虽然她的善良也只是偶尔为之。他是个粗壮的秃顶男人，看人的时候总爱眯着眼睛斜目而视。他的农场在莫尔家的东北方向，隔着几英里的路程。在他那片约七十英亩的中等土质的土地上，靠着六名黑奴农场工的帮助，他勉强过着一份紧巴巴的日子。那六名黑奴当中有威尔和萨姆（我在前文中提到过他们俩），一个叫德雷德的迷失而苦命的年轻人（上帝造他的时候出了点差错），还有三个年纪更小的十五六岁的黑人男孩。除此之外，弗朗西斯还有两个孤苦伶仃的家庭女仆，名为夏洛特和伊丝特尔，她们俩都已经五十好几将近六旬了，这样的岁数使她们不大可能成为那几个黑人小伙子眉来眼去、暗通款曲的对象。

弗朗西斯没有亲生的儿女，但他却是两个七岁左右的侄子的监护人。他曾经有过一个老婆，名叫拉维尼娅。这个贱婆娘有一张跟木板一样毫无表情的脸和一个硕大无比的脖子，平时习惯穿一身宽松的男性工作服，几乎让人看不出任何女性的身体轮廓。他们俩真可谓是一对绝配。可能是出于对这样一位老婆的反应，也可能（这个猜测的可信度更高一些）是在他们俩在家中被压弯的床上刚刚干完，或者即将要干，或者正在干着那令人难以想象的一幕时，他从她那里受到了刺激，总而言之，弗朗西斯每隔那么久就需要喝醉一次，继而用裹着鳄鱼皮的木棍没头没脑地抽打他的黑奴，只有如此，他方能得到肉体上的享受和满足。我需要说明的是，我所说的"他的黑奴"指的就是威尔和萨姆。我也不清楚为什么单单是这两个人成了他这一野蛮行径的受害者，除非这只是一个简单的排除法——另外三个小孩尚不具备承受这种几乎足以致命的虐待的忍耐力，而那两个女人同样因为年老体弱才躲过了这一类伤害。

至于那位可怜的德雷德，他的脑子已经不大好使，连说一句囫囵话都很困难。弗朗西斯也许觉得，年轻的德雷德太不起眼，把他当作发泄怒火的牺牲品尚嫌不够档次，就像一位猎人原以为自己找到了沼泽熊的踪迹，结果却发现那只是一只麝鼠。尽管如此，弗朗西斯还是琢磨出了许多让德雷德出丑和难堪的法子。德雷德已经年满十九，可他的脑子不大灵光，要是没人帮忙，他连自己上个厕所都很困难。弗朗西斯买德雷德的时候并未看货，直到把他买回来之后，弗朗西斯才发现他的脑子有毛病，可见那位卖主的良心比弗朗西斯也强不了多少。所以，德雷德的存在本身就活生生地证明，在这笔交易当中，买主显然是被诓了，也肯定因此气疯了。可作为主人，弗朗西斯仍得对德雷德负责，他也没法再把德雷德卖给别人。他能抑制住把德雷德一杀了之的冲动，并不是因为法律的约束，而是因为无缘无故地杀害一个奴隶会给他招来社会公愤，即便对像弗朗西斯这样的人来说，这样的公愤也是难以承受的。于是，他对自己被人诓骗所采取的报复方式不是简单粗暴地鞭打德雷德，而是用各种可怕得让人难以启齿的办法来折磨德雷德，比如有一次，他竟然让德雷德在当地的一帮垃圾白人面前和一条母狗性交（这是萨姆告诉我的，而我没有任何理由怀疑萨姆跟我说的话）。

威尔和萨姆都是由弗朗西斯从彼得斯堡的拍卖市场上买来的，当时他们才十五岁左右。我第一次遇见他们俩，是在他们被定期租来替莫尔干活的时候，或者是我们在耶路撒冷的市场里一起打发空闲时间的时候，而那时他们已在主人的鞭笞和棍打之下忍耐了五六年之久。这种非人的虐待曾逼得他们屡次出逃,至于具体出逃的次数,多得连他们自己也记不清了。弗朗西斯的那根裹着鳄鱼皮的鞭子在他们俩的肩上、背上、胳膊上都留下了许多核桃般大小的疙瘩。弗朗西斯有一种想在他的奴隶身上施加痛苦的需求,而这种需求过于强烈,导致他连一个最基本的道理都不懂。其实,只要人们稍微有点逻辑,就能推想出这个道理:只要他对奴隶的待遇稍微折中一点,威尔和萨姆哪怕再不情愿,也会老老实实地待在他家,给他卖力地干活。真要是那样的话,弗朗西斯说不准还能成为一个中等富裕的土地拥有者。然而现实是,每一次威尔或萨姆实在忍受不了那种痛苦的时候,他们便往树林里一钻开始出逃,而弗朗西斯免不了又得砸上一笔钱把他们找回来,这相当于拿着白花花的银子往井里扔,纯属跟自己过不去。在弗朗西斯拥有的那几个能下地干活的奴隶当中,威尔和萨姆最年富力强,也最能干。所以为了填补因他们的出逃而出现的劳动力空缺,他不得不出高价雇用别的黑奴来顶替他们。只要他能稍稍克制一下他那愚蠢的残暴行径,他原本是用不着花那些冤枉钱的。

而且,当地的许多农场主(也可能是大多数农场主)对弗朗西斯的野蛮习性早有耳闻,其中就包括弗朗西斯的妹夫——特拉维斯。特拉维斯从不许哈尔克靠近弗朗西斯的农场半步,其他农场主也不愿意将自己的黑奴租给这个恶棍。我完全可以理解他们的做法,虽然他们这么做不完全是出于人道的考虑(我必须承认,有些白人的确是出于这个原因才拒绝弗朗西斯的)。如果他们真的把自己的黑奴租给弗朗西斯,那么这件原本值五百美元的财产被送回来的时候,有可能已经被弗朗西斯糟践到了无法修复的程度。所以,在萨姆或者威尔又一次出逃之后,弗朗西斯往往很难找到替代他们俩干活的人，于是他的火暴性子会因此变本加厉。喝完一壶白兰地之后，他就会动身出发，跨着一匹枣红色的母马在乡村里四处搜寻，他那像桶子一样的身体会在马背上左右颠簸，前仰后合。过了几天，在他终于找到萨姆或威尔之后，或是在当地的一些白人为了拿到惯常的赏金，把逃犯押送回他的农场之后，他们又会挨上一顿毒打，直到被打得鲜血淋漓，不省人事。然后，他们会在谷仓里被锁上一段时间，直到身上的鞭痕和创口开始结痂，这时他们就可以重新开始干活了。总之，这种丑陋而令人丧气的处境永远都没有尽头，更为邪恶的是，这种恶劣的待遇对他们身体的影响远不及给他们的精神带来的摧残。在那些黑奴当中，萨姆所受的影响算是比较小的。尽管他同样饱受了极端残酷的伤害，但他对现实仍然有着清醒的认识。他的脾气很糟糕，偶尔也会拿其他奴隶撒气，但他在更多的时候表现出一位正常的年轻农场工的外在精神特征，即存在于某些黑人身上的那种爱闹着玩、爱逗趣的乐天习性。我发现，在所有令人难以忍受的痛苦面前，这种伪装都是极其必要的。威尔的性格与萨姆的性格截然不同。一道清晰的鞭痕像一条闪亮的鳝鱼那样从他的整张脸上划过，从右眼下方开始，直到下巴底下。在同一场毒打的过程中，他还挨了另外一下，结果他的鼻子被打得像是变成了一只被捣碎的黑色汤匙。他总在语无伦次地自言自语。强加在他身上的酷刑让他不单恨上了弗朗西斯，恨上了白人，甚至恨上了所有的人、所有的事，乃至天地之间的万物。我也是被他仇恨的世界中的一部分，所以我不由得对他生出了一种任何人——无论这个人是白人还是黑人——都不曾让我感到过的畏惧之情。

在莫尔路遇艾沙姆之后，又过了一天，我们终于抵达了耶路撒冷，并把木柴卸在了几处约定的地点。莫尔跟人签的合约规定我们在给每一所住宅、法院和监狱卸车的时候，还必须将木柴"砌"好。也就是说，我们不能把一堆木柴往厨房后面一扔了事，还得把它们整整齐齐地一层层码好，而我和哈尔克的任务就是把柴火在吉姆老爷或鲍勃老爷指定的地点堆起来。这种劳动虽然单调，但极其繁重。它给我带来的劳累，这座城里令人窒息的炎热，以及我那尚在持续的疲惫和晕眩，让我好几次都摔倒在地。每当我四仰八叉地倒在地上时，过来将我扶起的都是哈尔克，他会对我说："悠着点，纳特，这些活让我来干就行了。"可我还是跟着他一起干，一边干一边像我早已习惯的那样，进入了一种类似幻觉的状态之中。在这种冥想的状态里，我在心里喃喃背诵的那些咒文会将现实中所有的凶残和劳乏都软化下来，让它们变得不再那么痛苦。"求你搭救我出离淤泥，不叫我陷在其中……不容深渊吞灭我……耶和华啊！求你应允我……求你按你丰盛的慈悲，回转眷顾我。"[1]

中午，我和哈尔克在运货马车的阴影下做好了我们的午餐——一份掺了豌豆泥的冷米饭。吃完饭后，我们便无精打采地坐着乘凉。莫尔和华莱士跑到镇上的一个名叫约瑟芬的妓女那里去了。那个女人有两百多磅重，是个黑白混血的自由人。进食让我稍稍恢复了一些生气，可我仍然觉得虚弱和难受。如今，我在树林中所见到的那个神秘而奇妙的幻觉不仅存在于我的头脑里，它还在我全部的存在和灵魂中久久萦绕，挥之不去，仿佛是在原本晴朗的天空中突然抹上了一道云影。我浑身颤抖，一种神秘感萦绕在我的心头，我感觉仿佛有几根像松枝一样巨大的手指正轻轻落在我的后背上。当我们重新开始干活的时候，一种不祥的预感渐渐在我心头弥漫开

---

[1] 《圣经·诗篇》69：14—16。

来。直到我汗流浃背地干到整个下午都快过去,我仍然无法摆脱那种感觉。当天夜里,疲倦和病痛去而复返,我又发烧了。哈尔克和我躺在其中一辆货车的车厢底下睡着了。马车停在一片田野上,四处弥漫着甜芥菜和秋麒麟草的芬芳,我梦见了好多巨大的黑人天使,他们在无垠的天空中阔步徜徉,踏得繁星像浪花一样飞溅四射。

第二天上午的晚些时候,我们在酷热中又干了整整一上午,才把需要送到集市上的木柴——这是最后的一批木柴——都送完了。那天正好是星期六,一个集市日,市场的走廊里挤满了从乡下来的黑奴。他们的主人大多是去城里的其他地方办事去了,所以允许他们来这里打发几个小时的闲暇时光。在我们把最后一批木柴从车上卸完之后,莫尔和华莱士也上别处办事去了,哈尔克和我则在市场的回廊里找了个阴凉的角落坐下。哈尔克拿着他那把用松木板做的班卓琴,我则带上了我的《圣经》。我对《圣经·约伯记》里的一段话非常好奇,正想用这个时间好好地思考思考。哈尔克胡乱地轻拨着琴弦,嘴里还哼着曲调。周围有好多黑人在闲得无聊地逛来逛去,当中的许多人我已经颇为熟悉,我以前来集市的时候认识了其中的大部分人。我看到了丹尼尔、乔、杰克、亨利、克伦威尔、马库斯、奥里利厄斯、纳尔逊,还有另外的六七个人,他们全都是跟随各自的主人从本郡的各处来的。在帮主人把运来的农产品全都装卸完毕之后,他们此刻正无所事事地在那里站着,盯着镇上的那些从他们身边路过的黑人女孩的屁股和奶子看得起劲,嘴里还大声谈论着女人的阴户和阴道,在尘土中相互起哄和打闹。有一两个黑人同女孩们勾搭上之后,便和她们一起偷偷溜进了旁边的苜蓿地。有些黑人在用偷来的锈折叠刀玩着抛刀子的游戏,有些黑人则干脆在阳光底下昏昏沉沉地打起了瞌睡,偶尔醒来的时候,他们也会用手里的那点可怜的东西跟别人换取一些物品。一顶草帽可以换一把自制的单簧口琴，一个从牛肚里取出的幸运毛球可以换来一袋偷来的鼻烟。我朝他们那边略微扫了一眼，便又回到约伯那痛苦而让人难以估摸的先见之中去了。可是我发现我很难变得专注，因为发烧过后我虽然稍有恢复，但仍无法消除那种我已被完全改变、此刻正置身于一个全新的、另外的、远离我自身的世界的感觉。时间到了中午，哈尔克递给我一块饼干，他从莫尔的顾客的厨房里偷来了一整锅这样的饼干。可我胃口全无。即便在这座城镇里，空气中也有烟雾在弥漫，我同样能闻见远方的野火的气息。

忽然，我听到了一阵喧哗——哄笑声和叫喊声，是一群白人从路对面的、和我们隔着五十多码远的铁匠棚子后面发出的声音。铁匠棚子后面的那片裸露的泥地是镇里的一帮贫穷的白人在星期六扎堆聚集的地方，就像市场两边的回廊成了黑人们聚集和社交的场所一样。这些游手好闲的白人都是些流氓和社会渣滓，他们当中有身无分文的醉鬼和残疾人，有乞丐和勤杂工，有早年当过工头的人，有从北卡罗来纳州来的流浪汉、长着兔唇的杂工、非法擅自占据松林荒地的人，有不可救药的二流子、白痴病患者、恶棍无赖，还有各式各样的傻瓜和笨蛋。跟他们比起来，我现在的这位名为莫尔的主人就好像所罗门王一样，有着无尽的智慧和威严。每到星期六，铁匠棚旁边便会聚集起一帮无所事事、戴着草帽、身穿廉价的棉布连体工装裤的白人来。他们相互从对方那里讨来一小块咀嚼的干烟草或者一小口劣质白兰地，然后就跟黑人一样，不是没完没了地谈论女人的阴户和阴道，就是讨论有什么办法能搞到半美元的不义之财。他们还欺负无家可归的野猫野狗，让聚集在市场岬角处的黑奴们终于有机会看到，有些白人其实还不如像他们自己那样的黑人——至少在某些重要的方面是这样的。我抬起头想看看喧哗的源头在哪里,结果发现那帮白人已经不大整齐地聚成了一个圈。在圆圈中间的不是别人,正是纳撒尼尔·弗朗西斯,他正弓着背跨在马上,整个人喝得醉气熏天,却低着头盯着地上的什么物事看得入迷,一张圆脸上喜滋滋地透着快感。我略微有些好奇,我首先想到的是这帮白人大概又在比试摔跤或者喝醉了在相互斗殴什么的——他们几乎没有哪个星期六不这样做。然而当我从前面的一位旁观者那肥大的裤腿之间看过去的时候,我却发现在圆圈里游走不定的好像是两个黑人,可我又看不清他们具体在干什么。围观的人群中爆发出阵阵欢快的拍手声、叫好声、起哄声和喊声。人们似乎在怂恿两个黑人继续下去,骑在马鞍上、喝得醉醺醺的弗朗西斯则拽着马缰,让马一直在人们围成的圈中间踢踏腾跃,扬得尘土四起。哈尔克也站起身朝那边看,我让他去看看发生了什么事,他便慢慢地挨了过去。

过了一分来钟,哈尔克回到了回廊里,脸上带着局促不安、似笑非笑的表情——我永远都忘不了他脸上的那个表情。那是一种既觉得好笑又有些不知所措的神情,它令我心中顿时冒出一股不祥的预感,仿佛他还没开口,我就已经知道他要说的是什么。

"弗朗西斯正在给那帮垃圾白人演出呢,"他大声说道,旁边的大多数黑人也能听到他说的话,"他醉得跟夜猫子似的,却还逼着那两个叫威尔和萨姆的黑人相互对打。两个黑人都不想打,可每当他们中间有一个人往后退的时候,弗朗西斯就会拿着鞭子使劲地抽他。所以两个黑人不得不继续打下去,威尔的脸已经被萨姆打出了一道血印子,我估计萨姆的门牙也是被威尔给打掉的。那场面就跟斗鸡差不多。"

哈尔克刚说到这里,旁边的那些听到他说话的黑人全都笑了起来——哈尔克的那番描述听上去是挺滑稽的。但在他们大笑的同时,我的心却好像在干枯,在萎缩,在死去。够了。够了。在黑人必须忍受的所有侮辱和虐待当中——残酷的劳役,恶毒的剥削,鄙视、诋毁和侮辱,殴打、枷锁和镣铐,被流放,被驱逐,乃至与亲人和至爱分离——似乎没什么能比眼前的这种侮辱更让人深恶痛绝了。为了给那帮无耻到极点的人提供邪恶的消遣和取乐,黑人们还要被圈起来,让他们与自己的同类进行你死我活的残忍搏斗。在一旁围观的那些人在精神上就像爬行动物一样卑劣和低级,他们全都是些毫无价值的窝囊废,都是些遭人鄙夷和唾弃的人,然而最终,他们仅仅凭借着肤色较浅这一细微的优势便脱离了困境。自打我在多年前第一次被当作黑奴卖掉的那天开始,我还从未像今天这样出离愤怒,这种愤怒让我无法容忍这一切,它与我记忆中的艾沙姆在莫尔跟前咆哮怒吼时的那种愤怒遥相呼应。很久以前,在我童年时期的某个黄昏,有人曾经在后院的阳台上低声交谈,正是在那一天,我第一次意识到自己是个奴隶,并将永远都是奴隶。从那一天开始,埋藏在我内心的痛苦和绝望便在不断地累积和滋长,在今天终于达到了愤怒的顶峰。正如我所言,在我的身体里,我的心已经萎缩、死去并消失了,而我的愤怒则像新生婴孩一样在里面爆发,并填补上了前者留下的空白。正是在那一刻,我断然决然地知道,无论何时,无论何地,无论在凉亭下安详地采摘花朵的是哪位温柔的白人少女,无论在乡间阴凉的起居室里做针织的是哪位高贵的白人夫人,无论坐在那里冲着夏日原野上的布满蛛网的厕所墙仔细端详的是哪位天真的白人少年,整个白种人的世界总有一天会因为我的报复而分崩离析,会因为我制定和实施的行动计划而被毁灭。我的胃里一阵恶心，我强忍着不让自己在坐着的地方呕吐出来。

这时，路对面的喧嚣已经减弱下来，人们的叫喊声也已消失，原来围成一圈的白人们已经散开去找别的乐子了。弗朗西斯把身体歪在马鞍的一侧，骑着马在街上晃晃悠悠地走着，虽然刚才的那场消遣把他累得够呛，但他的脸上却带着满足且充满征服欲的微笑。我看见威尔和萨姆正摇摇晃晃地从路的另一边向这边走过来，两个人的脸色都苍白而憔悴，而且他们都鼻青脸肿，满身是土。威尔摸着自己被打肿的下巴在喃喃自语，萨姆则一边走一边哆嗦，痛苦、悲伤和极度的屈辱令他浑身颤抖。这个矮小、瘦削而结实的混血儿一边将血从被打豁了的嘴唇上抹去，一边像孩子一样在伤心地抽泣，他还没有老到也没有因为遭遇过太多的苦难而麻木到受了这样的屈辱还能忍住不哭的地步。然而回廊里的其他黑奴对这些却好像视而不见，愚昧无知的他们被哈尔克描述的打斗场面逗得哈哈直乐，当他们看到萨姆和威尔一起走过来的时候，他们仍在开心地大笑。正是在这一刻，我走出来，站到了他们的面前。

"兄弟们！"我大声喊道，"别笑了，听我说！你们别再笑了，兄弟们，我是牧师，我来自神的世界，你们听我讲几句吧！"黑人们顿时安静了下来。人群中有些不安和骚动，他们转过身来看着我，目光中带着困惑和惊讶。"再过来一点！"我命令他们，"发生这种事的时候，我们不应该笑，也不应该哭和流泪，我们应该感到愤怒！你们都是人，兄弟们，你们是人，而不是动物和野兽！你们不是用四条腿走路的狗！你们都是人啊！我的兄弟们，你们的尊严都在哪里啊？"

慢慢地，黑人们全都靠近了过来，威尔和萨姆也在其中，他们俩已从路那边走过来，爬进了回廊，此刻他们正一边用黏糊糊的灰黑色的棉花团揩着脸,一边站在一旁注视着我。这时,更多的黑人正慢慢朝这边靠近,他们大多是年轻黑人,也有上了年纪的黑奴。他们颇有些紧张地在身上抓抓挠挠,有些人还害怕地朝路对面偷偷瞄去几眼。终于,大家全都静了下来,我有一种爽极了的感觉,我感觉他们正在对我的愤怒做出响应,就好像锯齿草在忽然有风吹来之际会拱起它利刃般的叶片来。在我大脑深处最遥远的某个角落里,我已经意识到,刚才的那番话正是我这辈子所做的第一场布道的开场白。他们都静了下来。黑人们都在一动不动地沉思,他们紧盯着我的目光里带着戒备和反省的意味,有些人甚至屏住了呼吸。我讲的是他们的语言,我讲他们的语言就像第二语言一样流利。我的愤怒已完全将他们俘获,我感到此刻有一股激动人心的力量正从我身上迸发出来,将他们紧紧地包围,把我们所有人都团结在了一起。

"我的兄弟们,"我用温和的语气说道,"你们当中有很多人曾经跟你们的男女主人一起去过怀特黑德教堂,或是去夏洛、尼博和莫赖厄山等地的教堂做过礼拜。你们中间的大多数人都没有宗教信仰,可那没有关系。白人们的宗教除了告诉黑人要服从主人、要谦卑恭顺地活着、不要有非分之想、不要越雷池半步以外,别的什么都不会教给黑人。你们当中的有些人可能还记得,《圣经》里讲过在埃及的以色列人受奴役的遭遇。他们都是犹太人,他们的名字和我们黑人的名字一模一样——比如说,你的名字,内森,还有你,乔,乔其实是个犹太名字,还有你,丹尼尔。那些犹太人当时的处境跟我们黑人现在的处境如出一辙。他们每天都得累死累活地替法老王干活。而那个法老王是个白人,他命令犹太人拉木头、拖巨石、剥玉米粒、造砖块,他们哪怕干到累死也得不到一分一厘的报酬。犹太人和我们一样,也是爹生娘养的人子,也都在受人奴役。他们也曾经像我们一样填不饱肚子，只好去吃已经长虫子的玉米面、变酸变质的牛奶和味道难闻得连天上的秃鹰都不肯吃的肥猪肉，可就连这样的肥猪肉，数量也都少得可怜。当时，那个国家也是干旱和饥馑肆虐，就像我们现在一样。我的兄弟们啊，犹太人在埃及也有过一段这么悲惨的日子！一段充满哭泣和悲伤，充满辛苦和饥饿，充满痛苦的日子！法老王用鞭子抽打那些犹太人，打得他们浑身都是通红的血印子。每天夜里睡觉时，他们都会哭着向上帝祷告：主啊，主啊，您什么时候才能让白人给我们自由啊？"

黑人之中隐隐有些骚动，我听到有人在说："是啊，是啊。"声音无力而可怜。另一个声音也在说："嗯，讲得对！"我缓缓把一只手臂伸出去，仿佛要把他们所有人都揽至近前。人群中有些人靠了过来，离我更近了。

"兄弟们，你们往四周看，"我说，"你们看到什么啦？你们看到天上有什么吗？你们看到被吹得满天飞的是什么了吗？"黑人们转过头面对着那座城镇，抬眼向空中望去。在那片琥珀色的半透明的雾霾之中，来自远处野火的浓烟充塞并包围了每一条街道，甚至就在我说话的同时，市场的回廊里也兀自弥漫着那股辛涩而带有苹果香的木头被烤焦的味道，以及淡淡的污浊而腐烂的气息。

"那些烟雾都预示着灾祸啊，兄弟们，"我继续说道，"预示着灾祸和死亡。当年犹太人在埃及的土地上遭受奴役的时候，他们的头顶上也曾笼罩着一模一样的烟雾。那些曾经笼罩在埃及的犹太人头上的、预示着灾难和死亡的烟雾，如今又悬挂在了我们黑人，悬挂在了所有像你我一样长着黑皮肤的人的头上，而我们干的活比犹太人干的活更加辛苦。那个叫乔的犹太人至少还是个人，而不是一条长着四条腿的狗。我的兄弟们，笑是个好东西，笑是面包，是盐，是酪乳,它是我们的止痛膏和安慰剂。但凡事都要分场合,现在难道不是我们应该哭、应该愤怒的时候吗?千万别再像刚才那样傻笑了!"我大声喊了起来,我拔高了我的音量,"当白人动手打我们当中的任何一位黑人兄弟的时候,我们不应该笑,而应该愤怒,应该哭泣。'我们曾在巴比伦的河边坐下,一追想锡安就哭了。[1]'说得太对了!"("嗯,对,讲得对!"那个赞同的声音又响了起来,这次还有另一个人也在附和。)"'我们把琴挂在那里的柳树上。因为在那里,掳掠我们的要我们唱歌……我们怎能在外邦唱耶和华的歌呢?[2]'说得太对了!"我的话语中饱含着苦涩,"白人要我们唱歌,要我们跳舞,不管是曳步舞还是踢踏舞,还要我们用班卓琴和提琴弹《稻草里的火鸡》。'掳掠我们的要我们唱歌',说的就是我们啊!别再唱了,别再弹你的班卓琴,也别再跳什么踢踏舞了!无论我们做什么事,我们都得分清场合。所以现在我们不应该唱歌,也不应该笑。往四周看看吧,我的兄弟们,互相看一看!刚才你们都亲眼看到了,白人把我们的兄弟扔进圈子里,让他们自相残杀!难道你们和浑身长满跳蚤的长毛狗一样,也是一只四条腿的动物,也可以让人随意打骂和伤害吗?你们是人啊!你们一个个全都是人啊,我亲爱的兄弟们,看看你们自己吧,看看你们哪还有什么尊严。"

讲着讲着,我注意到人群后面站着两个年长的黑人,他们咕哝了几句,还摇了摇头,脸上露出困惑和担忧的神色。他们悄悄地溜了出去,不见了踪影,而其他人仍在目不转睛地听着。他们若有所思,几乎纹丝不动,我听到有人在轻轻叹息,还有人念了一声"阿

---

[1] 《圣经·诗篇》137:1。
[2] 《圣经·诗篇》137:2—4。

们"。我抬起双臂,在身体两侧停住,然后手掌朝外,将双手伸出去,仿佛在做礼拜结束时的祝祷。我能感觉到我的脸上正汗流如注。

"兄弟们,在夜晚的异象中,"我继续说,"神曾经开口跟雅各讲话。他说:'我是神,就是你父亲的神。你下埃及去不要害怕,因为我必使你在那里成为大族。[1]'于是雅各来到埃及,以色列人在那里繁殖,摩西出生了。摩西出生在芦苇丛中,正是他带领犹太人从埃及逃了出去,并且抵达了位于迦南的那片上帝许给亚伯拉罕的乐土。当然,他们也遭遇了无数的艰难困苦。可在迦南的那片乐土上,犹太人可以像人一样顶天立地、堂堂正正地活着。他们变成了一个伟大的民族。犹太人不用再吃猪的肥膘肉,不用再吃用盐腌的东西,不用再成天啃玉米。他们从此也不再有监工,不再有买卖奴隶的市场,他们的妻子和儿女不用在天蒙蒙亮的时候就听到催促他们出工的号角声。他们有成锅的鸡肉、鸡蛋、牛奶、玉米和面包可以吃,他们在树荫下畅饮甜苹果酒,他们的辛勤劳动能得到实打实的报酬,他们开始真正地像人一样活着。可是,我的兄弟们啊,如果黑人没有自尊,他们就永远都无法从奴役中逃脱,永远都得不到自由,永远都吃不上鸡肉、鸡蛋、牛奶、玉米和面包,永远都喝不上甜苹果酒。'这样,那在后的将要在前;在前的将要在后了。[2]'黑人永远都无法成为伟大的种族,除非他们能学会热爱自己的那身黑色而美丽的肌肤,热爱自己的美丽、勤劳、黑色的双手,热爱自己的踩在神之土地上的黑色的双脚。当白人出于仇恨、愤怒和卑鄙而让那美丽而黑色的肌肤受伤流血时,我的兄弟们啊,这时我们就不应该再站

---

1 《圣经·创世记》46:3。
2 《圣经·马太福音》20:16。

在一旁傻笑了,我们应该哭泣,我们应该愤怒和哀叹。尊严!"我稍停了一下,然后一边高呼一边把手臂放了下来,"尊严,尊严,永远的尊严,尊严才能让我们得到自由!"

我停了下来,不再说话,而是凝视着那一张张全神贯注的黑色面孔。然后,我才缓缓地用轻柔的声音结束了我的讲话:"兴起,发光!因为你的光已经来到,耶和华的荣耀发现照耀你。[1] 阿们。"

黑人们都在沉默。这时,远处的耶路撒冷教堂的钟声透过午后的炎热传了过来。半个小时又过去了。黑人们纷纷朝回廊对面散去。有些黑人仍在愤愤不平,有些黑人比较迟钝,似乎没太听懂,还有些黑人在担心害怕。留下来的那些黑人全凑到了我跟前,他们一个个都异常兴奋。已经失聪的亨利凭着嘴形也听懂了我讲的话,他走到我身边,默默地拉住了我的手臂。我听到纳尔逊对我说:"你总算说出了真相。"他也往我这边走了过来。我感受到了他们的兴奋,感受到了他们的情谊和期望。在那一刻,我忽然知道,当耶稣站在加利利海岸上说出下面的这句话时,他心中有着怎样的感觉:"来跟从我!我要叫你们得人如得鱼一样。[2]"

在那之后大约又过了一个月,还是在星期六,还是在耶路撒冷,发生了一件很奇妙的事。虽然它对我马上要讲述的那起重大事件只有间接的影响,但对我来说,它的影响却非常重要,所以我要在此详细交代一下。在那一个月当中,我办了一个由七八个黑人组成的安排在星期六的《圣经》学习班,学生有丹尼尔、萨姆、亨利和纳尔逊。哈尔克已经回到了特拉维斯的家里,所以他不能和我一起进

---

[1] 《圣经·以赛亚书》60:1。
[2] 《圣经·马太福音》4:19。

城了。我把课堂设在了市场后面的一棵十分隐蔽的大枫树底下。在那里,我坐在阴凉的地上,这些黑人们或蹲或坐,在我周围参差不齐地围成一个弧形,我则借此机会带他们学习《圣经》,其中有些人还是第一次领略《圣经》的风采。虽然他们当中没几个能真的成为人们所说的那种虔诚的教徒,而且他们也不会停止讲粗话,不会不再偷喝白人落在马车里的不管是什么牌子的白兰地(只有亨利除外,因为他的主人全家都是虔诚的教徒,而且他的失聪使他与外界隔绝,所以他反倒有一些人们所说的那种慧根),但在此之前,这些黑奴只听过老人给他们讲的怪力乱神和吉凶符兆的恐怖故事,除此之外,他们对别的事情一无所知。因此,在我讲到《圣经·创世记》和《圣经·出埃及记》中的那些故事时,他们的反应相当热烈,他们尤其喜欢约瑟夫和他的兄弟们穿越红海的通道的故事,以及摩西在何烈山击打磐石的故事。每逢星期六的早上,当他们见到我并且跟我打招呼时,我都会感到格外自豪且快乐,因为我能根据他们脸上的表情看出来,跟我在一起的这一个钟头是他们在这一天中最宝贵的时刻。有时,《圣经》学习班会一直持续到午后很晚才结束。上完课之后,我会友好地同他们道别,然后一个人回到莫尔的马车旁,找个阴凉的地方吃我的午餐——玉米饼和咸肉。我决定给自己营造出一种超然和神秘的气氛,因为我觉得,一旦时机成熟,当我将那些即将实施的伟大计划向我的追随者们公开时,这样一种疏远的姿态对我更为有利。

这一天也是个星期六,学习班结束后,我刚刚同那些黑人分开,这时一位陌生的白人来到我身边,在我的手肘上轻轻拍了拍。

"啊,牧师,"他用颤抖的声音说,"请问,我能不能跟你谈谈?"

他说话很有礼貌,以往,除了在莫尔对我冷嘲热讽的时候,我还从未听人当面称呼我为"牧师"过。我低头一看,不禁吓了一跳,只见来者是一位斜肩膀的小个子男人,后来我才知道他的名字叫埃塞雷德·T.布兰特利。

"上星期六你在给黑人们布道,我也听到了。"他有些忐忑不安而又十分急切地低声对我说,他的声音里带着绝望的意味,"啊,你的布道讲得真好,"他说,"我要怎么做才能被拯救呢?"

埃塞雷德·T.布兰特利当时五十来岁,身体圆乎乎的,像个女人。他白色的面颊柔软而丰满,上面有些细小的疮和脓疱,它们像浆果一样长在他那头柔软的红头发的边上。

他穿着一身破烂的灰色牛仔上衣和牛仔裤。他慢慢动了动宽大的臀部,在他讲话的时候,他那苍白而细小的脏手指在微微颤抖着。他推着我跟他一起来到市场后面,他的眼睛紧张地朝四周直瞟,好像害怕被别人发现他跟我在一起。等我们来到草丛中之后,他马上跟我讲起了他自己,他尖厉而又可怜的声音听上去好像随时都可能崩溃,并变成哭声。眼下他没有固定的工作,也没有钱,就在短短一年前,他还一直在卡罗来纳博福特县的一个经营不善的种植园里担任三号助理监工。可自从失去该职位以后,他便回到了耶路撒冷,和他姐姐一起住在一间小棚屋里。他的姐姐身患痨病,已经没几年活头,可她仍用微薄的收入养养他。他打过一些零工,可零活的数量并不多。他自己也咳嗽得厉害,至于咳嗽是因为哮喘还是因为他也染上了痨病,他自己也不知道。他希望他的咳嗽是哮喘导致的,要是那样的话,他或许还能逃过一死。他脸上的脓疱总也消不下来,自从他还是个孩子的时候,它们就已经长在他的脸上了。他还饱受某种肠胃病的折磨,一天需要上十几趟厕所,有时赶不及去厕所,直接拉在裤裆里也是常有的事。在卡罗来纳,他进过一次监狱,所以眼下他又开始担心了。那一次是因为他强奸了一个女人,而这次是——他支吾着说不出口。他焦急而游离的目光在眼皮底下闪烁不定,他长满脓包的脸上泛起一阵尴尬的红晕。不是那么回事,不。就在昨天,他对一个小男孩,还是当地的一位地方官的儿子,干了一件坏事。事后他给了小男孩一角钱银币,可小男孩还是把事情捅了出去,至少他觉得那个小男孩已经把事情捅出去了。他也不能确定,但他非常害怕。"啊,天哪。"他大声说。刚说到这里,只听噗的一声,他可怜地又放了一个屁,他排出的气体刹那间充斥着我的鼻孔,闻上去就像来自沼泽底部的空气。

"我对黑人一直都还不错,我对他们一直都挺照顾的,"布兰特利说,"我这辈子从未动手打过黑人。你的讲道棒极了,你讲的内容我全都听见了。我太害怕、太痛苦了。啊,我要怎样才能被拯救呢?"

"受圣灵的洗礼。"我明确地回答他。

"要是我也会读书认字,"他说,"那我也许就能像你一样了解宗教了。可我既不会读,也不会写,我连一个字都不认识。哦,我太痛苦了!我真想去死,可我又怕死。每个人都能有尊严吗?每个人都能被救赎吗?"

"是的,"我说,"每个人都能有尊严。每个人都能被救赎——只要他受了圣灵的洗礼。"但我立刻想到,这有可能是白人设的某种陷阱,是他们开的玩笑,或者耍的诡计。"可是那天你在无意中听到的讲道——"我停顿了一下,"你听到的那段讲道并不是讲给白人听的。"说到这里,我突然感到一股突如其来的不安,我把身体从他面前转开。"我只替黑人布道。"我用严厉的声音说道。

"哦,不,牧师,"他扯着我的袖子央求起来,"我真的需要帮助,求求你了。"

"你为什么不去你们的教堂呢?"我反驳说,"你为什么不去白人的教堂呢?"

他犹豫了一下,终于说道:"他们不让我进去。我以前去过尼博的教堂,因为我姐姐就在那里做礼拜。可恩特威斯尔神父,他是那里的传教士,他——"他停了下来,似乎讲不下去了。

"他怎么啦?"我说。

"哦,他把我赶了出来,"他哽咽着脱口而出,"他说我是——"他又停了一下,叹了口气,低头瞅着地,"他说——"

"他说什么?"我逼问道。

"他说,以色列的鸡奸犯的子孙后裔是不能进入神的教堂的。他说这是《圣经》里讲的。他亲口对我说了这些话,每个字我都记得清清楚楚。他说我是鸡奸犯,所以我不能进尼博的教堂,还说哪里的教堂我都不能进。"他抬起头,痛苦地看着我,泪水在他的眼眶里直打转,"哦,牧师,我要怎么做才能得到救赎呢?"

我心中蓦然生出一股怜悯和厌恶之感。从那时起直到现在,我一直都不知道为什么我能对他说出我所说的那番话,但又无法给他一个确切的回答。也许原因在于,那一刻的布兰特利看上去就和地位最低贱的黑奴一样不幸,并且被人抛弃了。虽然他是白人,但他仍然值得主去感化,就像其他白人也会受到主的惩罚一样。如果我任凭布兰特利就此沉沦,那么作为一位替主传递旨意的牧师,我就没有尽到我的责任。而且,如果我能给布兰特利指出一条通往救赎之路,我就会感到十分欣慰,因为这样一来,我就完成了一项甚至连白人牧师都在试图逃避和推卸的任务。于是——

"那你听着,"我告诉他,"从现在开始,你需要禁食八天,一直到下个星期日。每两天你可以吃一片巴掌大小的玉米饼，除此之外，你什么也不能吃。下个星期日，我会用圣灵为你施洗礼，这样你就能得到救赎。"

"哦，主太仁慈了，牧师！"布兰特利哭了，他抽着鼻子呜咽道，"我的这条命是你救的！我太高兴了！"他捉住我的手，试图亲吻我的手背，但我犹豫了一下，把手抽开了。

"按我刚才说的那样禁食，"我重复道，"然后下个星期日到托马斯·莫尔先生家来见我。我们一起用圣灵来给你受洗。"

第二天是星期日。按照惯例，从这一天上午的晚些时候一直到黄昏，黑人们在大部分时间里都在放假和休息。当天下午，我沿着公路走了四英里，来到了凯瑟琳·怀特黑德夫人的家门前。她家的房子建在离路边有好几百码远的地方，看上去闲散而舒适。房子用平整的刨光护墙板搭建而成（跟莫尔家的房子不一样，莫尔家的房子用的是粗劈的木材），而且最近粉刷过。窗户上安装了百叶挡板，房子四周环绕着漂亮宜人的草坪，草坪里种的是三叶草，蜜蜂在其间嗡嗡地飞来飞去。一片灰尘弥漫的棉花地从屋旁一直延伸到远处的树林里，地里的棉花才刚刚萌芽。房屋的前院里摆着一辆镶着锃亮的樱桃木的英式有篷马车，拉车的是一匹丰满的纯种小母马，马身上的鬃毛用马栉梳得漂亮极了。此刻，这匹马正站在深草里静静地吃草，咀嚼声打破了这个炎热的下午的寂静感。在前廊下那排整齐的红色花匣子里，百日菊已经盛开，从旁边的棚架上，我还闻到了一股浓郁的玫瑰香。怀特黑德夫人是个既有身份也有资财的女人，她的房子虽然没有格外亮眼，但和莫尔的房子比起来还是强得多，我知道她甚至还拥有好多藏书。自从我离开特纳种植园以后，我还没遇到过几个真正有钱的白人。此刻，我站在房前的门廊下，等着房主过来应门。此情此景令我痛苦地意识到了我人生境遇的没落，我突然怀疑自己身上正散发着骡粪的臭气。我一边等一边胡思乱想着。在这样干旱的天气里，这个地方怎么能保持住如此优雅、如此绿油油的色彩和如此郁郁葱葱的景致呢？这时，我发现原野上有一架风车，原来它正在把井水输送过来。在方圆数英里之内，这样的风车独此一架，所有看见它的人无不为之惊叹。风车上的饱经风雨的叶片正嘎嗒嘎嗒地响着，那忧郁而微弱的声音在午后的宁静之中飘荡着。

  过来应门的是玛格丽特·怀特黑德，那是我们俩的第一次见面。像这样的人生初见，人们本该记住当时说过的所有重要的话，说话人的声调、节奏和眼神，甚至要记住那天的夏日光线里的色调、和谐度、曲度和折射度。但我只记住了那个女孩暗淡而苍白的面孔，当时她大概十三岁。我说："年轻的小姐，请问我能不能跟您当牧师的哥哥讲几句话？"接着，我记得她用她温柔的声音答道，"哦，好啊，他正好在家。"她并未表现出丝毫的惊讶，仿佛我也拥有白得像雪花石膏一样的皮肤。

  当理查德·怀特黑德露面的时候，他的嘴边还沾着午餐甜点的残屑，看见我之后，他没有片刻的犹豫，立刻吩咐我到房子的后门附近等着。我来到后门附近，等了十五分钟，他才再一次出现。他是个纤瘦的年轻人，身体柔弱，古板的嘴角带着敌意，一双呆滞的双眼与多年前我在特纳家的图书室里的一本素描集中看到的约翰·加尔文的眼睛一模一样。他的声音沙哑而单薄，带着安息日特有的安静和贵族般的忧郁。我立刻意识到，我实在不该来这一趟。以往那种为我所熟悉的黑人的恐惧感又袭了过来，我顾虑重重，不由得把目光从他的身上挪开了。

"你想干什么?"他盘问道。

我犹豫了片刻。我想,既然我都来了,就索性痛快地说吧。于是,我说道:"先生,您好,我是一位传播福音的牧师。我想问问您,下个星期日,等所有人都离开以后,我能否借用您的教堂替一位白人绅士施洗礼呢?"

他的脸上露出了惊愕的表情,却又随即隐去了。"你是谁?"他说。

"我叫纳特·特纳,"我答道,"我的主人是住在弗莱格马什的托马斯·莫尔先生。"

"哦,是的,我听说过你,"他马上答道,"你再说一遍,你要干什么?"

我把我的请求又讲了一遍。他的眼睛一眨不眨地看着我,然后说道:"你的请求真是太荒谬了,一个黑人怎么敢自称是得到正式任命的传播福音的牧师呢?请告诉我,你的神学经历是从哪里获得的?华盛顿学院?威廉与玛丽学院?汉普登-悉尼学院?你提的这个请求——"

"我不需要被任命,先生,"我打断了他的话,"因为在上帝眼里,我就是他的一位传道者。"

他抿了抿嘴唇,我能看出,他的怀疑正在慢慢转化为愤怒。"我这辈子还从没从一个黑人嘴里听到过如此愚蠢可笑的话,"他大声说道,"不过,你跟我说说,你到底想做什么?你究竟打算替哪位白人绅士在教堂施洗礼呢?"

"埃塞雷德·T.布兰特利先生。"我说。

"布兰特利!"听到这个名字,他的脸似乎都气白了,"他是个绅士?我知道他是个人渣!他在卡罗来纳就因为可憎而变态的罪行进过监狱!所以他才会被本郡的一个教区拒之门外。现在他居然想让你这号人来帮他受洗,来玷污耸立在我们卫理公会教堂内的圣坛。他给了你多少钱,你居然敢向我提出这种亵渎神灵的要求?"

"布兰特利是个穷人,"我说,"他哪有什么钱给我?他患有严重的疾病。而且,他的灵魂也迷失了。《圣经》里不是说'人子来,为要寻找、拯救失丧的人[1]'吗?"

"你给我滚!"理查德·怀特黑德大叫了起来,他的声音变得格外尖厉。他抬腿从门里朝我踢来,我侧过身一跳,躲了过去。"你这个像魔鬼一样的黑玩意,赶紧从我这里滚开,以后也不要再来了!你告诉布兰特利,我忙得很,没时间跟他那种堕落之徒还有像你这样傲慢的黑鬼要来耍去!我会把这件事告诉你的主人,我向你保证!"

当我离开理查德·怀特黑德的家,沿着原路往回走的时候,他尖厉的声音兀自在我身后响起。我一边走一边将他那歇斯底里的尖叫声想象成了别的声音。他的声音先是变成了年轻女人的声音,然后变成了别的声音,像是落入陷阱里的兔子或鸟会发出的声音,最后又变成了男人的惊叫声——人们被高高举起的棍棒打得头破血流之前发出的那种惊叫声。

就在那个星期,我终于做出了决定:我可以在珀森斯的那座已经被废弃的磨坊的储水池里为布兰特利施洗礼。我让一个要去耶路撒冷办事的黑人给布兰特利捎去了口信,于是,在接下来的那个星期日的下午,他来到储水池附近和我碰头,当时我正在和哈尔克、萨姆和纳尔逊一起等他。虽然因为禁食的缘故,他显得很虚弱,但他看上去比以前更健康了。他充满期待的脸上泛着粉红色的光泽,

---

[1] 《圣经·路加福音》19:10。

他还告诉我,他的肠道疾病明显得到了控制,这还是多年来的第一次。我们五个人一起沿着林间的小路朝磨坊走去,这时,布兰特利小声说道:"哦,我真是太高兴了!"有关这场洗礼的消息早已不胫而走,在整个郡里都传遍了。等我们来到磨坊的水池旁时,四五十个贫穷的白人已经聚集在水塘对面的岸上,等待着演出开始,其中的几个女人长着圆乎乎的脸蛋,头上系着遮阳帽。等我们走到水边之后,他们开始嚷着冲我们嘲笑和起哄,但仍旧与我们保持着距离。布兰特利激动得浑身直颤。"哦,我的天,"他一遍又一遍地低声说道,"我马上就要被救赎了!"和我一起来的那几个人都留在了近处的岸上,在他们的注视下,我和布兰特利一起涉水走进了水池,我们的衣服仍穿在身上。我们走到池中的水齐胸口深的地方,然后停了下来。我背诵了《圣经·以西结书》中的一段关于枯骨复苏的话:"我必给你们加上筋,使你们长肉,又将皮遮蔽你们,使气息进入你们里面,你们就要活了。你们便知道我是耶和华。[1]"

我把布兰特利往下摁,他像一袋打湿了的豆子那样滑进了水里,等他再上来的时候,他嘴里喘着粗气,脸上却带着狂喜的表情,我很少在其他人身上看到他脸上的那种幸福的表情,无论他们是何种肤色。

"我以圣父、圣子和圣灵之名,"我说道,"为你施洗。"

"啊,感谢主神、全能的上帝的恩德!"布兰特利哭出声来,"我终于得到拯救了!"

某种东西忽然击中了我的后脑勺——岸上的那些白人在向我们投掷石块和从倒在地上的树上弄来的木棍。一截很粗的木棍打中了

---

[1] 《圣经·以西结书》37:6。

布兰特利的脖子,但他并没有畏缩。此时,除了光荣,他根本感觉不到别的事物。

"啊,主啊!"他喘着气说,"我终于得救了!哈利路亚!"

又一块石头打中了我。我一边祷告一边将自己全部浸入水中,然后再浮起来。在水池对岸,那一张张白色的面孔已渐渐暗淡下来,在更远的地方,炽烈的闪电已开始在暗绿色的天幕上一道道划过。黄昏像巨翅投下的影子一样降临了。我忽然产生了一种敏锐的预感,一种跟自己的死亡相关的预感。

我们俩从水中费力地朝岸上的那些同伴走去。我对他说:"布兰特利,我建议你赶快离开这个郡,因为这里的白人都会被杀死。"

但我敢肯定布兰特利根本没听见我说的话。"老天啊,老天,"他仍在大喊着,"我终于得救了。"

时间来到了那十年的后半段,也就是我快满三十岁的时候。这一片地区显然又开始呈现出一定程度的繁荣。虽然这里远谈不上富足,也算不上奢侈和丰裕,但这里已经有了一种安定的氛围,人们不再感到有饿死的危险。一方面,长期的干旱已自行缓解,次数稳定的降雨让这片土地重新恢复到了适度肥沃的状态;另一方面,通往彼得斯堡和里士满的木排收费公路近来也得到了改进,这便为当地带来了一个崭新的发财致富的机会。令人感到惊异的是,当地的乡绅们居然没有意识到这个机会就藏在他们的后院之中。这个发财致富的机会,其实就是用蒸馏的方法将本郡盛产的苹果酿造成白兰地。南安普敦县的土质已被烟草种植毁得不成体统,在这里种棉花的收成只够勉强维持生计,然而,无论是在寻常的野地里还是在人工栽培的果园里,无论是在已被废弃的种植园的荆棘丛生的树林里还是在任意一块农田或道路边，每一棵苹果树的枝丫上都挂满了熟透的果实。它们的大小、颜色和品种各异，往日里人们只能任其被虫蛀、被虫咬，堆在地上腐烂变质，如今它们却一车车被填进了蒸馏锅，成了这里的每一位农民最宝贵的资产。经过蒸馏转化成优质的苹果白兰地之后，这些改头换面且发生蜕变的水果被用桶子装着运送到耶路撒冷，再从耶路撒冷被用骡子和牛拉的运货马车拖到像彼得斯堡和里士满的那种热闹、乐观、追求享乐的北边的社区去，那里的居民不但有钱，而且酒瘾也很大。南安普敦县因此重新拥有了可观的收入，虽然它永远都无法变得像古亚述的都城尼尼微一样富庶，但正像我所说的那样，该地区已变得颇为繁荣，而正是在这段繁荣的时期里，我逐渐拟定了我歼敌和逃逸的方案。

迅速发展的繁荣给我带来的成果之一，便是如今在附近的一些土地所有人眼里，尤其是在那些经济地位比其他人高出一两个等级的人的眼里，我当年在特纳种植园学到的专业技能已经变得相当有吸引力。这些年，莫尔的生意一直都相当惨淡，所以我的这些技能一直都没有用武之地。经济繁荣使扩建加速，而扩建则会带来大量需要施工的谷仓、蒸馏厂、马厩、栅栏和棚屋。在我意识到身边的这些生机勃勃的动态之后，我便开始大力推销我那出色的木工技能。突然之间，我发现自己已经变得非常抢手。而莫尔自然也乐观其成，因为把我当作财产外租出去，已经成了他最主要的收入来源。但是，还有一个人比莫尔更加开心，那就是我——我再也不用成天和他那些堆积如山的柴火、污水桶和棉花地打交道了。生活暂时变得还算过得去了。如今我的新日常工作是帮特拉维斯将谷仓改造成修理车轮的车间（这大概是在莫尔去世之前一年发生的事，后来，我在前文中提到的婚事让我变成了特拉维斯的奴隶）。我在克罗斯基斯一带至少帮助修建了三座谷仓和两间蒸馏室,我还帮住在耶路撒冷附近的里德利少校设计并建造了一座布局十分巧妙的厕所。这套冲水系统由木质排泄水道组成,水道的起始处是筑在小溪上的堤坝,只要使用者猛扯一下链条,堤坝内被憋住的水就会迅速将使用厕所的人留下的污秽之物冲到下面的另外一条溪流里去。这项马桶管道工程的成功建造让我赢得了少校的极力赞许,外加一双结实耐用的二手的西班牙科尔多瓦皮靴。我参加了南安普敦县的民兵对耶路撒冷的新军械库的修建工作(这个极偶然的机会让我了解到怎样从前面、后面和侧面进入该设施,还让我了解到每个枪架大致的摆放位置和弹药库的方位)。此外,我还被出租给凯瑟琳·怀特黑德夫人干了许多天的活,我都记不清具体有多少天了。尽管她的儿子理查德对我自称牧师一事一直都相当反感,但她本人对我的才华却青眼有加,她甚至愿意支付额外的高价来换取我的服务——起初付钱给莫尔,后来付钱给特拉维斯。她让我为她最珍爱的那头公牛设计了一间牛房——不单单是设计,我还帮着把它盖了起来。我还替她设计了一座马厩,以及一套用她那架风车输送过来的水冲洗厕所的管道,其原理与我为里德利少校设计的那款远近闻名的管道设施同出一辙。除此以外,我还经常在夫人家充当车夫和侍役的家仆。怀特黑德夫人是个严肃的女人,她冷静且孤僻,在与我这个为她的宠物充当设计师的人打交道的过程中,她开口讲话的次数更是少得可怜。然而,她却是个绝对公平和诚实的人,她不能容忍任何虐待黑奴的行径。她曾好几次轻轻拍着我的胳膊,冲我露出苍白而朦胧的微笑,以示对我的嘉许。终于,我对她的感觉,就像对一个马上要被挖走的树桩一样,变成了不带任何立场的中性。

然而,在这段时间里,我似乎是横跨在心灵世界和精神世界这两个不同的世界之间生活着。一部分的我栖息在单调无聊的日常琐事和活动里，跟锤子、锯子、刨子和锛子打着交道。面对白人奴隶主们的嘲弄、戏谑和监视时，我会努力装出一副愉快的口吻来回应他们："是，先生。"我会把自己装成一个热心于宗教又老实巴交的黑奴，同时，因为神的恩赐，我还是一位黑皮肤的技艺高超的木匠。另一部分的我却在不停地回想着那天在树林里看到的幻觉，虽然随着时间的消逝，那幻觉已经渐渐消隐在往事之中，但它的意义却丝毫没有变得淡薄，反而在一天天成长壮大。这部分的我在禁食，在祷告，在真诚地祈求主的启示、引导和下一个信号。我在痛苦之中等待着。虽然我清楚地知道上帝已经让我知道了我该做什么，但我尚未最后确定在何时、何地、用何种方式来完成我那项血腥的使命。

1829年晚冬的一天早晨，凭借着一个再简单不过的灵感，而不是靠幻想，我终于确定了完成任务的方式和地点。我知道，一定是主让这个灵感出现的，现在，唯一待定的就只剩下完成任务的时间了。

那天，我佯装在怀特黑德夫人的藏书室里修桌子，结果无意中发现了一张南安普敦县及以东地区的测绘地图。时间很充裕，我便将那张图仔细研究了一遍，几个小时之后，我找了个机会坐下，用怀特黑德夫人最好的那支羽毛笔，把那张地图在一张巨大的透明羊皮纸上描摹了出来。笔是借来的，纸是偷来的。这张图让那些我以前只能在脑子里凭空臆测的东西顿时变得清晰了起来，单从地理上看，逃出去投奔自由是完全可行的。只要我能处理好其他的相关因素，出逃是绝对有可能成功的，虽然出逃也绝非易事。我知道，为了完成上帝和命运交给我的这项庄严的使命，我必须奉献出我全部的激情和智慧。

那天下午，我就这样把自己锁在藏书室里。虽然理查德·怀特黑德骑着马走访他的教众去了，但怀特黑德夫人还在家。危险。我随时都有可能被人堵在屋里，而且下面的这段对话也很可能会发生——"你一个人锁着门在屋里做什么呢？""哦，卡蒂女士，那把锁不知怎么突然就啪的一下自己锁上了，把我关在了屋里。"虽然她肯定会起疑心，会不相信我的话，会有各种各样的稀奇古怪的猜测，但我必须要冒这个险。随着地图在我的手指底下渐渐成形，我那项伟大的计划的诸项细节也变得异常清晰。我迫不及待地想要从这里离开，把这些细节全都写下来。

在兴奋和紧张之中，我终于画完了地图，并将地图的原件放回它原来所在的书本里。然后，我将临摹的地图叠起来，平整地贴在我的腹部，藏在我的衬衣和腰带底下。我在窗边的地毯上跪了片刻，我在祷告，我在感谢上帝给了我这个启示。终于，我站起身，打开门锁，离开了房间。

我穿过院子，朝马厩里的马夫宿舍走去（这个宿舍的条件还算过得去，里面有火炉和用棉布罩着的稻草床垫，我在怀特黑德家干活的时候通常就睡在这里）。这时，我听见卡蒂女士在侧廊里叫我。那天正赶上了冬春两季之间的那种暗淡无光、沉闷压抑的天气——树上还光秃秃的，没长出叶子，空气中透着潮湿而刺骨的寒意。她正裹着她的披肩站在那里。这是个瘦削憔悴、曾经美丽动人的中年白种女人，此刻她正在微微颤抖着。她用寡妇特有的忧郁萎靡的目光看着我。她的头发从中间向两边分开，然后又分成了许多灰色的小发卷，垂落在她的肩上。我仍然沉浸在地图和我的那些计划引起的兴奋之中，所以当我看到这个女人时，我感到非常恼火，因为我觉得她没有权力在这样一个关键的时刻来打扰我的思绪。"您有什么吩咐吗，女士？"我说。

"你把我跟你说的那张桌子修好了吗？"她问道。

"修好了，女士。"

"那是怀特黑德上尉最喜欢的桌子。从前他都是在那张桌子上面写字的。我试着修过好几次，但它每次都是刚修完就又垮掉了。你能肯定它不会再出毛病了吗？要是它还有可能会坏的话，我兴许应该把它卖个好价钱。"

"它不会再出毛病了，女士。"

"你是怎么把它修好的？"

"我往里边插进了三根橡木做的榫钉。以前来修桌子的人用的是普通的旧牛骨胶和细铁丝，所以它才会垮掉。这种上好的胡桃木书桌得用坚固的榫钉来修复才行。我保证它不会再出毛病了，卡蒂女士。"

尽管她远不是白人当中最坏的那类人，但不知为何（也许只是因为她打断了我的思绪），此刻我对她恨意顿生。我心里仿佛揣着一块尖锐而锋利的石头。我几乎无法与她对视，我不知道她是否已经觉察出我对她的恨意。我的额头上开始渗出细微的汗珠。

"你把椅子也一并修好了吗？"她说。

"还没有，女士，"我答道，"今天我把所有的时间都花在桌子上了。"

"那这样吧，明天你就别跟杰克和安德鲁一起修马房的隔栏门了，你先把那张椅子的腿给装回去。反正杰克也病了，他都病了半个冬天了。"她的脸上掠过一股恼怒之色，她的嘴唇抿得更薄了。"还有，明天——"

"卡蒂女士，"我插了一句，"明天我该回莫尔先生家了。我的租期明天就结束了。"

"租期结束了？"她大声说道，"哎呀，不会吧！我对你的租期不是一直要到 18 号吗？"

"是的，女士，"我答道，"今天就是 18 号。"

"哎呀，我——"她看上去有点不知所措了。她似乎想说点什么，却又打住了。她叹了口气："哦，是的，我想你是对的。今天是 18 号，那你——"她又一次欲言又止了。过了片刻，她才说道："我真希望你可以不走。你是这附近最能干的年轻黑人。我想，接下来肯定还有别的人家在等着你去帮他们干活，通常都是这样的，是吧？"

"是的，女士，"我说，"托马斯老爷告诉我，里德利少校正在给他家新养的牲畜圈牧草，所以他租了我两个星期，我要去帮他赶在春天到来前把栅栏建好。"我觉得自己很难在说话声中不流露出对她的恨意来。她为什么非要这样打断我的思路呢？

"好吧，"她叹了口气，"我当然希望你能只替我一个人干活。我曾向托马斯·莫尔先生提出，我愿意花很大一笔钱把你买过来，但我想他也明白，对他来说，你就是一座金矿。想让黑人把活干好真是太难了。实话跟你说吧，像你这样能每天都把活干得这么踏实、这么利索的黑人，我以前还从没遇到过。"

"我只是尽力而为罢了，卡蒂女士，"我答道，"保罗说过，将来各人要照自己的工夫得自己的赏赐，因为我们是与神同工的。[1] 我相信他说的话。"

"啐！"她大声说道，"你就别拿《圣经》来哄我了，当然，我

---

[1]《圣经·林哥多前书》3：8—9。

知道你讲得肯定对。要是我没把日期弄错就好了,"她继续说,"我本来想让你把椅子修好,还打算让你明天下午驾着我的那辆四轮马车去接从耶路撒冷来的佩格小姐。学校放假了,所以她会从劳伦斯维尔神学院坐驿马车上这里来。你明天要是还在这里,我本打算让你去接她。除了你之外,不管我把那两匹宝贝马交给哪个黑人,我都不会放心。"

"是的,女士,"我说,"我很抱歉。"

"我会很快再把你租回来的,这一点你大可放心。"她的脸上露出了冷淡而苍白的微笑,"我想,你在我这里的饮食比在莫尔先生那里的饮食要强多了,是不是?"

"是的,女士。"我如实答道。

"我敢说,我为你提供的饮食,或许甚至比里德利少校家的也要强一些?"

"是的,女士,"我仍然实话实说,"是这样的。"

"唉,我真希望我没把日期弄错。你能肯定今天是18号吗?"

"是的,您藏书室的日历上是这么写的。"

"你是唯一一个我敢放心的黑人,我愿意让你驾车带上玛格丽特小姐、哈丽特小姐、格温小姐,或者我的任何一个孙儿孙女出去。要是让哈伯德、安德鲁或者杰克去的话,一想到他们毛手毛脚地驾着马车,带着我的那些孩子在乡下跑来跑去,我就吓得心惊肉跳。"她停下来,仔细盯着我看,我便把目光挪开了。她继续说:"托马斯·莫尔先生太固执了,他死也不肯把你卖给我。你说是不是?"

我觉得我应该给她一个回应。"哦,卡蒂女士,"我说,"我想那是因为,从长远来看,托马斯老爷把我租出去而不是卖掉的话,他赚到的钱要更多一些。"

"可是依我看，他最后还是得把你卖给更有钱、更有地位的人家，即使不卖给我，也会卖给别人。像你这么聪明的黑人，真不该一直被埋没在那样的烂泥坑里，不管你的主人是个多么受人尊重的好人。你今年多大啦，纳特？你有二十五岁了吧？"

"我二十八岁了，卡蒂女士。"我说。

"那你应该感到幸运才是。你想想，像你一样年轻的其他黑人，根本不具备你拥有的这些能力。除了锄头和扫帚，他们什么工具都不会用，有的黑人甚至连锄头和扫帚都不会用呢。我觉得你很有前途。比如说，我刚才跟你讲的这些话，你居然都听得懂。即使莫尔先生不把你卖给像我们这样的人家，他也会把你租给像我们这样的人。因为只有我们才能给你足够的重视，才能让你吃好穿好，才能把你照顾好。当然，在我这里，你永远不用担心会被卖到南方去，无论亚拉巴马州和密西西比州的奴隶生意有多么赚钱，无论这个家另外还有多少张嘴在等着我去养活，你都不用担心——"

就在她说着话的时候，我看见她的两个黑奴，安德鲁和汤姆，正抬着一驮沉重的锯木架吃力地从原野上穿过。粗硬的锯木架垒在一起，看上去重极了，而且歪歪斜斜的，随时都可能会倒下来。啊！就在我正看着的时候，它们果真倒了下来，啪地发出一声闷响。那两个该死的倒霉蛋只得慢慢地又把锯木架码成一堆，重新抬起来，弓着腰，迈着沉重的步伐，在原野上继续他们的朝圣之旅。在远处的那片松林和冬季的寒冷天空的映衬下，他们衣衫褴褛的身影仿佛正毫无目的地朝着大地的终极边缘走去——这是黑人从事的那些荒谬、古老、毫无意义的工作的一个标准范例。我被冻得打了个冷战，我想：人究竟为什么要活着？人为什么会热衷于毫无来由、毫无目标的争斗？在那一瞬间，我的内心完全被痛苦占据了。

理查德·怀特黑德骑在一匹呆滞而肥胖的白色骟马上,走进了远处谷仓旁边的一片空地。他挥了挥手,冲这边打着招呼,他那像祭司一样的声音尖细、拖沓而又亲切:"晚上好,妈妈!"

"哦!嘿,孩子!"她大声回应道。她的目光在他身上停留了片刻,然后她转回来看着我说:"你知道吗?我给托马斯·莫尔先生出的价钱是一千美元,我想用一千美元把你买过来。"

奇怪的是,这个女人对我的态度里带着某种程度的讨好,甚至有股令人费解的亲切。她的口气里隐隐带着些和蔼与仁慈,以一种迂回的方式表达着纯粹的母性,有意无意地透着对我的好感。我的内心深处对她并没有恶意。但她也从未让自己真正从那个由账目、账户、记录、收据、资产负债表、财务、利润和钱组成的世界里走出来——好像正在与她交谈的那个生命,她用幻想的外壳将之层层包裹住的那个生命,并非一个同样长着嘴唇、指甲、眉毛和扁桃体的活生生的人,而是一辆奇妙的手推车。我凝视着她那张扬扬自得的长方形的脸,它看上去像牛脂一样白。我想起了藏在我衬衫下面的那份文件,我的恨意再次涌了上来。我心里不由一阵骇然,因为我意识到眼前的这个白人很快就会死去。

"我希望你能明白,一千美元还真不是个小数目。"她说,"一个人如果不是真的重视或珍惜某样东西,这个人是绝对不会为它付这么多钱的。你知道的,是吧,纳特?"

"是的,女士。"我说。

"不,"她停顿了一下,又说道,"我希望你成为一个有前途的黑人。"

一、先期目标:攻占凯瑟琳·怀特黑德夫人家。这是上帝赐给我们的礼物。成功攻占这座房子标志着战役的第一阶段已经结束。怀特黑德家存放枪支的房间紧挨着图书室，那个房间里面有怀特黑德夫人已去世的丈夫留下的战利品：15杆枪（其中包括滑膛枪、来复枪和鸟枪）、6把燧发手枪、4把剑、2把弯刀、4把短匕首，还有大量的火药和子弹。

只要我们把这一家攻下来，把里面的人全都消灭掉，这些武器就能让敌我力量的对比变得均衡。如果我们在午夜时分从位于克罗斯基斯的莫尔家或者克拉维斯家发起攻击，我们在第二天中午应该就能到达怀特黑德夫人家了。尽管从介于这两个地方之间的其他白人家里搞到枪的机会不大，但我们同样要把那些人的房屋攻下来，同样要消灭掉住在里面的人，而且不能给他们向外发出求助警报的时间。如果我们能从这里夺到武器，我们接下来就可以乘马向东北方向进发，并于次日中午抵达耶路撒冷。怀特黑德夫人的马厩里有八匹摩根马和两匹拉车用的马，如果时间允许，我们要把牛和其他的牲畜也全都杀掉。

把屋里的人全都杀掉之后，我们要不要把房子烧了呢？答案应该是"不"。放火烧房子也许管用，但由此产生的火和烟会令周围的人警觉。只有一点是必须完成的：把屋里的所有人都杀掉。所有人。

二、在攻占怀特黑德夫人家之后，我们的第二个目标是耶路撒冷的军械库。老黑奴蒂姆在那里干过杂役，两个月前他跟我说，那里面有100来支滑膛枪和来复枪，800磅火药，还有许多圆头子弹。它们都被装在帆布袋里，所以他不清楚具体的数量，但肯定够用。另外，军械库里还有4门可以用马车拉着走的小口径加农炮，以及炮弹和填装炮弹的炸药，我们往后就能用它们来进行防御了。

军械库里还有大量像锯子、斧头之类的工具。我们以后用得着这些工具。

民兵的马厩里还有10匹马,其中6匹是来自阿尔比马尔郡的黑色柏布马。要是我们的先头部队的成员能骑上这种马从耶路撒冷快速东进,那就再好不过了。军械库的侧门虽然都用铁链拴着并且上了锁,但门缝留得很宽,所以想进到军械库里并不难。只要先把站岗的门卫解决掉,拿一根撬棍往门和立柱之间一插,再一扳,我们就能闯进去了。整个城镇将变成一片火海。我要露出膀臂,面向被困的耶路撒冷,说预言攻击这城。[1]

三、迪斯默尔沼泽是我们的最终目标。约书亚的装备比我们强多了。要执行一项规模如此庞大的毁灭性任务,不事先把退路想好是不行的。比如说,如果约书亚没有在吉甲设置营地,让他能率部返回,那他对五王联军发动的进攻就会徒劳无功。所以——

迪斯默尔沼泽坐落于耶路撒冷以东和东南处,二者相距不过35英里。如果我们从耶路撒冷出发,步行两天就能走到了。如果我们的先头部队能骑上白人的马匹,那他们应该能到得更快。从地图上看,从耶路撒冷通往距离最近的沼泽的道路还算好走,我和几个曾经从那条路去过萨福克和诺福克的黑人聊过天,他们也都证实了这个猜测。但我们也许还有一个主要障碍,那就是位于南安普敦县和怀特岛县之间的那道浅滩,我们必须从那里涉水穿过黑水河。在八月份,那里的水应该还很

---

[1] 纳特在这里化用了《圣经·以西结书》4:7的内容,原文为"你要露出膀臂,面向被困的耶路撒冷,说预言攻击这城"。

浅。我们需要搞清楚那里有没有摆渡船。

主会在八月给我发出开始行动的信号吗？哪一年的八月呢？

迪斯默尔沼泽是我们这支部队的大后方，至今人迹罕至。以前我从没想到它竟有这么大。据地图显示，它由北到南有30—35英里长，最宽的地方足有20英里。在这样一个陌生且未知的地域，防守的一方会占据绝对的优势。一位不知是叫珀森斯还是帕森斯的上校曾经跟塞缪尔老爷聊到1812年发生在华盛顿州附近的沼泽中的那场战争，我至今都记得上校当时讲的那些话。进入沼泽之后，我的队伍的补给、枪支和弹药都十分充足，所以可以无限期地经受住敌人的搜索和攻击。位于弗吉尼亚州、北卡罗来纳州，甚至是南卡罗来纳州的黑人会不会也过来加入我们的队伍呢？

许多曾在迪斯默尔沼泽打过猎并在耶路撒冷生活的黑人都说沼泽棒极了，比如马森贝格医生家的黑奴朗·吉姆，还有跟博伊斯上校一起在那里猎过熊的查理和爱德华。我和爱德华聊过一次。沼泽里面主要是些低洼的沼泽地和稀树荒原，但也有不少干燥的高地。那里还有许多淡水泉，野味的数量之多简直让人难以置信。那里的野味有鹿、熊、野猪、火鸡、野鸭、野鹅、松鼠、野兔、浣熊等。那里的鱼更是多得数不胜数，有鳟鱼、鲈鱼、鲷鱼、鲶鱼、鳝鱼等。沼泽中间还有土地可以用来种蔬菜。当然，那里的木材也取之不尽，可以让我们用来修建掩体和防御工事的护岸之类的。迪斯默尔沼泽离大西洋不远，也许我终于能有机会看到大海了！

沼泽里的蛇也很多，尤其是水生蝮蛇。千万别跟哈尔克提这件事！

四、必须保证行动的突然性,不到最后一刻,我不能把行动计划透露给我的手下们。但我相信,到了八月份,主一定会给我发出行动信号。

五、招募成员的问题。谁会响应和参加我们的行动?我记得《南方新闻》最近有条报道,说如今南安普敦县的黑人的人口数量已经超过了当地白人的人口数量,两者的比例是六比四,这让我很是吃惊,我原来还以为正好相反呢。这一点对我们来说绝对是有利的。

六、自始至终都要有耐心,都要相信主。

七、要耐心地等待主发出最后的信号。

八、严禁污辱女性。我们绝不能像他们对我们的女人那样去对待他们的女人。而且,那么做会耽误我们宝贵的时间。

九、杀掉所有的人。不留人质,除掉所有的障碍和累赘。这是唯一可行的办法。

十、愿你的手扶持你右边的人,就是你为自己所坚固的人子。[1] 耶和华万军之神啊,求你使我们回转,使你的脸发光,我们便要得救。[2] 阿们。

主啊,那一天何时才能到来啊?

我的追随者都是参加了最初开设在耶路撒冷市场后面的那个《圣经》学习班的黑人。学习班的人数如今已增至二十多人。许多黑人根本就没有或者只有很少的学习意愿,他们对我所讲的内容也

---

1 《圣经·诗篇》80: 17。
2 《圣经·诗篇》80: 19。

没有表现出多少兴趣，这些人一般很快就会退出，重新跟市场里的那些乌合之众厮混到一起去。但也有黑人会留下，我所说的"追随者"就是这些人（在他们当中，有三四个黑人甚至还是自由人）。这些黑人已经证明了他们对我的忠诚以及我对他们所具有的巨大影响力。他们会全神贯注地听我讲故事（这些故事取材于《圣经》中的历史，以及我在特纳种植园学到的关于世界和历史的知识），他们会跟着我学习简单的地理知识（有些黑人甚至不知道他们住的地方叫弗吉尼亚州，而且，大多数黑人仍以为地球和屋顶上盖的瓦片一样是平的），他们还会听我讲述天上的各种自然现象（有些黑人以为天上的星星其实跟我们离得很近，近到朝它放上一枪就能把它打下来）。在我讲述这些内容的时候，他们都表现出了强烈的求知欲。我还给他们讲拿破仑·波拿巴的故事。（当年在特纳种植园，特纳兄弟二人和他们的宾客对拿破仑的丰功伟绩总是赞不绝口，这也成了我童年的日常教育的一部分。然而如今在我的讲述中，拿破仑已经被我狡猾地重新塑造成了一位身高足有七尺的黑人奇才，一颗为祸天下所有白人的灾星。）主啊，您不知道为了将这个黑人拿破仑的概念植入那些愚昧无知的大脑，我花费了多少心血啊！我当然希望能在他们的头脑里植入一些黑人勇武善战的意识。当我看到，在我巧妙的引导下，他们总算同那位杀人如麻的征服者建立了认同感的时候，我真的感到十分欣慰。和约书亚和大卫一样（我用我的伶牙俐齿将他们也塑造成了黑人英雄），我的故事中的拿破仑就如同《圣经·启示录》中的天使一般，威严地凌驾于被摧毁的白人世界之上。我把拿破仑描述成一个奋起抗争的非洲黑人，最终将北方的白人部落尽数扫除。不管这个故事听上去多么幼稚，他们都慢慢地相信了这个长着一身黑皮肤的半人半神的形象，每当他们听我讲起他东征西伐的故事时，他们的眼中都仿佛有什么东西在熠熠地闪烁着。在我看来，那是新生的勇气在发光，在闪耀。那是血性和激情的象征，只要我最后刺激它一下，它就会爆发出冲天之怒。至于我的追随者当中的那些头脑相对简单和愚鲁的人，我不愿意教他们识字和数数，因为他们大多已到了二十多岁或者三十好几的年纪，已经学不动了。况且，学那么多知识，到头来又有什么用呢？当然，关于我那项计划的详细内容，我未向任何人透露过只言片语。行动开始的日子已越来越近了，现在，只要他们对我心怀敬畏，只要他们能从我散发出的智慧和力量之光中受到鼓舞和激励就够了。

我的"四大心腹"是哈尔克、纳尔逊、亨利和萨姆。我之所以这么称呼他们，是因为我对他们有绝对的信任。在行动开始之后，他们将成为我这支队伍中的大将之才。纳尔逊和亨利是我手下的人当中年岁最大的。我看重的不仅是年龄赋予他们的经验，还包括他们的才智和能力。我能感觉到，尽管他们对我超群的智慧、我的领导能力和魅力都敬重有加，但他们却不像其他人那样会轻易被我唬住。在我跟前，他们俩也从来都不会噤若寒蝉，所以我们之间的对话相当活跃，而且是那种轻松、自由、无拘无束的对话。我偶尔也会明智地停下来听取他们的建议，并从中受益。纳尔逊已经五十多岁了，他表情呆滞，动作迟缓，声音低沉，满口脏话。他是个很聪明的人，内心却充满仇恨。他的身体像晒干的橡木板一样结实，我可以毫不迟疑地派他去执行任何命令，亨利也是一样。或许是因为耳聋，亨利对周围环境所持的警觉性比我知道的其他黑人都要高。他的年纪在四十岁左右，体格结实，身材矮胖，黑得像是从柏油坑里爬出来的一样。别的黑人曾经断言，亨利能从五英里以外嗅出别人家做培根熏肉的气味。他还能像猎犬一样靠辨别气味来追踪负鼠。

他站在野外，用他的大脚趾冲着某片地里随便一指，那一片地的地底下肯定就藏着一窝多得像蛆一样的、可以拿来当鱼饵的蚯蚓。在我所有的追随者当中，几乎只有他一个人真正拥有对宗教的热爱，宗教为他那像墓碑一样沉寂的内心世界注入了荣光和梦想。在我讲述发生在古老的以色列的那些战争故事的时候，他的嘴唇会随着我的嘴唇一起张合，一起颤动，他听力较好的那只耳朵几乎都支了起来，而他明亮的双眼紧紧凝视着我。在这支由黑人组成的队伍当中，除了哈尔克，我觉得亨利是对我最忠诚的人。除了能力和经验，还有一个更重要的因素让我对纳尔逊和亨利格外器重，也让他们最终赢得了我的信任，那就是他们俩（还有萨姆，他是我的"四大心腹"中最年轻的一个，也就是那个绝望得几乎发疯、皮肤有些发黄的出逃者，他还是我所有的追随者当中最活泼、最勇敢、最有冒险精神、最足智多谋的一个）在积蓄日久的仇恨和愤怒的驱使下，能把白人的肝脏活生生地割下来，而不会觉得有丝毫不妥，也不会有丝毫良心上的不安，就好像他们割的是兔子或猪的内脏一样。

你可以试着问一个普通黑人，问他敢不敢杀白人，如果他回答说"敢"，那你几乎可以肯定他是在信口胡诌。但我的"四大心腹"则另当别论，他们都是因为各自悲惨的遭遇，才滋生出了对白人难以撼动的仇恨。白人的奴役都快把纳尔逊逼疯了。不走运的他已经被转手倒卖过至少六次之多，所以他的孩子已经不知所终，如今的他已人到中年，结果又落到了一个恶毒而愚蠢的白人伐木工手里，成了后者的奴隶。有一次，这个白人还动手打了他的脸（他也当场予以还击）。纳尔逊再也无法忍受这种折磨了，他一直在痛苦的绝望中等待我发出行动的号令。亨利的愤怒和纳尔逊的愤怒却不一样，他对白人更顺从，他更有耐心，也更冷静——也许冷静有助于抑制愤怒。但他的坚毅与顽强并不亚于任何人，在他沉闷而模糊得几乎已全部丧失的听觉世界里，怒火一直都在熊熊燃烧。当他还是个孩子的时候，他的头被一名喝醉了酒的监工重重击打过一下，他的耳朵就这样被打聋了。从那时起，除了一些咚咚、嗡嗡之类的声音，他听不见任何声音。一想起多年前被打得失聪的那段往事，他的内心就会不动声色地涌出一股怒火。每当他隐隐约约地听到鸟鸣或是一些从未听到过的声响时，每当他明明看见孩子们在欢笑却听不到他们的笑声时，每当他明明看见溪流在欢快地流淌，而身在溪边的他却只能感觉到与世隔绝的无声的空虚时，他就会想起三十年前的那个令人发指的时刻，而他至今都还没报那个仇。我感觉，等宰杀白人的时刻一到，亨利一定会像燕子一样轻盈地飞入听觉世界，他会听得见白人发出的每一声惨叫。

　　至于萨姆，他对白人的仇恨不像其他人对白人的仇恨那么错综复杂。他像一只被囚禁的动物，他清楚地知道，他所有无名的痛苦都是由时不时出现在囚笼外边的那个巨大的身影带来的。萨姆的想法很简单：他要让纳撒尼尔·弗朗西斯从他的生活中消失。和动物不一样，萨姆没被关在囚笼里，他大可直奔折磨他的那个家伙的咽喉而去，先把他了结了，再把他所有的同类也一并消灭。至于哈尔克和他对白人的仇恨，我们已经知道，他的妻儿被白人卖去了南方，而我一直都在以这件事为工具来改变他温顺的性格和抗拒的心理，来削弱他对白人幼稚可笑的恐惧感和他面对白人时所怀有的敬畏之心。想让哈尔克变成一名潜在的杀手，想在他正直而宽厚的心里孕育出仇恨，并不是一件容易的事。如果我没有让他心里总想着他的妻儿被白人卖掉的那件事，我的计划很有可能会失败。然而在所有的黑人当中，哈尔克是最可靠也是最坚定地听从我支配的人。

我们五个人常常聚在一起商议，时间一般都选在星期日下午，因为在一年中的大多数时候，那都是我们黑奴休息放假的时间。萨姆、亨利和纳尔逊住的地方离莫尔家都只有不到四英里的路，所以要是我们几个想凑在一起，到树林中那个长满苔藓的隐蔽的小土丘附近聚一聚，是一件很容易的事。这些年来，我用松树枝搭成的那间避难所早已今非昔比。我用废木料对它进行了增修，用松胶填补了裂缝（这些材料是我从好几位雇主那里借或者搜罗来的）。如今它已经成了一个舒适的临时住棚，一个宽敞且能遮风挡雨的庇护所。棚子里的各种设施颇为齐全：几扇小玻璃窗（玻璃是哈尔克从特拉维斯那里偷来的），一整块刨得平整而光滑的木地板，甚至还有一个锈迹斑斑、行将散架却又还能用的铸铁火炉（这个火炉是纳尔逊从某幢房屋里顺来的，当时正赶上一个星期日，房子的主人上教堂去了）。棚子旁边有一条浅沟，我在沟里还砌了一个用来烧烤的坑灶，这样一来，这个世外桃源就什么都有了。哈尔克是我们的供应商，让我们美滋滋地（至少另外几个人是这样，而我在大多数时候更愿意保持有节制的饮食）在这里烤着吃了大量来路不正的猪肉。在那些悠长的下午，当我们几个相互交谈的时候，我会巧妙地找准时机，把话题往集体出逃上引。其实我早已经把迪斯默尔沼泽定为我们的目标。早在我还没搞到地图的时候，我就已经觉得，对我们这伙坚毅、果敢而且钻惯了树林的黑人来说，沼泽是一片再好不过的根据地。虽然它十分辽阔（那时我还不知它辽阔到了何种程度）并且人迹罕至，像创世之初的蛮荒一样令人望而却步，但它能为我们提供取之不绝的野味、鱼和甘泉。总之，对一帮敢于冒险、能吃苦耐劳的逃亡者来说，这里不但绝对适合我们，而且能让我们无限期地生存下去，绿色而繁茂的僻野会吞没我们的行踪，令追赶我们的白人束手无策。我们可以藏身于荒野之中伺机而动，一直等到我们的逃亡被人们全部遗忘为止。然后我们也许能离开沼泽往北走，不远处就是诺福克。那里有许多开往北方的大商船，我们也许能分别或者几个人一起混上船并藏在里面。这个草率的方案无疑还有许多问题，也充满了冒险和不确定性。但我知道，凭借着上帝的恩典，这样的逃亡是可以实现的。

于是，一切就这样开始了。当我第一次把该计划的要点透露给我的那几位心腹时，他们一个个都兴奋极了。他们饱受白人的虐待和折磨，内心已被仇恨撕扯得支离破碎，他们对遭受奴役和屈辱的日子早已深恶痛绝，他们宁愿与森林里最恶毒的妖魔鬼怪为伍，也不愿与白人的世界再有任何瓜葛。他们一无所有，他们失无所失，他们日夜盼望着能早日和我一起开始行动。"什么时候？"我刚把计划介绍完，他们便投来了询问的目光。"什么时候，老兄？"纳尔逊直截了当地问道。与此同时，我看到我们的"出逃专家"萨姆的眼里已经激动得闪闪发亮，他嘴里喃喃地说道："妈的！好，我们动手吧。"然而，我让他们都平静下来。我告诫他们做事要老练，要深思熟虑，要保持耐心，我迅速稳住了他们身上的那股急躁的劲头。"我们必须等主发出最后的信号，"我向他们解释道，"我们还有时间。"在接下来的几个月里，我不得不一再跟他们重复这句话。

他们不知道的是，在我跟他们讲过的简单的出逃背后，还有一个更加宏大的，必定会带来死亡、动乱和毁灭的构想。他们不知道我真实的设想，他们不知道，一场名副其实的投奔自由的大逃亡不能只有区区几个黑人，而应该有许许多多的黑人参与。他们更不知道的是，这一次我要让居住在南安普敦县这片土地上的白人们血流成河。他们之所以不知道这些事，是因为我一直都守口如瓶。但主很快就将撕去我嘴上的封条,他们也很快就会知道了——我对这一点深信不疑。

我记忆中的一个片段应该发生在我发现地图的那个冬季过后的晚春。那是六月的一个傍晚,我又被租到怀特黑德夫人家里来干活,她让我给图书室里剩下的那面空墙前面也装上新的松木书架。这是我喜欢干的那类活——先把榫眼和榫舌切割出来,再把它们连接好,然后用十字柄的螺钻将两块木头钻穿,最后再用钉子把它们钉在一起。架子被一层层搭了起来,架子的高度在不断上升。我不紧不慢、轻松而有节奏地一直工作到了黄昏。天气很暖和,外面的空气里弥漫着花粉味,到处都是叽叽喳喳的鸟鸣声。我的四周弥漫着我最喜欢的那种刺鼻的木屑味,我仿佛被笼罩在一片看似无形却又无比香甜的松木锯末的薄雾中。不知什么缘故,那些通常将我的整个大脑都塞得严严实实的行动计划,此刻却并未在我的思维中出现。我正开心地盘算着要在接下来的那个星期日去树林里搞烧烤吃。我的四大心腹会悉数到场,除此之外,纳尔逊和萨姆新招募的三个黑人也会来,他们将加入我们逃往迪斯默尔沼泽的行动。纳尔逊甚至觉得我们能让他们都皈依成教徒。三人之中最年长的那个人名叫乔,他告诉我他想受洗,我当然也期待着为他举行施洗仪式的那天(在我见过的黑人当中,尤其是在那些很快就要成为一名杀人犯的黑人当中,像他这样对宗教抱有如此强烈的热忱的黑人,我还真是很少见到)。就在我胡思乱想的时候,螺钻突然从我手中滑脱出来,锋利的钻尖扎进了我左手大拇指下面的肉里。我不禁痛苦地叫出声来。把钻尖从肉里拔出来之后,我马上知道伤势并不严重,而我疼得也不是特别厉害,但我似乎流了很多血。我以前也受过这种伤,所以并没有太在意。我从工具箱里取出一块棉布,开始用它包扎我受伤的手指。

就在我给自己包扎的时候，我忽然听到走廊里有人在讲话，那是怀特黑德夫人的声音。"如果你不把披风穿上，我是不会让你坐在干草车上出去郊游的，亲爱的！"她温柔的话语中饱含着关怀和体贴，"现在还没有完全到夏天，亲爱的，晚上会很凉的。今天是谁带你去聚会呢？"

"汤米·巴罗，"玛格丽特小姐大声答道，她就站在一旁离我不远的过道里，"啊，我一定要找到那首诗！我要证明给她看。妈妈，你刚才说那本书在什么地方？"

"就在最远的那个架子上，亲爱的！"怀特黑德夫人答道，"紧挨着窗户的那个陈设架。"

玛格丽特像一阵风似的出现在图书室里。她大多数时候都在学校而不在家，所以此前我只见过她五六次。尽管我正用心包扎自己的伤口，但我还是忍不住盯着她那笔直而优美的、十七岁女孩的后背看了起来。最吸引我的不是从她头上倾泻而下的浓密而有光泽的栗棕色的秀发，不是她长了些雀斑的年轻而稚嫩的肩头，也不是她被紧身胸衣掐得紧紧的纤细的腰身（这是我第一次看见女人的紧身胸衣，对我来说，这也算是夙愿得偿了）。最吸引我的是她根本没穿长裙，只穿着一条长及脚踝的、镶着褶边的、白色的宽松长裤，这种长裤原本应该穿在裙子里面被裙子挡住的。我是个黑人，她大概觉得我对她这样的春光外泄会无动于衷，否则，她永远都不会这样不检点地在我的眼皮底下招摇过市。虽然她自脚踝以上都还穿着衣服，远未到赤身裸体的程度，但那条白色的裤子让她看上去淫荡极了，就跟没穿衣服一样。我突然感到一阵迷茫，心里热辣辣地感到慌极了：我是继续盯着她看呢，还是把目光移开？我终于还是移开了目光,可是在我这么做之前,虽然我竭尽全力让自己不要去看,但我还是功亏一篑,我还是看见了。布料紧紧地贴在她年轻而结实的臀部上,在她的两个浑圆的骨岬之间,我瞥见了那条昏暗且带着阴影的 V 字形的凹缝。

"我敢肯定那首诗里面用的是忍耐这个词。"她大声说道。她既像是在跟她母亲说话,又像是在对着空气说话。"我会证明给她看的!"这时,她已经从架子上取下了一本书,正转过身来,冲着我的方向,用手指匆匆地翻动书页。而我仍然半蹲在地板上。她在轻轻地自言自语,声音细得都快听不见了。

"你刚才说什么,亲爱的?"怀特黑德夫人远远地在问。

玛格丽特没理会她母亲的发问。她的脸上浮现出一丝胜利的喜悦,她的声音甚至都变得尖厉了起来。"'忍耐'!我就知道是这个词。根本就不是什么'宽容'!我都跟安妮·伊丽莎·沃恩讲过好几遍了,告诉她哪个词才是对的,可她就是不信。现在我可以证明给她看了。"

"什么,亲爱的?"她母亲又一次大声说道,"我听不清你在说什么。"

"我告诉过——"玛格丽特小姐抬高了嗓门,但她马上又打住了,气恼似乎令她的声音微微有些颤抖。"哦,没什么。"她冲着空气说了一句。然后,她带着胜利的喜悦,自然而平静地冲着她此刻能找到的唯一的听众,也就是我说道:"听这个!你听听这个!"

> 理智坚定,温文尔雅,
> 富有忍耐、远见、力量和才能。
> 一个完美的女人,天意的安排,

给我劝诫、安慰和命令。
而她依然是幸福的精灵,
闪耀在天使般的灵光里。[1]

"这是华兹华斯的诗!"她冲我说道,"你瞧,我从安妮·伊丽莎·沃恩那里赢了一角钱。我跟那个蠢丫头说,这首诗里的那个词是'忍耐',而不是'宽容',可她就是不信。对了,我还能再赢一角钱呢!"

她跟我说话的时候,我正在用手压紧扎在伤口上的破烂的绷带。我迅速抬起头,朝她偷偷瞥了一眼,却再一次看见了她穿着的那条宽松的长裤。我赶紧把目光移开。我的汗流下来了,我太阳穴上的青筋在剧烈地跳动,我感觉自己正被一股突兀而强烈的兴奋感撕扯着。她怎么能如此轻率且无知地来挑逗我呢?这个淫荡的白人婊子。

"哦,纳特,也许你能告诉我另一个问题的答案。另外的那一角钱咱俩可以平分。对,我们可以把它平分了!"她大声说道,"妈妈说你对《圣经》了如指掌,也许你能答得上来呢。我和安妮·伊丽莎·沃恩打赌,我说'我们的葡萄正在开花'是《圣经》里的句子,可她却说这句话出自《罗密欧与朱丽叶》。你告诉我,纳特,这句话难道不是从《圣经》中来的吗?到底是不是呢?"

我没敢抬头,只是继续盯着自己紧紧压着左手大拇指的右手。我内心的怒火已渐渐散去。我迟疑了良久,终于控制着自己的声音说道:"你是对的,年轻的小姐。这句话出自《圣经·雅歌》。原文是这样的:'要给我们擒拿狐狸,就是毁坏葡萄园的小狐狸,因

---

[1] 《她是个快乐的精灵》,威廉·华兹华斯(1770—1850)。

为我们的葡萄正在开花。良人属我，我也属他；他在百合花中牧放群羊。[1]'这一角钱应该是你赢了，小姐。"

"啊，纳特！"她突然惊呼起来，"你的手出血啦！"

"这没什么，小姐，"我答道，"只是轻轻扎了一下。这么一点点血，不要紧的。"

她往我蹲着的地方靠了过来，我感受到了（也许我应该说看到或者感觉到？）她身上的那条白色的长裤。她的手迅速而轻柔地伸了过来，捉住了我受伤的左手。几根纤若柔荑的手指是那么恬静，可我却像被开水烫到一样，猛地把手抽开了。"没什么！"我说，"真的没什么，小姐，我发誓。"

她把手收了回去，一动不动地站在我身边，我都能听到她的呼吸声。然后，又过了一会儿，我听见她轻轻地说了一句："好吧，纳特，你可一定要把伤口照看好。《圣经》的事谢谢你了。等我从安妮·伊丽莎·沃恩那里拿到赢的钱，我就马上把你的那五分钱给你。"

"好的，小姐。"我说。

"一定要把你的手照看好了。别忘了。"

"好的，小姐。"

"不然，你就甭想拿到那五分钱，记住了！"

"你还在那里做什么呀，我的佩格小姐？"我听到她母亲又在叫她了，"都七点了，他们马上就要到了！你再不动身，就赶不上坐干草车去郊游了！快点！"

"我来了，妈妈！"她冲着她母亲喊了一声，"再见，纳特！"她

---

[1]《圣经·雅歌》2：15—16。

兴高采烈地对我说完这句话，便像一股风一样跑走了。我看着她身上的那条宽松的白色长裤离我远去，在那诱人的棉布底下，结实而年轻的肉体透着粉红色的光晕，几乎清晰可见，棉布成了一层半透明却又藏而不露的纱巾，足可令那些想把它看透的人急死。空气中仍留着一股薰衣草的幽香，它逐渐淡去，最后完全消失。我继续蹲在地板上。黄昏中到处弥漫着松树的芳香，鸟儿在屋外叽叽喳喳地鸣叫，春天的到来令它们欣喜若狂。血像水车里的水流一样顺着我的手腕淌了下来，而我的怒火也重新蹿了起来，我不知道为什么我的心会跳得如此剧烈，也不知道为什么我对玛格丽特的恨比对她母亲的恨还要深。

"让她下地狱去吧。"我低声说了一句——这不是誓言，而是恳求。"让她下地狱去。"我又说了一遍。我脑子里仍在想着那条镶着褶边的白色长裤。我不知道跟刚才相比，我对她的恨是增加了，还是减少了。我真的不知道。

莫尔遭遇了一场离奇而又足以致命的事故：在他扯着新出生的牛犊，将其从母牛的腹中往外拽的时候，原本绑着的绳子突然松了，我的主人四仰八叉地向后弹了出去，他的头正好撞在了柱子上，当场就像西瓜一样开了瓢。事故发生的时候，他当然跟平时一样又喝醉了。他撑了半天，最后才断了气。虽然此人的过世只为我带来了短短数秒的悲哀，但悲哀过后，我却陷入了极度的恐慌。对黑人来说，很少能有比他所属的白人家庭中有人亡故更不吉利的事了，尤其是在亡故者是该户的户主的时候。通常来说，各个继承人之间会爆发一场露骨而疯狂的争斗。宣读遗嘱的当天，众多黑奴会被白人用链子拴在马车的车厢里，运到像阿肯色州之类的地方去，因为死者的亲属已经把他们卖给了某片稻田或棉花地的拥有者。这些亲属在分到黑奴之后，只会让他们在自己家待短短的一个下午，然后便会急不可耐地将他们交到早就在一旁鹰视狼步的奴隶贩子的手中。在很长的一段时间内，这种恐惧曾令我心惊胆战、晓夜不安。在我感到恐惧的同时，另一种担心也令我如坐针毡：如果他们把我卖给别人，我就肯定无法完成主交给我的那项伟大的使命了。几个星期过去了，我内心的忧郁和焦急发展到了几乎令我难以承受的地步。然而，没过多久，约瑟夫·特拉维斯便向萨拉女士求婚，而且很快就如愿以偿了。于是，莫尔的那份包括我在内的财产，便被分配和转让给了莫尔的几位继承人（也可能只被分给了某一位继承人，我指的就是鼻子底下还挂着两条清鼻涕的帕特南），然后通过婚姻关系被转移到了特拉维斯的名下。这个我与之在一起住了九年的乱糟糟的家庭终于解散了，然后迁移到了附近的一片更为舒适的土地上。在那里，我遇到了哈尔克，我们一起住在车轮修理铺后面的一间狭小而惬意的斗室里，并度过了我在前文中已经描述过的那段极为关键的时期。

　　总的来说，我生命中最后的那一两年应该是我在离开特纳种植园之后过得最自由、最舒坦的一段日子（这从我在前文的叙述中也看得出来）。这并不是说我会闲得无所事事，特拉维斯当然会在车轮修理铺里给我派足差事，但他也会让我干一些我其实很乐意去干的零碎活，因为那些活能让我的智力（而不是后背）得到锻炼。当然，在此之前，我就已经替特拉维斯工作过许多次了，我感觉他十分看重我的手艺和技能。虽然这么说有些自负，但我相信，正是因为萨拉女士的嫁妆里包括我这号人物，特拉维斯才终于下定决心去向她求爱了。我替特拉维斯的车轮修理铺安装了各式各样的巧妙的机关和装置——用木制脚踏板控制的长杆锯，为他的锻炉配备的新风箱，还有一组用白蜡木做的专门用来摆放工具的漂亮的架子，这组架子也成了修车铺里最为特拉维斯珍爱的物件。平日里特拉维斯总是寡言少语，惜字如金，可每当他夸起这排架子的时候，他却从来都不缺溢美之词。虽然家里有了这样一位天才工匠，但我的新主人却没有像莫尔一样着急忙慌地把我租出去，除了有几次怀特黑德夫人成功地说服了他，让他同意把我租给她（她从特拉维斯手里租了我一两次，因为她们家的树桩需要被拖走，而她决定用我来代替她们自己家的那几头宝贝公牛来干这份差事）。我平静地忍受着特拉维斯的奴役，心里却在焦急地盼望着那个日子的到来。我的内心在燃烧。燃烧！难道这不是一个令人绝望的悖论吗？为什么我的生存处境越是变得不那么艰难，我却越是急着想要逃出去？为什么白人们对我越是宽容，越是通人性，我想把他们通通消灭的感情却越强烈？

我不得不承认，约瑟夫·特拉维斯在骨子里其实是个体面而有同情心的人，尽管以往他从莫尔那里把我雇来干活的时候，我对他的看法还有所保留。特拉维斯并不是土生土长的南安普敦县人。不知出于什么原因，他一反人们通常由东至西的迁移模式，从蓝岭山脉的荒山野岭迁来了本郡。他性格孤僻，脸上轮廓分明，双颊凹陷，还有一头沙色的头发。他脾气急躁，相貌中透着一股野性。长年累月的独居生活让他的脸上时常有呆滞的神情闪过，以往他在我的印象中是个脾气古怪、令人难以捉摸、动辄大吼大叫、气量狭窄的人。他常常用腐烂的食物、沉重的劳役和严厉而粗暴的嘲讽来发泄他对黑人的不满。刚到特拉维斯家的时候，哈尔克过得也很艰难。就在那个时候，特拉维斯犯下了一个不可饶恕的罪行：他把哈尔克的妻子蒂尼和她与哈尔克生的孩子都卖到南方去了。他宁愿每天忍受哈尔克责备的眼神和带着愠怒的哀伤,也不愿面前多出两张需要吃饭的嘴。其实对他来说,虽然多两个人吃饭的确会给他增加一定的压力,但这远不需要他做出什么要命的牺牲。他做出这种任何一位体面的奴隶主都不会做的事,也许是由于他有着山里人的传统习性,也许是由于他对潮汛地带的行事规范缺乏了解。我清楚地知道,在那些最冷酷无情的白人监工里,很多人小时候都是在没有奴隶制这一传统的地区长大的,光是从康涅狄格州和新泽西州来的邪恶而残暴的工头就不知道有多少。没人知道特拉维斯是不是在严苛的道德观的促使下做出了这样的决定,毕竟哈尔克和他的女人只是一对露水夫妻,他们俩的"婚姻"并未得到法律的承认。因此,在特拉维斯把哈尔克的"妻子"和后代(按上面那种严格的逻辑来推理的话,他们的后代只能算是一个小黑杂种)卖掉的这件事上,特拉维斯并未违背任何道德规范。当然,这种解释过于厚颜无耻,在特拉维斯之前,其他白人也已经将这种解释用过无数次了。总之,不管出于什么原因——草率、愚蠢或无知,只有上帝才知道——反正特拉维斯已经做出了决定,事情也就只能这样了。

然而,正如我前面已经提到的那样,如今的特拉维斯让人刮目相看。经济的繁荣让他得以重操儿时便已学会的那门车轮手艺。人到中年的他变得愈发成熟和热情——换句话说,他不再像以前那么蔫了。他和蔼而友好,对我甚至非常慷慨,他坚持要为哈尔克和我在修理铺旁边的单身宿舍提供舒适的住宿条件,而且确保我们能吃到他们家剩余的饭菜。他从不允许他本人或他家里的任何人有虐待奴隶的行为(至少不能在肉体上虐待奴隶)。他表现得俨然是黑奴们心目中最理想的那一类主人。一开始我还感觉挺纳闷,但没过多久我便想通了他能够重新焕发生机的奥秘。身为一个无子无嗣的鳏夫和农民，在小农场里经历了多年的苦苦挣扎之后，如今五十五岁的他终于时来运转，进入了人生的黄金阶段：他娶了一个丰满而又爱笑的女人，日子过得惬意而舒适，他的车轮生意日益红火，而且他不久前还喜得贵子，也就是说，他有了自己的继承人。更何况，他家里还有一个在南安普敦县中最聪明也最能干的黑人奴隶。

我在前文中已详细描述了我与杰雷米亚·科布初次相遇的经过，而那次相遇正好就发生在我正在讲的这段故事前一年的深秋，也就是哈尔克被帕特南和玛丽亚·波普女士逼着爬到树上受罚的那天。在那个不可思议的下午过后几个月，也就是在具有决定性质的1831年的冬天行将结束之际，我终于从主那里接收到了我期待已久的最后的指令，我开始具体地规划和实施我在怀特黑德夫人的图书室里就已经开始拟订的计划。事情是这样发生的……

那年冬天温暖得反常，人们自始至终几乎都没见到冰雪，因为这个缘故，特拉维斯的车轮修理铺一直都异常忙碌，而温暖的天气也使得修理铺从室内扩展到了露天。修理铺的车间里和铺子四周的一整片空地上都忙得热火朝天。特拉维斯、哈尔克和我，还有特拉维斯的两名学徒，也就是帕特南和那个名叫韦斯特布鲁克的小伙子，在烟雾和蒸汽中不停地往来穿梭。我们先将巨大的金属车轮在锻炉上加热，然后煅烧轮箍，直到它们被烧成暗红色，再用二十磅重的锤子将轮箍砸到车轮上去。当我们把冷水浇在滚烫的车轮上时，蒸汽会嘶嘶地响着腾空而起，接着便会传来锤子叮叮当当的敲打声，哈尔克的喊叫声，因为突然冷却而不断收缩的铸铁车轮压得它底下的木板发出的吱吱嘎嘎的响声。那场面别提多热闹了。而且，这还是一份体面、健康而又招人喜爱的工作，远不像在地里干活那么苦，那么累。要不是因为帕特南的暴躁脾气，以及他对哈尔克没完没了的奚落和辱骂，我甚至会为拥有这样一份工作而庆贺。将一根根毫不起眼的平直的粗木和黑色的粗铁条改造成一只只完美的车轮，轮辐均匀对称，更兼有华丽的胶漆和抛光，这门技艺中的某些东西委实让我感到心旷神怡。虽然工作的时间很长，但我很喜欢上班期间在上、下午各能享受一次的为时半个小时的短暂休息。萨拉女士会从屋里给我们端来一盘饼干和几杯甜苹果酒，还会顺便捎上一段肉桂。这样的工间小憩让工作变得更值当，也使得特拉维斯在我眼中变得更加容易接受。

面对从全郡和远至萨福克、卡罗来纳等低地区域飞来的大量订单，特拉维斯发现想要跟上市场的需求已经十分困难了。在把我搞到手之前，他刚刚买进了一台新近获得专利的机器，通过手动曲柄的操作，该机器能在冷却状态下将铁掰弯，这便省却了以往必须先用锤子将经过加热的金属砸弯的老旧工序。不过，这台机器需要与另一种机器（它能把人们储存的大量橡木和黑桉树木锯割成易于加工的长度）配套使用。于是，在那年十二月的月底，圣诞节刚过的时候，特拉维斯跟我大概谈了谈他的设想，然后就让我着手进行迄今为止我最雄心勃勃的一项木工工程：一台规模庞大的"实用切割机"，当它配备上粗齿锯和踏旋器后，无论是身材高大的黑人还是中等个头的骡子都能带动机器运转。这是一项颇具挑战性的任务，我也满腔热忱地鼓捣了起来。我把自己独自关在修理铺旁边的高顶棚屋里（哈尔克和那个叫摩西的男孩有时也会过来帮帮我），绞尽脑汁地设计出了一套极为复杂的装置。我把齿轮和齿轮机匣一一刻制成形，而且还想了一些其他的妙招，比如，利用配重悬吊系统来最大限度地降低锯子被卡住的可能性。无论从哪方面来讲，整个这套装置都称得上是专业水准，而我也从中得到了前所未有的满足和慰藉。我预计能在二月底之前完成机器的组装，所以我便去问特拉维斯，等工程完成之后，他能否放我几天假。我没跟他说我其实只是想到树林中的那个庇护所里待上几天，进行戒食和祷告——在完成实用切割机设计之前的最后几天里，我明显能感到主的神灵正悬停在我头顶上方不远的地方。

总之，我就去跟主人请假了。我告诉他，我要把捕捉野味的陷阱重新设置一遍，因为旧陷阱里的引诱装置已经损坏，而野兔们的警惕性也越来越高了。特拉维斯同意了，毕竟我逮住野兔能帮他增加收入，所以他几乎不可能说不。另外，正如我在前文中所说的那样，他心里还藏着一丝最起码、最低廉的公道，他也知道，我确实需要休几天假。于是，在二月下旬的一天下午，我刷完了最后一道清漆，完成了我在这台机器上的最后一道工序。我跪下来，感谢上帝赐给我一双技艺如此高超的手——每当我完成一项艰巨的工作时，我都会这么做。祷谢完毕，我二话不说，马上去树林里躲了起来，身上只带着我的那本《圣经》、那张已经磨破的地图，还有生火用的路西法火柴。

日全食是在接下来的那个星期六，在我躲进森林以后的第三天的下午两三点开始的。我从第一天起就开始禁食。我坐在帐篷里，身边点着篝火，完全沉浸在《圣经》之中，并且向主祷告。除了喝点溪水、嚼点檫树根（这是为了缓解令我饱受其苦的胃部痉挛）之外，其他的饮食我一概不沾。一般来说，禁食是我用来帮助自己消除所有生理欲望的方式。但这一次，不知是不是因为刚刚完成的那项工程给我的压力过大，所以在最初的几天里，我身边似乎总有些邪魔外道在不停地干扰我。我走出帐篷，来到松林里坐下，想把那些淫秽下流的欲望从自己的身体里除去,却无济于事。女性肉体的影像在引诱着我,在以一种我闻所未闻的方式为我热烈的情欲火上浇油。肉欲像疾病引起的高烧一样席卷了我全身的感官。我想起了在耶路撒冷的街头常常看到的一个黑人女孩——那是个身材丰满的娼妓,一个黑人们到了星期六就有机会搞一搞的女人,她是一个有着浅皮肤的帮厨女工,长着一个匀称的屁股和一双活泼漂亮的圆眼睛。此刻,她挺着沉甸甸的奶子和圆润的腰腹,一丝不挂地站在我正在幻想的眼前。我竭尽全力也无法将她赶走,无法让她离开,就连《圣经》也爱莫能助。想去蜂窝里面待一会儿吗,你这只可爱的小蜜蜂?她轻轻地对我哼出一句曾用来勾引过无数男人的话。"哦,我的天啊。"我大声说道。我站起身来,但即便如此,我的欲望也仍未消失,仍未减退。大汗淋漓的我搂着一根冰冷而粗糙的松树树干在拼命亲吻。"我这是怎么啦?"这次我仿佛是在对着上天说话。我眼前的画面变成了一个年轻的白种女人,我不知道这是哪一位长着温软柔嫩的香舌和棕色秀发的小姐,她伸出她乳白色的胳膊和双腿,将我死死地抱住。在那一刻,我心中的那种进入女人的身体的渴望,就像突如其来的剧烈痉挛,就像突然发作的疾病,它对感官的刺激如此强烈,简直到了令人惊愕、令人难以置信的地步。"主啊,救救我吧,"我大声说道,"我这是怎么啦?"在明亮的天光下,我阖上了双眼,颤抖着瘫倒在松树冷酷而粗糙的胸前。等我重新睁开双眼的时候,我的脑海中有一个念头在久久徘徊,挥之不去,它像是一个似是而非的祷告:主啊,在这项任务完成以后,我真得给自己找个老婆了。

我在沉睡中度过了下午的剩余时间和整个夜晚。第二天是个星期六,我醒来后仍然有些昏昏沉沉,而且十分虚弱。我喝了点水,嚼了点檫树根，然后强撑着来到外面，倚着树坐下来看书。我正在读《圣经·耶利米书》中的章节（不知何故，每次禁食期间，我最爱读的就是这个部分的章节，我觉得在饥饿的时候读耶利米的忧郁性格最合适）。忽然间，空气中起了变化。天光暗淡了下来，四周都是荒凉的冬季树木，它们僵硬的身影正变得朦胧而模糊，完全丧失了清晰度。远处的树林里有一群山雀，这些姗姗来迟的冬季的访客此刻也停止了鸣叫，在虚假的黄昏中变得静寂无声。我的四周都是些萧瑟灰暗、没有树叶的树木，它们像一具具骷髅，被投入了夜晚的阴影之中。我抬头望去，只见太阳正在吞噬月亮的黑色轮廓，同时，它自己的光芒也在慢慢熄灭。我心里没有惊讶，没有恐惧，只有一种得到启示之后完全屈服的感觉。我跪倒在地，闭上双眼，开始祷告，木柴燃烧的烟火气闻上去是那么香甜，我几乎被树林中的这片像在洞穴中一般的突然的寂静所淹没了。我在神秘而黑暗的寂静中跪了很久，我什么也看不见，只感觉黑暗像水汽一样将我包围。那水汽像锌的边缘一样冷飕飕的，还带着墓地中的苔藓所具有的湿气。"耶和华啊，你是伸冤的神，"我低声说道，"伸冤的神啊，求你发出光来。[1]"

"审判世界的主啊，求你挺身而立，使骄傲人受应得的报应。[2]"

这时，我听到远处传来一声枪响，它就像一声信号。那隐隐约约的砰的一声在遍布着荒芜而寒冷的森林的山谷中久久回荡，然后逐渐减弱，直到消失，最终归于沉寂。难道这是哪位孤独的猎手开的枪吗？他是否也目睹了太阳变得暗淡无光的过程，出于惊恐才朝

---

[1] 《圣经·诗篇》94：1。
[2] 《圣经·诗篇》94：2。

着悬浮在天上的那个被光晕笼罩的黑色球体放了一枪？我睁开双眼，看到太阳似乎正在把月亮往外吐出，速度跟它把月亮吞进去的时候一样缓慢而稳重。光亮又悄悄回到了林间的地面上，落叶铺成的地毯上涂上了一层金黄色的阳光。我被温暖所淹没，树上的鸟雀又叽叽喳喳地开始鸣叫，太阳得意而安详地从蔚蓝的天空中越过。我突然生出了一股强烈的预感和兴奋。

"主啊，"我大声说，"我嘴上的封条终于被撕掉了。"

在那天傍晚日落之前，哈尔克穿过树林过来看望我，还给我带来了一盘玉米糁和培根，但我仍然太兴奋了，什么也吃不下。我只是嘱咐他回去后要马上与亨利、纳尔逊和萨姆取得联系，并让他们第二天中午——那是个星期日——到我的庇护所来碰头。哈尔克起初还不大愿意，因为他在担心我的肚子（"纳特，你都瘦成什么样了，要是你再不吃点东西，一阵风就能把你给刮走"），可他最终还是照我说的去做了。第二天，哈尔克和另外的几个人全都奉命而来。我让他们都围着火坐在我身旁。我先做了一番祷告，然后便切入了正题。我告诉他们，我嘴上的封条终于被撕掉了，我已经从主那里收到了开始行动的信号。我说，圣灵是以日食的方式显现在我面前的，他们自己也亲眼见到了那一幕。圣灵告诉我，毒蛇跑出来了，基督已经把对付犯罪之人的枷锁亮了出来。我继续耐心地跟他们解释，圣灵命令我拿着他的枷锁去与毒蛇作战，因为"那在后的将要在前；在前的将要在后了"的时刻即将到来。

在那个寒冷的下午，我们就这样一直坐在那里，我把我伟大的计划向他们全盘托出。我明确地告诉他们，如果我们这五六个黑人和另外二十几个有可能加入我们的黑人只是往迪斯默尔沼泽里一跑了事，然后就一直躲在里头再也不出来，这么做既不明智，影响也不够大。二十多个黑人聚在一起,行军三十五英里,其间还需要穿越两个郡和第三个郡的一部分,即便我们选择在夜间行动,想不被人察觉也是不可能的。但话又说回来,如果进一步裁减队伍的人数,我们的行动便很可能会失败。"要是我们五个人一起往沼泽里逃跑,"我说,"恐怕我们还没从耶路撒冷跑出去十英里,白人们就已经把我们追上了。如果只是一两名黑奴逃跑,他们会放狗去追一追。但如果三个黑奴一起跑了,他们就会成群结队地出动。"而且,我们没有武器,没有食物,怎么可能在沼泽里长期生活呢?另外,我跟他们解释说,眼下买卖黑奴的生意正赶上卖方市场,郡里老有六七名奴隶贩子在成天到处晃荡。虽然我本人在这方面无疑是安全的,但我不敢替我认识的其他黑奴——包括在场的几位黑奴——也打包票。我真担心哪一天,他们的主人因为需要钱或者因为贪婪,转眼就把他们卖到密西西比州或者阿肯色州去,和在场的其他黑奴永远地分开。

"我忠实的追随者们,亲爱的兄弟们,"我最后说道,"我相信,你们当中绝不会有人还想要像现在这样继续生活下去。所以,我们已经没别的路可走了……"

说到这里,我完全停了下来,让他们用心回味我刚才说的话。时间在分分秒秒地过去,他们什么也没说。最后,亨利打破了沉默,这位耳聋的汉子沙哑而刺耳地喊了起来,令四周的寂静为之震动:"我们得把所有狗娘养的白人都杀了。主不是这么跟你交代的吗?不是吗,纳特?"

他的这几句话像是替所有人都表了态。"我们必须大开杀戒……"我接着往下讲,把整个计划的细节和盘托出。我还给他们看了那张地图,虽然他们看不懂,但能领会我计划的那条行动路线。我问他们对这个计划有没有什么问题，结果没有一个追随者对动手杀人表现出了退缩和畏怯之意。我跟他们讲得很明白，如果我们想获得自由，杀死白人是必经之路，他们坦然面对并接受了这一事实。我们看到自己在这个世界上已一无所有，所以也就全都豁出去了。我们一谈就是一整个下午，一直谈到傍晚时分。我兴奋极了，长期禁食带来的虚弱、困乏和晕眩都不翼而飞，仿佛它们都在寒冷的空气里消失不见了。我被一股兴奋、自信和具有力量的感觉所笼罩，我浑身的每个部分似乎都在快乐地欢呼和呐喊。我想知道约书亚或者基甸是否也曾有过这种狂喜的感觉，是否也曾有个声音在他们同心灵对话之际告诉过他们"在前的将要在后了"。

"那在后的将要在前。"他们应声说道。这两句话从此成了我们的暗号，我们见面时的问候语，以及我们的祝福词。

当晚，在我的追随者们临走之前，我让他们逐个发誓必须严守机密，才让他们离开森林回家。把他们打发走以后，我在篝火旁倒头便睡着了。这是我平生睡得最安稳的一觉。第二天，在我从梦中醒来之后，我发现有一条刚从冬眠中苏醒过来的王蛇正在我的庇护所前的空地上晒太阳，我用上帝的名义祝福了它，并把它视为一个吉兆。

然而，我开始在嘴里尝到一股死亡般不祥的味道。那是像变质的猪肉一样又甜又酸的腐烂味道，而且相当浓郁。我以前从未尝到过这样的味道，我极力想摆脱它，但无济于事。在接下来的那个夏天的所有重大事件发生期间，这股味道一直都在，甚至一直持续到了这场起义终结的那一刻。另外，我还受到一种十分古怪的幻觉或者精神错乱的折磨，从那时开始，我就一直无法摆脱或者回避它。

虽然这种幻觉不是每时每刻都会出现，但它出现得相当频繁。这种幻觉便是，从那天开始，只要我一遇见白人，无论这个白人是男是女，是成年人还是小孩，在某一个瞬间，这个活生生的白人就会像是突然在我的眼前消失了一样，我会把这个白人想象成某种怪异的死亡状态。在我把行动计划向我的追随者们全盘托出之后的第二天上午，在我从树林里出来回特拉维斯家的路上，那种幻觉简直强烈到了令我头昏脑涨的地步。那时，我刚刚结束禁食，身体十分虚弱，快到中午的时候，我才向东边的农场走去。森林最边上的一丛松树中间蜿蜒地伸出来一条小径，我一路摇摇晃晃地沿着它走过来，却发现这里已经像蜂巢一样忙碌。远处，我看见那两个小伙子，帕特南和年轻的乔尔·韦斯特布鲁克，正在远处合力抬着一捆铁条，向车轮修理铺走去。在更远些的地方，在主人房屋的前廊下，萨拉女士拿着笤帚，正步履蹒跚地忙着扫地，不时还扬起一股股灰尘。在再远一点的地方，在谷仓旁边的空地上，我能看到玛丽亚·波普小姐瘦骨嶙峋的身影。她穿着围裙，弓着身子站在一群鸡中间，正在撒玉米给它们吃。我打造的那台脚踏式锯机伫立在车轮修理铺的外面，它正发出刺耳而单调的金属刮锉木头的声音，咔嚓咔嚓的声音传遍了整个原野。特拉维斯手里拿着锤子和锉刀，在他上方的踏车上，哈尔克的身影在隐隐晃动。哈尔克从腰部以上全都袒露着，他站在腾腾的蒸汽中，看上去像个巨无霸。他踩着沉重的步伐蹬着踏车，身体向前倾斜。他粗壮的双腿不停地踏动，仿佛正向一个永远都在后退、永远都不可能到达的终点进行一场永恒的朝圣之旅。

就在我走向农场的时候，特拉维斯恰巧转过身来，看见了我。他冲我大声说了几句话，可因为当时正在刮逆风，我没能听清。他指着那架踏车，冲我欢迎而且亲切地挥了挥手，然后又喊了一声，这次我听清了。"这活干得不错！"我突然停了下来，站在那里一动不动，我感觉舌头底下有一股甜甜的、蜡黄色的、象征着死亡的味道。这是我第一次体验到那种幻觉。它让我想起很久以前的、在我童年时期的一个时刻：当我还在特纳种植园的时候，我曾经看过一本白人的小儿书，书里画着许多躲藏在树丛或者草丛里的木刻形状的小人，图的旁边还有一些像"雅基在哪里？"或"简在哪里？"之类的文字说明。这些图总能把我逗得乐不可支，因为我一眼便能轻易地找出答案。而眼下，我面前的这些在远处忙碌的人也从他们平静安详的背景中跃了出来，我立刻便能看出，他们一个个全都是行将就死的模样，就连他们被杀死时的姿势也都被预示了出来：两个年轻的小伙子四仰八叉地躺在地上，头已经被打扁；萨拉女士在安静的门廊下被人用刀开了膛；玛丽亚·波普小姐被劈倒在她养的那群鸡中间；特拉维斯则被长矛扎了个透心凉，直到临死都不知这场大祸是从何而至的，他的眼睛里满带着茫然不解的意味，一只胳膊还兀自抬起来跟我慈祥地打着招呼。

只有分秒不停地在踏车上大步踩着的哈尔克没有走样——啊，哈尔克！他高高地站在所有死人之上，就像一只美丽的黑天鹅，正拍打着翅膀向广阔的天堂飞去。

"是的，纳特，"那年春天的晚些时候，哈尔克对我说，"我想我能够动手杀人，我能杀白人，我现在终于知道了。对，以前我确实跟你说过，一想到行动开始之后我们要杀很多白人，我心里就直犯嘀咕，因为我这辈子还从没杀过人。有时我会在夜里汗流浃背、浑身颤抖地从噩梦中醒来，我会想象我必须杀死白人的那一刻。我不知道自己能不能下得了手。"

"可是我一想到蒂尼和卢卡斯,一想到乔老爷就那么把他们娘俩给卖掉了,根本不在乎我会有什么感受,我就知道,我肯定能够杀人。因为这些白人是主让我去杀的,就像你说的那样,把一个男人的老婆和孩子就那么卖掉,绝对是在造孽。

"天哪,纳特,自打蒂尼和卢卡斯走了以后,我心里的那股孤独劲就别提了。我太痛苦了。就拿卢卡斯来说吧,你知道我现在用什么办法来让自己不去想他吗?说起来我都觉得滑稽。自从他们把蒂尼和卢卡斯卖掉以后,我简直寂寞得要命。可我又没别的办法,只好老去想卢卡斯干过的那些顽皮捣蛋的事,想他大呼小叫的,吵得我睡不着觉,想他有一次发疯似的拿着锄头把狠狠打了我一下,想他有一次抓着一把小石子,把它们一股脑地砸在了蒂尼的脸上。我反复想这些事,然后对自己说:'好啦,他不就是个让人讨厌、让人烦心的淘气包吗?把他弄走了倒也省心。'只有这样,我才会感觉稍微好受一点。可是,天哪,我紧接着又会想起我对他做过的那些特别差劲的事情,这反而会让我更加难受。不管我怎么努力,我就是没法生那个小家伙的气。没过多久,我便会想起他趴在我背上咯咯直笑的模样,想起我们俩在棚屋后面一起玩耍的场面,于是悲伤就又回来了,我很快又会感到孤独,孤独得要命……

"不,纳特,你说得对。对别人干出这种事来的白人绝对是在造孽。所以,当你问我,我能不能杀人的时候,我觉得我能,这样做太容易了。反正,一想到蒂尼和卢卡斯,我就不想再在这个地方待下去了……"

我选择在独立日当天发起攻击,当然是特意而为的讽刺之举。我很清楚,一旦我们起义成功,一旦我们攻占并摧毁耶路撒冷,随后再让队伍迅速进驻迪斯默尔沼泽，并在那里安营扎寨，一旦我们胜利的消息在整个弗吉尼亚州和南部沿海的上游地区传开，并成为普天下黑人揭竿而起、反抗压迫的标志，那么，它正好在七月四日当天爆发的这个事实，不仅会让本地区比较有头脑、有见识的奴隶感到振奋，也会让在南方的更偏远地区受奴役的人们深受鼓舞。在我们的壮举的激励下，他们最终会加入我们的行列，或者发起他们自己的反抗和斗争。那年春天，我之所以会选择在这样一个具有爱国主义精神的节日发起攻击，其实还有另一个非常实际的考虑。多年以来，七月四日一直都有全美国规模最大、最热闹、最受欢迎的庆祝活动。一直以来，庆典都是在距离耶路撒冷城区几英里远的会场举行的，教徒们会在这里野营或集会。除了老弱病残和醉得无法外出的酒鬼，当地几乎所有的白人都会到场参加这天的庆典。正如我在前文交代过的那样，我的目标是将行动过程中遇到的每一个白人——无论男女老幼——都毫不犹豫地予以消灭。但毋庸赘言的是，我相信主也希望我们能用最便捷的方式攻下耶路撒冷，所以，如果我们能悄悄潜入那座城市，趁着绝大多数人出城庆祝节日的机会夺取军械库，那就更好了。这种策略不仅能给我方带来有利的进攻态势，还会自然地减少我方队伍的伤亡。虽然约书亚最初设想的是一场有计划的伏击战，即把敌人引诱出去，但后来他也是依靠一套与我这个计划类似的占领一座空城的机动策略才最终击败了艾城和伯特利，而这也导致了基遍的最终陷落和以色列人的后裔对迦南一带土地的继承权。所以，我在很长的一段时间里都觉得，将发起攻击的日期定在七月四日的这一策略同样受到了主的启发。

然而到了五月初，我的上述计划便全盘破灭了。那是一个星期六，我正在耶路撒冷的市场里与我的四大心腹商议计划的细节。我从纳尔逊那里得知，今年七月四日独立日的庆典已被改为在城内举行，而非在远在城外的集会场所举行。这在当地还是破天荒的头一次。这当然会使在七月四日那天进攻耶路撒冷的计划变得异常危险，情急之下，我不得不断然取消了原定计划。我几乎慌了神，我荒唐地以为，这是主在戏耍我、嘲弄我、考验我。那个星期六过后不久，我便得了痢疾，一病不起，还高烧了将近一个星期。病中的我仍然忧心忡忡。几乎绝望的我开始怀疑主是否真的想让我去执行这项伟大的使命。幸运的是，我的病来得迅速，去得也麻利，很快我就完全恢复了。虽然我的体重减了数磅，但不知出于什么原因，我反倒觉得自己比以前更加强壮了。我刚从棚屋里的那张床上爬起来（棚屋就在车轮修理铺的隔壁，在生病的这段时间，我一直在这里休息，哈尔克和萨拉女士轮流照顾我，为我提供饮食，后者永远都那么热心，但她在这个世界上也活不了多久了），便有了一个新的发现，它让我在欣喜和放心之余，也为自己对主产生的不信任而感到羞愧。这个发现便是，主并未欺骗我，相反，他用他的大智慧让我等到了一个比七月四日更重要的日子，一个对我们更加有利的计划的开端。

我在接下来的那个六月的一天上午得到了消息。当时，我又被特拉维斯外租到了怀特黑德夫人家里，或者说，我被他们拿来做了一笔交易——一笔白人们所说的"公平合理"的交易。特拉维斯拿我换取了两头牛在两个月内的使用权，因为他打算在被野火烧毁的土地上栽种苹果树，需要用牛把埋在地里的树桩拽出来拖走。和往常一样，怀特黑德夫人见我回来，顿时感到十分高兴，她不但需要我替她赶车和做木匠活，而且还在考虑让我给她们家的谷仓修建大量的附加结构。在回到她家之后的某一天，我无意中听见一位路过的浸礼宗教会牧师对他的同行理查德·怀特黑德说，在那个夏季的晚些时候，他所属的教会将在州界那边，在北卡罗来纳州的盖茨郡举行一场大型的野营集会。几百甚至上千名来自南安普敦县的浸礼宗教会教徒已经表示会欣然前往。这位牧师看上去健康饱满、面色红润。跟理查德讲完之后，他还眨了眨眼补充道，他欢迎卫理公会的教徒也去参加这场活动，以去除自己的罪恶，但他这样做并不是想来理查德的地盘上挖墙脚。他一再声称，既然他们都信奉同一个基督，大家便都是兄弟，今年野营集会的入场费只收每个人半美元——黑人家仆和未满十岁的白人儿童免费。然后，他又随口讲了一个有关卫理公会的教徒和节欲的笑话。我现在还记得理查德当时的反应，他先是用他一贯的沙哑、冷淡且干巴巴的口气向那位牧师同事道了谢，然后便开始解释为什么他认为没有几个卫理公会的教徒愿意去参加这次活动——因为他们自己的教区已经能够充分满足他们在信仰方面的需要。可他又接着说，他会把这件事记在心上，他还漫不经心地问了问活动的具体时间。那位牧师答道："从八月十九号开始，那是个星期五，一直到下个星期二，也就是二十三号结束。"我当时正替那位牧师执着马的缰绳，听到这里，我立刻意识到，我那项伟大使命的最终日期，刚才已经通过传教士的嘴传达给了我。它是那么清晰，那么显而易见，就像主从天上降在以利亚脚边的烈火一样明白无误。真是一个天赐的良机！如果能先把这几百名参加集会的浸礼宗教会的罪人——这几乎相当于耶路撒冷城一半的人口——全部干掉，那我们再去攻打耶路撒冷城不就跟儿童过家家一样手到擒来了吗？我默默向主献上了我的感谢和祷告，因为这正是我一直在等待的由他发出的最后信号。

虽然从发生日食那天开始到现在，我已经做了大量工作，但现在我们只剩下两个月的时间来进行最后的准备了。最令我感到欣慰的是，我们在招募人手方面颇有进展。招募人手需要在高度保密的情况下进行，所以我原以为此事会相当棘手，结果却令我喜出望外。我们的成功主要是拜萨姆和纳尔逊二人的策略、魄力和高超的说服技巧所赐。（亨利也成功地争取来了一两名皈依者，他的耳聋让他在这方面的努力不像萨姆和纳尔逊的努力那么富有成效。）我们的人员招募计划获得成功，也受益于我对这支队伍的人员构成所采取的科学的编排方式。首先，我在几个月前就已仔细查阅过地图，并规划出了向耶路撒冷进军的大致方向。我没有选择那条最显而易见的能直接对耶路撒冷发动进攻的路径——克罗斯基斯和雪松桥之间有一条七英里长的道路，我们可以沿着它进入位于诺托韦河对岸的耶路撒冷城。那条路虽然很笔直，不需要让我们绕弯，而且它的长度也最短，但它会让我们的两个侧翼暴露无遗。因此，我最终制定的进军路线是一条巨大的双环路，它像是条不规范的"S"形路线，全程近三十五英里。它避开了几条主要的交通干道，也很好地利用了那些偏僻的小径和土路，一路蜿蜒曲折地穿过乡村地带，向着东北方向而行。根据我的计算，我们将会在路上经过二十多座种植园、农场和田庄——准确地说，一共是二十三座——而这些地方的拥有者，几乎毫无例外地都是些更为富有的南安普敦县的贵族和绅士。我们这次远征所必需的重要物资，像黑奴、马匹、粮食和枪支之类，在他们那里都应有尽有。

最主要的是，他们还有黑奴。我研究过地图，把我们沿途要攻击的房屋的主人依次编号，然后将每家每户拥有的黑奴的人数都细细盘点了一遍，并列出了一份清单。这件事其实并不费力，因为每逢耶路撒冷的集市日，那些人家都会派一两个黑人进城，所以我和我的手下能轻而易举地和他们厮混在一起，并且通过问他们一些简单的问题（其中的一部分问题并不简单）来摸清每家每户的黑奴编制。然后，我们会拐弯抹角地跟他们聊起出逃的话题，实践证明，这个办法往往最行之有效。有过出逃经历的黑人大多脾气暴躁，性格刚勇。纳尔逊就用了这个办法。他凑到本杰明·布伦特家的一位年轻黑人身边，先跟他闲聊几句，匀给他一点高粱糖或一小口烟草，然后才偷偷问他："你们那里有没有谁曾经出逃过？"听到这个问题，对方通常都会忍不住伸手挠挠头，眼珠转上一转，然后才小心翼翼地把情况透露出来："呃，呃，对了，是有这么一个黑人，他前一阵刚刚出逃过。他的名字是内森，他逃走了三个星期，最后还是被主人逮了回来。"于是，在接下来的星期六，或者在第二个星期六，纳尔逊便会有意去巴结内森。内森是个身材魁梧、有着棕色皮肤的年轻汉子，一双郁郁寡欢的眼睛里闪烁着刻薄和叛逆的目光。纳尔逊会把他拉到市场后面的杂草丛里，打听他出逃的前后经过，不经意地和他絮叨对自由的憧憬，平静而执着地试探他心中的痛苦和愤怒的沸点何时到来。直到最后，纳尔逊才会轻轻地说出那几个赤裸裸的、没有丝毫妥协余地的字（在那段日子里，他把这句话问过许多遍）："你敢杀人吗？"这时，内森便会把一腔压抑已久、满带深仇大恨的心里话一股脑地倒出来："妈的，你问我敢不敢杀人？伙计，只要你给我一把斧子，我就敢杀！等我把白人的鸡巴和卵子都割下来，你就知道我是怎么杀人的了！"每到这一刻，我们伟大的事业便又有一名新兵应运而生了。丹尼尔、戴维、柯蒂斯、斯蒂芬、乔、杰克和弗兰克等人都是这样加入的。

虽然招募更多狂热的年轻黑人是我们的当务之急，但防止有人变节同样重要。到了那年盛夏,我盘算了一下,参加我们的行动的杀手、狂热的信徒和值得信赖的皈依者已有二十多人,他们个个都是坚强、可靠、能以命相搏的硬汉。等我们从乡村的郊野上横扫而过的那一天到来之际,只要他们振臂一呼,其他黑人一定会应者如云。他们中的每个人都发过毒誓要严守机密,我和他们也逐一交谈过,要么是在耶路撒冷市场的后面交谈的,要么是萨姆或者纳尔逊在星期日把他们带到我在树林中的庇护所中,然后我们详细交谈的。这些热情的庄稼汉、养猪汉和伐木工深深地打动了我,他们的内心因为向往自由而变得炽热且躁动。他们憧憬着即将到来的那场漫长而危机四伏的征程,他们激动和兴奋得浑身发颤。以死来威胁他们不得出卖和背叛已经毫无必要,因为这场即将到来的血腥冒险已令他们兴奋得近乎疯狂,他们无论如何也不会泄露这个伟大的秘密(除非他们在无意中说漏了嘴,这也是最令我担心的事情)。他们全都是可靠的、已经被降伏的、与我们同心同德的年轻人,所以,我一直担心的并不是我会被我手下的信徒出卖,而是某个信徒的一句不经意的抱怨或者口误使我们的行动计划引起了哪个黑人家仆的注意。这些死心塌地替白人卖命的家伙听见了,一定会吓得手足无措,浑身冒汗,然后一溜烟地跑到他们的男女主人跟前,把这个消息告诉他们。我打骨子里相信,这个世界上还是有那么一批自尊自重、性情刚烈的黑人的,为了自由,他们甘愿用身体和灵魂来做赌注。但同时,我所了解的某些存在于另外的一些黑人当中的现象,却削弱了我身为黑人的那份自豪感,而且这种人的数量还不少。为了得到区区一小把烟草、几枚鱼钩或者半磅炖牛肉,他们甚至连他们的亲生母亲的生活隐私也能拿去当谈资说给别人听。那年夏天,当我在怀特黑德夫人家干活的时候,我就"有幸"同这么一个黑人狭路相逢了。这个人名叫哈伯德，跟我一起住在马厩的黑人宿舍里，这个身体肥胖、有着巧克力色的皮肤的黑人是个十足的马屁精，是个油嘴滑舌、装腔作势、惯于阿谀奉承的人，哪怕是最细微的一点风吹草动都会马上经由他的伶牙俐齿传入卡蒂女士的耳朵里。正是因为本郡的住家中有着许许多多像哈伯德这样的人，而且他们还和我的这些追随者住得特别近，他们才会成为我的一大心病，令我常常在夜里惊魂不定，噩梦连连。

温暖的季节过去了，蔚蓝的天空和香甜的干草气息也渐渐消散。随着盛夏的到来，我对成功也越来越有信心了。到目前为止，从我们了解到的情况来看，秘密并没有被泄露，白人和黑人们仍和往常一样在各忙各的——修谷仓、堆草垛、收割玉米和棉花、伐树、造车轮、赚钱养家。到了我在怀特黑德夫人家的租期快结束的时候，也就是我在前文描述过的那个作为"传教日"的星期日，我趁着听讲道的机会，把我手下的几名心腹都召集到了理查德·怀特黑德的教堂。听完讲道后，趁着白人们都去墓地为他们当中的某个人举行葬礼的时候（死者好像是个得了天花的婴儿，我当时心想，也许是上天可怜这个小家伙，让他早死了几天，这样他就能躲过那场即将到来的浩劫了），我们集合在小溪旁商议行动计划。我把这次行动的最终计划传达给了他们。

我们究竟应该采用何种策略来发动最初的攻击？我就此问题进行过长时间的思考。最后，我得出的结论是，如果让所有人都到某个特定的地点集合，那么这样的安排不仅对我们相当不利，而且几乎是不可能的。这么多黑人突然聚集在一起，一定会特别惹眼，从而引起白人的怀疑或者警惕。不，我们发动进攻时的势头必须是递增的，就像滚雪球一样，我们的力量必须越积越多。在我们的先头部队（我和我的四大心腹）沿着事先安排的迂回路线穿越郡县，向耶路撒冷进发的途中，住在沿途的各个田庄里的那些黑人必须随时准备加入我们的行列。而那些已向我明确表态会加入行动的四十多名黑人，在我们经过他们所住的房宅时，一定得保证我们能找到他们——反正他们平时常待的也只有那么几个地方。在他们准备就绪之后，等我们一到，他们便可以抓起武器往他们的主人身上劈砍过去——这帮可爱而又凶狠的黑人暴徒会加入我们的大屠杀，然后再和我们一起直奔下一个目标，而那里会有另一个或几个黑人暴徒在等着我们。总之，要想执行这项计划，我们既需要掌握好时间，也需要高度的协调。为此，我特意给我的四大心腹委派了一项任务，他们每个人都将率领并指挥一支由另外五六名黑人组成的"小分队"，在行动开始前的几个星期，每个人必须尽可能密切地和他的小分队保持联系，不断敲打他们，提醒他们注意保密，并必须确保他们之中的每一个人在即将到来的那个决定命运的日子——八月的那个星期一——会坚守在他的岗位上。如果一切顺利的话，据我估算，从半夜在特拉维斯家发动第一场攻击开始，直到夺取耶路撒冷的军械库，我们会花去三十六个小时的时间。

我感觉一切都会很顺利。

所以，在那个星期日，我做了一番祷告之后，便把我的追随者们打发回去了。我心里充满了奇妙的兴奋感，我感觉胜利似乎已经近在眼前，触手可及。我知道我的事业是正义的，而正义的事业拥有克服一切艰难险阻和厄运的力量。我还知道，我担负的这项使命有个崇高的目标，因此即便是那些最胆小、最卑微的黑人都能理解它的正义性，我预感将会有一大群黑人挺身而出，从四面八方赶来加入我们的队伍。整个南方的黑人。整个美国的黑人。一支听命于主的黑人军团!

耶和华我的磐石是应当称颂的;他教导我的手争战,教导我的指头打仗。[1]

他是我慈爱的主,我的山寨,我的高台,我的救主,我的盾牌……[2]

但就在我马上要从怀特黑德夫人家离开,回到特拉维斯家去的时候,一件可怕而且几乎是前所未闻的事发生了。因为这件事必然会加剧白人对黑人的敌意和不信任情绪,所以我非常担心它会危及我们的整个计划,甚至使得它毁于一旦。

这件事和威尔有关。威尔和萨姆都是纳撒尼尔·弗朗西斯家的奴隶。长期以来,他的主人总是会周期性地对他进行殴打,以往他都忍了下来,但这一天威尔却爆发了,并做出了对黑人来说后果最为严重的举动:他出手还击,把弗朗西斯给打了,而且打得还不轻(他用从谷场的柴草堆里抽出的一根柴火棍打了弗朗西斯)。弗朗西斯的左胳膊和左肩都被打折了。打完以后,威尔便匆匆躲进森林,不见了踪影。刚听说这件事的时候,不知出于什么缘故,我心里五味杂陈。威尔的出逃令我长长出了口气,因为威尔的暴脾气和他漫无目标的仇恨与疯狂让我担心极了,我不想让他和我正在酝酿的那场消灭白人的行动有丝毫瓜葛,我觉得我控制不了他,也管束不住他。而且我还知道,他的头脑中一直充斥着强暴白人女性的念头,这一点更是让我无法容忍。所以,他动手打了弗朗西斯,然后逃进森林——我假设他这次的出逃是永久性的——

---

[1]《圣经·诗篇》144:1
[2]《圣经·诗篇》144:2。

倒是为我了却了一桩虽然微小但却烦人的心病。尽管如此,在我刚听到这个消息的时候,我也还是惊呆了。即便是弗朗西斯挑衅在先,即便我听说这种事以前也曾发生过,这种野蛮粗暴的举动在黑人当中还是极其罕见并且实属惊人的,它在白人之中造成了一种对所有黑人都抱有怀疑和警惕之心的气氛。各种各样的闲言碎语也开始冒头,白人们说着"这些该死的黑鬼现在居然敢还手了"之类的话。我担心,一旦白人们的这种感觉发展成普遍的存在,我们黑人便会因为这种总体的不信任而感到担心,并因此对我们的计划丧失信心。更糟的是,在这股新的压力之下,有人可能会把我们的秘密泄露出去。

和附近的其他家庭一样,在得知威尔向弗朗西斯动粗的消息之后,怀特黑德夫人家里也乱作一团。当时是星期五的中午,我刚把一辆二轮马车套好,正准备送玛格丽特小姐到她住在下郡的朋友家去——她打算去那里过周末。这时,两个白人男子骑着马送来了威尔的消息,他们俩如临大敌,全副武装,手枪、步枪什么的挂得满身都是。他们正在组建一支民兵队伍,打算去把那个黑人混蛋抓回来。其中一名男子坐在马鞍上冲着理查德嚷了一嗓子。"把枪带上,牧师,"他喊道,"跟我们一起去吧。"那两匹马汗流浃背,马蹄不住地在地上踩踏,在谷场上扬起股股的灰尘,另一个男人则在马上歪斜着身子,咧着嘴在笑,显然已陶醉在白兰地和追逐黑人的快感之中。"那个他妈的黑鬼,"另外那个人大声嚷道,"咱们一定得把他给毙了!"

理查德转身便进了屋。一位弱不禁风的牧师钻进沼泽里,去追捕一名赤手空拳的黑人逃犯,我怎么想都觉得这样的画面有些不大协调。可理查德很快便从屋里出来了,他还带着一杆滑膛枪和一支手枪。他愤愤不平地紧闭着古板的嘴唇，又伸手把头上的那顶海狸皮的猎帽稍稍挪歪了一点，这使他看上去带上了些许的痞气。这时，另外一个黑人已给他那匹肥胖的骟马装上了马鞍。脸色苍白的凯瑟琳女士也忧心忡忡地跟在理查德身后出来了。她双手握在一起，用近乎恳求的声音说道："你可得当心哪，孩子！那个黑人就像条疯狗一样！"玛格丽特小姐的三位已嫁为人妇的姐姐（她们都是刚刚回到娘家来度过夏天的）也从屋里出来了，风把她们身上的方格长裙吹得齐刷刷地鼓了起来。她们也纷纷嘱咐她们的兄弟要注意安全。眼见他爬上那匹迟钝的坐骑，她们不禁发出一阵尖叫和惊呼。"你可千万要当心哪，亲爱的孩子！"卡蒂女士抓着他的手大喊，这时，她的三个孙儿孙女也从厨房里跑了出来，冲着他们已经上路的叔叔挥手道别。正在这时，那个叫哈伯德的挺坏的黑人家仆，也扭着他那像女人一样的屁股晃晃悠悠地走了出来，在众人的送别声中为他的主人送上祝福。见了他那副样子，不知道的人还以为所有的黑人男人都跟他一样像是被阉过似的呢。"您可一定得照顾好自己呀，老爷。"他虚情假意地咕哝了一句，他那声沙哑的提醒几乎就是讨好地将卡蒂女士的话重复了一遍。"那个叫威尔的家伙，他可不是什么善茬。我知道的！威尔就是条疯狗，先生，他绝对是条疯狗。"他看上去就像个又蠢又胖的黑人老嬷嬷，我真恨不得当场把他给杀了。只有玛格丽特小姐没有走过来。我朝站在房门口的她瞥了一眼，只见她一个人待在阴影里，漂亮的脸上挂着气恼的表情。这时，理查德一边轻轻说了一声"妈，您别担心"，一边在卡蒂女士伸过去的指关节上吻了一下，然后，他便转身加入了那些人的行列。看到这一幕，玛格丽特似乎更生气了，她做了个表示厌恶的鬼脸，然后转身便从我的视线中消失了。

"他们说的都是些愚蠢的鬼话。"稍后,在我们赶着车往南去沃恩家的路上,玛格丽特小姐对我说,"他们也真是的,带着那么多枪去抓那个叫威尔的黑人。可怜的家伙,他一个人提心吊胆地躲在沼泽里,估计害怕得都快疯了。他们很可能会把他给毙了!啊,这简直是太可怕了!"说到这里,她停顿了一下,我从眼角的余光里看见她正在揩去鼻子上的一小块灰尘。我的视线继续向下游走,瞥见了她裙子上的布料,它们紧紧地绷在她的膝盖上,跟着马车前进的节奏一起轻轻摇晃着。离我更近的是她的一只手,它白得像乳白色的玻璃,上面隐隐现着青筋,此刻,她正在用这只手转动着那把女式阳伞上的骨质手柄。"我的意思是,威尔当然不应该那么做,"她接着说,"他不仅还了手,还把弗朗西斯先生打成那样。可是说实话,纳特!在这个郡里,有谁没听说过这位弗朗西斯先生?有谁不知道他平日里是怎样对待那些黑奴的?大家都觉得他的那些做法实在是骇人听闻,反正我知道我妈妈是这么觉得的。可你看她刚才的那副样子!威尔在这种情况下出手还击,我一点都不怪他。如果纳撒尼尔·弗朗西斯用同样的方式来欺负你,你会还击吗?你会吗,纳特?"

虽然我竭力避免与她目光相对,但我还是能感觉得到,她正在全神贯注地盯着我看。我的大脑在飞快地思考该如何回答。在所有我曾与之交谈过的白人当中,只有她开门见山地把这个问题问出了口。但强迫一个黑人来回答这类问题是不应该的,所以我对她很是反感,而且,她问这个问题是出于同情和幼稚,这就让我更恨她了。我终于忍不住又朝她身上偷偷瞄了一眼,我看到了她的两处像山脊一样柔软的骶骨,长裙在那里绷得紧紧的,盖住了她的大腿,塔夫绸在她的两腿之间形成了一个皱褶的凹谷,而那根僵硬而圆润的骨质伞柄正在她的玉手中不停地转动。我再次感觉到了她的目光，感觉到她正俏皮地翘着她那带着酒窝的下巴，脸也已经转了过来。她正安静而耐心地等着我的回答，而我仍在苦苦挣扎，不知该如何回答她。

"我是说，你会不会奋起还击呢，纳特？"她又重复了一遍她的问题，她那温柔的少女的声音离我那么近。"就连我都在想，如果我是个男的，是个黑人，如果谁敢像纳撒尼尔·弗朗西斯那样来欺负我，我绝对会打回去。难道你不会？"

"哎呀，小姐，"我还是选择用谦恭的语气回答道，"我真不知道该怎么做才对。但如果你像你说的那样去做的话，你可能就没命了。"我停顿了一下，又补充说："但我想，威尔也是忍无可忍才那么做的。因为一旦你再也忍不下去了，你迟早会变得疯狂，你会情不自禁地奋起反抗。我觉得威尔打弗朗西斯先生就属于这种情况。至于我自己，跟我的白人老爷动手，对他进行报复和反抗，要做这种事，我绝对会慎之又慎的，小姐。"

她听了之后什么也没说，等到她终于再次开口的时候，她的声音听上去格外严肃和忧郁，充满了一种苦苦探求而又不得其解的哀伤，这是我从她这样的年轻白人身上从没听到过也从没听说过的哀伤。"唉，我也不知道！"她叹了口气，那声音仿佛来自她心灵的深处，"我真的不知道，纳特！我不知道为什么黑人会如此安于现状——他们是这么愚昧无知，他们像威尔一样挨打挨骂，他们当中有那么多的人虽然名义上都有主人，但仍然吃不饱，穿不暖。他们的日子连动物的日子都不如。唉，我真希望能有什么办法让黑人都过上体面的生活，让他们能堂堂正正地为自己工作，能真正拥有自己的尊严。纳特，你猜怎么着，我还有一件事想告诉你!"她的语气突然变了,她声音里的伤感还在,但现在又添了一丝气愤。

"我在女子学院跟一个叫夏洛特·泰勒·桑德斯的女孩大吵了一架。她曾经是我最好的朋友之一,现在也还是。可是在五月份,在学期快结束的时候,我们俩狠狠吵了一架。嗯,争吵的原因就是黑人。你看啊,这个叫夏洛特·泰勒·桑德斯的女孩,她的父亲在弗卢万纳县有一座种植园,那里的黑奴多得数都数不清。他还是里士满州的州议会的议员,每当与解放黑奴相关的议案被递交到议会审议的时候,他都要发表一番冗长乏味的演讲,而夏洛特·泰勒·桑德斯则会在当地的报纸上找到他演讲的内容,并把它念给学校的女孩们听。她的父亲是坚决反对解放黑奴的,他滔滔不绝地讲了许多黑人的坏话,说他们没有责任感,没有道德观;说他们像动物一样残忍,而且懒惰至极;说无论白人怎么教他们,他们都学不会。他还说了许多乱七八糟的话。我刚才说五月份我和她吵了一架,当时她刚给大家念完她父亲最新的一次演讲,我也不知道自己怎么了,纳特,反正那天我终于爆发了。我对她说:'好吧,你听着,夏洛特·泰勒·桑德斯,我无意对你的父亲有丝毫不敬,但你刚才念的那些全都是瞎话,因为那根本就不是事实!'她当场就跟我急了,她说:'那当然是事实了,只要你没瞎,再多少有点头脑,你就应该知道那些都是事实!'我几乎冲她嚷了起来,因为我真的很生气,我感觉我几乎在尖叫了。我对她说:'那好,你听我说,夏洛特·泰勒·桑德斯小姐,在我居住的南安普敦县,我碰巧认识这么一位黑人奴隶,我妈妈常常把他租来替我们家干活。他的聪明才智,他的教养和为人,他对宗教的虔诚,以及他对《圣经》的理解深度,丝毫不亚于辛普森博士。'哦,纳特,辛普森博士是我们女子学校的校长。我又对她说:'不仅如此,他还是我的一位老朋友。'说到这里,我敢肯定,我几乎冲她尖叫了起来。'如果你想知道我对这个问题的想法——当然在整个学校里可能只有我一个人是这么想的,那就恕我直言:弗吉尼亚州的所有黑奴都应该得到解放!'"

玛格丽特沉默了片刻,接着说:"哦,她太让我生气了!纳特,其实她 au fond 是个非常善良、可爱、体贴的女孩。au fond 是法语,就是骨子里、本质上的意思。只不过有些人——"说到这里,她打住了话头,叹了口气,"唉,我也不知道。有时候生活就是这么复杂,不是吗?总之,纳特,"她慢慢总结道,"我跟她提到的那个黑奴就是你。我的意思是说,这些都是事实。"

我没有回答。她离我那么近。夏日的空气从我的脸旁吹过,将她身上那股动人心旌的少女的汗味与薰衣草淡淡的香气交织于一起的气味向我吹来。她的存在让我感到窒息。我想慢慢地把身体挪开,离她远一点,可我根本做不到。相反,我发现我不免会触碰到她,她也不免会触碰到我,我们的肘部轻轻地碰在一起。我内心有一股热切的渴望,热得我的腋下都被汗打湿了。我巴望着这段旅途能早点结束,可我知道我们距离目的地还有半个小时的路程。我紧盯着前面的黑色的马尾巴,它在起伏,它在荡漾,棕色的马臀在闪闪发光。马车的车轮在布满车辙印的道路上滚动,碾过上面的一个个土堆和土墩,车轮上的金属与石头碰撞在一起,发出有节奏的铿锵之声。我们的马车正在穿越郡里的一片荒无人烟的地带。原野上长着成片的金雀花、野蔷薇、薰衣草和黄芥菜,中间偶尔点缀着几块斑驳的林地。我对这一带再熟悉不过了。这里没有房屋,也没有人,只有一排破旧的栅栏,远处空旷的草原上还有一座早已破败不堪的陈年谷仓的残骸。天气甚是晴朗,阳光亮得晃眼，夏日天空中的云团宛如一座座起伏的峰峦，在原野上投下一道道迅速移动的像巨手一样的影子。我又一次闻到了从少女的汗水里散发出的温暖气息，我又一次感觉到了她的存在，我又一次闻到了她身上的肥皂味，闻到了她的肌肤、秀发和薰衣草的芳香。突然，我的心中不禁冒出一个邪恶的念头：如果我现在立刻把车停下，就停在这片草原的路旁，那么我可以对她干任何我想干的事。让她尖叫去吧，即使空荡荡的松林里到处回响着她的哭声，也不会有人察觉，甚至连秃鹰和乌鸦也听不见她的声音……我体侧的衬衣底下已大汗淋漓。我默默做了个祷告，然后像人们拒绝魔鬼撒旦的精神和肉体一样，把那个念头从我的脑海里毅然地推了出去。在我即将实施那个伟大的计划之际，我的心中怎么能冒出如此邪恶的念头呢？即便如此，我仍然感到我的阴茎已经肿胀，此刻它正在我的裤子底下搏动着。我的心怦怦直跳。我扬起缰绳照着马直抽，只顾催它快走。

可那轻轻的话语声又在我的耳边响了起来："我的意思是，夏洛特·泰勒·桑德斯真的是个虔诚的教徒——可这正是问题所在。我无法理解，像她这种有真正的宗教信仰的人，怎么会抱有这样的观点。我是说，你瞧瞧我的母亲！还有理查德，看在上帝的分上！还有我的那几个姐姐！夏洛特·泰勒·桑德斯还声称她在骨子里是相信爱的。老实说，我感觉她对《圣经》中的那些关于仁爱的教诲根本就一无所知。我指的是约翰的那些关于爱的教诲，他说，你不应该惧怕它。不要惧怕它，不要为它而痛苦。他讲得多好呀。哦，纳特，我是在说他讲述痛苦的那一段。原文是怎么说的来着？"

"噢，小姐，"我过了片刻才答道，"你一定是在说《圣经·约翰一书》中的那句诗吧：'爱里没有惧怕；爱既完全，就把惧怕除去，因为惧怕里含着刑罚，惧怕的人在爱里未得完全。[1]'原文应该是这么说的。"

"啊，是的！"她大声说，"他还说：'亲爱的弟兄啊，我们应当彼此相爱，因为爱是从神来的。凡有爱心的，都是由神而生，并且认识神。[2]'啊，他讲得再明白不过了，不是吗，纳特？真正完美的基督徒，应该爱神，还应该彼此相爱。可是，又有多少人在逃避那个神圣的美德，生活在恐惧和折磨之中呢？约翰说：'神就是爱，住在爱里面的，就是住在神里面，神也住在他里面……[3]'难道他说得还不够简单、明白，还不好懂吗？"

她继续用她轻柔的声音唠叨着，为爱而烦恼，为基督而疯狂，她喋喋不休地重复着那些利己主义的陈词滥调，那些干瘪乏味、让人听了毫无感觉的老生常谈。这些都是她从她哥哥的教堂里、从那些女里女气的男人和像僧侣一样的老处女那里听来的。从她还是一个懵懂无知、刚刚能坐直的孩子的时候起，她就坐在教堂的条凳上听布道了，她听得那么入迷，连身上的小灯笼裤都不知不觉地湿了。然而，此时此刻，她令我的内心充满了厌烦和欲望，为了至少能让后面的那种心情永远平复下来，我任凭从她嘴里源源不断地淌出的话语从我的头脑中不受羁绊地飘过，我的目光始终落在那个不断起伏的闪亮的马臀上。我在聚精会神地想一个次要但十分棘手的问题，因为在我们的行动开始之后，这个问题必然会出现。它和特拉维斯有关，更确切地说，和萨拉女士有关。我已打定主意，一旦动起手

---

[1]《圣经·约翰一书》4：18。
[2]《圣经·约翰一书》4：7。
[3]《圣经·约翰一书》4：16。

来，我们必须冷血无情，必须将白人全都杀掉。在这一点上，我们不能有丝毫妥协。不管这个白人是谁，也不管他过去同我们的关系有多好，他都不得从我们的刀斧或枪口之下逃过一死。任何其他的安排对我们来说都将是致命的，因为一旦我对其中的某个白人一时心软，这种仁慈和宽容很容易便会将我击垮，接下来我就会放过一个又一个白人。我只能为一个白人破例——杰雷米亚·科布，那个严肃的、饱经磨难的男人，读者想必还记得他和我第一次相遇时的情景。虽然我一直在竭力抑制自己对萨拉女士的好感，但我仍忍不住觉得，她真没做过什么值得我明火执仗地去报复她的事，她对我从来都是以善相待的。上一次我大病不起的时候，也是她在像母亲、像姐姐一样体贴地照顾我。我对他们家其余的那些人都没有丝毫良心上的不安，包括特拉维斯在内，尽管他这个人还算过得去，在我心里也还能唤起一些友好的情谊来。至于其他的几个人，尤其是年纪轻轻的帕特南，我由衷地希望能把他们统统除掉。如何处置萨拉女士已经让我承受了太多的内疚和不安，我甚至在想，能不能想出什么诡异的办法——比如说，让哪位牧师巧妙地发出一份邀请，在我们举事的当晚，让她这位虔诚的浸礼宗教会教徒去卡罗来纳的露营集会上高喊哈利路亚。只有这样，她和刚出生的宝宝才能逃过这场劫难。可即便我真的那样做，难道我就能解决所有的问题了吗？等她回到家中，她还是会看见令她悲痛欲绝的一幕。一路上，我为了这件事思前想后，左右为难，甚至一度变得心灰意懒。这时，玛格丽特·怀特黑德轻轻发出一声惊呼，她一把扯住我的袖子，说道："哎，纳特，停下！请你停一下！"

　　数小时之前，不知哪辆过路的货车或者马车从一只乌龟身上碾了过去，把它给压碎了。玛格丽特从她所坐的马车的那一侧看见了它。她又扯了一把我的袖子,执意要停车去救它,因为她发现它还活着。"哦,可怜的小家伙。"在我们察看那只小动物的时候,她低声叹息道。带有黑棕两色纹路的乌龟壳已被压得从中间往两边断开,一股苍白的血糊从缝隙里、从龟壳表面的像蛛网一样细微的裂纹中渗了出来。可乌龟的确还活着,它伸开的双腿在无力而绝望地扭动着,它颀长而坚韧的脖颈还兀自挺着,但它已经奄奄一息,待在那里无法移动。它的嘴巴张着,长着厚厚眼睑的双眼蒙上了一层痛苦的神色。我用脚趾轻轻地碰了碰它。

"噢,可怜的小家伙。"玛格丽特又叹道。

"没什么,一只乌龟罢了,小姐。"我说。

"啊,可它一定很痛苦。"

"我去把它弄死算了。"我回答说。

她沉默了片刻,然后轻轻地说道:"唉,你去吧。"

我从路边找来一根山核桃树的树棍,冲着乌龟的头重重地敲了一下,只敲了一下。它的双腿和尾巴短促地抖动了一番,然后便以一种轻柔而舒展的姿势松弛了下来,它的尾巴往下一垂。它死了。我把棍子往野地里一扔,朝玛格丽特转过身去。我看见她的嘴唇在发颤。

"没什么,一只乌龟罢了,小姐,"我说,"乌龟没有感觉,它们全都是不声不响的。我们黑人有句关于动物的老话,它是这样讲的:'动物之所以不叫,是因为它们不觉得疼。'"

"哦,我知道这很无聊,"她一边说一边镇静了下来,"不过——唉,可怜的家伙。"她突然用手捂了一下额头。"我有点头晕,我的头好烫啊。我想喝点水,我渴极了。"

我一脚把乌龟踢进了沟里。

"那边的树后面有条小溪，"我说，"就是从你妈妈家旁边流过的那条小溪。我知道这里的水是能喝的，小姐。我可以过去给你打点水回来，只是我没有东西可以用来盛水。"

"哦，那我们走过去吧。"她答道。

我在前面引路，穿过一片杂木丛生的干涸的原野，向溪边走去。这时，她的心情又变得开朗了起来。"我真的很抱歉，刚才我说夏洛特·泰勒·桑德斯的坏话来着，"她在我身后兴致勃勃地说，"她真的是个可爱的女孩，而且才华出众。哦，我有没有跟你说过我和她合写的那出假面剧的剧本，纳特？"

"没有，小姐，"我答道，"我想你没跟我说过。"

"哦，假面剧就是 masque，这个词的最后几个字母是 q、u、e。这是一种话剧，它的台词全部都要用诗来写。这种剧很短，通常被用来写一些比较高尚的主题，我的意思是说，它们大多都与心灵、哲学和诗之类的主题有关。总之，我们俩合写了这个剧本，去年春季还在我们的女子学院进行了演出。演出真的好成功啊。演出结束以后，辛普森博士对夏洛特·泰勒·桑德斯和我说，我们的演出丝毫不亚于他在北方的费城和纽约的舞台上看过的戏剧演出。而辛普森夫人，也就是他的太太，也对我们说，像这么感人、这么充满崇高理想的演出，她很少有机会，甚至可以说从未有机会观看过。这是她亲口跟我们说的。总之，我们写的这个假面剧名叫《忧伤的牧羊女》。故事发生在公元一世纪的罗马。它有着异教的色彩，但它又彰显了基督教的崇高理想。总之，剧里有五个角色，这部剧是在女子学院上演的，所以这五个角色自然全部都由女孩来扮演。女主人公是个名叫西莉亚的年轻的牧羊女，她住在罗马城的市郊，是个非常虔诚的基督徒。男主人公则是一位年轻的庄园主，名叫菲利蒙。

他不但长得很英俊,其他方面也棒极了。你要知道,他在骨子里是个非常善良和仁慈的人,可他在宗教上却是个异教徒。事实上,他信仰的是万物有灵论……"

干涸的原野已逐渐变成一片树林,我已经能听到小溪里溅起的水声。一走进树林,阳光顿时暗淡了许多,一股蕨类植物的凉气将我包裹了起来。我的脚下踩着松针,而且我能闻到松香发出的又苦又甜的刺鼻的气味。这里的密闭、安静和与世隔绝又一次令我心旌摇曳,气血澎湃。我回过身,用目光给她引领着道路,在那一瞬间,她的目光毫不畏缩地迎上了我的目光。与其说她是在卖弄风情,不如说那是她的固执而倔强。她的目光那么诱人,那么大胆,几乎在渴求我的目光能在她眼中停留片刻,而与此同时,她的嘴里仍在兴高采烈地唠叨着。尽管我与她的目光相接只有短短的一瞬,可那却是我记忆中与白人有过的时间最长的一次对视。我的心在莫名其妙地膨胀,一团恐惧堵到了我的嗓子眼。我又一次情欲勃发,只好把脸转开。我恨她。耳边那喋喋不休的少女的柔声细语令我心猿意马,我干脆不再去听,也不再去理会她在说些什么。经年累月攒积起来的松针在我们的脚下铺了一层芬芳扑鼻的地毯,它松软而有浮力,踩上去会发出咝咝的声音。我停下脚步,弯下腰把横在路上的一截松枝移开。我直起身,没料想到她正好站在一旁,嘴里仍在低声念叨着什么。她丰满的胸部隔着衣服轻轻碰了一下我胳膊上的皮肤,可她似乎根本没有察觉到,仍一边说着话一边和我向溪边走去。她在讲些什么我浑然不知,我胳膊上触碰到她胸部的地方在发麻,仿佛被火炙烤过一样,无情的欲望再一次憋得我透不过气来。我发现自己正在暗暗权衡风险。把她上了,我心里有个声音在说,就在这寂静无人的小溪旁把她上了。将你的整个下午,将你这一生积蓄的所有情欲全都倾注在她的身上吧。扔掉你的怜悯之心,在她那纯洁、丰满、年轻的身体上尽情享受你的快乐,直到她被恐惧和痛苦折磨得几乎疯掉。忘了你的那项伟大的使命吧。为了享受这数小时的恐怖和快活,你应该放弃一切……我感觉我裤子下面的男性器官又变得僵硬了起来。突然间,我陷入了一个荒谬而尴尬的境地:一方面,我唯恐她看见我裤子底下僵硬的状态;另一方面,我又有一种将它暴露在她面前的冲动——哦,上帝呀,别说了,别说了!我还从未被情欲和仇恨弄得如此神魂颠倒过。为了让自己冷静下来,我故意抬高声音,笼统地说了一声:"水在那里!"

"啊,我好渴啊!"她大声说。溪中有被砍倒的树木,水流到了这一段变得颇为湍急。清凉而碧绿的溪水在倒在水里的树木上汹涌地泛起了泡沫。我看着她走到小溪边跪下,将纤细的双手合成盈盈的一捧,把白花花的水掬到她的脸旁。这时,那个声音又在我耳边响了起来:现在就走过去把她上了吧。

"啊,舒服多了!"她边说边回过头问我,"你不喝点水吗,纳特?"没等我回答,她又接着说道:"后来,那个坏心肠的费德萨受到良心的责备而自杀了,而菲利蒙则用他的剑杀死了邪恶的老占卜家帕克托勒斯。我演的是菲利蒙,那个角色真是太有趣了,在台上还得挎着把木剑。后来,菲利蒙被西莉亚影响皈依成了基督徒,而在最后一幕中,你会看到他们俩山盟海誓,终成眷属。接下来他们有以下几句台词,用舞台上的术语来讲,就是剧中人在幕前的致词。菲利蒙像举十字架一样把他的剑在西莉亚面前高高举起,他说:我们将凭借天堂之上的荣光,彼此相爱……"

这时,只见玛格丽特直起膝盖,站立起来。她转过身,站在小溪边,然后张开双臂,将双臂向天空伸去,仿佛她正伫立在座无虚席的剧场的观众面前。她的眼睛似闭非闭。"然后,西莉亚说:'啊,我愿意沉醉在永恒的相爱之中!'"

"然后这部剧开始落幕,就这样结束了!"她欢快而得意地看着我,"这出假面剧挺棒的吧?它不仅充满诗意,而且还有宗教内涵,连我自己也忍不住要夸它两句。"

我没有回答。这时,她正从溪边走开,脚下却被绊了一下。她轻轻地惊呼一声,眨眼间便倒在了我身上,她仍然湿漉漉的双手此刻正紧紧攥着我的臂膀。我把她的肩膀一把搂住——仅仅因为我怕她摔倒——然后尽可能快地松开了她。然而我的动作却没能快到让我闻不见她肌肤上的芳香,也没能让我感觉不到她那缕缕栗色的发丝从我脸上扫过、令我如遭电击的程度。在那一瞬间,我能听到她的呼吸声,我们灼热的目光恣意地对在了一起。在这样一个夏日的下午,两个陌生人正一起赶路去某座遥远的乡村住宅,如果他们只是想寻常地对视一眼的话,那么他们是绝不会看那么久的。

在她倒在我身上的那一刹那,我是否也感觉到她的身体已经瘫软?我是否感觉到她完全放弃了抗拒?我已经永远都无从得知这两个问题的答案了,因为我们很快就分开了,空中有云彩掠过,给大地带来了阴影和习习微风。微风正抚弄着她松散而放荡的发丝。这一切都发生在极短的一瞬间,转眼就过去了,可在那一刻,她整个人就像死了一样,一动不动地僵在了那里。风渐渐大了起来,吹得树林哗哗直响,仿佛里面有什么东西在激烈地打斗。我忽然毫无来由地感到一种从未有过的无可慰藉的空虚。

她的身子猛地一抖,仿佛感觉到了凉意,她轻声说:"我们得赶快回去了,纳特。"我在她身旁边走边答道:"是,小姐。"如果不算上她临死前的那一次，那么这是我最后一次端详她的脸。

一切都已准备停当。我已经得知，郡里有许多浸礼宗教会教徒都会在八月十八日的那个星期四启程前往他们在卡罗来纳州的露营集会，而且要到下星期三才会返回。所以，在将近整整一个星期的时间里，南安普敦县将会失去它很大的一部分白人人口，而在耶路撒冷及其周边乡村的武装敌对分子的人数也将比平时少得多。我之所以打算在星期日晚上开始行动，是因为我听从了一贯都很精明的纳尔逊的建议。他跟我说，星期日晚上通常是黑人们外出狩猎浣熊或者负鼠的时间，至少在比较闲暇的八月份是这样。每到这些星期日的晚上，树林里总是会闹哄哄的——哄赶声，呐喊声，犬吠声，而且这些声音会一直持续到拂晓。所以，我们开始行动的时候，如果真的闹出一些动静来，也不太容易引起人们的警觉。此外，星期日通常是黑奴们的休息日，在这一天行动，也更方便我们集合人手。为了占得先机，我们必须先把特拉维斯一家解决掉，用他那几支枪和两匹马来武装我们的阵营，然后再按照我早已在地图上规划好的巨大的"S"形路线的最底部的那道曲线前进（我们要在一路上攻击途中经过的所有房舍和田宅，并将里面的人统统杀光，一个不留）。我们会在次日的某个时候到达"S"形的中间点，也就是我早已确定的"先期目标"——怀特黑德夫人家。那里有大量的马匹、枪支和弹药。届时，我们队伍的人数应该已经颇为可观。如果算上那几个被我"选中"并且将在我们攻击他们住的房宅时再加入队伍的黑人（再加上卡蒂女士家的两个黑人小伙子——汤姆和安德鲁，他们是我最后一次在她家干活的时候不费吹灰之力就招纳来的），我估计，等我们离开怀特黑德夫人家的时候，我们至少会有二十几个人。我对另外的四五个人还不是十分信赖，所以未将他们算进我最早的一批人手之中。可是只要我们一出现，我想他们也会加入我们的行列。如果我们能采取严密的措施，不放过任何一条漏网之鱼，不让任何人有机会跑出去报警送信，那我们绝对能将这片乡村的其他地区全都一举荡平，然后在第二天中午胜利抵达耶路撒冷。到那时，我们的队伍将扩充到数百人之众。

那个星期日上午的晚些时候，我和我的四大心腹又聚在一起，到我那间避难所外面有着密林的山谷中搞了最后一次烧烤。前一天夜里，我临时派哈尔克去了一趟里斯的农场，让他通知杰克（杰克是里斯的奴隶）第二天也来参加烧烤，这样，他也将成为我们先发攻击小组的成员。我觉得我们必须加强第一波攻击的力度，而杰克正好拥有合适的条件——他的体重远不止两百磅，而且更凑巧的是，当时他正对白人恨到了极点。就在一星期前，杰克的女人——一个有着奶油色的皮肤，长着一双杏眼的漂亮的黑人女孩——被里斯卖给了一个从田纳西州来的奴隶贩子，这个奴隶贩子亲口对里斯坦承，他是在"替纳什维尔的一些政府人士搜罗像她这种长相的黑人丫头"（这句话被正好在一旁待着的杰克听到了）。所以即便赴汤蹈火，杰克也在所不辞，一定会跟着我们干到底。等我们收拾里斯的时候，杰克的动作一定会相当利索的。

在整个上午和下午的大部分时间里，我都没跟我的手下在一起。我一个人留在我的避难所附近读《圣经》，祈求主在战斗中多给我们一些照顾。天气变得闷热而闭塞，在我祷告的时候，有只蝗虫从树丛中的某个地方发出刺耳的叫声，好像有根琴弦在我的耳鼓上不停地鸣奏。我祷告了很长时间，然后便一把火将我的避难所点着了。我站在一旁的空地上，眼看着那几根多年来一直替我遮风挡雨的松木在噼啪作响的熊熊烈火中化成了一股青烟。待灰烬冷却下来之后，我跪倒在废墟之中,又做了最后一次祷告,我祈求在即将到来的战斗中能得到主的佑护。耶和华是我的亮光,是我的拯救,我还怕谁呢?耶和华是我性命的保障,我还惧谁呢?[1]

我刚站起身,便听到身后的灌木丛窸窸窣窣直响。我转身去看,见到的却是威尔那张疯狂、凶狠、充满仇恨、已经被打得变形的脸。他一言不发,只是一边鼓着双眼盯着我,一边用手挠着他的黑色肚皮上的那道裸露在外的伤疤。他肚子下面的灰色牛仔裤已经烂成了破布条。我顿时感到一股无端的恐惧。

"你在这里做什么?"我脱口而出问道。

"我看到这边在冒烟。然后还在那边的山沟里看见了另外的那几个黑人。"威尔冷冷地答道,"他们分了些烧烤给我吃。我还听他们说,你们马上要搞一场暴动,要把白人全都杀掉。我问萨姆和纳尔逊,我能不能参加,可他们让我来问你。"

"这几个星期你躲到哪里去了?"我问,"如果纳撒尼尔·弗朗西斯找到你,他会一枪把你给毙了的。"

"别他妈拿纳撒尼尔·弗朗西斯来吓唬我,"威尔回了我一句,"我还想把他给毙了呢!"

"你到底藏到哪里去了?"我又问了一遍。

"周围呗,"他耸了耸肩,答道,"周围所有能藏的地方。"他眼里闪着团团的凶光,这令我又感觉到了我对他一直都抱有的那种恐惧,突然间,我仿佛苍蝇一样,被困在了他对整个人类,或者说对世间的万事万物所抱有的仇恨之中。他毛茸茸的脑袋上粘满了苍耳,黑色的面颊上有一道闪亮的疤痕,看上去仿佛一条被扔在泥泞的河

---

1 《圣经·诗篇》27:1。

岸上的鳗鱼。我甚至感觉，只要我微微一抬手，我的指尖即便隔着老远，也能触摸到在他体内奔涌着的那股疯狂，也能感觉到在那身疤痕累累的黑色鳞甲之下，有一头毛茸茸的怪兽正在蠢蠢欲动。我把身体背了过去。

"你赶紧走吧，"我说，"我们的人手已经够了。"

他从矮树丛后面猛地蹿到我身边，伸出骨节嶙峋的拳头冲着我的下巴挥舞着。"别他妈跟我扯淡了，牧师！"他呼哧呼哧的声音像一只被逼得走投无路的猫在嘶吼，"你要再跟我废话，牧师，就有你好瞧的。我在树林里东躲西藏这么久，不能就这么算了。树上结的那些黑果子，老子已经吃腻了。老子现在得开开荤，得吃点肉——白人的肉，然后再弄几个白人娘们好好爽一爽。"这几个星期他一直在树林里躲着，以浆果、坚果、蚯蚓甚至动物的腐尸果腹。在躲避白人和猎狗追捕的间隙，他偶尔能偷来一两只鸡充饥。他像动物一样活着，沾满泥土的身上散发着一股恶臭。他被人践踏过的鼻子扁得像一把平底勺，而在鼻子下面，满嘴的尖牙全都裸露在外。在我眼中，他就是一只动物——一只恶毒的小黄鼠狼或者发疯的狐狸——我浑身的血液顿时变得冷飕飕的。我感觉他随时都可能扑过来，冲着我的脖子咬上一口。"再跟我废话，牧师，"他用沙哑的声音说，"我就得好好收拾你了，直到你他妈给老子跪下！我再也不想在沼泽里躲着，成天吃他妈的黑果子了。我要吃肉。我要喝血。所以牧师，你给我听好了，这次的行动，我威尔是参加定了！你就是再能说会道，也休想说动我威尔退出。"

（其后，我在夜间的异象中观看，见第四兽甚是可怕，极其强壮，大有力量。有大铁牙，吞吃嚼碎……）

他的话还没说完，我就知道我会投降了。我只能让步。我真的怕他，我怕我无法控制他，或者无法让他听从我的命令，正是出于这种本能的不信任，我才会在几个月前将他排除在我的行动计划之外。但与此同时，有一点是显而易见的：如果我能对他身上的这股野蛮劲加以妥善的引导，对他的行为施以约束，他绝对能有效地增强我们的攻击力。这些天在树林里忍饥挨冻非但没让他变得软弱，反而为他强健的身体增添了力量和激情，在他那黑中透紫的胳膊上，肌肉在狰狞地颤抖，在突突地跳动。这时，我又看见了他的腰窝上被弗朗西斯用鞭子抽打出的那些罪恶的疤痕。我的心不由得软了下来。

（那时我愿知道第四兽的真情，它为何与那三兽的真情大不相同……[1]）

"好吧，"我说，"我可以同意你参加。但有件事你给我听好，小子，在这里我是头儿，一切由我说了算。我说往哪里跳，你就得往哪里跳，而不是仍待在原地喝你的烧酒和苹果酒，或是躺在草堆里睡大觉。你不能糟蹋白种女人，想跟我们一起干，你就不能搞这一套。我们有很长的路要走，有成堆的事要做，如果你每看见一个白人娘们就要扑过去操上一番的话，我们怕是连半英里都走不出去。所以，酒和女人都绝不能碰。好了，走吧。"

在那边的山沟里，我的几名追随者和新来的杰克已经把所有剩下的肉都烤完吃掉了。在阴燃着的篝火灰烬的四周，猪骨头扔了一地。五个人正躺在山沟里一边休息，一边低声交谈。他们的四周有一圈阴凉的蕨类植物。和威尔一起走过来的时候，我听见他们在讲话，可待我走到他们跟前的时候，他们全都立刻起身，静静地站

---

1 《圣经·但以理书》7：19。

着。自打今年春季我向他们宣布我的计划以来,我便立下了一条规定——在我面前,他们必须毕恭毕敬。我耐心地向他们解释过,我要的不是那套礼仪,而是绝对的服从,令我惊讶的是,他们很快就照办了。其实我大可不必这样吃惊,因为年复一年养成的逆来顺受的奴性已经起到了腐蚀的功效。他们全都站在午后的浓荫里等着我,而我举起手来向他们走去,边走边说道:"在前的将要在后了。"

"那在后的将要在前。"他们异口同声地一起回应道。

"第一组汇报!"我命令道。我曾在耶路撒冷军械库外面听过民兵骑兵部队的操演,今天我也采用了他们发布命令的方式。第一组的负责人是亨利。因为他耳聋,所以我不得不把命令又重复了一遍,他这才跨步上前答道:"第一组准备完毕,内森和威尔伯都在布伦特家等着我们。还有,戴维也正在沃特斯夫人家等着。彼得·爱德兹家的乔也已经准备好了。乔得了急性扁桃炎,可他已经用热毛巾敷过喉咙了,他说,等到我们打到他那里去的时候,他应该已经好得差不多了。"

"第二组汇报!"我说。

第二组有六个人,领头的是纳尔逊。"我手下的那几个家伙早准备好了,就等着动手了,"他说,"奥斯汀说,今晚他也许能从布赖恩特家溜出来,在黄昏时和我们在特拉维斯家会合。如果能行的话,他还会把布赖恩特家的那匹马也骑来。"

"很好,"我说,"发起攻击的时候,来的人越多越好。"我接着说道:"第三组汇报!"就在我发出这一命令的同时,人群中突然有人打了个响嗝,紧接着又打了一个。我转身去看,原来是杰克。他手里正攥着一只白兰地酒瓶,并且将它贴在他黑色的胸口。他的身体在微微地来回摇晃,他咧着厚厚的嘴唇,脸上现出陶醉的微笑。他的双眼恍恍惚惚地注视着我,上面仿佛蒙上了一层朦胧的薄膜,他的眼神深奥得有些反常,里面却空洞无物。我不禁火冒三丈,一把就将他手里的酒瓶打飞了。

"别再喝这玩意了,老兄!"我说,"我说过不能喝苹果白兰地,你没听见吗?下次再让我看见你的那张黑嘴叼着个酒瓶,你就等着挨揍吧。现在,你先给我滚到那边的树林里待着去!"

杰克侧着身羞愧地走开了,只是脚下的步子仍有些踉跄。我把纳尔逊叫到旁边的一排加勒比松树丛里,这里光线阴暗,脚下的土软塌塌的,蚊虫铺天盖地。"听着!"我压低声音,生气地对他说道,"你怎么回事,纳尔逊?你是我的左膀右臂啊,可你看看现在都成什么样了!是你自己跟我说的,我们绝不能让这帮小子沾酒,烧酒和果子酒都不能沾!是你一直在警告我们喝酒有害,可现在你却容忍这个小丑一样的傻大个在你的鼻子底下喝得连眼睛都睁不开了!你让我怎么办?如果连这么简单的事我都指望不上你,那还没等这场战争开始,我们就已经输了!"

"对不起。"他舔了舔嘴唇说道。他有一张冷漠的中年人的脸,圆圆的,看着有些迟钝,上面长着灰白的胡子茬。听我说完这番话之后,他也感到痛心和难过。他把头一低,说道:"对不起,纳特。我全给忘了。"

"伙计,你不能随随便便就这么忘了,"我不依不饶地说,"你和亨利是我最得力的副手,这一点你是知道的。如果你们俩不能帮我把这帮小子给归置好了,那我们不如现在就举起白旗认输算了。"

"对不起。"他又可怜巴巴地说了一遍。

"好吧,"我说道,"这次就算了。你听着,我最后再说一遍,从现在开始,绝不能再让这帮小子沾酒了。你把在特拉维斯家的计划跟我讲讲,免得到时候又出什么乱子。记住,动手的时候用斧头,长的短的都行。用冷兵器,不能弄出太大的动静,没我的命令,绝不能开枪。如果我们太早开枪,那么天还没亮他们的人就都赶过来了。"

"你说得对,"他说,"还有——"他把袭击特拉维斯家的计划又给我讲了一遍。"……然后,你和亨利进去解决特拉维斯和萨拉女士,对吧?"他说,"玛丽亚·波普小姐则交给萨姆——"

"她那天不在家。"我插了一句。

"怎么回事?"他说。

"她上彼得斯堡的亲戚家串门去了,今天刚走。"我略带遗憾地解释道。那个贱女人还真有点狗屎运。

"唉,"纳尔逊叹了口气,"太可惜了。不然,那条老母狗肯定会被萨姆好好收拾一顿。"

"反正她肯定不会在,"我说,"你接着说。"

"哦,如果是那样的话,"他继续说道,"我看最好让萨姆和你在一起,你说呢?在你们对付特拉维斯的同时,我和哈尔克还有杰克一起到阁楼上,把帕特南和另外的那个小子给干掉。奥斯汀则去马厩给所有的马都装上马鞍。威尔呢,纳特?你打算让他干什么?"

"威尔就算了,"我答道,"让他望望风什么的,先别操心威尔。"

"那个娃娃呢?"他说,"你说过你会告诉我们该拿他怎么办。怎么办呢?"

我的心一沉。"也先别操心那个娃娃,"我答道,"我们到时候自然会有办法。也许,我们把其他人都杀了,只把他留下,我也不知道。"我猛地冒出一股莫名的愠怒。"好吧,"我告诉他,"你现在赶紧过去,和你的手下待在一起。天黑以后,我过来和你们会合。"

纳尔逊穿过树林回那边去了,这里只剩下我一个人。我拿起他们为我留下的一块烤好的猪肉,正想嚼上一口,但一股焦虑的情绪在我全身弥漫开来。我的四肢有隐隐的麻木感,我的心跳加速了,就连我的整个下腹部都疼痛不已。同时,我的身上还开始冒汗。我把那一大块没动过的带骨头的猪肉搁到一旁。我曾向主祷告过许多次,祈求他让我免遭这种恐惧,但如今的情况已经再明了不过了。他根本没理我,他仍要让我遭受这揪心的痛苦和阴湿的忧惧。盛夏的这一天已接近尾声,四处潮湿而安静。除了蚊虫在我耳边疯狂而无情的嗡嗡声,除了从山谷的那边隐约传来的我的那几个黑人手下的讲话声,我什么声音也听不见。我突然心想,在扫罗、基甸和大卫发动战争的前夕,主是否也曾让他们体验过相同的恐惧呢?他们是否也像我一样惊恐,也有一种发自骨髓的兴奋,也有一种死亡迫在眉睫的感觉?在他们想到杀戮即将来临的时候,他们是否也会感到唇干舌燥?一想到那些认识的人,不管是敌是友,想到被砍下的血淋淋的头颅,想到那些残肢断臂、被剜出的人眼、扭曲的面孔,想到那些人死了之后的那副张着下颌,像是永远睡着了的样子,他们是否也曾感到全身都在绝望地战栗?整装待发的扫罗、基甸和大卫,在战斗来临之前,是否曾感到他们的热血因为恐惧而变得像水一样冰凉?他们是否也动过要偃旗息鼓、刀枪入库、放弃斗争和反抗的念头?一时之间,我内心充满了恐惧。我站起身,仿佛想一头扎进茂密的松树丛,到遥远的森林里找个避难所,永远躲在那里,再也不理会任何神或者人的事务。停止战争,停止战争,我的心在怒吼。快走,快走,我的灵魂在高呼。在那一刻,我是如此恐惧,如此无助,我甚至觉得连主也鞭长莫及,连主也帮不了我。那边的山沟里传来了哈尔克的笑声,我的恐惧渐渐平息下来,但我的身体仍像柳条一样在不住地发抖。我在地上坐下,让自己继续祈祷,继续冥想。夜的阴影在摇曳的微光中到来了……

天黑以后约一个小时,也就是十点左右,我和藏在山谷中的几名手下重新会合在一处。一轮满月从东边升起,这是我在数月前就已预料到的,它正好符合我们行动的需要。我相信,在第一天夜里,我们一直都会处于进攻的态势(假如一切顺利的话,我们在第二天夜里也仍将如此),所以夜里有月光对我们比对敌人更为有利。为了增加夜间的照明,我还用易燃的木棍和布条制作了火把。布条都在放了一加仑茨烯——用松节油和乙醇混合而成——的桶子里浸泡过,而燃液都是哈尔克从车轮修理铺里偷来的。这些火把将主要用于户内行动,当然,在户外行军而月光又不太亮的情况下,它们也可被用来照路,但使用时必须非常谨慎。一开始我们将只有几把简单的武器:三把长柄大斧,两把小的短斧,它们都在特拉维斯的砂轮上精心地磨过。正像我跟纳尔逊反复交代过的那样,为了保证隐蔽性和突然性,我希望在第一天拂晓之前,也就是在我们的攻势取得一定进展之前,尽可能地避免开枪。至于其他武器——比如枪支、刀剑之类的——我们向怀特黑德夫人家挺进的途中会经过一些白人的房宅和田庄,我们应该能在这些地方拿到武器。等我们到了怀特黑德夫人家,她的那间枪室简直就是座武器库。我们的敌人为我们准备了摧毁他们自身所需的全部工具。萨姆还从纳撒尼尔·弗朗西斯那里偷来了一大把路西法火柴,而眼下,在这个山谷中,他用其中的一根火柴点燃了火把,一张张严肃的黑色面孔上顿时映上了一抹红光，但在我的命令下，火把立刻就被熄灭了。我举起手来，发出了对敌人最后的诅咒："愿他们像风前的糠，有耶和华的使者赶逐他们。[1]"月光下，众人的面孔重新隐入了黑暗，只听我说了一声："好，我们现在开始行动。"

我们默默地排成一队，纳尔逊走在最前面，我紧随其后。出了树林之后，我们走进了特拉维斯的车轮修理铺后面的棉花地。黑暗中，我身后不知是谁咳了一声，立刻引得特拉维斯养的两条劣等狗在谷场那边狂吠起来。我低声说了句"保持安静"，大家便都停了下来，一动不动。我接着打了个手势（因为我早已预料到了这个问题），示意哈尔克到前面去，让狗安静下来——哈尔克和它们很熟，能让它们放松警惕。哈尔克穿过月光照耀下的田野，走进谷场。我们一直在原地等着，直到那几条狗友好地呜咽了几下，然后它们就不再出声了。乳白色的月光既像尘埃，又像昏暗的日光，它静静地洒下来，从厂房、谷仓和库房上剥下一片片长长的影子——它们来自山墙、横檐、顶梁和房门的黑色轮廓。天很热，四下静极了。除了草丛中的蝈蝈在吱吱尖叫，蟋蟀在啾啾地低吟，树林里悄无声息。特拉维斯家的房宅正在明亮的黄色月光下酣睡。房子里一片漆黑，静得像死神的宫殿。突然，纳尔逊把手往我胳膊上一搭，低声说："你看那里。"我看到哈尔克巨大的身形从谷仓的黑影里挣脱出来，他旁边还有一个人，看上去又高又瘦。那应该是奥斯汀，最后一个加入我们的行动小组的成员，他的年纪在二十五岁左右。他对他现在的主人亨利·布赖恩特其实并不是特别反感，因为后者待他还算和气，可他对主人也谈不上有特别的感情。他曾经向我郑重表

---

[1]《圣经·诗篇》35：5。

示，他愿欣然领命去把布赖恩特干掉。在耶路撒冷的时候，他和萨姆曾经为了一个黄皮肤的女孩而大打出手，我只希望他们俩不要因为这段过节而闹得不可开交。

我打了个手势，让其他人在我身后跟紧。我们排成一路纵队，穿过棉花地，悄悄翻过一道横在路上的栅栏，随后便来到了车轮修理铺的背风处，同哈尔克和奥斯汀站在了一起。主人从房子里是看不到这个地方的。现在我们已经有八个人了。我把钥匙递给纳尔逊，低声向他和萨姆发布了命令。我能听到特拉维斯养的几头猪在围栏里呼呼地睡得正香。趁着萨姆和纳尔逊溜进修理铺去偷梯子的时候，我又让奥斯汀到特拉维斯的马厩里给马套上鞍具。我嘱咐他动作一定要轻，不能闹出动静。奥斯汀是个在地里干活的农场工，他又高又瘦，他的脸就像一个黑色的骷髅，难看得要命。他虽然身材很高，但他的动作十分灵敏，而且他力大无穷。刚才从布赖恩家往这边赶的途中，他在穿过树林的时候不小心让他的马惊到了一只臭鼬，所以此刻他身上的那股味道别提有多难闻了。被派去马厩的奥斯汀刚刚离开，萨姆和纳尔逊就搬着梯子回来了。我和他们一起穿过院子，来到房子侧面，其他四个人已经赶在我们前面，悄悄地在前廊两旁的灌木丛中各就各位了。四周仍弥漫着臭鼬的气味，刺激着我们的鼻腔。两条狗也跟在梯子底下，随我们一道溜达了过来，它们细瘦的腰身被清澈的月光勾勒得格外分明，其中一条狗还拖着条瘸腿。微风吹来，驱散了臭鼬的气味，空气中充满了含羞草浓浓的芬芳。一时之间，我不禁屏住了呼吸。我忽然想到在很久以前，我曾经和一个名叫沃什的黑人男孩在特纳种植园的林地上一块玩耍，那里同样弥漫着含羞草的芳香。然而这个遐想转眼间就像碎裂的玻璃一样破灭了。我听见梯子发出的微弱的磕碰声，他们正把它架在房子的侧面。我抓住梯子上一根齐胸高的横木，试了试它稳不稳，然后便一声不响地攀上房子的侧面，爬过那道新近粉刷过的木质护墙板。在月光的照耀下，板子上雪白的刷墙粉几乎有些刺眼。我爬到二楼走廊的窗口，窗子是敞开的，窗帘兀自在摆动着，我能听到主卧室里正传来如雷般低沉的近似窒息的鼾声，我听得出那是特拉维斯的声音。（我记得萨拉女士曾说过："我的天哪，约瑟夫先生打起呼噜来动静可大了，可过上一段时间你也就慢慢习惯了。"）我轻轻一挺身，攀过了窗台，站在了漆黑的走廊上，来到了如雷一般的鼾声里面。我的脚踩得地板嘎吱作响，但鼾声正好将声音盖了下去。我的衬衫底下黏黏糊糊的全都是汗，我的嘴里跟吃了核桃似的又苦又干。我突然心想，这个鬼鬼祟祟地溜进别人家里的人一定不是我本人，而是另外的什么人。我想咽口唾液，于是把舌头在口腔顶部刮了刮，但感觉像是让舌头刮在了一团泥巴或沙子上。我找到了屋里的楼梯。

来到楼梯最底层，也就是一楼之后，我用路西法火柴燃起一根蜡烛。在亮光的照耀下，首先跃入我眼帘的是摩西那张大惊失色的黑色面孔。这个男孩是特拉维斯家的仆人，他在夜里就睡在楼梯底下的小壁橱里，所以被我的脚步声惊醒了。他惊恐地瞪着双眼，浑身赤条条的，什么也没穿。"你在做什么，纳特？"他低声问我。

"没你的事，"我低声答道，"回去睡你的觉。"

"都几点了？"他发了句牢骚。

"闭嘴，"我答道，"睡觉去。"

我从身边的架子上取下两杆来复枪和一把刀，然后走向房屋的前门。我把从里面锁上的插销打开，让在外面的前廊上等着的人一个个都进了屋。威尔走在队伍的最后面，我伸手挡在他的胸前。"你留在门口,"我告诉他,"注意监视有没有人过来,或者有没有人逃走。"然后,我转身对其他几个人低声说道:"纳尔逊、哈尔克和杰克,你们去阁楼上对付那两个小子。萨姆和亨利跟我来。"我们六个人拾级而上。

自从那一夜以后,我在一连好几个星期中都不止一次在想,当我们凶神恶煞地突然出现在特拉维斯面前,并且意图如此昭然若揭的时候,他那睡得昏昏沉沉的脑子里会有怎样的感受?在他这样一位宽容大度的主人看来,这种事只可能发生在噩梦中,早已不在他应该操心的事项之列,就像人们对所有破坏性极大但发生的可能性又极小的事会有的态度一样:他们从来都是满不在乎的样子。和其他白人一样,每当夜深人静之际,当他哼哼唧唧地在床上翻着身的时候,他偶尔也会想起那些住在树林边上的温顺而驯服的傻瓜蛋来。有时候,他也会忽然在闪念之间想,假如有一天这些驯服的牲畜突然变成了狂暴的猛兽,处心积虑地要把他和他关心的那些人全都消灭,那可怎么办呢?这些愚昧可笑的家伙以对主人的忠诚而著称,忠诚得甚至到了幼稚的地步——尽管他们身上也有别的缺点和短处,但他们的忠诚着实令人感动。倘若这些从来都不曾以男人的气概、坚毅和勇气而著称的家伙一夜之间变了个样,比方说,变成了冷酷的刺客,变成了野狗,变成了一心想要复仇的刽子手,那他这把瘦弱的身子骨又会落得个怎样的下场呢?和其他白人一样,特拉维斯无疑也曾因为这种胡思乱想而备受煎熬,也曾被这样的噩梦吓得浑身发抖。但同样无疑的是,历史带给他的那点可悲的信心终于将这些恐惧和忧虑从他的头脑中完全抹去了,他在大多数时候都保持着镇静和从容,夜里也做着香甜的美梦——也难怪他会这样想,这样的灾难以前从未发生过,不是吗?白人们(包括那些身份最为低贱的自耕农和最穷的寮屋住民和流浪汉）都知道，黑人身上有一股麻木的惰性，有一种下贱、愚钝和软弱的东西，这种东西一直在妨碍他们变得危险，变得大胆，变得刚毅且无畏。正是因为这种惰性，黑人们才会俯首帖耳地度过了过去的两个多世纪，这难道不是事实吗？当然，特拉维斯无疑是对这些脆弱的历史证据满怀信心的。他和其他白人一样，都觉得既然在这个国家有史可查的漫长年代里还从未发生过黑人起义，那这些黑人想必永远都不会揭竿而起了。正是因为有了这份信心，这份像银行家对坚挺的美元一样坚如磐石的信心，他才能在夜里睡得那么安稳，那么无忧无虑。所以，当熟睡在萨拉女士身边的他猛地从床上坐起来的时候，当他困惑而呆滞的目光落在我手里的长柄大斧上的时候，支配着他那昏昏欲睡的大脑的很可能只有一种感觉：困惑，而不是恐惧，因为他还从没有过恐惧的感觉。他说："你们几个来这里做什么？"

松木火把上散发出的强烈的莰烯气味刺激着我的鼻孔。油腻的烟雾令空气都变得有些模糊了。借着亨利高举着的火把的亮光，我看见萨拉女士也已经从床上坐了起来，只不过她的表情和她丈夫的表情大不相同，不是困惑，而是显而易见的恐惧。转眼间她已经呻吟了起来，那是一种发自肺腑的丧魂失魄的呜咽，声音细得几乎听不清。但我朝特拉维斯转过身去，我惊讶地意识到，跟他朝夕相处了这么多年之后，我今天才头一次真正直视他的眼睛。我熟悉他的声音，我像他的家人一样熟知他的相貌，我的目光曾无数次从他的嘴、他的面颊和他的下颌上匆匆扫过，却从未和他的眼睛碰在一起。这都怪我，怪我那本能的恐惧，但是——唉，这些已经都不重要了。此时此刻，在他的那层困惑和朦胧的睡意底下，我看见了一双忧郁的、棕色的、饱尝艰辛的眼睛，虽然带着些不屈和顽固，但仍不失和善。我觉得直到现在我才真正了解了这个人——或许，即使到了现在，我对他的了解也算不上透彻，但与那些平时只是跟他一起干过活的人相比，我对他的了解却要多得多，因为其他人只见过他穿着沾满泥土的裤子或光着膀子的样子，只听过他那没有血肉、没有实质的声音。在我俩的目光交织在一起的那一瞬间，我仿佛终于找到了我的这位拥有者、这位遥远而抽象的人物的画像中一直残缺和破碎的部分。此刻，他的面容变得完整了。我向他投去最后的一瞥，想再看看他真实的模样。不管他是不是什么别的存在，他毕竟是个人。

对，他是个人，我心想。

想到这里，我把长柄大斧举过头顶。我感觉那件武器在我手中像狂风中的芦苇一样抖得厉害。"你的死期到了！"我大喊一声，斧子嗖地往下落去，然而我的准头偏了约半英尺，没劈中特拉维斯的头盖骨，而是砸在了他和他妻子之间的床头板上。一直在低低呻吟的萨拉女士顿时发出一声尖叫。

我伟大的使命就在这样的尴尬中开场了——主啊！我可是率先出手的那一个啊。然而，我所有的力量仿佛都已弃我而去，我的四肢软塌塌的，像肉冻一样，我拼了老命也无法将卡在床头板上的斧刃撬下来。我暗暗祷告了一句，然后紧握斧柄又猛地使了一把力。这时，只听特拉维斯惊恐地大吼一声，从床上逃了下去。直到现在，他才终于开始害怕了。他手无寸铁，屋子的出口也已被三个黑人和他自己的那张床堵得严严实实，他彻底慌了，他的手在墙上摸索，似乎想从上面找出一条能让他逃出去的缝。"萨拉！萨拉！"我听到他在大哭。可她也帮不了他，她正像发狂的天使一样在高声尖叫。我的上帝啊，我一边想一边继续用力掰着斧把。在迷惘之中，我开始漫无目的地端详起在火把的照耀下纷纷涌入我眼帘的各种放在卧室里的物品来：金怀表、蓝色的发带、水壶、已然褪色的石灰色的镜子、梳子、《圣经》、夜壶、外祖母的画像、鹅毛笔，还有装了半杯大麦茶的杯子。"妈的！"我听到身后的萨姆在说，"妈的！杀了这个该死的混蛋！"随着木头被拧得发出嘎的一响，我终于将斧刃从橡木做的床头板上拔了出来。我举着它，又一次向仍在墙上四处乱抠的特拉维斯抡了过去，可让我难以置信也令我绝望的事情发生了——我还是没能击中目标。斧刃的外缘蹭着他的肩膀滑了下去，斧子的长柄在我的手里巧妙地转了个身，脱出了我的手掌，毫无威胁地滑落到了地板上。在萨拉女士震耳欲聋的尖叫声中，我伸手去拾斧头。我刚弯下腰，就发现特拉维斯已经清醒了过来，并且恢复了理智，他的身体已经转了过来，此刻正背墙而立，他的手里攥着一只锡制的花瓶，打算用它来自卫。他那张疲惫而憔悴的脸苍白极了，和他身上穿的白色睡衣的颜色一模一样，但他终于还是硬气了一把。他已将一切都置之度外，他要应战了。虽然花瓶又轻又薄，可当它被这位强壮的伐木工握在手里的时候，它看上去也像一根大棒一样危险而致命。他的头以一种敏捷而令人生畏的节奏在来回晃动，像极了被狗群逼得走投无路时的山猫。"杀了他！"萨姆又在我身后吼了一嗓子，可我仍未准备好。

当那出乎我意料而且将永远留在我的记忆中的一幕发生的时候，我的手指其实已重新握在了斧柄上，但我全身的骨骼都在颤抖，我的犹豫和笨拙令我自己都感到惊讶。当我亲眼看见那一幕在我眼前发生的时候，我就知道，无论今后我去到哪里，无论这辈子我会是一个或者会成为一个怎样的人，即便我去往远古的宁静的草原上，那一幕都将从此与我形影不离，都将成为我生命的一部分。那一幕便是,从外面的黑暗之中,或者从不知道什么地方,威尔突然静静地(他静得令人难以置信)将他的身体挤进了我和特拉维斯之间的狭小的空间里。此刻,他瘦小的黑色身躯看上去那么庞大,不知出于什么缘故,他的身躯似乎还透着些温情。他一下便罩住了特拉维斯穿着睡衣的身影,两个人看上去仿佛在一起含情脉脉地起舞。在火把的光亮的照耀下,威尔和特拉维斯打了个照面,却都一言不发,只有萨拉女士仍在尖叫,叫声已经拔高到了近乎歇斯底里的调门。我这才意识到他俩的身影如此急促地搅到一处意味着什么。一切都发生得太快了,过了片刻我才意识到,刚才我看到的那道寒光是从我们精心开过刃的几把短斧中的一把上发出来的。威尔将他满带着黑色肌腱的手臂举到半空中,然后落下,接着再举起,再落下,然后又来了一遍。最后他往后一跳,从刚才几乎与他搂抱在一起的特拉维斯的身边弹开了。就在同一瞬间,特拉维斯的头从他的脖颈上滚了下来,鲜血从深红色的浆状的肉质中向外喷涌着。血流满了整个房间,仿佛这里刚刚举行过一场圣洗。

"哎,牧师!"我听到威尔在冲我大吼,"如果你下不了手,就让我来!对这些狗日的白人就得这样。给我闭嘴,你这个臭娘们!"他朝萨拉女士大吼了一声,然后又对我说:"牧师,是你来收拾她,还是我来?"

我连说话的力气都没了,我的嘴唇只是徒然地动了动,但我说不说也已经不重要了。威尔深不可测的杀心已经开始启动。没等我有所表示,他已经解除了我的选择权,并且完全掌握了控制权。"靠边点站,牧师!"他命令道,我不由自主地照办了。他一步跃到床的那一头,骑到了那个正在不住地尖叫和蠕动的和善的胖女人身上,她终于还是没能去参加露营集会。威尔接下来的动作仍是在快速而有力的节奏中完成的,他砍得那么虔诚且急迫,仿佛今天这一出手,这个伤痕累累、饱受折磨的小个子黑人心中的无数疯狂而难以平息的欲望都顿时得到了满足。他像情人一样将自己置于萨拉女士的两条颤抖而赤裸的大腿之间,用力而持久地履行着自己的使命。他往下低垂的头几乎把她的脸全部遮掩了起来,除了那头凌乱的鬓发和一只瑟瑟发抖的瞳孔。斧头又一次被举起,然后落下,随着那一劈,她的尖叫声戛然而止,可那只瞳孔仍朝我投过来一道茫然至极的目光。鲜血喷涌而出,多得难以想象,我能听见栖息在她体内的灵魂离开的声音,它像蛾子一样从我的耳边飞走了。我不由得把身体背了过去。威尔举着斧头砰砰地又剁了两声,这才安静下来。我将亨利和萨姆一把推开(难道我真的想一走了之?),朝开着的屋门走过去。刚走到门口,我就看见那个叫摩西的黑人小男孩手里拿着蜡烛,正目瞪口呆、浑身僵直地站在那里。他吓得连脸上的模样都变了,就像一个正在梦中的梦游者。这时,从楼上传来了黑人的叫喊声,听上去怪怪的,既像音乐,又像号角在吹响——那当然是哈尔克的欢呼之声。紧接着我听到了窸窸窣窣的粗重的声音,好像有人在拖拽什么东西。阁楼上的木地板被压得嘎吱作响,只见帕特南和韦斯特布鲁克的血淋淋的尸体咣的一声从陡峭的楼梯上一起撞落了下来。血在墙上、房木上淌溅得到处都是,血多得像世间所有的汪洋都汇聚在了一起,血深得像大海一样深不可测。"啊,我的上帝呀!"我不由得说出了声,"您真想让我这么做吗?"

突然,随着咚咚的脚步声,哈尔克从阁楼的梯子上跃了下来。在火把的光照下,他充满喜悦的双眼闪闪发亮。他轻轻一跳,从两具尸首上跨了过去。现在的哈尔克不再是个卑贱的奴仆了,他已经品尝到了血腥的滋味。那位迷失自我、伤心欲绝的父亲如今已成了登门索命的杀手。

"真他妈痛快。"我听见他说了一句。

"我们得走了！"我压低声音喊道。

"快点！"

就在我说话的同时，我突然感觉手腕上传来一阵锥心的疼痛。我低头一看，原来是摩西。他被威尔刚才处决特拉维斯的一幕吓疯了，所以逮住正好站在他身边的我张口便咬了下去。我只得强行把他死死紧咬着的嘴掰开。

我还记得，在我的审判开始前的那天下午，在我的牢房里，当托马斯·格雷先生对我的质疑达到顶峰的时候，他曾用他近乎失态、近乎气哽的语调对我说："可这完全就是屠杀，牧师，毫无意义的屠杀！那些葬身血海的人全都是些无辜者！你怎么能说这一切都是正义的呢？这是大家最想知道的几件事之一，我也很想知道，上帝给我作证！我！"

十一月的寒风从牢房中扫过。我被链子锁着的两个脚踝早已经冻木了。见我没有立刻回答，格雷便继续讲了下去，一边讲一边把用来记录我的自白的稿纸叠在一起，并且用这些稿纸在他宽厚的腰腿上轻轻地拍打着。"我的意思是说，上帝啊，牧师，你们干的事完全有悖人伦，尤其是下面这几条！听着。每一条都是你自己在证词里交代的。你们在特拉维斯家一共杀了四个人，从他们家离开以后，你突然想起那里还有个婴儿——一个未满两岁的孩子，仍在摇篮中熟睡着。你说，你原本打算放过那个孩子，可你突然又改变了主意。于是，你大声说道：'从虱卵里只能繁殖出虱子来！'我敢发誓，牧师，身为神职人员，你当时的心情一定十分微妙，尤其是你派亨利和威尔回到屋里,让他们将那个可怜的孩子拎起来,照着墙抡过去,把他的小脑袋砸得开了花。这完全有悖人伦!但它又的的确确发生了,而且是你自己亲口承认的。可你仍然张口闭口说你丝毫不为这种可怕的行为感到内疚,可你仍然声称你丝毫不觉得自己受到了良心的谴责。"

我又迟疑了半晌。我仔细斟酌过我的措辞,这才开口说道:"是的,格雷先生。很抱歉,对所有的事情,我还是不能认罪,因为我的确不认为自己有罪。而且,我也真的没有您刚才所说的那种受到了良心的谴责的感觉。"

"还有一条,你们第一天下午在威廉·威廉斯先生家的饲料地里杀死了两个小男孩,那两个小孩都还不满十岁。你是想告诉我,你对这件事也一点都不感到后悔吗?"

"没有,先生,"我平静地答道,没有,我一点都没有感到后悔。"

"该死的——那再听听下面这条!同一天的晚些时候,有十名无辜的年幼学童在沃勒斯家里遭到了屠杀。你是不是想告诉我,在牢房里被关了好几个月之后,你的内心仍然未对这桩惨案有任何触动?这群手无寸铁、孤立无助的孩子被你们杀得一个不剩,你居然没有感到半点内疚?"

"没有,先生,"我说,"我真的没有任何感觉。不过,如果您不介意的话,我倒是想补充一点,先生,在沃勒斯家被杀的那些人并非像你说的那样毫无抵抗力。他们也并不全都是儿童。那些白人开枪对我们进行了猛烈的还击,我有两名手下都是在那里挂的彩。"我停顿了一下,又补充道:"即使不考虑这些,我也没什么可内疚的。"

我一边说着,一边看见格雷的双眼瞪了起来。我不知道,我对他讲的这些实情有多少能被他放进我最终的公开证词里边去,我觉得不会有太多,但这一切对我来说已经不再重要了。十一月的寒风透过雪松木墙板上的缝隙灌进屋来,我身上的倦意和那阵寒风一样令我感到冰凉和疼痛。寒风不但冻僵了我的骨骼,还冻住了铐在我双脚上的铁镣。我告诉他,在第一天下午我们杀进哈里斯种植园的时候,我们发现有个十四岁左右的小女孩尖叫着逃进了树林。我提醒过格雷,而格雷也跟我提过,这位勇敢的小姑娘像疯了一样气喘吁吁地一直往北跑到了两英里以外的雅各布·威廉斯家去报信。她的逃脱不仅让威廉斯一家躲过了我们的报复(尤其是纳尔逊的报复,因为纳尔逊就是他们家的奴隶,他早就盼着有一天能跟他们算一算总账),而且导致威廉斯本人骑着马先行开了溜,给住在上郡的一些大庄园主(比如布伦特和里德利少校等人)发送了警报。我们也正是在那几个地方遭到了最激烈的抵抗。在那之后不久,当我们距离耶路撒冷的桥和县城只剩下短短一英里的路程的时候,周边三个郡派来的骑兵队已经赶到,我们进入耶路撒冷和夺取军械库的通道便被切断了。

格雷半晌无言。过了一会儿,他终于深深地吸了口气,从喉咙深处发出了一声叹息。"好吧,牧师,既然你就是奔着要搞一场大屠杀去的,那我还是应该让你了解一下你的战果,"他用阴郁的声音说道,"我可以说,你的任务完成得相当成功,也相当圆满。当然,在某种程度上是这样的。这些天里你一直在东躲西藏,有些统计数据你肯定还不知道吧。在你们这场持续了三个昼夜的进攻过程中,你们总共将五十五名白人提前送进了坟墓,这还不包括二十多个被你们重伤或者致残的白人——用法国人的话来讲,就是 hors de combat,意思是说,即使这些人没有死,他们今后也都成了废人。

天知道有多少人将因此留下悲伤而可怕的回忆，多少人的心里将留下至死都无法消弭的创伤和疤痕。"他掏出一管嚼烟，从上面掰下黑黑的一小团，接着说道："不，我一定得让你知道，在许多方面，你的计划还是挺周全的。你们凭着几把砍刀、斧头和几杆枪就扫平了整整一个郡，这件事在历史上也将会留下一笔。正像你说的那样，你们的确就差那么该死的一点就可以长驱直入杀进耶路撒冷城了。而且，我记得我之前已经跟你提到过，整个美国的南方都被你震惊了，几乎可以用被你吓得屁滚尿流来形容。以前还从没有哪个黑鬼有这么大的能耐。"

我对此无话可说。

"好吧，从某种程度上来说，你成功了，行了吧。不过，你要知道，"他伸出一只被烟草熏成黄褐色的手指猛地戳了戳我，"只是在某种程度上而已。这是因为，牧师，总的来说，从最深层、最严肃的意义上看，你不过是个彻头彻尾的失败者——一个不折不扣的、自始至终都一无所成的失败者。对不对？这是因为，正像你昨天告诉我的那样，你所预想的那些会紧随着这次暴乱而相继爆发的重要变故最终一件都没有发生，对不对？发生的只是些无关紧要的小打小闹，就像往地上滋了泡尿一样，能闹出多大的动静来呢，对不对？"

我感觉自己的身体在颤抖，便低头往我双腿之间的木地板上看去。在冰冷而昏暗的灯光下，那条冰凉的铁制链环已被冻得像一条巨大而生锈的木头链子。突然，我感觉自己的死期正在临近，我的头皮像针刺般疼痛，我觉得那是死亡的征兆，是对死亡的恐惧和向往所导致的疼痛。我的双手在战栗，我的全身痛彻入骨。这时，我听到了格雷的声音，它仿佛是从辽阔而寒冷的远方传来的。

"下一条，"他继续说道，"据美国去年的人口统计数据，本郡总共有八千名黑人奴隶，这其中不包括约一千五百名已获得自由的黑人。两者加在一起，黑人的总数在一万左右。而在这一万人当中，据你事先的估计，至少会有很大比例的黑人男性会挺身而出，加入你们的队伍。这是你自己说的，那个叫哈尔克的黑鬼和另一个叫纳尔逊的黑鬼（在他被绞死之前）都说曾听你这么讲过。那我们就来算算，嗯，在本郡的黑人当中，或许有将近一半的黑人都住在你们向耶路撒冷进军的沿途，也就是说，从他们住的地方，他们肯定能听见你们的队伍行军时的号角声。即使只算上年轻力壮的黑人男性，至少也应该有上千名黑人追随你的旗帜，愿为黑人的共同事业而献身。这还是假设只有50%的青壮年黑人男性会加入你的队伍，并不包括老人和小孩的情况。所以，按照你的事先计划，你应该能聚集起一千多名黑人才对。一千名呀。但真正加入你们的黑人才有多少人呢？满打满算也才七十五个人。七十五。牧师，我问你，这个数字是不是太惨了呀？"

我没搭腔。

"下一条，"他又说道，"是关于你这支所谓的部队的酗酒问题和其他非军人的行为的。你是无法否认这一条的，虽然我相信，你希望你们能在整个世界面前展示出一支完整、有序、纪律严明、装备精良的强大军队，展示出一行行、一列列威风凛凛的年轻战士，但我们有太多目击者的证词能够证明，事实正好 au contraire[1]。你拥有的压根就不是什么军队，而是由一群肮脏且邋遢的黑人醉鬼组成的乌合之众，他们一时一刻也离不开烧酒和果子酒，他们身上那股

---

[1] 法语的"相反"的意思。

深入骨髓的黑人本性也进一步导致了你们的失败。怀特岛县的民兵统领克莱本少校告诉我，当他在帕克先生家旁边的野地里将你们击溃的时候，你的手下有三成已经喝得烂醉如泥，走起路来都东倒西歪，有些人晕乎乎、醉眼蒙眬的，连哪头是枪托哪头是枪口都分不清了。我问你，牧师，你靠这样的一帮人能搞出什么像样的革命来吗？"

"不能，"我说，"那的确是很糟糕，我承认。那也是我们犯下的最严重的错误之一。我事先特别交代过他们不要喝酒，可后来随着队伍的规模不断扩大，唔，不知怎么回事，我就失去了对他们的控制权。我无法同时看住他们所有的人，而且我——"说到这里，我沉默了下来。都到这种时候了，我为什么还要解释？格雷说得对。尽管我们取得了某种程度的成功，尽管我们离我们的原定目标只差最后一英里——我们离耶路撒冷已经如此之近，近到我至今都能回想起当时我感觉到的那种胜利已触手可及的快感，尽管我们只差那么一点点就将赢得一切，但我们最终还是输了，彻底地输了，输得毫无挽回的余地。正像他说的那样，我没能管住由这帮瞎打瞎闹的黑人组成的乌合之众，他们中的许多人甚至连身体都还未发育成熟，但他们都坚定地跟着我、支持我。无论是我还是纳尔逊、亨利或其他人，都没能阻止这些羽毛未丰、头脑简单的新成员在酒窖里大肆洗劫，我们也很难制止他们闯进白人的阁楼搜罗精美的服饰，到熏烤室里去抢夺火腿，或者骑在马上策马狂奔，结果却搞错了方向。有的黑人甚至因为不会摆弄枪支，差点就走火误伤了自己，这种事情发生过不止一次。可是，格雷先生，我想问你，这些年轻人中的绝大多数人，从呱呱降生在光秃秃的泥土地上的那一刻开始，就一直像聋子、像哑巴、像瞎子、像残废一样生活着，他们一直被人桎梏，被人麻痹，你难道还期望他们能有什么别的表现吗？我们能取得现有的战绩已经够惊人的了。我们差一点就把耶路撒冷都拿下了……但我其实什么也没说，我只是在回忆从行动开始之后到第二天中午之前的某个时刻。当时，在上郡的一座刚刚被我们洗劫过的庄园废墟上，我看见了一个以前从未见过的年轻黑人，他穿着不知从哪里抢来的一套古里古怪的陆军上校的制服和饰物，整个人已喝得酩酊大醉，连站都站不稳，可他仍一边不住地狂笑，一边在朝一位已经死去、目光空洞、白发苍苍的老奶奶张开的嘴里撒尿，而老奶奶的手里还抱着个孩子，他们两个人一起四仰八叉地躺在一片长满百日草的土台子上。我什么也没对他说，只是转开了我的马头。我心里在想：正是因为你，老太婆，我们才没机会学习如何像贵族一样优雅地战斗……

"至于最后的一条，它并非最不重要，"格雷说，"其实它也挺重要的。牧师，它不仅已经被众多白人目击者和黑人目击者证明，而且我们还有许多充分且无懈可击的证据能证实它，所以说这一条已近乎成为定论。那就是，不仅很多黑人不愿和你们同流合污，而且一大批黑人公然与你们为敌。简单地说吧，牧师，在警报发出之后，全郡上下到处都能看到黑奴们在行动——他们誓死保护和捍卫他们的白人主人的决心，和你们想要将后者赶尽杀绝的决心一样坚定。他们的日子过得实在太舒服了。就在你异想天开地以为所有的黑人都会理解你那项伟大的使命，都会心甘情愿地跟你一起钻进臭气熏天的沼泽的时候，对你那些该死的荒谬想法，你的那些黑人同胞十有其九都根本不买你的账。牧师，我敢确切地说，导致你们这次惨败最重要的因素正是你自己所属的那个种族。你的那个种族天生就不是闹革命的料，事实就这么简单。这也是黑奴制还能再延续一千年的另一个原因。"

他从我对面的座位上站了起来。"好啦,我得走了,牧师。我们明天见。我会在提呈给法庭的供状中写明被告对自己的行为完全没有悔意,而且,因为他不认为自己有罪,他将为自己做无罪抗辩。现在,我最后再问你一次,你确定你一点都不感到后悔吗?如果你有机会,你会照样再干一次吗?你现在改主意还来得及。这虽然不能让你免除被绞死的下场,但肯定能让你在法庭上的形象有所改善。说吧,牧师。"

见我仍然没搭理他,他也不再多说,直接推门走了。我听见牢门被砰的一下关上,门闩啪嚓一声顺溜地落进了插销槽里。又快入夜了,我能听见寒风在外面卷着落叶从地上扫过,时不时刮出沙沙的声音。我伸手揉了揉我已经麻木而肿胀的脚踝,我在寒风中直打冷战。我心想:后悔?我干的那些事果真没有一件能让我感到悔恨、让我反省或者让我感到内疚的吗?我一点都不觉得后悔,是不是因为我已经不能再祷告,是不是因为我知道自己已经远离了上帝的守护呢?我坐在那里,回想着在八月发生的那些事,我感受不到、触摸不到也找不到任何后悔的感觉。我感到的只有一种被埋葬的、徒然无益的愤怒,对那些被我们杀死的白人和没能被我们杀死的白人的愤怒,对那些生者和死者的愤怒,尤其是对那些躲避我们、拒绝加入我们,甚至最终成了我们的敌人和对手的黑人的愤怒——他们全是些没有信仰、没有勇气的窝囊废。对我们的那支人单势孤的弱小队伍,我也充满了愤怒,因为它的规模比我事先估计的要小很多。虽然格雷刚才的那番话听起来很伤人,也很诛心,但我知道,他说的并没有错。黑人在我的这场失败中所起到的作用和白人的一样多,这是肯定的。就拿最后一天,也就是星期三的下午来说吧,当时我们已摧毁了沿途的三四十座房宅,我们的队伍也已扩充到了五十多人。我们集结在树林中,开始向里德利少校的庄园发起攻击。这时,我平生第一次看见了为数众多的黑人举起来复枪和滑膛枪在堆砌着掩体的阳台上冲我们开枪还击的场面。他们开火时所表现出的激动、愤怒甚至是身手,都丝毫不亚于那些赶来阻止我们继续向耶路撒冷前进的白人奴隶主和工头。(警报至少在头一天早上就已经发到了郡里,我们的计划也因此遭受了严重的阻碍,在接下来的数小时里,我们每到一处都遭到了顽强的抵抗。我们在里德利少校的庄园里遭到的抵抗尤其猛烈,这座令人望而生畏的堡垒正好横亘在进城的要道上,可它又是我们的必争之地,我们必须把它攻下来,还必须尽快攻下来。它是我们最后的机会——如果我们能突破这道防线,策马驶过最后一英里的路程,然后赶在白人的部队进驻耶路撒冷之前把那座城市拿下的话。)但现在,远远地在那座古老而富丽堂皇的砖制结构的屋宇的阳台上的,是用马车厢、木板箱和大号木桶堆成的掩体。在掩体后面,我看见了二十五到三十名黑人,他们都是邻近城镇的白人贵族手下的黑奴。他们有的是马车夫,有的是厨子,还有些是在地里干活的庄稼汉(但从他们身上的穿着来看,这些人大多是园丁或者花匠),还有些是干家务活的黑仆,甚至还有几个裹着黄色头巾的黑人厨娘在帮忙递送弹药。在连续不断的排枪声中,我听到了里德利少校的声音。"好样的,小伙子们!"他对那些黑人守卫者和白人守卫者大声说道,"好样的!给我狠狠地打,伙计们!把子弹给他们喂足了!我们一定能把这伙恶棍打退!"话音刚落,随着闪电一般噼噼啪啪的连续的爆裂声,向我们泼洒过来的子弹又陡然而增,一旁的绿树上的枝丫和叶子被打落了一地。

我记得，我们当时趴在一根被伐倒的橡树树桩后面。哈尔克扯着嗓子对我大喊，声音甚至盖过了我们的来复枪的射击声。"瞧，那帮黑人混蛋在冲我们开枪呢！"哈尔克喊道。我当时心想（其实我是在自欺欺人）：是，他们的确是黑人，但他们这么做也是被逼无奈。白人在以性命要挟他们，他们才不得不这么做。如果仅凭他们自己的意愿，他们是不会开枪打我们的，至少开枪的人数不会有那么多。当时我的脑子里一直在这么想，甚至当我向手下人发出向那座房屋发起冲锋的信号时，我仍在这么想。（其实我心里跟明镜似的，参加我们的队伍的黑人只有不到一百人，不是吗？而按我原先的估计，我们的队伍里应该有好几百人才对。而且，在队伍行军开拔的一路上，我不是已经亲眼看到有五十几号人沿途开小差或者溜进树林逃走了吗？）我们的人此时已经徒步发起了进攻，他们排成参差不齐的队形，趴在一排被树篱包围的、上面落满了斑斑点点的阳光的黄杨和枫树后面。我们无情地暴露在敌人的火力之下，在这场实力悬殊的艰巨的战斗中，我们不但在人数上寡不敌众，而且在地势和武器的威力上也完全落了下风。我们的人已开始心生怯意，这并非出于对白人的恐惧，更多的是因为他们发现，对面有一大群黑人（他们当中有本地的黑人，也有从特权城镇或是上郡赶来的黑人）正冷静地瞄着我们这支由黑人组成的队伍，尽情倾泻着他们的火力。最终，我们的队伍不得不后撤，并朝树林里疏散。我眼睁睁地看着我的人溃不成军，作鸟兽散，无人驾驭的战马也撒着欢儿向远处的草原上狂奔而去。我的计划已经土崩瓦解，好像迎风炸响的火药一样烟消云散。恐怖的灾难终于降临了。我的两名手下原本已杀到离阳台不到二十码的地方，我只能眼瞅着他们分别被干掉。一个是威尔，他一直到死都在骂不绝口，其壮烈的程度远非勇敢或者疯狂这两个词所能描述；另一个则是上了年纪的伟大的亨利，因为双耳的听力不大灵光，他无法判断危险会从哪个方向过来，他的咽喉最终被一颗火枪子弹打了个正着，他像棵死树一样应声倒了下去。

我们正从坡上往下撤，在我身后很远的哈尔克这时也受伤倒地。我从我跌倒的地方爬起来，想回去救他，可他离阳台实在太近了。他一边用手捂着鲜血淋漓的肩膀，一边挣扎着在草坪上站起来，这时，我看见了三个黑人，他们光着膀子，身上只穿着马车夫的马裤，在火力的掩护下，从房子那边冲了过来，扬起穿着靴子的脚把哈尔克重新踹倒在地上。哈尔克在地上绝望地翻滚，他们仍冲他又踢又踹的。他们踹得那么起劲，那么开心，那么高兴。当时并没有白人在一旁逼迫、威胁或者劝他们这么干。他们就这么一直踢他，踢到我看见血从他犬牙交错的伤口处往外喷涌而出。然后，他们拖着他翻到一辆当作掩体的马车厢后面，把他拖到了阳台下面。在此期间，两个黑人仍继续用靴子照着他的肩膀狠命地踢，一直到他们从我的视野中消失为止。我这才跑了出去，我终于逃脱了。我记得，因为愤怒，因为意识到我们的行动已经失败，我当时难受得直想吐。那天夜里的晚些时候，我的队伍终于被彻底击溃了（最后剩下的二十个黑人在潮湿而昏暗的森林边上同十几名来自怀特岛县的白人民兵骑兵队交上了火，有的人过于疲乏，有的人早没了士气，还有的人喝醉了——对，格雷说得对。他们一个个全都悄悄钻进树林，开了小差，然后又偷偷溜回了家，指望趁着这股乱劲，没有人知道他们参与过我的冒险行动）。我当即也只身撤离了，我的内心仍抱着最后一线希望，我想找到纳尔逊、奥斯汀还有杰克他们几个人，再重整旗鼓，一起从河里游到对岸去，对军械库发动偷袭。然而，当夜幕降临到森林里的时候,白人的喊叫声在黑暗中此起彼伏。在远处的道路上,白人骑兵部队的隆隆的马蹄声经久不息。听到这些声音,我知道我最后的那线希望也已经成了痴人说梦,可在我那颗已被击败的黑人的大脑里,有个声音却在不住地高声控诉:你是被黑人给打败的,你原本是可以攻下里德利少校的庄园的,如果不是那帮在白人跟前俯首帖耳、奴颜婢膝的黑人混蛋,你也许早就将耶路撒冷城拿下了。

  那天夜里我终于睡了一个囫囵觉,这还是这么多天来的头一次。次日早晨,当我醒来时,太阳已冷酷而朦胧地在松林地的上空闪着微光。我独自从树林里偷偷溜了出来,打算寻觅些食物。很快我便误打误撞地来到了沃恩家的田庄。纳尔逊和他的手下在这里杀了四口人。在厨房的炉灶里,一天前生的火此刻仍在阴燃着,宽敞的白色房宅前悄无声息,门可罗雀。我伏在地上爬了进去。过了鸡棚,刚进到谷仓的空地上,我便听到了哼哧哼哧沉重的鼻息声。接着,我看见两头野猪正在狼吞虎咽地咬食一具死人的尸体,那应该是那个工头的尸体。死者的头已从尸身上被撕扯了下来,我知道,这个人临死前最后看到的应该是威尔的那张脸。我就这么眼睁睁地瞅着野猪用鼻子在死人的肠肚里拱来拱去,我看了好一阵,心里却没有任何感觉。这两头浑身是泥的可憎的野兽,平日里想必也是以残羹剩饭或者别人不吃的动物内脏为食吧。我从遭遇过洗劫的凌乱不堪的厨房里弄到了一些食物,又给自己准备了一包熏猪肉和饭菜,它们能帮我度过逃进森林以后最开始的那段时间。我被强烈的恐惧和不安折磨着。正像我在前文里提到过的那样,多年来我已养成了一个习惯,那就是我通常要把一天中的这段时间用来祷告和冥想。我回到森林边上,在那里跪了下来,祈求上帝指引我如何度过接下来的这段独处的时光。我祈求他告诉我，我以他的名义进行的那个事业已无可挽回地遭到了失败，那如今我要用什么方法或者必须做些什么才能得到拯救。我发现，我已经根本不能思考了，在我有生以来，这种情况还是头一次发生，我也因此而痛苦万分。我想方设法，使尽了浑身的解数，却仍然不能从嘴里挤出哪怕是短短的一句祷告词来。我所熟悉的那个上帝正悄悄离我而去。那天早晨，当我在那里踯躅、在那里彷徨的时候，我内心的孤独和那种被遗弃的感觉，是自从我得蒙上帝教诲以来从未有过的。

我就这样瑟瑟发抖地坐在十一月的寒风里。我能听见午后的市镇里传来的熙熙攘攘之声。我内心的狂热和激愤开始枯萎，接着便渐渐消失了。空虚和孤独之感去而复返，那股从那天早晨在森林边上就开始折磨着我的痛苦不堪的孤独感，其实压根就没真正离开过我，在接下来的漫长的几个星期当中，在我躲在沼泽地的洞穴中赖以藏身之际，它也未离开过我，而我不能祷告的情形也是一样。我想，上帝也许是想通过这种痛苦让我明白些什么。也许，他想通过他的看似不在，让我去思考我以往从未想过或者从来都不知道的一些事。否则，他怎么会让一个人感到如此空虚和失败呢？凭上帝的智慧和威严，他绝不会授予我这样的使命，而在我失败以后，他也绝不会坐视我的灵魂像一缕可悲的水汽或者轻烟一样被抛弃，被扔进无底的深渊。通过他的沉默和他的缺席，他其实又在向我传达新的一个信号，而这个信号比他以往给过我的任何信号都更重要……

我从雪松木的地板上疲惫地站起身，蹒跚地迈着锁链所允许的步幅来到窗前。我凝视着外面正逐渐暗淡下来的天光。在那条布满车辙印的泥土路的尽头，在紧挨着水边的地方，我隐约听到了曼陀林或吉他的声音,同时还有个年轻女孩在唱歌。她的歌声那么甜美,那么温柔,发自某位我永远无缘得见的白人的细腻歌喉,它随着丝丝的风若隐若现地漂浮在沿岸的河面上。黄昏中有明亮而细小的雪花从空中闪烁着划过,在我的心灵深处,那股音乐声与一股有如薰衣草般久违了的芳香融合在了一起。

"她远离她的那片土地,那里有她年轻的勇士在安睡……"

歌声在悠扬地起伏,随即便渐渐消失了。这时,我又听到了另一位女孩轻柔的声音:"哦,珍妮!"薰衣草的甜美的芳香依然萦绕在我的记忆里,令我心潮澎湃,令我充满了渴求和欲望。我把头埋进双手,把身体斜倚在冰冷的窗栏上。我心想:不,格雷先生,我真的一点都不后悔。倘若有机会,我一定会毫不犹豫地再干一次。然而,在一个毫无悔意的人面对死亡的时候,为了能让自己的灵魂得到救赎,他可能也不得不为自己留下一个人质。如果真是那样的话,那我要说,是的,我会毫不犹豫地把所有的白人重新毁灭一次,所有的白人——

只有一个白人除外……

我们刚从特拉维斯家离开不到一个小时,我就已经开始担心威尔会把队伍的控制权从我手里夺走,并破坏我的整个计划了。但我又觉得他操纵不了我的几大心腹,比如亨利、纳尔逊和哈尔克,因为他们不仅在我的密切管控之下,而且他们自身也是这次行动的首领。行动在那个夜晚渐渐展开,我们沿着蜿蜒曲折的进军路线从特拉维斯家向怀特黑德夫人家进发,一路上从六七个地方又招募到了一批新成员,在这个时候,威尔便疯狂地,甚至是激烈地同我争夺起了队伍的领导权,对此我不能再视若无睹,听之任之。我同样必须将内心的那股对动手杀人的恐惧感压制下去。约书亚不是用自己的剑亲手杀死了玛基大的国王吗？耶户不也在战场上用自己的弓杀死了约兰吗？我有一种不幸的预感。我知道，如果我不能身先士卒，亲手杀几个白人，我怎么能指望别人跟我一起去出生入死地战斗呢？

我没能把特拉维斯和萨拉女士杀死，这就已经够笨的了。而在那之后，在两个类似的场合，我在我的手下和新招募来的成员的众目睽睽之下，又尝试着用刀去杀人。我把寒光闪闪的刀举到那个白人惨白的脸的上方，可等到刀往下落的时候，那刀不是软绵绵地挨着那人的身体蹭过去，就是完全劈了个空，而且离人还差着好远的距离。我觉得我砍出去的刀似乎被空气中的一只巨大而又看不见的手给挡开了。威尔每一次都会使劲地挖苦我，他会喋喋不休地念叨着"闪到一边去，牧师！"，然后用肩膀将我顶到一旁，抓起他的那把血淋淋、冷森森的大斧，用他狠毒、浪漫而残忍的技巧将白人处决掉。我对威尔束手无策，我无法命令他或约束他。虽然其他人也和我一样，觉得威尔的嗜血成性已经到了不可理喻的地步，但如果我现在就和威尔翻脸，那我无疑是在自断其臂。所以当他命令我闪开的时候，我唯一能做的就是照办，然后退到一旁。我希望在场的众人没觉察到我眼中的屈辱，也希望他们都没看见我后来一个人偷偷地跑进森林里，搜肠刮肚地呕吐了好半天（之前我就已经这样吐过一回了，那是在我亲眼看着威尔抡起斧头，把一个叫威廉·里斯的年轻农场主的脑壳劈开以后）。

拂晓已经降临了好几个小时，乡村的原野上笼罩着一层色如珍珠的白雾。我们一行十几个人在离怀特黑德夫人家不远的森林里停了下来，准备吃些熏猪肉和水果当作早餐。阳光开始将雾霾驱散，湿热覆盖了整个白昼。在刚刚过去的一夜，我们向六座田庄和种植园成功发动了袭击，十七个白人因此丧命。威尔一个人就干掉了七个白人，其余的丧命的白人则是拜哈尔克、亨利、萨姆和杰克等人所赐。没人能从我们的刀斧下逃脱，所以也没人能幸存下来向邻近的地区发出警报。我们的袭击成了惊人的甚至是彻底的突然袭击。到目前为止，我们的行动一直保持着绝对的静默，所以也就拥有了绝对的杀伤力。我知道，如果我们能以眼下的这种严谨、肃静和精确的架势快速通过我们的"S"形行军路线最上面的那条环形通道，那么，在我们抵达耶路撒冷之前，我们也许根本无须冒险去使用枪弹。正如我事先估计的那样，眼下我们的队伍已扩充到了十八个人，其中的九个人都有马，包括四匹从里斯的种植园里夺来的漂亮的阿拉伯种马。我们还缴获了一大批刀、斧和枪支。除了在攻打牛森的田庄时加入我们的两个年轻黑人看上去有些喝醉了而且好像被吓破了胆之外，其他几位新成员都昂首挺胸地在树下来回走动，一副摩拳擦掌、跃跃欲试的架势。可我仍然忧心忡忡，坐立不安。近乎绝望的我很想知道，别的指挥官遇上类似的情况时是否也会和我一样焦头烂额——指挥官的威信和权力，甚至人身安全，都遭到了部下赤裸裸的挑战和威胁。可是，尽管部下的态度已经蛮横到了近乎哗变的地步，指挥官却承担不起失去该部下的后果，更不用说主动将他从队伍里开除了。于是，在黎明到来之前，我派萨姆领着威尔和另外的四个人去东边离我们只有三英里路程的布赖恩特的庄园里洗劫了一番。一来，这能暂时把我从威尔带来的焦虑和混乱中解脱出来；二来，这个地方原本就是我计划要袭击的目标之一。萨姆自幼就和威尔一起在纳撒尼尔·弗朗西斯的家里长大，他俩还曾有过两次一同出逃的经历，反复考虑之后，我觉得萨姆也许能管住威尔，并且安抚他的情绪。布赖恩特的庄园里有六七个白人是我们必须要除掉的，另外，还将有几位新成员和几匹雄壮而敏捷的夸特马[1]将在那里加入我们的行列。对我们的奇袭战术来说，这些马可谓是无价之宝。那座庄园极其偏僻，几乎与外界隔绝，所以我对萨姆说他们可以开枪。这趟差事对他们几个来说应该是手到擒来的。而剩下的人就在安静而炎热的树林里等他们胜利归来，然后再全力发动下个阶段的进攻。

我感觉非常难受。在攻打里斯家的时候，我就已经搜肠刮肚地吐过一次，直吐得我大汗淋漓，头晕目眩，全身乏力。我的胃部还反复出现令人难以忍受的阵痛。这时，附近的树林里有只猫声鸟在吱吱嘎嘎地尖叫。你能不能静一静！我在心里暗自冲它大吼了一声。天热极了，阳光恶狠狠地从原先那层乳白色而现在已变成铅灰色的薄雾中穿透过来，沉甸甸的，满怀敌意。腹部的疼痛令我的全身开始发抖，可我还得尽量不让别人看出来。我一口熏猪肉和桃子都没吃，只带着我的地图和行动计划独自进了树丛，将队伍暂时交给纳尔逊和亨利负责。我在地图上简单地标出我们的行军进程。不远处有一条流经这里的小溪，我能听到我们的人正在溪水里用缴获来的铜桶子饮马。在林间的空地上，兴奋的氛围弥漫在黑人们中间。我能听到他们爽朗的笑声，虽然有些人是因为喝醉了才笑的，但我真希望我能像他们一样神气和活跃。我希望正在侵蚀着我内心的恐惧能够平息，希望我急促的心跳能够减缓。终于，我又做了一番祷告，我祈求主让我的意志变得更加坚定，就像他曾为大卫所做的那样，刚祷告完，我的某些病痛和眩晕就消失了。到了约八点半，萨姆带去的队伍回到了林间的空地上。这时，我感觉身体已部分恢复。我

---

[1] Quarter horse，用于四分之一英里赛马的马匹。

站起身，从树丛里大步走出去迎接他们。那支六个人的队伍如今已增至十人，其中的几个人还跨在布赖恩特家的那几匹漂亮的夸特马上。萨姆的脚上蹬着一双崭新的豪华长筒皮靴，看得出来，这趟差事使他们在许多方面都获得了成功。我并未明言禁止某种程度的掠夺行为，很显然，想要禁止这样一支久遭盘剥、无家可归的队伍顺手抢些战利品或奖品之类的东西，就像禁止刚从笼子里被放出来的鸽子飞向蓝天一样徒劳无益。尽管如此，我觉得我还是得在这方面对他们有所限制，不能让他们由此妨碍和延误我们的行动。所以，当我看见威尔将布赖恩特家的一面巨大的镶着金框的墙镜也扛了回来的时候，我意识到如果我不马上有所行动，以后就再也没有机会了。我必须当众申斥他一番。

我朝那几个人走了过去。看得出来，威尔已自命为这次任务的主角和焦点。他大摇大摆地骑在马上，脸上和手上沾满了鲜血。他穿着一件蓝色的军官外套，外套的肩头有一副亮闪闪的陆军上校肩章。一顶镶缀着金色编带的军官帽被他像海盗帽一样斜扣在头上。他摇头晃脑地正冲着几名新加入的黑人农场工得意地炫耀着，他的话有些前言不搭后语。"伙计，你得把斧头磨得再锋利些！"他吹嘘道，"像冰块一样锋利，对！如果斧头不够锋利，那红色的玩意就流不出来！对！我把这面镜子扛回来，就是想看清楚我的斧头到底有多锋利。"周围的男人和几个小伙子轰然而笑。他们的裤子、靴子和裸露的黑胳膊上沾满了斑斑点点的干了的血迹。骑在马上的人纷纷从马鞍上向威尔欠身致意，那些正在下马的人则抬头仰望着他，咧着嘴直笑。他们显然已被他疯狂而单调的省略发音所左右了。几个黑人从布赖恩特家加入了我们的队伍，我从没见过其中的三个人。他们一个个欢天喜地的，喝得酩酊大醉，手里还兀自挥舞着一只装了足足半加仑白兰地的酒壶。杀戮和突如其来的自由令他们兴奋得飘飘欲仙，他们的狂笑和歇斯底里有如一阵狂风，在树林中升起，在树林中吹过。在他们看来，威尔才是能拯救他们的黑人战神，而不是我。其中有个肤色较浅、十八岁左右的小伙子，一口牙早已全都烂光。正狂笑不已的他似乎已完全丧失了自控，把一泡尿全都尿进了自己的裤裆。

"现在这里由我说了算，"威尔大喊了一声，"只有我能让斧头唱出'Zip Coon[1]'来，你们都要听我的指挥。"他骑的是那几匹阿拉伯种马中间的一匹，只见他用马刺一磕胯下的坐骑，同时把手中的缰绳勒紧，那匹马顿时像珀伽索斯[2]一样发出一声长嘶，暴跳着从原地纵将起来。"你们都要听我的指挥！"他又嚷了一嗓子。这时，马的两条前腿刚好落地，他扛着的那面邪恶的镜子捕捉到了耀眼的阳光，将一片闪亮的景致投射了回来——天空、树叶和大地，还有几张黑色和棕色的脸隐隐约约地在玻璃般的虚空里一闪而过，紧接着又不见了。"你想干什么，罗斯科？"威尔冲着他的马大吼一声，将它勒住，"这里我说了算，不是你！我才是这里的头儿。"

"不，我是这里的总指挥，"我大喊了一声，所有的黑人都安静了下来，"你给我听好了，这里还轮不到你说话。你赶快把镜子给我扔了，白人从两英里之外就能看见那玩意，我说的是真的。"

马鞍上的威尔朝我投来傲慢和鄙夷的目光，我感觉我的心不禁开始狂跳。我知道我的声音正变得沙哑，暴露出我的恐惧。我努力

---

[1] 美国的一首反映黑人形象的行吟歌曲。
[2] 希腊神话中生有双翼的神马。

不让我的战栗向我的双臂之上扩展得过于明显，却无济于事。过了片刻，威尔一声未吭，只是朝我投来轻蔑的目光。他伸出红得像西瓜一样的舌头，沿着他粉红色的嘴唇慢吞吞地舔了一圈——这是一个可笑而愚蠢的对人表示轻蔑的动作。在我身后，有人哧哧地笑出声来，一边笑还一边在兴奋地顿足。"我凭什么要把镜子扔了？"他的声音尖厉而粗暴，"我才不扔呢。去你的，牧师！"

"把镜子给我扔了！"我再次命令道。我看到他握在斧柄上的手紧了一紧——一个赤裸裸的威胁——恐慌像冰冷的波浪袭遍了我的全身。我仿佛看到从这个疯子的残忍而麻木的眼中喷发出的怒火正在将我的全部计划烧成灰烬。"把它扔了！"我说。

"牧师，"他慢吞吞地说道，同时还冲那些新加入的黑人笑着翻了个白眼，"牧师，我看你还是老老实实地让位吧，让能抡得动斧头的人来下命令。你连把斧头都搞不定，又怎么能搞定一支军队呢？"说完，他把那根沾满鲜血的粗重的斧柄猛地往上举了举，同时把镜子拽起来，紧紧贴在他的马鞍上。"牧师，"他几乎吼了起来，"除非你也能让斧头唱出歌来，不然的话，你还是拉倒吧。"

我不知道，如果这时纳尔逊没过来调停，并且结束了这场几乎令我崩溃的对峙的话，事情后来会是什么样子。或许我其他的手下会挺身而出，帮我一把，然后我们再继续按原计划行动；或许威尔会一斧子把我砍翻在地，然后便疯狂发号施令，带领众人骑在马上扬长而去。但鉴于他们对我事先拟定的行军路线一无所知，所以他们也绝对走不出多远，而我发动的这场起义很可能会沦落成一起只有"少数心怀不满的黑人"参加的"地方性骚乱"，而不是最终发展成现在的这场声势浩大的暴动。反正，在那个紧要的关头，纳尔逊挺身而出，凭借他的威信扭转了局面。至少在威尔眼里，这种威信是我所欠缺的,或者是我从来就没有过的。我无法解释纳尔逊用的是什么办法,也无法解释他的魔力是如何见的效。有可能是因为他比我们年纪都大,也可能是因为他健壮、干练、有序、自信的风度和他果敢的判断力,以及老于世故的人生智慧。在某种程度上,正是这些父亲般的气质通过某种魔力令威尔感到了尊重或者敬畏。直到我听见纳尔逊开口讲话的时候,我才意识到他悄悄站在了我和威尔之间。他伸手抓住了威尔的缰绳。"小老弟,别着急嘛,"他大声说道,"这里还是纳特说了算!但你也别着急,老弟,先把那面镜子扔了!"他的口气像在跟一个既招人喜欢又倔强任性的孩子讲话。虽然他的声音里透着懊恼、焦急和严肃,而不是愤怒,但它却自有一股让人心悦诚服的气势。威尔看上去像是被山核桃木当头敲了一棍。"快扔了!"纳尔逊又命令道。镜子从威尔的指间滑落在地,却并未摔碎。

"纳特是我们的总指挥,"纳尔逊抬眼冲着威尔怒目而视,并且粗声粗气地说道,"你记住了,小老弟,不然别怪我不给你面子。现在,你先好好冷静冷静!"说完,他转过身,笨重地走回树下的炊火旁,而被训了一顿的威尔则仍留在原地,看上去又羞又怒。

虽然一场危机得以化解,但我仍旧无法释然。我相信,来自威尔的权力竞争并未随着这场对峙的解决而宣告结束,它只不过是被转移、被暂时搁置了而已,而他攻击和挑战我的那些尖酸刻薄的嘲讽让我对自己不敢动手杀人的事实更加感到恐慌。除了我之外,在这支队伍当中,只有纳尔逊尚未开过杀戒,可那并不是因为他不敢,只是因为他暂时没机会而已。至于我的那几个心腹——亨利、萨姆、奥斯汀和杰克,我感觉他们对我的态度都很冷淡,难道这仅仅是我的想象?我感觉在最近的这段时间里,他们跟我讲话的时候似乎多了一种以往从未有过的疑虑和不信任的感觉,一种已经放弃了我的感觉。我没能把人杀死,没能像他们每个人都已经践行过的那样走完那个过场,我作为指挥官所拥有的权力和威望难道便已开始松动了?当然,在过去的几天和几个星期里,我并未提出我不动手杀人的要求。我不是亲口跟他们说过许多次,在上帝眼里,屠杀白人是神圣之举吗?可现在,我的无能和优柔寡断让我有一种四面楚歌的感觉。威尔在嘲笑我、威胁我,而且我还担心,如果我让自己身上的仁慈之心再继续保持下去,如果我仍旧不敢向白人痛下杀手,那恐怕连我的那几位心腹都不会再信任我了。林间的空地被酷热笼罩着,嗡嗡作响的树林里又有一只猫声鸟在尖叫。我头晕得厉害,便索性悄悄来到灌木丛里呕吐了一番。我难受极了,我皮肤底下那个疼痛的身体在有节奏地跳动,在烧得发烫。可是一到九点,我还是回到了林中的空地上,将队伍重新集合在一起。就是在这种状态下——身体发抖而且虚弱,精神因为恐惧和不安而濒临崩溃,我在冥冥之中匆匆向玛格丽特·怀特黑德的家出发了,而这将是我和她的最后一次见面……

当理查德·怀特黑德发现我们的时候,他正在去猪圈的路上。他在绿色的棉花丛中停下来,独自站在炎热的朝阳下,看着我们不断向他逼近。这一幕一定让他想起了《圣经》里在世界末日到来之际,在善恶决战时登场的那些军队。二十多个黑人排成参差不齐的一列,他们全都骑着马,他们的斧头、枪支和刀剑在阳光底下闪闪发光。这群人从远处的树林里像一阵风似的席卷而来,扬起漫天尘土。虽然尘土有助于掩盖我们的身份,但它也将我们冷酷无情的企图和来意暴露无遗。在理查德看来,我们一定像是从该死的地底下钻出来的一样。他曾经担心也曾经想象过卫理公会教派的尊严有一天会遭到黑人暴徒和异教徒的玷污,而今天,他的想象终于得以实现了。眼前的这一幕场景无疑会令他震惊,令他难以置信,但与此同时,他内心也会逐渐被恐惧笼罩(在这一点上,他和特拉维斯以及许多被历史所欺骗的人一模一样,因为历史对黑人这个种族从未有过真正的了解)。不知道他是不是感到恐惧,反正他的脚下像是扎了根,像一棵棉花树一样呆呆地站在那里。当我们愈来愈近的时候,他仰起他那张粉红色的表情呆滞的脸,带着隐隐的困惑仔细冲我们上下打量。他可能在想,这个恶魔一般的幻影、幻觉或者别的什么东西是如何产生的?是因为他吃了腐化的培根而消化不良,是因为他昨夜没睡好,还是因为八月的酷热和高温导致了他的幻觉?也许以上三种原因兼而有之?不管怎么样,他都希望这种幻觉能立刻从他的眼前消失。然而,一股杀气扑面而来。震耳欲聋的马蹄声、刀剑的撞击声、马的喘息声、喇叭声和粗重的呼吸声一起从面目狰狞的黑人那边传来,而且离他越来越近。仁慈的主啊!这声音哪是什么幻觉呀,它简直令人难以忍受!他抬起手,似乎想把耳朵堵住,他的双腿在微微颤抖。除此之外,他并未做出别的举动。甚至当冲在最前面的哈尔克和亨利一边一个将他包夹在当中的时候,他仍然满脸困惑,一动不动地站在原地。哈尔克和亨利稍稍放慢速度,给自己留足了瞄准的时间,然后照着理查德的脑壳猛劈了两斧,登时就把他给处理了。这时,我听到房子的那边传来了女人的尖叫声。

"第一组!"我大叫一声,"控制住树林!"我看见那个叫普雷特洛的新来的监工和他手下的两名年轻的白人助手已经从热气腾腾的酿酒场里跳了出来,正拼命朝树林那边逃去。两个年轻人都在徒步狂奔,普雷特洛则骑着一头大腹便便的瘸腿的骡子。"追上他们!"

我冲亨利和他的手下大叫,"他们跑不出多远!"我转过身,又冲着其他人大喊:"第二组和第三组,夺取枪械室!把整座房子都拿下来!"

天哪!就在那一刻,我一阵头晕眼花,再也无法支撑下去了。我勒住马,赶紧从马上滚了下来。我紧闭双眼,把头倚在马鞍上,站在炎热的田野里。我的眼前一片漆黑,但黑暗中又飘浮着针尖大小的红色的亮光,我的肺里充满了尘土。只要马的身体稍稍动一动,我就好像置身于小舟之中晃个不停。从田野对面的房屋中传来一连串恐怖的尖叫声,有个受伤的女人在不住地哭喊,她颤抖的声音持续了很久,然后又冷不防地戛然而止了。这时,我听到一旁有人说话,那是奥斯汀的声音。我抬头看去,只见他骑着一匹从布赖恩特家夺来的种马,马背上没有鞍。他身后还坐着一个黑人,那是从布赖恩特家新加入我们的几个黑人中的一个。我把我的鞍具递给坐在后面的黑人,让他们和第一组黑人一起到树林边追赶普雷特洛和他的助手。突然间,我身体一晃,跪倒在地,但我很快又站了起来。

"你是不是病了,纳特?"奥斯汀盯着我问道。

"你们快去。"我答道,"快去。"他们便骑着马跑开了。

理查德的尸体面朝下趴在两排棉花丛之间。我绕过尸体,沿着我自己帮助建造的那排熟悉的木栅栏跟跟跄跄地往前走,这道栅栏将田野和谷仓旁边的空地分隔开来。我的人正在主屋、马厩和谷仓里凶神恶煞地叫嚷着。从主屋里又传来了几声白人的尖叫,我这才想起,怀特黑德夫人的那两个回家过暑假的女儿现在应该也都在家中。我从栅栏上爬了过去,差点摔倒。我赶忙用手抓住木桩,正好看见那个令人恶心的黑人家仆哈伯德被亨利和另一个人用枪逼着押进了一辆运货的马车。这个厌包被我们抓住了,却还是不愿跟我们一起走，于是就和另外几个黑人一起，像牲畜一样被押进了运货马车，这样就不容他不跟我们走了。"主啊，我亲爱的主啊！"当他们把他往车厢里推的时候，他仰天大哭起来，仿佛心都要哭碎了。这时，我绕过牛棚的拐角，向主屋的门廊里看去。那边几乎悄无声息，只有两个人——一男一女，男的黑得像柏油，女的则苍白而僵硬，她脸上那恐惧的表情实非言语所能描述——正在摆出他们最后的舞台造型：两人挤压在门上，身体紧贴在一处，不知情的人可能会误以为他们是在进行一场伤心而独特的告别。在那一瞬间，整个门廊仿佛都浸泡在从远古而来的流光中。然后，威尔往后一抽身，像是从一场亲吻中挣脱了出来，他接着又飞快地横着来了一下，几乎将怀特黑德夫人的头砍了下来。

这时，他也看见了我。"她在那边，牧师，还有一个！"他吼道，"她就交给你了！就在地窖门旁边！把她干掉，牧师！"他恶狠狠地讽刺我说："如果你不把她那红色的玩意给砍出来，你就别想再指挥这支队伍了！"

玛格丽特·怀特黑德静静地站起身，一言不发地从她的藏身处——地窖门旁边的那面庇护墙的后头——钻了出来，然后像一阵风似的从我身边跑开了。她的跑姿像儿童的跑姿一样轻快。她裸露的胳膊僵硬地伸着，用蝴蝶结系着的一头棕色长发在她的蓝色塔夫绸面料的衣服上左一下右一下地扑腾着。衣服紧贴在她的背上，显现出一圈湿乎乎的深蓝色的汗迹。我没能看见她的脸，所以不敢肯定那就是她。在她的身影马上要拐过屋角，马上要从我的视线中消失的时候，我看到一根丝带从她的头上滑了下来，在空中荡悠着落到了地上。我以前见她戴过这根丝带。

"呀！她跑了！"威尔吼了起来，他挥着手中的大斧，冲着院子对面已经散开的几个黑人比画着,"你到底能不能把她搞定,牧师?需要我来解决她吗?"

啊,我该怎么搞定她呢?我一边想着,一边拔出刀来。这时,她已经跑进了打草场。等我跑到房子的拐角处一看,我的视线中空无一人,我以为她已经偷偷跑掉了。可她只是摔倒在了齐腰深的草丛里。我正站着朝四处张望的时候,她又站了起来,我看到了一个远远的瘦小的身影。她继续向远处的一道歪歪斜斜的栅栏跑去,我也跌跌撞撞地一头冲进了田野里。空中到处有蚱蜢在飞,它们蹿来蹿去,横遮竖挡,我的皮肤被蹭得发出尖利而短暂的刺痛。我感觉我的眼里有汗淌了进去。被我握着的那把刀仿佛承载着地球的全部重量,就那么悬在我右手的手腕上。但玛格丽特还是很快就被我追上了,因为她已经累得不行了。我追上她的时候,她正想从那道破败不堪的栅栏上爬过去。她没出声,没说话,也没转过身来哀求、争辩和抵抗,甚至都没回过头来看个明白。我也没说话,在我们俩所有的相遇之中,最后的这一次也许是最安静的一次。她脚下的一根木杆嘎吱一声碎得坍塌下来,她往前摔了下去,她裸露的胳臂仍然向外伸出,仿佛在迎接一位久未谋面的心爱之人。直到她跌倒在地,然后再爬起来,我才第一次听到了她痛苦而粗重的呼吸声。随着这呼吸声在我耳边响起,我把刀扎进了她的肋部,正好在她乳房的后面和下方。她终于尖叫了起来。她先前的轻盈和优雅,她身体里的那股灵巧劲顿时像幽灵一样不见了。她蜷缩着瘫倒在地,像个布娃娃一样无力地挣扎着。在她摔倒的同时,我往她身上相同的部位,也可能是相邻的部位,又捅了一刀。鲜血汩汩地流了出来,她身上的蓝色塔夫绸顿时被浸成了深红色。被第二刀砍中后,她倒是没叫出声,可她先前发出的惨叫声仍然像远方天使的哭声般在我的耳边久久回荡。我从她已经断气的尸身旁走开，忽然听到有个奇怪而有节奏的声音在咝咝直响，就像夏季的暴风雨打在松树丛中发出的那种时高时低的声音。我这才意识到，那是我自己在呼呼地喘气。在不知不觉之中，我已经哭得上气不接下气。

我从她身边走开，东倒西歪地穿过田野。我冲着自己又喊又叫，仿佛已经神志不清。还没走出十来步远，我又听到了她发出的声音，那声音纤弱而无力，几乎没有生机，与其说它是声音，不如说它更像是回忆。它是那么微弱，仿佛是从某个极其遥远、几乎被遗忘的童年的草坪上传来的："哦，纳特，我疼得受不了了。求求你，把我杀了吧，我实在受不了了。"

我停下脚步，回头看去。"去死吧，你这个该死的白人，"我一边流泪一边说，"去死！"

"哦，纳特，求求你杀了我吧，我疼得受不了了。"

"去死！去死！去死！去死！"

刀从我的手里跌落在地。我回到她身边，低头一看，只见她将头枕在自己的胳膊内侧，仿佛已为自己摆好了长眠的姿势。她那头浓密而飘逸的栗色秀发乱蓬蓬地耷拉着，上面还沾着打草场上已经褪色的干枯的绿草。在地上的草丛中，蚱蜢在不停地忙碌与穿梭，时不时在她的脸旁飞来飞去。

"我疼得不行了。"我听见她低声说道。

"把眼睛闭上。"我说。我伸手到地上去摸，想找根长一点、结实一点的栅栏上的木桩，然而，我又闻到了那股近在咫尺的女孩身上的气味和薰衣草的芬芳，它们钻进我的鼻孔，闻上去苦苦的，又甜甜的。"把眼睛闭上。"我急声对她说。我把木桩高高地举在她的头顶上方，她凝视着我，可那眼神却仿佛在注视着一个超越了痛苦的地方。她又平静地说了些什么，我以前从未听到过那种低沉而困倦的声音。我根本没听清她在说什么，因为她的声音实在太低太低。她不再说话，只是阖上双眼，不再理会所有的疯狂和幻影，不再理会所有的误解、梦想和纷争。我把手里的木桩往下挥去，她当场就死了。我把那根可恨的被敲裂了的木桩远远地扔进了草丛。

我像条野狗一样在她身边漫无目的地转悠着，在野地四周没头没脑地徘徊着。我不记得这种情形到底持续了多久。太阳在高高的天空中燃烧，它照在我的黑皮肤上，反射出炽热的白光。我能听见他们在农场里喊我，但他们的声音却像是从极远极远的地方传来的。我来到树林边，双手抱着头，坐在一根被伐倒的原木上。我莫名其妙地想起了旧日的童年时光，想起了温暖的雨丝和树叶，想起了夜鹰、转动如飞的水车和单簧琴的声音——那都仿佛是好几个世纪以前的事了。我重新站起来，又围着她的身体毫无目的地转起了圈。虽然我和她的身体离得不是特别近，但它始终不曾脱离我的视线。我仿佛正在进行一场永无止境的朝圣之旅，而那堆皱巴巴的蓝色的东西则是我所环绕的中心。只要一进入这场奇怪的旅行，我就感觉自己又听到了她温柔的声音，我仿佛已经看见她从晒得滚烫的野地里站起身来，冲着一群无形的旁观者张开双臂。风吹拂着她棕色的头发和她身上天真可爱的校袍，她在大声呼喊："啊，我愿意沉醉在永恒的相爱之中！"然而紧接着，她又从我的眼前消失了。她像一个由空气和光雕琢成的形象，眨眼之间便融化了。我终于转身走了回去，与我的手下们重新会合。

接下来的一整天，我们往北横扫了整片乡村。尽管有些意外的迟滞和延误，但我们所到之处势如破竹。波特家、纳撒尼尔·弗朗西斯家、巴罗家、爱德华兹家、哈里斯家和多伊尔家全被我们一一攻克，残忍的屠杀也一再上演。可阴差阳错的是，我们居然没能抓住纳撒尼尔·弗朗西斯本人（后来我才从哈尔克口中了解到，弗朗西斯当时之所以不在，是因为他正好去了萨塞克斯县，所以这也成了我们这场行动中的一件不大不小的具有讽刺意味的事）。这件事尤其令萨姆和威尔感到失望，因为弗朗西斯可以说是这个郡里唯一的因为对黑人极端残暴而声名狼藉的白人，可他却从我们复仇的利刃之下逃脱了。如果我们能把他杀了，其意义之重大不言而喻，但这就是战争的偶然性。直到那天下午的早些时候，我才重新稳定和冷静下来，我的体力也得到了恢复。我感觉好多了，我们迅速取得的巨大战果令我信心倍增，我的精神也为之一振。在纳尔逊的影响下——也因为我在怀特黑德家的那番举动——威尔变得老实了一些，我觉得，至少我们已经在表面上将他控制住了。我们就这么一路扫荡过去，在那天下午的晚些时候，我们所经过的二十多英里的道路沿途已经不再有活着的白人存在。

然而，即便如此，我们的死亡计划进行得也并不圆满，并不彻底。我敢说，正是这种不圆满和不彻底的做法使得我们的行动最终毁于一旦，因为只要有一条漏网之鱼，就足以将警报发送出去。而且我得承认，我们在接下来的那天遭遇抵抗，并因此给我们的进军带来致命的迟滞，更多的是因为我自己的一个失误造成的。正像我对格雷说的那样，在那天下午的晚些时候，在黄昏到来之前，我们在哈里斯的农场里看到一个十三四岁的年轻的白人女孩正在逃往森林。她一边惊恐地尖叫，一边跑进了一片红松树林。后来格雷也证实，正是这个小女孩在天黑前成功地逃到了威廉斯家的农场，这才让那个幸运的家伙能有时间先把家属和奴隶全都藏好，然后又打马扬鞭向北一路狂奔，将警报传了出去。所以，很可能（我也无法百分之百肯定）正是他发出的警报让敌人获得了最终的优势，并使得胜利的天平没有倒向我们。然而有件事我并未向格雷坦白：看到那个女孩逃跑的并不是"我们"，而是我自己。当时，黄昏即将来临，疲惫至极的我正摇摇晃晃地骑在马上，我的手下正忙着在哈里斯家的房屋内烧杀洗劫。我听到了她微弱而惊恐的叫声，随即便看到一团带着颜色的影子逃进了正在渐渐变暗的树林里，然后消失了。

我很可能只需一眨眼的工夫就能把她追上，可突然间，极度的疲倦令我心灰意冷，再也无法坚持下去。一股难以动摇的莫名的悲哀纠缠着我。我浑身都在发抖，因为我知道，我们所有的希望都已化为泡影。回想起几天来的那些被血腥和死亡光顾的田野和墙垣，我不禁倍感忧郁，满口酸苦。我眼睁睁地看着那个女孩逃走，直到消失，却自始至终未出手阻止。谁知道呢，或许我们横竖都会失败？此时的我早已六神无主，根本不知道自己在干些什么。难道是因为我刚才已经夺走了一条生命，所以我才给了这个女孩一线生机？

第四部

"一切都结束了"

是了,我必快来……[1]

没有云彩的阳光让人根本看不出季节或者时间来。当我向河口漂去时,阳光照射下来,将我裹得紧紧的,让我觉得像在摇篮中一样温暖。在和我一起向大海悠然漂去的一路上,小船一直都在轻轻摇晃。无人的河岸边的树林里鸦雀无声,静得像在下雪。没有鸟鸣声,一排排浓密的绿树摆出默然沉思的姿势,低垂着枝叶,一动不动地站立在河岸两旁。这片地势低洼的地带还从未被人类,从未被过去或将来触及。从我身体底下倚靠的地方,我能感到船在逆风中漂得很慢,我能看见一个个旋涡卷着泡沫、树枝、叶片和团团的水草飞快地流过。它们都被这平静而悠闲的河水载着,将要流向那海河交汇之处。我已经能隐隐听见大海的轰鸣声,我已经看到了远处的那道在阳光下顶着雪白的浪涛,看到了它闪闪发光的水线。我还看到了一片参差不齐的海滩,那是河水与大海最终相遇并汇聚成一股股汹涌澎湃的激流的地方。然而,此时此刻,什么也打搅不了我,因为我正在浩渺无垠的永恒的宁静中酣睡。盐分在刺激我的鼻腔,浪花在滚滚冲击着海岸,在蓝色的天空下,奔腾的波涛随着一弧气势磅礴的海潮,正朝东方非洲的方向汹涌而去。悠然的轰鸣声令我的内心充满了闲适和昏然的期许,而不是恐惧。咆哮的海浪将海藻抛掷在海边的岩石上,仿佛为它们挂上了一只只花环。我内心的宁

---

[1] 《圣经·启示录》22:20。

静和那岩石一样永恒不朽。

　　当我渐渐接近陆地的最边缘时,我抬起眼来,最后一次端详起高高耸立在岸边的悬崖之上的那座白色建筑来。我还是搞不懂它到底是什么或意味着什么。它亮闪闪的,白得那么彻底,纯净得像雪花石,安然伫立在绝壁之上,不受风雨和天气的侵蚀。它不是寺庙,不是纪念碑,更不是石棺,它是像谜一样令人匪夷所思的白人范式在所有过往和未来的年代留下的遗迹。它四侧的宁静的大理石,它没门的正面和它从正面向两旁伸出的拱廊都沐浴在阳光的照耀之下。然而没有一个地方看上去有入口,也没有窗户,那里面一定黑得像暗无天日的坟墓。我不能为了这个地方冥思苦想太久,因为我知道,和往常一样,当你试图去揭开它的秘密时,当你撞开那一扇扇神秘的大门时,你会发现它们只通向更加深奥的秘密,它们只会一次次把你带进更深远的思想和时间的通道。所以我转过头去,将目光再次投向大海。我看见蓝色的海涛和粼粼的波光正挟着浪沫向我逼来,我听见巨浪的拍打声已离我越来越近。我思索着心中的那个巨大的谜团,向大海缓缓漂去。

　　我猛地醒了过来。我感觉到了身下冰冷的雪松木板,但更冷的却是像冰环一样套在我脚上的镣铐。天黑漆漆的,我什么也看不见。我用双肘支撑着自己站了起来,让梦境从脑海中逐渐消退,直到从记忆里消失——这也将是它最后一次的、永远的消失。在清晨的黑暗和寂静中,只有我脚上的铁链在发出叮当的声响。天冷极了,但风已停息,我不再像先前那样浑身发抖,我把身上的那件早已褴褛不堪的衬衣的残余部分紧紧地裹在胸前,然后伸出指关节在墙上轻轻敲了敲。可墙那边的哈尔克仍在熟睡,他的呼吸宛如一声声时高时低的哀叹,仿佛是从他的伤口里冒出来的。咚咚。没动静。咚咚,再来两下,这回我敲得重了一些。哈尔克醒了。"是你吗,纳特?"

"嗯,是我,"我答道,"我们马上就要去了。"

他沉默了片刻,然后打了个哈欠,说道:"我知道。我倒希望他们能快点动手。你估计还要多久,纳特?"

"我不知道,"我说,"应该还有一两个小时吧。"

我听到了他重重的脚步声,他身上的锁链磕得叮当直响,然后我听到了桶子在地上被拖动的声音。哈尔克低低地在笑。"天哪,纳特,"他说,"我要是能动就好了。大白天尿个尿都这么费劲,晚上我就更不可能尿到那个桶里去了。"接着我便听到了液体的泼溅声和哈尔克从喉咙深处发出的笑声,他笑得有滋有味,把自己都给逗乐了。"我一个二百五十磅重的黑人,躺在这里,连动都不能动,这么活着也太没劲了。纳特,你知道吗?他们先要把我捆在椅子上,然后再慢慢勒死,至少那个叫格雷的家伙是这么说的。这种死法还挺厉害的啊。"

我没有回答。尿流声停了,哈尔克也安静了下来。在远处,在镇里的某个地方,有条狗在毫不停息、毫不间断地嗥叫,那孤零零的持续而刺耳的犬吠声从黑暗的清晨深处而来,令我感到毛骨悚然。主啊,我在痛苦地自言自语,主啊!我猛地闭上双眼,我想从自己内心那深不可测的黑暗中找到些影像,找到些言语或者信号,但还是没有人回答我。我想,我会在没有上帝的情况下死去,因为上帝没给我任何预兆就抛弃了我。难道在他看来,我所做的一切都错了吗?即使我做错了,难道就没有办法补救了吗?

"纳特,你听,那条该死的狗,"我听见哈尔克在说,"那肯定预示着什么。我的天,那条狗都叫到我的梦里去了。刚才我梦见我回到了很久以前在巴尼特农场的那个家,那时候我还只有膝盖那么高,跟只小鸭子差不多。我梦见我和我妹妹杰米一起去沼泽里钓鱼,我们一路上走在野樱桃树底下,谈论着即将要抓到的鱼,我们多么开心呀。可后来,这狗就开始冲我们使劲叫唤,还跟着我们一起穿过树林。杰米不住地问我:'哈尔克,那条狗为什么要冲我们一个劲直叫呀?'我对杰米说:'别担心,你不理它就行了。'这时,你刚好就敲起了墙,纳特。那条狗现在又在外面的野地里叫上了,而我呢,他们上午就要过来把我绞死了。"

看哪,我必快来……[1]

我打了一会儿瞌睡,却什么也没梦到。我猛地醒来,发现苍白而寒冷的晨光已隐隐来到。光从被栏杆封住的窗口溜进来,给雪松木板的墙壁添上了一抹光晕,它像是覆盖在余火上的零星的灰烬,肉眼几乎很难看出来。在远处的河那边的低地里,在田野和霜冻的草原上的某个地方,我听到熟悉而伤感的催黑奴起床干活的号角声又在响起。离得近些的地方也隐隐传来了砰砰或是沙沙的响动。小镇忙碌了起来。一匹马在独自嘚嗒嘚嗒地穿过木桥。在很远的地方,一只公鸡在报晓,接着又加进来一只,然后它们又突然同时停止了啼叫。一时之间,一切都安静下来,陷入了沉睡。哈尔克又睡着了,他受伤的胸口呼呼地往外喷着粗气。我站了起来,侧着身子一步步往窗口挪去,每一步都迈到了极限。我倚着冰冷的窗台,身体前倾,一动不动地站在被寂静笼罩的黑暗里。在天边,在河流和那一排高高耸立的柏树和松树的上空,黎明开始在至浅至柔的蓝色曙光中升起。我抬眼朝天空看去。在蓝光的包围之中,明亮的晨星仍在肖然不动地闪耀,而且比往常更加灿烂。湿地板的寒气禁锢了我的双足,

---

[1]《圣经·启示录》22:12。

令我感到钻心而冰冷的疼痛。可我仍站在那里，一动不动地凝望着天空。

是了，我必快来……

我在窗前等了很久，望着外面仍在黑暗包围中的新的一天。我听到身后狭小的走廊里有些响动，还听到基钦的钥匙在叮当作响。墙上映出一片提灯发出的橙红色的亮光。接着，粗糙而沙哑的脚步声在地板上响起。我缓缓地转过身，发现是格雷来了。今天他没进牢房，只是站在门外往里看了看，然后冲我做了个手势。我拖着双脚之间的铁链笨拙地挪了过去。在提灯的光照下，我看见他手里紧紧攥着什么东西，等到我离门更近一些之后，我才看清那是一本《圣经》。今天，格雷似乎格外安静且消沉。

"我把你要的东西带来了，牧师。"他轻轻说道。他看上去那么安详，那么平静，他说话的声音也那么柔和，我差点以为这是另一个人在跟我说话。"我这么做其实违背了法庭的意愿。这是我的个人行为，我来承担这个风险。总的来说，你对我一直都还算开诚布公。所以，如果你真想得到些安慰的话，那你就拿去吧。"

他从门栏的缝隙之间把《圣经》递给了我。在闪烁的灯光下，我们俩对视良久，我忽然有种奇怪的感觉，仿佛我在一生中还从未见过眼前的这个人。这种感觉来得飞快，去得也迅疾。最后，我对他的提问并未开口作答。他把手从门栏的缝里伸进来，抓住了我的手。从那仓促的一握之中，我能感觉到某种生疏与踌躇，我知道，这应该是他平生第一次握黑人的手，而且肯定也是最后一次。

"再见了，牧师。"他说。

"再见，格雷先生。"我答道。

然后，他就走了，提灯的亮光渐渐暗淡了下来，直到完全消失。

牢房里重新充满了黑暗。我转过身,把《圣经》轻轻放在那块雪松木板上。我知道,即便此刻有灯光能让我读它,我也断然不会把它翻开。但它的存在为牢房带来了温暖。自从我入狱以来,自从我第一次看到格雷那张令人厌恶的面孔以来,我头一回为他和他在尘世间的未来的岁月而心生怜悯。我重新来到窗口,深深呼吸着清晨冰冷的空气,那空气中带着烧苹果木的烟火味。在那一瞬间,我的脑海里充满了各式各样的回忆,它们飞快地切换,它们来自遥远的童年,来自已逝的过去,它们甜美得令我难以自持。我靠在窗台上,仰望着晨星。是了,我必快来……

看哪,我必快来……

每当我想到她,内心的欲望便开始膨胀。一种渴望令我激动不已,它像记忆中逝去的时光,像某些年代久远的声音,像流水,像狂风,强烈得让我的心无法承受。亲爱的弟兄啊,我们应当彼此相爱。因为爱是从神来的。凡有爱心的,都是由神而生,并且认识神。[1] 她的声音是那么近,那么熟悉,那么真切,有那么一瞬间,我几乎误将从耳边吹过的轻风当成了她吐气如兰的呼吸。我转过身去,在黑暗中寻找她的踪影。我感到一股暖流冲破了我的恐惧,冲破了我的顾虑与空虚,它带着欲望的震颤,注入了我的腰腿之间。我浑身颤抖,我在脑海中搜寻她的面孔,找寻她年轻的身躯,我突然像疯了一样想得到她,强烈的渴求折磨着我,给我带来了难以忍受的痛苦。随着一阵温柔的抽搐,我把我的爱像汹涌的洪水一样尽情倾注在她的体内,她的身体拱了起来,紧贴着我。她在大声呻吟,我们俩的身体——一黑一白——已合二为一。我慢慢昏迷了

---

[1]《圣经·约翰一书》4:7。

过去。我的头冲着窗外耷拉了下来,我的呼吸变得困难。我想起了那片草原,六月的草原,有个声音在温柔地对我说:"难道不是吗,纳特?主不是说过'我是大卫的根,又是他的后裔。我是明亮的晨星[1]'吗?"

是了,我必快来……

门外的脚步声打断了我的遐想,我听见有个白人在说话。提灯发出的光晕又一次被投射进了牢房,但这次,那六个人踩着重重的靴子从我的牢房边走了过去,停在了哈尔克的门前。我听见钥匙丁零响了几声,锁栓便砰的一下弹开了。我转过身,看见了两个男人的身影。他们正推着一张椅子从我的门前经过。椅子腿咔嗒咔嗒地磕着地板,而椅子的把手一不留神撞在了哈尔克牢房的门柱上,将四壁震得猛地一晃。"起来,"我听到其中的一个人对哈尔克说,"给我爬起来,我们得把你绑好了再送进去。"接着是一阵沉默,然后地板嘎吱响了一声。我听到哈尔克在痛苦地呻吟。"轻点!"他喘着粗气大声喊道,"你们轻点!"

"把他的腿搬开。"我听到其中一个白人在吩咐另外一个白人。

"抓住他的胳膊。"另外一个人说。

哈尔克的声音已变成了痛苦的哀号。空中到处是碰撞和推挤的声音。

"轻点!"哈尔克的哭喊声中带着些呜咽。

"把他往下摁!"一个声音说。

我禁不住在墙上捶了起来。"别伤害他!"我破口大骂,"别伤害他,你们这些白人王八蛋!你们把他伤害得还嫌不够吗?你们已

---

1 《圣经·启示录》22:16。

经害了他一辈子！你们这帮天杀的白人，别再伤害他了！"

几个人的说话声停了，一切都静了下来。哈尔克长长吸了口气，止住了哭喊。这时，我听到绳索开始急促地啪啪响了起来，他们在把他往椅子上捆。然后，在重荷的压力之下，白人们一边轻轻地咕哝着，哼哼着，一边把哈尔克从牢房里抬到了外面的走廊上。提灯黄铜色的光辉下顿时蹿出来许多抖动的影子。白人们口喘粗气，使劲地又推又拽，而哈尔克被捆绑着坐在椅子里的身影正慢慢从我的门前经过。他仿佛是一位神圣的黑人君主，正在庄严的仪仗队的护送下登临他的宝座。我把手伸出去，似乎想触摸他，却什么也没感觉到，只抓到一把空气。

"这种死法也够有排场的了，"我听见哈尔克在说，"纳特，我的老伙计，再见了。"他大声喊道。

"再见了，哈尔克，"我轻声说道，"再见，再见。"

"没事，纳特，"他冲我喊道，他的声音越来越小了，"一切都会好的！这不算什么，纳特，没什么大不了的！再见了，纳特，我的老伙计，再见！"

再见，哈尔克，再见。

黎明的天边已变得苍白而明亮，夜幕渐渐隐退。在远处的天空中，灰蒙蒙的朝阳出现了，星斗像行将熄灭的火星般一眨一眨地闪烁着。唯独那颗晨星依然高挂在天空中，光芒四射，圣洁而纯粹，就像颗水晶石，被永恒的静水包围着。在耶路撒冷布满车辙印的街道上，清晨在静静地绽放，鸡鸣犬吠之声终于沉寂了下来。在我身后的监狱中的某个地方，我听到有人在低声说话。我感到背后开始有动静了，我感到气势汹汹的脚步声正无情地向我逼近。我转过身，从雪松木板上把《圣经》取了过来，最后一次站到了靠窗的位置上。我深深吸了一口充满苹果香的空气，呼出的却是白色的霜雾。在这个刚刚诞生的美丽而寒冷的世界里，我被冻得浑身颤抖。脚步声越来越近，突然又停下了。然后，门闩和钥匙咔嗒响了一响。一个声音说道："纳特！"我没有开口回答，同一个声音又喊了起来："来吧！"

我们将彼此相爱，我似乎听到她在向我恳求，马上就要到了，我们将在天堂的光辉之中相爱。我能感觉到湍流、波涛、急风，它们近在咫尺，触手可及。那个声音又响了起来："来吧。"

在我转身去回应那个人之前，我心里在想：对，如果有机会，我一定会再干一次——我要把他们所有的人全都杀死，只有一个人除外。我可以饶她一命，因为是她让我知道有上帝的。单靠我自己，我永远也不能理解，而且很可能永远也不会知道有上帝存在。伟大的上帝啊，这么快啊！现在，我几乎把上帝的名字都给忘了。

"来吧！"那声音又响了起来，这次是在命令我，"来吧，孩子！"我终于屈服了。

是了，我必快来。阿们。

主耶稣啊，我愿你来。[1]

哦，晨星原来是这么明亮，这么美丽……

所有被处决者的尸首都被以体面和适当的方式入葬，只有一人除外。纳特·特纳的尸体被移送到了医院。医生们将他的皮剥了下来，他的肉被炼成了油脂。R. S. 巴勒姆先生的父亲有个钱包，就是用纳特的皮做的。他的骨架残骸由马森贝格博

---

[1] 《圣经·启示录》22：20。

士收藏了多年，可在那之后便不知所终。

——引自德鲁里所著的《南安普敦县的暴乱》

他又对我说："都成了！我是阿拉法，我是俄梅戛；我是初，我是终。我要将生命泉的水白白赐给那口渴的人喝。得胜的，必承受这些为业。我要作他的神，他要作我的儿子。[1]"

---

1 《圣经·启示录》21：6—7。